ポケットマスターピース12

ブロンテ姉妹

The Brontë Sisters

桜庭一樹＝編

編集協力＝侘美真理

集英社文庫ヘリテージシリーズ

POEMS

BY

CURRER, ELLIS, AND ACTON

BELL.

LONDON:

AYLOTT AND JONES, 8, PATERNOSTER ROW.

1846.

❶カラー、エリス、アクトン・ベル（三姉妹のペンネーム）による『詩集』(1846年)。
❷ブロンテ姉妹が住んだハワースの牧師館、現ブロンテ博物館(2015年／皆本智美撮影)。

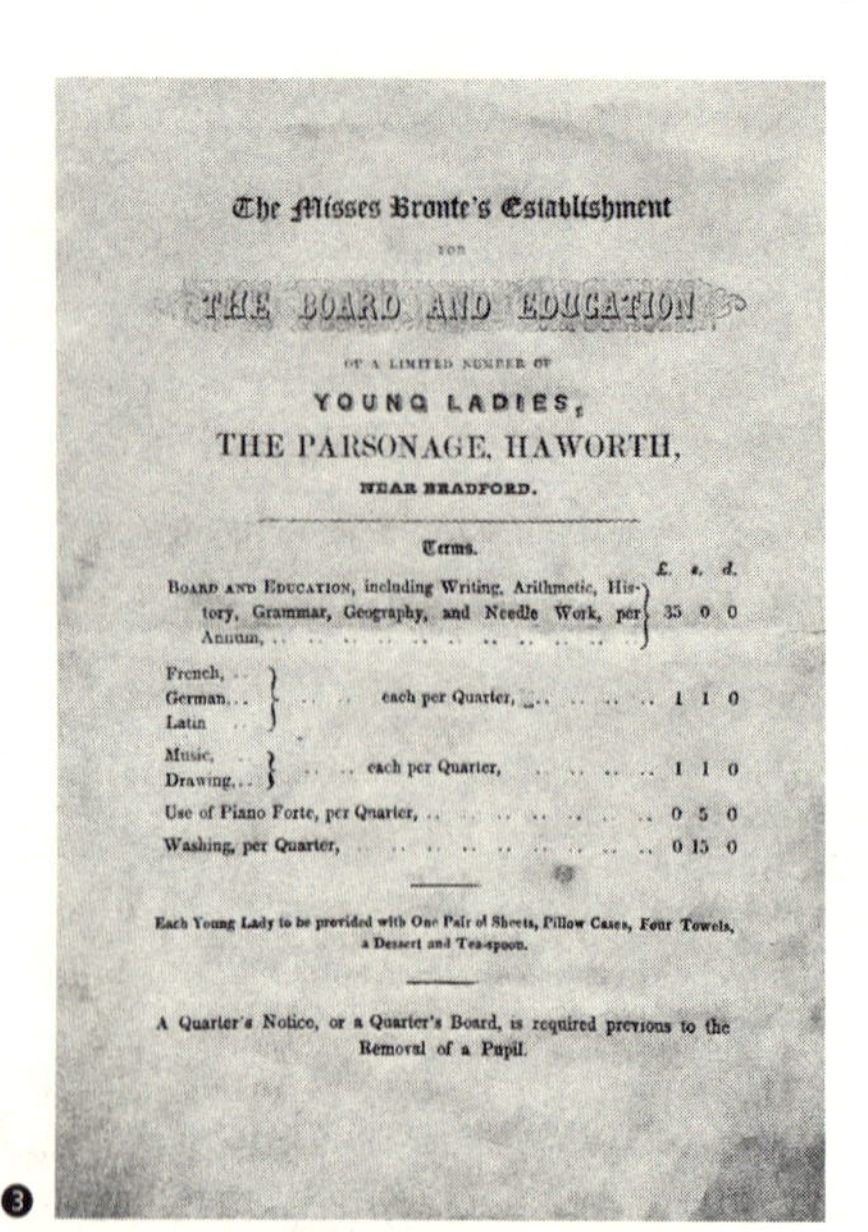

The Misses Bronte's Establishment

FOR

THE BOARD AND EDUCATION

OF A LIMITED NUMBER OF

YOUNG LADIES,

THE PARSONAGE, HAWORTH,

NEAR BRADFORD.

Terms.

	£.	s.	d.
Board and Education, including Writing, Arithmetic, History, Grammar, Geography, and Needle Work, per Annum,	35	0	0
French, German, Latin — each per Quarter,	1	1	0
Music, Drawing, — each per Quarter,	1	1	0
Use of Piano Forte, per Quarter,	0	5	0
Washing, per Quarter,	0	15	0

Each Young Lady to be provided with One Pair of Sheets, Pillow Cases, Four Towels, a Dessert and Tea-spoon.

A Quarter's Notice, or a Quarter's Board, is required previous to the Removal of a Pupil.

❸

❹

❸「ブロンテ姉妹の学校」広告案内(1844年)、姉妹が牧師館で学校計画をたてた時に印刷されたもの。下宿料込で年間35ポンド、外国語や音楽などは1ギニー(21シリング)の追加料金とある。生徒が一人も集まらずに計画は断念された(2016年/侘美真理撮影)。❹アン・ブロンテの肖像画(シャーロット・ブロンテ画、1834年)。

❺アンの飼い犬フロッシーの絵（エミリ・ブロンテ画、1843年頃）。ガヴァネス(家庭教師)として勤めたロビンソン家の子どもたちからプレゼントにもらったスパニエル犬をアンはかわいがった。❻アン・ブロンテによる鉛筆画（1839年）、海に昇る日の出を見る女性の姿を描いている。

12 | ブロンテ姉妹 | 目次

エミリ・ブロンテ　詩選集

信念と失意

「冬の風はうるさくてはげしいね
こっちへおいで　いとしいわが娘(こ)
本もひとりあそびもやめて
夜が薄やみを深めていくあいだお話をして
ものうげなときをやりすごすとしようよ――

アイアーニ　このかたく守られた館のまわりでは
十一月の疾風(はやて)が気にも留められず吹いている
ここへはきみの髪をなびかすほどの
そよかぜすらもはいりこめない

うれしいよ　炎の光を宿して燃え立つ
きみのまなざしが見られて
幸福な静けさのなか　きみの頬がこの胸に
そっと押しつけられるのが感じられて

だが　この静寂は私に
つらく不安な思いをもたらす
まっかな炎の心地よい輝きのなか
私は雪に閉ざされた深い谷を思い
荒野と霧のたちこめた丘を夢想する
そこでは暗く冷たく日が暮れていく
その寒々しい山あいでひっそりと
かつて愛したものたちが横たわっている
むなしい嘆きに疲れきった
遣る方ない痛みが私の心に走る
もうあのひとたちには会えないのだ」

「わたしが本当にちいさかったころ

お父さまが海のはるかかなたにいらしたとき
同じような思いがわたしを容赦なく制していました
よくわたしは枕のうえに身をおこし
怒りたける空模様の長い夜のあいだ
何時間も座ったままでいました
空中でもがきあがく霞(かす)んだ月を見たり
耳をすまして
岩が波にぶつかり　波が岩にぶつかるときの
震えをとらえたりして
恐ろしい寝ずの番をしていたのです
ひたすら耳を傾け　一睡もしませんでした
だけどお父さま　この世の暮しはとても恐ろしいけれど
死んだひとたちにはそのようなことはないでしょう

ああ　絶望するとしても　あのひとたちのためではないの
お墓はわびしいところだけれど　あのひとたちはそこにはいない
あのひとたちの塵(ちり)は土とまじり
幸いな魂は神さまのみもとにある！

このことを教えてくれたのはお父さまなのに
ため息をついてお仲間たちは死んだはずだとこぼされる
ああ　お父さまどうしてなの
もし前におっしゃったことが本当なら
悲しむことに意味はないはず
豊かな大地に落ちて見事に芽を出し
根を深く差し　風のそよぐ空へと高く
緑の枝をもちあげているといって
知らぬ間に親木の上で育った種のことを
嘆くようなもの

わたしは恐れない　眠って肉体を憩わせているひとたちのために
泣いたりはしない
幸いなる岸辺があって　わたしとわたしの大切なひとたちのために
港を開いていることを知っている
〈時〉の広い海を見渡しながら
わたしは神聖な土地を待ちこがれる
そこでわたしたちは生まれ　お父さまもわたしも

死んだら最愛のひとたちと会う
苦しみからも罪からも解き放たれて
神さまのもとに戻る」

「よくぞ言ったね　疑いを知らぬいとしい娘
きみはこの父よりもかしこい
荒れ狂うこの世の嵐が
きみの願いを強めてくれることだろう――
きみの熱烈な望みは　嵐と泡立つ海をこえて
風と海の高鳴りをこえて
ついには永遠の故郷に　ゆるぎない不変の岸辺に
たどりつくことだろう」

星

ああ！　まばゆい太陽が
　ふたたび地上に喜びをもたらしたからといって
どうして　みんな立ち去ってしまったの
　さびしい空だけを残して

夜どおし　あなたたちの光り輝く眼は
　わたしの眼を見おろしていた
わたしは心からの感謝で吐息をもらし
　あの聖なる番人を賛美した

わたしは心静かにいのちの糧である
　あなたがたの光を飲み
海鳥(うみどり)さながら
　うつろいやすい夢にひたった

思いが次々と現れた　星が次々と現れた
　はてしない空間いっぱいに
その間　甘美な力があちこちからこの身にしみいり
　わたしたちがひとつであることを証(あか)しした

かくも激しく清らかな魔法を
　どうして朝の光は解いてしまったのか
なぜあなたがたの涼やかな光が落ちていた醒(さ)めた頬を
　炎は焼き焦がしてしまったのか

血のように赤い太陽はのぼり　矢さながらにまっすぐな
　強烈な光がわたしの頬を打ちつける
自然の魂は空へと跳びあがり　得意げだったが

わたしの魂は低く悲しく沈んだ
まぶたを閉じたが　覆い(ヴェール)をへだてていても
　いまだに燃え立つ彼の姿は見えた
霧のかかる谷を金色に染め
　丘に光を照らしつけていた

そしてわたしは枕に顔をよせた
　夜を呼びもどすために
あなたがたの荘厳な光の世界がいまいちど
　わたしとわたしの心臓とともに脈打つのを見るために！
それは叶(かな)わなかった――枕は光を帯び
　屋根も床も光を放った
森で鳥はけたたましく鳴き
　すがすがしい風が戸をゆすった
カーテンは波打ち　目覚めたばかりの蠅(はえ)たちが

部屋のあちこちで羽音をたてた
わたしは起きて　とらわれの身の蝿たちを
　外へと解き放った

おお　星よ　夢よ　やさしい夜よ
　おお　夜よ　星よ　戻ってきて！
あの棘々(とげとげ)しい光から隠してほしい
　あれはあたためるというより　焼き焦がす

あれは苦しむものたちの血を抜きとり
　露ならぬ　涙を飲み干す
あの眼をくらませる支配が続く限りはわたしを眠らせ
　あなたがたとともに目覚めさせてほしい！

追憶

土のなかで冷たい――あなたのうえに雪が深く積もる
遠く遠く引き離されさびしい墓のなかで冷たい！
あなたへの愛を忘れてしまったのでしょうか　たったひとりの愛しいひと
すべてを引き裂く〈時〉の波に　ついに裂かれてしまったけれど

ちかごろは　ひとりでいるときにわたしの思いが
山々をこえて北の岸辺を飛び
ヒースやシダの葉があなたの気高い心臓を永遠におおうところで
翼を休ませることなどもうないのでしょうか

土のなかで冷たい――もう十五たびも荒々しい十二月が
あの茶色い丘から春へと溶けこんでいきました
そのような変化と苦悩のとしつきを経ても
追憶をやめない心は　まことに忠実といえましょう！

若き日の恋人よ　この世の時の流れがわたしを運んでいくあいだ
あなたのことを忘れてしまったとしても許してください
ほかの願いや望みがわたしを悩ますのです
それらはあなたのことを霞ませますが　不実なことはしません

わたしの空にふたたびあかりがともることはありません
わたしがふたたび朝の光を浴びることもないのです
人生のすべての喜びは　愛するあなたがくれたもの
人生のすべての喜びは　あなたとともに墓のなか

黄金の夢の日々が消え去ってしまい
絶望感とてもわたしを打ち砕くことができなくなったとき
わたしは学んだのです　喜びの助けをかりずとも

命はいつくしみを受け　強められ　育まれるということを

そうしてわたしは無益な情熱の涙を抑えたのです――
わたしの若い魂にあなたを恋いこがれるのをやめさせました
すでにわたしのもの以上にわたしのものである墓へとせきたてる
強い望みも固く拒むことにしたのです

それでも　わたしは自分の魂を細らせたりはしません
記憶のもたらす恍惚(こうこつ)とした痛みにひたることもありません
あの聖なる懊悩(おうのう)を飲みつくしたのですから
どうしてふたたび空(むな)しい世界を求めることなどできましょう

囚人（断章）

地下の牢獄(ろうごく)をあてどなく歩いた
そこで命を弱らせてゆく者どものことなど気にかけず
「重い閂(かんぬき)を抜け！　開けろ　情け知らずの牢番よ！」
否といえるはずもなく――ちょうつがいは乱暴に軋(きし)んだ

「客人たちは、暗いところにお泊りだな」と牢獄を見まわしながら
わたしはささやいた　天井の格子窓は青というより灰色の空をのぞかせていた
(晴れやかな春が目覚めつつある誇りのなかで笑いかけてくるときだった)
「へっ、ほんに暗いところにお泊りで」と陰気な案内人は返した

神よ　わが若気の至りを　この軽はずみな舌を許したまえ
じっとりとした敷石の上で冷たい鎖が音を立てるのを耳にして　わたしはあざ笑った
「われわれがおまえを三重の壁の奥に閉じ込め　拘束し
足枷(あしかせ)をここにかたくつなぎとめているのだから　さぞや恐いことだろうな」

囚人は顔をあげた　大理石の聖人像か
眠っている乳飲み子のように　おだやかな顔だった
実におだやかだった　愛らしくて美しかった
痛みのあとも　苦悩の影も　一切なかった

囚人は片手で額を押さえた
「すっかりやられた　いまも苦しい
だがおまえたちの頑丈な枷など　なにほどのものでもない
鋼(はがね)でできていようと　私を長く捕えておくことなどできまい」

無慈悲な牢番は嗄(しわが)れ声(ごえ)で笑った「そんなことで俺の気が変わるとでも
とぼけた愚かな娘め！　おまえの頼みなど俺が聞き入れると思ったか
いっそうめき声でもたてて　主(あるじ)どのの心をとかしてみるか

ああ！　太陽がそこの石をとかすほうがずっとたやすいぞ

主どのの声はやわらかく　お顔はおだやかでやさしげだが
その奥にひそむ魂は　この上なくかたい火打石よりなおかたい
俺も見かけからして気が荒く乱暴だが　うちにひそむ魂のほうが
もっと荒いぞ」

あざけりに似た笑みが女の口元に浮かんだ
女はやさしい声でいった「友よ　私が嘆くのを聞いたことはないはず
もし　近親の命を　私の失われた生を　返してくれるのなら
泣きも頼みもしようが——それまでは決して嘆くまい！

虐げる者たちに伝えよう　何年も暗がりにおかれて
みじめな絶望感を身に負うのが　わが運命(さだめ)ではないと
〈希望〉の使者が　毎晩私を訪ねてきては
短い命とひきかえの　永遠の自由を約束してくれる

使者は西風とともに　夕暮れ時のさまよう風とともに

濃く群がる星々を引き連れた冴(さ)えわたる夕闇とともに来る
風はもの悲しい響きを　星はやわらかな火を帯び、
幻影(ヴィジョン)がはじまり変転する　そして願望が私をさいなむ

〈喜び〉が　いずれ流す涙を数えては恐怖にうちふるえる
成熟した年頃になってからは知ることのできないものへの願望
私の魂をおおう空があたたかな光にあふれていたとしても
それが太陽からのものか　それとも雷鳴轟(とどろ)く嵐からのものか　わからない

だが　まずはやすらぎが――物音なく静寂が降りてくるだろう
苦悩のもがきも　激しい焦りも　終わる
無音の音楽が　無声の和声が　わが胸をいやす
それはこの世を離れるまでは　想像すらできないもの

それから　見えざる存在が夜を割ってあらわれ　真理をあかす
肉体の感覚は消え　内面の本質で感じるようになる
その翼はすでに自由も同然――故郷を　港を　見つけ
深淵(しんえん)を測りつつ身を屈(かが)め　思い切りよく最後の跳躍をする

おお　阻止されるとしたら恐ろしいこと――苦痛は深まる――
耳が聞きはじめ　眼が見はじめ
心臓が脈打ちはじめ　脳がふたたび考えはじめ
魂が肉体を感じ　肉体が鎖を感じるときに

それでも　私は苦痛を手放さないし　拷問が軽くなるのも望まない
苦しみが速足で進めば　そのぶん至福のときが近づく
地獄の劫火(ごうか)をまとおうが　天上の輝きを帯びようが
死を告げ知らせるものであるなら　その幻影は神々しいもの！」

女は語るのを止(や)めた　われわれは何もいわずにその場を後にした
もうこれ以上　囚人に苦悩を与える術(すべ)はない
女の頬とかがやく眼は　人のくだした裁きなど天は認めず
取り下げたことを告げるばかりだった

白昼夢

晴れた丘でひとり横たわった
　ある夏の午後のこと
それは五月が若い恋人の六月と
　結ばれたとき

花嫁姿のかぐわしい姫君は
　母のもとを離れるのをこばむかにみえたが
いつも腕に抱いていたとびきり美しいその子に
　父はほほえみかけた

木々は梢の羽根飾りをゆらし
　鳥たちは澄んだ声で喜び歌ったが
わたしは祝宴の客のなかでただひとり
　ふさぎこんでいた

この生気ない顔を見て
　視線をそらしたくないものなどなかった
灰色の岩までもがわたしを見て
「ここで何をしているのだ」と問うた

それには答えられなかった
　自分でもよくわかっていなかったのだ
どうして曇ったまなざしを
　はなやぐ一同に向けたのだろう

だから　ヒースの茂る川べりで
　わたしはこころと向かいあった
わたしたちはともに悲しく

夢想にひたった

「冬がふたたび来たら
　輝くものたちはどこへいく？
すべては消える　空しい夢のように
　実在しないいまがいもののように

いま朗らかに歌う鳥たちも
　凍えて乾ききった不毛の地を飛ぶ
消え去った春のあわれな亡霊となって
　飢えきった群れをなして

どうしてうかれることなどできよう？
　葉が緑に彩られたと思ったら
もう秋枯れのしるしが
　葉の表にうかんでしまっている！」

いまとなっては本当にそうだったのか

　さだかではないが
いらだたしい悲しみの発作にやられて
　荒野に寝ころぶと

幾千もの輝く炎が
　空で燃え立つかに見えた
幾千もの銀のたてごとが
　ここかしこで鳴り響いていた

わたしには　吐く息が
　神々しいきらめきに溢（あふ）れているように
ヒースの臥所（ふしど）が
　あの天上の光に包まれているように思えた

聞き慣れない音楽が
　広い世界に響きわたっているあいだ
きらめく小さな精霊たちがこのように歌っていた
　あるいは　わたしにはそう歌っているように聞こえた

「おお　死すべきものよ　あの者たちを死なせてしまえ
　〈時〉と〈涙〉の手で殺(あや)めてしまえ
われらがあまねく広がる喜びで
　空に溢れるために！

〈悲しみ〉に　苦しむものの心を狂わせ
　〈夜〉に　苦しむものの行く手を隠させよう
とこしえの休息へと
　とこしえの時へと　せきたてるために

おまえにとって　この世は墓場
　沙漠の乾ききった岸辺
われらにとって　この世は
　想像もおよばない光のなかでさらに輝くべきところ！

われわれが覆いを持ち上げて
　おまえの眼をちらりと見でもしたら

生者のために喜ぶだろうよ
　やつらが死ぬためにこそ生きているとわかって」
音楽は止んだ　夜の夢のように
　白昼夢は消えた
だが〈空想〉は　まだこれからもときおりは
　自らが生みだすたわいもない幻影を　真実と思うことだろう

老克己主義者

富はたいして重んじない
　愛など笑い飛ばす
名声は朝になると消える
　夢のようなもの

もしわたしが祈るとして
　唯一　唇を動かして唱える祈りはこれ
「いまのわたしの心はそのままに
　自由をこそ与えたまえ」

そう　束の間の命はまもなく終わるのだから
　願い求めるのはただこれだけ
生にあっても死にあっても　勇敢に耐え抜く
　束縛されない魂

詩連

外では　秋の終わりの空かけて
　風が轟きわたっていた
じっとりしみる冷たい雨は
　冬の嵐はまもなくだと告げていた

わびしい夕べさながらに
内では　悲嘆のため息が洩(も)れていた
それもはじめのうちだけ――長くは続かず
甘く――なんと穏やかな甘さで訪ねてきてくれたことか！
名もなく　どこのものかもわからない――

古い歌の素朴なことばが――

「時は春　雲雀(ひばり)さえずる」
このことばが魔法をかけた――
このことばが深い泉をほとばしらせた
〈不在〉も〈距離〉も鎮めることはできない

十一月の暗い曇り空のもと
五月の音楽が流れ出した――
かろうじて残っていた燠火(おきび)は
衰えをしらぬ炎となって燃え立った

栄光と誇りに満ちた風を
わがいとしの荒野(ムア)全体に呼び覚ましてくれ！
おお　谷から　高地から　わたしを呼んで
丘を流れる川沿いに歩かせてくれ！

初雪が降り　川はふくれあがっている

岩は白く凍りついている
丈高のヒースは暗く波打ち
シダにはもう日の光は差さない

山にはもう黄星草(イエロースター)はなく
苔(こけ)むす泉のへりから
冬枯れの丘から
釣鐘草(ブルーベル)も消えてしまって久しい――

だが　あたり一面　エメラルドに紅(くれない)に金(きん)に揺れる
麦畑よりも美しいのは、
北風が吹き荒れる丘の斜面と
かつてわたしが歩きまわった谷――

「朝　まばゆい太陽が輝く」
このことばが　なんという甘さで呼び覚ましてくれたことか
幸福で気ままだったわたしの眠りを
仕事も夢もこわすことがなかった　あの日々を

ほの暗い朝の空が　琥珀色（こはく）　青色へと溶けこんでいくなか
わたしたちは晴れやかに目を覚ました――
朝露したたる草地を横切るとき
わたしたちの足に　勢いのよい翼が生えた

荒野（ムア）へ　短い草が　わたしたちの足もとで
ビロードのように広がる　荒野へ！
荒野へ　丘をわたる道が　日の光を浴びて
澄んだ空へとのぼっていく　荒野へ！

古ぼけた岩のうえで　ムネアカヒワが
声を震わせて歌う　荒野へ――
そこでは雲雀が――野生の雲雀が
歌声を聞く者の胸を　同じ喜びで満たす

どう言いあらわしたらよいのだろう
遠く故郷を離れ　孤独な丘の頂に跪（ひざまず）き

茶色いヒースが生えているのを見たときに
心に浮かんできた思いを

それはうすく弱々しく生えるだけで
遠からず消えてしまうことが見てとれた
それはささやいていた 「冷たい壁がわたしを囲む
わたしが花開いたのはこの前の夏の日差しのなかで それがさいご」

スイス人の魂を鎮めた
愛すべき音楽の目覚めとても
枯れかけの釣鐘草のもつ
あがめるべき 痛切な魅力を持ちはしない――

その力のもとに身をかがめたわたしの心は
どんなにか胸を焦がして自由を求めたことか――
あの時 泣くことができたなら
その涙はわたしにとって天上の味だったろう――

さあ　悲しい時間は過ぎ去っていく
困難と苦痛でずっしり重くとも――
いつの日か　愛し愛されるものは
山の上で　あいまみえるのだろう――

（田代尚路＝訳）

シャーロット・ブロンテ　ジェイン・エア　抄

第一章から第十章までの梗概

赤ん坊のときに両親を亡くしたジェイン・エアは、伯父のリード氏に引き取られ、ゲイツヘッドの館で伯母のリード夫人と従兄姉(いとこ)のイライザ、ジョン、ジョージアナと暮らしている。リード氏亡き後、ジェインは貧しく身寄りのない子どもとして、夫人や従兄姉から疎んじられる日々を送っていた。第一章は、語り手としてのジェインが、ある冬の日の出来事を語るところから始まる。リード夫人と子どもたちは暖炉のそばで一家団欒(だんらん)を楽しんでいるが、十歳のジェインは仲間に入れてもらえない。社交性に欠け、目上の者に対して子どもらしくない口の利き方や行動をするのが理由であった。ジェインは隣の部屋の窓辺で一人本を読み始める。カーテンを引いて陰に隠れていたところを、四歳年上のジョンに見つかり、外に出てきたところを何も言わずに殴られる。本まで投げつけられ、頭をドアにぶつけたジェインはかっとなり、ジョンに歯向かい、口ごたえすると、そのまま半狂乱のように取っ組み合う。二人の使用人に押さえられたジェインは、夫人の指示により、リード氏が亡くなったとされる「赤い部屋」に連れて行かれた。第二章では、その部屋での恐怖の体験が語られる。おとなしく椅子に座っているよう命じられたジェインは、夕暮れが迫って部屋が暗くなる中、射し込んだ光の筋が壁を伝わるのを見て、恐怖に襲われる。幽霊が出現する前触れだと確信したジェインは叫び声を上げ、部屋を出してくれと懇願するが、認められない。ジェインは失神する。第三章及び第四章では、その後介抱されたジェインを学校に送り出すという話が持ち出され、ある男性が屋敷にやってくる場面が語られる。「真っ黒な柱」のように全身黒ずくめの男性は、ローウッド学校の理事、ブロックルハースト氏だった。その氏の目の前でジェインは「悪い子ども」の烙印を押される。氏が帰ったあと、ジェインはリード夫人にこれまでの思いをぶつけ、怒りや反抗心をむき出しにする。それからしばらく経ったある日の朝早く、乳母のベッシーただ一人に見送られながら、ジェインは乗合馬車に乗せられて、五十マイル先のローウッド学校に一人で向かった。

第五章以降はジェインのローウッドでの生活や出来事が語られる。ブロックルハースト氏が運営するこの学校は、孤児や片親の子どもを受け入れる女子の慈善寄宿学校であった。生徒たちは厳しい規律と規則のもとで生活し、語学や歴史などを学ぶ。八十人ほどの生徒が一つの教室に集まり、四つの組に分かれて聖書や学科の授業を受ける。授業では秩序と静粛が求められ、すべては時間通りに進行する。ブロックルハースト氏の指導のもと、生徒たちの服装と髪型は極めて質素な上に、食事も大変に粗末で、常に栄養は足りなかった。冬の寒さとひもじさに耐えるジェインだが、ここで大きな出会いが訪れる。一人は心優しき校長のマリア・テンプル先生、もう一人は四歳年上の友人、ヘレン・バーンズであった。ヘレンは「だらしない」「授業に集中できない」といった理由で、教師から頻繁にお仕置きを受けたが、教室の真ん中で立たされようが、鞭で叩かれようが、懸命に耐え忍ぶ子どもだった。ジェインはそんなヘレンの「汝の敵を愛する」という寛容の精神に触れ、また、ヘレンが信仰する神や霊の存在について、その考えを少しでも理解しようと努めた。第七章及び第八章において、ジェインの身にある大きな事件が起きたことが語られる。ジェインが学校に来てから三週間経ったある日、ブロックルハースト氏が見回りにきて、学校の引き締めに取りかかった。ジェインを見つけるとすぐさま呼び出し、八十人全員が見ている前で腰掛けの上に立たせると、この子どもは「嘘つき」であると宣言し、いかに悪い子どもで、恩知らずであるかということを、とうとうと述べた。その日は誰もジェインに話しかけてはならないと言い渡し、そのままジェインは一人立ち続ける。授業が終わり、教室の隅で一人泣き崩れるジェイン。それを慰めたのがヘレンであり、またテンプル先生であった。「罪人」と訴えられたいかなる者にも弁明の機会があると伝えるテンプル先生に、ジェインはこれまでのゲイツヘッドでの身の上話を語る。その後、第三者によってジェインの話は真実と認められ、晴れて「嘘つき」の汚名をそそいだ。そして、ローウッドに春が訪れる頃にはジェインもようやく学校になじめるようになる。しかし、春の訪れとともに、学校にチフスが流行した。半数以上が感染し、死者も多数に及んだ。そんな中、ヘレンは以前から罹っていた肺病の病状が進行し、隔離された生活を送る。心配したジェインが密かに様子を見に行くと、ヘレンはすでに死の床にあった。ヘレンがあの世に旅立つとき、ジェインはそのそばに寄り添ってともに眠るのだった。

第十章は、その後八年にわたったローウッドでの生活が簡単にまとめられる。チフスが流行ったあと、学校の体制は大きく変化した。不衛生な状況や生徒の栄養不足等々の問題が認められ、ブロックルハースト氏は非難の的となる。学校の設備や規則はより合理的なものに変えられ、資金も適切に管理されるようになった。そのローウッドにジェインは生徒として六年、教師として二年を過ごした。しかし、八年目のある日、信頼していたテンプル先生が結婚して校長の職を辞すと、ジェインの気持ちにある変化が訪れる。もっと広い世の中を見たい、現実的な知識を見聞きしたいという思いにかられたジェインは、どこかで新たな「奉仕」の仕事を始めようと、自ら新聞に広告を出すことにした。最寄りのロートンの町の郵便局から広告文を新聞社に送る。十四歳以下の子どもに住み込みで教育を行うという内容に返ってきた返事は一通だった。ミルコートという町近くのソーンフィールドに住む、フエアファックス夫人という名のご婦人からで、十歳に満たない女の子を一人、年間三十ポンドで教えてもらいたいとのことだった。手紙の古風な書き方からして年配の未亡人であると判断したジェインは、立派な勤め口と考え、すぐに学校を出ることを決意し、学校とリード夫人の許可を得る。推薦状を用意して送ると、二週間後にはガヴァネス（女家庭教師）として勤めを始めてもらいたいという返事を受け取った。すぐさまジェインは旅立つ準備を始める。そこにゲイツヘッドの乳母ベッシーが不意に会いにやってきた。ベッシーは屋敷の御者と結婚し、二人の子どもができていた。ジェインがすっかりレディーのように見えると満足するベッシーは昔話に花を咲かせる。その後ベッシーはゲイツヘッドに帰り、ジェインは見知らぬ土地へと旅立った。

第十一章

小説の章がまた新たに始まるとき、それは芝居の場面が新たに切り替わるのと同じようなものである。読者の皆さん、幕が再び上がった今、目の前にはある宿屋の部屋が見えていると思ってほしい。それはミルコートのジョージ旅館の一室で、宿屋の部屋らしく壁全体に大柄模様の壁紙が貼られ、またいかにも宿屋らしい絨毯や家具が備え付けられている。暖炉前面のマントルピースにもそれ相応の装飾が施され、壁にはよく見かけるジョージ三世の肖像画、皇太子の肖像画、ウォルフ将軍の死が描かれた版画など数点が掛けられている。このすべてが見渡せるのは、天井から吊り下がったオイルランプの光と威勢よく燃えている暖炉の火のおかげである。その暖炉のそばに私は座っている。外套とボンネットの帽子は身に着けたまま、マフと傘はテーブルの上に置き、十月の冷えた外気に十六時間もさらされて、冷え固まった身体を暖めている。私がロートンを発ったのは午前四時だった。今、ミルコートの町の時計は八時を打ったところである。

読者の皆さんには私が心地良くくつろいでいると見えるだろう。しかし、実のところ心中穏やかではないのだ。私を乗せた乗合馬車がジョージ旅館の前に止まったとき、てっきり誰かが迎えに来てくれているのだろうと思っていた。「靴番」と呼ばれる使用人が私のために据えた木製の踏み段を下りながら、私は不安げにあたりを見回し、自分の名前が呼ばれるのを待っていた。きっと四輪馬車のようなものが現れて、私をソーンフィールドの館まで連れて行ってくれる、そう思っていた。しかし、そのようなものは影も形も見えない。宿の給仕に、誰かミス・エアのことを尋ねた人がいなかったかと聞いてみても、答えはノーだった。だから個室に案内してもらえないかと尋ねてみるしかなく、今ここで待っている間、いくつもの不安や心配が頭の中に渦巻いて離れそうもなかった。

若くて経験が乏しいと、この世にひとりぼっちでいるというのが妙に不思議な感覚に思えてくる。あらゆる縁故を断ちきり船出はしたものの、向かう港にたどり着けるかどうかわからない。かといって、一度離れた港に戻るには様々な障害があり、それはできない。冒険心がくすぐられ、甘く心地良い感覚を覚えると、プライドが高まってさらにその心が暖められる。ところが、そんな心も、脈打つ不安の鼓動ですぐに乱れてしまう。三十分が経過してもまだ一人で座っていたとき、ただもうそれは不安でしかなかった。とりあえずベルを鳴らそうと思った。

「この界隈(かいわい)にソーンフィールドというお屋敷がありませんか」呼び出しに答えてやってきた

給仕に尋ねた。

「ソーンフィールドですか。存じません。バーで聞いてきましょう」給仕はそう言って消えたが、すぐに戻ってきた。

「お客様はエアさんですか」

「ええ」

「どなたかお待ちでいらっしゃいます」

私はすぐに立ち上がり、マフと傘をつかんだ。急いで通路に出ると、ドアが開いていて、男が一人立っていた。街灯のおぼろげな光で、一頭立ての馬車が道にいるのも見えた。

「これがお荷物ですか」男は私を見るなりそう言って、通路に置いてあったトランクを指さした。

「そうです」と言うと、男は馬車の上にトランクを載せた。貸馬車のような馬車だった。乗り込んだ私は、男が扉を閉める前にソーンフィールドまでどのくらいかと尋ねてみた。

「だいたい六マイルぐらいのもんです」

「どれくらいかかりますか」

「一時間半かそこらでしょう」

男が扉をしっかりと閉めて外側の自分の席によじ登ると、私たちは出発した。ゆっくりとした道行きだったので、あれこれ考える時間が十分にできた。ようやく旅路の終わりを迎えてほっとした気分だった。優雅とは言えないが快適な馬車に乗り、後ろにもたれかかってゆったりと、好きなだけ思いにふけることができる。

「この無骨な使用人と地味な馬車からすると、フェアファックス夫人はあまり派手好みではないみたいだわ。そのほうがいいわけだけれど。なにせ私は上流の人たちと暮らしたことは一度しかないけれど、そのときはとてもみじめだった。奥様は私が教える女の子がいるだけで、あとはお一人で暮らしているのかしら。そういうことなら、それに奥様が少しでも愛想のいい方であれば、きっと一緒にうまくやっていけると思う。頑張らないといけないわ。でも、頑張ったからと言っていつも報われるわけではないかもしれない。確かにローウッドの学校ではそう覚悟して、実際その通りやって、周囲に気に入ってもらうことができた。でもリード夫人のところにいたときは、一生懸命やったのにいつも馬鹿にされて、冷たい仕打ちを受けていた。どうかフェアファックス夫人が第二のリード夫人ではありませんように。でももしそうだったら、一緒に住まなきゃならない法はないわ。いよいよ最悪の事態となったらまた広告を出せばいいのだから。それにしても、もうどれくらい走ってきたのかしら」

　私は窓を下ろして外を見た。ミルコートははるか彼方にあった。しかし、街灯の数から判断すると、ミルコートはかなり広大で、ロートンよりずっと大きな町だった。今通過しているところは、見たところ、共有地のようだったが、こうした野原の一帯にも家々が点在している。確かにローウッドとはまったく違うところに来ていた。人口はもっと多いようだが、[*1]ピクチャレスクな自然の趣きはない。より刺激的な感じはあるが、それほどロマンティックではなかった。

道はぬかるんでいた上に、その夜は靄も出ていたので、御者は道中ずっと馬を歩かせていた。予定の一時間半は過ぎてもう確実に二時間は経ったと思った頃、ようやく御者が座ったまま振り向いて言った。

「もうすぐソーンフィールドの館です」

もう一度外を見た。教会を通り過ぎようとしていた。背の低い大きな塔が空を背景に浮かび、十五分おきの鐘の音も聞こえた。向こうの丘の斜面に細い光の筋が見え、大きいか小さいかわからないが、村があるのがわかる。それからおよそ十分経った頃、御者が一度下りて一対の門扉を開けた。通り過ぎると、後ろでその門がガシャンと閉まる。そのまま屋敷に続く道をゆっくりと上り、横に長く延びる屋敷の正面部に出た。一つの張り出し窓からカーテン越しに、ろうそくの光が洩れている。他は闇に包まれていた。馬車は正面玄関で止まり、メイドの若い女の子が扉を開けた。私は馬車を下りて屋敷の中へと進む。

「どうぞこちらへ」と彼女は言い、私は後に続いた。四方に背の高いドアが取り囲む正方形の広い玄関ホールを横切ると、小さな部屋へと案内された。暖炉とろうそくの二重の明かりで思わず目が眩む。二時間も暗闇に慣らされたせいで明るさが目にきつかったのだ。しかし、ようやく見えてくるようになると、心地よく暖かい室内が目に飛び込んできた。

気持ちのいい小さな部屋だった。暖かく燃えた暖炉のそばに、丸いテーブルと背の高い旧式の肘掛椅子があり、その椅子に座っていたのは、とてもきっちりと身なりを整えた小柄な老婦人で、寡婦用の縁なし帽子、黒地の絹のガウン、真っ白なモスリンのエプロンを身に着けていた。まさに想像した通りのフェアファックス夫人だった。ただ、それほどいかめしい感じはなく、思った以上に穏やかな人に見えた。夫人は編み物に専念していた。足もとには大きな猫がおとなしく座り、その姿はまさに家庭に憩いをもたらす理想の奥様の姿で、欠けている点は何一つなかった。新任の女家庭教師(ガヴァネス)にとって、これ以上安心できる顔合わせはそうはないだろう。威厳といかめしさに威圧され、どぎまぎしてしまうということはなかった。私が部屋に入るとその老婦人は立ち上がり、機敏に、しかし優しい物腰で、私を迎えにきた。

「まあいらっしゃい、初めまして。長いこと馬車に乗ってさぞお疲れでしょう。ジョンは本当にゆっくり走らせますからね。お寒いでしょう。暖炉にいらっしゃい」

「フェアファックス夫人でいらっしゃいますか」私は口を開いた。

「ええ、さようです。どうぞここにお座りになって」

夫人は自分の椅子に私を連れて行き、肩からショールを脱がせ、ボンネットの紐(ひも)をほどいてくれた。どうかお手を煩わせないでほしいと私は言う。

「いいえ、とんでもない。あなたの両手はきっと寒さでかじかんでしまっているでしょうから。リーア、温かいニーガス[*2]のお酒を作って持ってきてちょうだい。それからサンドイッチも少しばかり。ほら、これが貯蔵室の鍵です」

夫人はいかにも家庭の主婦らしくポケットから一束の鍵を取り出し、メイドに渡した。

「さあ、もっと火のそばにいらっしゃい。こちらまでお荷物を持ってきたのでしょう」夫人は続ける。

「はい、奥様」

「あなたのお部屋に持って行かせることにしましょう」そう言って、せかせかと部屋を出て行った。

「奥様は私をお客様のように迎えてくれている。こんなふうに受け入れられるなんて思ってもいなかった。冷たくて堅苦しいだけだと思っていたのに。ガヴァネスの待遇について聞いていた話と全然違う。でもこれで早まって喜んだりしたら、きっと大間違いね」そう私は思った。

夫人が戻ってきた。そして、自らの手でテーブルに置いてあった編み物一式や、一、二冊の本を片付け、リーアが持ってきたお盆が置けるようにスペースを作り、私に飲み物も渡してくれた。今まで受けてきたことのない気遣いに、それも自分より上位に立つ雇い主からの気遣いに困惑するばかりだったが、どうも本人は何か的外れな行いをしているとは思っていないようだったので、私としてはこの親切な配慮をそのまま受けとめるのがいいと思った。

「今晩、お嬢様のミス・フェアファックスにお目にかかることはできますか」出されたものを少し口にしてから尋ねてみた。

「え、何と言いましたか。ちょっと耳が遠くて」と夫人は答え、耳を私の口元に近づけるようにした。

もっとはっきりと質問を繰り返す。

「ミス・フェアファックスですって。ああ、ミス・ヴァレンズのことね。ヴァレンズというのが、あなたがこれから教える生徒の名前です」

「あ、そうでしたか。ということは、ご息女ではいらっしゃらないということでしょうか」

「ええ。わたくしに家族はいませんから」

この最初の質問をさらに追及してみてもよかったかもしれない。一体ミス・ヴァレンズが夫人とどのような関係にあるのかと。しかし、質問が多すぎるのは礼儀にかなっていないと思い直した。それに、いずれすぐにわかることである。

「わたくしとしても本当に嬉しいことです」夫人は向かい合って腰を下ろしながら続けた。そして猫を抱き上げ、膝に置く。「あなたがいらしてくれて本当に嬉しく思っています。これからこちらに話し相手がいてくださるのはきっといいことですからね。いえもちろん、ここはいつでもいいところですよ。ソーンフィールドは古いですけれど、すてきなお屋敷です。ここ数年はずいぶん放ったらかしにされているかもしれませんが、それでも立派なお屋敷のままです。でも、冬になるとやっぱり一人ではもの寂しいですから。一番いい部屋にいたとしてもです。一人と言いましたが、もちろんリーアもいますし、リーアはいい子です。ジョン夫婦も結構な人たちです。でも使用人であることに変わりありませんからね、対等に何でも話すというわけにはいきません。上に立つ者の威厳を損なわないようしかるべき距離が必要なんです。そう、確か去年の冬なんて、十一月から二月まで肉屋と郵便屋以外、誰も屋敷に来なかったんですよ(ほら、厳しい冬でしたでしょう、雪が降らないときは雨風も強かったですからね）。毎晩毎晩、ずっと一人で座っていると、本当に憂鬱になってしまって。時にはリーアを呼んで、本を読んでもらったりしましたけれどね。でもあの子は本当はそんなことやりたくないんですよ、窮屈だと思っているんです。春と夏はまだいいほうです、日が長くなるとだいぶ変わりますから。それで、ちょうど秋にさしかかった頃に、アデラ・ヴァレンズのお嬢ちゃんがやってきてね。乳母も一緒にです。子どもがいるとすぐに家が明るくなりますわね。そして今日あなたがいらしたでしょう。とても楽しくなりますわ」

こうして立派な夫人の話を聞いていると胸が熱くなった。椅子を少しばかり近くに寄せ、ぜひ夫人のよき話し相手となれるよう努めたいと伝えた。

「でも今晩はお引き留めしませんよ。今十二時が鳴りましたからね。それに一日中かかって、ここにいらしているんですから、お疲れのはずです。もう足もとが暖かくなったようでしたら、寝室にご案内します。私の隣の部屋を準備させました、小さいお部屋ですけれど。でも正面の大きな部屋より気に入られると思いますよ。家具の類はそちらのほうがもちろん立派なのですが、暗くて本当に寂しいんですよ。私はそこで寝ようなんて思いませんからね」

夫人の配慮で部屋を選んでもらったことに感謝の意を伝え、本当に長旅で疲れてしまったのでそろそろ失礼したいと伝えた。夫人はろうそくを手に取り部屋から出て、私はその後に続いた。夫人はまず玄関のドアがきちんと閉まっているかを調べに行き、錠前の鍵を抜いてから、二階へと私を案内した。階段も手すりもオーク材が使われていた。格子造りの窓が高く設（しつら）えてある。階段からそのまま寝室のドアが連なる長く広い廊下が続いた。階段の高窓と長い廊下のせいで、部屋の並びがまるで教会の一部のように見え、屋敷の中にいるようには思えなかった。教会の地下堂のような寒々しい空気が階段にも廊下にも広がり、がらんとした空間にひとりぼっちでいるような、そんな惨めな気分になる。ようやく自分の部屋に案内されたときは嬉しかった。部屋は小づくりで、ごく普通の現代風の家具が備え付けられていた。

　フェアファックス夫人がお休みなさいと言葉をかけて出て行った。私はドアをしっかり閉め、ゆっくりと室内を見渡した。あのがらんとした玄関ホール、暗くてだだっ広い階段、冷えきった長い廊下を後にしてみると、いくぶん明るい小さな部屋の雰囲気が少しは不気味な印象を薄れさせてくれる。すると、今日一日の疲れや気苦労をどっと感じた。今、私はようやく安全な場所にたどり着くことができた。不意に感謝の気持ちで心がいっぱいになり、ベッドの脇にひざまずく。感謝の念をしかるべきものに向けて捧げ、立ち上がる前には忘れずに、これからの道のりへのさらなる助けを乞い、まだ何もしていない自分がこんなにも寛大な親切を受けたことに対して、それに報いることのできる力を授けてほしいと祈った。その夜の寝床に不安は一切の影を落とさず、ひとりきりの部屋に何の恐れもなかった。疲れきった体と安心感で、すぐに深い眠りにつく。ふと目覚めると、もうすっかり明るくなっていた。

　この小さな部屋は明るく輝いているように見えた。更紗（さらさ）の鮮やかな青いカーテン越しに日の光が入り込み、壁紙や絨毯が明るく見えた。ローウッドの学校のむき出しの壁板や黒ずんだ漆喰（しっくい）の様子とあまりに異なる光景に、心が浮き浮きしてきた。若い人には外見が大きくものを言う。人生の明るい兆しが見え始めてきた、苦しいイバラの道だけではない、楽しい花のある人生がようやく始まると私にも思えてきた。舞台が変わり、希望に満ちた新しい場で、身体中の機能が刺激を受けて活動し始めたようだった。そうした感覚が一体何を予感していたのか、それをうまく説明することはできない。しかし何か素敵なことのはずだった。今日や一か月後のことではおそらくないとしても、将来のいつかある時に、きっと何かが起こるような気がしていた。

　起き上がり、慎重に服を着替えた。地味で平凡にならざるを得なかった。まったく飾りっ気のない洋服しか持っていなかったから仕方がない。それでもいつも小ぎれいにはしておきたいと思うもので、日頃から外見に頓着（とんちゃく）しないとか、人に与える印象を気にかけたりしないわけではなかった。むしろ、できるだけよく見せたいといつも思っていて、美人でなくとも、できるだけいい印象を持ってもらいたかった。もう少し美人だったらと思わないわけでもない。ピンク色の頬、高くてまっすぐな鼻、小さな赤い唇があればと思ったり、背が高く、肉付きのいい美しい体格であったらと思ったりもする。こんなにもチビで、青白い顔をして、しかも顔立ちは整っていないがために目立ってしまって、やっぱりこんな容姿の自分には運がないと思ったりもする。しかし、なぜこのような望みを抱いたり、後悔したりするのだろう。それはうまく言えない。あの時の私ははっきりと自分に説明できなかった。しかし理由はあったのだ、納得のいくごく自然な理由が。ともかく、髪をブラシで梳（と）かしてきれいになでつけ、黒いフロックドレスを着た。まるでクエーカー教徒のようにも見えないわけでもなかったが、少なくとも自分の体にぴったり合っているという点では申し分なかった。白いレースの襟飾りもつけ、これならフェアファックス夫人の前に出ても見苦しくはないと思った。私の新しい生徒もこれなら嫌気がさして尻込みなどしないだろう。部屋の窓を開け、化粧台の上の物をすべてきちんと整えたのを確認してから、思いきって部屋を出た。

敷物が敷かれた長い廊下を通り抜け、つるつると滑りそうな階段を下りると、玄関ホールに降り立った。少し立ち止まり、四方の壁に掛けられた数点の絵を見渡し（中でも記憶に残っているのは甲冑姿の厳しい顔をした男の肖像画と、髪粉をまぶして真珠の首飾りをした婦人の肖像画である）、天井から吊り下げられた銅製のランプや、古びてこすれたために真っ黒になった大きな柱時計、それが入るオーク材のケースに施された奇妙な彫刻を眺めた。何もかもが荘厳で立派に見えた。ただ、その時の私は荘厳なるものにほとんど慣れていなかったとも言える。正面玄関のドアは上半分がガラス製だったが、そのドアが少し開いていた。一歩敷居の外に出てみる。よく晴れた秋の朝だった。澄みきった朝日の光が、少し色づいた木々やまだ緑のままの牧草地を照らしている。前面の芝生まで出たところで、顔を上げ、屋敷の正面を見渡してみた。三階建ての建物だった。見渡す限りに広がるというほどでもなかったが、相当の大きさがあった。貴族の住むお屋敷ではなく、領主の住む邸宅と言えた。ただ、最上階を取り囲む胸壁が、屋敷全体になんともピクチャレスクな趣きの雰囲気を与えていた。背後にはミヤマガラスが住む林があり、灰色がかった屋敷の正面部がその前にそびえ立つ。林の住民たちがカーカーと鳴きながら飛び立った。そのまま屋敷の庭や敷地を越え、だだっ広い牧草地へ降り立つのが見える。牧草地と屋敷の敷地の境界は沈め垣で区切られ、その向こう側には老いたサンザシの巨木が立ち並んでいた。節くれ立ち、オークの木のように強く大きなサンザシ(ソーン)の木々が牧草地(フィールド)に立ち並ぶその姿が、この屋敷の名の謂(いわ)れを物語っていた。さらに遠い向こう側には丘陵地が見えた。ローウッドを取り囲む山ほど高くはなく、かといってごつごつした岩山でもなかった。俗世間を隔てる障壁のようにそびえ立つわけではなく、その穏やかで物寂しい佇(たたず)まいがソーンフィールドの館を優しく包み込んでいるように思え、この一帯をごくひっそりとしたものにしていた。あの賑(にぎ)やかなミルコートの町のすぐそばにこのような物寂しいところがあるとは思いも寄らなかった。丘陵地の一部の斜面に小さな村落が見え、ぽつぽつと点在する屋根が木々に溶け込むようだった。この地域の教会はソーンフィールドに近い側にあり、古い尖塔(せんとう)が屋敷と正門の間に広がるこちら側の小高い丘を見下ろしているようだった。

　私はそのまま穏やかな見晴らしと心地よい新鮮な空気を楽しんでいた。カラスの鳴き声をなんとも明るい気持ちで聞き、灰色がかった広い正面玄関を見渡しながら、フェアファックス夫人のようなご婦人が一人で暮らすには、なんて広すぎる屋敷だろうと思っていたところに、当の夫人が正面口に現れた。

「あら、もう外に出ていらっしゃるとは。早起きされるのですね」夫人は言った。私が近づくと、優しいキスと握手で迎えてくれた。

「ソーンフィールドは気に入られましたか」そう聞かれて、私はとても気に入ったと答えた。

「ええ、実にいいところでしょう。でもだんだんと手入れが行き届かなくなっていくのではと心配しています。ロチェスター様がいらして、ここにずっと住むと心を決めてくださらない限りはね。少なくとももっと頻繁に訪れてくださらないと。大きなお屋敷と立派なお庭にはその所有者の存在が欠かせません」

「ロチェスター様、ですか」私はつい声を大きくした。「それは一体どなたでしょう」

「ソーンフィールドのご当主です」夫人は静かに答えた。「ロチェスター様のお名前をご存じでなかったのですか」

もちろん知らなかった。ロチェスターという名前は聞いたことがなかった。それでも夫人は、その人の存在が世界中のすべての人の周知の事実であって、誰もが生まれながらに知っているといわんばかりだった。

「ソーンフィールドは、奥様であるあなたのお屋敷と思っておりましたが」

「わたくしのですか。まあ、そんなふうに思うなんて、一体どうしちゃったのかしら。わたくしのお屋敷だなんて。だって、ただの家政婦長ですよ。このお屋敷を切り盛りする立場です。まあ、確かにロチェスター家の母方の遠い親戚とは言えるかもしれませんけれど。というより、わたくしの夫がそうだったのです。夫はヘイというあの向こうの丘にある小さな村の牧師でした。お屋敷の正門の近くに見えるあの教会は主人の教会でしたのよ。現当主のロチェスター様のお母様はフェアファックス家の出で、主人の上から二番目の従妹(いとこ)なんです。でも、そんな関係があるからといって、わたくしは差し出がましいことなど致しません。本当に、そんなことは関係ないのです。自分はごく普通の家政婦長と考えていますから。雇い主の旦那様はいつもご親切に接してくださっていますし、それ以上のことなど期待するはずもありません」

「お嬢様はどうなんでしょう。私がお教えする生徒のことですが」

「ロチェスター様が後見人として面倒をみていらっしゃるのです。ガヴァネスを見つけるようにとわたくしにすべてを任されましてね。ロチェスター様はこの地でお嬢様を育てようと思っていらっしゃるのですわ、きっと。あらまあ、そのお嬢様がいらっしゃいました、乳母と一緒に。お嬢様は乳母のことをフランス語で『ボンヌ』と呼んでいらっしゃいますけれどね」やっと謎が解けたと思った。この愛想のいい、親切な未亡人はこの屋敷の奥様ではなかったのだ。私と同じくここに雇われた身、しかしだからといってこの夫人を好きにならないわけではなかった。それどころか前よりも嬉しいぐらいだった。私と彼女のこの対等な感覚は現実だったというわけで、相手がわざわざ気を遣ってへりくだっていたのではなかった。そんなことではなくて本当によかった。これで私の立場はずっと自由になる。

この発見について少し考えていると、小さな女の子が乳母に付き添われ、庭の芝生を駆け上がってきた。私のほうは自分の生徒に注目したが、女の子は最初私に気づいていないようだった。まだ小さな子どもだった。おそらく七、八歳ぐらい、きゃしゃで、色白の顔をして目鼻立ちが小さかった。有り余るほどの豊かな髪はカールして腰まで届いていた。

「アデラお嬢様、おはようございます」フェアファックス夫人が声をかけた。「こちらにいらしてあなたの先生にご挨拶してくださいませ。いつかあなたを賢い素敵なご婦人にしてさし上げる方ですよ」女の子が近づいてくる。

「この人がわたしのガヴァネスなのかしら」私を指さして乳母に向かって尋ねる。

「もちろんそうですよ」

二人のフランス語の対話に驚き、思わず尋ねた。「お二人とも外国の方なのですか」

「乳母はそうです。アデラは大陸の生まれで、この六か月前まで一度もヨーロッパを離れたことがないと思います。今はどうにか少し話せるようになりました。でもわたくしはお嬢様のおっしゃっていることがよくわからないのです。最初にここにいらしたときはまったく英語を話せなかったですからね。今はどうにか少し話せるようになりました。

幸運なことに、私はフランス人の女性にフランス語を習った経験があり、その点は有利だった。ローウッドではマダム・ピエローとできるだけ多く会話するよう心掛けていたし、そもそもこの七年間、毎日かかさず、フランス語をいくらかずつでも空で覚える練習をしていた。正しいアクセント遣いに心を傾け、先生の発音をできるだけ真似しようと努力もしてきた。そのため、私はフランス語に対してはある程度の心得があり、正確さも備わっていたので、アデラお嬢様にそう手を焼くことはないだろうと思った。アデラは私がガヴァネスだとわかると近づいてきて握手をした。朝食の部屋へ連れて行く途中、私はフランス語でいくつかのフレーズを話してみた。最初はごく簡単にしか返事がなかった。しかし朝食のテーブルに着くと、十分ほどもの間、その大きな茶色の目で私を眺め回したかと思うと、不意に流暢にしゃべり始めた。

「ああ、そうか」アデラはフランス語で叫んだ。「あなたはロチェスターさんと同じようにわたしの言葉をしゃべってくれるのね。ロチェスターさんとお話しできるように、あなたともお話しできるのね。そしたら、ソフィーもあなたとしゃべれるから、きっととても喜ぶわ。だってここの人は誰もソフィーの言うことをわかってくれないから。マダム・フェアファックスは英語ばっかりでしょ。ソフィーは乳母なの。一緒に海を越えてここに来たの。もくもくと煙を出す煙突がついた大きな船に乗ってね。すごい煙だったのよ。だからわたしは気持ち悪くなっちゃって。ソフィーもよ。それにロチェスターさんも。ロチェスターさんはね、小さなお部屋でソファーに寝てたわ。サロンという名前のお部屋よ。ソフィーとわたしは他の部屋にいたの。二人とも小さなベッドで寝たのよ。だからわたしなんかもう少しで落ちそうになっちゃって。だってなんだか棚みたいだったもの。それで、ええと、マドモワゼルなんて言うの、お名前は」

「エアです。ジェイン・エア」

「エールかしら。もう、うまく発音できないわ。ともかく、船は朝になって大きな街に着いたの。まだ明るくなる前よ。とっても大きかった。それにとても暗い家ばかり。黒い煙だらけなの。わたしが住んでいたきれいな小さい町と全然違うの。それで、ロチェスターさんがわたしをだっこしてくれて、板を渡って船から上がったわ。ソフィーは後から着いてきたのよ。それでみんなで馬車に乗って、どこか大きくてきれいな家に行ったの。ここよりももっと大きくて素敵な場所よ。ホテルって言うの。一週間ぐらいそこにいたわ。毎日ソフィーと一緒に、広くて木がいっぱいの緑の場所に散歩しに行ったわ。パークって言うんだって。わたしの他にもいっぱい小さな子がいた。池もあって、きれいな鳥が泳いでるの。だからパンくずをあげたのよ」

「こんなに速くても言っていることがおわかりですか」フェアファックス夫人が聞いてきた。

言っていることはよくわかった。マダム・ピエローがすらすら話す言葉に慣れていたものだから。夫人は続ける。

「ご両親のことを一つ二つ聞いてもらえないかしら。覚えているのかしらね」

「アデール」と私はフランス語で問いかけた。「今言っていたそのきれいな小さい町では誰と一緒に暮らしていたの」

「ずっと前はママと一緒にいたの。でもママはマリアさまのところに行っちゃった。ママはね、わたしによく歌と踊りを教えてくれたの。それから詩を声に出して読むこともね。お客さまがいっぱい、男の人も女の人もママに会いに来てた。わたし、みんなの前で踊ったりしたのよ。お膝の上に座って歌ったりとかね。楽しかったなあ。今、歌ってあげようかしら」

アデールは朝食を終えていたので、その習い事の手本を披露してもよいと私は許した。すると椅子から下り、私のところにやってきて膝の上に乗った。そして、つつましげに小さな手を前で組み、カールした髪を後ろにふりながら天井へと目を向けたところで、あるオペラの歌を歌い始めた。それは恋人に捨てられた女性が、彼の不実を嘆き悲しんだあと、プライドを呼び起こして己の救いにしようとする歌だった。もっとも美しい宝石と高価なドレスを侍女に用意させて着飾ると、その夜の舞踏会で不実の恋人に会おうとする。陽気にふるまい、捨てられても自分は何でもないと彼に見せつけようとする、そんな歌だった。

　子どもに歌わせるのにこんなテーマを選ぶのは奇妙に思われた。しかし、この歌を披露するポイントは、子どもがたどたどしく声を震わせながら歌う、愛と嫉妬の音色を聴かせることにあるのだろう。それにしても悪趣味である。私は少なくともそう思った。

　アデールはそのカンツォネッタを調子よく、歳相応のあどけなさで歌った。歌い終わると、私の膝から跳び下りて言った。「さあマドモワゼル、今度は詩を暗唱します」

　そう言ってしなを作ると、「ねずみたちの同盟、ラ・フォーンテーヌの寓話より」と始めた。この小品を朗誦するのに、句読点やアクセントに配慮しつつ、ところどころ声を伸ばしたりそれ相応の仕草をしたりする様子は、この歳を考えると実に奇妙に思えたが、それはそれできちんと訓練を受けていたことを物語っていた。

「この詩を教えてくれたのはママなのかしら」私は聞いてみた。

「そうよ。そう言えば、ママはこんなふうに言って教えてくれたの。『どうしたのか。一匹のネズミが彼に聞きました。話しなさい』ここのところ、わたしに片手を挙げるように言ったの。そうすれば、質問文のところで声を上げるのを忘れないでいられるって。さあ、今度は踊ってあげましょうか」

「いいえ、もうこれで十分よ。でもママがマリア様のところに行かれたと言っていたけど、その後は誰と一緒に暮らしたの」

「マダム・フレデリックとご主人。マダムがわたしのお世話をしてくれたの。だけど、親戚でも何でもないのよ。マダムは貧乏だわ、だってママの家ほど素敵な家じゃなかったもの。そこは長くなかったわ。ロチェスターさんが私に聞いたの。イングランドに行って一緒に住まないかって。行きますって言ったわ。だってロチェスターさんのことはマダム・フレデリックの前から知っているし、いつも親切できれいな洋服やおもちゃをくれたから。でもロチェスターさんは約束を守ってくれなかったのよ。イングランドには連れてきてくれたけど、一人で戻っちゃって、もう会えないんだから」

朝食を終えたあと、アデールと私は読書室にこもることになった。どうやらこの部屋はご主人のロチェスター氏が勉強部屋として使うように指示したものらしい。書棚の本は、ほとんどがガラス扉の奥に入ったまま鍵がかかっていたが、一つの棚だけが開いていて、その中には初級用教本として必要と思われる本がすべて並んでいた。その他にも数冊ずつ、軽めの文学作品、詩、伝記、旅行記、冒険ロマンスなどが並び、おそらく主人はこれだけあればガヴァネスがプライベートで読むのに事足りると考えたに違いない。確かに、当座はこれで十分満足できるものだった。ローウッドの学校では実になると思える本がいかに乏しかったかを考えれば、こうした本からは娯楽も知識も有り余る収穫が得られると思った。この部屋には他にもアップライトのキャビネット・ピアノが置いてあった。とても新しいもので、美しい音が鳴った。その他にも、絵を描くためのイーゼルや、地球儀と天球儀の一対が置いてあった。

私の生徒は十分に聞き分けのいい子どもであるとすぐにわかった。しかし集中することが苦手だった。アデールは、何であれ決められた通りのことに取り組むということに慣れていなかった。そこで、最初から長いことお勉強で拘束してしまうのも配慮が足りないと思い、まず私のほうでできるだけしゃべり、ほんの少しでも何かを学ばせて、お昼を迎えたらもう乳母のところに戻ってもいいということにした。その後は、アデールの教材用にいくつかのスケッチを描きながら、私は夕食の頃まで過ごすことにした。

絵を描くための画帳と筆を持って来ようと二階に上がろうとしたとき、フェアファックス夫人に呼び止められた。「午前中の授業が終わったところですね」折りたたみ式の二枚扉のドアが開いたままになっている部屋に夫人はいた。声をかけられたので中に入ってみると、そこは広くて立派な部屋だった。紫色の椅子がずらりと並び、カーテンも紫色だった。床にはトルコ絨毯が敷かれ、壁は胡桃材の羽目板、一つある大きな窓には鮮やかなステンドグラス、そして高い天井にはこれも立派な装飾が施されていた。食器棚には美しい紫色の剝げ石の壺がいくつか置いてあり、フェアファックス夫人はそれらのちりを払っていた。

「なんて美しい部屋でしょう」見渡しながら私は驚嘆して言った。これほど印象的な部屋は見たことがなかった。

「きれいでしょう。ここは食堂です。窓をちょうど開けたところでね。ちょっと空気を入れ替えて、光も入れないと。誰も使わないと、部屋中じめじめしてきますから。あの奥の応接間なんて、もう教会の地下堂みたいですよ」

こちらの窓と同じ形の大きなアーチ型の入口を夫人は指さした。やはりこちらの窓と同じようにティリアンの赤紫色のカーテンが掛かっているが、今は紐で括られている。二段の幅広い階段を上がって中を覗いてみた。すると、まるでおとぎ話に出てくるような部屋を覗いてしまったような気がした。目に映る光景は、私のような新参者にはすべて光り輝いているように思えた。それなのに、ここではただ小ぎれいな応接間でしかない。部屋の中には婦人用の私室も設えてあり、どちらの部屋にも、はなやかな花模様が美しい白い絨毯が敷かれていた。また、どちらの部屋の天井にも、真っ白な葡萄とつたの葉の漆喰の装飾が施され、その下には鮮やかなコントラストを成すように、深紅色の長椅子やオットマンが置かれていた。また、暖炉前面のマントルピースも真っ白なパロス島大理石で作られており、その装飾にはルビー色に輝くボヘミアンガラスが使われていた。さらには、いくつかある窓と窓の間に大きな鏡が嵌められ、それらすべての鏡がこの雪と炎の織りなす融合を映し出し、かつ増幅させていた。

「まあ、フェアファックスさん、どの部屋もなんてきれいに整えられているのでしょう。ちり一つありませんし、それから白い布で覆ったりもしていないのですね。少しひんやり感じる以外は、ここが毎日使われていないなんて誰も思ったりしませんわ」

「あら、でもね、ミス・エア、ロチェスター様がここにいらっしゃることはあまりないにしても、お見えになるときはいつも急で、思いも寄らないときなのです。到着されたときに、何もかも布が掛かっていたり、慌ててあれこれ整えたりするのを旦那様がご覧になりますと、それはいらいらされるものですから。ですから、どの部屋もいつも準備ができているようにするのが最善の策だと思っています」

「ロチェスター様はお厳しくて、気難しい方なのでしょうか」

「特にそういうわけではありません。でもジェントルマンとしてのご趣味や習慣がおありですからね。それに見合うように私は物事を仕切るよう期待されていますから」

「ロチェスター様をお好きですか。皆さんからも好かれるようなお人柄ですか」

「もちろん。ここらではロチェスター家はいつも敬われる存在です。この辺り一帯の、見渡す限り広大な土地のほとんどすべてが、ロチェスター家のものですから。大昔からそうです」

「ええ、土地のことはもちろんですけれど、ご自身はロチェスター様をお好きですか。お人となりはいい方なんですか」

「わたくしに旦那様を好かない理由なんてあるわけがございません。それに、ここの土地に住む者は皆、旦那様を心の広い地主で、公明正大な方だと思っているはずです。ただ、旦那様はほとんどこちらで暮らすことがないだけです」

「でも、どこか変わったところがあったりはしないのですか。つまり、どんな性格の方なのでしょう」

「もちろんご性格は非の打ちどころがないと思いますよ。もしかしたら少し変わっているところもおありかもしれませんが。ずいぶん旅行されてますしね。でも、それで世の中の多くを見聞きしていらっしゃるでしょう。賢明でいらっしゃると思います。ただわたくしはあまり旦那様とお話しする機会がありませんから」

「どんなところが変わっているのですか」

「さあ、わかりません。説明するのが難しいと言いましょうか。何かとても目立つことがあるわけではないのですよ。ただ、旦那様とお話ししているとなんとなくそう思ったりするだけで。真面目なのかふざけておられるのか、喜んでいらっしゃるのかそうでないのか、あまりよくわからないときがあります。簡単に言えば、お人柄がつかみにくいのです。少なくともわたくしにはよくわかりません。でもそんなこと、たいしたことではありませんよ。とてもいい方なんですから」

フェアファックス夫人の雇い主、つまり私の雇い主について、夫人から聞き出すことのできた説明はこれだけだった。人の性格を描写するとか、あるいは、人でも物でもその際立った点に着目してそれを言葉で説明しようなどとは思わない人もいるが、夫人は明らかにこの部類だった。私の質問は夫人の頭を悩ませはしたが、その口から答えが出ることはなかった。夫人の目にはロチェスター様はロチェスター様であって、つまりジェントルマンであり、ご当主であり、それ以上ではなかった。それ以上のことを自ら問いかけたり詮索したりしないので、旦那様がどんな人間かもっとはっきり知りたいと私が思うこと自体が、夫人には明らかに不可解なことだった。

　食堂を出ると、夫人は屋敷の残りを案内しましょうともちかけた。私は後について行き、階段をいく度も上下した。どこに行っても感嘆しきりだった。どの部屋もきちんと整えられていて美しかった。特に豪華だったのは正面にあるいくつかの大きな部屋だった。三階にある部屋の一部も、天井が低くて暗いものの、時代が感じられて興味深かった。この階の部屋には、かつて下の階の部屋に置かれていた家具類が、時代の流行りすたりによって少しずつ移動されていた。部屋には開き戸の閉まった縦に長い窓があり、その隙間から入り込むわずかな光が、百年の歳月を経た時代物のベッドに注がれていた。また、オークか胡桃の木で作られた収納箱には奇妙な彫刻が施されており、椰子の木の枝と天使の子どもの顔が彫られた箱はまるであのモーゼの契約の櫃のようだった。細長く背の高い椅子が並ぶ様子は、その古さから神聖なものに見えた。低い腰掛けはさらに時代物だったが、座のクッションの部分には消えかけてもまだそれとわかる手縫いの刺繡の跡が残っていた。二世代も前に棺桶のちりとなった者の手が施したものなのだろう。ソーンフィールドの館の三階部分は、このような時代の遺物の存在によってまるで過ぎ去りしものの墓場の雰囲気があった。それは聖なる記憶の祠のようだった。私は日中であれば、この隠れ家のなんとも言えない静けさと陰気さ、そして古風な趣きが気に入るだろうと思う。しかし、この大きくて重たいベッドに横たわりながら一晩を過ごしてみたいという気にはまったくなれなかった。オークの扉で囲われているベッドもあれば、古くさい手の込んだ刺繡入りのカーテンが覆うベッドもあった。特にその英国風のカーテンは表の生地が分厚く織り上げられ、奇妙な形の花々、さらに奇妙な格好をした鳥の姿、そして何にも増して奇妙な形をした人間の姿の模様が刺繍されている。もしこれらを青白い月の光を通して見たとしたら、実に異様なものに見えるに違いなかった。

「使用人がこちらの部屋に寝るのですか」私は尋ねてみた。

「いいえ、同じ階ですが、裏側に並ぶもう少し小さな部屋で生活しています。誰もここでは寝ませんよ。なにせ、もしソーンフィールドの館に幽霊がいるとしたら、この場所に現れるだろうなんて言われているぐらいですからね」

「私もそう思います。では、幽霊は見ていないわけですね」

「聞いたこともありませんよ」夫人は笑みを浮かべながら答えた。

「何かそう言った言い伝えなどはありませんか。伝説とか幽霊話とか」

「ないと思いますけどね。ただ、ロチェスター家が栄えていた時代、その一族の者は穏便に過ごしていたわけではなく、暴力沙汰もあったようです。だからこそきっと今はお墓の中で穏やかにしていらっしゃるのでしょうけれど」

「そう、『気まぐれな人生の熱病が去りしあと安らかに眠る』[*3]と言いますから」と私はつぶやいた。「あれ、どこに行くのですか、フェアファックスさん」夫人はその場を離れようとしていた。

「屋上ですよ。平らな鉛板の屋根の上です。そこからの景色を見てみますか」私はなおもついて行った。屋根裏部屋に通じるかなり細い階段を上がる。その屋根裏から今度は梯子(はしご)をよじ登り、はね上げ戸を押し開けて外に出ると、そこが屋敷の屋上だった。ここはもうミヤマガラスの群れと同じ高さにあり、巣を覗き込むこともできそうなくらいだった。胸壁の縁に寄りかかってはるか下まで見おろすと、屋敷の敷地が地図のように広がるのがよく見えた。ビロードのように艶めく芝生が屋敷をとり囲み、灰色がかった礎石の際にまで敷き詰められている。その向こうの牧草地はパーク[*4]と言えるほど広く、ところどころ老木が密集していた。枯れて陰気さが漂うその林を二つに分ける一本の小道があり、その小道は目に見えて緑色に茂っていたが、葉のついた草木が茂るというよりは苔むしているように見えた。屋敷の正門の近くにある教会、そこから続く一本の道、そして穏やかな丘陵地と、すべてが秋の日の光につつまれて静かだった。水平線に接する真っ青な空は幸先よく晴れ渡り、真珠色の雲が大理石のような模様を作り上げていた。この光景のどれを取っても並外れているとは言えないかもしれないが、すべてが心地良さに満ちていた。もう引き返そうと私は向きを変え、はね上げ戸を再びくぐって下りようとした。が、下りる梯子の先がまったく見えない。つい今し方まで見上げていた青空に比べると、屋根裏は教会の地下堂のように真っ暗に見えた。反して外の光景は、木立といい、牧草地といい、そして緑色の丘陵地まですべて日の光に照らされていた。屋敷はそれらすべての中心に位置し、そこからの景色を私は大きな喜びでもって見つめていたのである。

　はね上げ戸をきちんと閉めるため、フェアファックス夫人は私の後ろでしばらく立ち止まっていた。私は手探りで屋根裏の出口を見つけ、そこから細い屋根裏階段を下り、その先の長い廊下でしばらく待っていることにした。三階の部屋は、この廊下によって正面の部屋と裏手の部屋とに分かれていた。狭く、天井が低く、薄暗い廊下だった。向こう側の突き当たりに小さな窓が一つあるだけだった。両側に並ぶ小さな黒いドアはすべて閉ざされ、どこか青ひげ城の回廊のように思えた。

廊下をゆっくり静かに進んだ。すると、不意に思いも寄らない音が耳をつんざいた。こんな静かな屋敷の一角で耳にするとは思えない、奇妙な笑い声だった。どこか異質だがはっきりとして、かつ妙に堅苦しく重く響いた。私は立ち止まった。すると、一瞬その声も止んだ。と思うと、再び聞こえ始め、それもだんだんと大きくなっていった。その声は第一声からはっきりと聞こえていたが、かなり低音で始まっていた。それが今や高らかな声となり、廊下中のがらんとしたすべての部屋でその声がこだまするかのように響き渡った。とはいっても、音源はただ一つで、実のところ私はその奇妙な音が発せられた部屋を指摘することができた。

「フェアファックスさん」夫人が屋根裏階段を下りてくる音がしたので、私は大声で呼んだ。「大きな笑い声が聞こえましたか。あれは誰なんでしょう」

「きっと使用人の誰かじゃないですか」夫人は答えた。「多分グレイス・プールでしょう」

「あの声、聞こえましたか」もう一度私は聞いた。

「ええ、はっきりと。よく彼女が笑っているのが聞こえるんですよ。部屋の一室で縫い物をしてますからね。リーアも時々一緒にいるんです。しょっちゅう一緒にうるさくやってましてね」

笑い声は低くなり、一音ずつ区切るように繰り返されていた。そして、最後は奇妙なつぶやき声になって消えた。

フェアファックス夫人が大声で呼んだ。「グレイス」

グレイスなるものが答えてくるとは期待もしていなかった。それほどその声は今まで聞いたことがないような笑い声で、もの悲しくこの世のものではないようだった。ただ、今は真っ昼間で、こんな奇妙で尋常ならざる笑い声が引き起こされるほどの恐ろしい雰囲気ではない。場所も時期も取り立てて幽霊の恐怖にふさわしいわけではなかった。ただ、もしこのような状況でなければ、私は何かにとり憑かれたように恐怖に怯えただろう。しかし、次に起きたことは、少しでも驚いてしまったのが馬鹿馬鹿しく思えたほどだった。

私が立っている一番近い部屋のドアが開いて、一人の使用人が出てきた。三十歳から四十歳ぐらいの女性だった。がっしりと体格がよく、髪は赤毛で、無骨な感じのきつい顔つきだった。これほどロマンティックでもなく不気味でもない幽霊などいるはずもない。

「声が大きすぎます、グレイス。言った通りにしなさい」そうフェアファックス夫人が言うと、グレイスは黙ったままお辞儀をして部屋の中に戻った。

「グレイスは縫い物をしたり、リーアの仕事の手伝いをするのに雇われているのです。多少気に障る点がないわけではないですが、まあよくやってくれています。そうそう、ところで、今朝はあなたの新しい生徒とうまくいきましたか」

こうしてアデールのことに話が移り、明るく楽しい下の階に移動するまでこの話は続いた。

玄関ホールにいた私たちのところにアデールが走り寄ってきて、大声で言った。

「ねえ、お二人とも、夕食の準備ができているわよ」そして言い添えた。「わたし、とってもお腹(なか)がすいているの」

フェアファックス夫人の部屋に夕食の準備が整い、私たちを待つばかりになっていた。

第十二章

幸先よく無事にソーンフィールドの屋敷に足を踏み入れることができて、この先きっとうまくやっていけると確信めいたものがあった。この予感は、後に屋敷や家人たちをよく知るようになってからも裏切られることはなかった。フェアファックス夫人はやはり見た目通りの人で、いつも落ち着いていて親切だった。十分な教育を受けているのでそれなりの知性もあった。私の生徒は活発な子だった。思いのまま甘やかされてきたので時々言うことを聞かないこともあったが、彼女の世話は私一人に任されていたので、どこからも無遠慮な邪魔など入らず、自分なりの計画を進めることができた。しばらくするとちょっとした気まぐれなど起こさなくなり、素直で教えやすくなった。私の生徒には特にこれといって優れた才能があるわけではない。特に変わった性格でもなければ、独特な感性やセンスを発揮するわけでもなかった。要するに、並を上回る子どもではなかったが、何か大きな欠点や悪い癖があるわけでもなかったので、並以下とも言えなかった。それなりの進歩も見せ、私に対していつも明るく好意を寄せてくれていたが、それほど深い愛情を寄せるわけでもなかった。しかし、その天真爛漫な振る舞いやぺちゃくちゃと楽しくおしゃべりをする様子、いつも人を喜ばせようとしている姿などを見ていると、私もそれなりに愛情が湧いた。だからお互い一緒にいて、なんの不満もなかった。

ちなみに、子どもは天使であるという教えを真剣に考え、教育に従事するなら子どもを盲目的に愛し、すべてをかけなくてはならないと考える人たちに、私の言葉は冷たく聞こえるだろう。しかし、私は親のエゴなるものを持ち上げるつもりはないし、偽善的なせりふを繰り返したくもない。白々しい言葉ばかりを並べても仕方がない。私がこうして書くのも、ただ真実を伝えたいからである。アデールのことは、彼女の幸福や進歩を思っていつも気にかけていたし、かわいらしい彼女には好感が持てた。フェアファックス夫人のこともそうで、親切な態度にはいつも感謝していたし、夫人と一緒にいることが楽しかった。しかし、それは夫人の私への穏やかな好意や、夫人の温和な心や性格と釣り合うぐらいに節度あるものだった。

さらに次のようなことまで言うと、私を咎めたく思う人もいるだろうが、それも構わない。私はよく敷地内を一人で散歩して回り、時には正門のところまで下りて、門の隙間から外へ続く道を眺めたりした。アデールが乳母と楽しく遊び、フェアファックス夫人が貯蔵室でジャムを作っているときなど、一人で三階まで上がり、屋根裏のはね上げ戸を押し開けて屋上に出ると、静かな牧草地や丘を見渡し、ぼんやりとかすむ地平線をたどった。そうして、この境界線をはるかに越えて見通せる力が欲しいと心から思った。この先には賑わう町や活気に満ちた都会があると耳にしていても、実際には見たことがなかった。今以上に実用的な経験が欲しいと思い、もっと自分と似た種類の人間と交わりたかった。この手が届くところにとどまらず、様々な人間とも関わりを持ちたかった。フェアファックス夫人の人柄のよさはわかっていたし、アデールもそうである。しかし、彼らとはまた違う人もいるはずで、もっと目が冴えるほど優れた性質がどこかにあると、そう信じていた。それをこの目で見たいと思ったのである。

やはり私は咎められるだろう。満足を知らないと多くの人に言われるだろう。でもどうしようもなかった。私は落ち着きがない性分で、じっとしていられない気持ちになると痛みを覚えることさえあった。そんなとき、唯一の救いは、三階の廊下を行ったり来たりしながらその場の静けさと孤独にひたり、そうして自分の心の目でできる限りの明るい未来を想像して、目に浮かんだ世界に浸り続けることだった。実際に、その世界は次から次へと輝きを増していく。興奮に胸の高鳴りを覚えずにはいられず、時にはその展開に不安と苦しみで胸が張り裂けそうになるにしても、心はますます活気づいて豊かになる。ついには、心の耳が何事かを聴き始める。それは私の想像力が産み出す終わりのない物語で、絶えることなく紡がれていく。出来事、人生、情熱、感情、そのすべてが息づく物語、それを私は求めていた。しかし、そのすべてが現実の生活に欠けていた。

人は平穏に安住するべきだと言ってみても虚しいだけである。人は行動しなければならない。行動する余地がなければ自らその機会を作らなくてはいけない。実に多くの人々がこの私よりも静かで落ち着いた運命に甘んじている。そしてまた、実に多くの人間が自らの運命に黙して反抗もしている。政治的な反乱に限らず、世に覆い隠された無数の人間生活の中で、一体どれほどの反乱が沸き立っているのだろうか。一般に女性の気性はとても穏やかであるとされている。しかし、女性にも男性と同じように感情がある。自分の能力を試すためには実践が必要で、かつそれを実行する場がなくてはならない。男性も同じことである。女性は堅苦しい束縛や身動きのとれない停滞感に悩まされている。まさに男性もそうである。それなのに、女性より多くの特権を享受する者たちが、女性はプディングを作ったり長靴下を編んだり、ピアノを弾いたりバッグに刺繍したりしていればよいなどと言うのは、実に狭い了見である。女性が自分たちに必要とされている以上のことを追い求め、学ぼうとするからと言って、非難したりあざ笑ったりするのは思慮に欠けているとしか言いようがない。

こうして三階の廊下で一人過ごしているときに、よくグレイス・プールの笑い声が聞こえてきた。初めて聞いたときのあのぞくっとした声は、相変わらず耳に響く声で、かつ低音でゆっくり「ハハハ」と笑っていた。一方で、ぶつぶつとつぶやく奇妙な声も聞こえ、それは笑い声より不気味だった。至って静かな時もあれば、何だかわからない音がする時もあった。本人の姿を見かけることもあった。そんなときの彼女はいつも、たらいやお皿やお盆を持って部屋を出て、台所まで下り、またすぐに部屋に戻ってきた。そして（ロマンティックな想像力を持つ読者の皆さん、ここであえて真実を伝えるならば）、実はいつもその手には黒ビールのカップが握られていた。そんな様子を見ると、あの奇声によってそそられた好奇心も削がれてしまうのだった。いかつい体格にどっしりとした物腰で、どこにも興味がひかれなかった。何度か話しかけてみたものの、口数の少ない女性のようで、どんな努力をしてもいつも返事は一言二言で話は途切れがちになった。

この屋敷に住む他の人たち、ジョンとその妻、メイドのリーア、フランス人乳母のソフィーは、皆きちんとしたいい人たちだった。ただ、並み外れて素晴らしいとは言えなかった。例えばソフィーとは日頃フランス語で話したが、時折彼女の母国について質問をしても、どうやら人に何かを説明したり、語ったりする人ではないようで、決まってその答えに中身はなく、おまけに何を言いたいのかよくわからないので、それ以上の質問をする気持ちも失せてしまった。

十月、十一月、十二月と過ぎていった。一月に入ったある日の午後、アデールが風邪をひいたので、フェアファックス夫人が休日をとるよう勧めてきた。この提案にアデール自身も勢い込んで賛成し、私も自分が子どもだった頃、時々の休日がどんなにありがたかったかを思い出さずにはいられず、休みをとらせることにした。こうしたことには少し柔軟なくらいのほうが賢明だとも思ったのである。その日はよく晴れた穏やかな冬の日だったが、とても寒かった。私は午前中ずっと読書室にいて、これ以上そこにじっとしているのもうんざりだった。フェアファックス夫人がちょうど手紙を書き終え、手紙が投函されるところだったので、私はボンネットの帽子と外套を身に着けると、手紙をヘイの村に持って行くことを買って出た。二マイルの距離を歩くのも、午後のいい散歩になると思った。アデールはフェアファックス夫人の部屋で、暖炉のそばにある自分の小さな椅子に気持ちよく納まっている。いつでも遊べるようにと彼女の一番のお気に入りの人形を渡し（その蠟で出来た人形は、薄紙に包みいつも私が引き出しに入れて保管していた）、また気分転換のためにおとぎ話の本も渡した。「ねえマドモアゼル・ジャネット、すぐに戻っていらしてね」とアデールは言い、私は返事をして彼女にキスをすると、外へ出かけた。

地面は固く、空気はひんやりしていた。誰にも出会わず、ひとりぼっちの道のりだった。まずは体を温めようと急ぎ足で歩き、その後はゆっくりと、その時その場所に待ち構えている様々な楽しみをじっくり味わい、吟味しつつ歩いた。教会の鐘楼の下を通るとき、ちょうど三時の鐘が鳴った。次第に迫る夕暮れの薄闇、低く傾きながら鈍い光を放つ太陽こそがこの時間の魅力だった。ソーンフィールドの館から一マイルのところに来ていた。この小道は夏には野バラの花、秋には木の実とブラックベリーが有名で、この時期でもまだ野バラやサンザシの赤い丸い実が少し残っていた。しかし、何といっても冬一番の喜びは、静まり返る静寂と冬枯れの木々のわびしさである。この場所では風がそよいでもまったく音がしなかった。風にざわめくヒイラギの木や常緑樹などが一本もなかったからである。葉が落ちた剝き出しのサンザシとハシバミの低木は石のように押し黙り、まるでこの土手道の真ん中に敷き詰められ、磨滅してしまった白い石のごとくであった。道の両側には見渡す限りの牧草地が続いていたが、今は草をはむ牛もいなかった。小鳥たちが時々生垣の間をひらひらと動くのが見えたが、それはまるで取り残されて落ちることを忘れた茶色い枯れ葉にも見えた。

この小道は丘を上り、ヘイの村までずっと続いていた。私は道のりの半分まで来たところで、牧草地の入口の柵にある踏み越し段[*5]に座った。凍てつく寒さだった。マントをかき寄せ、マフの中にぐっと両手を押し込んだので、それほど寒さを感じずには済んだが、実際どれほど寒いかはこの土手道に張った薄氷を見れば明らかだった。今日は凍っている小川から、数日前の急な雪解けで水が溢れ出した跡だった。私が座っているこの場所からは、ソーンフィールドの館を見下ろすことができる。眼下に広がる谷間の風景の中で一番目立っているのが、胸壁で囲われた灰色の屋敷だった。カラスの群れが棲みついた林が西の空を背景に暗くたたずんでいる。私はその木々の間に日が落ちるまでじっとしていた。太陽は明るい深紅の輝きを放ちながらその背後に沈んでいく。私は再び東へと目を向けた。

見上げた丘の頂上には月が昇っていた。まだ雲のように白く薄かったが、刻々と明るさを増していた。その月が見下ろすヘイの村は、まだ木々に隠れて半分も見えていなかったが、数軒の家の煙突から青白い煙が立ち上っているのが見えた。まだ一マイルは離れていたが、しんと静まり返る中から村の生活のざわめきがかすかにではあるが、はっきりと耳に聞こえてきた。そして、どこの谷間や谷底からかはわからないが、水が流れる音も耳に入ってきた。ヘイの向こう側は丘陵地が続くため、その起伏に沿ってたくさんの小川が流れているに違いない。その晩の静けさゆえに、近場の川のせせらぎも、はるか彼方で吹く風のざわめきも、同じようにはっきりと耳に聞こえた。

突然、荒々しい音が、そのかすかなせせらぎとざわめきを打ち破った。それは遠くからであっても、はっきりと聞こえてきた。ドサッ、ドサッと歩み寄る確実な足音、カチンカチンと響くような金属的な音が、サラサラと流れる小川の音をかき消した。それは絵で言えば、前景に濃く力強く描かれる、がっしりとした岩の塊やごつごつした太いオークの木の幹が、遠景に淡く描かれる青味がかった山や、日の光に染まる地平線、空に溶け込む白い雲々など、溶け合う色彩の淡い陰影をかき消してしまうのと同じだった。

けたたましい音はこの土手道を伝ってきている。一頭の馬がやってきていた。道が曲がりくねっているのでまだ姿は見えないが、確実に近づいてくる。私はその場を離れようとしたが、道が狭かったので踏み越し段に座ったまま馬をやり過ごそうとした。当時の私はまだ若く、ありとあらゆる空想が明るいものも暗いものも、頭の中に住みつき、どれもばかげたものばかりだったが、とりわけ子どもの頃に聞いたおとぎ話をよく記憶していた。それらが心に浮かぶと、大人になる私は、子どもの頃よりもかえってその物語を鮮やかに生き生きと蘇らせてしまった。馬がだんだんと近づく中、夕暮れの薄闇からその姿が現れるのを見守っていた私は、乳母のベッシーがかつて私にしてくれた話をいくつか思い出していた。その中にはイングランド北部に伝わる「ガイトラッシュ」という名の精霊の話があった。馬やラバや大きな犬の姿をした精霊が人気のない道に現れ、時に行き暮れた旅人を襲うというのだ。まさに今、その馬が私に近づいてくるように思えた。

かなり接近しているが、まだ見えない。と、ドサッ、ドサッという音と同時に、生垣の下を何かがさっと過ぎ去る音が聞こえた。すると、ハシバミの木々が立ち並ぶ根本近くから、すっと大きな犬が現れた。その白と黒の色が木々を背景に存在をくっきりと際立たせている。毛が長く頭が大きいライオンにも似た姿、これは間違いなくベッシーが話したガイトラッシュの化身だ。しかし、それは私のそばをただ静かに通り過ぎていく。ふと私を見上げて立ち止まり、どこか犬とは思えない尋常ならざる目つきで私の顔を覗き込む、というようなことを半ば期待していたが、そんなことは起こらなかった。そのあとに馬がやってきた。乗馬用の背の高い馬で、実際に人間の男性が乗っていた。これで魔法も解かれた。ガイトラッシュは常に単独で現れるもので、その上に何かが乗っているはずはない。それに、私が知っている限り、ゴブリンの悪い妖精も、例えば動物の物言わぬ死体に宿ることはあっても、普通の人間の形にその仮の姿を求めるということはあり得ない。そう、これはガイトラッシュではない。ただミルコートまで近道を通ろうとしている旅人にすぎない。旅人は通り過ぎていく。そこで私も再び歩き始めた。と、数歩行ったところで、背後で何かがずるっと滑る音が聞こえた。続いて、「くそ、どうした」と叫ぶ声、がちゃんと何かが倒れる音がして、私の注意を引いた。振り返ると、人も馬ももろとも地面に倒れていた。この土手道に張った薄氷で滑ったのだ。犬が飛んで引き返してきた。自分の主人が窮地に陥っているのを見ると、そして馬のうなり声を耳にすると、犬は吠え始めた。夕暮れに染まる丘に哭き声が響き渡る。体の大きさに釣り合った低くて野太い声がこだまを返してきた。と、今度は、地面に横たわっている主人と馬の周りを嗅ぎ回る。が、ついには私のところに走ってきた。そうするしかなかったのだろう。手近に助けを求めるすべなど他になかった。私は犬の求めに応じ、旅人のもとに近寄った。この時、その男性はすでに自らもがいて馬から逃れようとしていた。その激しい奮闘ぶりに、内心、怪我はたいしたことではないだろうと感じながらも、声をかけてみた。

「お怪我をされましたか」

ののしっていたようだが、定かでない。いずれにしろ、何やら文句を吐いていたので、私の問いかけにはすぐに答えられなかった。

「大丈夫ですか」私はもう一度尋ねた。

「いいから道の脇に立っていなさい」と彼は言い、膝をついて立ち上がった。私は言われた通りにした。奮闘が始まった。苦しそうに喘ぐ馬は足を踏み鳴らし、がちゃがちゃと激しく音を立てた。周りでは犬が吠えたりうなったりしているので、私は実際、数ヤードはその場から離れざるを得なかった。それでも事の顚末を見ようと、遠くに逃げることはなかった。結局、その成り行きは幸運なものだった。馬は元の姿勢に戻り、犬は「伏せ、パイロット」という声で吠えるのをやめた。旅人は今度は前かがみになって、自分の足や足元を触り、傷がないかどうか調べているようだった。どうやらどこか具合が悪いらしく、彼は足を引きずりながら、私が先ほどまで座っていた踏み越し段まで歩き、そこに座った。

役に立ちたいと、余計なお世話だったかもしれないが、そんな気分になっていたようだ。私はもう一度彼に近づいていた。

「あの、もし怪我をされて助けが必要でしたら、誰かソーンフィールドの館から、もしくはヘイから人を呼んできますが」

「ありがとう。自分でやるから大丈夫だ。骨折はしていない。ただ、くじいたらしいが」もう一度立ち上がって歩こうとしたが、思わず「うっ」といううめき声が洩れ出た。

まだ日の光がわずかに残り、月もだんだんと明るくなっていたので、その旅人の姿をはっきり見ることができた。毛皮の襟と金属の留め金がついた乗馬用の外套に身を包んでいた。外套のために中身までは見通せないものの、中背で、胸板がかなり分厚いことは見てとれた。顔色は浅黒く、眉が太くて厳しい顔つきだった。ひそめた眉と目元は怒りに満ち、今の悔しさを表していた。青年とは言えないが、中年にも達していないようで、おそらく三十五歳ぐらいだろう。私は彼を怖いとは思わず、気後れさえもほとんど感じなかった。しかし、もし彼が英雄のごとき美しく若い男性であったなら、こんなふうに大胆に、彼の意向を気にも留めずに質問を繰り返したり、頼まれもしないのに助けの手を差し伸べたりはしなかったであろう。そもそも私はこれまで美しい青年など、見かけたことも話しかけたこともなかった。美しさ、優雅さ、猛々(たけだけ)しさ、男性的魅力といったものについて、これまで頭の中では尊敬と敬服の念を抱いてきたが、もしこれらの素質を一人の具体的な男性のうちに見出したとしたら、それが私自身の内なるものとはまったく調和せず、また調和しようもないと本能的にわかり、結局は遠ざけたのではないかと思う。それは人が、火や稲妻などに対して、輝く美しさを感じながらも忌み嫌って避けようとするのと同じであった。

それに、この見知らぬ旅人に話しかけたとき、もし彼がにこやかに、上機嫌に振る舞っていたら、もしくは、差し伸べられた助けを辞退するにも、感謝の思いを明るく伝えていたら、私はその場を立ち去っただろう。もう一度問いかけてみなくてはという思いに駆られることもなかったはずだ。しかし、旅人のこの不機嫌でぶっきらぼうな態度に、私の気持ちは和らいだ。彼は手を振って去るように示したが、私はその場を動かなかった。そしてはっきりと言った。

「お一人にしておくわけにはまいりません。もう遅い時間ですし、こんなに人気のない道ですから。馬にお乗りになれるかどうか見ないといけません」

そう言ったとき、彼は私を見た。それまでは私には目もくれなかった。

「ご自身も家にお帰りにならないと。この近くに家があるとしたらですが」彼は言った。

「どちらから来ましたか」

「すぐ下です。でも、月明かりがありますから、遅くなってから外にいてもまったく怖くありません。よろしければ、ヘイまでひと走りしても構いません。手紙を投函しに行く途中ですから」

「すぐ下に住んでいると。つまり、あの胸壁に囲まれた屋敷のことかね」と、ソーンフィールドの館を指さしながら言った。屋敷は今、青白い月明かりに照らされ、林を背景にひときわ白く見えた。背後にそびえる林は、その西の空と対照的に今や大きなひとつの影のようだった。

「ええ、そうです」

「あれは誰の屋敷か」

「ロチェスター様です」

「いいえ、お会いしたことはないです」

「屋敷にはいつもいないと」

「ええ」

「今どこにいらっしゃる」

「わかりません」

「とすると、あなたはあの屋敷の召使ではない。そうすると……」と言いよどみ、私の服装に目をやった。私はいつも通り、シンプルな服装だった。メリノウールの黒い外套に、ビーバーの毛の黒いボンネット帽をかぶっていた。奥様付きのメイドには遠く及ばない。彼は私が何者であるのかわからず、当惑しているようだったので、助け舟を出すことにした。

「私はガヴァネスです」

「ああ、ガヴァネスか」と私の言葉を繰り返した。「ちくしょう、忘れてたな。ガヴァネスか」そして再び私の服装をじろじろと見た。二分ほど経って、彼は踏み越し段から立ち上がろうとしたが、痛そうに顔をしかめた。

「あなたを遣いにやって助けを求めたりはしないが、そうご親切を言ってくれるなら、多少の手伝いをお願いするかな」

「はい」

「傘を持ってはいないか。杖に使いたいのだが」

「いいえ」

「そうしたら、あの馬の轡をつかんで引っ張り、私のところまで連れてきてくれ。怖くはないな」

もし一人だったら、馬に触るのが怖いと思ったはずだ。しかしそうするように言われて、ただ従う気持ちになった。マフを外して踏み越し段に置き、背の高い馬に近づいて行った。なんとかして馬の轡をつかもうとしたが、これがなかなかの馬で、私を顔の近くまで寄りつかせようとしない。何回も何回も試したが、だめだった。その間ずっと、私は馬の前脚に踏みつけられるのではないかと、怖くて仕方がなかった。彼はしばらく見守っていたが、ついには笑い出した。

「そうか、山はついにマホメットには至らずだな。そうしたら、マホメットが山に至るのを助けてもらうとするか。こちらに来てもらえるかな」

私は言う通りにした。「申し訳ないが、どうしてもあなたのお力を借りなければならない」

彼は私の肩に手をぐっと置き、少し体重をのせて寄りかかりながら、馬のところまで足をひきずりながら歩いた。一度轡をつかむとすぐにうまく馴らし、鞍に跳び乗った。しかし、乗ろうとするときには痛そうに顔をしかめた。足首を痛めていたのである。

彼はきつく結んでいた口元を少し緩めながら言った。「さてと、あとは鞭（むち）を渡してくれ。そこの生垣の下にあるから」

私は鞭を探し出した。

「どうもありがとう。さあ、急いでヘイに手紙を出しに行きなさい。できるだけ早く戻ったほうがいい」

最初の一蹴りに馬は驚き、思わず後ろ脚で棒立ちになった。が、すぐに飛び去るように行ってしまうと、犬もその後を追って走り去った。三者もろともあっという間に消え、まるで——

「荒野[*6]に巻き上がる一陣の突風
ヒースもろとも吹き飛ばす」

ようだった。

私はマフを取り上げ、再び歩き始めた。ある出来事が起こり、そして終わった。ほんの一瞬の出来事で、ロマンスもなければ、ある意味興味もわかない。が、たった一時間でも単調な生活に変化を添えてくれた出来事だった。助けを必要とされ、求められ、私はそれに応えた。少しでも何かしてあげることができたのは嬉しかった。私のしたことは取るに足らないことで、一時のことに過ぎなかったが、それでもある行動をとったのは事実である。何もしないで待つだけの人生は飽き飽きだった。そして、私の思い出の画廊に、あの新しい顔も加わった。他に飾られているどの絵とも違うもので、まずもって男性の絵である。さらに、その顔は浅黒く、力強く、厳しい。ヘイに入ったときもまだその顔が目の前から離れず、手紙をポストに投函するときも、帰り道に丘を急いで下るときも離れなかった。あの踏み越し段のところに来たとき、少し立ち止まってあたりを見渡し、耳をすませてみた。この土手道にまた馬の蹄(ひづめ)が鳴り響く音が聞こえるかもしれない、乗馬用の外套を着た人が、ガイトラッシュのニューファンドランド犬が、現れるかもしれない。しかし目に飛び込んできたものは、目の前の生垣と一本の柳の木だけだった。それは枝を刈り込まれ、すっくと立って月の光を浴びていた。耳に聞こえてくるのは、ただソーンフィールドの館を取り囲む林の中を、気まぐれな風がさっと通り過ぎるかすかな音だけで、一マイルも離れたところから遠く聞こえてきた。風の音のする方向へと目を向け、下を見遣った。すると、私の目は屋敷の正面玄関を行き過ぎ、ある部屋の窓に灯された明かりに気がついた。帰るのが遅くなったと思い、急いで帰り道を進む。

屋敷に着いたが、入りたくはなかった。この敷居をまたぐと、あの停滞に戻ることになる。あのしんとした玄関ホールを横切り、あの薄暗い階段を上り、寂しい自分の小さな部屋に入る。そして、物静かなフェアファックス夫人に会いに行き、この長い冬の晩を夫人と二人きりで一緒に過ごす。そう思うと、今日の散歩がもたらしてくれたわずかばかりの興奮も一気に冷めてしまいそうだった。まったく展望のない、変化もない、ただただ静かな生活が待っていて、その束縛にもう一度身も心も縛られなければならない。そう、安全と安らぎという特権を得た生活を、私はもう有難くは思えなくなっていた。不安定な毎日にもがき苦しむ日々の中で、もし嵐にふりまわされた経験があったとしても、そのときの私に何の意味があっただろう。辛い苦難の体験は、心穏やかな日々に憧れることを教えてくれるとしても、今やその穏やかな生活に不満があるのだ。「あまりに心地良き椅子」にずっと座っていた人間でさえ、それに飽きてしまって長い散歩にでも出かけたくなるのだから、その人と同じように、こんな状況の私が何か行動に駆り立てられるのもごく自然なことだった。

私は正門のところでぐずぐずしていた。中に入っても庭の芝生の上をぶらつき、屋敷の前の道を行ったり来たりしていた。ドアのガラス部分は鎧戸で閉められていたので、中は見えなかった。次第に、私の目も心もこの憂鬱な屋敷から離れて行った。屋敷は光が射し込まない部屋ばかりの灰色の洞穴のように思えてきた。私がひきつけられたのは、目の前に広がる空だった。雲ひとつない蒼い空で、円い月が厳かな歩みで天上に近づいている。丘の背後から顔を出していた月は頂上を越えたあたりから、まっすぐそのまま上を向いていくようにも思えた。丘をはるか下方に据え、月は天頂を目指していた。底知れない深さと測り知れない広がりを持った漆黒の夜の頂点へと舞い昇る。かすかに身を震わせた星たちがその後に続いた。それを見ている私の心も震え、身体中の血管が熱くなった。が、ちょっとしたことでこの地上に呼び戻されるものである。玄関ホールの時計が時を告げた。それで十分だった。月や星に別れを告げ、横の扉を開けて中に入った。

内部はさほど暗くはなかったが、高く吊り下げられた銅製のランプが一つ灯されているだけで、他の明かりはなかった。しかし、どこからか暖かな光が洩れている。それは玄関ホール全体に広がり、また、オークの階段の下まで照らしていた。その赤い光の出所は食堂だった。二枚扉が開いたままだったので、暖炉の火が暖かく燃えているのが見える。大理石のマントルピースと真鍮製の火かき棒が赤々と照らし出され、紫色のカーテンや磨き抜かれた家具類がこの上ない輝きを放っていた。何人かの人たちが暖炉のそばにいるのが見え、その人たちも明るく照らされていた。が、彼らが見えたと思った瞬間、また、楽しそうな声が聞こえると思った瞬間、扉が閉まった。いくつか入り混じる声の中にはアデールの声が聞こえたような気がした。

フェアファックス夫人の部屋に急いだ。ここにも暖炉の火はついていたが、ろうそくの明かりもフェアファックス夫人の姿も見えない。代わりに目に飛び込んできたのは、黒と白の毛の長い大型犬だった。ひとりぼっちで、暖炉の前の敷物の上に座っていた。まっすぐに背を伸ばし、おとなしくじっと暖炉の火を見つめていた。まるであの小道で出会ったガイトラッシュのようだった。それにしてもあんまり似ていたので、私は一歩前に近づき、呼びかけてみた。

「パイロット」するとその犬は立ち上がり、私のところにやってきてクンクンとにおいを嗅いだ。私は犬に腕を回し、撫でてあげた。すると犬もその大きな尻尾を振ってくる。それにしても気味が悪かった。私一人で相手をするのはなんとも不気味で、どこから来たのかもわからなかった。ろうそくを持ってきてもらおうと、というより、この訪問者のことを説明してもらおうとベルを鳴らしたところ、リーアが入ってきた。

「この犬はどうしたの」

「ご主人様と参りました」

「誰とですって」

「ご主人のロチェスター様です。到着されたばかりですが」

「まあ驚いたわ。フェアファックス夫人が今ご一緒なのかしら」

「はい、アデラお嬢様もです。皆さん食堂にいらっしゃいます。それで、ジョンが今お医者様を呼びに行ったところです。ご主人様はお怪我をされていまして。馬が転倒して、足首を捻挫されたとか」

「ヘイに行く小道のところで転んだのかしら」

「ええ、丘を下りてくる途中で。氷が張っていて滑ったのです」

「なるほど。リーア、ろうそくを持ってきてくれるかしら」

リーアがろうそくを持ってきたその後ろから、フェアファックス夫人が部屋に入ってきて、同じ知らせを繰り返した。ただ、外科医のカーター先生がもういらしていて、ロチェスター様と一緒にいるということだった。お茶を出すように言わなければと夫人は言って、急いで部屋を出ていった。私は羽織っていたものを脱ぎに、二階に上がった。

第十三章

ロチェスター氏は医者の指示に従い、その晩は早く床に就いたようだった。翌朝も早くは起きてこなかった。階下に下りてきたときには、もうロチェスター氏の代理人が来ており、仕事に専念しなければならなかった。借地人たちも何人か来て、皆が主人と話すのを待っていた。

アデールと私はもう読書室にはいられなかった。この書斎兼読書室は、訪問者用の応接室として、以降、毎日のように使われることになった。そこで二階の一室に暖炉の火をくべてもらい、その部屋に私たちは本を持ち込み、今後の勉強部屋として整えることにした。私はすでに朝のうちから、ソーンフィールドの屋敷にある変化がもたらされたことに気づいていた。もはや教会のような静けさがなくなった。一、二時間ごとにドアをノックする音やベルが勢いよく鳴らされる音が響いた。玄関ホールを横切る足音が頻繁に聞こえ、聞き慣れない声が様々な声音で話すのも階下から聞こえてきた。それはまるで、彼方から一筋の川が流れ込んできたようだった。主人という存在がもたらされたのである。私としてはこのほうがずっとよかった。

この日、アデールを教えるのはなかなか大変だった。まったく集中できず、何度も部屋から駆け出しては階段の手すりから下を見て、ロチェスター氏の姿が見えないかと気にした。

そして下に行く口実をいくつもひねり出した。書斎に行きたがっていることはすぐに見抜いたが、もちろん行けば邪魔になることはわかっていた。それで私が少し怒ってしばらくじっと座らせていると、「わたしのお友達のムッシュー・エドゥワール・フェアファックス・ド・ロチェステール」(そのとき初めて私は彼のファースト・ネームを知った)と呼んで、彼のことばかり話し続けた。アデールはロチェスター氏が何のプレゼントを持ってきているのかが気になっていて、あれやこれやと推測していた。どうやら前の晩、ミルコートから荷物が到着したとき、ロチェスター氏はその中に小さな箱があるというようなことをほのめかしたらしい。その箱の中身をアデールは知りたがった。

「だって、そんなふうにおっしゃるってことは、わたしのプレゼントがその中にあるのよね。多分マドモアゼルにもプレゼントがあるわ。だってムッシューはあなたのことを話したのよ。家庭教師の先生のお名前はって。それに、その人は小さい人じゃないかって。とてもやせていて、顔もちょっと白いって。そうですって言ったわ。だってその通りでしょ」

私とアデールはいつものようにフェアファックス夫人の部屋で食事をとった。外は雪模様で荒れていたので、午後は勉強部屋で過ごすことにした。夕方になり、私はアデールにそろそろ勉強道具や本を片付け、下に行ってもいいと伝えた。階下は比較的静かになり、呼び鈴ももう鳴らされなくなったので、ロチェスター氏の手も空いたことだろうと思ったのである。一人になると、私は窓際まで近づいた。しかし、そこからは何も見えなかった。外は薄暗く雪が舞っていたので先が見通せず、目の前の庭の木々までも見えなかった。カーテンを閉め、暖炉のそばに戻った。

　赤々と燃える残り火が、私にある風景を呼び起こさせていた。それは、かつてどこかで見た絵、ライン川河畔のハイデルベルクの城のようなものだった。と、そこにフェアファックス夫人が入ってきたので、紡ぎ合わせていた炎のモザイク画は解け、それと同時に、ひとりきりの私に重くのしかかりつつあったあまりよくない考えも散っていった。

「ロチェスター様が、今晩にでもあなたと生徒のお二人とご一緒に、応接間でお茶をいかがですかとおっしゃっています」夫人は言った。「一日中お仕事でお忙しかったので、これまでお会いすることができなかったそうです」

「ロチェスター様のお茶の時間は何時でしょう」私は尋ねた。

「あら、それは六時です。英国にいらっしゃるときは早寝されていますから。ですから、もう着替えられたほうがいいでしょう。一緒に行って、後ろを締めるのをお手伝いしましょうか。ろうそくも持ってますから」

「着替えなくてはいけないのかしら」

「ええ、もちろんそのほうがよろしいでしょう。わたくしはロチェスター様がいらしているときは、晩はいつもドレスに着替えます」

　この新しく始まった儀式は少々物々しすぎるように思えた。しかし、私は自分の部屋に行き、夫人に手伝ってもらいながら、今着ている黒いウールのものから黒いシルクのフロックドレスに着替えた。この一着以外にドレスはなかったが、上等なものだった。ただ実は、これ以外に明るめのグレーのドレスも持っていた。しかし、ローウッドの学校での服装の習わしにならえば、それは上等すぎて一級のお呼ばれの時に着るようなものだった。

「ブローチがあるといいのですけどね」フェアファックス夫人は言った。たった一つ、ローウッドのテンプル先生がお餞別（せんべつ）にくれた小さな真珠のブローチを持っていた。それを付け、私たちは階下に下りた。人に会うこと自体に慣れないものだから、こんなふうにきちんとした形でロチェスター氏の前に通されると、ちょっとした重荷に感じられた。夫人に先に食堂に入ってもらい、その部屋を通り過ぎる間、私はずっと彼女の陰に隠れるようにしていた。今日はカーテンが下ろされたアーチ形の入口を通り抜け、私たちはあの奥まった優雅な部屋に入った。

テーブルの上には二本のろうそくが灯され、暖炉のマントルピースにも二本置かれていた。暖炉の火は勢いよく燃え、その暖かな明るい光を前に寝そべっていたのはパイロットだった。アデールがそばで膝をついて座っていた。そして長椅子の上で半分身を起こし、クッションの上に足を置いて寝そべっているのが、ロチェスター氏だった。彼はアデールと犬を見つめていた。暖炉の火が顔の隅々まで照らしている。私が見たあの旅人だった。真っ黒な太い眉、角張った広い額、その額は横に撫でつけられた黒髪のせいでさらに広く見えた。そしてまた、あのきりっとした鼻筋、これは美しいというより、決然とした彼の性格を際立たせているようだ。ふくらんだ小鼻は気難しそうで、口元にも厳しさが表れている。そう、この口、上あご、下あご、すべてがいかつい造りで、もはや間違いなかった。外套を脱いだその姿は角張った顔つきと調和がとれているように思えた。胸板が分厚く、かつ脇腹は締まり、体格がよかった。しかし、それは運動選手のようにいい体格であるという意味で、背が高いわけでも、すらっとして気品があるわけでもなかった。

ロチェスター氏は、私とフェアファックス夫人が部屋に入るのに気づいていたはずだった。しかし、私たちが近づいても顔を上げず、わざわざ気に留める気分でもないようだった。

「ロチェスター様、こちらがミス・エアです」夫人が静かに声をかけた。ロチェスター氏はうなずいたものの、犬と子どもから目を離さずにいた。

「ミス・エアにお座りいただくように」彼が言った。先ほどの渋々とぎこちなくうなずく様子にしろ、今の丁寧ではあるが苛立ちを押さえきれない言い方にしろ、まるでこう言いたがっているようだ。「ミス・エアだって。そこにいようがいまいが、一体、私に何の関係があるんだ。今は声をかける気分ではない」

しかし、私は重荷が解かれたような気分で座った。もしこれが申し分なく洗練された礼儀作法で応対されていたら、かえって困惑したことだろう。私がそれにふさわしい優雅さと気品ある態度で応えられるとは思えなかった。ところが、この素っ気なくてぶっきらぼうな態度には、何の義務も感じなくて済む。それに、こうした気まぐれな態度にはこちらが慎み深く黙っていれば、かえって私に有利だった。そもそも、この風変わりな成り行きは刺激的で、どんなふうに彼が続けるつもりなのか、私は興味を持った。

ロチェスター氏はそのまままるで彫像のようにしていた。身動きすることも話しかけることもなかった。フェアファックス夫人は誰かが愛想よく振る舞わなければと思ったらしく、自ら話し始めた。いつものように親切に、いつものようにありきたりのことを話し始めた。一日中お仕事に追われてさぞかし大変だったでしょう、おみ足が痛くてお辛かったでしょう、でもそのままお仕事を終えられて本当に我慢強く耐えていらっしゃるようですね、と言って主人を慰めた。

「フェアファックスさん、お茶が欲しいのですが」返ってきたのはこれだけだった。夫人は急いでベルを鳴らす。お盆が来ると、せっせとティーカップやスプーンなどを整え、素早く準備を進めた。私とアデールはテーブルの席に着いた。しかし、主人は長椅子から離れようとしない。

「ロチェスター様にこのカップを渡していただけますか」夫人が私に尋ねた。「アデールですとこぼしてしまうかもしれませんから」

私は言われた通りにした。主人が私の手からそれを受け取ったとき、アデールが今がチャンスとばかりに私のためにお願いをしようと、大きな声で言った。

「ムッシュー、小さなお荷物の箱にマドモアゼルのためのプレゼントがあるんでしょう、そうよね」

「誰がプレゼントのことなど言った」少し声を荒らげて主人は言った。「ミス・エア、あなたはプレゼントを期待していたのですか。贈り物が好きとか、そういうことですか」彼は探るように私を見た。その黒い目は怒りに満ち、かつ何事をも見抜く目であるように見えた。

「わかりません。いただいた経験がほとんどないものですから。嬉しいものだとは聞いておりますが」

「嬉しいものだと聞いている。それであなた自身はどう思うのですか」

「それには少しお時間をいただけるとありがたいのですが。聞いていただけるようなきちんとしたお答えをするには時間が必要です。贈り物にはいろいろな面があると思います。贈り物の性質について意見を述べるならば、すべて一通り考えてみなければなりません」

「ミス・エア、あなたはアデールほどうぶでも、真っ正直なわけでもありませんね。アデールは私に会うとすぐに、『プレゼント、プレゼント』とやかましく言ってきます。あなたは遠回しにおっしゃいますね」

「それは、ご褒美をいただいてよいものか、私はアデールほど自信が持てないからです。アデールなら、ご主人様とは昔からのお知り合いだからと言えますし、これまでの習慣だからいただいて当然とも言えると思います。いつもおもちゃをお与えになっていると伺っていますから。でも、私が何か自分の言い分を考えなければならないとすると、困ってしまいます。なにしろ、私は他人ですから。それに、私はまだ認められるほどのことを何もしていませんし」

「過剰な謙遜か。そんな態度を取ってみたところでどうする。アデールには試しがてら、いくつか質問をしました。あなたがずいぶんと苦労したことはわかっています。彼女は聡明な子どもではないし、特に才能があるわけでもない。しかし短期間にずいぶんと成長しました」

「ロチェスター様、たった今、私に『プレゼント』をくださいました。お礼を申し上げます。今くださったものこそが、教師が本当に欲しいと思う報酬です。生徒の進歩についてのお褒めの言葉です」

「ふん」とロチェスター氏は鼻で笑い、黙ってお茶を飲んだ。

お盆が下がると、主人は「暖炉のそばに来なさい」と言った。フェアファックス夫人は編み物を持ってすでに部屋の片隅に落ち着いていた。アデールは私の手を引き、部屋を歩き回って案内しているところだった。壁に取り付けた小さなテーブルや食器棚に置かれた、美しい書物や装飾の置物を私に見せようと思ったのである。しかし、義務の命ずるところ、従わなくてはならない。私たちは言われた通りにした。アデールは私の膝の上に座ろうとしたが、主人にパイロットと遊んでいるようにと言いつけられた。

「私の屋敷に来てから三か月になりますか」

「はい」

「出身は」

「――州のローウッド学校です」

「ああ、慈善学校のね。どのくらいそこにいたのですか」

「八年です」

「八年だって。それはなかなかしぶといな。よくもそこまで生きてこられたものだ。あんなところにその半分でもいたら、どんな丈夫な子でも参ってしまうだろうと思っていたが。そうか、だからあなたは、どこかこの世の者ではないような風貌をしているわけだ。一体どこでどうやったらあなたのような顔になるのか不思議だった。昨晩ヘイの小道で出くわしたとき、どういうわけか妖精の話を思いついた。だから思わず、私の馬に魔法でもかけたかと、問い詰めてやろうと思ったぐらいだ。さて、どうなんだ。ご両親は何をされている」

「どちらもおりません」

「いたことすらないという感じだな。お二人を覚えていますか」

「いいえ」

「そうだろうな。だから、あなたはあそこでお仲間を待っていたと。あの踏み越し段に座って」

「誰をですって」

「緑の男たち[*7]ですよ。彼らのような妖精たちが出てくるのにふさわしい月の明るい晩だったからね。あなたたちが作った輪の中を私が通り抜けたものだから、それで土手道にあの忌々しい氷を張らせたんだろう」

私は首を振った。「緑の男たちはみんな、百年前にイングランドを見捨てて去ってしまいました」私は彼と同じ口調で真面目に話した。「ヘイの小道にも、その周りの牧草地にも、彼らの痕跡すら見つけることはできません。夏だろうと、秋の収穫期だろうと、あるいは冬の月明かりだろうと、もう二度と彼らのお祭り騒ぎを輝かせることはないでしょう」

フェアファックス夫人は編み物の手を止めていた。眉がつり上がり、何の話をしているのだろうと不思議に思ったようだった。

「しかし」とロチェスター氏はまた始めた。「両親がいないと言っても、親戚の類はいるでしょう。おじさんやおばさんとか」

「いいえ。会ったこともありません」

「実家は」

「ありません」

「ごきょうだいはどこに」

「きょうだいもいません」

「誰が推薦したのかな、この屋敷に来るときに」

「自分で広告を出しました。フェアファックス夫人がその広告にお返事をくださったのです」

「ええ、そうですよ」と、私たちの話にようやく追いついた夫人が言った。「わたくしは神様が導いてくださった選択に毎日感謝しています。ミス・エアは、わたくしにとってかけがえのない友人、そして話し相手になってくださっています。アデラにとっては、いつも彼女を気にかけてくださるご親切な先生です」

「わざわざあなたが推薦人になることはない」主人は返した。「そもそも人の賛辞で私の目はごまかせない。私は自分で判断するとしよう。まず彼女は私の馬を転ばせたんだ」

「何ですって」夫人は言った。

「この捻挫も彼女のおかげだから礼を言わないといかん」

夫人は怪訝(けげん)そうな顔をした。

「ミス・エア、町に住んだことはありますか」

「いいえ」

「これまで多くの人と交流がありましたか」

「ローウッドの生徒たちと先生方以外は特に。あとは、このソーンフィールドの屋敷の人たちだけです」

「よく読書をしますか」

「身近にある本は読みますが、さほど多くはありません。学問的でもありません」

「修道女のような生活だな。さだめし宗教的な作法については叩(たた)き込まれているのだろう。確かローウッド学校の校長はブロックルハーストだったと思うが、彼は牧師でしょう」

「はい」

「あなたのような娘たちはみんな彼のことを崇拝していたんだろう。修道院の尼さんが院長を崇拝するように」

「いえ、とんでもないです」

「とんでもないと。よくも落ち着き払って、なんと冷たい人だ。修道女が司祭を崇拝しない。それはばちあたりだろう」

「私はブロックルハーストさんが好きではありませんでした。そう思っていたのは私だけではありません。彼はとても厳しい人でした。態度が横柄で、よく口うるさいことも言ってきました。私たち生徒の髪を短く切るように言ったり、節約のためだと言って、質の悪い糸と針を買い与えました。そんなものでは縫い物などできません」

「それはとても間違った節約の仕方ですね」フェアファックス夫人がまた会話の流れをつかんで言った。

「それが彼の過ちの主たるものというわけですか」主人は尋ねる。

「それに、委員の人たちが任命される以前、彼一人で食料管理を監督していたときに私たち皆がひもじい思いをさせられました。一週間に一度、長い説教を聞かされたのも退屈でした。それから夜には自分が書かれた本を朗読するのですが、それが突然に訪れる死のことや、天罰のことばかりなので、私たちは夜寝るのが怖くなったりしたのです」

「あなたがローウッドに行ったときは何歳でしたか」

「十歳ぐらいです」

「八年間そこにいたわけだから、今十八歳ということだな」

その通りだと答えた。

「ほら、算術は役に立つ。その助けがなければ、あなたの年齢はとうていわからなかったね。あなたのように顔の造作と表情がまったく異なっていると、年齢を言い当てるのは至難の業だ。それで、ローウッドでは何を学びましたか。ピアノは弾けますか」

「少しは」

「もちろん、それがお決まりの言い方だからな。では、読書室に行きなさい。その、もしよければ、ですが（私のこの命令口調についてはご勘弁を。『これこれしなさい』と言うのに慣れているもので。実際、そうなるわけでね。新しい人が来たからといって、習慣は変えられん）。それでは、読書室に行きなさい。ほら、ろうそくを持って。ドアは開けたままでい い。ピアノの前に座って何か曲を弾きなさい」

私は彼の指示通りにそちらへ向かった。

数分後、「もういい」と主人は大声で言った。「本当に『少し』しか弾けないんだな。この国の学校に行った娘たちはみんなそうだ。あなたは多少ましなほうかもしれない。だが、たいしてうまくない」

私はピアノの蓋を閉じ、部屋に戻った。ロチェスター氏は続ける。

「アデールが今朝何枚かスケッチを持ってきてくれてね、あなたが描いたと言っている。しかし、全部あなたが描いたのかどうか。おそらく絵の先生が助けてくれたんだろう」

「まあ、そんなこと絶対にありません」私は口を挟んだ。

「ああ、あなたのプライドを傷つけたかな。それなら、画帳を持ってきなさい。その中身をあなた自身が描いたと断言できるなら。だが、不確かなところがあるんだったら、余計なことなど言わないように。継ぎはぎだらけの絵はお見通しだからね」

「それでは何も言いません。ご自分で判断なさってください」

私は読書室から画帳を持ってきた。

「そこのテーブルをこちらに近づけなさい」ロチェスター氏が言ったので、私はその車輪付きのテーブルを長椅子のところまで押していった。アデールとフェアファックス夫人が私の絵を見ようと近くに寄ってくる。

「そばに寄るんじゃない」主人は言った。「私が見終わったら渡してやるから。だから顔を寄せるんじゃない」

ロチェスター氏は素描と絵を一枚一枚じっくりと観察した。そして、うち三枚を横に置き、その他については見終えると払いのけるようにした。

「フェアファックスさん、これはあっちのテーブルに持っていって、アデールと一緒に見てください」そして私のことをちらりと見て言った。「あなたはそこに座りなさい。私の質問に答えるように。この三枚の絵だが、一人の手によって描かれているらしい。あなたが描いたのですか」

「はい」

「だが、いつそんな時間があったんだ。この絵は時間がかかっただろう、かなり考える時間も必要だったと思うが」

「ローウッドにいたとき、最後にいただいた二度の休暇中です。他にする仕事がなかったもので」

「何の絵を模写したのですか」

「私の頭の中の絵です」

「私の目の前の、その肩の上に載っている頭か」

「ええ」

「その頭の中にはこの類のものがまだ他にもあるのか」

「あると思います。もっといいものが残っていればよいですが」

ロチェスター氏は自分の前にその三枚の絵を広げ、もう一度順ぐりに見ていった。彼がそんなふうに見ている間、読者の皆さんにその絵がどのようなものかお伝えしよう。最初に断っておくと、特に素晴らしいというほどのものではない。まず、この絵の主題は、本当に私の頭の中に鮮明に浮かび上がってきた。心の目で見ている間、つまり、紙の上に表そうとするまでは、極めて印象が強かった。しかし、私の手はどうしてもそのイメージをたどれず、どの絵もこの手から生み出されると、思い描いたものを薄ぼんやりと写し取った程度でしかなかった。

三枚の絵とも水彩画である。一枚目の絵には雲と海が描かれている。低く垂れこめた鉛色の雲がうねる海の上を進んでいる。背景に日の光はなく、前景の一番手前の大波にも光は当たっていない。というより、陸は描かれていないので波そのものが前景である。しかし、唯一かすかな光が射し込み、それによって一本の沈みかけた船の帆柱がくっきりと浮かび上がっていた。その上に大きな黒い鵜がいる。羽には泡沫が飛び散り、また、宝石が嵌め込まれた金色のブレスレットをくちばしにくわえている。私はその宝石の輝きを筆で表そうと、持っているパレットの色でできる限りのきらめきを添え、また私の画法で可能な限りの艶やかさも添えた。その鵜と帆柱の下には沈みゆくものがある。それは溺死体で、緑色の海の波間から少しだけ姿をのぞかせていた。唯一鮮明に見えているのは一本の白い腕である。その腕からブレスレットが流され、あるいはもぎ取られたのである。

二枚目の絵は、まず前景には小高い山の薄暗い頂上だけが見えている。風がかすかにそよぐかのように、草葉がなびいている。また、たそがれ時の紺碧(こんぺき)の空がはるか上方まで広がっている。そして、その空に昇っていく一人の女性の上半身の姿が描かれている。私はそれをできる限りの色合いで暗く、やわらかく描いた。淡く描かれた女性の額には一つ星が輝き、その下の顔の部分はまるで靄がかかったようにおぼろげである。その中で目だけが妖しく黒く光り、影のように流れる黒髪は、荒れ狂う風や雷の仕業によって引きちぎられた真っ暗な雲のようにも見える。首に月明かりのような青白い光が反射し、やはりかすかな光が下方にたなびく細い雲々にも当たっている。この雲の合間から出現し、こうべを垂れるその女性とは、「宵の明星」の幻である。

三枚目の絵は、北極の氷山の切っ先が冬空を突き刺す光景を描いている。集まったオーロラの光が地平線に沿って隙間なく並び、鈍く光る槍(やり)の数々をまっすぐに突き立てている。しかし、それは遠い背景に追いやられ、前景に見えているのはある頭部である。巨大な頭部は氷山に傾き、その頭をもたせかけている。額の下で組まれた二本の細い手がそれを支え、顔の下の部分にかかった黒いヴェールを押し上げている。そこから覗く額はまったく血の気がなく、骨のような白さである。落ち窪(おちくぼ)んだ目の片方だけ見え、何かを凝視しているようだが、その目もガラスのように虚ろで、絶望のみを宿している。顔の部分で見えているのはそれだけだった。こめかみより上には、素材や柔らかさまではわからないが、大きな黒いターバンが巻かれ、それが織りなすひだの間から何か白い炎のような輪がきらっと光り、えんじ色の光もちりばめられている。この青白い三日月は「王の冠に等しきもの」であり、その冠が讃えている栄光は「現身の形なき形」の様であった。

「この絵を描いたとき、あなたは幸せでしたか」しばらくしてロチェスター氏が尋ねた。

「ただもう夢中でした。そうですね、幸せでした。つまり、この絵を描くことで、私はそれまで知らなかった大変な喜びを経験できたのです」

「それじゃよくわからんな。あなたの話を聞く限り、あなたは喜びが何かなんてたいして知らないね。だが、このような奇妙な色彩を混ぜたり重ねたりしている間は、きっと芸術家たちのあの夢のような世界の中にいたんだろう。毎日長いこと絵の前に座っていたのかね」

「休暇中だったので、他に何もすることがなかったのです。朝からお昼まで、そしてお昼から夜まで、ずっと座っていました。真夏だったので日が長く、絵に専念するにはうってつけでしたから、そんな気持ちになったのです」

「それで、その非常に熱心な努力の結果は、あなたにとって満足のいくものでしたか」

「いいえ、まったくです。自分が考えたものとできあがったものとの落差には本当に悩まされました。どの絵にしても、思い描いていたものに遠く及びません」

「そんなこともないだろう。おそらくあなたは自分の思い描いたものをかすかに捉えてはいるが、それ以上ができないのだろう。それを完全な形にする、芸術家としての技術や知識がまだ十分ではない。しかし、この絵の描き方は学校を出たばかりの娘にしては独特なものがある。アイディアに関して言えば、妖精の思いつきのようだ。例えばこの『宵の明星』の目などは、あなたが夢で見たものに違いない。まったく輝きがないにもかかわらず、一体どうやったらこれほど鮮明にできるのか。額の星が目の光を抑えているんだな。しかし、この目に宿る深遠さは何を意味するのか。それに、誰が風を描くことを教えたのだろう。空にも、この山の頂上にも激しい風を感じる。一体どこでラトモスの山を見たのだろうか。これはラトモスの山だ。さあ、もう絵をしまいなさい」

まだ画帳の紐を結び終えてもいないのに、不意にロチェスター氏は時計を見て言った。

「もう九時だ。ミス・エア、こんなに遅くまでアデールを起こしていて、あなたは何をしているのですか。ベッドに連れて行きなさい」

部屋を出る前、アデールはロチェスター氏にお休みのキスをしに行った。主人はキスを受け止めはしたものの、嬉しくはないようだった。もしパイロットがキスをしたとしても同じような反応か、もしくは、まだもう少しまともだったかもしれない。

「さあ、みんなもう休め。では、お休みなさい」とロチェスター氏はドアのほうに手を振りながら言った。もう私たちと一緒にいるのはうんざりで、さっさと出て行ってもらいたいと言うようだった。フェアファックス夫人は縫い物をしまい、私は画帳を手に取った。二人でロチェスター氏に向かってかがんでお辞儀をしたが、冷たくうなずかれただけだった。そうして私たちは部屋を出た。

「フェアファックスさん、ロチェスター様はそれほどひどく変わった方ではないと以前におっしゃっていましたね」アデールを寝かせたあとで夫人の部屋に行ったとき、私はそう言った。

「変わっていらっしゃいますかね」

「ものすごく変わっています。気が変わりやすいですし、唐突なところがありませんか」

「そうですね。旦那様をご存じない人はきっとそう思われるでしょう。でもわたくしは旦那様の態度に慣れきってしまっているもので、あまり考えないのですよ。それに、もし気分の波がおありになって少し変わっていらっしゃるとしたら、それはそれで致し方ないでしょうね」

「なぜですか」

「まず一つにはご性格でしょう。性格というものは、誰がどうこうするわけにはいきませんから。それから、きっとお悩みがあって、いろいろお辛く考えていらっしゃることがあるのでしょう。それで気分にむらがあるのかもしれませんね」

「どんな悩みですか」

「一つにはご家族のこととか」

「でもご家族はいらっしゃらないでしょう」

「今はいらっしゃいませんが、かつてはいらしたのです。つまり、ご親族の方がということですけれど。実は数年前にお兄様を亡くされたのです」

「お兄様ですか」

「ええ。現当主のロチェスター様は、この地所をご自分のものとされてからまだそう長くはないのです。まだおおよそ九年です」

「九年とはそれなりの時間に思いますけれど。お兄様のことをとても慕っていらしたのですか。それで、亡くなってからずっと慰めを得られずにいらっしゃるのですか」

「いいえ、それはないです。そんなことはおそらくないでしょう。お二人の間には何か行き違いがあったようですから。ローランド・ロチェスター様は、弟のエドワード様にあまり公平な態度をとられなかったのです。おそらくですが、お父様に悪いようにおっしゃったりしたようです。お年を召されたお父様は、お金にご執着があり、ご一族の資産をなんとか一つにまとめておきたいと思われ、財産を分割して減らしたくはないというお考えでした。それでもご家名の箔を維持するために、エドワード様にも財産が必要であるとも強く思われていました。それでエドワード様が成人になられるとすぐに、ある方法がとられたのですが、それがまったく公平ではなく大きな災いのもとでした。お父様とローランド様は結託されて、その財産を作ろうと、エドワード様をあるお立場に置かれたのですが、それがご本人には大変お辛いことだったのです。そのお立場が正確にどのような性質のものか、わたくしにははっきりとわかりません。ただ、そうした諸々の苦しみにエドワード様のお心は耐えきれなかったのです。あの方は何もかも許せるようなお人ではありません。ご家族と縁を切られました。それで、あのように地に足の着かない生活を何年も送られてきているのです。お兄様が遺書のないまま亡くなられたのでこの地所のご当主になられましたが、私の記憶する限り、ソーンフィールドの屋敷にまるまる二週間もいらっしゃったことがありません。それにまあ、この古いお屋敷を避けられるのも当然ですわね」

「なぜ避けられるのですか」

「なぜって、このお屋敷が陰気に思えるのでしょう」

なんとも曖昧な答えに思えた。もっと明快な答えが欲しいと思った。しかし、フェアファックス夫人は、ロチェスター氏のこの苦難について、その源が具体的に何で、どんな性質のものか、もっとはっきりとした情報を私に伝えられなかった。あるいは、教えてくれようとしなかった。このことは自分にも謎であると強く言い張り、わかっていることもほとんど自分の推測によると言った。もうこれ以上、この話題を続けてもらいたくないと思っているのも明らかだった。そこで、私も話をやめた。

第十四章

それから数日間、ロチェスター氏を見かけることはほとんどなかった。午前中は仕事で大変忙しいようだった。午後は午後でミルコートや近隣の町から紳士方が訪ねてきた。彼らは時に主人と夕食を共にし、屋敷に泊まったりもした。また、足の捻挫がだいぶよくなり馬を走らせることが可能になると、主人はかなり長い間馬に乗って外出するようになった。おそらく紳士方の訪問の返礼に出かけていたのだろう。たいてい夜遅くまで帰ってこなかった。

その数日の間は、アデールでさえロチェスター氏の前に呼び出されることがまずなかった。私は玄関や階段や廊下でたまにすれ違うだけで、それ以外に顔を合わせることがなかった。ロチェスター氏は私の横を通り過ぎるとき、ただ冷たくうなずいたり、ちらっと冷ややかな目つきで見るなどして私がいることを認めるぐらいで、その態度はつんとしてよそよそしかった。かと思えば、時には紳士らしく、愛想よく会釈し、微笑(ほほえ)むこともあった。私はこの気まぐれを特段気にすることはなかった。私には関係ないということがわかっていたからで、気分の変化に波がある理由は私とはまったく切り離されたところにあった。

ある日、ロチェスター氏と夕食を共にするために何人かの来客があり、私の画帳が求められるということがあった。おそらく彼らにその中身が見せられたのだろう。その晩、紳士たちは早めに切り上げて帰って行った。フェアファックス夫人によると、彼らはミルコートでの集会に出席する予定があったらしい。外は雨が降り、荒れ模様だったので、ロチェスター氏は同行しなかった。彼らが去ってしばらくするとベルが鳴らされ、アデールと私に下の部屋に来てもらいたいという主人のメッセージが伝えられた。すぐにアデールの髪にブラシをかけ、身なりを整えさせた。私はいつものように、例のクエーカー教徒のような出(い)で立(た)ちで、これ以上手を加える必要は一切なかった。後ろに編み上げた髪に至るまで、すべてがあまりにも質素でシンプルなので、乱れが生じるという要素がまずもって見当たらなかった。こうして身なりを確認すると、私たちは階下に下りていった。アデールは「小さなお荷物の箱」がようやく届いたのか、それればかり気にしていた。何らかの手違いでこれまで届いていなかったのだ。食堂に入ると、アデールは大満足だった。テーブルの上に小さなボール箱があり、彼女には直感でそれとわかったようだった。

「わたしの箱、わたしの箱ね」アデールは叫んで走り寄った。

「そうだ、待ちに待った『わたしの箱』だよ。生粋(きっすい)のパリ娘みたいだな。ほら、あっちの隅っこに持っていってから開けなさい。はらわたの中身はそっちでじっくり楽しんでくれ」ロチェスター氏の皮肉めいた声が、暖炉のそばの巨大な安楽椅子の奥底から低く響き渡った。「いいか」と声が続く。「その解剖作業を私にいちいち報告しないように。はらわたの状態がどうのこうの言って私をわずらわせるようなことはしないでくれ。作業は淡々と静かに進めること。いいか、静かにだぞ」

アデールにそのような警告は必要なかったようだ。すでにそのお宝を持ってソファーに引っ込み、ふたの紐をほどくのに一生懸命だった。その邪魔ものをようやく取り除くと、覆っていた銀色に光る薄紙をそっと持ち上げた。

「まあ、とってもすてき」と一言叫び、あとはただうっとりとして箱の中身をじっと見つめていた。

「ミス・エアはいますか」主人が尋ね、椅子から半分身を起こしてドアのほうを振り返った。私はその近くに立っていた。

「ああ、いましたね。こちらへ。ここに座りなさい」と言いながら椅子を引き寄せた。「私は子どものおしゃべりが苦手でね。長年の独り身といったところだから、子どもがぺちゃくちゃ話すのが楽しいなんて思ったこともないのだ。いや、チビなんかと一晩中差し向かいでいるのはまっぴらだ。ミス・エア、椅子を遠ざけない、私が置いたところにちゃんと座りなさい。よろしければだ。実にいまいましい、丁寧な言葉づかいってやつは。すぐに忘れる。だが、お人好しの婆さんみたいに振る舞ってみても仕方がない。それで思い出したが、わが家の一人も忘れてはいかん。気にかけてやらんと。彼女はフェアファックス家の人間だからな。嫁いできたにしても、身内は身内だ。血は水より濃いと言うからな」

主人はベルを鳴らし、フェアファックス夫人もこちらへ招待するよう伝えた。夫人はまもなく編み物のかごを手にしてやってきた。

「今晩は、フェアファックス夫人。ちょっとした慈善をお願いするためにあなたを呼びました。アデールにプレゼントのことで私に話しかけてはいけないと言ったのだが、彼女は嬉しさのあまり今にもはちきれんばかりでね。彼女の聞き手となり、話し相手となってくれませんかね。あなたのこれまでのどんな行いよりも慈悲深い行為のはずだ」

実際、アデールはフェアファックス夫人を見るとすぐにソファーに来るように言いつけ、夫人の膝はあっという間に、磁器やら象牙細工やら蠟細工やらの「箱」の中身で覆い尽くされてしまった。その間もずっとアデールはお得意のフランス語なまりの英語でひっきりなしに説明し、喜びの気持ちをとめどなく伝えた。

「さあ、よき主人役を務めたところで」とロチェスター氏は続けた。「あちらのお客さんに二人きりで楽しむ機会を設けたわけだから、もう私自身の楽しみに移らせてもらってもいいだろう。ミス・エア、あなたのその椅子、もう少しこちらに引き寄せなさい。まだ遠すぎます。あなたがよく見えない。こっちの居心地のいい椅子を少しずらせばいいが、私にそうするつもりはないんだ」

私は言われた通りにした。本当は少し暗がりにいるほうがよかったので、その場を動きたくはなかった。しかし、ロチェスター氏がはっきりとした物言いで命じたので、即座にそれに従うのが当然に思えた。

すでに伝えた通り、私たちは食堂にいた。夕食のために灯されていたシャンデリアの光が部屋を隅々まで、華やかに照らし出し、大きな暖炉の火も赤々と燃えていた。背の高い窓と、さらに天井に届くほど高いアーチ形の入口には、重厚でたっぷりとした紫色のカーテンが降りていた。すべてがひっそりと静かだった。アデールが声を押し殺して話す小さな話し声が聞こえるだけで（さすがに彼女も大きな声で話そうとしなかった）、その話し声が途切れるたびに、冬の雨が窓ガラスを打ちつける音が聞こえていた。

ロチェスター氏はダマスク織の布が掛けられた安楽椅子に座っていたが、その顔つきは以前に私が見たのと違っているように見えた。さほど厳しい表情ではなく、また陰気な感じもほとんどなかった。口元には笑みがこぼれ、目はきらきらとしていた。それがワインのせいだったかはわからない。まあ、おそらくそうなのだろう。つまり、食後のくつろいだ気分でいた。ゆったりと気分が和み、午前中のあの堅苦しい冷ややかな態度に比べたら、気ままに我を楽しむといったふうだった。とはいえ、なんともいかめしい表情は相変わらずで、柔らかく膨らんだ背もたれにその大きな頭をもたせかけていた。暖炉の明かりが岩を削ったような顔立ちを照らし、大きな黒い目を映し出している。そう、実に大きな黒い目で、とても美しかった。時にその目の奥底にかすかな変化が見えて、優しさとまで言えなくとも、少なくともそれらしき心の機微を感じさせた。

ロチェスター氏は暖炉の火を二分ほど見つめていた。私も同じくらいの時間、彼のことを見ていた。と、不意に彼は振り向き、私の視線が自分の顔にじっと注がれているのに気づいた。

「私のことをじろじろと見ているようだが」彼は言った。「ミス・エア、私は美男子かね」

もしよく考えてから答えたとしたら、何か曖昧で月並みなお世辞でも答えたはずである。しかし、どういうわけか、気がつくとすでに「いいえ」と答えていた。

「ああ、やっぱりな。あなたは変わったところがある」彼は言う。「ちょっとした修道女のような雰囲気がある。古風で、物静かで、深刻ぶっていて、そして飾り気がない。両手を前にして座っている様子もそうだし、伏し目がちでいつも床のほうを向いている（ただ、例えば今のあなたのように、時にその目はまっすぐに私の顔に向けられることもあるがね）。そして、誰かに質問をされたり、返事をしなければならないことを言われると、極めて率直な答えを投げてよこすんだ。不躾（ぶしつけ）ではないとしても、あまり愛想はよくないですな。どういうつもりかね」

「失礼をお許しください。あまりにも単純でした。容姿についての質問にとっさに答えるのは容易ではありませんと、そう答えるべきでした。それか、人の好みはたいてい人それぞれですからとか、美しいかどうかはたいしたことではありませんとか、そんなふうに答えるべきでした」

「そんなふうに答える必要はまったくない。美しいかどうかはたいしたことではない、か。よく言ったもんだ。そうやって、今の無礼を少しでも和らげようと、私をなだめて落ち着かせようと、そのくせひそかに私の耳元にナイフを突きつけるんだ。さあ、もっと続けなさい。どんな欠点が私にはあるんだ。人並みに両手両足、目や鼻や口もついていると思うがね」

「ロチェスター様、先ほどの答えを撤回させてください。決してあてこすりを申したつもりではありません。なんとも愚かなことを申し上げてしまいました」

「まったくだ。私もそう思う。だから言ったことに責任を持ってもらわないと。私を批評してみなさい。このおでこは気に入らないか」

彼は額にかかる少し横に波打った黒髪を持ち上げてみせた。がっちりと大きな額は、骨相学から見て知性の十分に詰まった部分であることを示していた。しかし、善意を表す優しさが示される部分の発達だけが明らかに欠けていた。

「さあ、先生、私は愚か者かね」

「そんなことはありません。でも、ロチェスター様は慈悲深いお方ですかと、もし私からお尋ねしましたら、きっとまた無礼だとお思いになるのでしょうね」

「ほらまただ。私の頭を優しくなでるつもりで、またナイフを突き刺した。しかし、あなたがそんなことを言うのは、私が子どもや婆さんたちと（小さな声で言わないといけないが）一緒にいるのを好まないと言ったからだろう。そうですよ、お嬢さん。私は世間で言うところの慈善家ではない。しかし良心ならある」彼は良心を表すと言われている額のでっぱりの部分を指した。幸いなことに、それは十分に目立ち、頭の上のほうまで大きく広がっていた。「それに、かつての私は無骨ながら優しさらしきものを持ち合わせていた。あなたぐらいの歳のときには極めて多感な青年でね。育ててくれる親も保護者もいない、運に見放された者に味方した。だが、運命の女神がずいぶんと私に試練を与え、しかも、そのこぶしで揉むに揉まれたものだから、もうゴムまりみたいに強く固くなってしまったと言えるんだ。それでもほんの少しの裂け目から、少しは染み込んでくる。それに腫れものの真ん中には特に感じやすいところがある。そう、だから私にも少しは希望があると言っていい、そうではないか」

「何についての希望でしょうか」

「最後にもう一度ゴムまりから人間に生まれ変わること、と言ったところだ」

「明らかにワインの飲み過ぎだわ」と私は思った。この奇妙な質問にどう答えればいいかわからなかった。彼がもう一度生まれ変わることができるかどうか、私にわかるわけがない。

「大いに困惑しているね、ミス・エア。私は美男子でないが、あなたもその点では私とたいして変わらない。ただ、困惑した様子はあなたに似合っている。それに好都合だ。あなたの探るような目が私の顔に向けられず、今も暖炉の敷物の花模様を観察するのに忙しい。だから、そのまま大いに困惑し続けなさい。さあ、お嬢さん、今宵の私は人好きで、誰かと話したい気分だ」

そう言って椅子から立ち上がり、大理石のマントルピースに腕をもたせかけて立った。その姿勢でいると、彼の体が顔と同じくらいにはっきりと見えた。異様に胸幅があり、足の長さとおよそ釣り合いがとれていなかった。たいていの人なら不格好で醜いと思ったはずだ。しかし、その姿は無意識のうちにプライドにあふれ、たたずまいには落ち着きさえあった。自分の外見にはまったく関心を払っていないということがよくわかる一方で、その魅力の欠如を埋め合わせるためか、先天性であれ後天性であれ、それ以外の素質が及ぼす力に堂々と頼り切っていた。そのため、彼を見ていると、外見への無頓着ぶりに賛同し、たとえ不完全で不確かであろうと、その自信たっぷりの態度を信頼してしまうのである。

「今宵は一人ではなく、誰かと話したい」彼は繰り返した。「だからあなたを呼びました。暖炉の火やシャンデリアの明かりではお仲間として十分ではない。パイロットだってそうだ。どれもこれも話さんからね。アデールは少しはましだが、それでもまだ役には立たない。フェアファックス夫人も同様だ。でも、あなたはその気になりさえすれば、きっとふさわしい相手になる。あなたをここに初めて呼んだ晩、あなたには困惑させられた。しかし、それ以来あなたのことはほとんど忘れていた。他のことで頭が一杯で、あなたのことを考える余裕などなかったのでね。しかし、今晩はくつろがせていただきますよ。迫りくる日々の事どもは忘れ、楽しいことだけを思い出すことにしよう。今日はあなたをおしゃべりに誘い、もっとあなたのことを知る機会にするとしよう。これは楽しみだ。さあ、話してごらん」

　私は話す代わりに笑みを浮かべた。満足しきった笑みでもなく、嫌々従うという笑みでもなかった。

「何か話しなさい」彼は促した。

「何についてですか」

「何でも好きなことで構わない。話題の選び方も話の持って行き方も、すべてあなたに任せよう」

　そのまま私は黙り込み、身動きもせずにいた。そして心の中でつぶやく。「ただおしゃべりをして自分のことをひけらかしたいなら、それで私に何か話をさせたいなら、お門違いもいいところだわ。私には向いていないとすぐにおわかりでしょう」

「ミス・エア、黙ったままですか」

　私は黙り続けた。彼は頭をわずかに私に向け、ちらっと一目見遣ってこちらの目の中を探った。

「強情張りだな」彼は言った。「それに怒っている。ああ、それは筋が通っているな。私は自分の望みを、奇妙な、無礼にも近い態度で示してしまったからね。大変失礼しました、ミス・エア。つまりですね、これからはもう、私はあなたを目下の者のように扱うといったことはしたくないのです。それはつまり（と言い直した）、あなたと私の二十という歳の差と、百年にも及ぶ経験の違いから生じる差があるときは、この目上の立場を尊重させてもらうということですがね。これだけは理にかなっている。アデールがよく言うように、『これだけは言っておくけど』ということだね。それで今、この優位に基づいて、つまりただそれだけの理由で、私はあなたにお願いをする。どうか私と少し話してくれませんか。そうして私の気を紛らわしてほしい。最近、頭がある一つのことにかかりっきりで、気持ちもすり減っていてね。錆びた釘のようにぼろぼろだ」

弁明のお言葉までいただき、それがほとんど謝罪のようにも聞こえたので、私はこのようなへりくだった態度に平然としてはいられなかった。それに、自分が平然としていると見られたくもなかった。

「喜んでロチェスター様のお楽しみのお供をしたいと思っています、できることならぜひとも。ただ、何の話題を提供すればいいのかわかりません。何にご興味をお持ちなのかわからないのです。質問をなさってください。そうしたらできるだけお答えします」

「それではまず、あなたは私に同意しますか。私が時に多少とも主人らしく威張ったり、ぶっきらぼうになったり、それからおそらくいろいろと厳しく要求することがあっても、それは私が今言った根拠に基づき、そうする権利があるのだと。つまり、私はあなたの父親ぐらいの年齢だ。それに、あなたはこれまで一つの家で一つの集団の人たちと静かに暮らしてきたかもしれないが、私は多くの国で多くの人たちを相手に闘い、様々な経験を重ねてきた。

地球の半分も渡り歩いてきたわけだ。そういった根拠に基づいてということだが」

「何でもお好きなようになさってください」

「それでは答えになっていない。はぐらかしている感じで、むしろいらいらする。はっきりと答えなさい」

「私より年上であるからとか、私より世の中を見てきたからという理由だけで私に指図する権利があるとは思いません。ロチェスター様がその優位を訴えられるかどうかは、その歳月と経験をどう生かしてこられたかによると思います」

「ふん。てきぱきと答えるね。しかし、その言い分は認められない。なぜなら、私の場合には当てはまらないものでね。私はその歳月と時間という優位な立場をうまく利用してこなかった、というより無関心だったんでね。では、優位の問題は棚上げにするとしても、時には私の指示を受け入れることに同意しなければならない。この命令口調に苛立ったり、傷つけられたりせずにだ。それはいいかね」

　私は微笑んだ。ロチェスター氏はやはり変わっていると心の中で思っていた。彼の様々な指示を受け入れるために、私は一年三十ポンドの給料をもらっているということを、彼は忘れてしまっているらしい。

「笑うのもまことに結構だが」私の顔によぎった表情に即座に気づいて言った。「しかし、もっと話もしなさい」

「考えていたのです。給料をいただく雇われ者が、雇い主の指示にいらいらしたり傷ついたりするかどうか、それをわざわざ気にかけて尋ねてくださるご主人なんてめったにいないでしょうと」

「給料をいただく雇われ者。なんと、あなたは私の雇われ者なのか。ああ、そうか、給料のことは忘れていたぞ。それならば、まあ、その金銭がらみの根拠に基づいて、私が多少とも威張り屋の主人になることに同意してもらおう」

「いいえ、そんな理由では同意いたしません。でも、その金銭がらみのことを忘れてくださったということ、私のような雇われ者が今の状況に不自由していないかどうか気にかけてくださったこと、そのことを理由に私は心から同意いたします」

「それで、世間的な礼儀や言葉づかいをほとんど無視した態度でも構わないわけか。そうした省略が不遜（ふそん）な考えに基づいていないと考えられるかね」

「ロチェスター様、略式を不遜な態度と取り違えることは決してありません。略式であることは嫌いではありませんが、不遜な態度、これには自由の身で生まれた者なら決して服従しないでしょう。たとえ給料に代えてもです」

「ふん、ばかばかしい。自由の身で生まれた者はたいてい、給料のためなら何にでも服従するものさ。いいか、もうそれ以上は言わないように。まったく何も知らないことについて一般論を持ち出すのはよくない。しかし、あなたの答えに心の中では握手を求めるとしよう。たとえ不正確な言い草でもね。それに、発言の内容に劣らずその言い方にも賛同しよう。率直で嘘偽りがない。なかなかそういう人はいないもんだ。いや、普通はその逆で、変に飾ったり、あるいは冷ややかな態度をとったりするものだ。よく考えもせず意味を取り違えて、愚かしい勘違いをしたりね。それが通常、素直さの見返りというものだろう。学校を出たばかりで世慣れないガヴァネスが三千人いたとして、その誰一人、今のあなたのようには答えられない。しかし、あなたをおだてるつもりはないのだ。大半の人と異なる気質を持っているからといって、それはあなたの手柄でも何でもない。それは神なる自然がもたらしたもの。それに結局は私の早とちりかもしれない。まだよく知らないだけで、あなたもたいして他の人と変わりがないかもしれない。あなたの数少ない長所をまるごと相殺してしまう、どうしようもない欠点だって持ち合わせているかもしれないからね」

「あなただってそうかもしれない」私は心の中で思った。そう考えていると、彼と私の目が合った。彼は読み取ったようだった。まるで私が心に思っただけでなく、実際そう発言したかのように答えた。

「そうだ、その通りだ。私にはたくさんの欠点がある」彼は言った。「自分でもわかっているから、あえて弁解などしないがね。確かに私は他人に対してそこまで厳しく接することはできないはずだ。この心に秘めて黙したある過去の生活や数々の行いといったものがあるし、ある色に染まった人生を送ってきた。それについては、隣人から冷笑や非難を浴びせられても仕方がないだろう。その道を歩き出したのは私が二十一歳のとき、というより、ある誤った道に無理やり乗せられてしまったと言うべきだな（ほら、怠け者が言うように、その責任の半分は不運や逆境のせいであると考えたいものだから）。その時から私は正しい道に立ち戻ることができないでいる。しかし、私は今とはまったく違う人間だった可能性もあるんだ。あなたと同じくらい善良で、あるいは少々賢く、あなたのようにほとんど汚れのない無垢な人間だったかもしれない。私にはあなたの心の安らぎが羨ましい。清らかな心、清らかな思い出が羨ましい。お嬢さん、何の傷も汚れもない思い出というものはこの上ない宝物だろうね。いつでも新たな気分で出発できる、その無尽の源であるに違いない。そうではないか」

「ロチェスター様が十八歳の頃の思い出はどのようなものですか」

「あの頃はまだよかった。澄みきっていて、健全だった。船の底に溜まった水が噴き出し、あたり一面を臭い水たまりに変えてしまうことなどなかった。十八の頃の私は、あなたと同じですよ。まったく変わらない。私はだいたい善良な人間になるよう定められていた。自然の神が決めたところのね。多少なりとも善なる素質の人間というわけです。しかし今の私はそうではない。そうは見えないと、あなたは言うでしょう。自慢じゃないが、私はね、少なくともあなたと同じくらいには、あなたの目の内を読み取れるんだから(ついでに言うと、その目という器官が表現するものにあなたは気をつけなければならない。私はすぐにその意味を読み解いてしまうからね)。では、私の言うことを信じてもらうとしましょうか。私は悪党ではない。悪党だなんて思わないでほしい。そんな悪名を私に押し付けてもらいたくはない。私は巷によくいる、ありふれた罪人の一人ではあるかもしれないが、生まれつきそうだったのではない。周囲の環境のせいでそうなったと固く信じている。金持ちの身も蓋もない連中が陥りがちの、けちで哀れな放蕩(ほうとう)暮らしに身も心もすり減らされただけなのだ。こんなことを、なぜあなたに打ち明けるのか不思議に思うかね。しかし、あなたは今後も将来のどこかで、誰か知り合いから秘密を打ち明けられ、腹心の友という立場に知らぬうちに選ばれることがあるはずだ。人は直感的にあなたの長所を知ることになる。私もそうだった。つまり、あなたは自分自身のことを話すのは得意ではないが、人が自分のことを話すのを聴くのは得意なんだ。そして、何か軽率な行為のことであっても、悪意や軽蔑の眼差(まなざ)しを投げかけたりせず、むしろ生まれながらに持ち合わせた思いやりをもって聴いてくれる。さらに、それがとても控えめにしか示されないから、ますます相手は慰められ、励まされる」

「どうしてそれがわかるのですか。一体、どうしてそんなふうに思われるのでしょう」

「私にはわかる。だからこうやって、まるで日記に自分の考えごとを綴(つづ)るように、思いのまま話し続けている。そうだな、あなたならきっと、私が周囲の環境に影響を受けるようではだめだと、そう言うに違いない。確かにそう、その通りだ。しかし、かつての私はそれができなかった。運命が私を間違った道に導いたとき、冷静なままではいられなかった。そんな分別を持ち合わせていなかった。私は自暴自棄になり、堕落した。だから今は、たちの悪いあほな連中が下卑(げび)たことを言って虫酸(むしず)が走る思いをしても、自分のほうが上出来だなどとうぬぼれることはできない。自分と同レベルにあると白状せざるを得ない。本当に、あのとき踏み止(とど)まっていたらと、心からそう思うばかりだ。ミス・エア、思わず道を踏み外してしまうと、後にはただ恐ろしい悔恨の念が待つばかり、悔恨とは人生の毒だ」

「悔悛こそがその良薬である、とも言いますが」

「悔悛は良薬ではない。改心ならそうだと言えるかもしれないが。しかし、私は改心できるのか。まだそのための力はあるはずだ。が、そんなことを考えて何になる。足枷をはめられ、重荷を背負い、そして呪われているというのに。そもそも、幸せなど私のもとから永久に去った。もう取り返すことなどできない。だからできることは、この人生から快楽を得るぐらいだ。それぐらいの権利はあるだろう。何があろうと、必ず手にしてみせようではないか」

「でもそうしたら、もっと堕落してしまいますわ」

「かもしれない。が、だから何だ。甘く瑞々しい快楽を得られるんだ。ほら、荒野を飛び回る蜂がせっせと集めた、あの甘くて瑞々しい蜜のような」

「でも、蜂は刺しますわ。それに蜜の味もきっと苦く感じるでしょう」

「どうして。味わったこともないくせに、どうしてそれがわかる。真面目な顔をしているな。なんとも深刻ぶった表情だ。しかし、あなたは（と、マントルピースからカメオ細工を一つ持ち上げ）、このカメオの頭と同じくらい、このことは無知なんだ。あなたは私に説教する資格などない。新参者のあなたはまだ人生の敷居さえ跨いでもいない。だからその神秘のありようなど一切わかりはしない」

「ロチェスター様、私はただご自身のお言葉を思い出していただきたいと思っています。そして悔恨は人生の毒であるとも。道を踏み外すことは悔恨をもたらすとご自分でおっしゃいました」

「道を踏み外すだと。私の頭をよぎった考えが道を踏み外すことだとは考えてもいないね。これは誘惑ではなく、ある種の霊感です。霊感というのはとても優しくて、心を落ち着かせてくれるもの、私にはわかっている。ほら、また降りてきた。これは悪魔ではありません、確かにそうだ。それに、もし悪魔だったとしても、光の天使の衣をまとっているから、私の心に入りたいと言ってきたら、そんな美しい天使を受け入れないわけにはいかないのだ」

「それを信用してはなりません。真の天使ではないのですから」

「繰り返すが、それがどうしてわかる。どんな直感力があって、地獄に落ちた堕天使と神の玉座からやってきた使徒を見分けることができるというつもりかね。導く者と誘惑する者の違いをどうやって見抜くのか」

「ご主人様の表情を見てそう思ったのです。その霊感による暗示が戻ってきたとおっしゃったとき、お顔は苦しい表情を浮かべておられました。ですからきっと、その言うことをお聞きになったら、もっと惨めなお気持ちになられると思ったのです」

「いや、そんなことはまったくない。この世で最も慈愛に満ちたメッセージを伝えてくれている。それに、あなたは私の良心の見張り役ではないのだから、不安に思う必要はない。だから、さあ、さすらう美しい人よ、こちらに来ておくれ」

その言い方はまるで、自分以外は誰の目にも見えない幻に話しかけているようだった。そして、その見えないものを胸に抱くように、半ば前へと伸ばしていた両腕を抱え込んだ。

「さあ」今度はまた私に向かって続ける。「今、私はさすらい人をここに迎えた。これはきっと姿を変えた神に違いない。もう善き行いを施してくれましたよ。かつて私の心は納骨堂のようだった。しかし、これからは聖堂となるだろう」

「ありのままを申しますと、私にはご主人様がさっぱりわかりません。ですから、これ以上話を続けられません。もうついていけませんので。でも、ただ一つのことは申し上げられます。先ほどご自分について、自分が望むほどの善人ではないとおっしゃいました。そして、ご自身の完璧ではない人生を後悔されているとも。ロチェスター様、これだけは私にもわかります。汚された思い出は永遠の破滅であるというようなことをおっしゃいましたが、ご自分で努力なされば、そのうちご自身が認める人間になれると、きっとおわかりになります。今日のこの日から、固い決意でもってご自身の考えや行動を正すことを始められたら、数年後には、新しくて汚れのない思い出を積み上げた、記憶の宝庫を手になさるでしょう。そうすれば、満足のいく喜びで思い出を振り返ることができます」

「正しい考え方だ。ミス・エア、その通りだ。今この瞬間、私は懸命に地獄への道に敷き始めている」

「とおっしゃいますと」

「つまり、諺(ことわざ)のように、私は『地獄への道に善意を敷く』ということを始めた。石のように硬く、丈夫にするためにね。そうすれば、私の思い出も、未来への道のりも、もちろんこれまでとはまったく違うものになるだろう」

「より善きものになりますか」

「より善きものに、だ。まじりっけのない金属と金属のかすの違いぐらいだ。疑っているようだな。私は自分を疑わん。自分の目的と動機が何であるかよくわかっているつもりだ。そして今、その両方がともに正しいものであるという法を通すことにした。例のメディア人とペルシャ人の法のように一定不変なものである」

「それでしたら、正しいはずがありません。認めさせるためにわざわざ新しい法を必要とするものなんて」

「ミス・エア、そんなことはない。ただ、確実に新しい法が必要だ。前例のない事柄の組み合わせには、前例のない規則が必要というわけでね」

「そんなこと、危険な格言にしか聞こえません。なぜなら濫用(らんよう)されがちであることは直ちに明らかですから」

「利口ぶったご立派な言い草だな。しかし、その通りだ。ただ、私はこの家の守護神にかけても濫用するつもりなどない」

「でも人間はとかく誤りを犯すものです」

「もちろんそうだ。私もそうだし、あなたもそうだ。だから何ですか」

「全能の神のみに委ねられる力を、とかく誤りがちな人間がそれを不当に自分のものとすることがあってはなりません」

「それはどんな力だ」

「是認できない奇妙な行動に対して、『正しいものとなせ』と言い渡す力のことです」

「『正しいものとなせ』、まさにその言葉だ。あなたが明言してくれた」

「では、まさに、どうかそれが正しくありますように」私はそう言って立ち上がった。話の行く先がわからない会話をこれ以上続けることは意味がないと思った。それに、私の話し相手の性格は自分の理解をはるかに超え、少なくとも私の今の洞察力ではとうてい理解できないとも感じていた。少し不安も感じないわけではなかった。漠とした不安感で、自分が無知であると確信させられもした。

「どこに行くのですか」

「アデールを寝かせに参ります。もう寝る時間を過ぎていますから」

「私のことを怖がっているな。私がスフィンクスのように話すものだから」

「ご主人様のお言葉は確かに謎めいています。困惑はしておりますけれども、もちろん怖がりなどしません」

「いや、怖がっている。あなたは我を愛するがゆえに失敗を恐れている」

「その意味では確かに不安な気持ちでいます。くだらないばかげたお話などしたくありませんから」

「もしあなたがばかげた話をするとしても、大真面目な、厳(おごそ)かな態度でそうするんだろうね。私なら真面目に話していると間違えるところだ。ねえ、ミス・エア、一体あなたは笑うことがないのですか。わざわざ答えなくてよろしい。あなたが笑っているところはめったに見かけない。でも本当はとても楽しく笑うんだ。いいですか、あなたは生まれながらに厳格な人間ではない。それは私が生まれつき悪人でないのと同じこと。ローウッドの学校にいた頃の抑制の感覚が、まだ多少なりとも染みついているんだ。あなたの顔つきにもそれが表れている。声も抑え気味だし、手足の動きもぎこちない。それにあなたは男性の前に出ることが怖い。兄弟であれ、父親であれ、主人であれ、誰であれ。いかにも楽しそうに微笑んだりできない。何でも自由に話したり、活発に動いたり、そうしたことが怖くてできないんだ。でも、もうしばらくしたら、私と一緒にいてもごく自然に振る舞えるようになるでしょう。この私も、あなたと一緒にいていわゆる型通りには振る舞えないわけだからね。そのうち、あなたの容貌も振る舞いも、今私が目にしているものよりずっとほがらかに、変化に富むようになる。私には、鳥籠の檻の隙間から時折覗く、ちょっと好奇心の強そうな目が見える。そこに閉じ込められている鳥は元気がよくいつもそわそわとして、強い意志を持っている。自由の身になれば、雲より高く舞い上がるだろう。あれ、まだ出て行くつもりか」

「もう九時の鐘が鳴りました」

「構わない。もう少し待ちなさい。アデールはまだ寝る準備ができていない。ミス・エア、私は今暖炉に背を向け、顔を部屋に向けています。この位置は観察するのにうってつけでね。それで、私はあなたと話しながらも、時々アデールのことも観察していたんだ（あの子を興味深い観察対象と思うのはそれなりの理由がある。その理由は、いや、それはまたいつか話すことにしよう）。十分ほど前、アデールは手にした箱の中から、かわいらしいピンク色の絹のフロックドレスを取り出した。その包みを開けたとたん、あまりの嬉しさに顔がぱっと輝いてね。ああ、女の媚を示す気質があの子の血の中に流れ、脳に混じり、骨の髄まで溶け込んでいるんだ。アデールは『着てみないと、今すぐにね』と叫んで、部屋を急いで出てしまった。今はソフィーと一緒にいるはずだ。服を着せてもらってね。もう少ししたら戻ってくる。それでどうなるかはわかっているんだ。セリーヌ・ヴァランのミニチュア版だよ。舞台の幕が上がり、登場したあのときのように。が、今はそれはどうでもいい。いやはや、私のこの繊細な心がこれから待ち受けるショックに耐えられるかどうか。悪い予感がするんだ。だからここにいて、それが現実のものとなるか見ていなさい」

まもなくアデールの小さな足音が聞こえてきた。玄関ホールを軽い足取りで横切り、部屋に入ってきた。確かに彼女の後見人が予言した変身ぶりだった。それまでの茶色のフロックドレスに代わって着ていたのは、丈がとても短いバラ色のサテンドレスで、存分にひだを集めたスカートがめいっぱい膨らんでいた。バラのつぼみのリースが額をぐるりと飾り、足には絹の長靴下と白い小さなサテンのシューズを履いていた。

「このドレス、お似合いかしら」とアデールは大きな声で言い、跳びはねながらこちらに向かってきた。「この靴下はどうかしら。この靴もね。ほら、踊りたくなっちゃった」

アデールはスカートの裾をつまんで広げ、バレエのシャッセのすり足でスキップしながら部屋の中を進んだ。ロチェスター氏のところに来ると、軽くつま先で一回転し、片足をついてその足もとにひざまずいた。

「ムッシュー、ご親切なお心づかいに何度も何度もお礼を言います」立ち上がると、「ね、ママはいつもこんなふうにしてたんでしょう」と大きな声で言った。

「その通りだ」ロチェスター氏は答えた。「そして『こんなふうにして』、彼女は私の英国の金貨を、英国製のズボンのポケットから、引き出していった。私もまだ青かった。ミス・エア、瑞々しいくらい青かった。かつて春色に染まっていた私に、今のあなたはとうてい及ばないね。しかし、私の春は去りました。が、私の手にこのフランスの小さな花が残されたというわけだ。気分によってはもうどこかにやってしまいたいと思うこともある。この花を芽吹かせた根っこにもう価値はないし、黄金（こがね）しか肥料にならないとわかったものだから、その花もたいして好きにはなれん。特にさっきのように、人工の花にしか見えないときはなおさらだ。この花を私の手元で育てるのは、もっぱらカトリック教会の主義に基づいてのことでね、どうやら数々の罪も、大きかろうが小さかろうが、一つの善行によって贖（あがな）うことができるらしい。しかし、このようなことは、またいつか説明することにしよう。今日はお休みなさい」

第十五章

その後、機会があったときにロチェスター氏は説明の続きをしてくれた。ある日の午後、屋敷の敷地内で私とアデールに偶然に会ったロチェスター氏は、アデールがパイロットを従えて羽根つきをしながら遊んでいる間、私に少し歩かないかと誘った。正門まで続くブナの木の長い並木道を、アデールが見える範囲にとどまりながら、二人で行ったり来たりした。

その時のロチェスター氏の説明は次のようなものだった。アデールはセリーヌ・ヴァランというフランス人女性の娘である。セリーヌはオペラの舞台でバレエの踊り子をしていた。ロチェスター氏の言葉によると、彼はかつてセリーヌに対して「激しい情熱（グランド・パッシオン）」なるものを抱いていた。そして、セリーヌはその情熱をさらに上回る熱い気持ちで報いるなどとうそぶいた。そのため、ロチェスター氏はたとえ自分が醜かろうと、彼女が自分の崇拝者であることを信じて疑わず、また、この自分の「アスリートのような体格」を、かの優美な「ベルヴェデーレのアポロン」の彫像よりも素敵だと思ってくれていると信じ込んでいた。

「ミス・エア、つまり私はフランスの風の妖精が、英国の地の精である小鬼を慕ってくれるという事実に、まったくのぼせ上がってしまったわけだ。私は彼女をある家に住まわせることにした。使用人や馬車をあてがい、カシミアのショールにダイヤモンドにレース刺繍のドレスにと、住むに必要なすべてを彼女に与えた。つまり、どこの女たらしとも同じように、よくある形の破滅の道を歩き始めてしまった。しかし、破滅と恥辱へ突き進むにも、どうやら私には新しい道を自ら切り開くほどの独創性はなかった。昔ながらの道を一歩一歩進み、それも踏み固められた中心線から一ミリたりともずれることなく、くそまじめなほど正確にその道を歩いて行った。だからどこの女たらしとも同じ運命をたどる羽目になったのだ。それも当然だ。ある日の晩、私はセリーヌを不意に訪れた。彼女は私が来るとは思わず、私が着いたときは外出していた。が、その晩は暑く、私はパリの街を歩き回って疲れていたこともあり、そのまま彼女の寝室に腰を下ろした。つい今し方そこにいた彼女の存在が醸し出す、神聖な空気を吸うだけで満足だったのだ。いや、それは誇張しすぎだろう。彼女にそんな神聖な美徳が備わっていると思ったことはない。それは女の残り香にすぎなかった。彼女が残していったのは何か練香のような芳香で、麝香（ムスク）と琥珀（アンバー）の混じり合う匂いで、神聖なる香気というほどのものではなかった。次第に、温室の花々の匂いと、振りまかれた香水の匂いで息苦しさを感じてきた私は、窓を開けてバルコニーへ出ようと思った。月は明るく、街灯の光もあった。ひっそりとした夜だった。バルコニーにはいくつか椅子が備え付けられ、私はその一つに座ると葉巻を取り出した。よろしければ、ここでも一本失礼させていただこう」

この一休止の間、彼は葉巻を取り出して火をつけた。口にくわえて一息吐くと、その一筋の煙はハバナ葉巻の芳香と共に、凍てつく曇り空へと昇っていった。そして続ける。

「ミス・エア、その頃は私もボンボン菓子が好きでね。よくカリカリやってたんだ（上品でなくて申し訳ない）。その時もチョコレート・ボンボンをカリカリと食べ、それと交互に葉巻を吸っていた。そうしながら、目抜き通りを侍従付きの立派な馬車が何台も、近くのオペラハウスへと向かって通り過ぎるのを見ていたんだ。すると、一対の美しい英国馬に曳（ひ）かれた、実に優雅な箱馬車がやって来るのが、きらめく夜の街の灯（あか）りではっきりと見えた。それは私がセリーヌに与えた〈馬車（ヴォワチュール）〉だった。彼女が戻ってきた。もちろん心臓は抑えきれずに高鳴り、もたれていた鉄の手すりにドキンドキンと響くようだった。箱馬車は思っていた通りに家の前で止まる。私の〈炎〉（踊り子の情婦を呼ぶのにうまい言葉だ）が馬車から降り立った。外套にすっぽりと身をくるんでいたが（ちなみに六月の暖かい晩に外套は必要でなく、なくてもよかったはずだ）、馬車の踏み段をポンポンと下りる、そのドレスの裾からちらっと覗く小さな足を見れば、彼女であることはすぐにわかった。私はバルコニーから身を乗り出し、〈私の天使ちゃん〉と（もちろん恋人の耳にしか聞こえないはずの声音で）そっと囁こうとした。が、まさにその瞬間、何者かが彼女の後に続いて馬車から飛び降りた。やはり同じように外套に身を包んでいる。しかし、通りに鳴り響いたのは拍車付きの靴音であり、馬車用玄関のアーチ型の門から入ってきたのはシルクハットをかぶった頭だった。

　ミス・エア、あなたは嫉妬というものを感じたことがないでしょう。そりゃそうだ、聞くまでもない。愛の経験さえないわけだから。だが、そのうち両方の感情を経験することになる。あなたの魂はまだ眠っているだけで、それを目覚めさせるショックがそのうち訪れることになる。あなたは青春時代が何事もなく過ぎたように、今後も人生は静かに流れていくと思っているかもしれない。しかし、目を閉じたまま、耳を覆ったまま海を漂っているだけでは、実はすぐ下の海底では岩々がトゲのように身を逆立てているのを目にすることもなく、岩床にぶち当たった波しぶきが泡立つ音を耳にすることもない。しかし、これだけは言っておく。いいですか、必ずや、この先の海峡の途中で荒々しい岩々がそびえ立つのを目にする日が来る。人生という流れはそこで砕け散る波となり、激しい渦巻きと泡立つ轟音に飲み込まれていく。岩の切っ先で微塵に砕け散るか、それとも、大波のようなものに持ち上げられて、やや穏やかな流れへと運ばれるか、それはわからない。もっとも、私の場合はその後者だったと言えるだろう。

私は今日のこの日が気に入っている。あの鋼のような空と、この霜が降りた世界がはらむ厳しさと静けさが好きだ。ソーンフィールドは実にいいところだ。古(いにしえ)の遺物のようでもあり、隠遁(いんとん)の地でもある。カラスが宿るこの林も、サンザシの林も誠に結構だ。灰色がかり、あの鉛色の空を映し出す暗い窓が立ち並ぶ屋敷の正面も実にいい。それなのに、これまでこの屋敷のことを考えるのがどれほど嫌だったたか。ただ疫病の館のように避けてきた。今だってぞっとせずにはいられない」

彼は歯を食いしばり、押し黙った。歩みを止め、ブーツの踵(かかと)で固い地面を蹴った。何か憎き思いがロチェスター氏をとらえて離さないようだった。あまりにも強くとらえられて、前に進むことができないようだった。

私たちはちょうど並木道を屋敷のほうへと向かっていた。ロチェスター氏が立ち止まったとき、屋敷の正面玄関が目の前に見えた。彼は屋根の胸壁へと目を遣った。じっと睨(にら)んでいるようで、私が後にも先にも見たことがないような目つきだった。濃く太いまゆげの下で大きく見開く目に、痛み、屈辱、怒り、あるいは焦燥、嫌悪、憎悪、そういった感情のわななく葛藤がほんの一瞬見えたと思った。どれが座を占めるか、闘いは熾烈(しれつ)を極めたに違いない。が、ある一つの感情が目覚めるとそれが勝利した。それは皮肉めいた冷静さであり、かつ決然たる意志の力だった。これが感情の迸(ほとばし)りを静めると、その顔はまるで何事もなかったような石の表情に戻った。そして再び続ける。

「ミス・エア、私が黙っていたのは運命の女神に言いたいことがあったからです。女神はすぐそこに、あのブナの木のそばに立っていた。ほら、フォレスの丘でマクベスの前に現れた魔女みたいな出で立ちでね。『お前はソーンフィールドが好きか』と指を立てて尋ねてくる。そして空中に向かって何かを書いた。屋敷の正面、一階と二階の窓の間を、赤々と不気味な象形文字が走り抜け、警句が現れる。『好きになれるのかい、好きになれるものなら好きになってみよ』

それに私は答えた、『好きになるさ、好きになってやる』と」（ロチェスター氏は少し声を落として続ける）。「そう、私は必ずその言葉を守るのだ。幸福への障害、善意への障害、そういったものはすべてぶち壊してやる。かつての自分、今の自分よりももっと善良な人間になるために。『ヨブ記』の怪物レヴィアタンは、どんな槍も矢も鎧も壊してみせたではないか。他の者には鉄や鉛の障害に思えるものも、私には藁や腐った木でしかないのだ」

ここで羽根つきを持ったアデールが走り寄ってきた。ロチェスター氏は荒々しく叫ぶ。

「来るな。どっかに行ってろ。でなければ、屋敷に戻ってソフィーのところに行け」そしてまた黙ったまま歩みを続けた。私は思い切って声をかけることにした。ロチェスター氏が不意に話をそらしたときの時点に戻したかったのである。

「ロチェスター様、ヴァラン嬢が戻ってきたのでバルコニーから離れたのですか」と尋ねた。

お世辞にもタイミングがいいとは言えない質問に、きっと強い拒絶が示されると思っていた。が、その反対に、陰険な顔で物思いにふけっていたロチェスター氏は、はっとしてその目を私に向けた。眉間を覆っていた影が晴れていくようだった。「ああ、セリーヌか。すっかり忘れていた。話を続けよう。私を虜にしたその女が騎士を従えて部屋の中に入ってきたとき、そう、緑色をした嫉妬の蛇がシューッと音を立てて這いずるのが聞こえたような気がした。それは波打つとぐろから頭をもたげ、月に照らされたバルコニーから私が着ているベストの中に滑り込むと、そのまま体内を蝕み続け、二分も経つと私の心臓に食らいついた。や、しかし奇妙だ」とロチェスター氏は不意に叫び、またはっとした。「本当に奇妙だ、お嬢さん、あなたを相手にこんなことを打ち明けるとは。それに、あなたまでおとなしく私の話を聞いているとはね。私のような男が、あなたみたいにちょっと変わった世間知らずの女の子に、踊り子の愛人の話をするのは至って普通のことだと、そういうわけですか。しかし、前にも少し触れたが、その風変わりな様子がかえってあなたを話し相手に選ばせるわけでね。あなたの深刻さ、慎重さ、思慮深さによって、思わず人は秘密を打ち明けてしまう。それだけではない。私は心が相手にした心はどんな種類のものかわかっているつもりだ。すぐに感化されてしまう心ではない。一風変わった心のあり方で、特異なものだ。幸いにも私はそれに傷を負わせるつもりはない。傷を負わせてみようとしたところで、この私が相手では無傷のままだ。だから、私とあなたは話をすればするほどいい。私があなたを枯らすことはないし、あなたは私を生き返らせてくれる」こうした脱線のあと、ロチェスター氏は再び話を続ける。

「私はそのままバルコニーに留まることにした。『二人はどうせこの寝室にやって来るから、待ち伏せしてやるか』と思ったのだ。そこで、窓から手を入れてカーテンを引き寄せ、わずかに隙間を残してそこから観察できるようにした。外に開いた窓もやはり少しだけ隙間を残して閉め、恋人たちの誓い合う囁き声が洩れ聞こえるようにした。私はそっと椅子に戻り、腰を下ろした。と、二人がちょうど部屋に入ってきた。すぐにその細い隙間に目を向けると、セリーヌの小間使いが入ってきてランプに灯りをともし、それをテーブルの上に置いて部屋を出たので、二人がはっきりと目に入った。二人とも外套を脱ぐ。かの舞台ダンサー〈ヴァラン〉が輝くばかりのサテンドレスと宝石（もちろん私が贈った品だが）を身に着けて現れ、そのお相手は将校の出で立ちだった。しかも、私は彼を知っていた。ある子爵の放蕩息子で、能無しのろくでなしだ。社交界でたまに見かけたが、完全に軽蔑しきっていたので憎むべき対象とも思っていなかった。こうして正体がわかると、嫉妬の蛇の毒牙はぽきっと折れ、同時にセリーヌへの愛もろうそく消しをかぶせた炎のようにさっと消えた。あんな恋敵で私を裏切ろうとは、そんな女性を賭けて闘う価値はない。もはや軽蔑にしか値しない。だが、そんな女に惑わされていた自分のほうがよっぽど愚かだった。

二人が話し始めた会話を聞くと、すっかり気が抜けてしまった。その話ときたら薄っぺらで金のことばかり、薄情な上に分別がない。聞いている者は怒るよりもうんざりするだろう。私の名刺がテーブルの上に残されていた。それに気づいた二人は私のことを話に持ち出したが、どちらも私を徹底的にやりこめるほどの力も知恵もなく、つまらないやり方で私を下品に侮辱するだけだった。特にセリーヌは外見的な欠陥をすばらしく盛り立ててくれ、異常に不格好な体と名指しした。それまでは〈悪魔のような美しさ〉を備えているとか何とか、私を熱狂的に褒めそやしていたくせに。これはあなたとまったく違う。あなたは二度目に会ったとき、私のことを美しくないと率直に言った。その違いにそのときは驚いて……」

アデールがここでまた走ってきた。

「ムシュー、ジョンがこっちに来て言ってるわ。代理人の方がいらしていて、お会いしたいんですって」

「そうか。それなら、手短にしよう。私は窓を開けて中に踏み込んだ。そしてセリーヌを私の庇護(ひご)の下から解放した。つまり、彼女に与えたこの家から立ち去るよう通告し、当座の必要な金を与えた。叫び声、泣きわめく声、嘆願や抗議の言葉、発作的なけいれん、すべてを無視した。子爵にはブーローニュの森での決闘を申し込み、翌朝にも彼と相対する光栄に浴した。貧弱で青(あお)っ白(ちろ)い、まるで病気の雛鳥(ひなどり)の羽のようにひ弱な腕に一発打ち込むと、これで二人ともにすっかり片が付いた、となるはずだった。しかし運の悪いことに、あのヴァランは半年前に小さな女の子を私に託していたんだ。これはあなたの娘だと言ってね。もしかしたらそうかもしれない。ただ、あの顔には父方のいかつい顔の痕跡など見当たらないと思うのだが。まだしもパイロットのほうが私に似ているよ。別れて数年ほど経った頃、とうとう母親は自分の子どもを捨てた。音楽家だか歌手だか、男と駆け落ちしてイタリアへ行ってしまった。当時アデールの身は私の扶養とされるべきだという主張があったが、私には当然とは認められなかった。今でも何一つ認めているわけではない。私は彼女の父親ではないのだ。

しかし、彼女が貧窮の身に陥っていると聞いたので、わざわざ憐れな子どもをパリの泥沼の底から拾い上げてやり、英国の庭の健全なる土壌のもとできれいさっぱり育て上げようと、この地に移植することにした。そして、フェアファックス夫人が教育係としてあなたを見つけてきた、というわけだ。しかし、相手がフランス人の踊り子の庶子であるとわかったから、これでもうあなたは自分の仕事とその保護すべき相手について、これまでとは違った見方をするだろう。ある日私のところにやってきて、他の就職口を見つけました、どうか新しいガヴァネスを探してください、などと言ってくるに違いない。そうじゃないか」

「いいえ、まったく。アデールに責任はないのです。母親が犯した過ちに対しても、ご主人様の過ちに対してもです。私は彼女に好意を持っています。それに、ある意味、親のいない子どもというわけですから、それがわかって私はこれまでよりももっとしっかり彼女に寄り添いたいと思います。母親に見捨てられ、そしてご主人様にまでまったく関係がないと言われている子どもです。それに、どうして私が裕福な家庭の子どもなど好きになれるでしょう。ぼんぼんの甘やかされた子は、ガヴァネスのことを嫌って厄介者扱いにします。それに比べたら、憐れな孤児は友達としてガヴァネスを好いてくれます」

「そうか、そんな見方をしているわけか。さてと、もう家に戻らなくては。あなたもだ。もうあたりは暗くなっている」

しかし、私はもうしばらくアデールとパイロットと外にいた。アデールと一緒に駆けっこをしたり、羽根つきで遊んだりした。そして一緒に屋敷に戻り、アデールのボンネットと上着を脱がせると、私の膝の上に座らせてそのまま小一時間ほど好きなようにおしゃべりをさせた。アデールは自分が注目されていると思うと、好き勝手なことを言い始めたり、どうでもいいことばかり話したりするが、とがめないことにした。それは彼女の性格の浅薄さを表していたが、母親から伝わったものなのだろう。英国人の頭では理解できない異質なものだった。それでも彼女なりの長所も大いにあり、私はよいところのすべてをできる限り理解し、認めようと思った。彼女の顔立ちやどこか部分的にでも、ロチェスター氏と似ている点があるかどうか探してみた。しかし、何一つ見当たらない。顔にも表情にも彼との関係を示すしるしはなかった。それは残念なことだった。似ているところがありさえしたら、アデールはもっと可愛（かわい）がってもらえたはずだった。

　ロチェスター氏が私に話したことをもう一度きちんと思い起こしてみたのは、夜になって自分の部屋に戻ってからだった。彼が自分で言っていたように、おそらくこの話の中身には、これといって驚くべきことがあるわけではない。一人の裕福な英国人男性がフランス人の踊り子に熱を上げ、そして裏切られた話は、社交界では確かに日常茶飯事である。しかし、あの突発的に感情が溢れた瞬間だけは、どうも奇妙な感じがした。ロチェスター氏が今の満足した心持ちについて語ったとき、この古屋敷と周囲の事物に対して呼び起こされたというその新たな喜びを語っていたとき、急にある感情の高ぶりに襲われていた。不思議に思った私はあれこれと考えてみた。が、今のところはどうにも説明がつかないと感じ、もう考えるのをやめ、代わりにロチェスター氏の私に対する態度について考え始めた。彼が私に寄せてくれた信頼、これは私の慎重な態度を評価した結果なのだろう。とりあえず私はそう考え、受けとめることにした。ここ数週間、ロチェスター氏の私に対する態度は最初の頃と比べるとむらがなくなり、私はお邪魔な存在ではなくなっていたようだ。急に偉ぶった冷ややかな態度に出ることもなく、不意に出会ってもどちらかといえば喜んでいるようにも見えた。いつも一言声をかけてもらい、時には微笑みかけてもくれた。公式に招待されて前に呼び出されるときは、光栄にも心からのもてなしを受けた。だから、つい自分には主人を楽しませる力が本当にあり、こうした夜の歓談は私のためだけでなく、主人の楽しみのためにもあると思うようになった。

私は主人ほどはしゃべらなかったが、話を聞くのが楽しかった。話し好きがロチェスター氏の本来の性格だった。世間を知らないうぶな心に、この世界の有様や実態を垣間見させてやろうとしていた(といっても、何か堕落した情景や世間の悪しき実態について見聞きさせられたのではない。繰り広げられるスケールの壮大さに関心が引きつけられたり、形容されるときの目新しさが奇妙に思えたりした)。私自身、新たな考え方を理解し、目の前に描かれる目新しい風景を想像し、導かれる未知の領域を頭の中でたどって行くことが、この上ない喜びになった。不健全な事をほのめかされて、ショックを受けたり、当惑してしまうことは何もなかった。

ロチェスター氏が気さくに接してくれたおかげで、ずっと耐えてきた抑制と緊張からも解放された。主人は私に対してまるで友人のようにあけっぴろげに接し、そして思いやりもあり、かつ礼儀正しく、そんな態度に心は自然とひかれた。まるで自分の主人とではなく、親戚の人と話しているると感じるときもあった。時には主人らしい横柄な態度に出ることもあったが、彼らしいとも思えてきたので気にはならなかった。私は幸せだった。新たに加わったこの楽しみのおかげで、日々の生活が満たされていった。もう家族や親類の存在に憧れを抱くことをやめた。細々とした運命の三日月はいくぶん膨らんだようで、生活の空隙は満たされ、体調がよくなり、肉付きもよくなり、体力がついてきた。

さて読者の皆さん、それでも私の目にロチェスター氏の姿は醜く映ったままだった、ということになるのだろうか。いいえ、感謝の思いと、数々の楽しく親切な思い出とともに、その顔は私が一番見たいと思う対象になった。部屋の中に彼がいると、赤々と燃えさかる暖炉の火よりも明るく感じた。しかし、彼の欠点を忘れたわけではない。というより、しばしば出現するので、忘れようがなかった。プライドが高く皮肉屋で、自分より下位の者や事柄に対してことごとく厳しかった。心密かに気づいてはいたが、主人が私に対してこれほど親切であっても、他の多くの人に対してはそれと同じくらい不当に厳しく接していた。また、主人は訳もなく不機嫌になることもあった。本を読んでほしいと読書室に呼び出されたときなど、組んだ腕の中に頭を沈め、一人座っていることがよくあった。顔を上げるとなんとも陰鬱で、敵意があるのかと思うほど恐ろしく暗い形相だった。しかし、こうした気分のむら気や無情な厳しさ、それにかつて見られた道徳的品行の欠陥（「かつて」としたのは、今や正されているようだから）、このすべての原因は、運命が与えた何か過酷な試練に源があるに違いない。確かに環境が彼を育み、教育が彼を教授し、運命が彼を導いたのかもしれないが、本来の彼はより善なる性格の持ち主で、より高い信条と高潔な趣味の持ち主なのだと、私は信じていた。素晴らしい素材をいくつも内に秘めていることは確かだった。ただそれは今のところ、いくぶんもつれ合って一つにぐしゃりと固まっている、そう思った。主人の悲しみが何であるかはわからなかったが、それを思うと私も悲しくなったのは否めない。少しでも和らげることができればと、できる限りのことをしようと思った。

私はろうそくの火を消し、ベッドに入って横になっていた。しかし、あの時のロチェスター氏の表情を思い出して眠れずにいた。並木道の途中で立ち止まり、運命の女神が自分の前に立ちはだかり、ソーンフィールドで幸福になれるかどうか挑発してきた、という話をしたときのあの表情を思い起こしていた。

「なぜだめなんだろう」私は自問した。「どうしてこの屋敷を遠ざけているのだろう。またすぐにいなくなってしまうのかしら。フェアファックス夫人によると、ひと時に二週間以上いらしたことはないと言うのだけれど、すでに八週間は滞在している。もしいなくなってしまったら、また暗くて悲しい日々に戻ってしまう。春、夏、秋とずっといなくなるとしたら、太陽の光も晴天の日もまったく嬉しくなくなるわ」

こんな思いにふけりながら少しでも眠ったかどうか定かではない。いずれにしろ、かすかにうなるような声が聞こえ、はっと目が覚めた。奇妙な、物悲しい声で、私の頭の真上で聞こえたように思った。ろうそくの火をつけておくべきだった。夜の暗闇はどうしようもなく暗く、どうにも気分が滅入った。私は体を起こしてベッドに座り、耳をそばだてた。しかし、なんの音もしない。

もう一度寝ようとしたが、不安で心臓がドキドキと脈打つのがわかった。私は平静を失っていた。階下の玄関ホールの時計が二時を打つのが聞こえる。と、そのとき、私の部屋のドアに何かが触れたように思った。指か何か、さっと羽目板に触れ、外の暗い廊下を誰かが手さぐりに進んでいる。「誰かそこにいるの」と声を上げたが、何も答えない。私は恐怖でぞっとした。

パイロットかもしれない、とすぐに思い直した。パイロットは台所のドアが開けっぱなしになっていると、二階に上がってきてロチェスター氏の寝室の前にやってくることがよくあった。私自身、朝になるとそこに寝そべっているパイロットの姿を見かけていた。そう考えると少しは気分も落ち着き、再び横になることができた。周囲の静けさが高ぶった神経を落ち着かせてくれる。破られることのない静けさが再び屋敷中を包み込み、また眠気が戻ってくるのを感じていた。しかし、その夜は眠れない運命だった。忍び寄ってきた夢は近づいたと思った途端、骨の髄まで凍りつく恐怖の出来事に襲われて逃げ去った。

それは悪魔の笑い声だった。低くて太い、抑えられたような声が、ドアのちょうど鍵穴のところで発せられたように思えた。ベッドの頭がドアのすぐ近くだったので、最初私はその笑い声の主たるゴブリンが自分の耳元に立っていると、いや、枕元でしゃがみ込んでいると、そんなふうに思った。すぐにベッドから身を起こし、あたりを見回した。が、何も見えない。

目を凝らしている間、異様な声は繰り返し続き、壁の羽目板の後ろから聞こえてくるとわかった。衝動的に立ち上がり、ドアのかんぬきをしっかりと掛けると、「誰かそこにいるの」と叫んだ。

のどを鳴らすようなうめき声が聞こえた。しばらくすると足音がして、廊下を階段のほうへ引き上げていくのが聞こえた。三階に上る階段には最近になって扉が設置され、いつも閉じられていた。その扉が開けられ、閉まる音がした。静寂が戻る。

「あれはグレイス・プールだったのかしら。悪魔にでもとり憑かれたの」そう思うと、もう一人で部屋にはいられなかった。フェアファックス夫人のところに行かなくてはと、急いで服を着てショールを引っかけた。震える手でかんぬきを引き抜き、ドアを開けた。と、すぐ外に一本のろうそくがあり、しかも絨毯の上に置かれたまま火が灯っていた。これは驚くべき事態だった。さらに驚くことに、まるで煙が充満したように廊下の空気がかなり淀んでいた。左右を見回し、この渦巻く青白い筋の出所を探していると、何かが焼ける強烈な臭いに気づいた。

何かがきしる音がした。部屋のドアがわずかに開いている。と、それはロチェスター氏の部屋で、煙がもくもくと外に出ていた。一瞬にしてフェアファックス夫人のことは忘れた。もはやグレイス・プールなど、あの笑い声などどうでもよかった。次の瞬間、私は部屋の中にいた。めらめらと炎がベッドの四方から燃えさかり、カーテンが燃えている。その炎と熱気の中、ロチェスター氏は仰向けのままぐっすり眠り込んで動かない。

「起きて、起きてください」私は叫んだ。体をゆすったが、何かつぶやいたまま横に向き直り、煙のせいで意識は朦朧としていた。もうシーツにまで火が移り、一刻の猶予もならなかった。すぐさま洗面台に駆け寄る。幸運にも大きなたらいと長い水差しのどちらにも水が入っていたので、両手で持ち上げ、寝ている主人もろともベッドに水を浴びせた。急いで自分の部屋の水入れも取りに戻る。再びベッドに新たな水の洗礼を施したところ、神のご加護があったか、今にも焼き尽くさんばかりだった炎をなんとか消すことができた。

シューと燻る火の音やら、空になって放り投げた水差しの割れる音やらで、それに何よりも私が遠慮なく浴びせた水の勢いで、ようやくロチェスター氏の目が覚めた。もう真っ暗だったが、彼が目を覚ましたことはわかった。ずぶ濡れに気づき、訳のわからない悪態の言葉をぶちまけていた。

「おい、洪水か」主人は叫んだ。

「いいえ、ご主人様」私は答えた。「火事です。起きてくださいませ。火は収まりましたから、ろうそくを取りに参ります」

「そこにいるのはジェイン・エアか。キリスト教圏のすべての小人たちの名にかけて尋ねるが、ジェイン・エアがいるのか」主人が問いかけた。「この魔女め、私に何をしたんだ。え、部屋には他に誰がいる、この魔法使いめ。私を溺れ死にさせる魂胆か」

「ろうそくを取って参ります。どうかお願いですから、起きてくださいませ。誰かが何かを企んだようです。誰が何をしたか、すぐ見つけないと」

「よし、起きたぞ。まだ危ないからろうそくは待て。二分待ってくれ、乾いた服を着ないといけないからな。乾いたものがあるか、いや、ここにガウンがある。よし、走って行け」

言われた通りに走って行き、廊下にまだ置いてあったろうそくを持ってきた。主人はろうそくを受け取り、上に掲げながらベッドの様子を調べた。すべて黒く煤け、シーツはびしょ濡れ、周囲の絨毯もぐっしょり水浸しだった。

「これは一体どうした。誰がやった」主人は尋ねた。

私は起こったことをかいつまんで話した。廊下で聞こえた奇妙な笑い声、三階へと上る足音、立ち込める煙、何かが焼ける臭い、それに気づいて主人の部屋へ行き、そこで判明した状況、そして手にできるものをつかんで思いっきり水をかけたことなど、事の顚末を説明した。

彼はとても真剣な顔で聞いていた。話が進むにつれ、その表情は驚きから不安へと変わり、説明が終わってもすぐには返事ができなかった。

「フェアファックス夫人を呼びましょうか」私は尋ねた。

「フェアファックス夫人、彼女を呼んでどうするのだ。彼女に何ができる。いや、煩わすまでもない。ゆっくり眠らせておけ」

「それではリーアを連れてきます。ジョン夫婦も起こしましょう」

「いや、騒ぐことはない。そっとしておこう。あなたはショールを羽織っているね。もしそれでも寒かったら、あそこにある私の外套を使いなさい。しっかりとくるまれば暖かい。

さあ、この肘掛椅子に座りなさい。ほら、外套をかけてあげよう。床が濡れているから、この足置きに足を上げて。さてと、少しの間あなたを一人にするが、私が戻って来るまでここにじっとしていなさい。ろうそくは私が使う。いいですか、ここで静かにしていなさい。私は三階に行かなくてはならないが、とにかく動かないように。決して人を呼んではならない」

そう言って主人は部屋を出て行った。明かりが主人と共に消えて行く。静かに廊下を過ぎ、階段の扉がほとんど音も立てずに開けられた。それが閉まると最後の光が消え失せ、私は完全なる闇に取り残された。何か音がしないかと耳をそばだててみたものの、何も聞こえてはこなかった。そのままかなりの時間が経過した。私は次第にくたびれてきた。外套にくるまれていたにもかかわらず冷え込んできた。それに、なぜここでじっとしていなければならないのかわからなかった。家の人を起こしてはいけないと言われたが、やはり主人の不興を買ってでも指示に逆らう覚悟を決めた。ちょうどそのとき、かすかに明かりが射し、再び廊下の壁に明かりが戻ってきた。同時に、素足が廊下の絨毯を踏む音も聞こえた。「ご主人だわ」心の中で私は思った。「でも何かもっと恐いものだったら」

主人が部屋に戻ってきた。青白く、憂鬱な顔をしていた。「すべてわかった」と彼は言い、洗面台にろうそくを置いた。「思っていた通りだった」

「どういうことですか」

返事はなかった。腕を組んで立ったまま、下を向いていた。しばらくしてから、少し奇妙な口ぶりで私に尋ねた。

「あなたが自分の部屋のドアを開けたとき、何か姿を見かけたと言いましたか」

「いいえ、床に燭台があるのを見ただけです」

「しかし、奇妙な笑い声を聞いたと。以前にその笑い声を聞いたことがありますか、何か似たような声でも」

「はい。この屋敷の使用人にグレイス・プールという名のお針子がいます。彼女がそんなふうに笑います。とても変わった人です」

「ごもっとも。グレイス・プール、よくわかったね。確かに彼女は変わっている。かなり変わっている。まあ、このことはまた後でよく考えよう。やれやれ、しかしあなたでよかった。今晩の出来事の詳細を知っているのは、この私以外にはあなただけだ。あなたはぺらぺらとしゃべったりはしないだろう。何も言ってはいけませんよ。この状況については（と彼はベッドを指した）、私が説明をしておこう。さあ、部屋に戻りなさい。私はこれから読書室のソファーで眠ります。今夜はソファーでも十分だろう。もう四時になる。二時間も経てば使用人たちが起きてくるだろう」

「それでは、お休みなさいませ」私はそう言って、部屋を出ようとした。

不意に驚いた顔をした。しかし、私の言葉に驚いたのでは辻褄が合わない。たった今私に部屋に戻るように言ったばかりだ。

「何だって」と叫んだ。「出て行くのか。しかもそんなふうに」

「もう部屋に戻るようにおっしゃいました」

「下がらせていただきたいとも言わずにか。それに、何の一言もないのか。ありがとうございますとか、お気をつけてとか。実にあっけない、そっけない。あなたは私の命を救ったんだ。あの恐ろしい死の業火から私を助け出してくれた。それなのに、まるで他人のように、あなたは私の前を通り過ぎる。さあ、せめて握手ぐらいしよう」

主人が手を差し出した。私もそれに応えて手を差し出すと、最初は片手で私の手を握り、次に両手で握りしめた。

「あなたは私の命を救った。こんなにも大きな恩を受けて本当に有難く思っている。これ以上は言葉にならん。こんな恩義の借りを返す相手ができるとは、本当なら誰であれ私には耐えられなかった。しかし、あなたとなれば話は違う。ジェイン、あなたからの恩義であれば何の負担も感じない」

彼は言葉を切り、私を見つめた。その口もとが震え、言葉を続けようとしているのが見てとれたが、声にならなかった。

「それではもう一度、お休みなさいませ。今日のことには何の借りも、恩義も、負担もありません」

「私にはわかっていた」彼は続ける。「いつかあなたが私のために何かよいことをしてくれると。初めてあなたを見たとき、目を見てわかった。あなたの目の表情とその微笑みが何の理由もなく（と再び言葉を切る）、何の理由もなく（とまた急いで言葉を続けた）、私の心を揺さぶるわけがない。それは私の心の奥深くまで喜びをもたらすのだ。人間には自然な共感があるという話を聞いたことがある。善き精霊がいるとも聞く。どんなにおかしな寓話にも一粒の真実はあるというわけだ。私を守ってくれる大切な人よ、どうぞお休みなさい」

その声は奇妙な力に満ち、その表情は奇妙な輝きを帯びていた。

「今夜はふと目が覚めて本当によかったです」と私は言い、部屋を出ようとした。

「え、何だと。行ってしまうのか」

「ご主人様、私はとても寒いのです」

「寒いだと。なるほど、確かに。水浸しのところに突っ立っているからな。それならば、行きなさい。さあ行きなさい、ジェイン」しかし、私の手はまだ握られたままで、その手を振りほどくことはできなかった。とっさにあることを思いついた。

「フェアファックス夫人が起きていらっしゃったみたいです」

「さあ、部屋に戻りなさい」主人は指をほどいた。私は部屋を出た。

部屋に戻りベッドに入り込んだものの、眠れるわけがなかった。夜が明けるまで、私は波にもまれながら海の上をぷかぷかとさまよっていた。喜びのうねりが高まったその下で、苦しみの波がうねっていた。時にはその荒れる波の向こう側に岸辺が見えるような気がした。それはベウラの丘[*8]のように甘く美しいものである。時折、期待が目覚めさせる強い海風が吹くと、私の心はそれに乗って意気揚々と目的地まで運ばれていく気持ちがした。しかし、私がそこに到達することはない。たとえ想像の中でもそれは叶(かな)わなかった。向かってくる風がその陸地を吹き消したかと思うと、絶えず私を引き戻した。分別が狂喜を押し戻し、思慮深さが情熱に警告を与える。私は熱に浮かされたように眠れずにいた。夜が明けるとすぐにベッドから出た。

第十六章

眠れずに起きた翌日は、ロチェスター氏に会いたいような、また会うのが怖いような気分でいた。もう一度その声を聞きたいと思ったが、一方で目を合わせるのが怖かった。朝のうちは今にも彼が会いに来るのではないかと期待に胸をふくらませていた。時々、主人は勉強部屋を覗きにほんの少しの間立ち寄ることがあり、それほど頻繁というわけではないものの、この日はきっとやってくる感じがしていた。

しかし、何事もなく午前中が過ぎた。アデールが静かに学科を勉強し続けている間、それを妨げることは何も起こらなかった。ただ、朝食のすぐ後からロチェスター氏の部屋のあたりで、バタバタと人がせわしなく動く気配だけは聞こえていた。フェアファックス夫人が話す声も聞こえた。夫人だけでなく、リーアやコック(つまりジョンの妻)の声、さらにジョンのしわがれ声まで聞こえてきた。大きな声で口々に、「ご主人様がベッドで焼け死ぬようなことがなくて本当に良かった」「だから夜にろうそくをつけたままにしておくのは危険ですよ」「水差しのことを思いつかれるなんて、ご主人様が平静でいらしたのはありがたいことですね」「誰も起こさずにいらしたのかしら」「読書室のソファーで眠られて風邪など召されなければいいが」などとしゃべっていた。

おしゃべりがひとしきり続くと、その後はゴシゴシと床を磨いて掃除する音や、ゴトゴトと家具を移動する音が聞こえてきた。昼食をとりに下に行く途中、主人の部屋の前を通り過ぎると、開いているドアから中が見えた。すべて完全に元通りに戻っていたが、ベッドのカーテンだけは剝がされていた。リーアが窓下の腰掛けに乗り、煤で黒くなった窓ガラスを拭いていた。主人がこの一件に関してどのような説明をしたのか知りたいと思っていたので、話しかけようと一歩進み出ると、その部屋にもう一人いるのが目に入った。ベッドのそばには一人の女性が椅子に座り、新しいカーテンを取り付けるための輪っかを縫い付ける作業をしていた。他ならぬグレイス・プールだった。

いつものようにむっつりと落ち着き払って座っていた。茶色い毛織物の服に格子縞のエプロン、白いスカーフと白いキャップという格好だった。針仕事に余念がなく、ただそれだけに没頭しているようだった。その厳めしい額にも、平凡な顔つきにも、殺人を企んだ女性の顔に認められるはずの青ざめた感じなどまったくなく、絶望的な表情でもなかった。殺害を意図した相手に、昨夜のうちに自らの潜伏先にまで追跡され、遣りおおせるはずだった悪事の罪を逆に訴えられたはずなのにである。私は啞然とした。困惑さえ感じた。じっと見つめていたところ、彼女がふと顔を上げた。ぎくりともせず、顔色も変わらず、何の感情も表れない。罪の意識も、犯罪の露見を恐れているようにも見えない。「おはようございます」と、いつものように無感情に素っ気なく言うと、もう一つ輪っかを取り上げ、カーテン用のテープをさらにいくつか手にすると、そのまま縫い続けた。

「少し試してみようかしら」私は思った。「こんなに白を切られるのはとうてい理解できない」

「おはよう、グレイス」と声をかけた。「この部屋で何か起きたの。さっき使用人たちが皆で話していたみたいだけれど」

「昨晩ロチェスター様がこのベッドで本を読まれ、ろうそくをつけたまま眠られてしまったのです。それでカーテンに火がつきましてね。でもそれだけです。幸い寝具や木枠に火がつく前に目が覚め、水差しの水でなんとか火を消されたようです」

「それはおかしなことね」と私は声を低くして言った。そして彼女をじっと見つめながら言葉をついだ。「ロチェスター様は誰も起こされなかったのかしら。そうやって身動きされている物音を耳にした者はいないのかしら」

彼女はまた見上げると、私を見た。その目には表情が浮かび、何か感づいたのか、油断なく私の様子を窺(うかが)っているように見えた。そして次のように答えた。

「使用人は皆離れたところで眠っているから聞こえませんですよ。フェアファックス夫人とあなた様の部屋が、ご主人様の部屋に一番近いんです。でも夫人は何も聞こえなかったとおおせです。まあ歳(とし)をとると、ぐっすり眠りがちなもんだからね」と言って一息入れ、つとめて無頓着に、しかし明らかに意味を持たせた感じで続けた。「でもあなた様はお若いから、眠りが浅いときもあるだろうね。何か物音でもしましたかい」

「ええ、しました」とさらに声をひそめて言った。リーアがまだ窓ガラスを拭いていたので、耳に入らないようにと思ったのである。「最初はパイロットかしらと思ったんです。でもパイロットは笑わないでしょう。だってね、確かに笑い声が聞こえたのです。それもちょっと不気味な」

彼女は新しく糸を取り出し、丁寧にろうを引き、しっかりとした手つきで針に糸を通した。そして落ち着き払った様子で続ける。

「ご主人様が笑うなんて考えられないでしょう。ひどく危ない目に遭っていたのだから。夢か何か見られたのではないですか」

「まさか、夢など見ていません」私は多少熱くなって言った。あまりにも人を食ったような冷静な態度に怒りを覚え始めた。彼女は再び私を見上げた。やはり油断のない目つきでじっと様子を窺っている。

「笑い声のことをロチェスター様に伝えましたか」彼女はそう尋ねた。

「いいえ、今朝は話しかける機会がありませんでしたから」

「ご自分でドアを開けて廊下を覗いてみましたか」さらに尋ねる。

質問攻めにしてそれとなく私から情報を引き出そうとしているのではないかとふと思った。彼女が犯したことをもし私が知っているとか疑っているとか、そう勘づかれてしまうと、私までその悪巧みの罠(わな)に嵌(はま)るかもしれない。警戒するに越したことはない。

「とんでもない。それどころかドアにかんぬきを掛けました」私は答えた。

「毎晩部屋の鍵をかけずに床に就くのですか」

「なんて悪賢い」私は思った。「私の習慣を知って、それに合わせて計画を練るつもりだわ」再びかっとなった私は慎重な態度を忘れ、思わず語気を荒らげて答えた。「これまでうっかり閉め忘れたことはよくありました。特に必要ないと思っていましたから。このソーンフィールドの館で何か危険なことや厄介なことがあるなんて考えてもみませんでした。でもこれからは（とこの点を私は強調して言った）、よくよく注意して万全の戸締まりをします。そうしないと眠れませんわね」

「それが賢明というもんだろうね」彼女は答えた。「このあたりは他と比べても静かなところですがね。大体ここに人が住むようになってから、泥棒に押し入られたなんて聞いたことがないですわ。でもこの屋敷には何百ポンドもする食器が飾られている部屋があるのはご存じでしょう。それにこんなに大きな屋敷なのに、ご主人様があまり家にいらっしゃらないもんだから、使用人の数まで少ないし。まあご主人様が屋敷にいらしても、おひとりだからね、さほど御用がありませんよ。でもね、大事をとるに越したことはないですわ。ドアは早々に閉めておく、そうすればそのドアの向こうで何かよからぬことが起ころうとも、かんぬきが掛かってるわけでね。ミス・エア、人はみんな神様に何事もお任せするもんですが、神様のご加護だって備えなしには無理だと思うんですよ。でも慎重な策をとれば、神様もお恵み下さることがあるだろうからね」と言って、ようやくこの長口上が終わった。彼女にしてはかなりしゃべったほうで、しかもクエーカー教徒のような、まじめくさった口ぶりだった。

　しかし、この驚くべき冷静沈着さにしろ、偽善的態度にしろ、どうにも不可解だった。ただあっけにとられてそのまま突っ立っていたところ、コックが入ってきた。

「プールさん」とグレイスに呼びかけた。「まかないのご飯がもうすぐできますがね、下で一緒に食べますか」

「いや、黒ビール一杯とプディングのパンをちょっとお盆に載せておいてくれないかい。自分で上に持って行くから」

「お肉はどうだい」

「一口だけでいいよ。あとチーズを少しばかり、それだけで十分だわ」

「サゴ[*9]の甘粥（あまがゆ）はどうする」

「今はいらない。お茶の時間までには下りてくるから。そしたら自分で用意するよ」

　コックがこちらを向いて、フェアファックス夫人がお待ちですと伝えたので、私は部屋を離れた。

　食事をしながら夫人がカーテンの火災について説明してくれたが、耳にほとんど入らなかった。私は謎めいたグレイス・プールのことで頭がいっぱいで、一体どういう人物なのか考え込んでしまった。とりわけこの屋敷における彼女はどのような立場にいるのだろうと考えると、さらに不可解だった。なぜ今朝彼女は捕えられなかったのか、少なくとも奉公勤めは解雇されてしかるべきではないかと疑問に思った。主人は昨夜、彼女の犯した罪を確信しているようなことを言っていた。一体何の理由があって咎められずにいるのか。それに、なぜ私にまで口外しないようにと強く迫ったのか。どうやら大胆かつ容赦ない気位の高い紳士が、なぜか最も卑しい雇われ人の支配下にあるらしい。しかも彼女の力は相当のものらしく、たとえ自分が命を狙われたとしても、公然にそのかどで告発することはできず、まして罰することなどとうていできない、というようである。とにかく奇妙だった。

仮にグレイスが若くて美しかったら、用心深さや恐れからではないもっと愛情のようなものがロチェスター氏に働きかけ、それで彼女のいいようになるのだと、そう考える気にもなった。しかしグレイスは年増の女性で、それも愛想のない顔をしていたから、そんな考えは受け入れがたい。「それでも」と私は考え始める。「彼女もかつては若かったわけで、それもちょうど主人の若い頃と時期が重なるようだから。確かフェアファックス夫人が言っていた。長年ここに住んでいると。昔きれいだったとは思えないにしても、もしかしたらその容姿を補う、他の人にはない長所や個性があるのかもしれない。ロチェスター氏は、きっぱりと物を言うひどく変わった人がお好みのようだし、まあグレイスは少なくとも変わっている。昔の主人の何か気まぐれ（彼のようにせっかちで無鉄砲な性格なら何か変わったことをしてもおかしくはない）のせいで彼女の力が上回り、それで彼の行動に密（ひそ）かな影響力が及んでいるとしたら。しかも主人にとっては自身の若気の至りが招いたことだから、振りほどくこともできず、無視することもできないとしたら」しかし、ここまで憶測したところで、ミセス・プールのあのがっしりとした、いかつい体つきと、まったく不器量で、教養のない無表情な顔つきが、はっきりと目に浮かんできた。「いや、あり得ない。こんな推測が当たっているはずがない」と私は思う。「だけれども」と、人の心の奥底に語りかけてくる、あの密かな声が私にもつぶやく。「そんなあなただって美しくないわけだし。それなのにロチェスター氏はおそらくあなたのことを認めてくれている。つまり、認めてくれていると、少なくともそう感じるときがある。ほら、昨夜のあの言葉、あの顔つき、あの声を思い出してごらん」

そう、ありありと目に浮かぶ。話す口ぶり、目の表情、声の調子がその瞬間、鮮明に思い起こされた。そのとき勉強部屋にいた私は、絵を描いているアデールの上にかがみ込み、絵筆の動きを指示していた。ふとアデールが驚いたようにして顔をもたげた。

「マドモワゼル・エア、どうしたの。指が葉っぱのように震えているし、お顔も赤いわ。さくらんぼみたいよ」

「ずっと身をかがめていたからほてったのよ、アデール」アデールは再び絵を描き始め、私も再び考え始めた。

グレイス・プールに抱き続けたこうした忌まわしい考えは、さっさと頭の中から追い出してしまおうと思った。もう考えたくもなかった。自分と比べてみれば、二人の違いは明らかだ。かつて乳母のベッシー・リーヴンと再会したとき、私に向かってずいぶんレディーになられました、と言っていた。彼女は嘘をついたりしないから本当のはずで、私はレディーなのだ。それに、ベッシーに会ったときよりも今の私はもっと見栄えがよくなり、顔色も体つきもよくなり、前よりも元気で朗らかだ。輝く希望と心からの楽しみがあるからである。

「もう暗くなるわね」と私は窓のほうを見ながらつぶやいた。「今日はまだロチェスター氏の声も足音も聞いていない。でも夜になる前にはお会いできるはず。今朝はお会いするのが怖かったけれども、今はお会いしたい。会えると思っているのに長いこと会えないなんて、耐えられない」

すっかり日も暮れ、アデールもソフィーと遊びに子ども部屋へ行ってしまった。私一人取り残されると、ただもう会いたくて仕方なかった。階下のベルが鳴らないか、リーアがメッセージを伝えに来ないか、耳をすました。何度かロチェスター氏自身の足音が聞こえたような気がして、ドアを振り返っては、当人が開けて部屋に入ってくるのを期待した。しかし、一度も開かなかった。入ってきたのは窓から刻々と迫る闇だけだった。でもまだ遅くはない。七時か八時になって呼ばれることもある。まだ六時だった。こんなにも話したいことがあるのに、今晩に限ってまるっきり失望させられてしまうことなどあるはずがない。もう一度グレイス・プールの話を持ち出してみたかった。何と答えるか知りたかった。昨晩の恐ろしい悪巧みを実行したのが本当に彼女だと思っているのか、もしそうなら、なぜあんな悪事を秘密にしているのか、単刀直入に聞きたかった。こうした好奇心が主人を苛立(いらだ)たせることになっても構わない。主人を苛々させてはそれを宥(なだ)めることの繰り返しを私は楽しむようになっていた。それがもっぱらの楽しみであり、しかし的確な勘でもって決して行き過ぎることがないように抑えてもいた。自分の技量を崖っぷちのところで試すのが好きで、しかし限界を超えて怒りを買うまでの危険を冒しはしない。ちょっとした形でも敬意を払い、立場をわきまえ礼儀を怠らずにいた。それでも彼とは向かい合って議論を交わすことができ、そこには何の不安も、ぎこちなさからくる遠慮もなかった。二人にはこのような形が合っていた。

やっと階段を軋(きし)ませて上ってくる足音が聞こえた。リーアが部屋に入ってきた。が、伝えられたのは、フェアファックス夫人の部屋でお茶の準備ができました、という一言だけだった。それでも下に行けることだけでも嬉しくて、私は夫人の部屋に赴いた。そうすれば少しでもロチェスター氏のそばに近づける。

「きっとお茶を召し上がるだろうと思いましてね」と、私が加わると夫人は言った。「昼食でほとんど何も口にされなかったでしょう」さらに続ける。「今日は体調がよろしくないのではないですか。顔が赤いし、熱っぽいですよ」

「いいえ、とてもいいです。これ以上ないくらい、いいです」

「それじゃ、食欲のあるところを見せていただかなくては。ここを編み終える間に、ティーポットにお湯を注いでくれませんか」夫人は編み終えると、立ち上がって窓のブラインドを下ろしに行った。おそらく日の光を最大限取り入れようと、これまで上げっ放しにしておいたのだろう。しかし、夕闇は刻一刻と迫り、あたりは真っ暗になろうとしていた。

「いい夜だこと」窓越しに外を見ながら夫人は言った。「それほど星は明るくないですけれどね。まあ、ロチェスター様はまずまずいい日に出発されましたわね」

「出発ですって。え、どこかに行かれたのですか。ロチェスター様が出かけられたとは知りませんでした」

「あら、朝食を召し上がってすぐに出発されましたよ。エシュトン様のいらっしゃるリーズのお屋敷にいらっしゃったのです。ミルコートの裏側を十マイルほど行ったところですが。かなりのお集まりがあるとかでね。イングラム卿、サー・ジョージ・リン、デント大佐など、多くの方がそこにいらっしゃるようです」

「今晩お帰りになるのかしら」

「いいえ、とんでもない。明日もお帰りになりませんよ。きっと一週間以上はご滞在されるのではないかしら。あのような上流の立派な方々がお集まりになるところは、それはもう華やかで優美なものですからね。贅を尽くしたたくさんのお楽しみやおもてなしも受けますし、そんなすぐにはご散会などされませんよ。それに、こういうとき殿方は引っ張りだこですからね。特にロチェスター様はあのような社交の場では才能に溢れ、精力的に振る舞われていらっしゃいますから、きっととても人気がおありだと思います。ことにご婦人方にはとても人気がおありです。あのご容貌ではレディーの方々のお眼鏡にかなうことなどないと、そうお思いかもしれませんけど、でもあのご教養とご才能を考えたら、それにまあ、ご財力と血統も含めたならば、多少の外見の欠点などすぐに埋め合わせられるでしょう」

「リーズのお屋敷にはどんなレディーの方々がいらっしゃるのでしょう」

「エシュトン夫人と三人のお嬢様がいらっしゃいます。とても気品のある若いレディーたちでいらっしゃいます。それから、あのブランシュ・イングラム様とメアリ・イングラム様のご姉妹、どちらも大変な美人だと思いますわ。ブランシュ様には一度お目にかかったことがあります。六、七年ほど前になりますが、ブランシュ様が十八歳の頃に。このソーンフィールドの館にいらしたのですよ。ロチェスター様がクリスマスの舞踏会と宴（うたげ）を催しましてね。ほんと、あの日の食堂をお目にかけたかったですわ。とても豪華に飾りましてね、輝くばかりでした。皆さん上流の紳士淑女の方々ばかり、五十人ほどお集まりだったかしら。地方の名門で第一級のご家族ばかりでした。その中でもブランシュ・イングラム様はとびきりの美人で、その夜の宴の華でした」

「フェアファックスさん、その方をご覧になったとおっしゃいましたね。どんなご様子だったのでしょうか」

「ええ、お目にかかったのですよ。と申しますのも、食堂のドアがすべて開放されましてね。それにクリスマスでしたから、使用人はみんな玄関ホールに集まってもよかったもので、レディーの方々が歌ったり演奏されたりするのを聴くことができたのです。そしてロチェスター様がわたくしを部屋の中に入れてくださいましてね。ですから角の隅っこに座って、ずっと拝見していました。あんなに豪華で素晴らしいものは見たことがありません。レディーの方々は本当にご立派なドレスを着てらしてね、どの方も、少なくとも若い方々は皆さん、とてもお美しくてね。でも、イングラム様こそが間違いなく花形でした」

「それで、どんなご様子で」

「背が高くて、肩は少しなで肩でいらして、お胸もきれいでしたね。首がすらりとして、とても優雅でした。深みのある美しいオリーブ色の肌をされているのです。高貴なお顔立ちで、目はそうですね、ロチェスター様のように黒くて大きな目でした。またその目が、ご自分が身に着けられた宝石と同じように輝いていましてね。それからすばらしく豊かな黒髪、つやめいた漆黒の髪でいらして、髪型もとてもお似合いでした。太く編まれた髪を後ろでぐるっと巻かれて、それから前髪の巻き毛がたいそう長くていらして、つやつやしていました。ドレスは純白でした。肩に琥珀色のスカーフをかけ、それを胸の前でクロスさせて横のほうで留めていらしてね、フリンジのついた先が膝下まで長く垂れ下がっていました。そう、髪にも琥珀色のお花をつけていらっしゃいました。それがあの豊かな黒い巻き毛にとても合っていらしてね」

「もちろん皆さんから賞賛の的だったんでしょうね」

「ええ、その通りです。美しいだけじゃありませんよ、おたしなみも優れていましたから。歌がお上手な方なのです。ある殿方がピアノで伴奏されましたよ。それから、ロチェスター様とご一緒にデュエットされたりもして」

「ロチェスター様が歌われたのですか。歌がお上手だとは知りませんでした」

「あら、とても素敵なバスの声でいらっしゃるのですよ。それに音楽に造詣が深くていらっしゃいますしね」

「イングラム様のお声は」

「とても豊かで力強いものでした。それに楽しく明るく歌われますから、こちらの耳も大いに楽しめましてね。そのあとでピアノも弾かれましたよ。私は音楽のことはわかりませんが、ロチェスター様はもちろんご存じなわけで、イングラム様の演奏は大いに結構だとおっしゃっているのを聞きました」

「それで、そのお美しくて芸事にも秀でた方は、まだお嫁には行かれてないのかしら」

「どうやらそのようです。イングラム様もその妹様もあまり財産をお持ちではないようですから。前イングラム卿の資産は主として長兄の相続と決まっていましたから、一番上のご子息がほとんどすべてを相続されたのです」

「でも、これまでご裕福な貴族の方や紳士の方で、イングラム様をお好きになった方がいらっしゃらなかったわけではないでしょう。例えばほら、ロチェスター様とか。裕福でいらっしゃるでしょう」

「それはもちろん裕福ではありますけれど、でもお二人はお歳の差がずいぶんおありでしょう。ロチェスター様はもう四十近いですけれど、イングラム様はまだ二十五歳ですよ」

「それがどうしたの。もっと不釣り合いの結婚が毎日のようにされているじゃありませんか」

「確かにそうですね。でもロチェスター様がそんなお考えをお持ちになるとは、わたくしには思いも寄りません。まあしかし、エアさん、何も召し上がらないのね。お茶を飲まれてから何も手にとられないじゃないですか」

「ええ、喉が渇くものですからいただけなくて。紅茶をもう一杯いただけますか」

ロチェスター氏とその美しいブランシュ嬢の結婚の可能性についてもう一度話を戻そうと

したとき、アデールが入ってきたので話の流れは違う方向に流れた。

あとでまた一人きりになった私は、得られた情報について考えた。そして自分の心の中を覗き込み、その思考や感情についてよくよく吟味した上で、それまで想像力に導かれて縦横無尽に不毛なる地をさすらっていたものについては、厳正なる方法で、常識という安全な囲いの中に戻していく作業に努めた。

自らを裁く法廷に召喚されると、まずは「記憶」が証拠を提示した。昨晩から私がいかなる思いや期待、希望を抱き始め、ここ二週間ほど私がどのような気分にふけっていたか、その証拠が提示された。次に「理性」が証人として前に進み出て、その物静かな態度でごく簡単にありのままの話を告げた。つまり、私がいかに現実を拒み、妄信した理想ばかりむさぼっていたかを告げた。そして私は以下の趣旨の判決を下すに至った。

ジェイン・エアほどの哀れな愚か者がこの世にいたためしはない。これほど甘い嘘に溺れ、毒を美酒のように飲みほしたおめでたい者もいない。

「お前が」と私は言った。「ロチェスター様に好かれているだと。お前にロチェスター様を喜ばせる力があるだと。お前のような者がロチェスター様のために少しでも意味がある存在だとでも言うのか。ばか者め、出て行け。吐き気がする。時折示される好意の印に満足な喜びを得ていたとは。世に通じた名家の紳士が、新参者の一介の使用人に示すなど、実に疑わしい印ではないか。よくもそんな気になれたものだ。ばかもばかだ。ご都合主義でももう少し賢くやれるだろうに、今朝も繰り返し昨夜の一場面を思い返してみました、だと。その顔を覆って恥じ入るがいい。でも、彼は私の目を誉(ほ)めてくれました、だと。何も見えないひよっこか。涙でにじんだその眼(まなこ)をはっきり開け、そして何もわかっていない自分の愚鈍さを見つめるがよい。女性が自分の仕えている者におだてられて何一ついいことなどない。結婚するつもりなどあるわけがないのだから、どんな女性だろうが、心の内に密かな愛を燃え立たせるなど正気の沙汰ではない。秘めたまま知られることもなく、報われることもなければ、その炎を燃え立たせる命までも奪い取られるのだ。もしその心を悟られ、そして何かの応えがあったとしても、それは鬼火のようなもので、泥だらけの荒野へと連れ出される。そこに嵌ると、もはや救いはないのだ。

ジェイン・エアよ、それでは、お前に下される判決を聞くがよい。明日になったら、自分の前に鏡を置き、クレヨンで自分の姿を写しとるように。忠実に描け、たった一つの欠点でもごまかしてはならない。無骨な線があっても省いてはならない。不快なでこぼこがあっても、ならしてはならない。終わったらその下に書くのだ。『あるガヴァネスの肖像画――家族なし、金なし、器量なし』

次に、滑らかな上質の象牙紙を取り出すのだ。お前の絵道具箱に一枚用意されているはずだ。パレットを手に取り、最も美しく色鮮やかな絵の具を混ぜ合わす。それからとびきり繊細なラクダの毛筆を選ぶ。そして、想像しうる最も魅力的な顔を丁寧に描いてみせよ。次に、できる限りの柔らかな陰影と美しい色彩でその顔に色を塗る。フェアファックス夫人が説明したブランシュ・イングラムの描写通りにすること。豊かな黒い巻き毛、輝く黒目もその通りに。何だと。自分こそが絵のモデルとしてロチェスター氏の前に戻るだと。いいか、涙を拭くんだ、めそめそするな。感傷もいらない、後悔もいらない、受け入れられるのは常識と決意だけだ。きちんと思い出して描くのだ。威厳に満ち、かつ調和のとれた目鼻立ちを。ギリシア風の首と胸を。腕はふっくらと美しく、手はとてもデリケートに。その手にダイヤモンドの指輪と金の腕輪を忘れるな。衣装も忠実に描くこと。軽やかで繊細なレース、美しくつやのあるサテン生地、上品なスカーフ、そして黄金のバラの花飾り。そして名づけよ。『ブランシュ嬢、すべてに秀でし貴婦人（レディー）の像』

今後、ロチェスター氏がお前に何か好意があるなどと考えることがあれば、そのときはその二枚の絵を取り出すのだ。そして比べてみよ。お前はこう言うだろう。『ロチェスター様がお望みとあらば、あの高貴なレディーの愛情はきっと勝ち獲（と）られる。こんなに貧しくて身分の低い平民に、何か本気な考えなど無駄に抱くはずがない』」

「わかりました、実行します」私は決心した。こうして決意を新たにすると、気分が落ち着いてきた。そして眠りに落ちた。

翌日、その言葉通りに実行した。自分の絵は一、二時間もあればクレヨンで素描することができた。また、私の想像したブランシュ・イングラムのミニアチュールは象牙紙に描き上げ、二週間足らずで完成した。十分に魅力的な顔だった。クレヨンで描かれた現実の顔と比べると、その違いは一目瞭然で、自制心の力が成し得る限りの作だった。この作業が私にとって為（ため）になったのは、これによって絶えず頭と手を動かし続けたこと、また、この新たなイメージを植え付けるための力と安定がもたらされたことである。私はそのイメージが自分の心に永久不滅に刻まれることを望んだ。

やがて、こうして自らの感情を健全なる自制のもとに従わせたその道のりを喜んでもいいと思えるまでになった。というのも、このおかげで、後に起こった出来事を私はしっかりと冷静に迎えられた。もし何も覚悟ができていないまま事が起きていたとしたら、たとえ表面だけでもあれほどの冷静さを保つことはできなかっただろう。

第十七章

それから一週間が経った。ロチェスター氏に関する知らせは何も届かなかった。十日が過ぎたが、それでも屋敷には戻ってこなかった。フェアファックス夫人が言うには、主人はリーズの屋敷から直接ロンドンに赴き、そのまま大陸に行ってしまってソーンフィールドにはまた一年戻ってこない、としても大して驚かないということだった。極めて予期しない形で不意に去ってしまうことはこれまでもよくあった。夫人からそう聞くと、私は胸のあたりに妙な寒気と鈍い感覚を覚え始めた。実のところ、むかむかするほどの失望感に襲われるがままでいたが、再び分別を働かせ、自分がとるべき道を思い出させてすぐに気持ちを落ち着かせるよう命じた。この間違いは、一時的なものとしてものの見事に乗り越えた。ロチェスター氏の行動一つをとって、それが自分にとって、さも重要な関心事であると考えてしまう失敗を消し去ることができた。しかし、何か卑屈な劣等意識から身を貶めたのではない。むしろ、心の中でただこう言い聞かせた。

「自分とこの屋敷の主人の関係は、主人が後見人を務めている子どもの教師として、主人から与えられた給料を受け取ること、自分が義務を果たしたときに、期待してしかるべき待遇を主人のご厚意とご誠意のもとにありがたく拝受すること、それだけである。それ以上のことは何もない。これだけが主人と自分の間にある唯一の結びつきで、主人がまともに認める関係であることを忘れてはならない。だから、主人を自分の微妙な気持ちや、あるいは喜びや苦しみなどの対象にしてはならない。そもそもご主人様とは階級が異なる。己の身分をわきまえ、ひたすら自重し、全身全霊をかけた愛情を惜しみなく注ぐようなことをしてはならない。私のような立場にそんな才能は求められていないし、あったとしても軽蔑されるだけだから」

私は平静な気持ちで毎日の仕事を続けた。が、時折、ある漠然とした思いが頭の中をよぎった。ソーンフィールドを離れる口実をなんとなく考え始め、ふと気づくと広告に載せる文を考えていたり、新しい勤め口について思いを巡らせたりした。こうした考えが浮かぶのを抑える必要もないと思った。考えていれば何か芽が出ることもあるだろうし、場合によっては実が結ぶこともあるかもしれない。

二週間以上過ぎてもロチェスター氏は出かけたままだったが、そんなときにフェアファックス夫人にある便りが届いた。

「旦那様からだわ」手紙の宛名を見ながら夫人は言った。「これで旦那様がお戻りになられるかどうかわかりますね」

フェアファックス夫人が封を切り、その内容に目を通している間、私はただコーヒーを飲み続けていた（私たちはちょうど朝食をとっていた）。コーヒーが熱くて、急に自分の顔がほてり真っ赤になったのも、そのせいだと思った。手が震えて思わずコップの中身の半分ほどを受け皿にこぼしてしまったが、なぜそうなってしまったか、あえて考えようともしなかった。

「あらあら、わたくしもこの屋敷が静かすぎると思う時がありますけれどね、でも今日からは忙しくなりすぎるんじゃないかしら。まあ、少なくともここしばらくは忙しくなりますわね」と、夫人はまだ眼鏡ごしに手紙を覗きながらそう言った。

もっと説明してほしいという気持ちを抑え、解けそうなアデールのエプロンの紐を結んでやった。もう一つパンをとってやり、マグカップに牛乳を注ぎ足したところで、何気なく尋ねた。

「ロチェスター様はすぐにはお戻りにならないのでしょうね」

「それが戻っていらっしゃるのです。三日後ですって。今度の木曜日ということですね。それもね、お一人ではないのですよ。リーズのお屋敷にいらした方々もいらっしゃるとかで。でも、上流の方々が何人いらっしゃるのかわかりませんわ。ロチェスター様がよこされた指示は、ここの最上の寝室は全室整えて用意しておくように、それから読書室も、応接間もすべてきれいに掃除しておくようにということです。それからミルコートのジョージ旅館と、その他どこからでもいいので、厨房用の人手を調達してくるようにとも。レディーの方々は皆さんそれぞれメイドを連れていらっしゃるし、紳士の方々も従者をお連れですからね。もう屋敷はいっぱいになりますわ」そう言うと、フェアファックス夫人は朝食を飲みこむようにして終わらせると、早速作業にとりかかるべく急いで出て行った。

確かに言われた通り、それからの三日間はとても忙しかった。もとから屋敷の部屋はどこも素晴らしくきれいにされ、十分に整えられていると私は思っていたのだが、どうやら間違っていたようだ。手伝いに三人の女性が雇われ、床をごしごし拭いてブラシをかけ、塗装を落とし、絨毯をはたき、壁から絵を外し、取り付けたりした。鏡や燭台など磨く必要のあるものはすべて磨き上げ、どの寝室にも暖炉の火をくべ、シーツや羽毛のマットレスをその暖炉の前に並べて干したりもした。このような作業は後にも先にも見たことがない。アデールはその間中ずっと走り回って大いにはしゃぎ、こうした来客用の準備を見たり、その御一行様が到着すると思うと、我を忘れてしまうようだった。ソフィーを呼びつけ、「トワレット」、つまり彼女が呼ぶところのドレスの全部を彼女に調べさせると、「もう流行らない」ものは仕立て直させ、新しいものは風に当てるなどして準備させた。アデール自身は、屋敷の正面の部屋を行き来して跳ね回っているだけで、ベッドの木枠に跳び乗り跳ね下り、あるいは轟々（ごうごう）と煙突まで炎を上げている暖炉の前に干されたマットレスの上でごろりと横になり、その前に積み上げられた枕や長枕の上に寝そべったりした。アデールの勉強はすでに免除だった。私自身がフェアファックス夫人から仕事を押し付けられていて、一日中台所の貯蔵室にいて夫人やコックの手伝いをしていた（はたまたお邪魔にもなっていた）。カスタードのデザートやチーズケーキ、それにフランス風のお菓子の作り方も習い、さらには野鳥の手足の括り方やデザートプレートの仕上げの方法まで習った。

その一行は木曜日の午後に到着することになっていた。六時の晩餐には間に合うよう到着するとのことだった。それまでの準備期間中、私には途方もない妄想にとりつかれる時間などなく、私自身、他の皆に負けず劣らず（といってもアデールは除くが）、楽しくてきぱきと動いた。しかし、ふとその楽しさが消沈してしまうことがないわけではなく、つい何か疑念を抱いたり、悪い予感や暗い考えの中に再び没入してしまうことがあった。それは、あの三階の階段の扉（最近は常時鍵がかけられていた）がゆっくりと押し開けられ、あの小ぎれいなキャップと白エプロンとスカーフに身を包んだグレイス・プールが出てくるところを偶然目にしたときなどだった。彼女は廊下を滑るように進み、布地の靴が音を吸収して足音はほとんど立てなかった。いくつか寝室を覗き込むと、どこも混乱の中で人が慌ただしく働いている中、雇いの掃除婦に対してだろうか、一言声をかける。きちんと暖炉の火格子を磨くように、あるいは大理石のマントルピースの掃除の仕方や壁紙のしみの取り方などを伝えると、そのまま行ってしまう。と、彼女はこのようにして一日に一回は台所に下りて、そこで食事をとった。そして暖炉の前でちょっと一服すると、一人で楽しむべくあの黒ビールのカップを手にして、再びあの三階の陰気なねぐらへと戻っていった。一日二十四時間のうち、彼女が階下の使用人と過ごすのはたった一時間程度、残りの時間はすべてあの上の部屋で過ごした。天井の低い、オークの壁に囲まれたあの部屋で、彼女は一人座り、縫い物をしながら過ごしている。おそらく一人わびしくあの笑い声を上げている。さながら牢獄（ろうごく）に閉じ込められた囚人のように、たった一人で。

とりわけ奇妙なのは、私以外、この屋敷の誰も彼女のこうした振る舞いに気づいておらず、気づいていたとしてもまったく驚かないでいるように見えたことだった。グレイスの立場や仕事が話題になることはなく、彼女がいつも一人でいることや孤立していることを憐れむこともなかった。ただ一度だけ、リーアと掃除婦の一人がグレイスのことを話題にするのを小耳にはさんだことがある。リーアが何かはっきりとはわからないがしゃべっていて、それに対して掃除婦がこう言っていた。

「でもそれなりにもらっているんだろう」

「そう」とリーアが言った。「私もそれぐらいの給料がもらえたらねえ。でも私だってそう悪くはなくて、不満があるわけじゃないけど。ソーンフィールドはそんなしみったれたところじゃないからね。ただね、プールさんがもらっているのと比べたら、その五分の一にもならないと思うよ。それにね、プールさんはあれを貯（た）めこんでいるからね。三か月ごとにミルコートの銀行に行っているよ。いつでも辞めようと思ったら、もう一人でやっていけるぐらい十分に稼いでいたとしても全然不思議ではないね。でもこの屋敷に慣れてしまったんだろう。それにまだ四十にもなっていないから、力もあるし、何でもできるからね。ここの仕事を辞めるには早すぎる」

「きっとなかなかうまく仕事をやるんだろうね」と掃除婦が言う。

「ああ、そのことなら、自分が何をすべきかちゃんとわかってるよ。誰よりもね」リーアは力を込めて答えた。「誰でも代わりにできるもんじゃないよ。そんだけもらったとしてもさ」

「確かにそうだよね」と掃除婦は答える。「一体ロチェスター様は……」

掃除婦は続けようとしたが、リーアがここで振り返り、私がいることに気づいた。すぐに相手の肘を突く。

「あの人は知らないのかい」掃除婦がそう囁くのが聞こえた。

リーアは首を振り、もちろんここで会話は途絶えた。この出来事から私が知り得たこと、それはどうやらソーンフィールドの屋敷には秘密があり、その秘密に関与することから私は意図的に外されている、ということであった。

木曜日当日になった。前の晩にはすべての用意が完了していた。床には再び絨毯が敷かれ、ベッドには豪華なドレープのカーテンが掛けられ、輝くばかりの白いベッドカバーが覆っていた。化粧台も整えられ、家具も磨き上げられ、花瓶は花でいっぱいだった。どの寝室も広間も、人の手が為し得る限り最高にぴかぴかで、きれいになっていた。玄関ホールもきれいに磨かれ、彫刻の施された大時計から、階段の一段一段や手すりに至るまで、すべてがガラスのようにぴかぴかに磨かれていた。食堂に入ると、食器棚にはまばゆいばかりの食器類が並び、奥の応接間と私室では四方に花瓶が置かれ、異国風の花々が咲き誇っていた。

午後になると、フェアファックス夫人は、自分の持ち物の中で最上の黒いサテンドレスを着て、手袋と金時計も身に着けた。一行を迎え入れるのが彼女の役目で、レディーの方々を部屋に案内するのだった。アデールもドレスに着替えたがっていた。少なくともその日のうちに来客の前に紹介される機会はまずないだろうと思ったが、とにかく彼女を喜ばせるために、ソフィーに言って、丈の短いモスリンのドレスに着替えさせた。私は着替える必要がなかった。私が呼ばれるはずもなく、勉強部屋という聖域を離れなければならないことなど考えられなかった。その部屋はすでに私にとって聖域だった。「悩み多き時代の快適なる避難所」とでもいったところだった。

その日は暖かく、よく晴れた春の日だった。三月の終わりから四月の始めにかけてそのような日が訪れることもあり、まるで夏を呼び込むかのように、日の光が地上を明るく照らしていた。すでに日も翳(かげ)ってきていたものの、夕方になっても暖かく、私は勉強部屋で窓を開けたまま座って仕事をしていた。

「遅いわね」そう言いながら、フェアファックス夫人がせかせかと部屋に入ってきた。「晩餐はロチェスター様がおっしゃっていた時間の一時間後に用意しておくように指示したのだけれど、ちょうどよかったわ。もう六時を過ぎてますからね。今ジョンを門のところにやったところです。やってくるのが見えないかどうか確かめてもらおうと思ってね。あそこからだったらミルコートまでの道のりがずっと見えるでしょう」夫人は窓のそばに近づいた。と、「あ、ジョンが戻ってきたわ」と言い、身を乗り出しながら、「それで、どうだった」と聞いた。

「いらしてますよ」との答えだった。「十分もしたら、到着します」

アデールが窓に駆け寄った。私も後に続いたが、注意深く端のほうに立った。そうすればカーテンに遮られ、私は自分の姿を見られることなく外を見ることができる。

ジョンが言ったその十分間はかなり長く感じられた。そしてようやく車輪の音が近づくのが聞こえてきた。まず馬に騎乗した四人が屋敷までの道をギャロップで駆けてきて、その後ろに屋根のない馬車が二台続く。馬車からはいくつものヴェールがひらひらと舞い、羽根飾りもふわふわと揺れているのが見えた。前方の騎乗者のうち二人は颯爽とした若い紳士で、あとの一人が黒毛の愛馬メズルールにまたがったロチェスター氏、さらにその前をパイロットが勢いよく走っていた。ロチェスター氏の隣を走る馬には一人のご婦人が乗り、この二人が一行の先頭を走っていた。その女性は紫色の乗馬服を着て、裾は地面をさっとかすめるようになびき、髪のヴェールも風に吹かれて後ろになびいていた。その透明なひだと交じり合うように、隙間からきらきらと輝いて見えていたのは、豊かな漆黒の巻き毛だった。

「イングラム様だわ」フェアファックス夫人は声を上げた。そして持ち場につくために急いで下りて行った。

この馬と馬車の一行はそのまま道のカーブに沿って行き、屋敷の角を素早く曲がって行ったため、もう私には見えなくなった。アデールがどうしても下に行きたいと駄々をこね始めたので、彼女を膝の上に抱き、特に呼び出されることがない限りは、今だろうがいつだろうが決してレディーの方々が見えるところに行こうなどと思ってはなりません、ロチェスター様が大変お怒りになりますよ、などと言って聞かせた。すると、「彼女は自然といくばかりか涙を流した」[*10]というわけだが、私が次第に真剣になる顔を見て、結局は涙を拭う気持ちになった。

もう玄関ホールからは楽しげな声や物音が聞こえてきた。紳士たちの低音とレディーたちの鈴を鳴らしたような抑揚ある声が調和したように重なり合って聞こえていたが、その中でもはっきりと聞き取れたのは、ソーンフィールドの館の主のよく通る声だった。決して大声ではないが、これから宿泊する美しく立派な客人たちを歓待する声がはっきりと聞こえてきた。そうこうするうちに、軽やかな足音が階段を上っていくのが聞こえた。軽い足音は廊下を進み、楽しそうに笑い合う声もかすかに入り交じる。ドアが開閉する音が続き、しばらくの間、静けさが訪れた。

「みんなドレスを着替えるのね」と、これまで耳をそばだて、あらゆる動きを追っていたアデールはそう言って、一つため息をついた。

「ママの家ではね」とアデールは続ける。「お客さんがいらしたときには、私、全部ついて回ったの。広間からお部屋まで全部よ。それで、メイドがレディーの髪を整えたり、服を着せたりするのを見たの。とっても面白いのよ。見てるといろいろ勉強にもなるんだから」

「アデール、お腹はすいていませんか」

「あらそうね、マドモワゼル。前に食べてからもう五時間か六時間ぐらい経ってるもの」

「そうしたら、レディーの方々がお部屋にいる間、思い切って下に行ってきますね。何か食べるものを取ってきてあげますから」

私は自分の聖域を用心しながら抜け出ると、台所へと直接つながる裏の階段に回った。台所一帯はどこも熱気と興奮に包まれていた。魚とスープは「賢者の石」を投入する最終段階へと突入し、その錬金術師たるコックはるつぼの前に身をかがめ、身も心もろとも今にも自然発火を起こしそうだった。使用人の大部屋には御者が二人、従者が三人いて、それぞれ暖炉の周りに立ったり、座ったりしていた。侍女たちの姿はなく、皆、女主人と一緒に二階にいるらしかった。あちらこちらせわしなく動いているのは、ミルコートから雇われた新しい使用人たちだった。そうした混乱を縫うようにくぐり抜け、ようやく貯蔵室にたどり着いた私は、冷製のローストチキンとロールパンを一つずつと、タルトも少しばかり手に取った。さらにお皿を一、二枚、ナイフとフォークも一本ずつ手に入れた。これらの戦利品を持って私は急いで退却する。再び廊下に戻り、裏階段のドアを後ろ手に閉めようとしたまさにその瞬間、急にざわざわと声がし始め、ご婦人たちが寝室から外に出てこようとするのがわかった。勉強部屋に戻るには、その部屋の前を通らないわけにはいかず、食料を大量に抱えた私を見れば、ご婦人たちはさぞ驚いてしまうだろう。私は廊下の端でそのままじっとしていることにした。そこは窓がなく、暗がりになっていた。日が沈み、夕暮れが迫るその時分においては、もうほとんど真っ暗だった。

ほどなくして、次から次へと美しい客人たちが寝室を後にし始めた。軽やかに楽しそうに外に現れると、その暗い廊下で彼女たちのドレスはつやつやと光沢を放った。反対側の端のほうでいったん集まり、明るく柔らかな声音でおしゃべりをしていたかと思うと、すっと音も立てずに階段を下りて行く。その様子はまるできらきらとした朝もやが丘を流れていくようで、こうして集まった姿を目にすると、高貴な生まれゆえの優雅さというものに思い至らずにはいられなかった。このような光景を目にしたことは一度もなかった。

アデールが勉強部屋のドアを少し開けて、外を覗いていた。「なんて美しいレディーたち」と、このときアデールは英語で叫んだ。「ああ、おそばに行けたらいいのに。もう少ししたら、ディナーが終わったら、ミスター・ロチェスターは私たちを呼んでくださるかしら」

「いいえ、まさか。そんなことはないと思いますよ。ロチェスター様は他にお考えごとがありますから。今晩はレディーの方たちのことは忘れましょう。明日になったらお目にかかれるかもしれませんよ。さあ、食事を持ってきましたから」

アデールは本当にお腹がすいていたので、持ってきたチキンとタルトのおかげで、しばらくは注意をそらすことができた。これだけの略奪品を確保しておいたのは実によかった。さもなければアデールも私も、そして食べ物を届けてやったソフィーも、このままま ったく食事をとれずにいるところだった。とにかく階下にいる者は誰もが忙しくて、私たちのことなど考える暇もなかった。デザートが振る舞われたのが九時を回ってからのことで、十時になってもまだ給仕たちはお盆やコーヒーカップを持って、あちこち走り回っていた。私はアデールがいつもよりだいぶ遅くまで起きているのも許すことにした。アデール自身、下であんなに扉が開け閉めされて、人が忙しく動き回っているようでは絶対に眠れないと言い張った。それに、もしかしたらロチェスター様から伝言が届くかもしれないし、そんなときに寝間着姿ではいられないから、とも言っていた。「そんなことになったら、本当にがっかりじゃない」と彼女は言った。

アデールには、本人が聞きたいだけいくつもの物語を読み聞かせてあげた。そのあとは気分転換に外の廊下に連れ出してみた。すでに玄関ホールには明かりが灯され、アデールは手すりの上からそこを使用人が行き来するのを楽しそうに眺めた。さらに夜が更けると、応接間から音楽が流れてきた。ピアノがその部屋に移されていた。アデールと私は階段の一番上に座り、それをじっと聴いていた。しばらくするとピアノの豊かな音に歌声が合わさった。ある女性のとても美しい声だった。独唱(ソロ)が終わると二重唱(デュエット)となり、そして合唱(グリー)と続いた。合間合間には楽しそうな話し声も伝わってくる。私はそれをじっと聴いた。と、ひたすら交じり合った音を細かく聞き分けようとする自分に気づいた。いくつもの声音が交じる中、自分の耳はただロチェスター氏の声だけを聞き取ろうとしている。そのうち彼の声が聞き分けられると、遠くて何を言っているのかよくわからないその声を、今度は何かの言葉に当てはめようとした。

時計が十一時を知らせる。アデールを見た。私の肩に頭をもたせかけ、目は今にも閉じてしまいそうだったので、腕に抱き抱えてベッドまで運んだ。階下の紳士淑女たちがめいめい自分の部屋に戻ったときにはもう一時近かった。

翌日も前の日と同じくらいによく晴れた。一行はこの日一日中、屋敷の界隈を散策していた。午前中の早い時間帯に出発し、馬に乗る人もいれば、乗らない者は数台の馬車で連れ立って出かけた。私はその出発も、戻ってきたときも、様子を目にしていた。前日と同様、イングラム嬢が馬に乗っていた唯一人のレディーだった。やはり前日同様、馬に乗ったロチェスター氏が彼女の横に並び、一緒に駆けていった。二人は他の仲間からは少し離れており、私は一緒に窓際に立っていたフェアファックス夫人に、このことを指摘してみた。

「お二人が結婚を考えられるようなことはありそうもないとおっしゃっていましたけれど、でもロチェスター様は明らかにどのレディーたちよりも、あの方のことを好かれているみたいですね」

「そうでしょうね。確かに素晴らしい方だとお思いになっていることでしょう」

「それにあの方も、ですね」私はさらに付け加えた。「あんなふうにお顔を寄せて、何か秘密の会話でもされているみたいじゃないですか。お顔を拝見できたら嬉しいですわ。まだちらっとも見ていません」

「今晩ご覧になることができますよ」とフェアファックス夫人が答えた。「実はロチェスター様に申し上げる機会がありましてね。アデールがレディーの方たちへのお目通りをどんなに叶えてもらいたがっているか伝えたのです。そうしたらロチェスター様は、『ああ、そうか。それなら晩餐の後に応接間に連れてきなさい。それからミス・エアに付き添ってもらうように。そうお願いしておきなさい』とおっしゃったのです」

「ええ、そうでしょうね。ただ礼儀としてそうおっしゃったのでしょうから、私はもちろん行く必要はありませんわ」と私は答えた。

「それが、わたくしも申し上げたのですがね。ミス・エアは人がいらっしゃるところにお出になるのは慣れていらっしゃらないでしょうから、こういった華やかなお集まりの前に出られるのを好まれないのではないでしょうか、とね。みんな知らない人ばかりでしょう。そうしたらご主人様は、あの調子ですぐに、『ばからしい。もし彼女が反対してきたら、これは私からの特別な所望だとそう言えばいい。それでも断るようだったらこう言いなさい。命令に従わない場合は私自身が迎えに行き、連れてくると』、そうおっしゃるのですよ」

「そんなご面倒をおかけするつもりはありませんわ」私は答えた。「わかりました、行きます。行くしかないみたいですから。でも本当は行きたくないんです。夫人もいらっしゃいますか」

「いいえ、御免こうむりたいと申しましたら、その願いは受け入れてくださいました。こうした場合になんとも気まずいのは入室のときに正式に通されることでね、あれは煩わしいところですから、どうしたらそれを避けてうまく振る舞えるか、教えてさしあげますよ。まず応接間には誰もいないうちに入っておくことです。レディーの方々が晩餐を終えて席を離れられるまでには入っておく。そして隅の席を選びます。どこでもお好きなところでいいですから、奥まった静かなところにね。紳士の方々が部屋に入っていらしたら、あとはもうそこにずっといる必要はありません。もちろん、ご自分でそこにいらっしゃるつもりなら構いませんけれど。ただ、あなたがそこにいるということをロチェスター様には見ていただき、あとはそっと部屋を出ればよいのです。そうすれば、他の誰にも気づかれないで済むでしょう」

「あの方たちは長いことここに滞在されるのでしょうか」

「おそらく二、三週間でしょう。それ以上はないです。最近ミルコートの議員に選出されたサー・ジョージ・リンですが、イースターの休暇が終わったらロンドンに行かれて議会に出席されなければならず、おそらくロチェスター様もご一緒されるはずです。ソーンフィールドでのご滞在がこんなに長引くとは私も驚いているのですよ」

生徒を連れて応接間へ赴く予定の時間が刻一刻と近づき、私は多少ともびくびくしながらその時を待っていた。アデールはといえば、夕刻にはレディーたちの前に出られると聞くと、一日中ずっと浮かれていた。ソフィーが服を着替えさせる用意に取り掛かったところでようやく落ち着き、その準備がいかに重要かわかったのだろう、すぐにしゃんとした。巻き髪を作って滑らかないくつもの房に垂らし、ピンク色のサテンドレスを着せ、長く垂れた腰のリボンを結び、レースのミトンの手袋を手にきっちりはめる頃には、それはたいそう真面目な顔になっていた。そのため、せっかくの装いを乱してはならないと注意する必要もなく、準備が整うと自分の小さな椅子におとなしく座り、座ったときにはしわを作らないようにそっとドレスの裾を持ち上げた。さらに、私の用意が整うまでそこから動かないからと、こちらを安心させるようなことまで言った。私の準備はごく簡単だった。自分が持っている一番のドレス（ローウッドのテンプル先生の結婚式のときに買ったシルバーグレーのドレスで、そのときから一回も着ていなかった）をさっさと着て、髪もあっという間にブラシで梳き、唯一のアクセサリーである真珠のブローチも素早く装着して、そうして私たちは階下に下りた。

幸い応接間には別の入口があり、客人が全員で晩餐をとる食堂の大広間を通り抜けなくてもよかった。部屋にはまだ誰もいなかった。暖炉には大きな火がくべられ、大理石の床面をただ黙々と照らしていた。各テーブルは見事な花々で飾られ、それに取り囲まれるようにぽつりと置かれているろうそくが、それぞれに明るく光を放っている。アーチ状の入口には深紅のカーテンが掛かっていた。その向こうの大広間にいる人々を隔てるにはこの垂れ幕だけでは少し頼りない感じがしたが、話し声がとても低かったのでこちらには静かな囁き声ほどしか届かず、何を話しているのかはまったく聞きとれなかった。

アデールはまだ真面目くさった雰囲気を崩さずにいて、私が指し示した足載せ用の台座に物も言わずに座り込んだ。私は窓下の腰掛けに引っ込み、近くのテーブルに置いてあった本を手に取って読もうとしていた。しばらくすると、アデールが私の足もとに自分の台座を持ってきて私の膝にそっと手をかけた。

「どうしたの、アデール」

「あの、このとっても素敵なお花なんですけど、一本取ってもいいかしら。そうするだけで、この〈トワレット〉は完璧になると思うの」

「あなたは〈トワレット〉のことをちょっと考え過ぎね。でもいいでしょう」私はそう言って花瓶からバラを一本抜き、腰のリボンに挿してあげた。幸福というコップがついに満ち足りたのか、アデールは言い表せないほどの満足感にひたり、大きなため息を一つついた。思わず小さく笑った私はそれを見せないよう顔をそむけた。こんな小さなパリジェンヌが真面目にドレスのことなど考え、生まれながらに執着している様子を見るのは滑稽であると同時に、痛ましく思えた。

囁き声がだんだんと高まり、こちらの耳にも届いてきた。と、アーチに掛かるカーテンがさっと引かれる。そこから食堂の様子が見えた。長いテーブルの上にはデザート用の豪華な銀食器とグラス一式が並び、灯のともったシャンデリアがそれらの上に光を注いでいた。入口あたりに立っていたレディーたちは、カーテンが開くと一塊になって客間に入り、その後ろでカーテンが閉まった。

全部で八人しかいなかったが、このように群がって入場すると、なぜかもっと大勢いるように見えた。そのうち何人かはとても背が高く、ほとんどのご婦人が白いドレスを着ていた。さらに全員のドレスが大きく膨らんでおり、そのため、靄のかかった月が膨らんで見えるように、一人一人の体もかさを増して大きく見えた。私は立ち上がり、膝を折ってお辞儀をした。一人二人ほどうなずいて会釈を返したが、その他の人はただ私を見つめるだけだった。

それぞれが部屋に散っていく姿は、動きが軽やかでふわふわしているせいもあり、白い羽毛の生えた鳥の群れを思い起こさせる。ソファーや長椅子に身を投げ出してもたれかかるご婦人たちもいれば、テーブルの上に身をかがめ、置いてある花々や書物にじっと見入る者もいた。それ以外のご婦人たちは暖炉の周りに集まった。全員が低いがよく通る声音で話し、どうやらそのように話すのが習慣のようだった。私はあとになってからこのレディーの方々の名前を知ったのだが、今ここで紹介するのが望ましいだろう。

まず、エシュトン夫人と二人の娘がいた。夫人は見るからにかつての美貌を想起させ、今でも十分その美しさを保っている。二人の娘のうち、姉のエイミーは小柄で、表情も仕草も子どもっぽく無邪気な感じであった。体つきは目を引くものがあり、白いモスリンのドレスと腰の青いリボンがよく似合っている。妹のルイーザは背が高く、より優雅に見えた。顔立ちはとてもかわいらしく、いわゆるフランス語で言う「不釣り合いの魅力(ミノワ・シフォネ)」といった類のかわいらしさである。二人とも百合(ゆり)の花のように美しい。

レディー・リンは大柄で恰幅(かっぷく)がよく、四十歳ぐらいに見えた。しゃんと背筋を伸ばし、とても気位が高い。豪華なドレスはサテンの生地で、光によって色がきらきらと変わる。黒髪に青い羽根飾りが影を落とし、また宝石をちりばめたヘアバンドが囲む効果もあって、夫人の黒髪はいっそう艶めいていた。

デント大佐夫人はそれに比べると見栄えのする装いではないが、よりレディーらしく見えた。少なくとも私にはそう思えた。細身で色白、顔つきも温和で、髪は金髪だった。黒いサテンドレスといい、外国製の高価なレース作りのスカーフや真珠の装身具といい、こちらのほうが、あの称号を持ったレディー・リンが放つ虹色のきらめきよりもよっぽど素敵に思えた。

しかし、集団の中で最も目立っていたのは、背が一番高いということもあるが、亡き前イングラム卿夫人のレディー・イングラムと二人の娘、ブランシュとメアリである。三人そろって群を抜いて背が高かった。夫人は四十から五十歳くらいだが、体つきは申し分なく、髪も黒々として（少なくともろうそくの光のもとではそう見えた）、歯もすべてそろっているようだった。おそらく多くの人が、その年齢にしては素晴らしく美しい女性と言うのだろう。実際、外面はその通りである。が、その振る舞いや表情からは、耐えがたいほどの尊大な内面が窺い知れた。顔立ちは古代ローマ人のような鼻と彫りで、あごが二重、まるで一本の柱のようにのどとつながり、境目がわからなかった。こうした特徴のせいで顔は高慢、かつ陰険にも見え、さらに顔の一つ一つの彫りに尊大さが刻まれている、そんなふうにも見えた。あごもまったく同じ原理のもとにあり、とにかく信じられないほどまっすぐに伸びていた。目も同様にきつく厳しい表情で、思わず伯母のリード夫人を思い出してしまう。話すときは口をはっきりと動かし、声は低く太い。抑揚の付け方がいかにももったいぶっていて、独断的に聞こえた。とにかく耐えがたかった。深紅のビロードのドレスを着て、頭にはインドの金糸刺繡か何かで織られたスカーフ、それをターバンのように巻いた帽子をかぶっている。その装いが尊大なる威厳を十二分に発揮させる効果を担っていた（と自分で思っていたのであろう）。

ブランシュとメアリは同じくらいの背丈で、ポプラの木のように背が高く、背筋が伸びている。メアリは身長の割には細身すぎるが、一方、ブランシュは女神ダイアナを彷彿（ほうふつ）とさせる体つきだった。もちろん彼女に対しては、私は特別な興味を持って見た。第一に、フェアファックス夫人が言った通りの容姿であるか気になった。第二に、私が想像で描いたミニアチュールの肖像画に少しでも似ているか見たかった。第三に、これならきっとロチェスター様のご趣味に添うはず、と言えるものか見極めたかった。さあ、今にもわかるだろう。

体つきは、私の想像の絵姿にしろ、フェアファックス夫人の描写にしろ、一つ一つの点で合致した。見事な胸、すっとしたなで肩、優美なうなじ、黒い目に黒い巻き毛、すべて描写通りである。では、顔はどうかといえば、それは母親そっくりだった。しわがなく若々しいというだけで、母親と同じように額は狭く、彫りが深く、そして尊大さに満ちていた。ただ、しょっちゅう笑っているので、陰気さが漂う尊大さではない。が、その笑い方は皮肉っぽく、弓なりの形をした口もとも常に見下しているようで皮肉めいていた。

非凡な才能の持ち主は自意識が強いと言う。イングラム嬢に非凡な才能があるかどうかはわからないが、自意識は強いほうだ。それも相当強い。あの穏やかなデント夫人と植物学の話を始めたとき、夫人はその領域についてそれまで学んだことがないようだったが、草花が好きで「とりわけ野生の草花は好き」と発言した。一方、植物学を学んだことのあるイングラム嬢は自信ありげにいくつか用語を挙げ連ね、それで私はすぐに、彼女がデント夫人に「付け込む（トレイル）」ようなことをしている、それはこの地方の独特な言い回しであるが、つまり夫人の無知に付け込んでからかっているのだと感づいた。そういった「付け込み」は賢いやり方かもしれないが、明らかにたちが悪い。イングラム嬢はピアノも弾き、腕前は素晴らしいものだった。歌も歌い、美しい声の持ち主である。また母親とはわざわざフランス語で話し、とても流暢で、アクセントも正確だった。

メアリはブランシュよりも優しく素直な顔をしていた。それほど彫りは深くなく柔和な顔つきで、肌の色も少し明るい（イングラム嬢はスペイン人のような褐色の肌である）。が、メアリはどこか生気に欠けていた。顔には表情がなく、目には明るさがない。話すことが何もなく、いったん腰を下ろすと、まるで壁のくぼみに設置された像のようにまったく動かない。姉妹は二人とも純白のドレスを着ていた。

さて、イングラム嬢はロチェスター氏がお相手に選ぶ女性であるのかどうか、それは何とも言えなかった。まずロチェスター氏がどんな美人を好むのかわからなかった。もし気位の高くて堂々とした美人を好むなら、まさにぴったりの威厳を備えている。加えて教養もあり快活な人柄である。たいていの紳士方はイングラム嬢を賞賛して止まないだろう。それに、実際ロチェスター氏も賞賛していたではないか。その証拠はすでに見つけたはずだが、ただ、わずかに残る一抹の疑念を振り払うには二人が一緒にいるところを見るしかない。

ところで、読者の皆さん、アデールはその間ずっと私の足元で足載せ台に座っていたと、そんなふうに思うだろうか。いやいや、そんなはずはない。レディーたちが部屋に入ってくると、アデールは立ち上がり、前に進み出てご挨拶をした。厳かにうやうやしくお辞儀をし、重々しい声で挨拶を述べた。

「ボンジュール、メダム」

するとイングラム嬢は小ばかにしたようにアデールを見下ろし、「あらまあ、小さなお人形さんじゃない」と声を張り上げた。

レディー・リンが「ロチェスター様が後見人を務められている女の子ですわ、きっと。フランス人の女の子がいると話されてましたから」と言った。

デント夫人は親切にアデールの手を取り、その手にキスをした。エイミー・エシュトンとルイーザ・エシュトンは同時に叫ぶ。

「まあ、なんてかわいい女の子なのかしら」

そうしてアデールはソファーに連れて行かれ、そこにずっと座っていた。皆の間に収まっておしゃべりをし、フランス語と、片言ではあるが英語も交互に話した。アデールは若いレディーたちの注目の的になり、さらにエシュトン夫人とレディー・リンの目にも留まったようで、存分にちやほやされて大満足だった。

ようやくコーヒーが振る舞われ、紳士方が部屋に呼ばれる。私は物陰に座ったままでいた。こんなに煌々(こうこう)と明るい部屋でどこにも陰はないに等しいが、ただ、窓のカーテンが私を半分隠してくれていた。再びアーチのカーテンが開き、入場が続く。レディーたちの入場と同じように、こうして紳士たちが一堂に現れると、ただただ威圧された。全員が黒服を着て、背の高い人が多い。若者も少しはいて、ヘンリー・リンとフレデリック・リンは確かに人目を引く美男子である。デント大佐は軍人らしく立派で、また、この地区の治安判事であるエシュトン氏は紳士らしい人である。頭はすっかり白髪だが、眉毛と頬ひげはまだ黒く、「舞台に上がった父親役」のように見えなくもなかった。現イングラム卿は二人の姉妹と同じように大変背が高く、また美男でもある。しかし、メアリーのようにどこか生気に欠け、物憂げな表情である。まるで血のめぐりや脳の活動が至らぬ分、足が伸びてしまったようだ。

　それにしても、ロチェスター様はどこにいるのだろう。

　とうとうこの部屋に入っていらした。アーチのほうを見ていたわけではないが、それでもわかる。しかし、今集中しなくてはならないのはこの編み針だけ、この作りかけの巾着入れの編み目だけ、そう思おうとした。この手にあるものだけを考え、膝に置いた絹糸と銀のビーズのことだけを考えればいいのだ。ところが、あの姿をはっきりと目にしてしまうと、どうしても最後にお会いした時の瞬間が思い起こされる。あの時お助けしたすぐあとで、ロチェスター様は立派な働きぶりだと、私の手を取り、顔を覗き、じっと見つめていらした。その目には、感極まり今にも溢れんばかりの思いが表れていた。その感情の中に私はいた。あの瞬間、私はどんなにあの方に近づいていただろう。が、あれ以来何かが起こり、変わってしまった。いや、私とあの方の立場なり関係なりを変えようとする事態が起きたとは言わない。それでも確かに今の私たちは離れてしまった。ああ、二人の心はどんなに離れてしまったことか。こんなにも離れているのだから、むろん私はロチェスター様が声をかけてくださるだろうとは期待していなかった。だから、私に一瞥（いちべつ）もくれず部屋の反対側の椅子に座り、何人かのレディーたちと話し始めたのを見ても驚きはしなかった。

　ご婦人たちに引きつけられているのだから、自分の姿を見られずにあの方を見つめられる、そう気づくとその顔を見ずにはいられなかった。私の目は引きつけられ、まぶたが上がるのを抑えることができず、瞳はじっと彼を見つめ続けた。見ているうちに、今度は急激な喜びに襲われた。この上ない喜びであり、かつ刺すような痛みが伴う。純金のように混じり気がなく、かつ容赦のない苦しみの針を伴う快楽、喩えるなら、のどが渇き息も絶え絶えの人間が井戸の前まで這って行き、たとえ毒入りだとわかっていても、身をかがめてその神々しい一口を何度も口にする、そのときの快楽に近いものと言える。

「美はそれを見る人の目の中にある」とはよく言ったものだ。この屋敷の主人は既定のものさしで測れば美しいとは言えない。オリーブ色の顔は顔色が悪く、広い額は真四角で、眉毛は太く真っ黒、目は深く落ち窪んでいる。顔の造りはいかめしく、口元はきっと厳しく結ばれている。顔全体がエネルギーと決意と意志に満ち溢れているが、美しいとは言えなかった。しかし、私にとっては、このすべての要素がただ美しいだけでなくそれ以上の力や魅力にあふれて見えた。その力はすっかり私を支配した。私自身の力で抑えていた感情もその力に奪われ、虜になった。私は彼を愛するつもりなどなかった。自分の魂に息づいた愛の萌芽を見つけたとき、それを根絶やしにしようと私がどれだけの力を注いだか、読者の皆さんはすでにご存じである。それが今、あの顔を再び見た瞬間、また生き返ってしまった。それは自然に息を吹き返し、より力強く青々とした芽となった。彼は私を見ずに、私を虜にした。

その姿を他の客と比べると、たとえリン兄弟の騎士風の振る舞いにせよ、イングラム卿のけだるい優雅さにせよ、さらにはデント大佐の軍人らしい立派な風采をもってみても、あの姿にある生来の活力と真の力強さと比べたら、なにほどのものでもなかった。他の人たちの容姿や表情にはどうも心を動かされない。しかし、見る人にとっては大概彼らのほうが魅力的で、堂々として、格好よく映り、一方ロチェスター氏を見るや、あれは無骨な顔立ちで陰気くさいと言ったりするのだろう。それは容易に想像できた。時々彼らは笑みを浮かべ、また声を上げて笑うが、その姿を見ても何とも思えなかった。あんな微笑みに比べたら、まだろうそくの明かりのほうが心がこもっているように思える。笑い声にしても、まだ鈴の鳴る音のほうが意味があるように聞こえる。ところが、ロチェスター氏が微笑む、するとそのいかめしい顔つきは和らぎ、目はぱっと輝いて優しくなり、眼光は鋭いが、温かかった。このとき、ロチェスター氏はルイーザとエイミーの二人に話しかけていた。その眼差しはすべてを見通すように私には思える。二人がその視線をどうということもなく受け止めているのが不思議でならなかった。あの視線を受けたら思わず目を伏せ、顔も赤くなるだろうと思うが、あの二人がまったく心を動かされていないとわかって、それはほっとした。「私にとってのあの方と、あの人たちにとってのあの方は違うということだわ」私はそう思った。「あの人たちとは違う性質の人間なのよ。彼はむしろ私と同じなんだわ。きっとそう。私たちはどことなく似通っているように思う。私にはあの方の表情や仕草の意味がわかる。身分も財産も大きく異なるけれども、何か精神的に結びつけるものが確かにある。私の頭と心には、そしてこの血にも神経にも、あの方と似通っているものが流れている。それにしても、たった数日前には、私はあの方とは何の関係もないと、その手から給料を受け取る以外に何の関係もないのだと、そう自分で言ったのではなかったの。主人は給料を支払う者であって、それ以外の存在に考えることがあってはならない、そう禁じたはずなのに。でもそれは自然に対する冒瀆(ぼうとく)だわ。私にも感情がある。抑えきれない素直で自然な気持ち、そうした思いがふとあの方に向かって一つになっただけ。もちろん、私自身の様々な思いは抑えておかなくてはいけない。期待も押し殺さなければいけない。あの方が私を愛することはないのだから。それはわかっている。私たちは同じ性質の人間であると言ったところで、別にあの方のような影響力が自分にあるわけでもなく、人を惹きつける魅力があるわけでもない。ただどこか好みや感じ方が共通していると思うだけ。だからこそ何度も自分に言い聞かせないといけない。私たちは永久に離れていると。でもたとえそうでも、この息が続き、ものが考えられる限り、私はきっとあの人を愛さずにはいられない」

　コーヒーが順に手渡される。殿方がやってきてからレディーたちも活気づき、会話は次第に楽しげに、盛んになった。デント大佐とエシュトン氏は政治について談義し、二人の夫人がそれを聞いている。お高くとまった二人の未亡人、レディー・リンとレディー・イングラムはソファーに座って談笑していた。サー・ジョージ・リンがその前に立ち、コーヒーを手にしながら時折口を挟む。ときに説明するのを忘れていたが、サー・ジョージは地方のジェントルマンであり、体がとても大きく、はつらつとした顔をしていた。フレデリック・リン氏はメアリ・イングラムの隣に座り、彼女に豪華な版画の挿絵集を見せていたが、メアリは時折微笑むだけでほとんど何もしゃべっていないようだった。のっぽで無気力なイングラム卿は、小柄で明るいエイミー・エシュトンが座る椅子の後ろに立ち、腕を組んでその背中に寄りかかっていた。エイミーは時々ちらちらと目を上げてイングラム卿を見ながら、小鳥のようにおしゃべりをしていた。どうやらロチェスター氏よりは気に入っているらしい。ヘンリー・リンはルイーザの足元近くの長椅子に寝そべり、一緒に座っていたアデールに向かってフランス語で話しかけようとしていたが、うまくいかないのをルイーザが笑い飛ばしていた。さて、ブランシュ・イングラムは誰と一緒にいるのだろう。彼女は一人テーブルのそばに立っていた。文学集を見ようと優雅な物腰で身をかがめている。誰かが探しにくるのを待っているようにも見える。が、そう長くは待てないはずだ。自分で相手を選ぶだろう。

彼女が一人佇んでいたのと同じように、ロチェスター氏はエシュトン姉妹と話したあと、暖炉の脇に一人で立っていた。イングラム嬢はロチェスター氏のいる暖炉の反対側に行き、そこで顔を合わせた。

「ロチェスター様、子どもはお好きでないと思っていましたけれど」

「好きではないが」

「では」とアデールを指して、「あのような小さなお人形さんをどうしてお預かりになる気になりましたのかしら。どこで拾いましたの」

「拾ったわけではない。私の手元に残されたんだ」

「学校にお遣りになればよろしかったのに」

「そんな余裕はないね。学校に行かせるには相当な費用がかかる」

「あら、でもガヴァネスはついていますのね。先ほど一緒にいるのを見かけましたわ。もういないかしら。あら、やだ、まだあそこにいるわ。あの窓のカーテンの後ろにいますわ。もちろんお金を払っているのでしょうけれど、それでは学校に行かせるのと同じくらい高くつくのではないかしら。あるいはもっとかかっているでしょうに。なぜって、それに加えてあの二人を養わなければならないのですから」

彼女が私のことに触れたせいで（もしくは、そのおかげでと言うべきかもしれないが）、もしかしたらロチェスター氏は私のほうをちらっと見たかもしれない。思わず身を引っ込め、さらに背後へと身を潜めた。しかし、実際は私に目を向けることなどなかった。

「そんなことは考えてもみなかったね」と、特に関心もない様子で、ただ前をまっすぐ見ながら答えた。

「そうでしょうね、殿方は節約とか常識とか考慮されませんものね。ガヴァネスの問題についてはお母様からお聞きになったらよろしいですわ。メアリと私は子どもの時分、そうねえ、十人には来てもらいましたわ。でも、そのうちの半分を私たちは嫌っていました。残り半分などお話にもならなくて。本当におぞましい存在ですわ。そうではなくって、お母様」

「え、うちのお嬢様が何か言ったかしら」

この返答から、若いご婦人が未亡人の大切な所有物であることが明らかにされたが、当の娘は説明を加えて自分の問いかけを繰り返して聞かせた。

「あらまあ、ガヴァネスのことなんて口にしないでほしいわ。ガヴァネスと聞いただけで神経質になりますよ。何といっても、あの無能さと気まぐれにはほとほと苦労させられましたからね。あれは受難の時でした。もう手が切れて、今はただ神様に感謝しています」

ここでデント夫人がこの敬虔（けいけん）なご婦人に向かって身をかがめ、耳元で何かささやいた。おそらく、あとの反応からすると、その呪われた種族が現にこの場にいることを思い出させようとしたのだろう。

「まあ、困ったことだわねえ」とその高貴なご婦人は言う。「でもこれでその人には薬になることでしょう」そして少し低い声で、しかし私には十分に聞こえるくらいの大きな声で言った。「あのガヴァネスには気がつきましたよ。わたくしは人相学に詳しいのですけれどね、あの人相には彼女が属する階級のあらゆる欠陥が見てとれますよ」

「それは一体何ですか」ロチェスター氏が大きな声で尋ねた。

「それはあとで個人的にお耳に入れましょう」ともったいぶり、さも意味ありげにターバン付きの頭を三回振る。

「しかし、それを待っている間に好奇心も食欲を通り越しますよ。食べ物を欲しているのは今です」

「ブランシュにお尋ねになったらどうですか。私よりも近くに立っているではありませんか」

「あら、お母様、私にそのお役目をさせないで。あの人たちのことで言えることは、私にはたった一言しかありませんの。どうしようもない人たちってこと。いろいろと困らせられただけではありません。私としては状況を変えようと試してもみました。もう、私もシオドアも、何度もいたずらをしかけましたのよ。メアリだけはいつも眠たそうで、あまり計画に乗り気でなかったのですけど。ミス・ウィルスンでしょ、グレイ夫人でしょ、それからマダム・ジュベール。一番楽しかったのはマダム・ジュベールでしたわ。ミス・ウィルスンは全然だめ、なんだかいつも弱々しげで、涙もろくて憂鬱な感じでしたわ。あれではね、わざわざとっちめてやる気にもなれなかったんですの。グレイ夫人は品が感じられない人でした。鈍感だったから、どんなショックにもまるっきり効果なし。それに比べて、マダム・ジュベールときたら、すごかったわ。今でも烈火のごとく怒っている姿が目に浮かびますもの。私たち、もう限界まで追い込みましたわね。お茶をこぼしたり、バター付きのパンを食べ散らかしてパン屑をばらまいたり。あと、天井に届くかと思うぐらい本を高く放り投げたり、それから、定規で机を叩いてバタバタ音を鳴らしたりしてね。火かき棒でガンガン暖炉の柵も叩いたわね。ねえ、シオドア、あの頃は楽しかったわね。覚えているかしら」

「うーん、そうだねえ、確かに楽しかったなあ」と、イングラム卿は相変わらず間延びした感じで答える。「あの人さあ、いつも叫んでたからね。『こら、なんて悪い子たちでしょう』ってね。だから僕たちも説教してやったんですよ。僕らみたいにこんなに賢くて心得のある子どもたちに、よくも図々しく教えるつもりがありますね、と。自分は何も知らないくせに」

「そうでしたわね。あ、そうだ、ティードー、覚えているかしら。あなたの先生のことを言いつけるのに（と言うか、言いふらすのに）手を貸したじゃない。ほら、あの教師、青っちろい顔のヴァイニング先生のこと。いつも不機嫌な顔した牧師さんみたいだと言っていたでしょう。あの人とミス・ウィルスンが、なんと、ご自由にもお二人で恋に落ちたりしてしまって。少なくともティードーと私はそう感じていました。二人がちょこちょこそっと目を交わしたり、ため息をついたりするのを目撃していましたから。〈美しき情熱（ラ・ベル・パッシオン）〉って言うのかしら、あれを表していると私たちは考えましたの。でも、私たちが見つけたことで、大いに公共に貢献したはずですわ。梃入れ（てこい）したようなものです。つまり、屋敷にぶらさがっている重くて仕方ない重りを持ち上げて、軽くして差し上げましたの。ねえお母様、お母様がこのことに感づいたときには、もうすぐに不品行な性質のものだとおわかりになったわけでしょう。そういうことでしょう」

「その通りですよ。わたくしの判断は正しいものでした。それは請け合います。きちんとした家庭においてですよ、その中で家庭教師同士が何やら内密に関係を持つなんてことは断じて許されることではありません。その理由は数え切れないほどありますが、第一に――」

「あら、お母様、それだけはおやめになっていただきたいわ。一つ一つ数え上げなくても、私たちみんな全部わかっていますから。純粋無垢な幼少期にとって悪しき模範となる可能性、恋をする者が陥る注意散漫とそれによる職務怠慢、信頼から生じる相互の結託、その結果もたらされる自信、そして図々しさ、そして反乱と大紛糾。そうでしょう、イングラム・パークのイングラム男爵夫人様」

「その通り。愛しいうちの娘はいつも正しいわね」

「じゃ、これ以上付け加えることはないわ。話題を変えましょう」

この宣言を聞いていなかったのか、あるいは気にも留めないのか、エイミー・エシュトンが話に加わろうとした。例の子どものような細い声で言う。「私もルイーザと一緒によくガヴァネスをからかって困らせたわ。でもね、とってもいい人だったみたいで、どんなことにも大丈夫な人でした。全然慌てたりしないの。私たちに向かって怒ったことがあったかしら。ねえ、ルイーザ」

「全然なかったわ。だから私たち何でも好きなことばかりやってました。彼女の書きもの台とか裁縫箱とか引っ掻き回したりして。引き出しを抜いて全部中身を空けちゃったり。でもとにかくお人が好すぎて、私たちが欲しがるものは何でもくれたわ」

「ねえ、もういいかしら」と、イングラム嬢が小馬鹿にしたように口を歪める。「ガヴァネスの現存する回想録でも集めて、そこに書かれているようなことを全部かいつまんで聞くことになるのかしら。いいえ、そんなことはやめとしましょう。もう一度提案します。何か新しい話題に変えませんこと。ロチェスター様、私の提案を支持してくださいますかしら」

「お嬢様のご提案はいつも支持してきました。この件についても、もちろん支持しましょう」

「それでは、この私が責任を持って先を進めることに致します。シニョール・エドゥアールド、今晩のお声の調子はどうかしら」

「ドンナ・ビアンカ、仰せの通りに致します」

「それでは、女王の命令をお聞きなさい。汝(なんじ)の肺、その他すべての声の臓器を最善の状態にご準備なさい。この私への奉仕として今それが求められております」

「麗しきメアリ女王様のリッツィオ役にならぬわけにはいきませぬ」

「リッツィオなんてばかばかしいわ」と叫び、頭をぐいと振り上げ、その豊かな巻き髪を揺らしながら、ピアノまで歩いて行った。「私の意見では、あのヴァイオリン弾きのダヴィド・リッツィオ、退屈極まりない男だったに違いないわ。私としては腹黒い[*11]ボスウェルのほうが好きです。思うに、男性たるもの、多少の邪悪さがないと男とは言えません。ボスウェル伯ことジェイムズ・ヘップバーン、歴史が何と言おうと、彼は一介の乱暴な荒くれ者、言わば悪漢のヒーロー、私ならこの手を授けてもいいと思ったはずですわ」

「紳士の皆さん、聞いてください。さあ、あなた方の中でボスウェルに最も近いお方はどなたかな」ロチェスター氏は声を張り上げた。

「まあ、誰かと言えばあなたが務められるのが好ましいでしょう」デント大佐が答える。

「それでは、この名誉のために有難くお引き受け致しましょう」と、ロチェスター氏は答えた。

　イングラム嬢はすでにピアノの前に女王然と座っており、その真っ白なドレスは堂々と、目一杯膨らんでいた。華やかなプレリュードを弾き始め、弾きながら話も始めた。しかし、今晩の彼女は優越感に満ち満ちていた。その言葉も態度も聴衆の賛辞を引き出すだけでは飽き足らず、驚嘆をも引き起こすつもりでいるようだった。とてつもなく大胆で、あらゆる人の目をかっさらう、そんな自分を印象付ける気でいるとわかった。

「ああ、もう本当に、今の若い殿方たちにはうんざりさせられますわ」と、鍵盤を叩きながら叫んだ。「哀れな、かわいそうな人たちばかり。父君が所有するパークの門からまだ一歩も出られずにいて、それどころか母君の許可と庇護がなければその門までもたどり着けなかったりしてね。そういう人たちが熱心に気にかけるのは自分のきれいなお顔とか、白い手や小さな足のことだけ。男性も美に関しては同じだと言わんばかりだわ。美人は女性だけの特権ではない、女性だけの正当なる資産や遺産ではない、というようにね。確かに、女性で醜かったら、神がお造りになった美しきものの中でも一つの汚点であるのは明らかでしょう。でも男性であれば、力と勇気だけを追い求めなくてはなりません。モットーは、狩りをしろ、銃を撃て、そして闘え、これ以外にありませんわ。それ以外は爪の先っぽにもならないわ。もし私が男性であれば、これこそ私の掲げる銘です」

「もし私が結婚するとしたら」と、少し間を置いてイングラム嬢はこう新たに始めたが、それまで誰もが無言だった。「私の夫となる人は決して私のライバルであってはならない、むしろ私を引き立てる人でなければならない、そう心に決めていますの。女王の座る近くにライバルがいたら耐えられないでしょう。私が求めるものは唯一の忠誠の誓いです。彼の愛が二つに注がれるようなことが、つまり、この私と鏡に映る自分との間で分かつことがあってはならないのです。さあ、ロチェスター様、お歌いになってください。私がピアノで弾きましょう」

「従いましょう」ロチェスター氏は答える。

「それでは、海賊の歌を。私が海賊を大好きなのはご存じでしょう。ですから、コン・スピ[*12]リトーの調子で、意気揚々とお歌いになってほしいわ」

「イングラム様の口からこぼれる指令とあらば、ミルクに水が混じる冴えない飲み物でさえも心意気に感じましょう」

「お気をつけあそばせ。私を喜ばせていただけないなら、どう歌えばいいのか私がお手本をお見せすることになりますわ。それではお困りでしょう」

「となると、私の無能ぶりにさらに箔を付けていただけると。それでは努めて失敗するようにいたしましょう」

「ご慎重に。わざと失敗したとわかりましたら、それに見合う罰を考えましょう」

「どうかご寛容を。イングラム様には人間の限界を超える罰をお与えになる力がありますからね」

「まあどうして。説明なさい」彼女は命じた。

「これは失礼を。しかし、説明する必要などありません。ご自身の優れた分別でおわかりのはずです。あなたのその眉をひそめたお顔だけで十分に極刑の代わりとなるのです」

「お歌いなさい」彼女は言い、再びピアノに手を置いた。そして意気揚々と伴奏を弾き始めた。

「さあ、私はそろそろこの部屋を抜け出さないと」そう私は心の中でつぶやいた。が、部屋の空気を貫かんばかりによく通る歌声が私を捉えて離さなかった。フェアファックス夫人はロチェスター氏が美しい声の持ち主であると言っていた。本当にそうだった。その柔らかく、かつ力強いバスの低音には彼自身の感情と力がことごとく注がれていた。その声は耳に届くと、そのまま心まで響き、心の中でなんとも言えない感覚を呼び覚ました。最後はさらに低い声を豊かに震わせた。私はそれが消えゆくまで待った。しばらくして、抑えられていた話し声がまた波のように伝わってきた。ようやく私はその場を離れることにした。隠れていた部屋の隅を離れ、幸いにもすぐ近くにあった横のドアから出ていった。細い廊下を渡って玄関ホールまで行き、そこを横切る途中でスリッパ靴の紐が緩くなっているのに気づき、結び直すつもりで足を止めた。階段下のマットの上にひざまずいたとき、食堂のドアが開くのが聞こえた。一人の紳士が外に出てきたので、私は急いで立ち上がる。と、ばったり顔を合わせた相手はロチェスター氏だった。

「ご機嫌いかがですか」ロチェスター氏は言った。

「大変結構です、ご主人様」

「なぜあの部屋で私に話しかけなかったのですか」

そう言った彼に、その質問をまるまる投げ返したいと思った。が、そんな無遠慮なことは言えない。私はこう答えた。

「お邪魔をしてはいけないと思いましたので。お忙しそうでしたから」

「私が屋敷にいない間、何をしていましたか」

「特に何も。いつものようにアデールを教えていました」

「しかし前よりもずっと青白い顔をしている。初めてあなたに会ったときよりもだ。どうしましたか」

「いえ、何でもありません」

「あなたのせいで私が危うく溺れそうになったあの晩に、風邪でもひきましたか」

「いいえ、まったく」

「応接間に戻りなさい。部屋に戻るには早すぎる」

「疲れているのです」

彼はふと私を見つめた。

「それに少し落ち込んでいる。どうしたんだ。話してごらんなさい」

「いえ、何も。何でもありません、本当に。落ち込んでなどいません」

「いや、確かに落ち込んでいる。なんだかとても悲しいようじゃないか。あともう少し何か言えば涙が出てきそうだぞ。というより、もう泣いている。光る涙が今にも溢れ出そうだ。一粒の涙がまつげをつたって地面に落ちた。もし今時間があれば、いや、無駄口ばかりたたく使用人が一人でもここを通るかもしれない。そんなくだらない心配さえなければ、これが一体どういうことなのか聞き出すところだが。さあ、今晩は失礼しよう。しかし、いいかね、私の客がここに泊まっている間は、あなたには毎晩、応接間に来てもらう。これは私が望むことだから、無視はできないはずだ。さあ、行きなさい。ソフィーを呼んでアデールを連れて行ってもらいなさい。それではお休み、私の——」と言いかけて口をつぐみ、急に行ってしまった。

第十八章

こうしてソーンフィールドの屋敷には華やかで楽しい日々がしばらく続いた。それは多忙を極めた日々でもあった。私が来た当初のあの三か月間にわたる静けさ、単調さ、孤独感と比べたら、同じ屋根の下でもまるっきり変わってしまっていた。あらゆる悲しみの感情が屋敷から追い立てられ、暗く陰鬱な思い出もすべて忘れ去られてしまったようだ。至るところに活気が溢れ、一日中人々が動き回っていた。あれほど静まり返っていた廊下も、まったく人気(ひとけ)がなかった正面の部屋も、今はそこを行き来すれば必ず身なりのいいレディー付きのメイドや、ダンディーに着込んだ従者に遭遇した。

台所も執事の食器室も同じように賑やかだった。使用人の大部屋も玄関ホールも同じことだった。食堂の大広間でさえ、仮に、もし静かで人気がないときがあれば、それは暖かい春の陽気がもたらした青い空と穏やかな日の光が、客人たちを外の敷地へと誘い出したからだった。それに、たとえ天気が崩れて何日間も雨が降り続くようなことがあったところで、楽しさに陰りが落とされることはなかった。外でのお楽しみがだめとなれば、その結果は屋敷の中で興じる遊びがなおのこと活気づくだけで、さらにいろいろな種類の娯楽が催された。

ある晩、初めて気晴らしに余興を変えてみようという提案がされた。私は何が行われるのだろうと不思議に思った。というのも、「お芝居のシャレード」という言葉が用いられたのだが、無知だったのでその意味がわからなかったのである。数人の使用人が呼ばれると、食堂のテーブルがさっと片付けられ、燭台もどこかに片付けられた。そして、アーチの入口に向かい合うようにして、椅子が半円形に並べられた。こうした模様替えを指示したのはロチェスター氏を含む男性陣だったが、その間ご婦人たちは二階を行ったり来たりと階段を駆けずり回り、ベルを鳴らしてメイドを呼び合った。フェアファックス夫人も呼び出され、ショールでもドレスでもドレープでも、そういった類のものがこの屋敷のどこにどれだけストックがあるかという情報が引き出された。その結果、三階にある衣装棚がいくつかひっかき回され、中からペチコートで膨らませた錦の刺繡入りドレス、背中に箱ひだが寄せられたサテンのサックドレス、黒のシルクドレス、レースのたれ飾りといったものなどが、メイドたちの腕一杯に抱えられて運び出されてきた。そのあとには選別が行われ、選ばれたものについては応接間の中にある婦人用私室へと運ばれた。

そうした準備の一方で、ロチェスター氏は再びご婦人方を自分の周りに呼び寄せ、その中から自分の組に入るべき者を数名選び出していた。「イングラム嬢はもちろん私の組に入ります」とまず言い、そのあとに二人のエシュトン嬢を指名し、さらにデント夫人を選んだ。そして、たまたま彼のそばにいた私にも目を向けた。デント夫人のブレスレットが緩み、私はその留め金を留めているところだった。

「あなたも入りますか」そうロチェスター氏は尋ねたが、私は首を振った。それ以上迫られたらどうしようと不安だったが、そうは言わなかった。いつもの自分の席に静かに戻ることが許された。

ロチェスター氏と彼の助手たちがカーテンの背後に引っ込み、デント大佐率いるもう片方の組が三日月状に並べられた椅子に座り込んだ。その中の一人、エシュトン氏が私に気づいたようで、自分たちの組に誘ったらどうかと提案したようだが、即座にレディー・イングラムがその考えを打ち消した。

「いけませんわ」と言っているのが聞こえた。「こうしたゲームはどれもできないでしょうから。頭が悪そうですもの」

ほどなくしてベルがチリンチリンと鳴り、カーテンが上がった。アーチの奥に、サー・ジョージ・リンの大きな姿があった。同じようにロチェスター氏によって選ばれた一人だったが、その大きな彼がやすやすと真っ白なシーツに包まれていた。彼の目の前にはテーブルがあり、一冊の大きな本が開いた状態で置かれていた。彼のすぐ隣には、ロチェスター氏のマントを羽織ったエイミー・エシュトンが立ち、片手に本を抱えていた。そのとき、誰かが見えないところで楽しそうにベルの音を鳴らすのが聞こえた。と、アデールが正面に跳び出てきて（さきほどどうしても自分の後見人の組に入りたいと言っていた）、腕にかけているバスケットの中から花をまき散らしていった。その後に登場したのは、イングラム嬢の実に堂々とした姿である。全身白ずくめで、長いヴェールを頭から垂らし、額をバラのリースが取り囲んでいた。その脇をロチェスター氏が歩き、二人でテーブルの近くに歩み寄る。二人はそこでひざまずき、やはり白い衣装を着たデント夫人とルイーザ・エシュトンが背後に立った。引き続きある儀式が行われる。その無言劇が婚礼のマイムであることはすぐに理解できた。終わるとデント大佐の側の組が二分ほどひそひそと相談し、その後大佐が「花嫁（ブライド）」と叫んだ。

ロチェスター氏はお辞儀し、カーテンが下りた。

再び幕が開くまでには相当の時間待たなければならなかった。しかし、第二幕が上がると、前よりも周到に用意された場面が展開されることになった。前に述べたように、応接間は食堂から二段上がるようになっていたが、その上段から部屋の中に一、二ヤード入ったところに大理石の大きな水盤がお目見えしていた。それが温室の装飾品の一つであることに私は気づいた。普段は異国の植物に囲まれて、金魚が泳いでいる。そこから運ばれてきたということは、その大きさと重さからしてなかなかの重労働だったに違いない。

水盤のすぐ隣で絨毯の上に座っていたのはロチェスター氏だった。ショールをいく重にも重ね、頭にはターバンを巻いている。黒々とした目、肌の浅黒さ、異教徒風の顔立ちがその衣装にぴったりで、弓弦使いの密偵かその犠牲者か、いずれにしろイスラムの首長にそっくりだった。まもなくして前に進み出てきたのはイングラム嬢である。彼女も東洋風の衣装を着て、深紅色のスカーフを腰帯のように結び、刺繍入りのハンカチをこめかみのあたりで結んでいた。形の美しい両腕があらわにされ、片方の腕を持ち上げて、頭の上で優美に均衡をとりながら水差しを支える形にしていた。その体つきや特徴からして、また表情や全体の雰囲気からして、イスラエル十二支族の時代の王女のイメージを表していた。彼女が扮(ふん)しているのはまさにそうした人物の誰かに違いない。

彼女は水盤に近づくと前かがみになり、水差しに水を入れるような仕草をした。そして再び水差しを頭に持ち上げる。すると、その井戸(ウエル)の端にいた役が、今度は彼女に話しかけるような、何かお願い事をするような仕草をした。「彼女は急いで水がめを自分の手に取り下ろし、彼にその水を与えた」すると彼は着ているローブの懐から小箱を取り出し、ふたを開け、中の素晴らしいブレスレットやイヤリングを見せた。彼女は驚いたようなふりをし、素晴らしいと賞賛する。彼はひざまずくと、彼女の足もとにその宝箱を置いた。彼女の顔と仕草は不信感と喜びの両方を表現する。すると、その見知らぬ旅人は彼女の腕にブレスレットを、耳にはイヤリングを付けた。つまり、これはエリエゼル[*13]とリベカなのである。その場にいなかったのはラクダだけだった。

これを当てようとする組の人々が再び頭をつき合わせた。が、どうやらこの場面によって理解される一語なり、一音節なりについてまとまった意見は出ないようだった。そこで代表者たるデント大佐が「一語全体を表す劇画(タブロー)を求む」と述べたので、再び幕が下りた。

三回目に幕が上がったときは、応接間の一部のみが見え、残りはついたてによって隠されていた。ついたてには暗めの色の粗布が掛けられている。大理石の水盤は片付けられ、今回この場所に置かれているのは、質素な樅材のテーブルと台所用の椅子である。また、非常に暗い光の中でこれらが見えており、その光の出所は角型ランプが一つあるのみで、あとのろうそくの明かりは全部消されていた。

　こうした暗くみすぼらしい場面の中に座っていたのは一人の男で、こぶしを握り締めた手を両膝に据え、目を地面に伏せていた。ロチェスター氏であると私にはわかったが、顔が黒く汚れている上に服装も乱れ（まるで喧嘩でもして外套が背中から大きく破れたように、片腕の袖がだらりとぶら下がっていた）、しかめた顔に見える絶望の表情といい、ぼさぼさに逆立った髪型といい、ロチェスター氏であるとわからなくても仕方がないだろう。身動きするとガチャンと鳴る音がして、手首には鎖が繋がれていた。

「刑務所、『ブライドウェル』[*14]だ」とデント大佐は叫び、これでシャレードの謎が解けた。

　演技者たちが普段着に着替えるための十分な時間がとられ、かなりの時間が過ぎたあとで彼らは再び食堂に戻ってきた。ロチェスター氏はイングラム嬢の手を取って現れ、そのイングラム嬢は彼の演技を褒めたたえていた。

「私の一番のお気に入りがおわかりかしら」彼女は言った。「あなたが演じた三人の中で、一番よかったのは最後の人物だわ。ああ、あと数年早くお生まれでしたら、どんなに素敵な紳士の辻強盗におなりになったことでしょう」

「顔のすすはすべて洗い落とされていますかな」彼女のほうに顔を向け、そう尋ねた。

「ええもう、まったく残念なことに。洗い落とされればそれだけ残念で仕方ありませんわ。

だって、あの悪党の赤黒い化粧ほどあなたのお顔に似合う色はありませんもの」

「公道の英雄と呼ばれる連中がお好きなのですか」

「そうねえ、英国の辻強盗はイタリアの盗賊に次いで素晴らしいと思いますわ。さらにそれを超えるものがいるとしたら、レバント海の海賊ぐらいのものでしょう」

「ま、私が何者であれ、あなたは私の妻であるわけですからね。覚えていますか、私たちは一時間前に結婚したのですよ、この人たちみんなが立ち会う前でね」彼女がくすっと笑い、顔を赤らめた。

「さあ、デント君」とロチェスター氏は続ける。「今度は君の番だ」相手の組が舞台袖に引っ込むと、空いた座席に今度は彼が率いる組が着いた。イングラム嬢はリーダーの右隣に座り、他の人たちは二人の両隣の席を埋める形で座った。私はもう俳優陣を見る気はなく、幕が上がるのを興味深く待つこともない。私の注意はただ観客側に引き付けられた。少し前までアーチの方向をじっと見つめていた私の目は、今や半円形の椅子に否が応でも吸い寄せられる。デント大佐率いる組がどんなシャレードを演じたか、どの言葉を選んだか、舞台でどのように演じたか、もはや覚えていない。しかし、各場面のあとでどんなふうに話し合いが行われたか、それは今でも目に焼きついている。ロチェスター氏がイングラム嬢のほうに顔を向ける。イングラム嬢もロチェスター氏のほうを向く。彼女が頭を彼に傾けるのが見える。その黒い巻き毛が今にも彼の肩に触れんばかりで、揺れてうっすら頬にも触りそうに迫っている。二人が何かお互いに囁き合っているのが聞こえる。視線を交わす二人の眼差しも見えるようだ。その光景がそのとき引き起こした感情までもが、今この瞬間においても記憶にまざまざと蘇ってくる。

読者の皆さん、私がこの時までにもうロチェスター氏を愛するようになっていたことはすでにお伝えした通りである。そして今では、彼を愛さないという選択肢はなくなっていた。確かに彼の目が私に注がれることはもうない。彼がいるところで何時間過ごそうとも、一度たりとも私のほうに目が向けられることはないだろう。しかしだからといって、たかがそれだけの理由で彼を愛さないでいるということはできなかった。彼の視線のすべてがあの高貴なレディーに横取りされているのを目にしようとも、またその当のレディーが私の横を通り過ぎるとき、ドレスの端が私に触れるのを嫌がるとしても、そしてその不遜な黒い目が仮に偶然に私に落とされることがあると、まるで注視に堪えないほどの卑しいものであるかのように、すぐに私から目をそむけるということがあるにしろ、そんなことはまったく理由にはならなかった。もはや私は彼を愛さずにはいられない。彼がこの人とまもなく結婚するという確信を得たところで同じである。この人が、彼は自分と結婚するつもりだという安心を得て心の中で鼻高々になっているのを、私が毎日見るにしろ、また、彼自身がある形の求愛行動を示しているのをしょっちゅう目にするにせよ、この心に変わりはない。彼の行動はまったく何の気なしのようにも見えた。自分から相手を求めるというよりは求められることを期待しているようで、それでもその何の気なしというのが相手の心をつかむ術であり、その誇り高さがまさに彼の抗しがたい魅力だった。

こうした状況は何ら愛を冷ますものでも追い立てるものでもないが、生み出された絶望感は大きかった。きっとそこには嫉妬心も生まれたと、読者の皆さんはお考えだろう。仮に私のような身分の女性が、イングラム嬢の地位にある女性を嫉妬する、そんなことがまかり通るとしたらであるにしても。しかし、私は本当に嫉妬というものを感じなかった。感じたとしても、ほとんどまれにしかなかった。私が苦しんだ痛みの種類は、そんな言葉で説明できる性質のものではなかった。イングラム嬢は嫉妬という段階よりも下の水準にいた。はるか下に位置する人間だったので、そんな感情を引き起こすまでに至らなかった。逆説的に聞こえるとしたら申し訳ないが、本当にその言葉通りである。彼女は何でもこれ見よがしに振る舞ったが、純粋な人とは言えなかった。素晴らしい容姿に恵まれ、多才であり、芸事にも秀でていたが、その精神は貧困である。生まれつき心も空っぽのようで、そんな土壌から自然に花が咲くことはあり得ない。強いられずとも自然の恵みでみずみずしい果実がなる、そんなこともないだろう。イングラム嬢は善なる人ではない。彼女自身の独創性はなく、いつも本からとってきたような大そうな文句ばかりを連ね、自分自身の意見というものを口にしたことがなく、そもそも持っていなかった。高尚な感情というものを声高に主張するが、思いやりや共感といった感情について、その感覚自体を知らない。愛情や真実というものが、この人の中にはなかった。そしてこの事実がまたしょっちゅうあらわになり、特に小さなアデールに対する反感や悪意が謂(いわ)れなく外にぶちまけられるときがそうだった。アデールがたまたまそばに近づくと、手で押しのけて小馬鹿にしたような悪口を言い、時には部屋を出るように言いつけたりする。いつも辛辣な態度で冷たく当たった。こうした内なる性格が外に出るのを、私以外にもじっと観察しているもう一人の目があった。その眼差しは鋭く、厳しく、注意深かった。そう、未来の花婿であるロチェスター氏自身が、絶えず婚約者に監視の目を光らせていた。まさにこうした確かな判断があることが、こうした彼の用心深さが、私に真の苦しみを与えた。美しい許嫁(いいなずけ)のあらゆる欠点を完全に掌握し、その人に対する感情はあっても明らかに情熱に欠けている、これこそが私が本当に苦しみ続ける理由だった。

彼女と結婚するのが家のためであり、おそらく政治的な理由のためであると私もわかっていた。イングラム嬢の地位も縁故関係も彼にふさわしいのが一つの理由であろう。彼が愛を捧げたわけではないとも感じていた。しかも、その宝を勝ち獲るには彼女自身の資質がふさわしくないことも。しかし、これこそが問題だった。神経に障り、いらいらさせられたのはこのためだった。熱っぽさが続き、その熱があおられるのもここに種があった。あの人には彼を喜ばせることなどできやしない、それが問題なのだ。

もし仮にイングラム嬢が直ちに勝利を収めることに成功していたなら、そしてロチェスター氏も屈服し、心からの気持ちを彼女の足元にささげたならば、私はむろん両手に顔を埋め、負けを認め、そして二人に別れを告げた(もちろん比喩的な意味において)だろう。もしイングラム嬢が真に善き貴婦人であり、力と熱意、優しさと分別を兼ね備えた人物に思えたとしたら、私は二匹の虎、すなわち嫉妬と絶望を相手に一度は死に物狂いで格闘したに違いない。そして心臓をもぎ取られ、むさぼられたあとは、ただ彼女を賞賛したことだろう。彼女の素晴らしさを認め、私自身の残りの人生をおとなしく過ごしたはずである。その優れた資質が絶対的なものであれば、なおさら彼女に対する賞賛の思いは強くなり、また私の静かな生活もなおいっそう、本当の意味で穏やかなものとなるはずである。しかし、現実は違っていた。イングラム嬢はロチェスター氏を虜にしようと何度も奮闘し、そのたびに失敗した。なのに、彼女自身、失敗したとも気づいておらず、それどころか、放った矢はすべて的に当たったと思い込み、その成功を意気盛んに自慢した。そうして、自分が魅了したいと望む相手が彼女の尊大さと自己満足にますます嫌悪感をつのらせていることにも気づかない。私が目撃していたのはこれであり、見るたびにある淀みない感情が湧き起こった。と同時に、そのはやる感情を冷徹な心で自制もした。

なぜなら、そうして彼女が失敗するのを見るにつけ、どうやれば成功できたのかが私にはわかったからだ。放たれた矢はいつもロチェスター氏の胸をかすめ、かすり傷も負わせずに足元に落ちたが、もっと確実な射手が放てば、その矢は彼の誇り高き胸の中で鋭くかつ微妙に揺れ動くだろうと、私にはわかっていた。そして、彼の厳しい眼差しにも愛が、皮肉めいた顔にも優しさが呼び起こされるだろうと。それに、もっとうまく行けば、何の武器を用いなくても、静かなる征服は収められていたに違いなかった。

「あの人はなぜもっと彼の心を摑めないのかしら、誰よりもそばにいられる身分なのに」私は自分の胸に聞いてみた。「本当に彼が好きなわけではないんだわ、きっと。真の愛情がないのよ。だって、真の愛情があれば、あんなやたらに作り笑いをしてみせる必要がないでしょう。それに、いつもちらちらと視線を送ってみたり、わざわざもったいぶった雰囲気を作り出したり、しなを作ってさかんに愛嬌を振りまいたり。でも思うに、あの人なら彼の横で静かに座っているだけでいいはずだわ。そうして何もしゃべらずに、視線も送らずにいれば、もっと彼の心に近づけたはずよ。あんなに明るく話しかけているけれど、彼の顔は硬くこわばっていくだけ。でも、そんな今の顔とはまったく違う表情を、私は見たことがある。もっとも、そのときは自然にそんな表情が浮かび上がっていた。何か見え透いた手管なり、打算的な策を用いて引き出されたものではなかった。それをただ受け止め、こちらも彼の問いかけに気取りなく答え、必要なら話しかけるにしても作り顔はしない。すると、次第に自然な表情が増して、もっと優しく、もっとにこやかになり、それはまるで太陽の光のように暖かく、慈しみ深く人を包み込んでいく。一体、あの二人が結婚した場合、あの人はどうやって夫を喜ばせようというのかしら。彼女にできるとは思えない。でも、それでも何とかしてできるものなのかもしれない。もしそうであるなら、彼の妻として、この地上の太陽が照らす最も幸せな女性になると、そう心から信じるわ」

ロチェスター氏については、私はまだ非難めいたことを何一つ言っていない。彼は自らの結婚を利害関係と縁故のために行うつもりでいるが、それが彼の意図であると初めて知ったときには、私はむしろ驚いた。妻を選ぶときにそんなありきたりの動機に左右される人とは思っていなかったからだ。しかし、こうした人たちの身分や教育などをよくよく考えてみれば、ロチェスター氏にしろ、イングラム嬢にしろ、彼らが悪いなどと言って判断するのは正しいとは思えない。彼らは自分たちに教え込まれた考え方や信条に従って行動しているだけで、それもほぼ子どもの頃から身に染みついている。彼らのような階級の人には皆こうした信条がある。とするなら、そういったものを保持すべきもっともな理由が、私などには計り知れない理由があるのだろう。ただ、もしこれが自分だったら、つまりロチェスター氏のような生まれであるなら、自分が愛せると思える女性だけを妻に迎えるだろうに、と思う。こうした考えのほうが夫自身に幸せをもたらす利点があるのだとすれば、私にはわからないにしても、そうした考えを普通に受け入れるべきではない何らかの言い分があるに違いない。そうでなければ、世の中の人は皆、私が思うように行動しているはずである。

しかし、この結婚の問題に限らず他のことにおいても、自分がこの屋敷の主人に対して大変甘くなっていることは確かだった。ずっと油断なく見張っていた彼の欠点も、すべて忘れかけている。以前は主人の性格のあらゆる側面を研究することが私の務めであると思い、長所も短所も両方手に取り、どちらも正しく秤(はかり)にかけた上で公平な判断を下すよう努めた。今はもう、欠点そのものが見えていない。かつては不快に思っていた皮肉たっぷりな言葉遣いも、あの唖然とさせられた乱暴な物言いも、極上の一皿に利くピリッとした香辛料ぐらいにしかならない。あると刺激は強いが、しかしまったくないと多分に物足りなさを感じてしまうのだ。そしてまた、あの得体の知れない何かがある。あの何か不吉めいた表情、いや、何らかの悲しみか、それとも、何かもくろみを秘めたものか、ただ失意の表情か。いずれにせよ、そのはっきりしない何かが、時折、彼の目の表情に表れることがある。注意深く観察していれば、それが今外に出ているとわかるが、そこから少しだけ垣間見える奇妙な深みに気づき、その深さを測ろうと思うと、ふたたび入口は閉じられてしまう。かつての私はその存在に怯え、目の前にするとびくびくした。これは火山かもしれないと思いながら山を歩いていると、突然揺れを感じ、大きく裂ける地面を目にする感じだった。今の私は時々それをじっと見つめる。心臓がどきどきと高鳴ったが、神経までやられてしまうわけではない。目をそらしたいとも思わない。むしろ中まで覗き込みたい、いや、できるものならそのすべてを見通してみたいと思う。つくづくイングラム嬢は幸せな人に違いない。なぜならいつの日かきっと、その深い割れ目をゆっくりと覗き込み、秘密を探り出し、それが一体どのようなものか鑑定することができるのだから。

ところで、私がずっと主人と未来の花嫁のことだけを考えている間、つまり二人だけに視線を向け、彼らの会話のみに耳を傾け、二人の動作が何を意味するかということだけを考えていたとき、そこにいた他の人々はといえば、皆各々の関心や楽しみに耽(ふけ)っていた。レディー・リンとレディー・イングラムは相変わらず二人して何か大そうな話し合いでもしているようだった。お互いにうなずいては頭のターバンを振り合い、また向かい合った四本の手を一斉に振り上げ、驚き、不思議、恐怖などを、二人の話すゴシップの内容如何(いかん)で表し、さながら一組の等身大操り人形のようである。穏やかなデント夫人は愛想のいいエシュトン夫人と会話し、この二人は時折、私に向かって丁寧な一言をかけてくれたり、微笑んでくれたりもした。サー・ジョージ・リン、デント大佐、エシュトン氏の三者は政治問題について話し合い、州や司法の問題などを議論している。イングラム卿はエイミー・エシュトンを軽くたぶらかしているようだった。また、ルイーザは、リン氏兄弟の片方を相手にピアノを弾いたり、歌を歌ったり、あるいは二人でデュエットしたりしている。メアリ・イングラムはもう一人のリン氏を相手に、彼の勇ましいスピーチにただ物憂げに耳を傾けていた。だが、そうこうしている間にも、時々まるで満場が一致したように全員が動きをやめるときがあった。自分たち脇役の演技はいったん中断、とでもいうように主演俳優の二人を見守り、その声に耳を傾けるときがある。そう、やはりこの一座の花形はロチェスター氏なのだ。彼と密接なかかわりがあるからイングラム嬢もそうだと言える。ロチェスター氏がもし一時間でもその部屋にいなくなれば、目に見えて退屈さが漂い始め、それは客人たちの気分にも入り込んだ。が、ひとたび姿を現せば、また一気に新しい力が加わり、快活な会話に花が咲いた。

　ある日のことだった。その日は、そうした活力の源であるロチェスター氏の不在を特に実感させられる日だった。主人は仕事でミルコートに呼び出され、遅い時間まで戻らないことになっていた。午後は雨が降り続いた。近頃になってヘイより先の共有地にジプシーの野営地が張られ、客人たちはそれを見ようと散歩に出るつもりでいたが、雨のために延期せざるを得なかった。紳士方は馬の世話をしに厩舎（きゅうしゃ）に出向き、一方で若者は若いご婦人たちとビリヤード部屋で一緒に玉突きをして過ごしていた。二人の未亡人、レディー・イングラムとレディー・リンは静かにカードに興じて慰めを得ていた。ブランシュ・イングラムは、デント夫人とエシュトン夫人から何度か会話に誘われたが、それに一切答えないという高慢な態度に出て拒絶すると、まずはピアノを弾き、感傷的な曲や民謡（エア）を少し低い声で歌い始めた。次に読書室から何か小説を取ってくると、いやにけだるそうにソファーに身を投げ出した。主（あるじ）のいない退屈な時間は虚構の魔力で補うしかないと心に決めたようだった。部屋も屋敷全体も押し黙ったように静かで、時折二階から玉突きをしている人たちの笑い声が聞こえていた。

　夕暮れが迫っていた。時計はとっくに晩餐用の着替えの時間が来ていることを知らせていた。私は応接間の窓下の腰掛けに座っていた。そのとき、そばで膝をついて座っていたアデールが急に大きな声を出した。

「あ、ムッシュー・ロチェスターが帰っていらしたわ」

　私が振り返るのと同時に、イングラム嬢がソファーから矢のように飛び出してきた。他の人たちもそれぞれの活動の手を止め、顔を上げた。同時に、車輪がジャランジャランと音を立てて鳴り響き、濡れた砂利を馬の蹄がザクザクと蹴散らす音が聞こえる。それは四輪の駅馬車だった。

「あんなものに乗って帰っていらっしゃるなんて、どういう風の吹きまわしかしら」イングラム嬢は言った。「出かけたときはメズルール（主人の黒馬である）に乗っていらしたでしょう。パイロットも従えてね。メズルールもパイロットもどこに行っちゃったのかしら」

　そう言いながらイングラム嬢は体を窓際にぐっと寄せたが、背が高い上に大きく膨らんだドレスを着ているものだから、私は体をのけ反らせなければならず、もう少しで背骨が折れるのではないかと思った。熱心に外を見ていたので最初は私に気づかなかったが、気がつくと途端に口を歪め、他の窓へと移動した。駅馬車が止まり、御者が玄関のベルを鳴らす。一人の紳士が降りてきたが、旅行用の衣服に身を包んだ背の高い人はロチェスター氏ではなかった。身分は高いようだったが、誰も何者か知らなかった。

「癪に障るったらありゃしない。本当に面倒な子だわね、そこのちび猿（アデールに向かって呼びかけた名前である）。一体誰がその子を窓の上に座らせたのかしら。それでとんだ間違った情報を知らせたりするなんて」と言いながら、怒った眼差しをちらっと私のほうに向けた。まるで私がいけないとでも言わんばかりだった。

何か話しているような声が玄関ホールから聞こえると、すぐに新しい訪問者が姿を現した。彼はその場にいる最も年上の女性をまず認め、レディー・イングラムに頭を下げた。

「折の悪いときに伺ったようで失礼いたします、奥様。友人のロチェスター氏はあいにく不在のようであります。しかしながら、ここに到着するまで私は大変な長旅をしてきました。ですから大変厚かましくはあるのですが、古くからの親しい縁ということで、氏が帰ってくるまでこの部屋で座って待たせていただこうと思っております」

彼の態度は礼儀正しかったが、話すときの言葉のアクセントが少し妙である印象を受けた。特に外国の訛りがあるわけではないが、それでもまるっきり完全な英語という感じでもなかった。歳はロチェスター氏と同じくらいだろう、三十から四十の間に見えた。際立って顔色が悪く、土気色だったが、そうでなければ結構な美男子と言えた。初めて会ったなら特にそう見えたことだろう。しかし、注意深く見ていると、その顔には何か不快なものを感じさせた。不快とまでは言わないにしても、決して喜びをもたらすものではなかった。つまり、均整の取れた顔立ちをしているのに、全然引き締まった顔ではなく、形のいい大きな目をしているのに、その目には生気が宿っていない感じで、ぼんやりとしているように見えた。少なくとも私はそう思った。

着替えのためのベルが鳴り、人々は散っていった。もう一度男性を見かけたのは晩餐が終わってからだった。そのときはもうかなりくつろいでいる様子に見えたが、私には前よりも顔つきが好ましくないように思えた。どことなく落ち着きに欠け、それでいて何の感情も窺い知れなかった。目が泳ぎ、その目の動きに何か意味があるとは思えなかった。彼の容貌が奇妙だったのはこうした目つきのせいだが、それにしても今までに見たことがない奇妙さだった。顔かたちはよく、決して愛想が悪い感じでもないのに、ひどくぞっとさせられた。すべすべと滑らかな肌をした、まん丸い卵型の顔には覇気(はき)がなく、尖(とが)った鉤鼻(かぎばな)と小さなピンク色の口元には意志が感じられなかった。真っ平らな狭い額に知性は宿らず、その茶色の虚ろな目に物事を制する力もなかった。

そのとき、私はいつもの部屋の隅に座り、マントルピースに置かれた枝付き燭台の光が彼の顔を煌々と照らすのを見ていた。彼は肘掛け椅子を暖炉にかなり近づけて座った。寒いのだろう、さらに体を火に近づけると縮こまっていた。私はその男性とロチェスター氏を比べてみた。その違いはほぼ(といって敬意を忘れたわけではない)、毛並み麗しきガンと獰猛(どうもう)

なタカの違いといったところだった。もしくは、片方がおとなしい羊とすれば、もう片方は、毛並みはぼさぼさだが眼光の鋭い牧羊犬のようであった。

　男性によると、ロチェスター氏とは古くからの友人であるということだった。とすれば、なんとも変わった友人関係に違いない。しかし、「両極は相通ずる」という昔からの格言に実にぴったりの例なのかもしれない。
　二、三人の紳士がそばに座り、時々その話し声が断片的にこちらまで伝わってきた。最初は何を話しているのかよくわからなかった。というのも、私の近くに座っているルイーザ・エシュトンとメアリ・イングラムのおしゃべりが間に入ってきて、言葉が切れ切れに聞こえて混乱させられてしまった。二人の話とはこの見知らぬ男性のことで、共に「美男子」という意見だった。ルイーザは「とてもお美しい人ね」、「彼を崇拝するわ」などと言い、メアリは「とっても小さなお口と素敵なお鼻」を例に挙げて、魅力的な男性の理想型であると述べた。
「それにあの額、なんてお優しそうなのでしょう」とルイーザが言う。「皺一つないでしょう。渋い顔して眉間や額がでこぼこしているなんて本当にいただけないですけれど、まったくそんなことはないですもの。落ち着いた目をしています。微笑み方も静かね」

　と、ここでヘンリー・リン氏が二人の女性を呼び、部屋の向こうへ連れ出してくれたので、私はほっとした。延期されたヘイの共有地に行く計画について何か決めごとをするようだった。

ようやく私は暖炉のそばにいる紳士たちに注意を傾けることができた。ほどなくしてわかったことは、まず訪問者の名はメイスン氏、そして今し方イングランドに到着したばかりで、どこか暑い国からやってきたということだった。だからあんなに土気色の顔をしているわけである。家の中で暖炉のそばに座り、フロックコートを着続けているのもそれが理由だろう。またしばらくして、ジャマイカ、キングストン、スパニッシュ・タウンといった言葉が聞こえてきて、彼の住んでいる地域が西インド諸島であるらしいというのもわかった。続けて、彼が初めてロチェスター氏と出会い、知り合ったのもそのあたりだと知って、私は少なからず驚かされた。彼が言うには、ロチェスター氏はその地域の焼けるような暑さやハリケーンや雨季が大嫌いだったらしい。もちろん私も、彼の友人がずっと旅を続けてきたことは知っている。フェアファックス夫人が確かにそう話していた。しかしそれにしても、放浪先としてはヨーロッパ大陸が限界だろうと思っていた。まさか海を越えたはるか先の陸地にまで足を運んでいるとは、そんな気配を感じさせることは、それまで一つも耳にしていなかった。

こんなことを考えている最中、ちょっとした出来事が起きた。まったく思ってもみなかったことで、私の物思いは中断した。メイスン氏は誰かがドアを開けるたびに体を震わせていて、もっと暖炉に炭が欲しいと要求していた。確かに火は燃え尽き、炎は出ていなかったが、たくさんの燃え殻がまだ真っ赤な色をして周囲を熱く照らしていた。従僕が炭を持ってきた。部屋を出て行く途中、エシュトン氏が座っているところに近づくと、低い声で氏に何か話しかけた。私にはただ「老婆」という言葉と、「かなりやっかい」という言葉くらいしか聞き取れなかった。

　これに対する治安判事の返事は、「立ち去らないとさらし者にするぞと言えばいいだろう」というものだった。しかし、デント大佐が割って入った。

「いやいや、それはなしだ。エシュトン、追いやるのはいかん。これを利用しないってことはないだろう。まずはご婦人方に聞いてみよう」そして声を張り上げて次のように言った。

「ご婦人方、ヘイの共有地に行って、ジプシーの野営地を見る件ですが、このサムが言うにはたった今、なんと、その年老いたマザー・バンチの一人が使用人の大部屋に来ていると言うじゃないですか。ぜひ〈上流の人たち〉にお目通り願いたいと言って聞かないらしいですぞ。私たちの運勢を占うと言っているらしい。どうでしょう、こちらに来てもらいますか」

「まさか、大佐殿、そんな卑しいいかさま師をこちらに通すなんて本気ではございませんわね」と叫んだのはレディー・イングラムだった。「ぜひとも、今すぐに、追い払ってくださいませ」

「しかしながら奥様、どう説得しても承知しようとしませんで」と答えたのは従僕だった。「他の使用人が何と言おうとまったく立ち去ろうとしません。フェアファックス夫人が今応対しています。立ち去るように説得しているのですが、暖炉の隅に椅子を持ってきて陣取ってしまいましたもので。こちらに入れてもらうまでは何としてでも動かないと、頑として応じません」

「何を望んでいるのですか」エシュトン夫人が尋ねた。

『上流の方々の運勢を占ってみたい』ということです、奥様。それをやり遂げないと帰らないという剣幕です」

「どんな人、どんな格好をしているの」二人のエシュトン嬢が一斉に尋ねた。

「それはもう見るに堪えないほど醜いお婆さんです、お嬢様。それにすすだらけではないかと思うほど真っ黒いなりをしています」

「おやおや、それじゃ本物の魔法使いというわけですね」と大きな声で反応したのは、フレデリック・リンだった。「もちろん迎え入れたらいいでしょう」

「その通り」と答えたのは弟だった。「こんなに面白い機会をみすみす逃すとは、遺憾千万もいいところですよ」

「まあ、わたくしの息子たちは一体何を考えているのでしょう」と今度はレディー・リンが大きな声を出した。

「わたくしとしても、そんな無茶苦茶なやり方はとうてい承服致しません」と賛同したのはイングラム未亡人だった。

「本当にそうかしら、お母様」お高くとまった声が鳴り響いた。「かまわないのじゃないかしら。むしろ、そうしていただかないといけませんわ」ピアノの前の腰掛けに座っていたブランシュが、くるりとこちらに体を向けてそう発言した。それまでは黙って楽譜をあれこれめくっては調べている格好をしていた。「私は興味があります。好奇心ですけれど、私の運勢をぜひ占ってもらいたいわ。ですから、いいことサム、その醜いお婆さんとやらをこちらに通してちょうだいな」

「まあブランシュ、よくお考えなさい、わたくしの言った――」

「ええ、もちろん、お母様がおっしゃいそうなことは全部考えました。それでも、私はそうしたいの。急いでちょうだい、サム」

「そうだ、そうだ」と若者たちが、男女もろとも一斉に叫んだ。「部屋に来てもらおう、こんなに楽しい気晴らしもそう滅多にないよ」

しかし、従僕はなかなか部屋を出て行こうとしなかった。「本当にひどいなりをしているのですが」

「いいから、早く行きなさい」イングラム嬢はさらに声を上げた。彼は出て行った。

すぐにその場の全員が興奮に包まれた。お互い冗談やからかいを言うのが止まらず、サムが戻ってきてもまだ続いていた。

「今度はこちらには来ないと言っていますが」サムは言った。「なんでも『俗物たちの輩』(もちろん老婆の言葉です)の前に出向くなど自分の使命ではないと言っています。一人でどこかの部屋に通してほしいと、それで占ってもらいたい方々は一人ずつ会いに来るようにということだそうで」

「ほら見たことでしょう、女王様」レディー・イングラムが言い始めた。「そうやってだんだん幅を利かせてくるわけですよ。いいですか、ブランシュ、あなたはわたくしの天使ちゃんなのですから、わたくしの言うことを――」

「もちろん通してちょうだい、読書室に案内すればいいわ」その「天使」なる女性がレディーを遮った。「俗物たちの輩を前に占いを聞かされるなんて、私自身の使命にだって反します。一人で聞きます。私一人で彼女に会えば十分ですから。暖炉の火は大丈夫かしら」

「はい、お嬢様、それは大丈夫ですが、しかし本当に汚いなりの流れ者なんです」

「つべこべ言わないで。ねえ、あなたおばかさんなの、早く言いつけに従いなさい」

再びサムは出て行った。謎が謎を呼び、活気と期待感は再び最高潮に達した。

サムがまた戻ってきて告げた。「今、部屋におります。準備ができました。それで、最初に誰が会いに来るか知りたがっております」

「ご婦人方が誰か行く前に、私がまずちょっと行って見てきたほうがよさそうですな」デント大佐が言った。

「サム、紳士の一人が行くと言っておきなさい」

部屋を出たサムはすぐに戻ってきた。

「旦那様、その、紳士方には用がないなどと言っております。わざわざそばに来てもらうなと言っておりまして。それから」と、サムは思わずくすっと笑いそうになりながら、「ご婦人方については、独身の若いご婦人限定だそうです。それ以外はやはり来てもらうなと言っています」

「こりゃ驚いた。えり好みするんだな」ヘンリー・リンが叫んだ。

イングラム嬢が厳かな雰囲気で立ち上がった。「私がまず行きましょう」まるで望みを絶たれた孤軍を率いるリーダーのような言いぶりだった。後ろに家来を従え、今まさに砦を駆け上がらんとする調子だった。

「まあ、何ということでしょう。わたくしの一番大切なかわいい娘が、一体なんてことでしょう。ちょっと待ちなさい。よく考えてごらんなさい」母親はそう叫んだが、娘は厳かなまま何も言わずに、すっとその横を通り過ぎると、デント大佐が開けたドアから出て行った。読書室に入っていく音が聞こえる。

その後かなり長い間、沈黙が訪れた。レディー・イングラムは両手をもんでやきもきするとはまさにこの「ケース」だと考えて、そのような仕草を始めた。メアリ嬢は自分だったら決してこんな危ないまねはしなかっただろうと言い放った。エイミー・エシュトンとルイーザ・エシュトンは二人して小さくふっと笑うと、少し怖がっているような様子だった。一刻一刻と時間はゆっくりと過ぎた。十五分経ったところでようやく読書室のドアが開いた。イングラム嬢はアーチを通り抜けて、私たちのところに戻ってきた。

笑っているか、やっぱり冗談だと思っているか、好奇心溢れる全員の眼差しが彼女を見つめた。彼女もまた全員の視線を見返した。その目は冷たく、他を寄せつけない目だった。特に困惑したようでもなければ、楽しそうな感じでもなかった。歩き方は少し硬い感じだったが、そのまま何も言わずに席に着いた。

「それで、ブランシュ、どうだった」イングラム卿が声をかけた。

「何て言われましたの、お姉様」メアリが尋ねた。

たたみかけた。

「どうでした。大丈夫でしたか。その人、本当の占いの人でしたか」二人のエシュトン嬢が答えた。「まあまあ、皆さんお願いですから、そんなにどんどん迫ってこないで」イングラム嬢が答えた。「本当に皆さん方の驚き方といったら、信じやすさといったら、皆さんたちの器官はいとも簡単に刺激を受けてしまうようね。ここにいる全員が、お母様も含めて、この件を何かとても大事なことだと考えていらっしゃることからして、この屋敷の中に悪魔と通じ合った本物の魔女がいる、そう信じ込んでいるようじゃありませんか。私が会ったのは一人の流れ者のジプシーです。彼女が私にしたことはよくあるやり方の手相術、そういった人たちがいかにも言いそうなことを話しました。でも、これで急に湧いた好奇心も十分に満たされましたわ。さあ、エシュトンさん、これでさっきの脅しを実行なさって構いませんことよ。明朝、あの魔女婆さんをさらし者にするがいいわ」

イングラム嬢は本を手に取り、椅子にもたれかかると、それ以上の会話は一切受けつけなかった。私はそれから三十分近く彼女のことを見ていたが、その間ただの一回もページをめくることはなかった。顔つきがだんだんと暗くなり、不満をつのらせているようで、苦虫をつぶしたような失意の表情が見え始めた。明らかにいいことを言われなかったのである。急にふさぎ込み、ものも言わない状態がそのまま長いこと続いた。どんな内容が明らかにされたにせよ、あれほど自分には関係ないふりをしてみたところで、やはり彼女自身が相当に重要であると受け止めていると思った。

一方で、メアリ・イングラム、エイミー・エシュトン、ルイーザ・エシュトンの三人は絶対に一人では行かないと言い張った。本当は三人とも行きたくてたまらなかった。そこで、サム大使を交渉人とした話し合いがもたれ、役目を担ったサムは何度も何度も往復し、あまりの運動量に両脚のふくらはぎがパンパンに張って痛み出すのではないかと心配しかけた頃、ようやく許可が下りた。その手厳しい預言者になんとか要求を飲ませ、三人一緒に会いに行くことになった。

彼らの面会はイングラム嬢のときほど静かなものではなかった。読書室からはヒステリックにヒッヒッヒッと笑う声や、小さくキャーと叫ぶ悲鳴のようなものが漏れ聞こえてきた。二十分くらい経ったところでドアが勢いよく開くと、三人が恐怖のあまり身も縮まんばかりに玄関ホールを急いで走ってきた。

「あの人、絶対普通の人じゃないわ。あんなことを私たちに言うなんてね。何でもわかっているみたいだわ」三人そろってそう叫ぶと、男性たちがこちらへと急かせる席に、それぞれ息を切らせながら飛び込んだ。

説明を催促されて彼女たちは口々に切り出した。まず、まだほんの幼かった頃のことなのに、当時彼女たちがこんな話をしたとか、こんなことをしたという話をしてきた。それから、現在自分たちの屋敷の私室に置かれた本や装飾品、その他あちらこちらの親戚からもらった贈答品について、それぞれどのようなものかを当てた。さらに、こちらの考えていることまでお見通しで、今彼女たちの一番好きな人は誰それだと、その名前を一人一人の耳もとで囁き、また、今一番望んでいることはこれこれだということまで言ってきた。

ここで男性陣が口を挟んだ。ぜひ、その最後の二点についてもっと詳細を聞かせてほしいと願った。しかし、そうせがまれると、彼女たちはあっと大きな声を上げたり顔を赤らめたり、あとは震えるような声になったり、くすっと笑うだけだった。そこで年長の既婚婦人たちが彼女たちに気付け薬を手渡し、扇であおぎ始めた。そして自分たちの警告がまともに受け入れられなかったことについて何度も不安の念を口にした。年長の紳士たちは笑っているだけだった。そして、若者たちは動揺しているうら若き女性たちの介抱に精を出した。

こうした大騒ぎが行われている最中だった。その光景に私の目も耳も奪われていたとき、ふとすぐそばで咳払い(せきばらい)が聞こえた。振り返ると、サムが立っていた。

「申し訳ありません、ジプシーの老婆ですが、まだ自分のところに来ていない若い独身女性がここにいるだろうと言っておりまして。全員を占うまでは出て行かないと言い張っているのです。これはきっとあなたのことではないかと。他に合う人はおりませんから。どういたしましょうか。どのように伝えますか」

「まあ、ぜひ行かせていただきますわ」そう答えたのは、このような予期せぬ機会を与えられて嬉しかったからである。大いにかき立てられていた好奇心を満たしたかった。私はそっと部屋を抜け出たが、誰の目にも留まらなかった。何しろ、全員が戻ってきたばかりの震える三人組を取り囲んでいたのだから。静かに後ろ手にドアを閉めた。

サムが言った。「よろしければ、玄関ホールでお待ちしましょうか。怖い目にでもあったときに、呼んでいただければすぐに参ります」

「いいえ、サム。台所に戻ってもらって大丈夫です。ちっとも怖くありませんから」本当に怖くなかった。むしろ興味津々で、胸が高鳴っていた。

第十九章

　読書室に入ると、そこはとても落ち着いた空間のように思えた。預言者は、つまりその人が預言者とすればの話だが、ともかくその老婆は暖炉の隅の安楽椅子に座り、至ってくつろいでいた。赤いマントを着て、頭には黒いボンネットの帽子をかぶっていた。むしろ、つば広のジプシー帽と言うべきで、縞模様のハンカチで帽子をぐるりと巻き、あごの下で結んでいる。テーブルの上にはろうそくが一本置かれていたが、火は消えていた。老婆は暖炉のほうに身を屈め、その炎の光のもとで何か祈禱書のような小さな黒い本を読みふけっている。お年寄りのご婦人がよくそうするように、ぶつぶつと言葉を口に出して読んでいたが、私が部屋に入ってもすぐにはやめようとせず、どうやら一節を読み終えてしまいたいようだった。

　私は暖炉の前の敷物の上に立った。そして応接間では暖炉から離れて座っていたせいで、ずいぶんと冷たくなってしまった両手を暖めた。これまでにないほど自分は落ち着いている、そう感じていた。実際、ジプシーの外見に何かこちらの落ち着きを失わせるものなどなかった。彼女が本を閉じ、ゆっくりと顔を上げた。帽子のつばでいくらか陰っていたが、上を向くと実に奇妙な顔をしている。ともかく赤茶けて真っ黒で、それにあごの下まで覆う白いハンカチの横からもつれ合った髪が飛び出して、頬のあたり、というよりあごのあたりのほとんどが隠れてしまっていた。老婆の目がすぐに私の目と合う。その視線は臆面もなく、まっすぐに私を見つめていた。

「それで、おまえさんも運勢を占ってもらいたいのかい」そう言った老婆の声は、視線と同じくきっぱりと、そして顔立ちと同じくとげとげしかった。

「別にどちらでも構いません。お婆さんのお好きなようになさってください。でも言ってきますけれど、私は信じていませんから」

「そんなことを言うとは、いかにもずうずうしいおまえさんらしいね。そう言うと思っていたよ。扉を入ってくるときの足音でわかった」

「そうですか。お耳がよいのね」

「そうだよ、目もいいし、頭だっていいんだから」

「お仕事にそのすべてが必要ですものね」

「その通りだよ。特に、おまえさんのような客と話すときはね。なぜ震えていないのかい」

「寒くありませんから」

「なぜ顔色が青くならないのかい」

「気分は悪くありません」

「なぜあたしの占いに頼らないのかい」

「私はおばかさんではありませんもの」

このしわくちゃ婆さんはボンネットの帽子とぐるぐる巻きの布の下から「いななく」ような笑い声を上げた。そして丈の短い黒パイプを取り出し、火をつけて吸い始めた。しばらくこの鎮静作用を楽しんだあと、前屈みの姿勢を元に戻してパイプを口から外し、暖炉の火をじっと見つめながらゆっくりと言った。

「おまえさんは寒いのだ、気分もよくないし、それにおばかさんだ」

「それなら証明してください」私はそう答えた。

「わずかな言葉で証明してあげよう。おまえさんは一人でいるから寒いのだ。交わりがないから火がつかぬ。おまえさんの心の中にある火のことだよ。気分が悪いのは、この世で最も素晴らしい感情、人間の感情の中で一番美しくて気高い感情が、おまえさんには遠いものだからだ。そしておばかさんなのは、苦しんでいるのに、手招きしてそれを近づけようとしないからだ。それがおまえさんを待っていても、一歩踏み出して迎えに行こうとしないからだ」

老婆は再び短い黒パイプを口にくわえ、改めて勢いよく吸い始めた。

「きっとお婆さんはほとんどの人に同じことを言うのでしょう。大きなお屋敷に仕える身分で一人寂しく暮らしているとわかれば、そう皆に言うのでしょう」

「ほとんどの人に同じことを言うだろうけど、それがほとんどの人に当てはまることだと思ってるかい」

「私のような境遇ではそうなのでしょうね」

「そう、その通り、おまえさんのような境遇なら当てはまるんだね。しかし、おまえさんとまったく同じ立ち場の人間がいると思うかい」

「何千人だって探してさしあげますけれど」

「このあたしに一人だって見つけるのは大変だよ。いいかい、おまえさんは実に奇妙な立ち場にいるんだよ。幸せがすぐ近くのところにある。そう、手を伸ばせば届くようなところにね。材料はすべてそろっている。それらを混ぜてみようと、ひとつ動きがあればいいんだ。『運命』がそれらを遠ざけている。一度近づけてごらんよ、そうすれば幸福がもたらされるから」

「謎めいた言葉は理解できません。これまで私は謎々を当てたためしがありませんから」

「もっとはっきりと説明してほしいと思うなら、手のひらを見せてごらん」

「でも、この手は手ぶらというわけにはいかないのでしょうね、きっと」

「もちろん」

私は一シリングを手渡した。老婆はポケットから古靴下を取り出してそれに銀貨をしまい込むと、また紐で縛ってからポケットに戻した。そして、私に手を出すように言った。言われた通りに差し出すと、老婆は顔を近づけ、まったく手は触れずにじっと見つめた。

「おまえさんの手はきれいすぎる」と老婆は言う。「こんな手では何もわからないよ。ほとんど線が見えない。それに、手のひらに何があるっていうのかい。そこには運命など書かれていないよ」

「私もそう思っています」と答えた。

「いいや」と老婆は続ける。「運命は顔に書かれているんだよ。額や目の上のところにね。目の中にも見えるし、口の輪郭にも見える。さあ、ここにひざまずいて、顔をもたげてごらん」

「あら、やっと現実的になってきたのね」と私は言う通りにしながらそう言った。「お婆さんのこと、だんだんと少しは信じられそうな気になってきましたわ」

三十センチほど離れてひざまずくと、老婆が暖炉の火をかき起こしたので、そのかき立てられた炭から火がパチパチと燃え、さざ波のような光が放たれた。しかし、その強い光も、座っている老婆の顔をいっそう暗い影に落とし込むだけで、一方の私の顔はとても明るく照らされた。

「今晩ここに来たおまえさんは、一体どんな気持ちでいたんだろうねえ」しばらく私の顔を調べたあとで、老婆はそう言い始めた。「向こうの部屋でずっと座っていた間、心の底では一体どんなことを考え続けていたのかねえ。上流の方々が目の前をひらひらと行ったり来たりする姿はまるで幻灯機が映す影絵のようだっただろう。あの人たちと心を通わせるなんてないだろうから、ただ人の形をした影にしか見えず、この世のものと思えなかっただろう」

「ときどき疲れたと感じましたけれど。眠くもなりましたが、でも悲しくはありません」

「ということは、おまえさんは密かに希望を持っているんだね。将来のことをそっと囁いてくれる希望のおかげで元気にもなれるし、満足もできる」

「いいえ、私にそんな希望はありません。私が一番に望むことといったら、稼いだお金を十分に貯金して、いつか小さな家を自分で借りて、学校を設立することとです」

「精神が生きながらえるためのこやしには心細いもんだね。おまえさんはあの窓下の腰掛けに座って、ほら、おまえさんの習慣はお見通しだから――」

「使用人からお聞きになったのね」

「ああ、自分は賢いつもりでいるのかい。そうだね、使用人から聞いたかもしれないよ。実を言うと、一人と知り合いでね、プール夫人という名前で――」

その名前を聞くと私は驚いて立ち上がった。

「知り合いだった、そういうことなの」私は心の中で思った。「それじゃ、やっぱりこの件には黒魔術が働いているわけ」

「驚くことはないよ」と不思議な老婆は続けた。「信用できる人なんだから、プールさんは。無口で静かな人だから、誰だって信頼するよ。いや、しかしさっき言いかけたことだけれどね、おまえさんはあの窓際の腰掛けに座りながら、何も考えたりしないのかい、将来の学校のこと以外に。ソファーや椅子に座っている人たちを目の前に、今持っている関心をその中の誰かに抱くことはないのかい。一人の顔をじっと調べてはいないかい。少なくとも好奇心があって、その人の行動をじっと見てはいないかい」

「どんな顔でも、どんな人でも、皆のことを観察するのが好きですわ」

「でも、その中からたった一人を選び出すことはないかい、それとも、もしかしたら二人かな」

「それならしょっちゅうですよ。二人組がいたら、その二人の振る舞いや外見に何か意味があるように思えるときがありますもの。そうした二人を観察するのは楽しいですわ」

「どんな意味を引き出すのが一番おもしろいかい」

「あら、それならたいして選択肢がありません。大体いつも同じ内容にご関心があるみたいですから、求愛というね。それで、いつも同じ悲劇的な結末が待っているのです、つまり結婚という結末が」

「そんな変わりばえのない内容がお気に入りかい」

「本当のことを言って、まったく気にしません。私にとってはどうでもいいことですから」

「どうでもいいだって。一人のうら若きご婦人がいる。健康的で生命力に溢れ、しかも人を魅了する美人で、地位と財産という授かりものも賜っている、そんなご婦人が座って微笑んでいる姿を、ある紳士が目にしているんだ。その紳士のことをおまえさんは――」

「私が何ですって」

「よく知っている。それに、多分、好ましく思っている」

「私はここにいらっしゃる紳士方のことをあまり存じ上げていません。誰ともほとんど言葉を交わしていませんから。好ましく思っているかと言えば、中にはご立派で威厳がおありの中年の紳士方がいらっしゃいます。それから若い方の中には、颯爽として、格好よくて、活発でいらっしゃる方もお見受けします。でも、もちろん皆さん、ご自分のお気に入りの微笑みとあらば、お好きなだけ受け取っていいご身分です。その駆け引きが私にとって重要な意味を持つかどうかなんて、考える気にもなりません」

「ここにいらっしゃる紳士方を知らないだって。誰ともしゃべっていないだって。この屋敷のご主人様はどうなる」

「今こちらにはおいでになりません」

「なんとも意味ありげだねえ、それに実にうまい屁理屈だ。ご主人様は確かに今朝ミルコートに行かれたね、それで今晩か明日には戻っていらっしゃる。そんなことで、ご主人様はおまえさんのお知り合いのお歴々から外されてしまうのかい。言ってみれば、いないも同然というように抹消されるのかい」

「いいえ、でも、ロチェスター様が今のお話の内容と何の関係があるのか、よくわかりません」

「ご婦人方の微笑む姿を紳士方がご覧になっているという話をしているんだよ。それでね、ここのところ、ロチェスター様の目にはあまりにたくさんの微笑みが注がれるものだから、零れ落ちてしまっている。縁までなみなみと注がれた二つのカップから溢れ出している。おまえさんはこれにも気づかなかったかい」

「ロチェスター様はお客様たちとのお付き合いを楽しんで当然です」

「そりゃ当然だろうね、でもおまえさんは気づかなかったのかと聞いているんだよ。この屋敷の中ではいろんな結婚の噂話が聞かれるけれど、ロチェスター様の話が好んで取り上げられている。それが一番はずむ話題だし、一番よく話されている」

「熱心な聞き手のもとで語り手の話は饒舌になる」

この言葉を私はジプシーに向けてというより、ひとり言のようにつぶやいていた。彼女の奇妙な話し方、声、態度、そのすべてが、今はもう私をまるで夢のように包み込んでいた。思いもよらない言葉の連なりが次々とその口から紡ぎ出され、私はついに張りめぐらされた神秘の糸にからめ捕られてしまった。どんな見えない精霊が、私の心のすぐ横に座り続けていたのだろう。何週間も私の心の動きを見守り、一つ一つの鼓動まで記録に取り続けていたとは。

「熱心な聞き手かい」彼女は繰り返した。「そうだね、ロチェスター様は長いこと座っていらした。話をしたくてたまらない相手のおしゃべりに耳を傾けていらした。そして、こうしてもたらされた気晴らしならいつでも歓迎とばかりにとても感謝しているようだった。これには気づいたかい」

「感謝ですって。ご主人様のお顔に感謝の印を探せられたか、よく思い出せませんけれど」

「探せられたと言ったかい。ということは、ちゃんと見極めようとしていたわけだ。では、感謝でなければ、何を探り当てたかい」

私は何も答えなかった。

「愛を見つけだした、そういうことじゃないかね。そして期待を込めて、彼の結婚する姿と、その花嫁の幸せな姿を見たわけだ」

「ふふん、そんなわけではありません。魔女の妖術をもってしても時には間違えるのね」

「じゃあ、一体何を見つけだしたのかい」

「そんなことは構わないでしょう。私は運勢を尋ねに来たのであって、自分のことを告白しに来たわけではないわ。ロチェスター様がご結婚されることは周知のことなのかしら」

「そうだよ、美しいイングラム嬢とご結婚されるんだよ」

「もうすぐにですか」

「見たところ、それは保証されたようなもんだね。間違いなく、と言ってもおまえさんはちっと懲らしめてやりたいほどずうずうしい子だから、きっと疑ってかかると思うけれど、あの二人はね、間違いなく最高に幸せなカップルになるんだよ。あんなに美しく、気高く、機知に富んでいて、それであらゆる嗜みにも秀でたご婦人を、彼は愛さずにはいられないし、彼女もおそらく彼を愛している。彼の人となりとまでは言わなくても、少なくともその懐具合をね。ロチェスター家の資産が極めて自分にふさわしいと考えているんだ。でも、一時間くらい前だったかな、おお神よ、お許しを。あの子にはね、この点についてはちょっと言っておいたんだよ。そしたら驚くほど深刻な顔になっちまって。口が半インチほどへの字に下がったね。そういうことなら、あの浅黒い顔の求婚者にはよくよく注意をするように言っとくところだがね。もし、もっと長くてきれいな地代帳を持った求婚者が他に現れたとしてごらん、お払い箱になるよって……」

「お婆さん、私はロチェスター様の運勢を聞きに来たわけではないのよ、私自身の運勢を聞きに来たの。でも、それについてはなんにも教えてくれてないじゃないの」

「おまえさんの運勢はまだよくわからないんだ。その顔をよく調べてみたが、一つの特徴をとっても、他のものと矛盾している。『運命』がおまえさんにいくらかの幸福を与えた、それは確かだ。今晩ここにやって来る前からそれはわかっていた。『運命』はね、おまえさんのために慎重にその幸福をすぐ横に置いてくれたんだよ。置くところをあたしは見たんだからね。手を伸ばしてそれを摑むかどうかは、おまえさん次第ということなんだ。でも、果たしておまえさんがそうするのかどうか、それが今考えている問題なんだよ。この敷物の上でもう一度ひざまずいてごらん」

「あまり長くならないようにお願いしたいわ。暖炉の火でやけどしてしまいそうよ」

私はそこにひざまずいたが、老婆は私のほうに身を屈めたりせず、ただ椅子の後ろにもたれかかり、じっと私を見つめた。そして次のようにつぶやき始めた。

「目の中に揺れ動く炎が見えている。雫のような輝きも放っている。優しくて感情に溢れた目だ。あたしがしゃべる言葉がちんぷんかんでも、その目は微笑みを投げ返すし、感受性が強いから、その透明な球体には次から次へと浮かんだ印象が映される。その目が微笑まぬときは悲しげだ。まぶたには無意識のうちにけだるさがのしかかる。それは寂しさからくる憂鬱を表しているね。今、その目はそっぽを向いた。これ以上じっと見られることに耐えられないのだね。そら、ちらっと小馬鹿にしたような眼差しを向ける。これまであたしが見つけ出したすべての真実を否定しようとしている。感受性と失意の両方を指摘されて、そんな言いがかりはまったく関係ないとね。しかし、その誇り高さと慎み深さこそ、こっちの考えの確かなことがわかるだけだ。いや、目はなかなかいい。

口はどうかな。時々笑えば喜びを表す。でも、もっぱらの役割はその頭で考えていることを伝えるためにあるよ。だけれども、心が経験したことについてはほとんど語らない。しなやかに動く口なのだから、永遠にひとりぼっちで何も語らず、きつく閉ざしていればいいわけではない。それはもっとたくさん話したり、笑ったりするべきもので、話し相手に人間的な愛情を示すべきなんだ。でも、口にもなかなかよい兆しが見える。

幸福という結末を妨害するものは何も見えないよ。ただし、その目の上の額だけは違う。それはこう宣言してしまっている。『私は一人で生きられます、自尊心が命ずるなら、環境が必要とするなら。自分の魂を売ってまで幸福を買う必要はありません。私は生まれたときからある宝をこの心の内に持っています。たとえ外からの光がまったくもたらされなくても、あるいは、とうてい支払えない代価と引き換えでなければその光がもたらされないとしても、この宝が私を生かし続けてくれます』その前頭部は次のことも主張している。『理性がしっかりと腰を据え、手綱を握っています。ですから感情が爆発して、この身が荒々しい地の裂け目へと駆けていくことはありません。確かに、真の異教徒のように激情がはなはだしく荒れ狂うことはあるでしょう。いや、実際にあります。欲望がありとあらゆる虚しい事柄を想像させることもあるでしょう。しかし、どんな主張に対しても分別が最後の一言を物申します。どんな決定であれ、分別が裁定の投票権を持っています。強風が吹きつけ、地震が襲い、火が迫り来ることもあるでしょう。それでも私は良心の命ずるまま、それを解するあの小さな静かな声の導きに従うのです』

その通りだな、その額の主張は尊敬に値するよ。私はね、これまでいろいろと計画を立ててきた。すべて正しい計画のはずで、良心の主張と理性の助言に耳を傾けてきた。幸せという名のカップがあっても、ほんのわずかでも恥辱の滓なり、悔恨の風味が伴えば、若さなんてものはすぐに消え失せ、花はすぐに枯れてしまう、そんなことはわかっている。犠牲や悲嘆や消滅など、私の望むところではなく、好みでもない。枯らすのではなく育てたい。血の涙を搾り出すのではなく、感謝というものを育みたい。いや、干からびた涙の海など、もうたくさんだ。この手に収穫するものは、微笑み、愛おしさ、優しさでなければならない。さあ、もうこれで十分だろう。なんとも素晴らしい妄想にひたり、うわ言を発している。この瞬間を永久に引き延ばせたらどんなにいいかと思うが、まあ、それはするまい。これまで私は完全に自分を制御してきたつもりだ。心の中でこう演じようと誓った、その通りに演じてきた。しかし、これ以上はもう自分を痛めつけるだけで、もう力もない。ミス・エア、立ち上がりなさい、そして出て行きなさい。『お遊びもここまで』だ」

私はどこにいたのだろう。起きていたのか、眠っていたのか。夢を見ていたのか、いや、まだ夢の中にいるのか。老婆の声が変わってしまっていた。しゃべり方も仕草も私になじみのあるものだった。鏡に映る自分の顔のように、この舌が紡ぐ言葉のように、そのすべてをよく知っていた。私は立ち上がりはしたが、出て行かなかった。ただじっと見つめた。暖炉の火をかき起こすと、再びじっと見つめる。しかし、その人は帽子と白い布をさらに顔の周りにかき寄せて、手を振りながらもう一度出て行くようにと合図した。そのようにして前に伸ばした手を、暖炉の火が照らす。手がかりを求め、覚ました目を凝らしていた私はすぐに気づいた。老齢のしなびた手ではない。私と同じようにふっくらと丸みがある手で、均整がとれたしなやかな指をしている。小指には大きな指輪が輝きを放ち、前のめりになってよく見ると、もう何度も見たことのある石だった。もう一度顔を見つめると、その顔はもう横を向かないどころか、帽子が脱げ、白い布もずり落ちて、頭があらわになっていた。

「さあ、ジェイン、私がわかるかな」よく知った声が尋ねた。

「その赤いマントをお脱ぎになってくださいませんか、そうすれば――」

「しかし、紐の結び目がからんでいるんだ、手伝ってくれ」

「引っ張ってくださいませ」

「そら、これでどうだ、『脱げ、衣装ははぎ取ってしまえ』だ」そして変装を解いたロチェスター氏が現れた。

「まあ、ご主人様、なんて奇妙な考えを持たれたのでしょう」

「しかしうまく行っただろう。そう思わないか」

「レディーの方々の前では無事に務められたようですね」

「しかし、あなたの前ではそうではなかったと」

「私のときにはジプシーの役を演じておられませんでした」

「では、何の役を演じたんだ。私自身を演じたということか」

「いいえ、何とも説明しがたい役柄でした。でも簡単に言えば、きっと私のことを引き出そうと、もしくは引き入れようと言うべきでしょうか、私にくだらないことを話させて、それでご自身もどうでもいいことばかり話されていたのです。とうていフェアな話ではありません」

「ジェイン、許しておくれ」

「もう一度よく考えてみないと何とも言えません。考え直して、それで本当にばかばかしいお遊びにお付き合いしたのでなければ、許すように努めたいと存じます。でも、正しいやり方ではありませんでしたわ」

「いやしかし、あなたは正しい態度をとったと思うがね。とても慎重だったし、思慮深かったと思うが」

思い返すと、確かに大方のところはそうだったかもしれない。そう考えれば慰めになった。実際、この面会が始まってすぐに用心はしていた。私は何か仮装らしきものを疑っていた。この見たところ老婆らしき人物が話すときの口ぶりが、ジプシーや占い師の口ぶりと違うとわかっていた。それに、声を作っていることにも気づいていたし、顔の造りをなんとかして隠そうとしているのもわかった。しかし、私の頭は終始グレイス・プールのことばかり気にかけていた。あの生ける謎、不思議の中の不思議、そんなふうに考えていた。まさかロチェスター氏だとは思いも寄らなかった。

「ほら」とロチェスター氏が声をかけた。「何を考え込んでいる。その深刻ぶった微笑みは何を表しているのか」

「驚きとともに自分を誉めているのです。そろそろ部屋に戻ってもよろしい頃かと存じますが」

「いや、もうしばらく待ちなさい。向こうの応接間にいる人たちが何をしているのか報告してほしい」

「おそらくジプシーのことを話しているのではないかと思いますが」

「いいから座りなさい、ほら座って。向こうの人たちがこの私のことを何と言っていたのか、聞いてみるとしよう」

「あまり長居するべきではないと思います。もう十一時近いはずです。あ、ロチェスター様、今朝ご出発されたあとで、どなたか見知らぬ方がお屋敷にいらしたことをご存じですか」

「見知らぬ者だと。いや、知らないが、誰だろう。誰か来る予定はないが。もう帰られたのか」

「いいえ。でもその方がおっしゃるにはご主人様とは旧知の仲だそうで、それでお戻りになられるまで勝手ながらこちらにいさせていただきたい、というようなことをおっしゃっていました」

「なんてひどいやつだ。それで名前は告げたかね」

「お名前はメイスンという方です。西インド諸島のご出身だそうです。ジャマイカのスパニッシュ・タウンではないかと思います」

ロチェスター氏は私のそばに立っていた。椅子まで案内するつもりだったのか、私の手を取って握っていた。しかし、こうした話をしている間に、その手首を摑む手がピクピクと震え始めた。口もとの笑みは凍りつき、どうやら発作か何かで息がつけなくなったようだ。

「メイスン、西インド諸島」その声は、自動人形が一音一音はっきりと発声していると思うような声だった。「メイスン、西インド諸島」彼は繰り返し、言葉を区切るようにまたもう一度繰り返した。そう言う合間にも、顔がみるみる真っ青になり、もう自分が何をしているのかもよくわからないようだった。

「お加減が悪いのですか」私はそう尋ねた。

「ジェイン、やられた。やられてしまったよ、ジェイン」彼はよろめいた。

「まあ、私に寄りかかってくださいませ」

「ジェイン、一度私に肩を貸してくれたことがあったね。今ここでもお願いしたいのだが」

「ええ、もちろん、もちろんですわ。腕にもどうぞ」

彼は座り込むと、私を隣に座らせた。両手で私の手を握ると、その手をもみながらじっと私の顔を見つめた。その表情は何かとても悩んだ暗い顔をしていた。

「私の小さな友よ」と呼びかける。「どこか静かな島であなたと二人だけでいられたらどんなにいいだろう。私の悩みも、危険も、おぞましい思い出も消えてしまえばいいのに」

「お助けいたしたく存じます、ご主人様。私はこの命をかけてご奉仕させていただきたいと思っています」

「ジェイン、助けが必要なときはあなたの手にそれを求めたい。これは約束しよう」

「ありがとうございます。でも何をすべきなのか教えてください。それだけは実行いたします」

「それではジェイン、食堂へ行ってワインを一杯とってきておくれ。おそらく皆そこで夜食をとっているだろうから。それからメイスンがそこにいるかどうか、何をしているのか伝えてくれ」

私は食堂に向かった。確かにロチェスター氏が言ったように、そこにいる人々は皆夜食をとっていた。テーブルに着いて座っていたのではなく、壁の食器台の上にすべてが並べられていた。各自で好きなものを取り、お皿やグラスを手にしていくつかの組となると、部屋のあちらこちらに散らばっていた。誰もが上機嫌で楽しそうにしていた。至るところ笑い声や話し声にあふれ、活気づいていた。メイスン氏は暖炉のそばに立ち、デント大佐と夫人に話しかけていた。他の人々と同じように至って楽しそうだった。私はワイングラスにワインを注ぐと（その間中イングラム嬢が眉をひそめながら私のことを見ていたが、きっと私が勝手に取りに来たと思っていたのだろう）、読書室に戻った。

ロチェスター氏の顔を覆っていたあの極度の蒼白の色は消え、再び厳しさといかめしさを取り戻していた。彼は私の手からグラスを受け取った。

「奉仕の精霊よ、あなたのその健康を祝して」彼はそう言った。中身を一気に飲み干すと、グラスを私に返した。「あの人たちは何をしていましたか、ジェイン」

「笑ったり、お話ししたりしていました」

「深刻そうな、何か不思議そうにしている感じはなかったかな。何かおかしな話でも聞いたとか」

「いいえ、まったく。冗談を言ったりしてとても楽しそうでした」

「メイスンはどうだった」

「やはり笑っておりました」

「もしあの人たちが全員束になってやってきて、私に唾を吐きかけたとしたらどうする、ジェイン」

「部屋から追い出しますわ、できる限りのことをして」

彼は笑いかけた。「しかし、私から出向かなければならないとしよう。するとあの人たちは私をただ冷たく見るだけだ。軽蔑したように何かこそこそと囁き合うと、立ち去り始める。一人また一人と私のもとを去っていく。さあ、どうする。あなたも彼らと一緒に立ち去りますか」

「そのようなことをするとは思えません。私は何よりも喜んでご主人様と一緒にいたいと思うでしょう」

「私を慰めるためか」

「ええ、そうです。できる限りの慰めを見出したいと思います」

「もし私に忠誠を尽くすことを、彼らによって禁じられたとしたら」

「あの方々が何を禁止しようと、おそらく私には知りようがないと思いますが、もし知ったとしても、まったく気にもかけないことでしょう」

「それでは、私のために相手を非難するつもりだというのか」

「尽くす価値があると思っている友のためなら、まったく恐れることはありません。あなたにはその価値があると信じています」

「部屋に戻りなさい。そっとメイスンのところに近寄って、耳元で伝えてほしい。ロチェスター氏が帰宅されてお会いになるつもりだとね。この部屋にお通ししなさい、そのあとは出て行くように」

「かしこまりました」

私は命令に従った。部屋にいる人々の間を突っ切って行ったので、全員が私のことをじろっと見た。私はメイスン氏を探して伝言を伝えると、先に立って部屋まで案内した。読書室に招き入れ、私は二階の部屋へと戻った。

深夜、ベッドに入ってしばらくした頃、客人たちがそれぞれの寝室に引き上げていく音が聞こえた。私にはロチェスター氏の声が聞きとれた。「メイスン、来たまえ。こっちが君の部屋だ」そう言っている声が聞こえた。

機嫌がよさそうな声だった。その明るい声に私は安心し、すぐに寝入ってしまった。

第二十章

いつもなら窓のカーテンを閉めるところを私はすっかり忘れていた。それにブラインドも下ろしていなかったので、煌々と光る満月が（その夜はよく晴れていた）ちょうど窓の外に広がる空へとやってきて覆いのない窓ガラスから私を覗き込んだとき、その神々しい眼差しが私を目覚めさせた。真夜中にふと開けられた私の目は、銀色に澄み切った真ん丸い月の姿を捉えた。それは美しく、あまりにも荘厳だった。私は半ば身を起こし、腕を伸ばしてカーテンを閉めようとした。

おお、どうしたことか、あの叫び声は。

夜の静けさと休息が、激しい、耳をつんざくばかりの甲高い声によって破られた。その声はソーンフィールドの館の端から端まで響き渡ったのである。

鼓動が止まり、心臓は動きを止めた。伸ばした腕もそのまま下ろせずにいた。叫び声は収まり、二度と聞こえなかった。というより、あの恐ろしい叫び声を上げたものが何であれ、すぐに同じ声を出すことは不可能だったに違いない。翼の巨大なアンデスのコンドルでさえ、山々の高巣を覆う雲の中からあのような叫び声を二度も続けて発することなどできそうもなかった。その声を発したものが同じ労力をかけるには休息が必要だった。

声は私の頭の上を抜けていった。三階から発せられたのだ。真上から、そう、まさにこの部屋の天井のすぐ上から、今度はうめき声が聞こえてきた。どうやら相当に苦しいのか、息も絶え絶えな叫び声が続いた。

「助けてくれ、助けてくれ、助けてくれ」声は三回繰り返された。

「誰も来ないのか」という叫び声に続き、激しくバタバタとよろめくような足音がすると、漆喰塗りの天井板を通して次のような言葉がはっきりと耳に入った。

「ロチェスター、ロチェスター、お願いだ、来てくれ」

どこかの部屋のドアが開いた。誰かが廊下を走って行く、もしくは急ぎ足で歩く音が聞こえ、頭上の床の上で新たな足音がした。何か倒れたような音がしたが、そのあとは沈黙が流れた。

私は何か羽織りはしたが、恐怖で手も足も震えていた。部屋から出ると、寝静まった屋敷では皆が目を覚ましていた。どの部屋からも大きな怒鳴り声や恐怖に怯えたひそひそ声が聞こえ、ドアが立て続けに開くとあちらこちらの部屋から顔が外を覗き、そのうち廊下は人で溢れかえった。男性も女性も皆が出てきて、「おい、どうした」「誰か怪我したのか」「何が起きたのでしょう」「明かりをとってこい」「火事が起きたのか」「強盗かしら」「どこに逃げたらよいのでしょう」と至るところから混乱の声が上がった。月明かりがある以外は完全な暗闇の中にいたからだろう、右往左往して走り回り、ひしめき合い、泣きだす者もいれば、けつまずく者もいて、大混乱は収まりそうもなかった。

「おい、ロチェスターはどこにいるんだ」デント大佐が叫んだ。「寝室にいないではないか」

「ここに、ここにいます」と大きな声が返ってきた。「皆様、どうか落ち着いてください、今行きますから」

つきあたりの廊下のドアが開き、ロチェスター氏がろうそくを持って現れた。ちょうど三階から下りてきたところだった。すぐに走り寄ってその腕をつかむ女性がいる。イングラム嬢だった。

「どんな恐ろしいことが起きたのですか」彼女は尋ねた。「話してくださいませ、最悪のことが起きたならすぐにでも知らせていただかないと」

「しかしまあ、そんなに引っぱらないでくださいよ、それとも私を窒息させるおつもりですか」と、そう答えたのは、エシュトン嬢の姉妹がしがみついてきたからだった。それに二人の未亡人も大きな白いガウンに身を包んで迫ってきたので、まるで総帆を揚げた船が押し迫るようだった。

「何でもありませんよ、本当に何でもないのです」彼は大きな声で言った。「『から騒ぎ』の下稽古をしたというだけです。ご婦人方、離れてください、さもないと私が危ない目にあわせますよ」

実際、黒い目からは火花が散り、危険なように見えた。しかし、努めて気を落ち着けると、次のように話し始めた。

「ある使用人が悪夢を見た、ただそれだけの話ですよ。彼女は興奮しやすい、神経質な人なのです。夢を見ただけなのに、それを幽霊か何だと勘違いしたようです。まずそんなところで、恐怖のあまり卒倒したわけです。さあ、皆さん、それぞれお部屋に戻っていただかないといけません。屋敷が落ち着かないと、彼女の世話ができないものでね。紳士諸君、どうぞご婦人方に手本を示していただきましょう。イングラム様、恐れるほどでもありません、こんなことにはまったく動じないお方だと信じておりますが。エイミーとルイーザ、お二人はそのままつがいの鳩(はと)よろしく、どうぞ巣にお帰りください。奥様方(と未亡人たちに向かって)、こんな寒い廊下にこれ以上留まられると、まず間違いなく風邪を召されるでしょうね」

このように説得と命令を交互に繰り返しながら、なんとか全員に再びそれぞれの住(す)み処(か)へと帰ってもらった。私は指示を待つまでもなく、外に出たときと同じく、気づかれぬうちに自分の部屋へと戻った。

しかし、私はベッドに入らなかった。それどころか着替えを始めて、念入りに身なりを整えた。あの叫び声のあとに続いた物音や話し声は、おそらく私にしか聞こえていないはずだ。それは私の部屋の真上から聞こえてきたものであり、あの声や音からすると、この屋敷中を震撼(しんかん)させたものが使用人の夢であるはずがなく、ロチェスター氏の説明は客人を落ち着かせるためにこしらえた作り事に相違なかった。とするならば、緊急事態に備えて服を着替えるに越したことはない。私は着替えたあと、長いこと窓辺に座っていた。庭の敷地はひっそりと、牧草地は銀色に光っていた。私はじっと外に目を向けたまま、何があるともわからないまま、ただ待っていた。奇妙な叫び声、うめき声、助けを求める声と続いたあと、何かが起こるに違いない、そう私は思っていた。

しかし、何も起こらなかった。すでに平静が戻っていた。かすかな人声も物音も次第に止み、一時間ほど経つと、ソーンフィールドの館は再び砂漠のような静けさに包まれた。眠りと夜による支配が復活し、月も徐々に傾きかけ、今やもう沈み行くところだった。こんな寒さと暗闇の中で、じっと座っていたくはなかった。着替えてしまったものの、このままベッドの上で横になろうと思い、窓際を離れてできるだけ音を立てずに絨毯の上を歩き、靴を脱ごうとかがみ込んだそのとき、誰かがそっと、慎重にドアを叩く音がした。

「どなたかご用ですか」私は尋ねた。

「起きているかい」思っていた声が、つまりこの屋敷の主人の声がした。

「はい」

「着替えは」

「しています」

「では、そっと静かに出てきなさい」

私は従った。廊下に明かりを手にしたロチェスター氏が立っていた。

「あなたが必要なのだ」彼は言った。「こちらに来てくれ。ゆっくりでいいから、一切音を立てないように」

私の履いているスリッパ靴は薄物だったので、絨毯敷きの床を猫のように静かに歩くことができた。彼も滑るように廊下を歩き、階段を上る。そして、あの暗く、天井の低い、運命の三階の廊下で立ち止まった。後ろをついて行った私は、彼のそばに立った。

「部屋にスポンジはあるか」と低い声で主人が尋ねる。

「はい、持っています」

「塩は、気つけ用の塩はどうだ」

「あります」

「部屋に戻って、両方取ってきなさい」

私は自分の部屋に戻り、洗面台に置いてあったスポンジと引き出しの中に入れていた塩を手に取ると、再びとって返った。主人はまだそこで待っていた。鍵を手にして、あの小さな黒いドアの並びを進むと、その一つに近づいて鍵穴に鍵を通した。一旦手を止め、再び私に尋ねる。

「血を見ても気分は悪くならないだろうね」

「大丈夫です。まだそのような経験がありませんが」

そう答えながら思わず身震いしたが、寒気は感じず、気は確かだった。

「手を出してごらん」と彼は言った。「気を失って、倒れでもしたらかなわん」

私は手を彼に預けた。「暖かい、それに震えてもいない」そう言うと、鍵を回してドアを開けた。

その部屋は確か以前に見たことがあった。フェアファックス夫人が屋敷を案内してくれたときのことで、壁にはタペストリーが掛かっていた。しかし、今はそのタペストリーの片側が巻かれていて、以前には隠されていたドアがあらわになっている。ドアは開いたままで、内側から光が外に洩れ出していた。そして中からうーと唸(うな)るような、そしてさっと飛びかかるような、まさに犬が威嚇しているような声が聞こえてきたのである。ロチェスター氏はろうそくを下に置き、「少し待っていなさい」と私に言うと、その内側の部屋へと入って行った。中に入るとすぐにけたたましい笑い声がして、最初は騒々しかったが、次第にあのグレイス・プールの「ハ、ハ」というまるでゴブリンのような笑い声へと終息した。やはりあの人がいたわけだ。主人は一言も発さずに何か取り決めごとでもしたのか、一方で低い声が彼に話しかけていた。外に出てきた主人が後ろでドアを閉める。

「ジェイン、こっちへ」そう言われ、私は大きなベッドの反対側に回り込むことになった。カーテンが引かれたこの大きなベッドは部屋のほとんどを覆い隠していたが、反対側では頭の近くに安楽椅子があり、一人の男性が腰かけていた。上着以外は服をきちんと着ていたが、じっとして動かず、頭を後ろにもたれかけたまま両目を閉じていた。ロチェスター氏が頭のほうへろうそくを掲げると、その顔は真っ青で、まるで息の根が止まったような顔はまさしくあの見知らぬ男性、メイスンだった。リネンのシャツの片側と片腕が、ほぼ血で一色に染まっている。

「ろうそくを持ってくれ」ロチェスター氏はそう言い、私は受け取った。彼は洗面台から水の入ったたらいを取ってくると、「これも持ってくれ」と言い、私は従った。彼はスポンジを手に取って水に浸すと、その死人のような顔を拭い、さらに私に気つけ塩の瓶を渡すように言うと、受け取って鼻元に持っていった。しばらくするとメイスン氏は目を開け、うめき苦しみ始めた。負傷者のシャツを開くと、腕と肩には包帯が巻かれていて、血が滴り落ちてくるのを主人はスポンジで拭い始めた。

「もうだめだろうか」メイスン氏がつぶやいた。

「何をばかな、いや、単なるひっかき傷だ。おい、そんなにへこたれるんじゃない、頑張れよ。今から医者を呼んできてやるから。これから私一人で行ってくる。だから朝にはここを移動できるだろう、おそらくな」そして彼は続ける。「ジェイン」

「はい、ご主人様」

「今から一時間ほど、いや、おそらく二時間ほど、この部屋であなたをこの紳士と二人きりにしなければならない。またこうやって血が噴き出してきたら、私がさっきやったように拭ってやりなさい。もしこの人が気を失いかけたら、あの台に置いてあるグラスの水を口に含ませ、あなたの気つけ塩を鼻のところに持っていきなさい。決して話しかけてはならない。どんな口実をもってしてもだめだ。それからリチャード、彼女に話しかけるなよ。話しかけたら命はないと思え。一度でも口を開いたら、少しでもじたばたしたら、そのあと何が起ころうと知らんからな」

　この哀れな人は再びうめき苦しみ始めた。もうまったく動くつもりはないようだ。死を恐れているのか、何を恐れているのかはわからないが、もうぐったり動けないようだった。ロチェスター氏は血まみれのスポンジを私の手に託し、私は主人が言った通りに事を進めようとした。主人は一瞬じっと見ていたが、「いいか、一切話してはならないぞ」と言うと、部屋を出ていった。鍵穴に鍵を回す音がきしみ、階段を下りていく音が消えゆく中、私は奇妙な感覚を味わっていた。

私は今、あの三階の部屋にいる。あの不思議な小部屋が立ち並ぶ一室に、言わば閉じ込められている。周りは真っ暗闇の夜だ。青白い顔をした血まみれの人が、今私の目の前にいて、この手に委ねられている。そして一人の殺人者がすぐそこにいて、しかもたった一枚のドアで隔てられているだけ、そう思うとぞっとさせられた。他のことなら耐えられたかもしれないが、あのグレイス・プールが不意に飛び出して襲いかかってくるかと思うと震えが止まらなかった。

しかし、この持ち場を離れてはならない。私はこの死人のような顔を見守り続けなければならない。開けてはならぬと言われた物言わぬ青い唇を、閉じられている目を見守らなければならない。しかし、その目は閉じているかと思うと、ふと見開いたり、あるいは部屋の中をあてどなく見渡したり、私をじっと見つめたり、そのどんよりとした目つきは恐怖さえ鈍りつつあることを物語っていた。私は何度も何度も血に染まったたらいの水に手をひたし、垂れてくる血を拭きとらなければならなかった。そしてこの仕事をする間にも、ろうそくの芯は切られることなく徐々にその光を弱め、私はただそれを見守っているしかなかった。影は徐々に周囲の古風な刺繡柄のタペストリーを覆い尽くし、古めかしい大きなベッドを囲むカーテンの下でさらに暗さを増すと、向かい側の大きなキャビネットに並ぶ扉の上で奇妙に震えた。キャビネットの前面には十二枚の羽目板が並び、気味の悪い意匠が凝らされ、一枚一枚の板が額ぶちのように取り囲む形で、その中に十二使徒の頭部が並んでいた。また、それらを見下ろすようにてっぺんには黒檀の十字架と磔のキリストが据えられていた。

移りゆく影とゆらめく光があちこちで漂い、光り、それに応じて、あご髭をはやした医者のルカが眉をひそめるのが見え、またこちらではヨハネの長い髪が揺れたかと思うと、今度は悪魔のようなユダの顔が羽目板から伸びてきて、それが生気を得だすと、大反逆者たるサタン自身が臣下の姿を借りて迫ってきた。

こうした最中にも、私は目を凝らすだけでなく耳も傾けなければならなかった。あの奥の脇の小部屋にいるけだものだか、悪魔だか、その動きを探って耳をそばだてている必要があった。しかし、ロチェスター氏があの部屋に入って以来、どうやら呪文にでもかけられたのか、その夜はたった三回の音、しかもかなり長い間を置いて聞こえてきただけだった。最初に足音がきしむ音がして、その後一瞬、犬がうなるような声がまた新たに聞こえたあとは、人間らしき低いうなり声が聞こえただけだった。

すると今度は自分であれこれ考えて不安が駆り立てられた。一体何の罪が犯されたのだろう。この閑静な屋敷の中で、生きる化身のように住みつき、それでいて主人が排除することも鎮静化させることもできない犯罪とは何だろうか。最初は火事、今度は流血騒ぎと、真夜中に立て続けに起きたこの不可思議な事件は一体何だろう。そしてあれは一体何者か。至って普通の女性の顔と姿をしながら、その隠れ蓑の下、あざ笑う悪魔のような声を出したかと思えば、腐肉を食らう猛禽のような声を発する、あの人は一体何なのか。

そしてまた、私が介抱するこの人もいる。ありふれた静かな訪問者なのに、張りめぐらされた恐怖の巣にどのようにからめ捕られたのか。また、なぜあの復讐の女神は彼に向かって飛びかかったのか。そしてなぜこの人は、ベッドで眠り込んでいるはずの夜も更けた時間に、屋敷のこんな一画を訪れたのだろうか。ロチェスター氏は彼に下の部屋をあてがっていたではないか。なぜこの部屋に来ることになったのだろう。それに、こんなひどい暴行だか謀反だかの目に遭いながら、なぜ今この人はおとなしくしている。ロチェスター氏に黙っているようにと強く言われ、何も言わずにそれに従ったのはなぜか。そもそもロチェスター氏はなぜ秘密を強いたのだろうか。この屋敷の客人が暴行を受け、しかもこの前にはなんとも恐ろしい方法で自分の命さえ狙われていた。それなのに、いずれの企ても秘密裏にもみ消そうと、闇に葬り去ろうとしている。そして最後に一つ、メイスン氏は明らかにロチェスター氏の支配下に置かれている。ロチェスター氏の激しい意志のもと、メイスン氏の鈍重さはその下に完全に屈している。二人の間にとり交わされた言葉をほんの少し聞いただけで、それが私にははっきりとわかる。先の会話からして、一方の受動的な性質が、これまで絶えずもう一方の能動的な力のもとにあったことも明らかだ。しかし、それではなぜメイスン氏が到着したと聞いたときに、ロチェスター氏はあんなに愕然としてうろたえたのか。こんなに従順な人なのに、彼のたった一言でこんなに子どものようにおとなしくさせられる相手なのに、数時間前にこの人の名前を聞いたとき、それだけでオークの木に落雷が落ちたような衝撃をくらったのはなぜだろう。

ああ、あのときの目つきと蒼白の顔が忘れられない。「ジェイン、やられた。やられてしまったよ、ジェイン」と小さな声で囁き、私の肩にかけた手が震えていた。あんなふうにフェアファックス・ロチェスターの強い意志の力を打ち負かし、力強い肉体まで震え上がらせるとは、ただ事であるはずがない。

「いつになったら、いつになったら戻ってきてくださるのかしら」私は心の中で叫んでいた。夜は一向に去らず、停滞していた。流血した私の患者はうなだれ、うめき、ぐったりしていた。それなのに太陽の光もなんの助けもやって来なかった。私は何度もメイスンの真っ青な口もとに水を持っていき、何度も気つけ塩を嗅がせたが、その努力も役に立たないように思えた。痛みのせいか、もしくは精神的に苦しいのか、あるいは血を失ったせいか、それともこれら三つがすべて組み合わさったせいかもしれない、彼の体力も急速に尽きようとしていた。あまりに何度もうめき、弱々しくうわごとを言っては気を失ったような状態が続くので、もう死んでしまうかもしれないと思った。それなのに、私は彼に話しかけることすらできなかった。

ろうそくの芯もついに尽き、火が消えた。その火が消えるとき、カーテンの端々に灰色の光の筋が入り込むのが見てとれた。夜明けが近づいていた。しばらくすると、はるか遠くの下のほうからパイロットの吠える声が聞こえてきた。遠い中庭の犬小屋から聞こえている。ということは、いくぶん期待を持ち直してもよかった。実際、期待は裏切られなかった。五分ほど過ぎたあたりで、鍵を回すきしむ音と錠前が開いた音が聞こえ、これで私もこの寝ずの番から解放されるとわかった。二時間以上もかからなかったはずだが、これまでの何週間のほうが短く感じられた。

ロチェスター氏が部屋に入ってくると、呼びに行った医者も一緒についてきた。

「さあ、カーター、機敏にやれ」彼は医者に向かって言った。「三十分しか時間はやれん。傷の手当てをして、包帯で固定して、さらにこの患者を下まで連れて行くんだ、全部含めて三十分だぞ」

「しかし、動かしても大丈夫でしょうか」

「もちろん大丈夫だ、たいしたことはない。びくびくしているだけだから元気づけてやれば大丈夫だ。さあ、仕事にとりかかってくれ」

ロチェスター氏は分厚いカーテンを開け放ち、オランダ布のブラインドを引き上げて、できる限り日の光を取り込もうとした。外がこんなにも明るくなり始めているのを見て、私は驚くと同時に元気づけられた。射しかかる光線が東の空をバラ色に輝かせ始めていた。医者は早速手当てを始め、ロチェスター氏はメイスンに近づいた。

「さあ、君、気分はどうだい」

「もうだめだよ、彼女にやられたよ」とかすかな声で返事が返ってきた。

「そんなことはないだろう、元気を出さんか。二週間もすればけろっとしているはずだ。ほんのちょっと血が出ただけのことだろう。カーター、もう危険はないと言ってやってくれ」

「それは私もいいほうに請け合えますがね」と、巻かれていた包帯をすでに外し終えていたカーターは言った。「ただもっと早く到着していたらよかったとは思います。こんなに血が出てしまってはね。おや、これはどうした。この肩の傷、切り傷というより肉が引きちぎられていますよ。これはナイフで刺されたんじゃない。あ、ここに歯型があるじゃありませんか」

「噛まれたんですよ」彼はつぶやいた。「あの女、虎みたいに食いついて離さなかった。ロチェスターがナイフを取り上げた瞬間にな」

「あそこでやられちゃだめだろう、すぐに摑みかからんと」とロチェスター氏は言う。

「でもあんな状況で何ができた」とメイスンは言い返した。「ああ、なんて恐ろしかった」と震えながら言う。「あんなことが起きるとは思いもしなかった。だって最初はとてもおとなしく見えたんだ」

「言っておいただろう」友人は答える。「そばに近づくときは警戒を怠るなと。それにな、明日まで待って私と一緒に行けばよかったんだ。今晩、それも一人で会おうとするなんて無謀だ」

「少しは役に立とうと思って」

「思った、思ったと、いつもそういう言い草ばかりだ、聞いているといい加減いらいらしてくるぞ。しかしそうやって痛がって、私の忠告を聞かなかったばかりに十二分苦しんだことだろう。だからこれ以上は言わないでおこう。カーター、急げ、急がんといかん。もうすぐ日が昇るぞ、そうしたらこいつをここから出さないといかん」

「今すぐにも終わります。肩の包帯を巻き直したところです。ただ、腕のこちらの傷も診ないといけませんね。どうやらこちらも嚙みつかれたようですな」

「血を吸いやがったんだ。あいつ、心臓まで飲み干してやると言ってたんだ」とメイスンが言った。

私にはロチェスター氏が震えているのがわかった。明らかに表情を変え、嫌悪、恐怖、憎しみが入り混じった異様な顔つきは歪まんばかりだったが、こう言い添えただけだった。

「さあ、そろそろ黙れよ、リチャード。彼女の訳のわからない言葉など気にするな、もう何も言うんじゃない」

「しかし、忘れられないんだ、どうやったら忘れられる」と相手は答える。

「この国を出たら忘れられるさ。スパニッシュ・タウンに戻ったら、彼女はもう死んじまって墓の下にいると思ったらいいだろう。それか、もうまったく考えないことだ、その必要もないだろう」

「今夜のことをどう忘れると言うんだ、無理に決まってる」

「無理なことはないさ。おい、元気を出せって。二時間前までは、自分は完全にあの世行きだと思っていたわけだろう、ところがどうだ、今はぴんぴんしてしゃべっているじゃないか。ほら、カーターの介抱も終わったぞ、少なくとももう終わるところだ。すぐにまともな格好にしてやろうじゃないか。ジェイン」(この部屋に帰ってきて初めて私に顔を向けた)「この鍵を持って、下の私の部屋に行きなさい。そのまま化粧室に入って、洋服の引き出しの一番上から新しいシャツとネッカチーフを取り出して持ってきてほしい。素早くな」

私は部屋を出ていった。彼が言った引き出しを探し出し、言われた通りの物を見つけだすとすぐに戻った。

「よし、これから服を着替えさせるから、その間ベッドの反対側に行っててくれ」と彼は言った。「でも部屋は出て行くな、また助けを借りるかもしれん」

私は指示された通りに下がった。

「ジェイン、下に行ったとき誰か起きた様子はあったかね」と、しばらくして主人が尋ねた。

「いいえ、下はとても静かでした」

「おい、ディック、屋敷を静かに出て行ってもらうからな。そのほうが君のためだ。あの向こうにいる哀れなやつのためにもな。長い間なんとか表に出さずにやってきたんだ、今さら明るみになっても困る。ほら、カーター、ベストを着させるのを手伝ってくれ。あの毛皮の外套はどこにやった。あれがないと君は一マイルも旅ができないんだ、忌々しいほど寒いこの国ではな。君の部屋にあるのか。ジェイン、メイスン氏の部屋に走ってくれ、私の隣の部屋だ。そこで外套を見たら取ってきてくれ」

私はもう一度走っていき、裏地も裾も毛皮で覆われた大きなマントを抱えて戻ってきた。

「よし、またもう一つ頼みがある」と、疲れを知らない主人は続ける。「また私の部屋に行ってもらおう。ジェイン、ビロードの靴を履いているとはなんとありがたい、こんな一大事にどた靴の輩(やから)じゃ使い走りは務まらんからな。鏡台の真ん中の引き出しを開けるんだ、そうしたら小さな薬瓶とグラスがある。その二つを取ってきてくれ。急ぐんだ」

私は急いで部屋に行き、それらの容器を持ってきた。

「よくやった、これでよし。カーター、勝手ながら私の独断で、今からこの薬を私の手で飲ませてやる。ローマで手に入れた強壮剤だ。あるイタリア人のいんちき医者から手に入れたが、カーターなら相手にもしないようなやつだ。見境なく服用してはならんが、時には役立つものでね。例えば、まさに今のようなときだ。ジェイン、少し水をくれ」

小さなグラスを差し出され、私は洗面台に置いてあった水差しからグラスの半分ほどまで注いだ。

「それぐらいでいいだろう。それからこの薬瓶の口を湿らせてくれ」

私は言われた通りにした。彼は深紅色の液体を十二滴垂らすと、メイスンに渡した。

「さあ飲め、リチャード。これで一時間かそこらは、その弱っちまった心臓も元気になるさ」

「しかし、これは危ないいんじゃないか。腫れて痛み出すんじゃないか」

「飲むんだ。さあ飲め、飲め」

メイスン氏は従った。抵抗しても無駄なことは明らかだった。着替え終えたメイスン氏はまだ青白い顔をしていたものの、もうその服が血に染まることはなかった。液体を飲み干すと、ロチェスター氏はそのまま三分間座らせていたが、そのあと腕を取った。

「もう立ち上がれるはずだが」彼は言った。「やってみろ」すると患者は立ち上がった。

「カーター、もう片方の肩を下から支えてくれんか。リチャード、力を出してくれよ。さあ、足を踏み出すんだ。よし、それでいいぞ」

「確かに少し気分がよくなった気がするよ」メイスン氏はそう言った。

「そりゃそうだろう。よし、ジェイン、私たちの先回りをして、急ぎ足で裏階段まで行ってくれ。横の通路にある扉のかんぬきを開けるんだ。そして外で待っている駅馬車の御者に伝えてくれ。裏庭にいるはずだ、いや、裏庭の外かもしれん。石畳の上で車輪をガタガタ鳴らすんじゃないと言っておいたからな。準備はできたと伝えるんだ。私たちは後からすぐ出て行く。それからもう一つ、ジェイン、もし誰かを見かけたら階段の下で咳払いして知らせてくれ」

この頃、すでに時刻は五時三十分になっていた。太陽は今にも昇りそうだったが、台所はまだ暗くてひっそりしていた。横の通路の扉には確かにかんぬきがかかり、私はできるだけ音をたてずにその扉を開けた。裏庭も静まり返っていた。しかし、門が大きく開け放たれたところに駅馬車が待ち、馬の用意が整い、御者も外側の御者台に座って待っていた。私は近寄り、紳士方がやってくるところだと伝えると彼はうなずいた。そのまま慎重に辺りを見回し、耳をそばだててみた。早朝の静けさはあたり一帯を眠りに包み、どの使用人の部屋の窓もまだカーテンが閉まっている。小鳥が白い花を咲かせた木々の上でちょうどさえずり始めていた。裏庭の横手にあるその果樹園の木々は枝をしならせ、まるで花輪のように園を取り囲む塀の上を縁取っている。時折、締め切った厩舎の中で馬が足を踏み鳴らす音が聞こえた。

そうした音を除けば、まったくの静けさに包まれていた。

男性たちが外に出てきた。ロチェスター氏と医者に支えられたメイスンの足取りはずいぶん軽くなったように見えた。二人は彼が馬車に乗り込む手助けをし、カーターが続けて乗り込んだ。

「こいつの世話を頼んだ」ロチェスター氏が医者に伝える。「十分に回復するまでは、君の家に泊まらせてほしい。一日二日経ったら、様子を見に馬で駆けつけるつもりだ。リチャード、気分はどうだ」

「新鮮な空気で生き返った気分だよ、フェアファックス」

「リチャードが座る側の窓は開けておいてくれないか、カーター。風も吹いてないしな。ではまたな、ディック」

「フェアファックス」

「なんだ、どうした」

「彼女の世話をお願いするよ。どうかできるだけ優しく扱ってほしい、どうか――」そう言って言葉につまると、彼はわっと涙を流し始めた。

「できるだけのことはする。これまでもそうしてきたし、これからだってそうするさ」それが返事だった。主人が扉を閉めると、馬車は去っていった。

「しかし、いつの日か、こんなことがすべて終わることを願うばかりだ」ロチェスター氏はそう言いながら重い裏庭の門を閉め、かんぬきをかけた。

そうして彼はゆっくりとした足取りで歩き出し、どこかぼんやりとしながら果樹園を囲む塀の扉に向かって歩き始めた。これで用は終わったものと思った私は屋敷に戻ろうとしていたが、その時またしても「ジェイン」と呼び止める声が聞こえた。扉を開けた主人がその場に立ち、私を待っていた。

「ちょっとこっちで新鮮な空気でも吸わないか、少しの間だけだ」主人はそう言った。「あの屋敷は地下牢みたいなもんだろう、そう思わないか」

「私には素晴らしいお屋敷のように思えます」

「世間知らずの目には魅力ばかり映り込むものだ」彼は答えた。「しかも魔法にかかった目で見ているものだから、金ぴかが実は泥まみれで、絹のドレープが蜘蛛(くも)の巣で出来ていることにも気づかない。大理石などくすんだ石板に過ぎず、磨かれた木材だって木片の屑か鱗状の樹皮の寄せ集めだ。しかしここにあるものは(と、私たちが今入ってきた果樹園の木々を指さした)、すべてが本物で、美しく、清らかだ」

彼は小道をゆったりと歩き始めた。片側にはツゲの木、林檎(りんご)、梨、桜の木が並び、その反対側は昔ながらのあらゆる花々や苗木が一杯に植えられた花壇があり、ヒゲナデシコ、プリムラ、パンジー、またそれらに交じって、キダチヨモギ、スイートブライアなど様々な香(かぐわ)しい草花も植えられていた。ここのところ四月らしい雨と光が降り注ぎ、そのあとでの今日の美しい春の朝とあって、すべてがこの上なく瑞々しく見えた。太陽はちょうど東の空をまだらに染め始め、その光は朝露に濡れる花咲く木々を照らし、その下にある静かな小道にも光を注いだ。

「ジェイン、花はいかが」

咲きかけのバラの花を一輪摘み取ると、私に手渡した。灌木(かんぼく)の中で一番に咲いた花だった。

「ありがとうございます」

「今日の日の出はどうだ、ジェイン。今は天高く雲がふわふわと浮かんでいるが、あんな空も日が昇って暖かくなれば消えてなくなるだろうね。そしてこの清々(すがすが)しく、穏やかな空気だ、気に入ったかい」

「はい、とても」

「ジェイン、奇妙な一晩を過ごしたね」

「はい」

「そのせいでまだ青白い顔をしている。メイスンと二人きりにして怖かっただろうか」

「あの奥の部屋の人が出てくると思うと怖かったです」

「しかし、ドアには鍵をかけておいたし、鍵もポケットに収めておいた。一匹の子羊を、このかわいい子羊を、あんな狼(おおかみ)の住む洞穴の近くに無防備のまま放っておくとしたら、私はあまりにも不注意な羊飼いではないか。あなたは安全だったんだよ」

「ご主人様、グレイス・プールはまだこちらに住み続けるのでしょうか」

「ああ、それはそうだ。しかし、彼女のことは気にするな、頭の中から忘れてしまって大丈夫だ」

「でも、あの人がここにいる限り、ご主人様のお命が危ないように思いますが」

「心配するな、自分のことは自分で気をつける」

「昨晩おわかりになった危険、これはもう起こらないのですか」

「それはメイスンがイギリスを去るまでは何とも言えない。いや、去っても変わらないかもしれない。ジェイン、この私にとって生きることは、噴火口の地盤に立っているようなものなのだ。いずれひび割れて、火を噴き出すかもしれない」

「でも、メイスン氏はいとも簡単に人の言いなりになる方とお見受けしています。ご主人様の影響力は明らかに大きいです。あの方が抵抗したり、故意に襲いかかるようなことはないのではありませんか」

「ああ、それはもちろんだ。メイスンが私に向かって反抗することはない、ということは私を傷つけることもない。しかし、本人の意図しないところで、例えばたった一つの不注意な発言のせいで、たちまち私の命とまでは言わないにしろ、私の幸せを永久に奪ってしまう可能性はあるのだ」

「それでは、あの方に用心するようにおっしゃってください。ご自分が心配していることをはっきりと知らせ、そうした危険が起こらないようにどうすべきか伝えればいいのです」

彼は鼻先で笑い、急に私の手を取ったかと思うと、すぐに振りほどいた。

「それができるものなら、危険などどこにもないはずだ、おばかさんだね。それが可能なら、一瞬のうちに危険など消えてなくなる。もうメイスンと知り合ってだいぶ経つが、これまではあいつに『何々をやれ』と言えば、もうそれだけで万事、事は足りていたんだ。しかし、この件についてはそうした命令ができないのだよ。『リチャード、私を傷つけるな、注意しろ』とは言えないんだ。まず私を傷つけることが可能であるなど決して知らせてはいけない。今のまま知らないほうがいい。どうもよくわからないという顔をしているね。もっとわからなくさせてあげよう。あなたは私の小さな友だからね、そうだな」

「ご主人様には尽くすつもりでいます。正しいことであるならばそのすべてに従います」

「その通りだ、それは私もわかっている。私の役に立ち、私を喜ばせようとしているときのあなたの歩き方にも態度にも、目にも顔にも、純粋な満足感が漂っている。私のために尽くし、私と一緒に働いているときのあなたはまさにそうだ。あなたらしい言い方だが、その『正しいことならすべて』をしているときは特にそうだ。もしあなたが間違っていると思うことを私が命じたとしよう。そうしたらあんなに軽い足取りで走ったり、てきぱきと手際よく動いたりしないだろうね。目もきらきらさせず、顔色にも輝きはないだろう。私の友はきっと青白い顔を静かに私に向け、こう言うはずだ。『いいえ、ご主人様、それはできません。間違っていることですからできません』とね。そして、不変なる恒星のごとく、決してその姿勢を崩さないんだ。ほらね、あなただって私に大きな力を及ぼすことができる、だから私を傷つけることだってあるかもしれないよ。しかし、私のどこに急所があるのかは教えないことにしよう。たとえ忠実なる友であっても、私をあっという間に串刺しにしてしまうかもしれないからね」

「私など恐れるに足りぬ人間ですし、それと同じようにメイスン氏のことも恐れる必要がなければ、まったく安全でいらっしゃいます」

「願わくはそうあってほしいものだが。さあ、ジェイン、四阿に着いたぞ、ここに座ろうか」

そこは塀の中に造られたアーチ形の四阿で、ツタが縁取るように垂れていた。中には丸木の腰掛けがこしらえてあり、ロチェスター氏はそこに座り、かつ私のために少し場所を空けた。しかし、私は彼の前に立ち尽くした。

「座りなさい」彼は言った。「二人座ってもまだ余裕があるほど長いベンチなんだ。私の隣に座るのが気に入らないというわけか、そんなことはないだろう。それとも間違っているか、ジェイン」

私はその席に着くことで、主人に答える代わりとした。断りの弁を述べるのも意味がないように思えた。

「さあ、私の小さな友よ、太陽が朝露を飲み込むこの時に、この古い庭の花々たちが一斉に目を覚まし、背伸びをしているこの時に、そして鳥が小さな子らのために麦畑から朝食を調達し、早起きの蜂が最初の一仕事に取りかかるこの時に、一つあなたに話をしようと思う。しかし、自分のことだと思って聞いてもらわなければならない。が、まず私のことを見てくれ、そして今のあなたがくつろいだ気分でいるかどうか教えてほしい。ここにあなたを引き留め、間違ったことをしたとは思いたくない。あなたにも、ここいるのが間違いだと思ってほしくないしね」

「いえ、大丈夫です、私はここにいて満足です」

「そうか、そうしたらジェイン、想像力の助けを借りるのだ。あなたはもはやきちんとした躾のもとで育てられた少女ではない。あなたは子どものときから甘やかされた、実にやんちゃな少年だ。はるか遠くの外国で暮らしているとしよう。そしてそこで大変な過ちを犯したと想像してほしい。どんな性質のものであれ、どんな動機に基づくものであれ、その過ちによってもたらされた結果が、その後のあなたの人生にずっと付きまとい、あなたの暮らしに汚点を残し続けている。いいか、犯罪だとは言ってないからな。血を流したり、そういった何か罪深い行為のことを話しているわけではない。そうした話なら、それを犯した者は法の責めを負わなければならない。私が用いている言葉は過ちだ。自分が犯した過ちがもたらした結果に、そのうちあなたはまったく耐えられなくなる。そして救いの手を求めようと、ある処置を講じるのだ。変わった策ではあるが、違法ではなく、罪として咎められるわけでもない。それなのに、やはりみじめな思いが続く。それは人生がまさにこれからというときに、希望に先立たれてしまったからだ。あなたにとっては真昼の太陽でさえ日食のせいで暗い陰に入ったまま、しかもそれは日が沈むまでずっと続くことになりそうなのだ。苦々しく、さもしい思い出だけが唯一の記憶の糧として残る。そして、あなたはあちこちさまよい続けるのだ。放浪に安息を求め、快楽に幸せを求めるようになる。つまり、心の通わない肉感的な快楽だ。知性は鈍り、感情は貶められる。そして疲れ切った心と萎え切った魂を抱え、何年と続いたこの自発的な放浪の旅から故郷に帰ってくるのだ。すると新しい人に出会った。どこで、どのようにして知り合ったかはどうでもいい。あなたはこの新しい人に、自分がそれまで二十年間探し続け、ついぞ巡り合わなかった明るくて善なる性質をたくさん見つけるのだ。しかも、一つの汚れも曇りもなく、すべてが瑞々しく、健康的だ。そうした付き合いはあなたを生き返らせ、再生させる。よりよき日々が再び戻ってくるように感じ、より高き望みと、より純粋な感覚が蘇ってくる。そして人生を改めてやり直したいと思うのだ。自分に残された日々を、この不滅の魂を抱えた身にふさわしき方法で生きてみたいとも思い始める。が、この目的に達するために、慣習という障害を飛び越えることが果たして認められるのだろうか。慣習とは因習による障壁に過ぎず、自分の良心が正当化したこともなければ、判断力が是認したこともない、そのようなものではないか」

彼は答えを求め、しばらく黙っていた。が、この私はどう答えればいいのか。ああ、どこかのよき精霊が、満足の行く賢明な返答を提示してくれないだろうか。しかし、それはただの虚しい高望みである。なぜなら確かに西風は周囲のツタに何事かを囁きかけているが、優しきエアリエルの精はその息遣いを言葉という手段に用いないからだ。木の上では鳥たちも鳴いている。しかし、歌声がどんなに美しく聞こえようとも、何を言っているのかはわからない。

ロチェスター氏が再び質問を投げかける。

「罪深きさすらい人が今は安息を求め、悔悛している。新たに出会った優しくて、親切で、慈悲深き人をいつまでも自分の手元に置こうとし、またそうして心の安らぎと人生の再生を確保しようと、そのためにあえて世間の考えに立ち向かうのは正しいことなのだろうか」

「ご主人様」私は答えようとした。「さすらい人の休息と罪人の改心を、私たち同胞の身に頼ってはならないと思います。人間は皆いつか死にます。賢人の知恵もクリスチャンの善意も揺るぎなきものではありません。もし苦しんだ末に過ちを犯された方がいるのなら、その方が改心の力と癒しの慰めを得るには、自分と同等ではなく、それより高き存在を見なければなりません」

「しかし、私たちは道具でもある、道具なんだ。神の御業(みわざ)によって私たちは道具として定められている。私自身が持っているそれは、つまり、たとえ話はもうやめよう。私はこれまで俗な道楽にふけり、一所に落ち着くことができなかった人間だ、それが自身のための癒しの道具を見つけたと信じている、それは――」

ここでふと黙り込んだ。鳥たちは鳴き続け、木々はかすかにざわめいている。この歌声と囁き声を少し抑えてくれないものだろうか。一旦中断されたこの打ち明け話を耳にとめようとしてくれないか。しかし、そのつもりなら何分も待たなければならなかった。それくらい長いこと沈黙が続いた。とうとう私は、このなかなか話さない相手の顔を見上げた。すると、彼は熱心に私を見つめている。

「小さな友よ」と言った彼の声はがらりと変わっていた。顔つきも変わり、その優しさも真剣さも消えてしまい、代わりに辛辣さと厳しさが増した顔になっていた。「あなたは気づいたはずだ、イングラム嬢に対する私の想いを。彼女と結婚すれば、きっと徹底的に私を更生させてくれるに違いない、そう思わないか」

　彼は急に立ち上がり、小道の反対の端のほうまで歩いていった。また戻ってきたときには何やら鼻歌を口ずさんでいた。

「ジェイン、ジェイン」私の前で立ち止まり、声をかけた。「寝ずの番のせいで本当に青白い顔をしているよ。あなたのお休みの時間を邪魔したと、私を恨んだりしていないだろうな」

「恨むですか。とんでもありません」

「その言葉が確かな印として握手をお願いしよう。いや、なんと冷たい指だ。昨夜、あの奇妙なことが起こった部屋の前でこの手を握ったが、そのときはまだ温かかった。ジェイン、またいつ私とともに寝ずの番をしてくれる」

「いつでも、お役にたてるときがあれば」

「例えば、私が結婚する前の晩だな。きっと眠れないぞ。だから私に付き添って一緒に起きていてくれないだろうか。私の愛する人のことも、あなたになら話せると思うのだ。もうあなたはあの人のことを知っているし、見たこともあるのだから」

「はい」

「あの人は類まれな人だな、ジェイン」

「はい」

「たいそう大きな人だ、本当にどっしりとしているだろう、ジェイン。背が高く、褐色の肌をして、なかなか肉付きもいい。カルタゴのご婦人方がきっとそうだったような黒々とした髪をしてね。おや、しまった、デントとリンが馬小屋にいるではないか。いいか、あの小さな扉から出て行くんだ。灌木のそばを通り抜けて屋敷の中に入りなさい」

私は出て行ったが、主人はそれとはまた違う方向に向かった。そして裏庭で元気よく叫んでいるのが聞こえた。

「今朝はメイスンが誰よりも先に起きたぞ。もう日が昇る前に出て行ったんだ。見送るために四時に起こされたもんでね」

第二十一章

悪い予感というものは本当に奇妙である。共感や予兆も同じように奇妙なもので、これら三つは合わせて人類がいまだに解決できない一つの謎としてある。私はこうした予感を一度も笑い飛ばしたことがない。というのも、これまで自分自身がたびたび奇妙な経験を経てきたからである。共感についても、それは存在すると考えている(例えば、遠方にいて長いこと帰郷せず、まったく疎遠になった親戚同士がいるとして、彼らがそれぞれの起源を追跡したときに、どんなに離れていてもその母体は一つであると感じられるときがそうである)。そして、その作用は人間の理解を超えたところにあると考えている。予兆に関してもよくはわかっていないが、もしかしたらそれはただ「自然」が人間に示す共感の一つであるのかもしれないと思ったりもする。

私がまだ幼くて六歳のときのことである。ある晩、乳母のベッシー・リーヴンが小さな子どもの夢を見たと言ってマーサ・アボットに話をしていた。彼女が言うには、子どもの夢を見たということは、自分の身もしくは自分の親族の身に、必ず何か災難が起こる予兆なのだという。こうした言い伝えは、もしその直後に起きた一件がなければ、私の記憶から徐々に消えたのかもしれないが、その出来事のせいで拭い去ることのできない記憶として残った。翌日、ベッシーは妹の臨終を看取るために実家に帰った。

この言い伝えと出来事を、私はこの頃たびたび思い起こすようになっていた。一週間もの間、夜は必ず幼児の夢とともに私の寝床にやってきた。私はその赤ん坊を腕に抱えてあやしたり、膝の上でぽんぽんと遊ばせたり、あるいは、その子がひな菊を手にして芝生の上で遊ぶのを見守ったり、小川に手をパチャパチャと浸して遊んでいるのを見ていたりした。ある晩は泣いている子どもの夢を見たかと思えば、次の晩には笑っている子が現れた。私のそばにくっついて寄り添っているかと思えば、駆けて行ってしまうこともあった。いずれにせよ、その幻の子どもの気分や様子がどうであれ、私が眠りの地に足を踏み入れるとすぐに目の前に現れ、それも七日間連続で、一晩たりとも私に会いに来ない夜はなかった。

このように一つの幻が繰り返され、ある一つのイメージが何度も奇妙に現れてくるのは、どうもいいことには思えない。寝る時間が近づくと、あの幻影の時が迫りくると思って私は落ちつかなくなった。あの月明かりの夜に例の叫び声を聞いたときも、私はまさにこの幻の赤ん坊と一緒にいたところを起こされた。そして、その翌日の午後、フェアファックス夫人の部屋で私を待っている人がいるという知らせを受けたのである。呼び出されて下りて行き、部屋に入ると、一人の男が私に会いに来ていた。ある紳士階級の使用人という出で立ちだったが、正式な喪服を着ていた。また、手に持っていた帽子には喪章の布が巻かれていた。

「きっと覚えていらっしゃらないと思うのですが」彼は私が入るとすぐに立ち上がって言った。「リーヴンと申します。八、九年ほど前でしょうか、お嬢様がゲイツヘッドにいらっしゃったとき、リード夫人の屋敷で御者を務めていた者です。まだお屋敷に住まわせていただいております」

「まあ、ロバートじゃないの。元気でしたか。もちろんよく覚えているわ。ジョージアナ様の鹿毛のポニーに、時々乗せてくれましたね。それで、ベッシーは元気かしら。ベッシーと結婚したのでしょう」

「はい、そうです。お陰様で妻はとても元気にしています。二か月ほど前にも、また小さいのが生まれまして、これで三人目です。母子ともにすこぶる元気にやっております」

「お屋敷の皆さんはお元気でしょうか、ロバート」

「それが、あまりいいお知らせをご報告できませんで。特に今は極めて悪い状況です。大変なご不幸がありまして」

「まさか誰か亡くなったのかしら」と、彼の喪服をちらっと見遣って尋ねた。彼も下を向き、手にしている帽子の喪章を見ながら答えた。

「ご子息のジョン様がお亡くなりになりました。昨日で一週間です。ロンドンのご自身の住まいで亡くなられました」

「ジョン様ですって」

「そうです」

「彼のお母様はどうしていらっしゃるの、とても耐え難いことでしょうに」

「まあ、何と言いましょうか、ご不幸といっても並みのものではありませんで。エアさん、ジョン様は大変荒れた生活を送っておられました。最後の三年間は妙な方向に溺れてしまいまして、亡くなり方も大変おぞましいものでした」

「ベッシーからあまりよい生活をされていないとは聞いていましたけれど」

「あまりよくないどころか、あれ以上ひどい生活もなかったと思います。まったくひどい男や女たちに囲まれて、それで体もぼろぼろにされた上に財産もつぎ込んで、借金を作った挙句に監獄入りでした。お母様が二回も助けて差し上げたのですが、晴れて自由の身になると、すぐに以前のお仲間のところに戻ってしまって、また同じことにはまるんです。あまり頭のお強い方ではありませんでしたから、一緒にいた悪党たちにずいぶんとかつがれてしまったようで、それはもうとんでもない有様でした。三週間ほど前のことですが、ゲイツヘッドにいらっしゃいまして、奥様にすべて譲ってほしいとねだられたのですが、奥様は断りました。ジョン様が長いこと散々に浪費されたせいで、奥様の持てるものもこれまでにかなり減っておりました。それでロンドンにお戻りになったのです。次に届いた知らせがお亡くなりになったというものでした。どのようにお亡くなりになったのか、それは神のみぞ知ることではありますが、自殺されたという噂もあります」

そんな恐ろしい知らせに私はただ黙っていた。ロバート・リーヴンは再び話し始める。

「奥様ご自身もずっと体調が優れずにおりました。恰幅はずいぶんとよろしかったのですが、体のほうはあまりお強くありませんで。その上、財産を失って困窮を恐れるあまり、徐々に体を壊されました。ジョン様の訃報と事の次第に関する知らせは、あまりに急に訪れました。それで発作を起こされまして、三日間まったく話もできない状態でおられました。それが、先週の火曜日になりますが、少しよくなられたのか、何かおっしゃりたいようなご様子でいらして、妻に何度も身振りをしては何かつぶやいておられるのです。しかし、ベッシーが聴き取ることができましたのはようやく昨日の朝のことでした。それであなたの名前を口にされたとわかったのです。いくつか言葉も聴き取れました。『ジェインをここに。ジェイン・エアを連れて来てちょうだい。話をしたい』と。ベッシーとしましては、奥様が正気なのか、まじめに事をおっしゃっているのかもよくわかりませんでしたが、イライザ様とジョージアナ様にお伝えし、あなたを呼び寄せられたほうがいいのではと申し上げたのです。お嬢様たちはとやかくおっしゃいまして最初は取り合わなかったのですが、お母様のご様子が日に日に落ち着かなくなり、『ジェイン、ジェイン』と何度もおっしゃいますので、ついにはご承諾されました。それで昨日のうちに私はゲイツヘッドを発ったのです。いかがでしょう、もしご準備ができるようでしたら、明日の朝早くにもお連れしたく思っております」

「わかりました、ロバート、すぐに準備しましょう。行かなければならないことのようですから」

「私どももそう思っております。ベッシーはお嬢様なら必ずいらっしゃると言っていました。しかし、ご出発の前にお暇を乞う必要がありますか」

「ええ、これからお願いに行ってみましょう」ロバートには使用人の大部屋までの行き方を教え、そこでジョンの妻の世話になるように、またジョン自身も親切に対応してくれるだろうと伝えると、私自身はロチェスター氏を探しに出て行った。

主人は一階の部屋には見当たらず、裏庭にも、厩舎にも、外の敷地にもいなかった。フェアファックス夫人に主人を見かけたかと尋ねると、見かけましたよという返事で、おそらくイングラム様とビリヤードをしていらっしゃいます、という答えだった。私はビリヤード室に急いだ。部屋からは玉を打つ音が鳴り響き、人声も聞こえてきた。ロチェスター氏、イングラム嬢、エシュトン嬢姉妹とそのお取り巻きの紳士方が部屋にいて、全員がゲームに打ち興じていた。これほど楽しそうな人たちの邪魔をしなければならないと思うと、それなりの勇気が要ったが、こちらも一刻の猶予もならない用事で来たのですぐに主人のもとへと近づいた。主人はイングラム嬢のそばに立っていた。近寄っていくとまずイングラム嬢が振り向き、いかにも偉そうな態度で私のことを見つめた。その目は「こんなに嫌らしい人が一体何の用があるのよ」とでも言っているようで、私が低い声で「ロチェスター様」と呼びかけると、下がりなさいとでも言いたげなそぶりをした。そのときの彼女の衣装を私はよく覚えている。とても優美で目を引く姿をしていた。空色をしたちりめん織のモーニングドレスを着て、同じく青い紗（しゃ）のスカーフを髪に編み込んでいた。ゲームに熱中して興奮し、自尊心が刺激されても、目鼻立ちに浮かぶ傲慢（ごうまん）さは崩れなかった。

「あの人、あなたにご用があるのではなくて」と彼女はロチェスター氏に尋ねた。するとロチェスター氏は「あの人」が誰を指すのかと振り返った。その顔が奇妙に歪む。例のよくわからない不思議な表情の一つだった。しかし、手にしていた突き棒を放り投げると、私の後をついて部屋を出て行った。

「何だね、ジェイン」主人は勉強部屋のドアを閉めると、ドアに背中をもたせかけて尋ねた。

「ご主人様、恐れ入りますが、お許しをいただけたら一、二週間の休暇をいただきたく思います」

「何のためだ、どこに行くのか」

「あるご病気のご婦人を訪問するためです。私に遣いをよこしているのです」

「ご病気のご婦人だと。一体誰だ、どこに住んでいる者だ」

「――州のゲイツヘッドです」

「――州だと、百マイルも離れているではないか。そんな遠くまで人に会いに来させるご婦人とは、どこの誰だ」

「名字はリードです、リード夫人です」

「ゲイツヘッドのリード、そう言えばゲイツヘッドにはリード家がいたな、判事をしていたと思うが」

「その方の未亡人です」

「それであなたと何の関係があるのだ。どうして夫人のことを知っている」

「リード氏は私の伯父です、母方の伯父になります」

「なんてこった、なぜこれまで私に言わなかったのだ。いつも身寄りはないと言っていたではないか」

「実の家族は一人もおりません。リード氏は亡くなっていますし、夫人は私を家から追い出しました」

「それはなぜだ」

「それは私にお金がなく、重荷でしかなかったからです。それに夫人は私を嫌っていました」

「しかし、リードには子どもがいただろう、ということは従兄弟がいるはずだ。そういえば昨日サー・ジョージ・リンが話していたな、ゲイツヘッドのリード家の息子のことを。彼によると、ロンドン一のならず者に数えられているらしい。それにイングラムも、ゲイツヘッドのジョージアナ・リードのことを話していたと思う。何でも美人で、一、二年前のロンドンの社交界の時期に、ずいぶんともてはやされたらしい」

「ジョン・リードは亡くなっています。完全に落ちぶれ、家族もほぼ道連れにしたようなものです。自殺したと聞いています。その知らせが母親には大変なショックで、卒中を引き起こして倒れたのです」

「それで、あなたが何の役に立てるというのか。何を言っているんだ、ジェイン。年老いたご婦人に会いに、はるばる百マイルの道のりを行くなんて、私には考えられないね。それも駆けつけたところで、おそらく着いたときには死んじまっているよ。そもそも、その人には捨てられたんだろう」

「それはそうですが、でももう昔の話です。それに暮らし向きが今とまったく異なっていましたから、今の夫人の願いを聞き入れずにいては心が休まりません」

「どのくらい向こうにいるつもりだ」

「できるだけ短い期間にとどめます」

「一週間だけとしなさい、それならば――」

「そのお約束は致しかねます。それでは破らざるを得ないかもしれませんから」

「いずれにしろ、あなたは帰ってくるだろうな。どんな口実があって説得されようが、夫人の屋敷に永住するようなことはないと言えるかね」

「そんなこと、もちろんありません。不都合がなくなり次第、こちらに戻ります」

「それで、誰がお供するのか。まさか百マイルを一人で旅するわけではないだろう」

「はい、御者がよこされています」

「その人は信頼できるのだろうね」

「はい、お屋敷で十年勤めています」

ロチェスター氏はしばらく考えていた。「いつ出発を考えている」

「明日の朝早くに発ちたいと思います」

「それでは、いくらか金が必要だ。金がなければ旅行などできないぞ。いくらも持っていないだろう、まだ給料を渡してないからな。いくら手元に持っている、ジェイン」彼は笑みを浮かべながらそう尋ねた。

私は財布から取り出してみたものの、中身は乏しかった。「五シリングです」すると主人は財布を手に取り、私の蓄えを全部手のひらに空けたが、あまりの軽さに驚いたのか、くすくす笑い始めた。すぐに自分の札入れを取り出すと、「さあ」と言って紙幣を一枚手渡した。額は五十ポンドだった。しかし、未払い分は十五ポンドのはずなので、お釣りは持っていないと伝えた。

「釣りはいらない、わかってるだろう。あなたの給料だ、受け取りなさい」

自分の取り分以上を受け取ることはできないと丁重に辞退した。最初は顔をしかめた主人だったが、何かを思い出したように次のように言った。

「わかった、わかった、今のところ全部は渡さないでおこう。おそらく五十ポンドも手にしたら三か月は帰ってこないだろうからな。十ポンドでどうだ、これで十分だろう」

「ええ、でも、それでは私に五ポンドの借りを作られることになりますが」

「では、そのために戻ってきなさい。私はあなたの銀行だ、あなたの四十ポンドがここに預けられているというわけさ」

「ロチェスター様、せっかくの機会ですので、仕事に関する件で別のことをお話ししてもよろしいでしょうか」

「仕事に関する件だと。それは興味深いね」

「ご主人様はもうすぐご結婚されるとか。そう私にお知らせくださったと受け止めてよろしいでしょうか」

「そうだ、それがどうした」

「そういうことでしたら、アデールは学校に遣らなくてはなりません。その必要があることはもちろんおわかりと思いますが」

「花嫁の目につかないようにするためか。でないとあの子を思いきり踏んづけかねないからな。その提案には一理ある、確かにその通りだ。アデールは学校に遣らなければならん、あなたが言った通りに。ということは、もちろんあなたも、さあどうなるか。一文無しへとまっしぐらか」

「そのようなことは望んでおりませんが、でもどこか他の勤め口を探さなくてはなりません」

「そりゃそうだろうな」と叫んだ声は鼻にかかったような声で、またそう言いながら歪めた顔は奇妙にも滑稽にも見えた。彼は少しの間私を見つめていた。

「それで、どこかの口を探すために、その老リード夫人か、もしくは娘たちの誰かにお願いするというわけだな」

「いいえ、彼らに頼みごとをして認めてもらえるとは思えません。親戚とはそのような関係ではありませんから。でも、自分で広告を出すつもりです」

「エジプトのピラミッドでも歩いて登るつもりか」主人はうなるように言った。「まったく、自分勝手に広告を出すとはな。十ポンドどころか、一ポンドだけくれてやればよかった。ジェイン、九ポンド返しなさい。使う用がある」

「私だって使う用があります」そう言い返し、財布を持った両手を後ろに隠した。「何があってもこのお金は渡せません」

「けちなやつ、私の無心を拒む気か」彼は言った。「ジェイン、では五ポンドよこしなさい」

「五シリングでも渡しません、五ペンスでもだめです」

「せめてその金を見せなさい」

「いいえ、信用なりませんから」

「ジェイン」

「はい」

「一つだけ約束してくれ」

「実行できると思えば何でもお約束します」

「広告は出してはならない。この求職の件は一切私に任せるように。そのうちどこか勤め口を探してあげよう」

「喜んでおっしゃる通りに。でも、今度はご主人様がお約束してくださらなければなりません。あなたの花嫁がこのお屋敷に上がっていらっしゃる前に、アデールも私も二人とも、ここを無事に出て行けるように手配してくださいませ」

「いいだろう、いいだろう、それは誓って約束する。では、明日には出発すると言ったな」

「はい、明朝に発ちます」

「今日の夕食のあと、応接間に下りてくるか」

「いいえ、明日の旅の準備をしなければなりません」

「それでは、あなたと私はこれでしばらくお別れだね」

「そう思います」

「それで、別れの儀式というのは通常どのようなものかね、ジェイン。教えてくれないか、あまり心得ていないものでね」

「普通、『さようなら』と言います。他の言い方もありますが、人それぞれです」

「では、言ってみなさい」

「さようなら、ロチェスター様、今しばらくの間ですが」

「私は何と言うべきか」

「よろしければ同じで結構です」

「さようなら、ミス・エア、今しばらくの間。それだけか」

「はい」

「私の考えでは、それはずいぶんけちなやり方だ。あっさりとしすぎて、なんだか薄情じゃないか。他の方法がいいと思うが。その儀礼に少し付け足してみよう。例えば、握手をするとしよう、そうしたら、いや、やめておこう。これでも満足できそうもない。それでは、『さようなら』と言う以外にすることはないのだな、ジェイン」

「十分だと思います。心のこもる言葉であれば、一言であろうと、言葉を重ねようと、よき思いというものは伝わりますから」

「それはそうだ。しかし空っぽで冷たい。『さようなら』か」

「一体いつまでドアに寄りかかっているつもりかしら」私は心の中で思った。「荷造りを始めたいところなのに」正餐を告げるベルが鳴った。と、彼は何も言わずに急に飛び出して行った。もうその日のうちに会うことはなかった。翌朝、彼が起き出す前に私は出発した。

ゲイツヘッドの門番小屋に到着したのは五月一日の午後、およそ五時のことだった。私は屋敷に上がる前にまずここに立ち寄った。一歩中に入ると、とても清潔で小ぎれいに整えられていた。装飾用の窓には小さな白いカーテンが掛けられ、床にはしみ一つない。暖炉の火格子も火かき棒もぴかぴかに磨かれ、火もあかあかと燃えていた。ベッシーは炉辺に座り、生まれたばかりの赤ん坊をあやしていた。兄のロバートとその妹が部屋の隅で静かに遊んでいた。

「まあ、なんてこと、きっと来てくださると思ってましたよ」と、入るなりリーヴン夫人は叫んだ。

「ええ、来たわよ、ベッシー」私は彼女にキスをしてからそう言った。「来るのが遅すぎたのでなければいいけど。リード夫人はどう。まだ大丈夫よね」

「はい、まだ生きていらっしゃいますよ。それに前よりも意識がはっきりされて、落ち着いていらっしゃいます。医者によると、あと一、二週間は持ちこたえるだろうとのことですが、まずもって回復される見込みはないとのことです」

「その後、私の名前を口にしたかしら」

「口にされたのは今朝だけですが、やはり来てもらえないだろうかと言っていました。でも今は眠っていらっしゃいます。少なくとも十分前に私がお屋敷にいたときはそうでした。大体いつも午後は昏々と眠っていらして、六時か七時頃に目を覚まされます。ですから、一時間ほどここでお休みなさってはどうでしょう。そのあと、ご一緒にお屋敷に参りましょう」

ここでロバートが部屋に入って来たので、ベッシーは寝ている赤ん坊を揺りかごに置き、夫を迎えに駆け出して行った。そのあとは私のところに来て、さあボンネットを脱いで、お茶を飲んでいらしてください、お顔の色が悪くて疲れているようですからと勧めるので、喜んでそのもてなしを受け入れた。そして、為されるがまま旅行着を脱がすのを任せ、子どもの頃そうしてよく服を脱がせてもらったように、私はただじっとしていた。

ベッシーがせわしなく動いている様子を見ると、急に昔のことが心に思い浮かんだ。お茶を用意したお盆に上等な陶器を揃え、バター付きパンを切って用意し、ティーケーキを温めてくれる。その合間にも、時々小さなロバートとジェインを叩いたり、小突いたりする様子に、かつて私も同じようにされたことを思い出した。どうやらベッシーの怒りっぽさはまだ健在のようで、その軽い足取りも元気な表情も変わらなかった。

お茶の用意ができたのでテーブルに近づこうとすると、そのまま座っているようにと言われ、その有無を言わせぬ調子もまったく変わっていなかった。暖炉のそばで召し上がっていただきますと言うと、紅茶のカップとトーストのお皿が載った丸い小さなティースタンドを私の前に置いた。その様子も、かつて私を子ども部屋の椅子に座らせ、どこからか密かに失敬してきた美味しそうなお菓子を私のために用意してくれた様子とまったく変わらなかった。私も微笑みながら、かつての日々と同じようにそのまま従った。

ベッシーは、私がソーンフィールドの館で幸せにやっているかどうか知りたがった。女主人はどのような方かと尋ねるので、ご当主しかいらっしゃらないと伝えると、その紳士はいい方なのか、気に入っているのかと尋ねられた。見た目は実に悪いが、れっきとした紳士で、親切にもてなしてくださるので満足している、と私は答えた。ここのところ陽気なお仲間たちがお屋敷に滞在しているという話も続け、彼らの様子を事細かに説明した。ベッシーは楽しそうに聞いていた。こうした話はまさに彼女が好きな話だった。

こうした会話を続けていると、一時間はあっという間だった。ベッシーはまたボンネットなどを返してきたので、彼女に付き添ってもらって小屋を出ると、屋敷に向かった。今から九年近く前、まさに今上っているこの道を、やはりベッシーに付き添ってもらいながら私は下ったのだ。一月のまだ暗い朝だった。靄が立ち込め、底冷えがする寒さだった。憎しみに覆われた屋敷を、打ちひしがれ、苦々しく惨めな思いを抱えながら後にした。まるで反逆者の烙印(らくいん)を押されたような、いや、神にも見捨てられたような気持ちだった。そしてあの冷え切ったローウッドに、はるか彼方の未踏の地に、避難所を求め、向かおうとしていた。今再び、あの憎しみに覆われた屋敷が目の前に立つ。私の将来はまだおぼろげで、心もまだ苦しんでいる。依然としてこの地をさまよい歩いている感覚はある。しかし、今の私ははるかに自分を信用でき、自身の力に揺るぎない信頼を置いていた。虐げられることを恐れてひるむことも少なくなっていた。ひどい仕打ちに大きく開いてしまった傷口もだいぶ癒され、憤怒の炎も消えていた。

「まず居間にお連れします」玄関ホールを抜け、先に立ったベッシーはそう言った。「お嬢様たちがお待ちですから」

次の瞬間、私はその部屋の中にいた。置いてある家具のどれを取っても、私が初めてブロックルハースト氏に紹介された日の朝とまるっきり同じに見えた。彼が立っていた敷物もまだ炉辺にそのまま置かれていた。本棚をちらっと見ると、ビューイックの『英国鳥類図誌』の二巻本が三番目の棚の同じところにあり、『ガリバー旅行記』と『アラビアン・ナイト』がちょうどその上に並べられているのが見てとれるように思えた。生きていない物にはどれも変化がなく、しかし生きているものに関しては見る影もなく変容していた。

二人の若い女性が目の前にいた。一人はとても背が高く、イングラム嬢とほぼ変わらない背の高さだった。しかもとても痩せていて、顔色も悪く、立ち姿は厳格そのものだった。外見から感じられる禁欲的な性格は、まっすぐに下りたスカートや、極めて質素な黒の毛織物のドレス、糊の利いたリネンの襟、こめかみからひっつめた髪、修道女のような黒い数珠と十字架の首飾りによっていっそう引き立てられているように思えた。この女性がイライザであることは間違いなかった。しかし、その面長の青白い顔に、かつての彼女の面影をたどることはできそうもない。

もう一人がジョージアナであることも間違いなかったが、私の記憶にあるジョージアナ、十一歳のほっそりと妖精のような少女は消えていた。ここにいる女性は丸々と肥えた豊満な娘で、蠟人形のように色が白く、美しく均整のとれた顔立ちと物憂げな青い目をして、巻き毛にした髪は濃い黄色だった。彼女が着ているドレスの色も黒かったが、そのスタイルは姉のものとはまったく異なり、体に沿って流れるようなドレスだったので、姉の衣装がよりピューリタン的な厳格さを増すと同時に、妹の衣装がまるで流行り物に見えた。

姉妹のどちらにも母親の特徴が一つずつ見てとれた。それぞれきっちりと一つずつで、まず、顔色の冴えない痩せぎすの姉には、ケアンゴーム[*15]のような黒い目が受け継がれていた。豊かに肥えた花盛りの妹は、あごの輪郭が母親譲りだった。おそらく少しぼやけてしまっているものの、そのあごの形が顔全体にあの何とも形容しがたい非情さをもたらし、これがなければただ丸々と肉感的に見えたはずだ。

前に進み出ると、二人とも立ち上がって私を迎え、「エアさん」と呼びかけた。イライザが挨拶をしたときの声は短く、ぶっきらぼうで、にこりともしなかった。すぐにまた座り直し、暖炉をじっと見つめると、もはや私の存在を忘れてしまったかのようだった。ジョージアナは「お元気でしたか」という挨拶に続けて、旅路や天候などについて月並みな言及をしたが、言い方がいささか間延びしたような調子で、しかもその間、上目やら横目やらを遣って、私の頭から足元までをちらちら見ては評価しようとした。私はくすんだ茶色いメリノの長外套を着ていたが、そのしわを観察していたかと思うと、今度は田舎風のボンネット帽の質素な飾りにしばらく目を留めたりした。若いご婦人は、「おかしな野暮ったい人」がいると思うと、実際にその言葉を口にせずとも、うまいこと相手に知らせることができてしまう。小ばかにした目つき、冷ややかな態度、無関心を装った声などはそのときの感情を十分に表現する。したがって、言葉や行為によって積極的に無礼を働かずとも、明らかに伝わるものである。

しかし、隠れて嘲られようが、公然と侮辱されようが、もはや侮蔑がかつての力を私に及ぼすことはない。二人の従姉の間に座り、一人が私を徹底的に無視し、一人が私を気にしながらも半分は嫌味な目つきで見ていようとも、自分がまったく居心地の悪さを感じないのに我ながら驚いた。イライザが私に悔しい思いをさせたり、ジョージアナが私の気持ちを逆撫ですることはなかった。つまりは、私にはもっと他に考えるべきことがあったのである。この数か月の間、彼らによって引き起こされる感情などよりはるかに強く揺さぶられる感情が、私の内にかき立てられていた。彼ら二人の力がどんな苦痛を負わせるものであろうと、その力がどんな喜びをもたらそうと、はるかに鋭い痛みが、はるかに甘美な喜びが、すでに私の中で引き起こされていた。だからこそ、彼らの気取った態度など、良くも悪くも関係がなかったのである。

「リード夫人のご様子はいかがでしょう」しばらくして、私は静かにジョージアナを見つめながらそう尋ねた。すると、この直接の呼びかけを思ってもみない無礼な態度と思ったのか、頭をぐいと持ち上げ、今にも怒りだしそうな構えになった。

「リード夫人ですって。ああ、お母様のことを言っているの。具合はとても悪いわ。今晩会えるかわからないわよ」

「今から二階に上がって、私がこちらに来たことを伝えていただけたらありがたいですが」

ジョージアナは思わず腰を浮かせそうになり、青い目を大きく見開いた。「私に会いたがっていらっしゃると聞いてます」私は付け加えた。「その願いに応じるには、無理な事情でもない限り、これ以上長引かせるわけにはいきません」

「お母様は夕刻に起こされるのがお嫌いよ」イライザが言った。私はすぐに立ち上がった。招かれてもいないが、ボンネットと手袋を静かに脱ぎ捨てた。そして、これからちょっとベッシーのところに行ってきます、おそらく台所にいるはずで、夫人が今晩私を受け入れる用意ができているかどうか、彼女に確かめてもらいますから、と言った。私は出て行き、ベッシーを見つけるとすぐに私の使いで夫人の部屋に行ってもらい、そしてさらなる手段をとった。これまでは横柄な態度に出られると、どうしても怯(ひる)んでしまう癖があった。今日もまたそのような態度に遭い、これが一年前であれば、翌朝にもゲイツヘッドを出て行くと心に決めていただろう。しかし今日は、そんなことは愚かなだけとすぐに理解できた。私は自分の伯母に会うためにはるばる百マイルも旅してきた。快復するのか、亡くなるのかわからないが、いずれにせよ、そのときまでは何としてでもここに留まっていなくてはならない。娘たちの高慢と愚かしさについては脇に放り、関わらないことである。そこで、私は屋敷の家政婦長に話をした。どこかの部屋に案内してもらうようお願いし、おそらく一、二週間、ここでお世話になると伝えると、トランクを部屋まで持って行ってもらい、その後をついて行った。その時、階段の踊り場でベッシーに会った。

「奥様はお目覚めです」彼女はそう言った。「こちらにいらしていることを伝えておきました。どうぞこちらへ、あなたを見ておわかりか見てみましょう」

あのよく知った部屋に案内されるまでもない。かつて何度も呼び出されては、鞭で叩かれ、叱責を受けた部屋である。私はベッシーより先に急いだ。ドアをそっと開けてみると、外が暗くなるのに合わせ、笠をかぶったランプがテーブルに置いてあるのが見える。大きな四柱式のベッドと琥珀色のカーテンが昔と変わらずにあった。化粧台、肘掛け椅子、足載せ台もある。こうしたもののそばで、かつて私は何度もひざまずくように言われ、やってもいない罪の赦しを乞うよう言い渡された。すぐ近くの部屋の隅も覗いてみる。昔そこに潜んでいたのは、今か今かと小鬼のように飛び出すのを待ち構えたあの恐るべき小枝の鞭で、私の震える手のひらとすくめる首元を打ちのめした。もしかしたらその細長い姿を見つけられるかと半ば期待して覗き込んだのである。その後、私はベッドに近づいた。カーテンを開き、高く積み上げられた枕の上にかがみ込む。

リード夫人の顔は忘れようがなかった。私はしきりにあのときの面影を追い求めようとしていた。が、時が復讐の渇望を抑え、怒りと嫌悪にはやる気持ちを静めてくれるのはなんとも幸せである。私がこの人のもとを去ったとき、怒りと憎しみのただ中にいた。今再び戻って引き起こされる感情は、この人が抱える大変な苦しみへのある種の同情と、あのすべての仕打ちを忘れ去り、赦したいという衝動、そして和解して仲良く手を取り合いたいという強い気持ちだった。

よく知った顔が目の前にある。相変わらず厳格で冷徹な顔。和らぐことを知らないあの奇妙な目、尊大で独断的なつり上がった眉毛。憎しみと脅威に満ちた顔が、一体何度私に迫ったことだろう。この厳しい顔立ちをたどれば、子どもの頃の恐怖と悲しみの思い出がどうしても蘇る。しかし、私は身を屈め、この顔にキスをした。彼女が私の顔を見つめた。

「ジェイン・エアかね」

「そうです。リード伯母様、ご気分はいかがですか」

かつて二度と伯母とは呼ばないと心に誓ったことがあった。今、その誓いを忘れ、破ったところで罪にもならないだろう。私の指はシーツの外に横たわる手を握っていた。もしこの手が優しく握り返してくれたなら、その瞬間、私は本当の喜びを手にしたことだろう。が、何事にも動じない性格がすぐに和らぐはずもない。根っからの嫌悪感がそうたやすく消えるはずもない。リード夫人は手を抜き取ると、私から顔をそむけるようにして、今日は暑い夜だと言った。そして再び冷たい目で私を見た。そのとき、彼女の私に対する思いや気持ちが何ら変わらず、今後もそれは変わりようがないことをすぐに悟った。この石の目は優しさを通さず、涙にも溶けない。この目を見れば、私のことを最後まで悪い子だと、そう考え続ける気なのだとわかった。なぜなら、私を善人と信じてみたところで、彼女に寛容の喜びが訪れるはずもなく、それはむしろ屈辱でしかないからである。

私は苦しみを覚え、激しい怒りを感じた。そしてある決心をした。私はこの人の上に立たなければならない。この人の性格や意志がどのようなものであろうと、それに打ち勝たなければならない。あの頃と同じように、もう目には涙がこぼれていた。しかし、涙に引き返すよう命じると、私はベッドの頭に椅子を引き寄せて座り込み、枕元にかがみ込んだ。

「私をお呼びになりましたね」そう話し始めた。「それでこちらに伺いました。ご様子がわかるまで、しばらくここに留まりたいと思います」

「ああ、それは構わない。娘たちに会ったかい」

「ええ」

「じゃあ、おまえに話したいことがあるんで泊まってもらうから、あの子たちにもそう伝えておくれ。気にかかることがあってね。でも今夜はもう遅いし、なかなか思い出せそうもないよ。でも何か言いたいことがあったんだ、何だったかな――」

目が虚ろにさまよい、話しぶりも変わっていた。これだけでも、かつての屈強な体がどれほど痩せ衰えてしまったかわかった。夫人は落ち着かない様子で横を向くと、毛布を引き寄せようとした。が、その掛け布の隅に私が肘をついていた。毛布はびくとも動かない。と、夫人はすぐに苛立った。

「ちゃんと座りなさい」彼女は言った。「何をしているの、じっと毛布をつかまないで。おまえはジェイン・エアなの」

「ジェイン・エアです」

「あの子にはね、もう本当に、信じられないくらい困りきっているんだよ。この手に託されたとはいえ、本当に煩わしい子。それに、毎日毎日、何度も厄介なことばかり引き起こしてね。あの性格はとうてい理解できないし、急に怒りだすかと思えば、いやにいつも人の動きを観察しているみたいだし。一度なんかね、気が触れたんじゃないかと思うような口のきき方をしてきたんだから、本当だよ。あれは悪魔の仕業だと思った。だって、他の子どもは決してあんなふうな話し方もしないし、あんな顔つきもしないからね。この家を追い出して本当によかった。ローウッドでは何をしてくれたんだろうね。熱病が流行ってたくさんの生徒が死んだらしいけど、あの子は死ななかったんだ。けれども、私は死んだと言ったんだ。ああ、死んでくれたらよかったのに」

「それは少々変わった望みですね、リード夫人。なぜそんなにその子がお嫌いなのですか」

「あの子の母親がいつも気に食わなかった。主人のたった一人の妹でね、とてもかわいがっていたんだよ。その妹が身分の低い結婚を選んだとき、一族が縁を切ろうとするのに主人は反対したんだ。その後、彼女が死んだという知らせが来ると、もう本当にばかみたいに泣きじゃくって、それで赤ん坊まで引き取る始末だしね。私はね、乳母に渡して養育費を払うのがいいって、そう何度もお願いしたんだ。私はその子を初めて目にしたときから嫌いだった。弱々しくて、しょっちゅうぐずったり、泣き出したりするんだ。揺りかごの中にいても一晩中声を上げて泣くし。それにね、普通の子どもみたいに元気よく泣き叫ぶんじゃない、哀れな声で泣いたり、うめいたりしてさ。主人はいつもかわいそうに思ってね、よく自分であやしたり、まるで自分の子のように目をかけてやってたよ。うちの子どもたちにもなんとか仲良くさせようとしたんだ、あんな貧乏人の子にだよ。私のかわいい子たちもあの子には我慢ができなくなった。でも、嫌いなそぶりを示すと、主人が叱りつけるんだ。病気で亡くなる前、あの子を何度も枕元に呼び寄せ、それで亡くなるほんの一時間前には、あの子を養うことを私に誓わせたんだ。そんな義務を負うぐらいなら、まだ救貧院から出てきた貧民の小僧を預かるほうがましだよ。でもね、あの人はもう弱かったんだよ、本当に生まれつき弱い人でね。ジョンが全然父親に似ていなくて、私はほっとしているよ。ジョンは私に似ている、それから私の兄弟にも似ている。やっぱり、ギブソン家の人間だね。ああ、あんな無心の手紙など送ってきて、もうこれ以上私を苦しませないでほしいよ。もう渡すお金などないんだから。ああ、どんどん貧乏になっていくよ。使用人の半分は辞めさせないといけないし、屋敷の一部も閉めないといけない、それか一部を人に貸し出すかだ。それだけは御免だよ、でもどうやったら暮らしていけると言うんだい。収入の三分の二は抵当の利子を払って終わりだ。ジョンはひどいギャンブル漬けだし、いつも負けてばかりだ。なんてかわいそうな子だろう、詐欺に引っかかっちまった。ジョンも落ちぶれて、もうだめかもしれない。あの子はなんて恐ろしい顔をしているのだろう。今度来ても、もう顔は合わせられないよ」

夫人がだいぶ興奮してきたので、私はベッドの反対側に立っていたベッシーに声をかけた。

「もうこのあたりで出て行ったほうがいいみたいね」

「おそらくそのほうがいいと思いますが、夜になるとこんなふうに話し始めることはよくあります。朝になれば、落ち着きますから」

私は立ち上がった。「待ちなさい」リード夫人が叫んだ。「もう一つ言いたいことがある。あの子がね、私を脅してくるんだよ。死んでやると言っていつも脅すんだ、それか、私が死ぬかもしれないと言ってね。時々夢まで見るんだよ、あの子が柩に横たわって、のどに大きな切り傷があって、顔が腫れ上がって真っ黒なんだ。おかしなことになりそうだ、本当に困ったことが起きているんだ。どうしたらいいだろう。どうやったらお金を工面できるだろう」

ベッシーは鎮静剤を飲ませようと、夫人に声をかけ始めた。なんとかして一服飲ませると、しばらくして落ち着きを取り戻し始めた。そしてうたたねを始め、眠り込んでいくようだった。私はここで部屋を後にした。

再び夫人と何らかの会話ができるようになるまで、十日以上かかった。何かうわごとを言い続けるか、昏々と眠り続けるかのどちらかで、医者は何か苦しませたり興奮させてはならないと強く言い渡していた。当面、私はジョージアナとイライザとできるだけうまくやっていくしかなかった。最初のうち、二人の態度はやはりとても冷たかった。イライザは一日の半分を座って過ごし、縫い物や読書や手紙を書いたり、私にも妹にも一言も声をかけなかった。ジョージアナはペットのカナリアに向かってぺちゃくちゃおしゃべりを続け、私のことなど気にも留めなかった。しかし、私も何の仕事も娯楽もなくて困っているなどと思われないように、持ってきた絵の道具を引っ張り出すと、これがどちらにも役立った。

　鉛筆箱と数枚の紙を用意すると、私はいつも二人と離れたところに座った。窓のそばに席を取ると、早速ヴィネット[*16]のスケッチを描くことに精を出した。それは絶えず移りゆく変幻自在の想像力の中から、その瞬間、ふと形になって現れた場面を写し取るもので、例えば二つの岩の間からのぞく海の絵や、昇りゆく月とその面（おもて）を通過する船の絵などだった。アシとショウブの群生と、その中から水の精ナーイアスの頭部が蓮（はす）の花冠をまとって現れる姿もある。サンザシの花輪の下にあるイワヒバリの巣と、その中に座る小さな妖精の絵もあった。

　ある朝、私は顔のスケッチを描くことに取り組んだ。どんな顔になるのかはわからず、別に気にもかけなかった。柔らかい黒鉛筆の先を太めに削ると、一気に描き始めた。ほどなくして紙の上には、広く出っ張った額と、あご周りの四角い輪郭が描き出された。その外形がかなり満足のいく出来で、私の指はせっせと細部を埋める作業に取りかかった。まず、この額の下には、力強くてまっすぐな眉毛が描かれなければならない。そのあとはごく自然に鼻を際立たせ、すっとした鼻筋と丸い小鼻を描く。次は口元、まるでしなやかに動くように、しかし細めに描いてはならない。そして力強いあごには、その真ん中にはっきりと切れ込みを入れる。それからもちろん、黒い頰ひげを少々、黒髪も少々、特にこめかみの部分はふさふさと、そして額の上で波打たせる。さあ、今度は目の番だ。目を最後まで残していたのは、細心の注意が必要だからだ。まず二つの目を大きく描く。なかなかいい形になった。まつ毛は長めに、もの憂げに、瞳は大きく、光らせて。「これでよしと、でも今一つ、なんだか違うわ」私は全体の出来栄えを眺めながらそう感じていた。「気力や迫力にまったく欠けている」影をより濃くして、光がぱっと明るく見えるようにした。仕上げに一つ、二つ満足のいく筆を入れれば、成功は確実だった。さあ、ここに友の顔を見ることができる。あのご令嬢たちが私に背を向けようと、一体何の意味があるだろう。私はこれを見つめ、その生き写しの顔に向かって微笑みかけた。もう夢中で、幸せだった。

「誰かお知り合いの方の肖像画かしら」と、イライザが尋ねた。そばに近寄ってきていたのに、まったく気づかなかった。単なる想像上の顔です、と答えると、急いで他の紙の下に入れて隠した。もちろん私は嘘をついたわけで、実際はロチェスター氏の顔をとても忠実に再現したものだった。しかし、それが彼女に、というより、私以外の誰に関係があるのか。ジョージアナも絵を見ようと近づいていた。他の絵はとても気に入ったようだが、あの絵に関しては「醜男（ぶおとこ）ね」と言っただけだった。二人とも私の腕前には驚いたようで、私は二人の肖像画を描くことを提案した。そこで細筆で下書きするために、順番に一人ずつ座ってもらった。そのあと、ジョージアナが自分の画帳を持ってきたので、そこに一枚水彩画を提供しようと約束すると、たちまち彼女の機嫌がよくなり、敷地内を散歩しないかと誘ってきた。外出して二時間が経とうとした頃には、私たちはもう秘密の話を熱心に話し込んでいた。ジョージアナは二年前の社交界期、ロンドンでどんなに素晴らしい冬を過ごしたか、詳細を聞かせてくれた。人々から賞賛を浴びて注目されたこと、求愛された相手がとある爵位を持つ人物であることもほのめかし、さらにその内容は、午後、夕方と時が進むにつれて次第につまびらかになり、なんとも甘い会話が再現され、感傷的な場面が目の前で繰り広げられるに至った。つまり彼女はその日、上流社会の生活が描かれた小説をまるまる一冊分、私のために即興で披露してくれたわけだ。話の内容は日ごとに更新され、彼女自身のこと、彼女の恋人たちのこと、その悲しき顚末についてと、話題はいつも同じものが続いた。母親の病気や兄の死、あるいは今の一家の暗澹たる将来について、ただの一言も触れなかったのは実に奇妙だった。彼女の頭の中は、派手に楽しんだ過去の思い出と、またいつか贅沢三昧の暮らしが送れる期待だけですでに一杯のようだった。母親の病室では毎日五分ほど過ごし、ただのそれっきりだった。

イライザはいまだにほとんど話をしなかった。見ていると、おしゃべりをする時間も取れないようだった。彼女ほど忙しそうにしている人も見たことがなかったが、では一体何をしているのかと問われると、説明することは難しかった。というより、その熱心な働きぶりの成果がどこにあるのか説明しがたかった。彼女は朝早く起きるために目覚まし時計を用い、朝食の前に何をしていたのかわからないが、そのあとはいつも自分の時間をきっちりと分割し、各時間に一つの仕事を割り当てていた。まず一日に三回、小さな本を熱心に読みふけるのだが、よく見るとそれは祈禱書だった。一度、その何が一番の魅力かと尋ねてみると、「典礼法規です」と答えた。それから一日のうち三時間は縫い物をしていた。真っ赤な四角い布の縁を金糸でかがっていたが、敷物と見まがうほど大きな布だったので、これは何に使うのかと質問したところ、最近ゲイツヘッドに新しく建てられた教会の祭壇を覆う布だと教えてくれた。また日記を書くことに二時間、自家菜園で一人庭仕事をするのに二時間、請求書の整理に一時間を費やしていた。特に手伝う人も、話をする人も必要としていないように思えたが、そんな自分のやり方が好きだったのだろう。こうして決まった仕事をこなすことに満足して、何が一番困るかといえば、この時計のごとき規則性を乱し、変更せざるを得ない出来事が起こることだった。

ある日の晩、いつもよりは人と話したい気分でいたのか、ジョンがとった行動や一家破産の心配に触れ、それが大変な苦しみの種であったと私に明かした。でも今は心も落ち着き、ある決意を固めたところなのだという。自分の財産はきちんと確保している、だから母親が死んだら(というのも、母親が回復する見込みはなく、そう長くもつこともないだろうから、と穏やかに言った)、長いこと心に温めてきた計画を実行するつもりだ、誰にも邪魔されず、死ぬまでこうした規則的な生活を送れる地に隠遁し、軽薄な世間と交わる必要のない安全な壁を築き上げたいと言った。私はジョージアナも一緒について行くのかと尋ねた。

「もちろんそんなことありません。ジョージアナとは何の共通点もありませんから。これまで一度も二人の気が合ったことはないのです。どんなに報酬を積まれようと、彼女の社交とやらに悩まされるのはご免です。ジョージアナは彼女の道を行き、イライザもまた彼女の道を行くのみです」

　そのジョージアナは、私に打ち明け話をすることがないときはソファーに横たわってばかりいて、この家はつまらないと愚痴を言っては、しきりに伯母のギブソンからロンドンへの招待状が送られてこないかと気にしていた。「事が片付くまで一か月か二か月かそこら、どこかに避難できればよっぽどいいのに」と彼女は言っていた。「事が片付く」という言葉で彼女が何を言わんとしているのかは聞かなかったが、まもなく訪れるだろう母親の死と、そのあとに続く憂鬱な葬儀を指していたのだろう。イライザは妹の怠けた態度や愚痴についてはたいして気にも留めず、そんなふうにぶつぶつとつぶやく者も、ぶらぶらと呆けている者もまるで見えないというふりをしていた。しかしある日、家計簿を片付け、縁縫いの布を広げたところで、不意に妹を叱りつけたのである。

「ジョージアナ、あなたほど自惚れが強くて愚かしい動物がいたら、この地を踏むことはとうてい許されませんでした。あなたはこの世に生まれてくる意味もありません。なぜその命を役立てようとしないのですか。まともな人間なら、己のためにただ一人、自己と向き合いながら生きようとするべきです。それなのに、あなたは誰か他人の力の下に己の弱々しさをぶら下げる以外、何もしないではありませんか。ぶくぶく太った、意志のない役立たずを、誰が喜んで背負いこむものですか。でも、もしそうなったらあなたは、ないがしろにされただの、虐待されただの、惨めな目に遭っただのと言って大声を上げるのでしょう。それに、あなたが生きるにはいつも変化と刺激の場が必要です。そうでもなければこの世は牢獄なんでしょう。誰かに崇拝され、求愛され、賞賛されないと気が済まず、音楽やらダンスやら社交がなくてはならない。それがなければ、弱りきって倒れてしまう。あなたには何か方針というものを作る気はないのですか。己の努力と意志のみを頼りとし、他の一切のものから超越するための体系というものです。例えば一日をいくつかの部分に分けてみなさい。その一つ一つに仕事を割り当ててみるのです。ふいに仕事がない時間など作ってはいけません。一時間でも、十分でも五分でもだめです。すべての時間に割り当てるのです。また、それぞれの仕事にはその都度、方式と厳密な規則性を課しなさい。そうすれば一日は始まったと思うと終わります。一瞬たりとも気の抜けた瞬間などなく、そんな瞬間を作らずに済んだことを他の誰に感謝する必要もないのです。誰の助けも話し相手もいりません。同情も寛容も求めません。つまり、独立した人間とはそうあるべきという通りに生きるのです。あなたに忠告があります。あなたに与える最初で最後の忠告ですから、聞き入れなくてはなりません。これからは何が起ころうとも、私にも誰にも頼ってはなりません。もしこれを無視して、今までと変わらず、むやみに欲し、愚痴り、怠け続けるなら、愚かさのつけを味わえばいいのです。どんなに耐え難いつけであろうとも。いいですか、これだけははっきりと言っておきますから、耳に入れておきなさい。これから言うことは二度と繰り返しませんが、私自身は必ずその通りに実行します。母が亡くなれば、私はあなたと金輪際縁を切ります。柩がゲイツヘッド教会の納骨堂に運ばれたその日から、あなたと私は別々に生き、これまで互いに会ったこともない他人になるのです。たまたま同じ親のもとに生まれついたからといって、引き留められるだろうなんて考えてはいけません。どんな弱々しげな言い方をされても言うなりにはなりませんから。はっきり言いますが、たとえ私たち以外すべての人類がこの世から一掃され、二人だけしか取り残されなかったとしても、私はあなたを旧世界に置き去りにします。そして私一人で新世界へと赴くのです」

ここで彼女は口を閉じた。

「ご熱心な長口上を、わざわざ述べていただかなくてもよかったのですけれど」ジョージアナが答えた。「だって、お姉様がこの世で最も利己的で、冷たい人間であることは誰もが承知してますから。それに私のことを嫌って恨んでいるのも、この私が百も承知です。前例がありますから。エドウィン・ヴィア卿のことでどんな卑怯(ひきょう)なまねをされたことかしらね。この私が爵位を得てお姉様より格上げされてしまうことに我慢ならなかったわけでしょう。自分が決して顔を出さない社交界に、私が受け入れられることが嫌でたまらなかったのでしょう。それでお姉様はスパイみたいに密告したのよ。そのせいで私の将来はもう永久に終わったも同然だわ」ジョージアナはハンカチを取り出し、そのあと一時間は鼻をかみ続けていた。イライザはまったく動じず、冷たく座り続けて猛烈に仕事を続けた。

寛容な精神というものを大事にしない者は確かにいる。しかし、ここに示された二つの性質は、一つが極めて辛辣で、苦々しい味がするならば、他方はそれに欠けてまったく味のしない、腑抜(ふぬ)けである。判断力に支えられない感情などまさに水で薄めた薬でしかないが、感情が一切混じらない判断というのも、あまりに苦く、粉っぽく、一口飲み込むのも厳しいだろう。

ある雨風の強い午後のことだった。ジョージアナは小説を読みながらソファーの上で眠ってしまっていた。イライザは聖人の日の礼拝に出るために、新しい教会に出かけていた。宗教のことでは厳格に形式を遂行する立場だったので、敬虔なる勤めと思えるものなら、どんな天気であろうと必ず、その日のその時間に出席した。天気が好かろうと悪かろうと、毎週日曜日には三回教会に出向き、平日も祈禱があるたびに必ず出席していた。

私は二階に上がり、余命いくばくもない夫人の様子を見に行こうと考えていた。もうほとんど誰からもかまってもらえず、使用人たちでさえ、熱があるかないかを診るぐらいの注意しか払わなかった。雇われていた看護婦も、大して気を遣われていなかったせいで、すきがあれば部屋をこっそり抜け出していた。ベッシーだけは真摯に働いていたが、気にかける家族がいたこともあり、屋敷はたまにしか訪れられなかった。病室に入ると、案の定、誰もいない。看護婦は見当たらず、患者はじっと横たわり、ほぼ昏睡状態でいるように見えた。土気色の顔は積み上げられた枕に埋まり、火格子の中の火は消えかかっていた。私はもう一度その火を熾し、毛布を整えると、しばらく夫人の顔を見つめていた。しかし、もうその顔が私を見つめ返すこともなかったのである。私はその場を離れ、窓に近づいた。

雨は激しく窓ガラスに打ちつけ、風も嵐のように吹きすさんでいた。「あそこで横たわる者は、この地上の雨風との戦いからもうすぐ解放されるのでしょう」私は思った。「その魂は一体どこへ飛んで行くのかしら。今まさに肉体の住み処を離れようともがきつつある魂は、ついに解放されたあと、どこへ飛んで行くのかしら」

この大いなる神秘について思いを巡らせていると、ヘレン・バーンズのことを思い出した。彼女の臨終の言葉が蘇ってくる。彼女の信念はまさに肉体を離れた魂の平等という信条であった。私にはまだ聞こえていた、あの忘れられないヘレンの声が。死の床に静かに横たわり、神なる父の胸に戻りたいと囁いたときの、あの声に再び耳を傾ける。青白く精霊のような姿を思い浮かべ、あのやつれた顔と崇高な眼差しを思い出す。と、そのとき、背後のベッドからかすかにつぶやく声が聞こえてきた。「誰かいるの」

リード夫人はもう何日も話していなかったはずだった。意識が戻ったのだろうか。私は近寄った。「私です、リード伯母様」

「私って誰」それが夫人の反応だった。「おまえは誰だい」驚いたように私を見つめた。ぎょっとしたような顔をしたが、その目つきは狂気ではなかった。「全然知らない人だね。ベッシーはどこにいる」

「門番小屋にいます、伯母様」

「伯母様だって」ふいに繰り返した。「誰が私を伯母様と呼んだのかい。ギブソン家の者ではないね。でも知っている顔だ。その顔と、目と、額は、よく知っているものだ。これはまるで、なんとまあ、ジェイン・エアそっくりじゃないか」

私は何も答えなかった。自分が何者かを明らかにすれば、ショックを与えてしまうかもしれない。

「やっぱり、間違えたんだね」と夫人は言った。「この頭のせいで間違えたんだね。ジェイン・エアに会いたいと思っていたもんだから、誰もいないのに、とても似ている人を想像してしまった。そもそも八年も経ったのだから、あの子もずいぶん変わったはずだろうに」その本人であることを、夫人が望んだ相手であることを、私は優しく伝えて安心させた。夫人もわかったらしく、はっきりと意識を取り戻した。ベッシーが夫をソーンフィールドまで遣いに出し、それでこちらに帰ってきた経緯を説明した。

「私ももうだめみたいだね、自分でもわかるよ」しばらくして夫人は言った。「ちょっと前に寝返りを打とうと思ったけれど、脚がまったく動かせなかった。死ぬ前にこの心を軽くしておいたほうがいいだろうね。健康なときには何とも思わなかったことが、今の私のようになれば、それが重荷に感じられる。看護婦はいるかい。それとも、この部屋にはおまえだけかい」

　私たち二人だけだと安心させた。

「私はね、おまえに二度ばかし悪いことをした。やってしまったことを今でも後悔しているよ。一つはおまえを自分の子どものように育てると、そう夫に誓ったのに、その約束を破ってしまったことだ。もう一つは」と言いかけて口をつぐむ。「でも結局、大したことじゃないかもしれない」とひとり言のようにつぶやく。「それに私も治るかもしれないよ。この子の前でこんなにぺこぺこするなんてつらいじゃないか」

夫人は少し姿勢を変えようとしたが、うまくいかない。顔色が変わり、どうやら体の中で何か痛みのようなものが走ったようだ。おそらく、最期の苦しみの前触れだったのだろう。

「やっぱり言っておかないといけないね。永遠の闇がすぐ近くまで来ている。この子には言っておかないといけない。あそこに化粧道具の入れ物があるから、ふたを開けてごらん。中に手紙が入っているはずだから」

私は指示通りにした。「取り出して、読んでみなさい」夫人は言った。

それは短い手紙だったが、次のように書かれていた。


「奥様、一つお願いがございます。私の姪であるジェイン・エアの住所をお知らせいただけないでしょうか。今どのように暮らしているかご存じでしょうか。実は、マデイラにいる私のところに来てもらえないかと、簡単な手紙を書くつもりでおります。神の御心により、私には少々の財産が残されました。しかし、私は未婚で子どもがおりません。そのため、私の目のまだ黒いうちに姪を養子に迎え、私があの世へ行くときに、どれだけ残るかはわかりませんが、その残された全財産を彼女に遺したい所存です。

ジョン・エア、マデイラにて」


三年前の日付だった。

「なぜこれが私の耳に入らなかったのですか」私は夫人に尋ねた。

「なぜって、おまえのことが嫌いだったからさ。とことん嫌いだった。だからおまえが成功の階段を上ることに決して手は貸すまいと思ったんだよ。ジェイン、私はね、おまえの態度が忘れられない。昔、私に向かって怒りをぶちまけたことがある。この私を大嫌いだと目の前で言ったんだ。そのときの声は、この世の声とは思えないほどおぞましいものだった。私のことを思うだけでも吐き気がすると言い放ち、卑劣な冷たい仕打ちを受けたと言って譲らなかった。その声と顔はまるで子どもとは思えなかったんだよ。それから急に立ち上がっておまえは心の毒を全部吐き出した。そのとき、私がどんな感情に襲われたか忘れもしない。私は恐怖を感じたんだ。ここに私に叩かれたか、突かれたかした動物がいる。それが人間の目で私を見上げ、人間の声で私を呪い始めたんだ。ああ、水を持ってきてくれ、急いでおくれ」

「リード夫人」私は求められた水薬を飲ませながら言った。「どうかそのことはもうお考えにならないでください。すべて心から追いやってくださいませ。私の激情にかられた言葉の数々をどうかお赦しください。あのとき、私はほんの子どもでした。あの日からもう八、九年の月日が経とうとしています」

夫人は私の言葉を気にも留めなかった。水を少し口にし、一呼吸すると、次のように続けた。

「それが忘れられずにいて、復讐してやろうと思ったんだ。おまえが叔父さんの養子となり、何不自由ない暮らしを送る身分になるなんて、実に耐えられなかった。だから手紙の返事にはこう書いた。ご落胆させて申し訳なく思いますが、ジェイン・エアは亡くなりました、ローウッドでチフスにかかって死にました、と。さあ、何でも好きなようにして構わない。手紙を書いて、私の言ったことはすべて間違っていると、すぐにでも私の嘘をばらそうと構わない。いずれにせよ、おまえは私を苦しめるために生まれてきたんだ。私は自分の行いを振り返り、苦しみを味わいながら最期の時を過ごすだろう。しかしその行いとて、おまえさえいなかったら、実行しようという気にもならなかったはずだ」

「どうかもうこのことはお考えにならないで、お願いします、伯母様。どうか優しさとお赦しの心で私をご覧になってください」

「お前の性根はどうにも悪い」夫人は言う。「その気質はどう理解しようと、今日までわからない。この九年もの歳月の間、おまえはどんな待遇のもとにいようと、ただ耐えてじっとしてきたに違いない。そして十年目にして爆発し、炎と力の猛威を振るうんだ。どうしてそんなことができるのか、私にはさっぱりわからないよ」

「伯母様が思うほど私の性根は悪くはありません。確かに激情にかられやすいですが、復讐心はありません。子どもの頃から、私は何度も伯母様を好きになりたいと思っていたのです。でも伯母様がそうさせてはくださいませんでした。そして私は今、仲直りしたいと心の底から思っています。どうかキスを」

私は頰を口元に寄せたが、その唇は決して頰に触れようとしなかった。ベッドに寄りかかられると重たい、そう言っただけで、また水が欲しいと伝えた。水を飲ませている間、私は夫人の身を少し起こして腕で支えていた。再び横にすると、彼女の氷のように冷たくひんやりとした手に、自分の手を重ねた。すると、力のない指がすっと引っ込み、おぼろげな目さえ私の視線を避けた。

「では、私を愛そうが憎もうが、どうぞご勝手に」私はついにそう言った。「でも私は心からあなたを赦します。惜しみない最大の赦しを与えます。さあ、神の赦しを求め、どうぞその心を安らかに」

苦しみ多き憐れな人、すでに時は遅かったのだ。これまで抱き続けてきた気持ちを今さら変えようなど無理な話だった。生きている限り私を憎み続け、そして、死に行くときも私を憎むのだ。

看護婦が部屋に入ってきて、ベッシーもその後ろから入ってきた。私はそれでも三十分以上は部屋に留まり、友好の兆しなるものが多少とも見えないかと思っていたが、そのようなことは起こらなかった。夫人はあっという間にまた昏睡状態に戻り、そのまま意識が戻ることなく、その晩の十二時に亡くなった。亡くなるとき、私は病室にはいなかったが、娘たちもいなかった。翌朝になって、すべて終わりましたという報告が私たちのもとに届いたのである。もうその頃には夫人の亡骸（なきがら）は安置され、イライザと私はその姿を見に行ったものの、ジョージアナはわっと大きな声を出して泣き崩れると、絶対に見に行かないと言い張った。サラ・リードという女性の横たわる姿があった。かつて力強く動き回っていた体は今や硬直し、動かない。冷たい眼差しも、同じく冷たいまぶたに閉ざされている。その額にも、力強い顔の造りにも、冷たき無情の魂はまだ刻印されたままである。この亡骸は私にとって奇妙であると同時に厳粛なるものだった。私は悲しみと苦しさの入り混じる思いで見つめていたが、この亡骸から何か優しさ、懐かしさ、憐れみといった感情はまったく起きなかった。といって、心が軽くなるわけでも、和らぐわけでもない。ただ、心が切り刻まれるようなある痛みを覚えずにはいられなかった。それは私が彼女を失ったことに由来するのではなく、彼女の抱えていた悲しみを思ってのことだった。さらに、このような恐ろしい形で迎えた死を思うと、たとえ涙は流れなくとも、陰鬱めいた失望をもたらさずにはいられなかった。

イライザは落ち着いた様子で自分の母親を見つめていた。しばらく黙っていたが、その後で次のように言った。

「母は丈夫だったから、きっとお婆さんになるまで生きられたはずです。でも悩みを抱えていたことが母の命を縮めました」と、不意に口がひきつり、一瞬ものが言えなくなった。それが収まると、彼女は振り向いて部屋を出て行き、私も後に従った。私たち二人の目には一粒の涙も浮かばなかった。

第二十二章

ロチェスター氏が私に許可した休みはたったの一週間だったが、ゲイツヘッドを離れる頃にはすでに一か月が過ぎようとしていた。葬儀が終わったらすぐにでも出発したいと思っていたが、ジョージアナから、自分がロンドンに出て行くまで一緒に留まってほしいと懇願されたのである。伯父のギブソン氏が妹の埋葬の指示や家族の諸事項を取り決めにロンドンからやってきており、ジョージアナはその伯父からようやくロンドンへの招待を取りつけていた。彼女が自分はイライザとは二人きりになりたくない、あの人はこちらの気が沈んでいても思いやりのかけらもなく、不安があっても声をかけてくれないし、ロンドンに行く準備があるのに少しも手伝ってくれないと言ったので、私は仕方なく彼女の弱々しい泣き言や自分勝手な悲しみに付き合い、さらに縫い物もしてあげたり、服の荷造りも手伝ったりと、とにかくできるだけのことをしてやった。しかし、私がそうして働いている間も、彼女はぶらぶらと怠けてばかりだった。私は心の中でこうつぶやいていた。「従姉よ、もしあなたとずっと一緒に生きる運命なら、また違う立場で事に当たったことでしょう。私はただおとなしく我慢しているままではなく、あなたが自分で働く分もきちんと割り当て、それを必ず最後まで実行させ、できなければそのまま放置したことでしょう。それから、その半分は口から出まかせの、だらだらと止まない愚痴についても、いい加減少しは自分の胸に収めておきなさいとはっきり伝えたことでしょう。たまたま私たち二人の関係がほんの一時のものと決まっていて、しかもある特別な悲しみの時期に当たるものだから、こうして私が一方的に従い、耐え忍ぶという関係に甘んじているのです」

しかしついにジョージアナを見送った。すると今度はイライザに一週間泊まってくれないかとお願いされたのである。彼女は自分の計画のことで忙しく、時間も注意もすべてそれに注がなければならないということだった。場所はわからないが、ある目的地に向けて出発しようとしているところで、一日中自分の部屋に内側から鍵をかけて閉じこもり、トランクに詰めたり、引き出しを空にしたり、あるいは書類を焼き捨てたりと、誰とも一切話をしなかった。屋敷のことを任せられないかとお願いされて、私は家のきりもりをし、訪問者に会ったり、お悔やみ状に返信したりした。

ある朝、もう自由にしてもらって構わないと告げられ、彼女はこう言った。「あなたのまたとない働きぶりと分別ある行動に感謝しています。あなたみたいな人と一緒に生活するのと、ジョージアナと一緒に暮らすのでは、やはり違いますね。あなたは毎日ご自分の役割を果たし、誰の厄介にもなりませんからね」そして彼女は続ける。「明日、私は大陸に向けて出発します。リールの近くの、ある信仰の家に住まわせてもらうつもりです。つまり、修道院のことです。私はそこで憂き世を離れて静かに暮らすつもりです。しばらくの間はローマカトリックの教義を研究し、その体系的な仕組みをきちんと勉強することに専念していきたいと思います。その結果、どんな行いにもきちんと秩序正しく取り組むことが最もよく意図されているとわかれば、実際そうだろうと期待していますが、そのときには、私はローマカトリックの教義を信奉し、おそらく修道女になります」

こうした決意を聞いても、私は驚きもしなければ、その道を踏み止まらせようという気にもならなかった。ただ心の中で思った。「修道女の道とは、あなたにぴったりだわ。それで幸せになれますように」

別れるときに彼女は言った。「従妹のジェイン・エア、これでさようならですね。ごきげんよう。あなたは分別のある方でした」

そのとき私はこう返事した。「従姉のイライザ、あなたも分別がある方だと思っています。でも一年もしたら、あなたのその分別は、きっとフランスの修道院の壁の中で、そのまま生きながらに埋もれてしまうのではないかと思います。とはいっても、それは私に関係することではありませんし、あなたにふさわしい道と思いますから、別に気にはしておりません」

「あなたの言うことは実に正しい」彼女はそう言い、これらの会話を最後に、私たちはそれぞれ別の道を進んだ。この姉妹のことに再び触れる機会はないと思われる。したがって、ここで一言付け加えておきたい。ジョージアナはその後、年老いた裕福な上流階級の男性と、有利な結婚を実現させた。イライザは実際に修道女となった。その修道院で見習いの修練士としての時を過ごし、また自分の財産をすべて寄付した彼女は、今そこで修道院長となっている。

人がしばらくの間家を留守にしたあと、その期間はともかく、さあこれから帰ろうというとき、普通どのような気持ちになるものだろうか。私には経験がなく、その感覚がよくわからなかった。私が知っていたのは、例えば子どもの頃、長い散歩を終えてゲイツヘッドの屋敷に戻ろうとするときの気持ちで、何を寒そうな顔をしてとか、なぜそんな暗い顔をしているなどと、決まって叱られに帰るときの気持ちだった。また、少し大きくなって、教会からローウッドの学校まで帰るとき、お腹一杯食べたい、暖かい暖炉の火に当たりたい、いつもそう願いながら帰ったものだったが、結局そのいずれも実現しなかった。どちらにしても、帰ることはあまり楽しいことではなく、望ましいことでもなかった。ある定まった地点に私を引き寄せ、近づけば近づくほどその引力を増す磁石のようなものなど、存在しなかった。さて、ソーンフィールドに戻る今はどうなのか、それは試してみないとわからなかった。

私の帰り道は退屈そうだった。実につまらないのではないかと思った。一日五十マイルの道のりを行き、旅館で一晩過ごすと、その翌日もまた五十マイル進む。その最初の十二時間、私はリード夫人の最期の時を思い起こしていた。夫人の顔つきも顔色もすっかり変わり果て、聞こえる声も奇妙に変わっていた。葬儀の日のこともあれこれと思い起こした。棺桶、葬儀馬車、そのあとを進む借地人と使用人たちの黒い列、しかし、その中に親族はほとんどいない。がらんと口を開けた地下の納骨堂、静まりかえった教会、そこで捧げられた厳かなる祈り。そして次に、イライザとジョージアナのことを思い出した。一人は舞踏会の注目の的、もう一人は修道院の独房にいる姿を見たあとは、まったく異なるそれぞれの人格や性格の特徴について長々と分析してみた。その夜、私は——という大きな町に到着した。すると、こうした考えはあっという間に蹴散らされたのである。一晩の間にまったく違う見方をするようになり、旅館のベッドに横たわっている間、私は回想を去り、期待へと向かい始めた。

さあ、これからソーンフィールドの館に帰る、でもあの場所にはまだあとどれくらいいられるのだろう。そう長くはいられないことは確か。留守にしている間、フェアファックス夫人から届いた手紙によると、お屋敷の御一行たちはもうそれぞれ帰られたらしい。ロチェスター氏は三週間前にロンドンに出かけられたものの、二週間後には戻っていらっしゃる。フェアファックス夫人の推察によれば、というのも、ロチェスター氏はご自身の結婚式の準備のためにロンドンに出かけられたようで、新しい馬車を購入しなくてはならないとおっしゃっていたらしい。夫人の考えでは、イングラム様と結婚なさるとはどうも妙な話に思えるということだが、皆が話していることや、自分の目で見たことから判断して、やはりそうしたことがまもなく執り行われると確信するようになったらしい。「これを疑うなんて、夫人にそんな妙に疑り深いところでもあったかしら」私は心の中でそうつぶやいた。「私ならまったく疑わないわ」

次に私は自分に問いかけた。「では、私はどこに行ったらよいのかしら」その夜は一晩中、イングラム嬢の夢を見た。朝方には特に鮮明な夢を見て、彼女が私の目の前でソーンフィールドの館の門を閉めるのである。そして、別の道を私に向かって指さし、そのそばではロチェスター氏が腕を組みながら見ている。口元には笑みを浮かべ、私にも彼女にも冷たく笑っているように見えた。

私はフェアファックス夫人に、自分が屋敷に戻る正確な曜日を知らせていなかった。貸馬車だろうが四輪馬車だろうが、わざわざミルコートまで私のためによこしてもらいたくなかった。その間の道のりは、自分一人で静かに歩いて帰ろうと決めていた。私は馬丁に荷物を託すと、本当にとても静かに、そっとジョージ旅館を出発した。それは六月のある晩、午後六時頃のことで、私はソーンフィールドまでの見慣れた道を歩き始めた。基本的には牧草地を抜けて行く道で、この時間にほとんど人通りはなかった。

その晩は特に明るいわけでも、素晴らしい夏の夜というわけでもなかったが、晴れていて心地がよかった。道沿いでは干し草を作る農夫たちが仕事にとりかかっていた。空は雲一つないと言うには程遠かったが、それでも幸先は十分良いように感じられた。所々に見える空の青さは穏やかで落ち着いた色で、薄い雲の層がいく重にも高く連らなっている。西の空も暖かみを帯び、湿気を含んだ冷たい光が射し込むこともなく、むしろ暖かな火のように、まるでマーブル模様の靄が織り成すついたての背後で祭壇が燃え出すように、金色(こんじき)に輝く赤い光が隙間からこぼれ出していた。

私が歩くこの道も、残りあとわずかだと思うとなんだか嬉しくなってきた。あまりに嬉しかったので一旦足を止めると、この喜びは一体何を意味しているのだろうと自分に問いかけてみた。そして理性に向かって言い聞かせたのである。私がこれから帰るところは自分の家でもないし、永遠なる安息の地でもないと。窓から顔を覗かせ、私の到着を待ちわびる優しき家族がいる場所でもないと。「もちろん、フェアファックス夫人は笑みを浮かべ、穏やかに私を迎えてくれることでしょう」私はそうつぶやいた。「それに小さなアデールも手を叩きながら跳び上がって私を迎えてくれるはずだわ。でも本当は、この二人とはまったく違う人のことを考えているのよね。でもその人はあなたのことなんてまるで考えてもいないのよ」

しかし、若さほど人を向こう見ずにさせるものがあるだろうか。未熟であればあるほど、目の前は見えなくなるものではないか。若さと未熟さは私に向かってこう断言した。もう一度ロチェスター氏の姿が見られるなど、これほど光栄で喜ばしいことはないはずだ。彼がこちらを見ようと見まいと、そんなことは関係ない。「さあ、急ぎなさい、急いで行くのです。あの方のおそばにいられるだけいるがよいでしょう。しかし、それはせいぜいたった数日か数週間、そのあとはあの方と別れ、もう二度と会うこともありません」そう言われた私は、つい先ほど産み落としたばかりの苦悶（くもん）をこの手で絞め殺してしまった。醜く生まれついたそれを自分の子とは認められず、育てる気にもなれなかった。私は走り出した。

ソーンフィールドの牧草地でも農夫たちは干し草を作っていた。というより、ここまで歩いてきたときには、彼らもそろそろ仕事を切り上げ始め、熊手を肩に担ぎ、家路につこうとしていた。私も一つ二つ畑を通り抜ければ、あとはもう道を渡り、屋敷の門にたどり着くだけだった。生垣にはなんともたくさんのバラが咲き誇っていた。しかし花を摘む余裕などない。もうすぐにでも屋敷に帰りたかった。背の高いイバラの木が見え、生い茂る葉と花を咲かせた枝が勢いよく小道にとび出していた。そこを通り過ぎると、石の段が据えられた細い踏み越し段が見えてくる。と、不意にロチェスター氏の姿が目に飛び込んできた。彼はそこに座り、手帳と鉛筆を手に何か書きものをしていた。

別に、幽霊を見たわけではない。それなのに私は怖気（おじけ）づいてしまい、保っていた気力がすべて失われてしまった。一瞬にして、自分を制御する力が奪われてしまった。これはどうしたことだろう。彼を見た瞬間、自分がこんなふうに震え出すなど思ってもみなかった。彼を目の前にした途端に声が出なくなり、身動きできなくなるとは予想もしなかった。少しでも動けるようだったら、すぐにでも引き返さなくてはならない。自分から馬鹿な目に遭いに行ってはならない。屋敷に戻る別の行き方もわかっている。が、何通り知っていたところで何の意味もなかった。すでに彼は私に気づいていた。

「おーい」と彼は叫び、手帳と鉛筆を持った手を高く掲げた。「君じゃないか。こっちにいらっしゃい」

私は行こうと思ったが、どうやって行けばいいのかわからなかった。自分がどう歩いているのかもよくわからず、ただ平静を装うことばかり考え、とりわけ顔の筋肉が動いてしまうのを必死で抑えようとした。しかし、どんなに押さえつけようともそれは勝手に反抗し、格闘したところで自分が隠したいと思っているものが表に出てしまうのは必至だった。しかし、私はヴェールをかぶっていた。顔の前に垂れているので、なんとか落ち着いた態度は保てるかもしれない。

「これはこれは、ジェイン・エアではないか。ミルコートから歩いて帰ってきたのか。いや、実にあなたらしい策に出るね。普通の人間なら馬車を呼び、車道や道をガタゴトと音を立ててやってくるところを、たそがれの光を道連れに、自分の家のすぐそばまでやってきて、こっそりと静かに忍び込むんだ、まるで夢か影のようにね。それで、この一か月の間、一体どうしていたのかね」

「伯母と一緒にいたのです。伯母は亡くなりました」

「ジェインらしい答えだ。善き天使よ、私をお守りください。この人はあちらの世界、死者の住む世界からやってきたのです。この薄明かりの中、私と二人きりで出会ったところでそんなことを言いました。しかし小さな妖精め、勇気があれば、あなたに触れてこれが実体か幻か確かめてみようとするところだ。が、沢地に光る青い鬼火に手を差しのべるほうが、まだましかもしれんな」少し間を置いてさらに続ける。「怠け者めが。無断で休み続けるとは怠け者だ。まるまる一か月も留守にし、そんなことでは、きっと私のことなどすっかり忘れてしまっただろう」

もう一度主人に会えば、嬉しい気持ちになるとわかっていた。たとえ、彼が主人でなくなる日がすぐに来るかもしれないという不安や、自分の存在など彼には何でもないという理解で気持ちが萎えることがあろうと、嬉しさに変わりはない。しかし、ロチェスター氏にこれほどの幸せをもたらす大いなる力があろうとは（少なくとも私にはそう思えた）、たとえ私のようによそからやってきたさまよえる小鳥たちに、ただパン屑をばらまいているだけだとしても、それを口にすることは心からのごちそうでもてなされているのと同じだった。主人が最後に言った言葉は私の胸を癒してくれた。この私が彼を忘れてしまったかどうかが、それなりに重要なことのように言ってくれた。それに、このソーンフィールドをまるで私の家のように話していた。ああ、本当に私の家であったらどんなにいいだろう。

彼はその場を動こうとせず、私もそこを通り過ぎていいかと主人に尋ねる気にはならなかった。しばらくして、ロンドンにいらっしゃらなかったのですかと、私は尋ねた。

「行ったよ。あなたは透視でもしてそれがわかったんだろうな」

「フェアファックス夫人が手紙でそうおっしゃっていました」

「私が何のために行ったかも書いてあったのか」

「もちろんです。ご用事については誰もが知るところです」

「あなたにはぜひ馬車を見てもらわないとな。ジェイン、もしロチェスター夫人にぴったりとそぐわなければ、ぜひとも教えてほしい。あの紫色のクッションに寄りかかったら、ボアディケア女王[*17]に見えること間違いなしだろうか。ジェイン、この私の外面(そとづら)が、ほんの少しでいいから彼女に見合ってくれないかと思うよ。妖精さん、一つ教えてほしいのだが、魔法でも媚薬でも何でもいいから、私を美男子にする術はないものだろうか」

「それは魔術の力ではどうにもならないと思います」そう言った私は、心の中で付け加えていた。「愛する目さえあれば、それがあなたの必要とする魔法です。愛する目には、あなたは十分美男子に映るのです。そうでなくても、そのいかめしい顔は美しさ以上の力を持っています」

声に出さない心の中を、ロチェスター氏は時々、私にはどうにも理解しがたい鋭い洞察力で読み取ってしまうことがあった。このときは、私が言葉にした素っ気ない返事をまったく気にも留めず、ただ私を見て微笑んでいた。その微笑みは彼らしい、ある独特なもので、ごくまれにしか浮かべることのない笑みだった。ありふれた目的で使うにはもったいないとでも考えていたようで、それは本当に太陽のような感情の光をもたらした。その光を彼は今、私に向かって降り注いだ。

「ジャネット、さあこちらに」私が踏み越し段を渡れるようにと、少し場所を空けながら言った。「まっすぐ屋敷に向かいなさい。しかし友の家の敷居まで来たら、疲れきってもなお歩き続ける小さな足を必ず止めるのです」

今はただ黙って彼の言うことに従えばよかった。これ以上話をする必要もなかった。私は何も言わずに踏み越し段を渡り、そのまま静かに立ち去ろうとしていた。が、ある衝動に強く突き動かされ、思わず振り向いた。私はある言葉を口にしていた、いや、それは私の中の何者かが代わりに口にしたもので、つい出てしまったのである。

「ロチェスター様、とてもご親切にしていただいて本当にありがとうございます。またご主人様のもとに戻ることができて、妙に嬉しい気持ちです。きっと、どこにいらっしゃろうとも、ご主人様は私の帰るところなのです。ただ一つの帰る場所です」

私はどんどん先を急いで歩き、たとえ彼が追いかけてみようとしたところで追いつけなかっただろう。私に会った小さなアデールは、喜びのあまり取り乱さんばかりだった。フェアファックス夫人はいつものように飾らない優しさで私を迎え、リーアはその顔に笑みを浮かべていた。ソフィーでさえ楽しそうに「今晩は」と声をかけてくれたのである。これは本当に嬉しいことだった。人々から愛され、また私の存在が彼らの癒しの一つと感じられるとは、これほど幸せなこともないだろう。

その夜、私は未来に対してどうしても目を開けようとしなかった。そのうち別れが近づき、悲しみが訪れるだろうと警告し続ける声にも耳を貸さなかった。お茶の時間が終わり、フェアファックス夫人が編み物を取り上げると、私はその近くの低い腰掛けに座った。アデールは絨毯の上にひざをついて座り、私にぴったりと寄り添っていた。お互いを想う愛情のような感覚が、一つの金色の平穏の輪となって私たちを取り巻き始めていた。そのとき私は心の中で、私たちが遠く離れたり、すぐにでも離れたりすることが起こりませんようにと、そう祈らずにはいられなかった。こうしてしばらく座っているところに、ロチェスター氏が何の前触れもなく部屋に入ってきた。私たちを眺め回し、とても仲睦まじくしている三人の光景に満足したのだろう、これで夫人も養子に迎えたわが娘が帰ってきて一安心だろうな、などと言い、さらにアデールには、「小さな英国のお母さんまでカリカリ食べちゃう気かい」などと言った。そのとき私はふと、たとえ彼が結婚しても、どこか彼の庇護のもと、彼という太陽からそう遠く引き離されないどこかの場所で、私たち皆を一緒に住まわせてくれないだろうかと、そんなことまで期待したくなった。

ソーンフィールドの館に戻ってからの二週間、何とも言えない静けさが続いていた。主人の結婚に関する話はまったく聞かれず、一大事なのに、何の準備も行われていないようだった。毎日のように私はフェアファックス夫人に、何か決まったという話は聞いていないのかと問い続けたが、決まって答えはノーだった。ただ一度、いつ花嫁を家に連れてくる予定があるのかとロチェスター氏に直接聞いてみたらしい。しかし、主人は例の奇妙な目つきをして、ただ冗談めかして答えるだけで、それをどう理解したらよいかよくわからなかった、ということだった。

特にある一つの事態が私には驚きでしかなかった。それは、主人がイングラム・パークまでの道のりを行き来しなかったということ、実際に屋敷を訪問することがまるでなかったことである。確かに屋敷は隣の州との境界にあり、二十マイル離れたところにあった。しかし、熱烈な恋人にとってそれくらいの距離など、何ということもないはずである。しかも、ロチェスター氏のように熟練した、疲れを知らない乗り手であれば、朝のうちに着いてしまう。次第に、私などが想像してはならぬような期待を抱き始めてしまった。この結婚は破談となったのではないか、噂は間違いで、どちらかが、あるいは双方が心変わりをしたのではないか。主人が悲しんだり怒ったりしていないか、私はその顔を何度もうかがった。しかしいつ見ても、これほど暗さも陰険さも関係ないといった顔のままでいるのも珍しかった。私と生徒の二人が主人と一緒に過ごしていて、私の元気がなくなり、どうしても気分が沈みがちになると、彼は陽気に振る舞おうとさえした。私が彼のもとに呼びだされる機会もいつになく増え、これほど優しくされたこともなかった。ああ、何よりも、私がこれほど彼を愛したこともなかった。

第二十三章

イングランド中に輝かしい真夏の光が溢れていた。快晴の空と燦々(さんさん)たる太陽が顔を出し、海に囲まれたこの国ではたとえ一日でさえ滅多に恵まれないところを、このときばかりは何日も続いた。まるでイタリアのような陽気が続き、それはきらきらと輝く鳥の群が渡ってきて、白い崖のアルビオンの上で休憩とばかりにしばし降り立ったようだった。干し草はすべて刈り取られ、ソーンフィールドの周りの畑はどこも緑色の土地が剝き出しになり、道も真っ白に焼かれていた。木々は最も緑深き時期を迎え、生垣の木も林の木々も一面に深い緑色の葉で覆われ、狭間（はざま）に見える刈り取られた牧草地は日に当たり、明るい色味を増して、いかにも好対照だった。

夏至が近づくある夕べのことだった。ヘイの小道で野生の苺（いちご）を摘み取ることに半日も精を出し、疲れ切ったアデールは、太陽とともに部屋へと引き上げた。すぐにも眠り込んでしまい、その姿を見届けた私は、部屋を後にして庭へ出ていった。

その時間は一日のうちで最も美しい時だった。「真昼は己の白熱の炎を燃やし尽くし」、そのあとには冷たい露が、白い煙を上げてくすぶる大地と焼け焦げた丘の頂きの上に落とされた。太陽はごくあっさりと、華麗な雲々を従えることなく沈んでいく。しかし、その後には厳かなる紫の光が燃え広がり、ある丘の先端の一点で、ルビーか炉の炎かと見まがうような赤い光となって輝くと、徐々に柔らかに、さらに柔らかくなりながら、大きく高く広がっていき、そのまま天の半分をも染め上げていった。東の空も、いかにもそれらしい美しき紺碧の魅力を放っていた。こちらは控えめな宝石のように一番星がぽつんと昇っている。誇る月の登場を待っているが、それはまだ地平線の下にいた。

しばらく舗装された道を歩いていると、かすかにある香りが、それも馴染みのあの葉巻の香りが、どこかの部屋の窓から漂ってくるのに気づいた。読書室の開き窓が手の幅ほど開いている。そこから見られるかもしれないと気づいた私は、その場を離れ、果樹園へと向かった。屋敷の敷地の中でもここは最も人目につかない奥まった場所で、かつエデンの園のような雰囲気を携えていた。たくさんの木々が植えられ、花に溢れている。とても高い塀があるせいで隣の中庭とは完全に遮断され、また反対側にはブナの木が立ち並んだ並木道があるために、そちらの敷地の庭からも見えないようになっていた。この果樹園を下まで行ったところに沈め垣があり、人気(ひとけ)のない畑との境界を仕切るのは唯一この垣根ぐらいだった。両端に月桂樹が立ち並ぶ、曲がりくねった散歩道を下りて行くと、突き当たりに大きなマロニエの木が一本あり、その根元を取り囲むようにベンチが置かれていたが、その先を行けば沈め垣に通じた。このあたりを散歩していれば、誰にも見られる心配はなかった。そこかしこの木に甘い樹液が垂れ、静けさが一帯を支配し、たそがれの光が満ち満ちていた。これほど人目につかない場所であるなら、何度足繁く通っても構わないと思える。しかし、昇り始めたばかりの月がもっと開けた場所に光を落とすと、まるでそれに誘われるように、園の上のほうにある草花と果実の花壇へと足を踏み入れていた。が、そこで不意に足を止めたのである。何か音がしたわけでも、見えたわけでもなかった。ただ、再び匂いが漂ってきて、私に警告を発した。

スイートブライアもキダチヨモギも、そしてジャスミンもナデシコもバラも、夜の芳香という貢物をはるか以前に納めていたので、この新しい香りが木や花に由来するはずがなかった。それは紛れもなく、ロチェスター氏の葉巻の匂いだった。あたりを見回し、耳をそばだててみた。熟した果実で重そうにたわむ木々が見え、半マイルほど離れた林からナイチンゲールが歌う声が聞こえてくる。しかし、何も動く姿は見えず、近づいてくる足音もしなかった。それなのに、ますます匂いは強くなっている。逃げなければならない。灌木へと抜けられるあの小さな扉へと向かった。するとロチェスター氏がそこからこちらに入ってくるのが見えたので、私はふと脇に寄り、ツタが生い茂った隅に隠れた。長いことそこにいるわけではないだろう。しばらくしたら、来た道を引き返すに違いない。ここでじっとしていれば、見つかることもないはずだ。

　しかし、予想は外れた。この日の夕べは私にも彼にも心地良いもので、特にこの古風な庭の魅力は尽きなかった。彼はそのままぶらぶらと歩き続けると、たわわに実って重そうなスグリの木の枝を持ち上げ、スモモのように大きな果実を観察し始めた。と、今度は塀のあたりに実るサクランボを摘むと、次は密集して咲く花の上に腰を屈め、大きく匂いを吸いこんでみたり、水玉のような花びらの露を愛でたりした。大きな蛾が羽音を立てて、私のそばを通り過ぎる。と、ロチェスター氏の足元の草花に降り立った。彼はそれに気づき、よく見てみようと身を屈めた。

「今なら背中をこっちに向けている」私は心の中で思った。「観察に忙しいようだし、そっと歩けば、気づかれずにすり抜けられるかもしれない」

石の多い砂利道を歩けば大きな音がして気づかれるので、芝生の端っこを歩き始めた。彼が立っていた場所は小さな花壇の中で、私が通り過ぎなければならない地点から、一、二ヤード離れていた。どうやら蛾の観察にかかりきりのようだった。「これならうまく通り抜けられるわ」心の中でそう思った。まだ昇り切らない月の光が彼の姿を捉え、庭の上にその長い影を落としていた。私がまさにその影の上を通り過ぎようとした瞬間、振り向きもせず、彼が静かに声をかけた。

「ジェイン、こっちに来てこいつを見てごらん」

音は立てなかったはずだ。後ろに目が付いているわけでもない。とすると、彼の影が感じたのだろうか。まず私はぎょっとして、次に彼のほうに近づいた。

「この羽を見てごらん」彼は言った。「こいつを見ていると、西インド諸島にいた昆虫を思い出すな。こんなに大きくて派手な蛾は、イングランドではそう見かけないだろう。ほら、飛んで行った」

蛾はふらふらと飛んで行った。そして、私もそろそろと退却しようとしていた。しかし、ロチェスター氏は私の後ろを付いてきて、小さな扉までたどり着いたときに、こう言った。

「戻りなさい。こんなに美しい夜なのに、屋敷の中でじっとしているのはあまりに惜しい。それに、こうやって日没と月の出が出会うこのときに、誰が部屋で寝ていたいと思うかね」

私の欠点の一つに挙げられることは、この口が即座に答えを用意できるときがある一方で、悲しいことに、何一つ言い訳を考え出せないときもあることだった。しかも、ここぞという大事なときに限って、つまり、ひどく恥ずかしい窮地から抜け出そうと、ごく簡単な理由か、もっともらしい口実が必要とされるときに限って、必ず失敗した。私としては、こんな時間にこの薄暗い果樹園の中を、ロチェスター氏と二人きりで散歩したくなかった。しかし、どうしても去らなければならない確固たる理由もなかった。私はのろのろと後を付いて行きながら、なんとかこの場を脱する方法はないかと、ただひたすらに考えを巡らせた。しかし、ロチェスター氏はすっかり落ち着いていて、それにとても真剣な顔をしていた。そうなると、少しでも困惑を感じていた自分が気恥ずかしくも思えてくる。もし何かやましいことがあるなら、あるいはその可能性を秘めているなら、それは私にだけあるのではないかとも感じ始めた。彼には何か意識していることもなく、至って落ち着いていた。

「ジェイン」と彼は再び話し始めた。私たちは月桂樹の散歩道を歩き始め、沈め垣とマロニエの木がある方角へとゆっくり下りていった。「ソーンフィールドの夏は実に気持ちがいいだろう、そうではないか」

「はい」

「きっとこの屋敷に少しは愛着を持っただろうね。あなたには自然の美を理解できる眼識もあり、それに執着という器官も発達しているようだから」

「確かに、このお屋敷が好きで気に入っています」

「それに、どうしてそんなことになったのかはわからないが、あの愚かな小娘のアデールにまで愛着が湧いているようじゃないか。それに、あのお人好しのフェアファックス夫人にまで」

「はい、それぞれ違ったようにではありますが、二人とも好きです」

「それでは、あの二人と離れ離れになるとしたら悲しいだろうね」

「はい」

「そうか、それは残念だな」彼はそう言うと、一つため息をついて黙り込んだ。

「まあ、人生で起きることは大抵そういうものだ」しばらくすると続ける。「素敵な安息所に身を落ち着けたと思ったら、すぐにも、立ち上がれ、歩き出せ、もう休憩は終わったという声が聞こえてくるんだから」

「私も歩き出さなければいけないのでしょうか」私は尋ねた。「ソーンフィールドを出ていかなければなりませんか」

「ジェイン、出て行かなければならないだろう。申し訳ないがね、ジャネット、やっぱり出て行くことになるだろうと思うよ」

これは大変な一撃だった。しかし、だからといって倒れたままでいるわけにはいかない。

「そうですか、それでは、その進めという指示に備えて準備いたします」

「その指示はもうすぐだ、今晩にも出すつもりだ」

「では、本当にご結婚されるのですか」

「そう、その通り、確かにその通りだ。いつもながらの鋭さで、まさに核心を射ぬいてみせるね」

「もうすぐにですか」

「すぐにだ、私の、その、ミス・エア。しかし、忘れてはならないことがある、ジェイン。このことを初めてあなたに、あるいは噂という形であなたに明らかにしたときがあった。つまり、私はこの長年の独り身の首を、この手で神聖なるくびきにつながらせようと思っていると。別の言葉で言えば、妻をめとるというやつだ。はっきり言えば、あのイングラム嬢を妻としてこの胸に迎えるということだ（といっても、この腕一杯に広げても足りないかもしれないが、そんなことはどうでもいい。私の麗しきブランシュ、彼女ほど並外れて素晴らしい女性にこれ以上期待が膨らんでも困る）。それで、今言ったように、ジェイン、聞いていないのか。こっちを向いて聞きなさい。まさか、もっと蛾がいないかと探しているのではないだろうね。それはただのテントウムシじゃないか。ほら、歌にあるだろう、『テントウムシさん、家に飛んで帰りなさい』、あれだよ。とにかく、あなたに思い出してもらいたいことがある。それは、あなたから先に言ってきたんだ。あなたは私が尊敬するその分別を働かせ、雇われ者の責任ある立場にふさわしい洞察力、慎重さ、謙虚さでもって、私に言ってきた。イングラム嬢と結婚したら、私もアデールもとっとと出て行かなければなりません、とね。この提案は、私の愛する人の性格をどこかで誹謗（ひぼう）中傷していると思うが、まあそれは取り上げないことにしよう。実際、あなたがどこか遠くに行ったらね、ジャネット、もうこのことは忘れようと思うし、賢明な部分だけを見るつもりだ。実に賢明な提案だから、私の今後の行動指針に据えようと思う。したがって、アデールは学校に行くことになります。そして、ミス・エア、あなたは新しい職場を探さなくてはなりません」

「はい、すぐにも広告を出します。でも、しばらくはきっと」このあとは、「しばらくはきっとお屋敷に留まることが許されるものと思います、次の安全な行く先が見つかるまでは」と続けるつもりだったが、結局は言わなかった。長々とした文をわざわざ続けるほどでもないと感じたからで、それに、声が震え、思うように話せなくなっていた。

「およそ一か月後に花婿になる予定だ」ロチェスター氏は続ける。「一か月の間に、この私の手で、あなたの仕事と住むところを探してあげよう」

「ありがとうございます。ご主人様には申し訳なく――」

「いやいや、謝ることはない。どこの屋敷に雇われた者でも、あなたほどの務めを果たせば、雇い主にふさわしい援助のお伺いくらい構わないと考えている。それに私も情報は手に入れているんだ。将来の義理の母から、ある勤め口の話を聞かされていて、私としてはあなたにふさわしいところだと思っている。あるご婦人宅の五人の娘の教育を任せられることになる。場所は、アイルランドのコナハトにあるビタナット・ロッジで、ダイオニシアス・オゴール夫人というのが雇い主の名だ。アイルランドはきっと気に入るだろう。あちらの人々は皆、とても心が温かいから。よくそう言われているだろう」

「でも遠いところです」

「大丈夫だ、あなたほど若くて分別があるなら、船旅だろうが長距離だろうが、文句は言うまい」

「船旅は別に構いません、でも距離が遠すぎます。それに海があると、さらに遠ざかってしまいます」

「何から遠ざかるのだ、ジェイン」

「イングランドからです、そしてソーンフィールドからも、そして――」

「そして何だ」

「そしてあなたからもです」

意志とは関係なく思わず口に出た言葉だった。同時に涙も溢れてきたが、この涙も自由な意志の判断とは関係がなかった。しかし、泣き声がするほど泣いたわけではない。嗚咽(おえつ)はじっとこらえていた。ただ、オゴール夫人やビタナット・ロッジは冷たく胸に突き刺さってくる。それに、今は横を歩く主人と私との間に、じきにあの荒海が流れ込む運命が待ち構えていると思うと、いっそう冷たく突き刺さる。そして、海が思っていた以上に広大であることに気がつくと、最後のとどめだった。私が心のままに愛し、愛さずにはいられなかった者、しかしその彼と私の間には、富、階級、慣習という壁が立ちはだかっていた。

「遠いのです」私はもう一度言った。

「確かにそうだな。アイルランドのコナハトのビタナット・ロッジ、そこに行ってしまえば、あなたとはもう二度と会わないことになる。それはまず間違いないよ、ジェイン。アイルランドにさほどの愛着はないから、私がそちらまで行くことはない。ジェイン、私たちは良き友だったと言えるね」

「はい」

「よき友が互いに別れる前の晩は、きっと残り少ないわずかな時間をできるだけ一緒に過ごしたいと思うだろう。さあ、こっちに来なさい。あと三十分ばかり、どこか静かなところで、今後の旅や出発のことを話しておこう。その間に、向こうの星たちも、あの天上の世界で輝きを増し始めるはずだ。さあ、ここにマロニエの木があるぞ。老いた幹のすぐそばにはベンチもある。ここに座り、今宵は静かに過ごそう。それに、この場所で一緒に座ることはもう二度とないわけだからな」彼は私をまず座らせ、そして自分もベンチに座った。

「確かにアイルランドは遠いな、ジャネット。私の小さな友達にそんな大変な旅をさせることになって申し訳ない。でもこれ以上のことはできないのだから、致し方ない。ジェイン、この私と似ているところがあると思うことはないかね」

　このときの私はもうどんな返事もできそうになかった。心は張り裂けそうだった。

「というのは」彼は続けた。「時々、あなたに対してなんだか妙な気持ちになることがある。特に今みたいにあなたがそばにいるとね。なんだか私の左の肋骨の下あたりに紐がぶらさがっていて、それがあなたの小さな体のやはり左脇あたりにぶらさがる同じような紐と、とても強く固く結びついているような気がするんだ。しかし、あの大しけの海峡と二百マイルも離れた陸が私たちの間を遠く隔ててしまうと、親交の証であるこの紐もぷつりと切れてしまうのではないかと思うのだ。でもそうしたら、この体の内側から血が流れ始めると思うとびくびくしてしまう。しかし、あなたは、そのうち私を忘れてしまうのだろうね」

「そんなこと、絶対にあり得ません。おわかりのはずでは――」それ以上は続けられなかった。

「ジェイン、向こうの林でナイチンゲールが歌っているのが聞こえるかい。ほら、聞いてごらん」

その声を聞きながら、私はこみ上げる嗚咽が止まらず、ただむせび泣いた。じっと耐えてきて、もう抑えられなかった。自分ではどうすることもできず、あまりにも激しい苦しみを覚え、頭の上から足の先まで震えが止まらずにいた。出てきた言葉といえば、生まれてこなければよかった、ソーンフィールドに来なければよかったという、ただ衝動的な思いの発露だけだった。

「屋敷を出ていくのが悲しいわけだな」

私の中で悲しみと愛情がとてつもなく激しい感情を呼び覚ました。それは支配を主張し、制覇を求めて闘い、ついには高らかに権利を宣言した。いざ征服と勝利をこの手に、さあ生きるのだ、立ち上がり、君臨するがいい。そう、そして話したまえ。

「ソーンフィールドを離れなければならないなんて本当に悲しいです。私はソーンフィールドが好きです、愛しています。たとえつかの間であったとしても、ここで暮らしながら私は生きることを満喫し、喜びを味わいました。人に踏みにじられることもなく、石ころに扱われることもなく、劣った人たちと一緒に埋もれてしまう恐れもなく、それどころか、聡明で、力に溢れ、高尚なるものとの交流を得て、その機会はたった一度でも排除されませんでした。

私が尊敬し、心から楽しく思える方と直接に顔を合わせて話すこともできたのです。その方の心は独創的で、力にあふれ、とても大きなものです。ロチェスター様、あなたのことはわかっています。だからこそ、もう永久に引き裂かれてしまうと思うと、恐怖と苦痛に打ちのめされる思いです。ここを出て行かなければならないことはよくわかっています。それは死がそこにあると突きつけられたも同然です」

「どこにその必要があるんだね」彼は不意に尋ねた。

「どこにですって。私の目の前で示されたではありませんか」

「どんな形で」

「イングラム嬢という、気高く、美しき女性という形です。つまり、あなたの花嫁です」

「私の花嫁だと。一体どこに花嫁がいる。私に花嫁などいないだろう」

「未来の花嫁です。そのうちにおもらいになるではありませんか」

「そうだな、確かにそうだ、そのうちにな」彼は歯を食いしばった。

「そうしたら私は出て行かなければなりません。ご自分でそうおっしゃったばかりです」

「いや、出て行ってはならない。誓って言うが、あなたはここに留まらなければならない。誓ったことは守ってもらおう」

「私は出て行かなければならないのです、それははっきりしています」私は何か激情のようなものに駆られて反発した。「あなたにとって私は何の意味もなくなるのです。それなのにどうしてここに留まれると思うのですか。私を自動人形か何かだと思っているのですか。感情のない機械とでもお思いですか。私に与えられた、たった一口のパンをこの口からあっという間に奪い取られ、流れる水のひとしずくをこのカップから放り出されて、それでもまだ我慢できるとお思いですか。私が貧乏で、無名で、不器量で、小さいからといって、魂もなければ心もないと思うのですか。大間違いです、私にもあなたと同じ魂があります、心だって立派にあります。これにもし神が多少の美しさと多くの富を授けてくださっていたなら、私はそれを用いたはずです。そして、今私があなたのもとを去りがたいように、きっとあなたも私から去りがたいと思ったことでしょう。今、私は慣習やしきたりというものを超えてあなたに話しています。しかも、この滅び行く肉体を通じて話しているわけでもありません。これは私の霊魂があなたの霊魂に直接訴えているのです。二つの魂が墓を通り過ぎ、神の御前に立つときその二人が等しくあるように、今の私たちは平等なのです」

「私たちは平等なのだ」ロチェスター氏は繰り返した。「その通りだ、ジェイン」彼はそう言って、腕を私に回し、胸に抱き寄せ、その唇を私の唇に押し当てた。「その通りだ」

「ええ、その通りです」と私は答えた。「でも、そうでもないとも言えます。なぜならあなたは結婚しているから、結婚したも同然だからです。しかも、あなたの妻はあなたより劣る方です。あなたが彼女に共感できることなど何一つなく、おそらくあなたは本当に彼女を愛してはいません。彼女に向かってあざ笑うかのような態度を示すのを私は見聞きしています。そんな結婚を私は軽蔑します。ですから、私はあなたより上にいる人間だと思います。どうか、私を離して、行かせてください」

「どこにだ、ジェイン。アイルランドか」

「はい、アイルランドです。私は自分の心の内を話してしまいましたから、もうどこにでも行けます」

「ジェイン、落ち着きなさい。そんなに苦しんではいけない。まるで半狂乱の鳥が絶望のあまり、自分の体の羽毛を全部むしりとろうとしているみたいじゃないか」

「私は鳥ではありませんし、どんな網にも引っ掛かりません。私は自由な人間で、独立した意志があります。その意志を働かせた上で私はあなたのもとを離れるのです」

もう一度もがいてようやく解放された。私は彼の前にまっすぐ立った。

「それでは、あなたの意志で自分の運命を決めればいいだろう」彼は言った。「私はあなたにこの手、この心を授け、私の財産を分け与えよう」

「そんなの茶番です、笑うしかありません」

「ずっと私のそばで暮らしてくれないか。腹心の友となり、この世で最もよき伴侶となってくれないか」

「その運命のお相手ならもうご自分で選ばれているではありませんか。それに従っていただきましょう」

「ジェイン、少しの間でいいから落ち着いてくれ。興奮しすぎだ。私も少し落ち着こう」

風が月桂樹の散歩道をさっと吹き抜けた。マロニエの木の葉をかすかに揺らして通り抜けると、そのまま流れ、遠くへ、見果てぬ先へと消えていった。その後に聞こえるのはナイチンゲールの鳴き声だけだった。耳をすましていると、また涙が流れてくる。ロチェスター氏は何も言わずに座り続け、優しく、まじめな顔で私のことを見ていた。彼は話すまでしばらく時間を置いた。そして、ついに話しかけた。

「こちらにおいで、ジェイン。きちんと話をしてお互いを理解しよう」

「二度とおそばには参りません。あなたとは引き裂かれた身ですから、二度と戻りません」

「しかし、ジェイン、私はあなたを妻として呼んでいる。私が結婚しようと思う相手はあなたしかいない」

私は黙っていた。からかわれていると思った。

「さあ、ジェイン、こちらにおいで」

「私たちの間にはあなたの花嫁がいます」

彼は立ち上がると、一足で私のそばに近寄った。

「私の花嫁はここにいる」私をもう一度引き寄せながら言った。「なぜなら、私と瓜二つの人がここにいる、そう、私たちは同等だから。ジェイン、私と結婚してくれないか」

それでも私は返事をしなかった。それでも彼の腕から身を離そうともがいた。なぜなら、私はまだ信じていなかった。

「疑っているのか、ジェイン」

「すべてを疑っています」

「私を信じていないのか」

「まったく信じられません」

「その目に映る私はただの嘘つきなのか」彼は感情的になって言った。「疑り深いやつ、納得してもらおうじゃないか。私がイングラム嬢にどんな愛情を持っているとでもいうのか。愛してなんかいない、それはわかっているだろう。では、彼女が私を愛しているか。いや、まったくだ。それを明らかにしようと私は骨を折った。私の財産は皆が思う三分の一にも満たないという噂を流し、彼女の耳に届くようにした。その後結果を知るために出向いてみたら、彼女の態度も、母親の態度もまったく冷ややかなものだった。私はイングラム嬢と結婚するつもりはない。いや、結婚できない。しかし、あなたは、そう、あなたは実に奇妙で、この世のものとは思えないほどだ。私は我が身のようにあなたを愛している。貧乏で、無名で、小さくて、不器量かもしれないが、どうか私を夫として受け入れてくれないか」

「まあ、私を」と思わず叫んだ。彼の真剣さ、そして何よりもその失礼な言い方に、彼の誠実さを感じ始めていた。「あなた以外にこの世に友はおりません、そんな私でいいのですか。もちろん、あなたが友であるとしたらの話ですけれど。それに、あなたからいただいた以外には一シリングもありません」

「あなたをです、ジェイン。あなたを私のものとし、私のすべてとしなければならない。私のものとなってくれますか。さあ、はいと言ってくれ、早く」

「ロチェスター様、その顔を見せてくださいませ。月明かりのほうを向いてください」

「なぜだ」

「あなたの顔を読み取りたいのです、さあ、向けてください」

「これでどうだ、しかし、くしゃくしゃの殴り書きだらけの紙のほうがまだ読み取れるかもしれないぞ。さあ、読んでくれ。だが、急いで、耐えているのだから」

その顔はひどく苛立ったように真っ赤だった。顔を激しくひきつらせ、目は奇妙な光を放っていた。

「ああ、ジェイン、私を苦しませる気か」彼は叫んだ。「その鋭くも誠実で寛大な目が、私を苦しませているんだ」

「一体どうして私が苦しめるのでしょう。もしあなたの言ったことが真実で、その申し出が本当であるなら、私の思いは二つだけです。あなたへの感謝の念と、あなたに尽くしたいという気持ちです。どうしてこれが苦しみとなりますか」

「感謝だって」彼は叫び、その言い方はさらに熱を帯びた。「ジェイン、今すぐに承知してくれ。さあ、エドワード、この名前で呼ぶんだ、エドワード、あなたと結婚しますと」

「本気なのですか。本当に私を愛しているのですか。本当に私を心から妻にしたいと望んでいるのですか」

「その通りだ、もしそのために誓いが必要なら、私はここに誓う」

「では、あなたと結婚します」

「エドワードだ、私の妻よ」

「愛するエドワード」

「こちらにおいで、さあ、あなたのそのすべてとともに」彼はそう言うと、頬を重ねながら、低く深い声で私の耳もとに囁いた。「私を幸せにしておくれ。私もあなたを幸せにする」

「神よ、赦したまえ」しばらくして彼はこう付け加えた。「そして何人（なんぴと）も私に干渉せんことを。彼女は私のものだ、これからもずっと」

「干渉する人など誰もいません。私には何か言ってくる親戚などいませんから」

「そうだった、それは何よりもいい話だ」このとき、もし私がそこまで彼を愛していなかったなら、彼の口調と歓喜の表情はなんとも粗暴だと感じただろう。しかし、彼のそばに座り、別れという悪夢から目覚め、しかも結婚という楽園に招かれていた私は、これほど豊かな流れとなって押し寄せてきた至福の盃（さかずき）をただ受け取って飲むことしか考えていなかった。何度も何度も彼は尋ねた。「幸せかい、ジェイン」私は何度も何度も答えた。「はい」そして彼はつぶやいたのである。「償えばよい、償えばよいだろう。この人に会ったとき、この人に友はいなかった。いつも寒そうにして、慰め一つなかった。そんな彼女を私は守り、この胸に抱き、慰めてやらねばならない。私の心に愛はないとでも、私の決意に永久はないとでもいうのか。神の裁きの下で償えばよいではないか。私の創造主は私の行いを認めるはずだ。世間の判断はどうかと言えば、それとは一切関わり合わないことだ。世間の考えには立ち向かうのみだ」

　しかし、一体この夜に何が起きてしまったのだろう。月はまだ沈んでいなかったが、完全に私たちは影に染まっていた。近くにいるのに、主人の顔はほとんど見えなかった。そしてなぜマロニエの木はあんなに苦しんでいるのだろう。身もだえしてうめき続けている。風もうなり声をあげていた。それは月桂樹の散歩道から吹きつけて、私たちに襲いかかった。

「屋敷の中に入ろう」ロチェスター氏は言った。「天気が変わった。ジェイン、君となら朝まで一緒に座っていられたのに」

「私もあなたとなら一緒にいられたわ」と心の中で思った。きっとそう口に出すべきだったかもしれないが、じっと見ていた雲から、不意に怒ったように、ぱっと眩しい閃光がきらめき、パリンと割れたような音、ガチャンと壊れるような音、そしてすぐ近くでゴロゴロと轟く音が聞こえ、ただもうロチェスター氏の肩にすがり、一瞬くらんだ目を隠すことしかできなかった。

猛烈な雨が降ってきた。彼に急かされながら散歩道を上り、敷地を抜けて屋敷の中に入った。それでも屋敷に入る頃にはずぶ濡れだった。彼が玄関ホールで私のショールを取り、ほつれた髪から水を振り払ってくれていると、そこへフェアファックス夫人が自分の部屋から現れた。私は最初まったく気づかず、それはロチェスター氏も同じだった。ランプにはまだ明かりが灯り、時計はちょうど十二時を告げていた。

「急いで濡れた服を着替えるように」彼は言った。「さあ、部屋に戻ろう。お休みなさい。愛しい人、お休みなさい」

彼は何度も私にキスをした。腕を離れ、顔を上げると、そこに夫人が立っていた。青ざめた表情は深刻そうで、かつ驚いたようだった。私はただ微笑みかけると、階段を駆け上がって行った。「説明はまた他のときにでもすれば大丈夫でしょう」私はそう思ったのである。しかし、部屋に戻ると、ほんの一時でも夫人が目撃した内容を誤解するかと思うと、胸が痛くなった。しかし、喜びがその他の感情をすぐに打ち消した。うなる風が吹きつけ、近くで低音の雷鳴が轟き、稲妻が激しく頻繁に光り、雨が滝のように降り続けた。嵐はそうして二時間も続いたが、私は恐怖も恐れも感じなかった。その間、ロチェスター氏が三回も部屋のドアのところに来て、大丈夫か、落ち着いているかと尋ねてきた。これは何にも代えがたい安心であり、そして力となった。

翌朝ベッドから起きる前に、アデールが部屋に駆け込んできた。果樹園のふもとにある大きなマロニエの木が夜の間に雷に打たれ、半分ぐらいまで真っ二つに裂けてしまった、と言いにきた。

［後略］

（侘美真理＝訳）

「ジェイン・エア」訳注

1―ピクチャレスク　文字通り「絵のように美しい」という意味で使われるが、十八世紀末から十九世紀初頭のイギリスでは、当時隆盛した美学的概念を指して用いられることが多い。古典主義的な調和のとれた美しさよりも、不規則で変化のあるものに対する美意識の一つの形容であり、特に岩山や渓谷など起伏や変化に富んだ風景、人間の手にかからない粗野な自然、荒涼とした田園風景を指して用いられることが多い。精神を高揚させる「崇高なるもの」とともに、ゴシックやロマン主義的な想像力や感性を生み出した一つの要素である。

2―ニーガスのお酒　ニーガス酒はワインにお湯を注ぎ、砂糖で甘くした温かい飲み物。レモンやナツメグなどを入れることもある。

3―気まぐれな人生の熱病が去りしあと安らかに眠る　シェイクスピアの『マクベス』、第三幕第二場よりマクベスのセリフからの引用。

4―パーク　貴族やジェントルマンの屋敷に付随した広大な緑地を指す。「大庭園」と訳されることもあるが、森林地や牧草地が広がった私有地である。もとは王侯貴族の所有する「狩猟園」や「鹿園」を表す言葉であったが、次第に装飾的もしくは娯楽的な目的で鹿や牛や羊などを放牧する、広大な囲われた庭を表すようになった。

5―踏み越し段　原文は'stile'、これは牧草地の柵や垣根の一部に人が通り抜けられるように設置した踏み台のようなもので、木製の階段が数段つらなっていることも多い。人は越えて行けるが、家畜は通り越せないようにするための仕組み。

6―荒野に巻き上がる～吹き飛ばす　詩人トマス・ムア(Thomas Moore、一七七九―一八五二)の『聖なる歌』からの引用。ムアはロマン主義の詩人バイロンやシェリーと仲が良かった。

7―緑の男たち　原文は'men in green'。いわゆる「緑の男」、「グリーンマン」と呼ばれる木の精霊(森の中から出没し、たくさんの葉を顔や腕にまとって現れる)とも考えられるが、古来より妖精と緑の衣は関係が深く、緑の衣装は特殊な力を持つという伝承がある。

8―ベウラの丘　『イザヤ書』六二章四節に「あなたの土地は『夫を持つもの』と呼ばれる。主があなたを望まれ/あなたの土地は夫を得るからである」とあり、

「ベウラ」はヘブライ語で「夫を持つもの」、つまり「結婚」を意味する。また、ジョン・バニヤンの『天路歴程』では、巡礼者が「疑惑の城」や「絶望の巨人」に閉じ込められたあとたどり着く平和の地である。

9―**サゴの甘粥**　サゴヤシの澱粉を煮て牛乳で甘く似たもの。

10―**彼女は自然といくばかりか涙を流した**　ミルトンの『失楽園』からアダムとイブがエデンを追われる場面での引用。主語を「彼ら」から「彼女」にすることで、アデールとイブを重ねている。

11―**ボスウェル**　スコットランド貴族のボスウェル伯ジエイムズ・ヘップバーンはスコットランド女王メアリに仕えた海軍司令官であり、三人目の夫となった人物。二人目の夫ダーンリー卿を誘拐、殺害した首謀者と言われる。また、女王の愛人とされたダヴィド・リッツィオは、夫ダーンリー卿によって女王の目の前で殺害された。

12―**コン・スピリトー**　音楽用語で「元気よく」「生き生きと」の意味。英語に直せば‘with spirit’。この後、‘spirit’（意気）の言葉遊びが続く。

13―**エリエゼルとリベカ**　第二幕の「シャレード」は『創世記』二四章一五～二〇節を再現している。「僕がまだ祈り終わらないうちに、見よ、リベカが水がめを肩に載せてやって来た。彼女は、アブラハムの兄弟ナホルとその妻ミルカの息子ベトエルの娘で、際立って美しく、男を知らない処女であった。彼女が泉に下りて行き、水がめに水を満たして上がって来ると、僕は駆け寄り、彼女に向かい合って語りかけた。『水がめの水を少し飲ませてください』すると彼女は、『どうぞ、お飲みください』と答え、すぐに水がめを下ろして手に抱え、彼に飲ませた。彼が飲み終わると、彼女は、『らくだにも水をくんで来て、たっぷり飲ませてあげましょう』と言いながら、すぐにかめの水を水槽に空け、また水をくみに井戸に走って行った」とある。

14―**ブライドウェル**　ロンドンにある有名な刑務所の名前。なお、「シャレード」はフランスで生まれた遊びで、謎々の形式でいくつかヒントを出し、単語を当てるもの。ロチェスターたちが興じているのは、ヒントが言葉ではなく芝居の形式で出題される。第一幕の解が「ブライド（花嫁）」、第二幕の解が「ウェル（井戸）」、そして最終的な解は「ブライドウェル」となる。

15―**ケアンゴーム**　スコットランドのケアンゴーム山で採掘される黒水晶。

16—**ヴィネット**　書物の中に描かれる小さな挿絵を指すが、原文は'fancy vignettes'とあり、想像豊かで美しい絵を指す。

17—**ボアディケア女王**　ケルトのイケニ族の女王。ローマ帝政時、イケニ族を率いてローマ人に反逆し七万人もの人々を処刑したとされる。最後に敗北すると毒をあおって死ぬ。ブーディッカとも呼ばれる。

*聖書からの引用は、日本聖書協会の新共同訳に拠った。

アン・ブロンテ

アグネス・グレイ

第一章　牧師館

真実が語られる記録には必ず学ぶことがある。もっとも、その宝を見つけることがなかなか難しかったり、宝を見つけたとしてもわずかで取るに足らず、乾燥して萎びた種を見つけたときのように、その硬い実をわざわざ叩き割るほどでもなかったということもある。果たして私の綴るこの物語がどうなのかといえば、それは自分では判断できない。ある人には役に立つかもしれないし、ある人には読み物として面白いかもしれないと思うが、その判断は世間の皆さんにお任せしたい。私は無名であり、年月も過ぎ、いくつか架空の名前も用いるわけだから、それを楯にあえて冒険することを恐れはしない。一番親しい友人にさえ打ち明けないようなことを素直に世間に公表してみたいと思っている。

父はイングランド北部で牧師を務め、牧師として誰からも尊敬される人物であった。聖職禄からの多少の収入に加え、暮らしに事欠かないわずかな資産もあり、独身時代は特に不自由のない暮らしをしていた。母は地主の娘で、家族の反対を押し切ってでも父と結婚するほどの気骨のある女性だった。貧しい牧師の妻ともなれば、四頭立ての馬車、奥様付きのメイド、贅を尽くした高級品や風雅な品々など母にとっては必需品のすべてを諦めなければならないと説得されても聞き入れなかった。馬車やメイドは大変便利でも、母にはありがたいことに自らを運ぶ足があり、身の回りを整える手があった。素敵なお屋敷と広大な敷地を厭うわけではないが、リチャード・グレイという男性と田舎の小さな家で暮らすほうが、世界中のどんな男性と宮殿の中で暮らすよりもよかったのである。

　どんな説得も効き目がないと思った母の父親は、ついには好きなように結婚したらいいと二人に言った。ただし、結婚するならば、お前は財産のすべてを放棄することになると言い添えた。このように言えば、恋人たちの情熱も少しは冷めるだろうと期待してのことだったが、その判断は間違っていた。母がこの上なく素晴らしい価値のある存在だということを父は充分に理解していた。この人こそが高価な財産そのものだとわからないはずがなかった。つつましきわが家の炉辺に、彼女が花を添えてくれると同意さえしてくれたなら、たとえどんな条件であろうと喜んで妻に迎え入れるつもりだった。母は母で、愛する人と別れるぐらいなら自ら身を挺して働いても構わないと思っていた。父の幸せを築くことこそ喜びであると考えた母は、心も魂もすでに父とともにあった。こうして母の財産は母の姉に渡り、インドで財を成した男性と結婚していた賢き姉の懐をさらに豊かにした。周囲がただ唖然とし、また不憫に思って残念がる中、母は村の質素な牧師館へと嫁ぎ、――という名の丘陵地でひっそりと暮らすことになった。しかし、こんなことがあったにせよ、それに母は気が強く、父には気まぐれなところがあったが、それでも確かに言えることは、イングランド中どこを探そうと、この二人以上に幸せな夫婦は見つけられないということである。

二人は六人の子どもを授かったが、赤ん坊から幼少期の危険な時期を生き延びることができたのは、私と姉のメアリの二人だけだった。姉とは年が五、六歳離れていたために、私はいつも家族の中で「子ども」扱いされ、みんなのペットのような存在だった。父、母、姉の三人そろって私を甘やかしたが、むやみに好き放題が許されたわけではなく、手に負えないほどのひねくれた性格にはならなかった。ただ、いつも誰かが親切に接してくれていたので、私は人に頼りがちになり、自分では何もできなくなってしまった。人生の苦労や苦難に立ち向かうことなど、とうていできそうもなかった。

メアリと私は完全に外部と切り離された環境で育った。というのも、母にはかなりの教養と学があり、また働くことも好きだったので、母が私たちの教育を一手に引き受けた。ただし、ラテン語だけは例外で父が引き受けた。そのために私たちが学校に行くことはなく、近隣には社交場もなかったので、私たちが世間と接する唯一の場といえば、時折開かれる儀礼的なお茶会ぐらいだった。そのお茶会も近所の主だった農家の人々や商人たちを囲むためのもので、こちらのプライドが高すぎてご近所と付き合えないなどと思われないように関わっていた。あとは父方の祖父の家を毎年訪れるくらいで、そのときに祖父を始め、優しかった祖母と未婚の叔母、それに数人のご年配の方々との付き合いがあり、私たち二人が人と会うのはせいぜいそれぐらいだった。時々母が、自分が若かった頃の思い出話や逸話を私たちに語り聞かせることがあったが、それがとても面白かったので、かえってもう少し世の中を見てみたいと思う気持ちを密かに募らせた。少なくとも私自身は漠然とそう感じていた。

その昔、母はとても幸せだったに違いない。しかし、過ぎ去ったことを惜しむふうでもなかった。一方、父は生まれつき性格が穏やかなわけでも明るいわけでもなく、最愛の妻が自分のために払った犠牲を思ってはしょっちゅう怒りに震え、母のためにも、家族のためにも、なけなしの財産をなんとか増やしたいと幾度となく計画を巡らせては悩んでばかりいた。母は充分満足していると父に言い聞かせていたが、それも無駄だった。母としては、父が子どもたちのためにわずかばかりのお金を蓄えてくれさえすれば、家族は今のままでこれからも充分にやっていけると考えていたが、問題は貯蓄ということ自体が父の得手ではなかったことだ。父は借金には陥らなかったが（最低限、母がそうならないように気をつけていた）、手元にお金があると使わずにはいられなかった。家にはよいものを、妻と娘にはきちんとした身なりといい使用人を整えたいと考えていた。さらに父は慈善心にも富み、自分の資力に応じて、あるいは傍から見れば不相応と思えるほどの施しを貧しい人々に分け与えていた。

しかし、そこへ親切な友人がある話を持ちかけてきた。父の財産を一気に二倍にし、その後もさらに相当な額にまで増やす方法があると提案してきた。商人であるこの友人は進取の気性に富み、確かな才能に溢れていた。資本が足りずに商売に多少の行き詰まりを感じていたが、父ができる限りの資金を用立ててくれたら、利益の相当の取り分を父に払ってくれると気前よく申し出てくれた。どれほどの金額を預けてもらおうと常に倍の利益は上がる、それは請け合うという話だった。そこで、世襲の資産を速やかに売却し、売値のすべてがその親切な商人の手に委（ゆだ）ねられた。彼は即座に船に荷を積み、航海への準備を始めた。

将来の明るい見込みに父は大変喜び、もちろん私たちも喜んだ。しばらくは確かに副牧師の細々とした収入でやっていくにしても、父としては家の支出をそれほど慎重に抑える必要はないと考えていたようで、ジャクソンの店で勘定をつけてもらうと、次にスミスの店、またホブソンの店、と次々につけを増やし、私たち家族はかえって以前よりも不自由のない暮らしをしていた。しかし、母だけは度を過ぎてはならないとはっきり言っていた。わが家の経済的な展望は結局のところ危ういものでしかないと、そもそも家計の管理をすべて自分に任せてくれさえすれば、父がけちけちした思いをしなくても済んだのに、と言っていた。しかし、この点に限って言えば、父は頑（かたく）なだった。

メアリも私も、何とも幸せな時を過ごしていた。暖炉のそばに座って針仕事をしているときも、ヒースの茂る丘を散歩するときも、シダレシラカバの木（家の庭にある唯一の大木だった）の下でぶらぶらと時を過ごしているときも、将来の幸せについて語り合い、そのことを父や母にも話した。何をしようか、何を見ようか、何を買おうか、そんなことばかり話していた。しかし、私たちが築き上げるつもりの壮麗な建物には、その商人の才による投機が成功すれば流れ込んでくる富以外には、何らしっかりした土台が築かれているわけではなかった。父もまた私たちと同様、決して褒められるものではなかった。ただ、熱心なふりはあえて見せず、父が将来への明るい希望や楽天的な将来像を思い描いていることは、時折冗談を言ったり、おどけて警句を口にしたりするのでわかった。それがいつも私にはとても機知に富み、愉快に思えた。そんな希望に満ちた父の楽しそうな様子を見て、母も嬉しくて笑っていた。とは言え、内心では父がこのことに執心している様子が気がかりでもあり、一度だけ、部屋を出がけに母がこうつぶやいているのを耳にしたことがある。

「どうか、がっかりすることが起きませんように。もしそんなことが起きたら、あの人はきっと耐えられないわ」

そのがっかりする事態が起きた。知らせは雷鳴のように家族に届き、あまりの痛手に父は失意に沈んだ。私たち家族の財産を積んだ船が難破し、積み荷もろともすべて海の底に沈んでしまった。数人の船員が運命を共にし、あの商人自身も不運な死を遂げた。私は父を思って悲しまずにはいられなかった。私たちの砂上の楼閣が崩れ去ったショックに、しばらくは悲しみに打ちひしがれた。しかし、若さという順応性のおかげで、私自身は次第にショックから立ち直っていった。

確かに富というものは魅力的である。では、貧困が恐ろしいものかと言えば、私のような経験の乏しい女の子にとっては、そうでもなかった。実を言うと、窮境に陥るということ自体、自分の力だけでなんとかしなければと思われて、何やら刺激的だった。私の願いは、どうかお父さん、お母さん、お姉ちゃん、みんなが私と同じような気持ちでいてくれますように、ただそれだけだった。過去の悲惨な出来事を思って泣いたりせず、少しでもよくしていくつもりで、家族みんなで元気にやるべきことに取りかかれたらいいと思っていた。困難が大きければ大きいほど、今の貧乏が辛ければ辛いほど、明るくやっていこう、貧困に耐えるにはいっそうの元気が必要で、困難と闘うにはさらなるエネルギーが必要だ、そう思っていた。

メアリは泣いたりこそしないが、この不運な出来事を思い出してはくよくよと考え、鬱々とした気分になっていた。私がどんなに元気づけても気分は晴れず、私みたいにもう少し楽観的になってもらおうと思っても、無理な話だった。私も私で、子どもだからそんな浅はかな考え方をするとか、無神経にも程があるなどと咎められるのではないかと恐れるあまり、前向きな考えや、元気づけたいという思いは口には出さないよう慎重に心がけた。どちらにしろありがたく受け止められないとよくわかっていたからだ。

母は父を慰めることだけを考えていた。そして、できる限りの方法を尽くして家族の借金を返し、支出を切り詰めていくことに専念していた。が、父はこの不幸な出来事に完全に打ちのめされていたのである。健康も体力も気力もこの一撃のもとに奪われ、その後も完全に回復することはなかった。母は元気づけようとして、父には敬虔な心も勇気もある、何よりも自分や娘たちへの愛情があると強く説いたが、それも功を奏さなかった。その愛情こそが父の最大の苦しみの種だった。父がどうにかして財産を増やしたいと望んでいたのも、私たちのことを思ってこそ、父の期待がこれほどまでに大きく膨らんだのも私たちのためで、その結果、これほどの痛みが父の心労に加えられることになってしまった。今や父は後悔の念にかられて自らを責めていた。母の忠告をきちんと聞いていればよかった、そうすれば少なくとも、借金という新たな重荷を背負うことは避けられたはずだった。母を道連れにしたと、ひどく責めもした。かつての地位にいれば得られた品位、何不自由のない贅沢な暮らし、それらから母を引き離し、貧しいが故の気苦労と労働の苦しみを味わわせたのは自分である。母のような高い教養を持つ素晴らしい女性、かつてはいく度となく賞賛され、恋のライバルが絶えなかった女性が、今や年がら年中、精一杯家庭の仕事や家計のきりもりをし、やりくり上手で働き者の主婦へと変貌を遂げてしまったことは、父にはとうてい耐えがたいことだった。母が家の仕事を喜んでこなせばこなすほど、逆境を明るく耐えようとすればするほど、そして優しさから自分のことを一切咎めだてしないでいることが感じられれば感じられるほど、父は母のそのような気持ちを曲解して、妙に自らを責め立てて苦しみをさらに増した。こうして父の心は次第に体を蝕み、神経に変調をきたしていった。変調をきたした神経はさらにまた心を悩ませ、その相互作用でついに体調は極度に悪化し、今の私たちの状況が父の病んだ想像力が思い描くほど悲愴でも絶望的でもないということを、家族の誰一人として父に説得することが叶わなくなってしまった。

　便利だった軽四輪馬車が売られ、それを曳いていたポニーも一緒に売られた。よく肥えた頑丈なポニーは昔からわが家のお気に入りで、穏やかに生をまっとうするまで私たちの手から売られることなどないと思っていた。小さな馬車小屋も馬小屋も貸し出され、使用人の少年と、二人の女中のうち、有能なほうに（賃金がより高かったので）暇が言い渡された。私たちの着る服はみっともなくなる寸前まで、何度も修繕し、穴をかがり、裏返しては仕立て直した。もともと質素であった食事も、かつてないほど質素になった。ただ、父の好きな料理だけは例外だった。暖炉の炭やろうそくもかなり苦労して節約した。ペアで使っていたろうそくは一本に減らし、その一本さえもあまり使わないようにした。暖炉の火床は半分空っぽにして、炭は慎重に倹約しながら使った。父が教区の勤めで外出しているときや、病気でベッドに寝たきりでいるときは特にそうして、私たちが暖炉の前に座るときは炉格子の上に足を載せて暖まった。消えそうな炭をしきりに搔き起こし、さらに炭の燃えかすや燃えくずまでも少し振りまいてみたりして、なんとかその火を絶やさないようにと必死だった。絨毯にしても、しばらくすると擦り切れてぼろぼろになったが、何度も継ぎ合わせたり、穴を埋めるなど、その使い古しぶりは私たちの洋服の比ではなかった。庭師を雇う費用を抑えるため、庭の手入れはメアリと私がやった。また、使用人の女の子一人ではそうそう抱えきれない家の仕事や料理などは母と姉がやり、私もたまにそれを手伝った。手伝うと言っても、ほんの少しである。自分としては一人前の女性のつもりでいたが、母と姉の見立てからすれば私はまだほんの子どもだった。それに、やりくり上手で働き者の女性が得てしてそうであるように、母が働き者の娘たちに恵まれるはずがなかった。自分自身があまりに賢く、また勤勉に働くものだから、自分の仕事を代わりの者に託さず、それどころか人のためでもわが事のように考えて行動した。どんな仕事をするにしろ、自分ほどうまくできる者はいないという思いもあり、私が母の手伝いを申し出ても、いつも返事は次のようなものばかりだった。

「いいえ、その必要はありませんよ。ここにはあなたに手伝ってもらえるようなことは何もありません。それよりも、お姉ちゃまのところに行って、手伝ってあげなさい。それか、お姉ちゃまを散歩にでも連れて行ってあげてちょうだい。あんなにじっとしてばかりではいけませんって。いつも家の中に閉じこもっているでしょう。だから痩せて元気がなく見えてしまうのよ。そう伝えてちょうだい」

「メアリ、お母さんが私にね、メアリのことをお手伝いするように言っているわ。それか、散歩にでも連れて行きなさいって。家の中でじっとしているから、痩せて元気がなく見えるんだって」

「だめよ、アグネス、私のお手伝いなんかできないわ。一緒に外にも行けません。やることが一杯あるの」

「そしたらそれを手伝わせてちょうだい」

「だからできないの、そう言ったでしょう。ほら、ピアノを練習しにでも行ってきたらどう。猫と遊ぶとか」

　針仕事なら、すぐにもやるべきことが山のようにあった。しかし、私はたった一枚の服を裁断する方法も教わっていなかったので、こうしたことでも、ごく簡単な縁縫いや地縫いの作業ぐらいしかできなかった。二人が口をそろえて言うには、私のためにいろいろと準備するくらいなら自分たちでやってしまうほうがずっと手早い、そんなことより私には勉強に励んでもらいたい、あるいは、一人で遊んでいてもらいたいということだった。それだから、私が年配のご婦人よろしく針仕事に向かって座り続けるまでには、かわいがっている子猫が落ち着いた老猫になってもまだ有り余るほどの時間がかかりそうだった。このようなわけで、私がこの家で役立つことといえば子猫とたいして変わらなかったが、とはいえ、何もしないでいたのもまったく弁解の余地がないわけではない。

こうして私たち一家の問題が続く中、母が愚痴を言ったためしはなかった。しかし、ただ一度だけお金がないことを嘆いたことがある。夏が近づく頃、メアリと私に次のような話をした。

「お父さんが海辺の保養地で数週間過ごすことができたら、どんなにいいかと思うわ。気分転換になるし、海辺の空気にあたれば、とっても体にいいはずよ。でもね、ほら、お金がないでしょう」母はため息をついた。

姉も私もそうしたいと切に願ったものの、それができないのを深く嘆くしかなかった。

「ほらほら」と母は続けた。「嘆いてもしようがないわ。でもまあ、結局、この計画を前に進めようとすれば、おそらく何かやってみないとだめでしょうね。メアリ、あなたはとても素敵な絵を描くわね。もう何枚か描いてみたらどうかしら。一番得意なスタイルでね。それで、他に描いた水彩画も一緒に、全部額に入れて売ってみたらどうかしら。きちんとした評価をして下さる画商さんのところで、あなたの絵のよさがわかる人によ」

「ぜひやってみたい、もし売れるとお母さんが思ってくださるのなら。でも、ちゃんとした価値がつくかどうか」

「でもやってみるだけのことはあるでしょう。とにかくメアリには頑張って絵を描いてもらって、私は誰か買ってくれそうな人を探してみましょう」

「私も何かできたらいいのに」私は声を出した。

「え、まあアグネスが。そうね、まあ、できるかもしれないわね。あなたも絵がとても上手ですから。ちょっと簡単なものを画題に選べば、家族みんながこれは出してもいいと思えるものがきっと描けるでしょうけどね」

「でもお母さん、私は他に考えていることがあるの。前からずっと考えていたこと……でも口に出して言いたくはなかったの」

「まあ、そうだったの。何だか言ってみてちょうだい」

「家庭教師（ガヴァネス）になりたいと思うの」

母は驚いてびっくりした声を上げた。そして笑い始めた。姉も驚きのあまり針仕事の手を止めて思わず叫んだ。「まあ、アグネスが家庭教師（ガヴァネス）ですって。一体何を考えているの」

「でも、それほど変わったことを考えているわけではないでしょう。大きな女の子たちを教えられるとは思っていないの。でも小さい子たちなら問題ないはずよ……それにどうしてもやってみたいし……とにかく子どもは大好きだから。ねえ、いいでしょう、お母さん」

「でも、あなたはまだ自分のことさえ、きちんとできていないでしょう。それにね、小さな子たちの世話をするには、年上の子たちよりももっと判断力や経験が必要なものです」

「お母さん、私はもう十八よ。自分のことは自分でちゃんとできます。誰かの世話だってできます。私はもう、ものの分別もわかるし、きちんと考えて行動できるのに、お母さんはちっとも理解してくれないのよ。だってチャンスを与えてくれないんだもの」

「でも、考えてもごらんなさいよ」とメアリが口を挟む。「知らない人たちばっかりの家に行くことになるのよ。どうするつもり。だって、お母さんも私もいないのよ。代わりに話してくれる人や何かやってくれる人もいないのよ……周りにはあなた以外に面倒を見なければならない子どもが何人もいて、それでいてアドバイスを頼める人は一人もいないのよ。どんな服を着たらいいかだって、きっとわからないでしょう」

「いつもこうしなさいと言われた通りにしかやらないからって、私に何の判断力もないと思っているのでしょう。チャンスがほしいの。それだけはお願い。そうしたら私がどのくらいできるか、今にわかるわ」

そのとき父が部屋に入ってきたので、私たちが話していたことが説明された。

「なんだって、うちのかわいいアグネスが家庭教師（ガヴァネス）になりたいだと」と父は叫び、気分がまだ落ち込んでいるにもかかわらず、笑い始めた。

「そうよ、お父さん。ねえ、お父さんだけは何も反対しないで。どうしてもやってみたいの。とってもうまくやってみせるから」

「しかし、お前が家にいないなんて考えられんよ」父の目には涙が浮かんで見えた。「いやいや、うちは今確かに厳しい状態ではあるが、まだそこまでは困っていない」

「あら、そうじゃないのよ」と、母は言った。「そんな必要はどこにもありません。アグネスがちょっと思いついただけですから。ね、だからこれ以上この話はしないでおきましょう。仕方ない子ね。あなたはうちを離れたくて仕方ないようだけれど、私たちはあなたと離れることができないのです。よくわかっているでしょうに」

その日だけではなく、その後何日も私は黙り続けた。しかし、前から温めていたこの計画を完全に諦めることはできなかった。メアリは画材を用意して着々と仕事を始めていた。私も準備して絵を描き始めたが、絵を描きながら他のことばかり考えていた。

家庭教師（ガヴァネス）になれたらどんなに素晴らしいだろう。世の中に出て行き、新しい生活を始められる。まだ試したことのない能力や未知の力を用いて、一人で生き始めることができる。自分の生活費を稼げる。多少は父と母と姉を楽にしてあげられるかもしれないし、何よりも私の分の食料や衣服を工面してもらわなくてもよい。お父さん、あの小さなアグネスはこんなことができるのです、と驚かせることができる。お母さんとメアリには、私はもう二人が思っているような存在ではないと説得できる。頼りないわけではない。何も考えていなくもない。そもそも、子どもの世話と教育を任せられるなんて、なんて素敵なことだろう。人が何と言おうと、私にはこの仕事をこなす力が充分にある。なぜなら、私はまだ自分が子どもの頃に何を思い、どのように感じていたかをはっきり覚えているから、それが私を導いてくれるはずで、分別に長（た）けた人のアドバイスよりももっと確かな教えだと思う。小さな生徒さんたちを見て、その年頃の自分がどうであったかを思い出せばよい。そうすれば、どうやったら彼らの信頼や好意を得ることができるか、たちどころにわかる。過ちを犯した者には、どのようにして後悔の念を目覚めさせ、怯(おび)えている者を見たらどう勇気づけ、悩める者をどう慰めるか、そういったこともわかる。「美徳」を日頃から実践し、「教育」への気持ちを高め、「宗教」を理解して素晴らしいものだと思ってもらいたい。

「教えるとは[*1]、なんと素晴らしい仕事
　子どもの心をすくすくと成長させていく」

毎日毎日、小さなかわいい草花たちの面倒をみていると、蕾(つぼみ)が一つ、また一つと、花開いていくのだ。

これほどたくさんの魅力に耐えきれず、私はもう少し粘ってみることにした。とはいえ、母を怒らせるかもしれない。それに父を悲しませることがあってはならないと、数日はその話をせずにいた。しかしついに、母にもう一度話をもちかけた。二人だけで話し合い、多少の問題はあったが、なんとか母にこの件で力になってもらう約束をとりつけた。次に父がしぶしぶと同意した。まだメアリが賛成せずに嘆かわしく思っていたにしても、優しい母は早速、私の勤め口を探し始めてくれた。父の親戚に手紙を書き、新聞の広告にもあたってくれた。母の親戚については、もう長いこと音信不通で、結婚してからごくたまに形式的な手紙のやりとりをするぐらいで、母がこのような件でいつか連絡を取ることなどあり得なかった。母がこうした世間付き合いをやめてからもう何年も経(た)ち、完全に身を引いた生活を送ってい

たため、私にふさわしい勤め口が見つかるまでは何週間も待たなければならなかった。ついに決定したときは本当に嬉しかった。何でもブルームフィールド夫人という方のご家族の小さなお子さんたちの世話をするということで、グレイ叔母が若い時分にその夫人と知り合ったということである。優しく生真面目な叔母によると、ブルームフィールド夫人はとてもいい人らしかった。夫は商売人だったがすでに引退し、その商売で一財産を築いたらしい。しかし、給料については、子どもたちの教師となる人にはせいぜい二十五ポンドが上限で、それより多くの給料を支払うことはまったく聞き入れないとのことだった。それでも、私としてはこの勤めを断るどころか喜んで引き受けたいと思った。が、父も母も断ってほしいと思っていた。

準備のために、さらに数週間が費やされることになった。その間、時が経つのが何と遅く感じられたことか。のろのろと単調に過ぎて行った。とはいえ、その数週間は大方幸せな数週間でもあり、明るい希望に満ち、燃えるような期待に溢れていた。何とも言えない浮き浮きした気分で、私は服を新調する準備に立ち会い、続けてトランクの荷造りに取りかかった。しかし、荷造りの作業をしているとなんとなく悲しさが忍び込み、さらに、荷造りもすっかり整い、翌日の出発の準備も終え、とうとうこの家で最後の夜を迎えるとなると、不意に苦しさで胸が一杯になった。愛する家族みんながとても悲しそうな顔をして、心温かく私に声をかけたので、とうとう涙をこらえきれなかった。それでも私は努めて明るく振る舞うようにした。メアリと一緒に荒野（ムーア）で最後の散歩をし、それから家の周囲や庭も歩いて回った。ペットの鳩(はと)の餌付けもこれが最後だった。私たちはそのかわいらしい鳩たちを手なずけていて、いつも手ずから食べ物をついばませていた。お別れにと、私は膝にむらがってくる鳩のすべすべした背中を一羽ずつなでてやった。特にお気に入りだったつがいの鳩、真っ白で扇形の尾をした二羽の鳩には優しくキスをした。また、小さな頃から弾き慣れたピアノにも向かった。最後の一曲を演奏し、父にも最後の歌を歌ってあげた。これで本当に最後とは思いたくなかったが、当分の間これが最後となることは確かだった。私にとってはそう感じられる長さになるだろう。それに、再びこうした日が訪れたときは、おそらくまったく違った心持ちになっているに違いない。状況も変わり、この家が私の安住の住み処(すみか)となることも、もうないかもしれない。

　私のあの小さなお友だちもきっと変わってしまうだろう。子猫と言っても、もう立派に大きく成長していた。きっと私が戻る頃には、たとえ一番早くてクリスマスのお休みに戻ったとしても、もう昔の仲良しのことは忘れているだろう。一緒に楽しくいたずらをして遊んだこともすっかり忘れているに違いない。これを最後にと、二人でじゃれあった。そうして子猫は私の膝の上で低く喉を鳴らしながら寝てしまったが、その明るく柔らかい毛並を撫(な)でてやっていると、こみあげてくる悲しさをどうにも隠しきれなかった。とうとう寝る時間がきて、メアリと私はひっそりとした小さな寝室に引き上げた。部屋に置いてある私の箪笥(たんす)は、すでに中身が取り出されて空っぽだった。本棚も、私の本が並べてあった棚はすべて空いていた。これからはこの部屋でメアリが一人で寝ることになる。本当に寂しくなるわ、たった一人きりでね、とメアリも言った。そう思い始めると、私はひどく落ち込んでしまった。姉を置いてこの家を出て行くと言い張るなんて間違っていたのではないか、私の単なるわがままに過ぎなかったのではないか、そう思えてきた。私はもう一度私たちの小さなベッドの脇にひざまずき、これまでになく必死に、姉のために、そして両親のために祈り始めた。気持ちを外に表すまいと両手で顔を覆ったものの、しばらくすると手はこぼれる涙で一杯になった。立ち上がると、姉も泣いているのがわかった。が、私たちが話すことはなかった。黙ったままベッドの中に入り、お互いにそっと寄り添い合いながら、あともう少しで二人は離れ離れになるのだと感じていた。

しかし、朝になると、再び元気と希望が湧いてきた。出発は朝早かった。私を乗せてくれる馬車（スミスさんのところから借りた軽二輪馬車で、スミスさんはこの村で反物屋と八百屋と茶屋を兼ねていた）がその日のうちに戻ってくる必要があったのだ。起きるとすぐに顔を洗い、服を着替え、朝食を飲み込むようにして食べると、父、母、姉と順に温かく抱擁し合い、子猫にキスをし、メイドのサリーとも握手をしてびっくりさせると、そのまま馬車に飛び乗り、ヴェールを顔にひっかぶった。そしてついに、というよりそのときに初めて、それまでずっと我慢していた涙がどっと溢れ出した。

馬車が動き始めた。振り返ると、母と姉がまだ玄関のところに立って、手を振りながら私を見送っていた。私も同じように手を振り返した。どうか神の祝福がありますようにと心から祈らずにはいられなかった。馬車が丘を下りはじめたので、私にはもう二人が見えなくなった。

「ちっと寒い朝だなあ、アグネスさんが出発する日にしちゃあ」とスミスさんが言った。

「それに雲行きが怪しいんだなあ。大雨になるかもしれんぞ。でもまあ、もしかしたらその前に向こうに着けるかもしれんがな」

「そうなればいいですけど」私はできる限り心穏やかに答えた。

「昨日の晩も一雨あったからな」

「ええ」

「だがひょっとすると、この冷たい風のままで降らんかもしれんからな」

「そうかもしれません」

　会話はこれで終わった。馬車は谷を抜け、反対側の山を上り始めた。ゴロゴロと上って行く間、私は後ろを振り返った。村の尖塔（せんとう）が見え、その背後に、斜めに差し込む朝の太陽の光を浴びた懐かしき灰色の牧師館が見えた。それはごくか弱い光であったが、周囲の村も、その村を取り巻く丘までも、うす暗い光の影に染めた。私はこの迷える光をわが家に対する幸運の兆しと受け取った。そして、両手を固く組み、どうかあの家に住んでいる者たちに神のご加護がありますようにと、ただただ強く願った。そしてまた急いで前に向き直った。太陽の光が移り行くのがふと見えたのだった。その後は、二度と振り返ることはしないようにと心がけた。あの周りの景色と同じように、わが家までもが陰気な影に染まっていくのを見たくなかったのである。

第二章　最初の教訓（レッスン）——指導者として

道のりが進むにつれて私は次第に元気を取り戻し、これから迎えようとしている新しい生活のことを楽しく想像し始めた。しかし、九月もまだ半ばをそれほど過ぎていないというのに、この日は空がどんよりと曇り、さらに北東の風が強く吹きつけていたので、猛烈な寒さとともに惨めな気分になってきた。道のりも相当長いように思えてきた。スミスさんが言うように道が「どうにも悪い」ということもあるが、馬の足取りもどうにも重かった。山道をのろのろと上り、下り道もだらだらと下り、平地や緩やかな斜面では、恩着せがましくお腹を揺すって速足になった。しかも起伏の多いここらあたりの地域では、平地も緩やかな斜面もほとんどないに等しく、私たちが目的地の場所に到着したときにはもう一時近かった。馬車は高々とそびえる鉄の門を通り抜け、凹凸のまったくない、滑るような馬車道を静かに進んだ。道の両側には緑の芝生が広がり、若木が点々と立ち並んでいた。こんもりと茂るポプラの木立が見えてくると、それを背後にウェルウッドの邸宅がそびえ立っていた。時代は古くないが堂々としたその大邸宅に近づくと、これでようやく到着したというのに、私はなんだか心がくじけそうになり、まだもう一、二マイルそこらあればよかったのにと思い始めた。そう、私は人生で初めて一人きりになった。もうあと戻りはできない。この家に入って行かなければならない。そして見も知らない人たちと挨拶をして自己紹介をしなければならない。

でも、それをどう行えばよいのだろうか。私はもう十九にもなろうとしていたのに、これまであまりにも引きこもった生活を送っていたばかりに、また母と姉が大事に守ってくれていたがために、十五歳の女の子でも、さらにはもっと年下の女の子であっても、よっぽど私より女性らしい応対の仕方を身に付け、冷静でゆとりある振る舞いをするだろうと考えていた。しかし、ブルームフィールド夫人が母親のように優しい人ということもあるかもしれない。であれば、何とかうまく切り抜けられるだろう。もちろん、子どもたちとはすぐに打ち解けられるだろうし、またブルームフィールド氏については、ほとんど関わりがないはずである、なければいいのであるが。

「落ち着かないと。何があっても落ち着かないと」私は心の中でつぶやいた。この決心は言葉通り最後まで貫かれた。私は神経を落ち着かせようと、心臓の鼓動が不意にバクバクと鳴るのを何とか抑えようと、そのことばかりに集中しきっていた。案内された玄関ホールを抜け、いざブルームフィールド夫人の前に通されると、その丁寧なご挨拶の言葉に自分が返す言葉を忘れてしまい、すぐに返事ができなかった。あとで自分でも驚いたのだが、やっと口にしたささいな受け答えの声でさえ半分死んだような、あるいは半分眠ったような調子にしか聞こえなかった。しかし、よくよく思い返してみると、そのときの夫人の態度もいくぶん素っ気ないものだった。背が高く、痩せぎみで、厳めしい雰囲気に包まれた夫人は、黒々とした髪と冷たい灰色の目を持ち、顔色が非常に悪かった。

しかし、夫人はしかるべき丁重さで私を寝室に案内してくれた。そして、上着などを脱いでひとしきりしたら階下で軽食をとるようにと伝えると、部屋を出て行った。私は鏡に映る自分の姿を見たところで少々慌てた。冷たい風に吹きつけられていたせいで両手は赤く腫れ上がり、髪のカールがとれて毛がもつれあっていた。顔色もうす紫色に染まっていた。おまけに首元の襟がひどくしわくちゃで、スカートには泥がはね上がり、足もまだおろしたての頑丈なブーツを履いたままだった。とはいえ、トランクがまだ部屋に上がってきていなかったのでどうすることもできず、とりあえずできるだけ丁寧に髪を撫でつけ、頑固な襟のしわを何度もぐいぐいと引っ張ってみてから、階下に下りて行った。二階分の階段をドスドスと不器用な音を立てて下りながら、部屋はどこだろうと考えを巡らし、多少迷いながらも、なんとかブルームフィールド夫人が待っている部屋に行き着くことができた。

夫人は私を食堂に連れて行った。そこでは家族用の昼食が並べられ、私の前にはビーフを焼いたものが少々と、冷めかかったポテトが添えられた食事が用意された。それを食べている間、夫人は反対側に座り、私のことをじっと見ながら（と私は思ったのだが）会話と言えるようなものを続けようとしていた。ただ、ありきたりの言葉を並べただけの会話で、話し方も堅苦しく儀礼的にしか聞こえなかった。しかし、これは夫人のせいというより私のせいだったのかもしれない。というのも、私自身、会話ができる状況などではなかった。実を言うと、私の注意はほとんど食べ物だけに注がれていた。猛烈にお腹がすいていたというのではなく、あまりの肉の硬さに閉口していたのである。両手もかじかんで動かなかった。冷たい風に五時間もさらされてほとんど手の感覚がなかった。なので、できることならポテトだけを食べて肉は手をつけずにおきたかったが、お皿の上に載っている一枚がかなり大きかったので、手をつけずにいるなどという失礼なことはできなかった。しかしナイフで切ろうと、フォークで引きちぎろうと、その両方で押さえつけて引っ張ろうとも、ただくり返し無様な姿をさらすだけで失敗が続いた。その間、このすべての手際をあの厳めしい夫人がじっと見ていると感じ、とうとう私もやけになり、ついにはまるで二歳児がするようにナイフとフォークを握りこぶしでつかみ、ほとんど残っていない私の全精力を使い切る勢いでこの作業に取り組み始めた。しかし、これには多少の申し訳が必要だった。そこで私はかろうじて笑いながら言った。「寒さで両手があまりにもかじかんでしまって、ナイフとフォークをうまく扱えないようですわ」

「お寒かったのでしょうね」と、夫人は相も変わらず重々しく、冷たく返事をよこしたので、私はまったく安堵するどころではなかった。

この儀式がようやく終わると、夫人は私を再び居間に連れて行った。そこでベルを鳴らして子どもたちを呼びにやり、私にこう言った。

「すぐにおわかりになると思いますが、子どもたちの勉強の出来はそれほどよくありません。私が付いて教えるにも、その時間がほとんどありませんでしたから。それに家庭教師を雇うにはまだ小さすぎると思っていました。でも賢い子どもたちです。学ぶ意欲もあります、特に男の子はね。息子は抜きん出ていると思いますの。高潔な心の持ち主で、器が大きいのです。言うことを聞きますし、かと言ってこちらから無理強いすることもありません。それに、いつも真実をついた話をしますからね、そこが素晴らしいですわ。嘘をついたり、つかれたりするのが嫌いなようです」これは私にもいいニュースだと思ったが、夫人は先を続けた。

「妹のメアリアンですが、こちらは注意して見ている必要があるでしょう。でも基本的にはとてもいい子です。ただ、あの子をできるだけ子ども部屋に出入りさせたくないのです。もう六歳になるし、それに乳母たちと一緒にいると妙な悪い癖を身に付けてしまう恐れがありますからね。それで、あの子が使っている子ども用のベッドですが、あなたのお部屋に移すよう指示しておきました。ですから、手や顔を洗ったり、着替えたりするのを手伝っていただけますかしら。あと洋服の整理もお願いしたいと思います。そうしていただければ、もう乳母とは手が切れますからね」

私は喜んで力になりたいと答えた。と、この瞬間、その若い生徒たちが部屋に入ってきた。加えて二人の小さな妹も一緒だった。トム・ブルームフィールドお坊ちゃまは七歳、ひょろりと痩せ気味だが、発育はよさそうな子どもだった。髪は亜麻色で目は青く、小さな鼻が少し上を向いて、色白の顔をしていた。メアリアンも背の高い少女だった。母親に似て少し色黒だったが、顔はまん丸く、頬がピンク色をしていた。二番目の妹はファニーという名の大変かわいらしい女の子だった。ブルームフィールド夫人によると、とてもおとなしい子で、こちらから声をかけてあげる必要があるだろうとのことだった。まだ何も習ってはいないが、あと数日で四歳になるので、しばらくしたらアルファベットのレッスンを受けて勉強部屋に上がるようにしたいとのことだった。もう一人の子はハリエット、まだまだ小さくて二歳にもなっていなかった。まるまると太り、よくはしゃぐ明るい女の子なので、私としては他のどの子どもよりも一緒にいたいと思ったが、この子にまだ私の出番はなかった。

私はこの小さな生徒たちにできるだけ上手に話しかけ、親しみやすい人間だとわかってもらおうとしたが、あまりうまく行かなかったように思う。母親がそばにいたので束縛されているように感じ、どうも居心地がよくなかった。しかし、子どもたちのほうはまるで恥ずかしがるふうでもなかった。とても活発で、臆することのない子たちだったので、私もこれならすぐに仲良くなれるだろうと期待した。特に、母親からとてもいい性格だと聞いているお坊ちゃまとはそうなりたいと願った。メアリアンは、妙な愛想笑いをしていたり、また自分に注目してもらいたいという気持ちが強いことも見てとれたので、その点は少し残念に思った。ただ、実際に私の注目を独り占めしたのは兄のほうだった。暖炉を背にして私の前にまっすぐ立ち、両手を後ろに回してからまるで演説家のように話し始めた。そのままずっとしゃべり続け、時々妹たちがうるさくなると話を中断し、ぴしゃりと叱りつけるのだった。

「まあ、トムはなんていい子なのでしょう」と、母親が大きな声で言う。「こちらに来てお母様にキスしてちょうだい。そうしたら、今度はミス・グレイにあなたのお勉強部屋を案内してもらえるかしら。新しい素敵なご本も見せてあげるのよ」

「お母様にはキスしないよ。でもミス・グレイには見せてあげよう、僕の勉強部屋と新しい本を」

「トム、私のお部屋と新しい本もよ」とメアリアンが言った。「だって、あれは私のものでもあるんだから」

「全部僕のものだ」とトムはきっぱりと言い放った。「ミス・グレイ、こちらに。僕が案内するから」

その部屋と本を見せてもらっている間も兄と妹の口論が何度か続き、私は二人をなだめたり落ち着かせたりとにかく努力した。そのうちメアリアンが私に見せようと自分の人形を持ってきて、おしゃべりを始めた。お人形の素敵な服やらベッドやら引き出しやら、諸々の付属の物について話をし始めたが、トムが、そのうるさい口を閉じろ、ミス・グレイには自分の木馬を見てもらうのだと言って、えらく仰々しい物音をたてながら、揺り木馬を部屋の隅から真ん中へと引きずり出してきた。そして大きな声で私を呼びつけ、よく見ているようにと言うと、妹に手綱を持つように指示してから自分でその木馬に跨った。そのまま私を十分は立たせていただろう。自分がどんなに勇ましく鞭をふるい、馬を蹴るのか私に見せつけた。しかしその間も、私はメアリアンのかわいいお人形とその持ち物の一つ一つを褒めてあげ、と同時に、トムお坊ちゃまには本当に見事な馬乗りだと伝え、さらに、できたら本物のポニーに乗るときにはそんなふうに鞭や拍車を使わないでもらいたいと言い添えた。

「いいや、もちろんやるさ」という返事だった。そしてさらに激しさを増して鞭をふるい、蹴りまくった。「打って、打って、打ちまくるんだ。目に見えないぐらい速く、ほら、くれてやるぞ。目に物言わせてやるぞ」

これは大変なショックだった。が、しばらくすれば心を入れ替えてもらうこともできるかもしれない。

「さあ、今度はボンネットの帽子をかぶって。それからショールもいるぞ」と小さな英雄が言った。「これから僕の庭を見せてあげよう」

「私の庭もよ」とメアリアンが言う。

トムは拳を突き上げた。その殴りかかるような態度を見てメアリアンは一声甲高い叫び声を上げると、私のほうに走ってきた。そして私の後ろに隠れると、トムに向かってしかめっ面をしてみせた。

「トム、まさかあなたは自分の妹をぶったりしないでしょうね。二度とこのようなことは見たくないですよ」

「いいや、時々見るさ。きちんと言うことを聞かないからには、時々はそうしなきゃならないんだ」

「でも、きちんと言うことを聞かせるかどうかは、あなたの役目ではないでしょう。それは――」

「ほら、早くボンネットを取りに行きなよ」

「さあ、どうしましょうか。外はとても寒いし、曇っていて雨も降りそうですからね。それに、私もここまで来るのに、ずいぶんと長旅だったものですから」

「関係ないさ。ついて来いと言っているんだ。言い訳はなしだ」と、このたいそう偉そうな小さな紳士は答えた。私としては、今日はまだ出会った最初の日なので、あまり構わずにそのまま言う通りにさせてもいいと考えた。外はとても寒かったので、メアリアンは外に出ようという気にはなれず、母親と一緒に家にいることになった。これがまた、私をひとり占めしたいと思っている兄を一安心させた。

庭はかなり大きなものだった。趣味よく区画され、素晴らしいダリアの花が目に留まったが、それ以外にも美しい花々がまだたくさん花を咲かせていた。しかし、それらを愛(め)でるような時間を私の連れは一向に与えてくれず、ただその後をついて行かなければならなかった。濡れた芝生の上を通り、少し離れたところにある別の一画に行き着いた。そこはこの敷地内で最も重要な場所で、というのも、彼自身の庭がそこにあった。丸い花壇が二つあり、様々な種類の植物が植えられていた。片方の花壇には、小さくてかわいらしいバラの接ぎ木が一本あったので、その素敵なバラの花々を少し観(み)させてもらおうと私は立ち止まった。

「それはどうでもいいよ」と、トムがばかにしたように言う。「だって、メアリアンの庭だし。それよりこっちを見て。これが僕の庭だ」

こうして私はどの花も観察し、どの植物にもついてくる長口上も聞いたところで、ようやくその場を離れることが許された。が、まずその前に、トムが花壇からポリアンサスの花を摘むと、かなり気取った様子で私にプレゼントしてくれた。まるで並々ならぬご贔屓(ひいき)を承ったかのようだった。ふと気づくと、花壇の周囲の芝生に、棒と紐(ひも)によって作られた何かの仕掛けが置かれている。何であるのか尋ねてみた。

「鳥を捕まえる罠(わな)さ」

「なぜ捕まえる必要があるのかしら」

「悪さをするからだよ。お父様がそう言ってる」

「捕まえたらどうするの」

「いろいろさ。猫にやることもあるし、僕が持っているペンナイフでバラバラに切ることもある。でも今度はね、生きたまま丸焼きにしてやろうと思ってるんだ」

「でも、一体どうしてそんな恐ろしいことをしてやろうと思うの」

「それには二つ理由がある。一つは、そうやってどれぐらい生きていられるのかを見るんだ。あとは、どんな味がするのかもね」

「でも、そんなことをするのは大変に悪いことです。そうでしょう。だって、鳥も私たちと同じように感じるのですよ。もし自分がそんなことをされたら、あなたはどう思いますか」

「ああ、それは意味ないね。僕は鳥じゃないんだからさ。鳥にされたことを僕が感じるわけがないよ」

「でも、いつかそれも感じることができるようにならないと。トム、悪い人たちが死んだときにどこへ行くかは聞いたことがありますね。いいですか、罪のない鳥たちをいじめるようなことは止めないと、あなたがそこに行かなくてはならなくなりますよ。そうして、あなたが鳥たちに与えた苦しみを、今度はあなた自身がそこで受けることになるのです」

「ふん、そんなわけはないよ。お父様は僕がしていることをご存じだけれど、それで僕を叱ったことなど一度もないからね。そんなの、お父様だって子どもの頃によくやったものだって。去年の夏にはね、スズメのひなが一杯入った巣を渡してくれたんだよ。僕がその脚や羽とか、頭とかを引きちぎっていたのも見ていたけど、何にも言わなかったよ。ただそれは汚いから、それで僕のズボンを汚したりしないようにとは言われたけどね。それからロブソン叔父さんもそこにいたけど、笑ってたよ。立派な男の子だなって」

「でも、お母様は何と言うかしら」

「ああ、気にしていないよ。歌うのが上手なかわいい鳥さんたちを殺すのはかわいそうだけど、悪いスズメとか、あとネズミとか、そういうのは好きなようにしていいって。だからさ、全然悪いことじゃないんだよ。ね、ミス・グレイ」

「私はまだ悪いと思っていますよ、トム。それに、お父様もお母様もよくよく考えてくだされば、やはり悪いことだと思うはずです、おそらくね」そのあとは心の中でつぶやいた。

「まあ、彼らは好きなように言えばいいわ。でも、私は絶対にこのようなことはさせません、私に止める力がある限りは」

私たちが芝生を横切ったところで、次にトムが見せてくれたものはモグラ捕りの罠だった。その次には干し草の積まれた納屋に連れて行かれ、そこではイタチ捕りの罠を見せられた。トムが大喜びしたことに、その一つに死んだイタチが入っていた。次に連れて行かれたのは厩舎（きゅうしゃ）だったが、そこでトムが見せてくれたのは馬車を曳く素晴らしい馬たちではなく、一頭の小さな未調教の仔馬（こうま）だった。トムによると、わざわざ彼のために育てられている馬で、きちんと調教されたらすぐにでも自分が乗ることになっている、とのことだった。

私はこの小さな殿方を喜ばせようと、できるだけ愛想よくお相手をしながらおしゃべりを聞いていた。彼に少しでも愛情というものがあるのなら、なんとかそれを手に入れたかった。そうすれば、自分のやり方がどう間違っているか、そのうちわかってもらえるはずだ。ところで、母親が言っていた高潔な心と器の大きさというものはどこにも見当たらなかった。ただ、その気になれば頭の回転が速く、物事を見抜く鋭さがないわけでもなかった。

家に戻るともうお茶の時間だった。トムお坊ちゃまが言うには、今はお父様が外出中なので、これから自分と私とメアリアンの三人は、特別にお母様とお茶をしながら食事をとることになっている、このようなときお母様はいつも六時ではなく、みなの昼食の時間に正餐(せいさん)をとられる、そういうことだった。お茶が済むとメアリアンはすぐにベッドに入った。しかし、トムは私たちをもてなそうと、そのまま一緒に八時までおしゃべりを続けた。トムが部屋に戻ると、今度はブルームフィールド夫人が子どもたちの性格や、これまで何を習得してきたか、さらに情報を教えてくれた。これから子どもたちは何を学ぶべきか、どのように監督されるべきかという話が続き、さらに、もし彼らに欠点があるようだったら自分だけにそれを伝えるようにという注意もあった。自分の子どもの欠点を人から言われるのは誰しもよく思わないものだから、そのようなことを母親にはできるだけ言わないほうがいいと、ここに来る前に母が私に忠告していたこともあり、私はそれなら黙っていようと心に決めた。九時半頃になって、夫人にちょっとした食事を一緒にとらないかと誘われ、ハムなどの冷たい肉とパンを食べることになった。それが終わり、夫人がようやく自分の部屋の燭台(しょくだい)を手にして寝室に上がると、私は嬉しくてほっとした。夫人と一緒にいることを楽しみたいと思うものの、実際はどうしようもなく退屈だった。それに夫人はどこか冷たく厳めしい感じで、近寄りがたいという印象を禁じ得なかった。私が期待して心に思い描いていたような、優しくて思いやりのあるご婦人というのとは正反対だった。

第三章　次の教訓（レッスン）

こうしてすでに多少の失望を経験していたにもかかわらず、翌朝の私はまた新たに爽やかな気持ちで目を覚ました。ところが、メアリアンの身だしなみを整える仕事がそう簡単にはいかなかった。彼女のあり余るほど豊かな髪をまずはポマードでならし、三本の長いおさげを作ってから、それをリボンで蝶結（ちょうむす）びにまとめなければならなかったが、指遣いがまだ慣れず、仕上げるのが相当難しかった。メアリアンは、乳母ならその半分もかからないのにと言いながら、わざとじっとせず、そわそわと動いてさらに時間をかけさせた。すべての用意が終わると私たち二人は勉強部屋に移動し、そこでもう一人の生徒と会うと、朝食の時間が来るまでは三人で話をしながら階下に行くのを待った。その朝食も終わり、ブルームフィールド夫人と一言二言形式的な挨拶を交わすと、また再び勉強部屋に戻り、その日のやるべき勉強を開始することになった。実際始めてみると、二人の生徒はとても遅れているとわかった。トムは能力がないわけではなかったが、どんな種類のことであれ、頭を使うことを嫌がった。メアリアンにつけては、単語は一字も読めないに等しかった。それに注意力に欠けていて、いい加減なところもあり、私は彼女とうまくやっていける気がしなかった。しかし、私も相当の頑張りと忍耐力で、なんとか午前中の分の勉強を少しでも終わらせると、そのあとはこの若い生徒たちに付き添い、食事前のちょっとしたお休みに、庭とその周辺を一緒に歩いて回った。このときの私は二人とまずまずうまくやっていたように思う。ただ、二人には私と一緒に歩いているという考えはなく、彼らが連れて行きたいと思うところへ私が付いて行っているだけの話だった。二人の気分に合わせて、私のほうが走り、歩き、立っていなければならなかった。これは物事のあるべき順序に反していると思ったが、もっと不愉快なこともあった。というのも、二人はいつでもよりによって一番汚い場所を好み、こちらの一番気が滅入ることをしたがるように思えたからだ。だからと言って、どうにもならなかった。私ができることはただ二人の後を付いて行くか、二人から完全に離れているか、そのどちらかしかない。そして自分の生徒を放っていると見られるのだった。そして今日の二人は、庭の芝生を行った先にある水場に並々ならぬ関心を示していた。三十分以上も、ひたすら棒で叩いたり石を投げたりして、水をビチャビチャとはね上がらせていた。これを母親が窓から見るのではないか、私はずっと冷や冷やさせられた。子どもたちに軽い運動をさせているはずなのに、こんなふうに服を泥まみれにさせ、手足もビショビショにさせて、一体何をしているのかと咎められてしまうだろう。それなのに、二人にどんなに言っても、いくら命令しようとも懇願しようとも、その場から引き離すことはできなかった。しかし、たとえ母親が見ていないとしても、誰かが見ることになる。馬に乗った一人の紳士が門を抜け、こちらに向かって進んでくるところだった。私たちから数歩離れたところで馬を止め、甲高い不機嫌そうな声で子どもたちに呼びかけた。「そこの水場から離れなさい」そう指示すると、私に向かってこう言った。「ミス・グレイ、（そこにいるのはミス・グレイだと思うが）こんなふうにうちの子どもたちを汚くさせておくとは驚きですな。ブルームフィールドのお嬢様を見てごらんなさい。スカートが真っ黒じゃないか。それから、ブルームフィールドのお坊ちゃんは靴下がびしょ濡れだ。それに二人とも手袋をしていないじゃないか。やれやれ、なんたることだ。いいですか、これからは子どもたちをせめてまともに見られるぐらいにはしてもらわんと。お願いしますよ」そして向きを変えると、馬を家に向かわせた。この人がブルームフィールド氏だった。私は氏が自分の子どものことをブルームフィールドのお坊ちゃんとかお嬢様と呼ぶのに驚いたが、それよりもっと驚いたのは、まったくの初対面なのに、家庭教師（ガヴァネス）である私に対してこんなにも無礼に話しかけたことだった。まもなくしてベルが鳴り、私たちは家に呼ばれた。私は子どもたちと一緒に午後一時に夕食代わりの食事をとり、ブルームフィールド氏と夫人も同じテーブルで昼食をとった。しかし、そこでの振る舞いを見ても、私の氏に対する評価がそれほど上がるわけではなかった。氏の身長は平均か少し低いぐらいで、体格はいいというより痩せ気味だった。見たところ三十歳から四十歳ぐらいで、口が大きく、青白い冴（さ）えない顔色をしていた。青い目は少し白っぽく、髪の色は麻ひものような色だった。食卓にはローストしたマトンの脚肉が用意され、それを前にしたブルームフィールド氏は、肉を夫人と子どもと私に切り分け、私には子どもたちの肉をさらに切り分けるように言った。するとマトンを色々な方向にいじくりまわし、さらに様々な角度からじっと見た後で、これは食べられるものではないと断言すると、代わりに冷製のローストビーフを持ってくるように指示した。

「あなた、マトンの肉がどうかしましたか」と妻が尋ねた。

「これじゃ焼き過ぎだ。君にはわからないのか。焼き過ぎて旨味(うまみ)が全部外に出てしまっている。ほら、赤くておいしそうな肉汁も乾ききって見当たらないじゃないか」

「それでは、ビーフのほうはきっとお気に召すでしょう」

そのローストビーフが用意され、氏は肉を切り分ける作業に取りかかり始めたが、その表情はこれまでになく不満気で、苦虫を嚙(か)みつぶしたようだった。

「まあ、ビーフもどうかしましたか。おいしいと思いましたけれど」

「そうだ、とてもおいしい。これ以上うまい肉の塊はないだろう。だが、これでは元も子もない」氏は沈鬱な表情で答えた。

「どうしてですか」

「どうしてかだって。どうもこうもない、こんな肉の切り方があるか。わからないか。ああ、やれやれ、これじゃ話にならん」

「でしたら、きっと厨房(ちゅうぼう)のほうで変な切り方をしたのですわ。私は昨日ここでちゃんと切り分けましたから」

「そりゃ、厨房で変な切り方をしたんだ。まったくひどいやつらだ。やれやれ、こんな極上の肉の塊が、こんなふうに台無しにされたためしがあるか。いいか、今後まともな料理のときに食卓から下げられることがあれば、絶対に厨房で触らせるようなことがあってはならない。よく覚えておくように、いいかね」

　そう言うと、ビーフの壊滅的な状態にもかかわらず、氏はなんとか自分用にごく薄い身を数枚切り分け、ただ黙って少しずつ口に運んだ。次に口にした言葉は、苛立ち(いらだ)が多少とも収まった声で、夕食には何が用意されているのかという質問だった。

「七面鳥と雷鳥です」と簡潔な返事が返ってきた。

「その他は」

「魚です」

「何の魚だ」

「知りません」

「知らないだと」と氏は大声を上げ、これまで皿に向けていた顔をゆっくりともたげ、ナイフとフォークを持ち上げたまま啞然とした表情を浮かべた。

「ええ、そうです。コックには何か魚を用意するようにと言いました。これこれの魚と指定したわけではありません」

「それでは話にならん。家事を切り盛りする女性が、夕食に何の魚が出るかさえわからんとはな。魚を用意するようには言ったが、何の魚かは言わなかった、そういうことか」

「それでは、これからはご自分で夕食の指示をされたらいかがですか」
これ以上会話が続くことはなかった。私は二人の生徒を連れて部屋を出ると、大いに胸をなでおろした。自分の過ちでもないことで、こんなに恥ずかしく気まずい思いをした経験など今までなかった。

午後は再びレッスンに取り組んだ。そのあとはまた散歩に出かけ、それからまた勉強部屋でお茶の時間を過ごした。それが終わると階下でデザートを食べるためにメアリアンが服を着替え、その手伝いをした。二人とも食堂に下りて行ったところで、私はこの時間を利用し、愛する私の家族に宛てた手紙を書き始めたが、半分も終えないうちに子どもたちは戻ってきた。

七時にはメアリアンを寝かせる必要があり、そのあとは八時までトムが遊ぶのに付き合った。トムも部屋に戻ると、私はまず手紙の残りを書き終えた。そのあとは、これまでまったく取りかかる機会がなかった衣服の荷解きを始め、それが終わりようやく床に就いた。

しかし、これでも一日の流れとしてはかなりうまくいった例である。

私の教育と監督という仕事は、生徒とお互いに慣れてきたからといって、やりやすくなったわけではなく、彼らの性格が明らかになるにつれてさらに骨の折れるものになっていた。すぐに理解したのは、そもそも家庭教師（ガヴァネス）という名は私を呼ぶためにつけられているが、名ばかりのものに過ぎないということだった。私の生徒は人間に飼いならされていない荒馬がそうであるように、人に素直に従う気持ちがまったくなかった。ただ、短気で気むずかしい父親をいつも気にして、怒られるとたいてい何かしらの罰を受けるので、それが怖くて父親がその場にいる限りは羽目を外さずにいた。女の子たちは母親に怒られることもいくぶん怖がり、あの兄にしてみても、ご褒美があることを期待して、たまには母親の言いなりになることがあった。しかし、この私にはそのようなご褒美に何か提供できるものもなく、また、罰を与えることは親が保持すべき特権であると聞かされていたのに、その親から自分の生徒をきちんと律するよう期待された。これがよその子どもであったら、怒られることを恐れたり、あるいは認められたいという思いから、こちらの言うことを聞くということもあっただろうが、この子どもたちにはそのどちらもまるで関係がなかった。

トム坊ちゃんは支配されることを拒むだけでは飽き足らず、自分が支配者として見られなければ気が済まなかった。しかも、妹たちだけではなく家庭教師(ガヴァネス)までも自分の思いのままにさせようという気構えで、手足を振り回して暴れ回った。しかも、その年齢にしては背が高く力が強かったので、このようなことがあるとちょっとした騒ぎどころではなくなった。こんなときはぴしゃりと数回その横面を張れば、いとも簡単に事を収めることができたかもしれないが、そうすると息子は母親に対して話をでっちあげ、そして母親は母親で息子の誠実さに揺るぎない信頼を置いているがために必ずその話を信じる、という事態になったはずである。すでにその誠実さには、はなはだ疑問を感じていたが、たとえ自己防衛のためでも彼に手を出してはならないと思った。彼が手に負えないほど癇癪(かんしゃく)を起こしているときには、仰向(あおむ)けにさせて腕と足を押さえつけ、その興奮が少しでも治まるのをひたすら待つという方法をとるしかなかった。

　やってはならないことをさせないことが難しかっただけではない。やらねばならないことをなんとかしてやらせるのも大変だった。絶対に勉強はしないとつっぱねることも多く、レッスンもしなければ、本をただ手に取ることさえ拒むこともあった。こんなときも樺（かば）の枝の鞭が一本あればそれで事足りただろう。しかし、私が手にできる力というのも限られていたので、今ある力を最大限に利用するしかなかった。生徒たちの勉強時間や遊び時間は決まっていなかった。そこで私は適度に集中すれば短時間でこなすことのできるような課題を一つ与えることにして、それが終わるまでは、こちらがどんなにくたびれていようと、相手がどれほど悪さをしようと、親の干渉でもない限りは何があっても絶対にこの勉強部屋を出て行くことは許さないということにした。外に出さないためにドアの前に椅子を置き、そこに座り続けることもあった。私が持てる武器とは、「忍耐」「決意」「根性」、それだけだった。力の及ぶ限りそれらを用いると心に決めていた。

　自分で言った脅し文句や約束についても、必ずきちんと実行すると決めていた。そのためには、実行できないことについては何一つ脅したり約束したりしないよう気をつける必要があった。それからまた、こちらが苛立っていることで無駄に怒ったり、勝手に振る舞うことがないようにも心がけ、子どもたちがそれなりによい行動をとったときは、できる限り親切に振る舞い、願いを聞き入れることにした。そうすれば善い行いと悪い行いがどれほど異なるものかを示せると考えたのである。最も単純かつ効果的な言い方で、きちんと道理を言って聞かせることもあった。また、誰が見ても明らかに間違っていることで二人を叱るときや、二人が望んだことを拒むときは、私は怒りをあらわにするより、むしろ悲しんでいることを示した。お祈りの言葉や賛美歌についても、子どもたちが理解できるような簡潔でわかりやすいものにして、犯した罪の赦しを乞う寝る前のお祈りでは、静かに、そっと優しくその日の罪を思い出させるようにした。こうすれば反抗心も抑えられるだろうと思ったからである。言うことを聞かなかった悪い子には罪を悔い改める賛美歌を、多少ともよく振る舞った子には楽しい賛美歌を口ずさませるようにした。そしてどんな種類の教えを説いて聞かせるにも、表向きには子どもたちがそのとき楽しめればよいという思いだけで、話をできるだけ面白くして聞かせようとした。

このような方法をとれば、そのうちきっと子どもたちのためになり、両親からも認められることになると考えていた。そして、故郷の家族たちにも、私は皆が思っているほど技量がないわけでも、思慮に欠けているわけでもないと理解してもらえると思っていた。もちろん、相当の困難にぶつからなければならないことはわかっていたが、辛抱強い忍耐と不屈の心さえあれば、すべて乗り越えられるはずだと思っていた。私はそのために毎朝毎晩、どうか神がお助けくださいますようにと祈り続けていた。しかし現実は、子どもたちがどうにも懲りないたちなのか、もしくは親があまりに無分別なのか、もしくは私自身の考えが甘すぎて実行できる見込みがないのか、これは最善と思ったことも、最も力を入れて努力したことも、その成果は少しも実らなかった。結局のところ、子どもたちはおふざけを続け、親の不満はつのる一方で、私にはただ苦しみしか残らなかった。

教師という仕事は精神面だけでなく、身体的にも相当きついものである。私はしょっちゅう生徒たちのあとを追いかけては、その体を抱えるか引きずるかして机まで連れてきて、レッスンが終わるまでは力ずくで押さえつけておかなければならなかった。あのトムに至っては、たびたび部屋の隅にしょっぴいて行った。目の前に椅子を持ち出し本を片手に座り込むと、ほんの一部でも声に出すか読むまでは決して私の手から解放してやらなかった。さすがにトムには私と椅子の両方を押しのける力はまだなかった。そこで彼は立ったまま思いっきり体をよじらせ、見たことがないくらいの奇妙奇天烈な表情で顔を捻じ曲げてみせた。傍から見れば思わず笑ってしまったであろうが、私はそれどころではなかった。さらにトムは大きな叫び声を上げ、泣いているつもりなのか、世にも悲しげな声を張り上げてみせたが、その頬には一滴の涙も流れていなかった。私を困らせるためだけにやっているとわかっていたので、心の中ではどんなに怒りといらだちに震えていようと、私は毅然とした態度で振る舞い、手を上げたい気持ちを微塵も外に出さないよう努めた。何事もなかったかのようなふりをしてそのまま座り続け、ただトムの気が済むまで待つ。するとようやくトムは本に目を向け、言わなければならないいくつかの言葉を読むなり復唱するなりすると、もうこのお遊びもやめた、お庭に走って行こうという気になるのだった。

トムはまた、書きとりで悪さをしでかそうとすることもあった。わざと紙をインクで汚したりしわくちゃにしたりするので、私はその手をつかんで阻止しなければならない。もしお行儀よく書けないのならもう一行書かせますよ、と何度も脅した。すると彼は、この一行を絶対に書かないと頑強に突っぱねる。これ以上は一言も無駄だと、私はついには彼のペンを持つ指をつかみ、どんなに抵抗されようとある程度文が形になるまで、無理矢理その手を上へ下へと引きずるという手段に出ざるを得ないこともあった。

しかし、トムが一番手に負えない生徒だったかと言うと、決してそうではない。彼は時にはその分別を示し、ありがたいことに、今最も賢いのは課題を終わらせ、外に出て遊ぶことだと理解するときもあった。トムとしては、私と妹があとで追いつくまで一人で遊んでいればいいと思っていたが、実際にあとで合流するなどまずあり得なかった。というのも、メアリアンはこの点に関して兄を見習うことがほとんどなかったからである。彼女の場合、どんな遊びよりも床の上でゴロゴロ寝転がるのが好きなようだった。いつもまるで鉛の重しのようにぐったりと動かず、私がやっとの思いで動かしても支えてやらなければならず、仕方なく片腕で彼女を引き上げながら、もう片方の手で読みとりや書きとりの本を持ってレッスンをした。六歳にもなる女の子だったので、あまりの重さに私の片腕が耐え切れなくなると、もう片方の腕に切り替えた。そして両腕がその重みに耐えきれなくなると、私は彼女を部屋の隅に引っ張って行き、そこで自分の足が何のためにあるのかよく考えなさい、それがわかって自分の足で立ち上がれるようになったら出てきなさいと、伝えるのだった。それでも彼女はたいていそのまま丸太ん棒のように寝転がっていた。夕食かお茶の時間になれば食事は取り上げられないものだから、結局彼女は解放される。そうしてにやにやと笑みを浮かべながら部屋の隅から這い出て来て、その丸い赤ら顔に勝ち誇ったような表情を浮かべるのだった。

そしてまた、メアリアンはレッスン中に、ある特定の単語をどうしても発音しないということがあった。今思うと、彼女の強情なわがままをなんとか克服しようと多くの労力を費やしたことが悔やまれてならない。たいしたことではないとそのまま見逃していたほうが、私も彼女もよかったかもしれない。しかし実際は、なんとかこの強情ぶりを打ち負かしてやろうと、私は無駄にあがくことになった。この悪しき徴候をまだ蕾のうちに摘んでおかなくてはならない、そうすることが自分の絶対の責務であるとも考えていた。もちろん、うまくやり遂げられればの話だった。それに、もう少し自分の力を使うことが許されていれば、無理にでも従わせることを強制していたかもしれない。しかし実際は、私と彼女の間で、ただ力比べをしているだけだった。しかもたいていはメアリアンが勝利を収めることになり、彼女は勝てば勝つほど、次の試合に向けてますます自信を深め、力を増していった。

彼女には何を言おうと無駄だった。宥めようと、懇願しようと、脅かそうと、叱りつけようと、すべてが無駄だった。外で遊ばせないように家の中に閉じ込めたこともあった。どうしても外に連れ出さなくてはならないときは、一緒に遊ぶのを拒んだり、優しく話しかけるのをやめたり、彼女とはまったく関わらないようにもした。言われた通りにすれば、結果的には人から愛され、優しく接してもらえるようになると、それがどんなにいいことかを示し、そんなふうに愚かなひねくれ者でいるなら、どんな悪い結果を招くか、はっきりと言ってやった。何かをしてほしいと頼まれると、次のように答えることもあった。

「わかりました、メアリアン、そうしましょう。ただし、この単語を発音してからです。ほら、ね、今ここで言ってしまいなさい、そうしたらこれで終わりです」

「いやよ」

「それなら、もちろん何もしてあげられません」

同じ年頃か、もう少し年下だった頃の自分は、人に構ってもらえずに恥をかくようなことがあれば最悪の罰だと考えていた。しかし、彼女にとってそれは何の効果もなかった。

しかし私も時には激高した。メアリアンの両肩をつかんで激しく揺さぶり、長い髪の毛を引っ張ったり、部屋の隅で立たせたりした。すると、私への仕返しとばかりに、彼女は耳をつんざくばかりの金切り声を上げた。それがまた頭にナイフが突き刺さるようだった。私が嫌がることを知って、ありったけの声を出したかと思うと私の顔を覗き込み、復讐を遂げたような満足そうな顔をして、こう叫んだ。

「いいこと、これがお返しよ」

と、さらに何度も金切り声を上げるので、私はもう耳をふさぐしかなかった。この恐ろしい声を何度も上げていると、ブルームフィールド夫人が部屋に上がってきて、一体どうしたのですかと尋ねてくることがあった。

「メアリアンが悪い子でいるのです、奥様」

「でも、あのぞっとするような叫び声は一体何なの」

「ついかっとなったようで、叫んだのです」

「でも、あんな恐ろしい声は聞いたことがありません。一体、どんな恐ろしい思いをさせたのやら。なぜお兄ちゃまと一緒に外で遊んでいないの」

「課題がまだ終わってないのです」

「メアリアン、あなたならきっといい子でいられるわね。レッスンも終われるわよね」と、気のない感じで娘に言うと、「とにかく、あんなひどい叫び声は金輪際聞きたくありませんからね」と言った。

夫人は明らかに私に向かって石のような冷たいまなざしを注ぐと、そのままドアを閉めて、去って行った。

私は時に、この強情っ張りの女の子に不意打ちをしかけてみようと思うことがあった。彼女が何か他のことを考えているときに、何気なくある単語を言ってみた。するとたいてい、思わずその言葉を口にしかけるのだった。ところがすぐに抑え込み、「あら、あなたのそんな手に乗ったりしないわ、こんなことで騙(だま)されたりしないから」とでも言いたげな挑発的な顔をした。

またある時は、私はすべてを忘れたふりをして、彼女といつものように話したり、遊んだりした。夜になってベッドに寝かしつけるときに、とても上機嫌でニコニコしているところに身をかがめると、枕元を離れる直前に、前と変わらない明るい優しい声でこう言ってみた。

「ねえ、メアリアン、お休みのキスをする前にあの単語を言ってみてちょうだい。今のあなたはとってもいい子ですから、もちろん言えるわね」

「いいえ、言わないわ」

「そしたら、キスはお預けですよ」

「うん、構わないわ」

私がどんなに悲しい思いでいるかを伝えても無駄だった。少しは後悔している様子を見せるかもしれないとしばらくその場に立っていたが、その兆しは一切なかった。メアリアンは本当にキスなど「構わない」と思っていたのだ。私は彼女を暗闇に一人置いて、外に出た。心というものが一切感じられない意地の張り方がこの言葉に表れていて、何よりも不思議だった。私が子どもだったときには、母にお休みのキスを拒まれることほど心が痛む罰など、想像さえできなかった。キスしてくれないかもしれないと考えるだけでも恐ろしく、また幸運なことに、自分はそれほどの罰に値する罪を犯したことがなかったので、それ以上のことなど考えられなかった。ただ一度だけ、姉が何か悪さをして、母がこれぐらいの罰を受けさせたほうがよいと考えたことがあった。そのときの姉がどのように感じていたかはわからない。しかし、私自身が姉のためを思って流した涙と苦しみを、そう簡単に忘れることはないだろう。

メアリアンのもう一つ厄介な点は、いつも子ども部屋に走って行き、乳母と妹たちと遊びたがることで、これはどうしても止められなかった。もちろん、このこと自体はごく自然な性癖だったが、母親が私にはっきり示した要望に反していたので、もちろん、子ども部屋に行ってはいけないと禁じるしかなかった。いつも私のそばにいるようにできる限りの工夫をしたが、そうするとますます子ども部屋に行きたがるだけだった。行かせないと努力すればするほど頻繁に出かけてしまい、ずっとそこにいた。これは夫人の意にまったく沿わないことであり、しかもそのすべての責任を夫人が私に押し付けてくるのは目に見えていた。

試練は他にもあった。それは朝の着替えのときで、メアリアンは今日は顔を洗わないと言い張ったり、また今日はこれこれのドレスを着たいと言って、それ以外の服は着ないとごねたりもしたが、それは決まって母親が気に入りそうもないドレスだった。また、髪を触ろうとすると、叫んで逃げて行ってしまうこともあった。そんな調子だったので、毎朝多大な時間と労力が費やされ、ようやく階下に連れて行ったときには、もう朝食が半分近く終わってしまっていることも多々あった。もちろん、「お母様」からはむっとしたお顔を、「お父様」からはお怒りのお言葉を頂戴することになった。それは直接私に向けられたものではなかったにしろ、私への皮肉がこめられていた。食事の時間を厳守しないことほどこの父親が苛立つことはなかったのである。

他にも少し困ったのは、どうやっても娘のドレスについて母親を満足させられないことだった。髪型も「見られたものではない」と言われ、時には私にひどい赤っ恥をかかせようと、夫人自らが侍女の役目を買って出て、挙句にこんな面倒を自分にかけさせるなんて、と痛烈に文句を言うのだった。

幼いファニーが勉強部屋に上がってくるようになった。少なくとも彼女だけは性格も穏やかで、そんなに困る子どもではないだろうと期待した。しかし、数時間とは言わないが、数日後にはその幻想がものの見事に打ち砕かれた。ファニーはいたずら好きの、どうにも手に負えない子どもだった。まだ小さいのにすぐに嘘をつき、ごまかすことがお手の物だった。さらに、攻撃と守備という二つのお気に入りの武器を持ち、困ったことにそれらを用いることが大好きで、例えば自分の機嫌を損ねた者に対してはその顔にピュッと唾を吐いたり、自分の気まぐれな望みが叶えられないとわかると雄牛のようにウーと唸ったりした。ただ、普段親の前にいるときはとても静かにしているので、両親は彼女が大変おとなしい子どもであると勘違いしていた。ファニーが嘘をついても親たちはすぐに信じ込み、彼女が大きな音を立てるようなことがあると、それは私が何か厳しく心ない仕打ちでも行っているからではないかと疑い始めた。そんな親の偏った目にも彼女の悪質な性向がとうとう露わになれば、それはすべて私のせいにされた。

「ファニーはなんだかとても悪い子になってきているのではないですか」と、ブルームフィールド夫人が夫に言う。「ねえあなた、ファニーが勉強部屋に行くようになってから、とても変わってしまったこと、お気づきになりまして。もうすぐにでも、他の二人のように悪くなっていきますすよ。それから、残念ながら、その当の二人も最近はどうしようもないですわ」

「その通りだな」と氏が答える。「私もまさに同じことを考えていた。家庭教師を雇えばよくなるだろうと考えていたが、ますます悪くなる一方じゃないか。勉強のほうはわからんが、日々の素行ときたらまるで改善の兆しがない。それは確かだ。二人ともがさつで汚らしくなって、ますます見苦しくなっている」

この言葉がすべて私に向けられていることはわかっていた。似たようなあてこすりはいくらでもあり、面と向かって非難されるよりもよっぽど深く傷つけられた。もし目の前で言われれば、私も奮起して自身を弁護するために何か言うこともあっただろう。しかしこの場合、怒りに駆られた衝動は抑えるほうが得策だと思った。変に敏感になって萎縮したりせず、ただひたすら辛抱強く最善を尽くすことが一番賢いやり方であると考えた。確かに今の勤め口はうんざりするような場所であったが、それでも本気でこの仕事を確保したいと思っていた。揺るぎなき決意と誠実さをもって頑張れば、いつの日か子どもたちも人間としてあるべき姿になるだろうという気持ちに変わりはなかった。月を追うごとに彼らもその分だけほんのちょっと賢くなり、結果的にはもっとお利口さんになるはずである。もし九歳、十歳ぐらいにもなって、今のこの六歳と七歳とまったく変わらず、手に負えないほど暴れ回っていたとしたら、それはもう狂気の沙汰というしかなかった。

それに、ここに居続けることは両親と姉のためなのだという自負があった。給料はわずかだったが、それでも自分で稼いでいることに変わりなく、もっぱら節約に努めれば家族に送る分くらいのお金は問題なく手元に残すことができた。家族が喜んで受け取ってくれたらの話だとしても。さらに言えば、そもそも私がこの勤めをするようになったのは、自分の意志からだった。この苦難は自ら背負ったもので、またその苦難に耐えると覚悟していた。いや、それどころか、私は自分のとった道を後悔などしていない。こんな時でも、課せられた義務を負い、その目的を立派に果たす力が自分にはあるとどうしても家族に証明したかった。たとえ黙ったまま服従している自分を卑屈に感じることがあっても、たとえ日々の苦労に耐えられなくなっても、私はただ故郷に向かい、心の中でこうつぶやいた。

「私は押し潰されても、決して屈服しない[*2]
いつもあなたのことを考えているから、その痛みは気にしない」

クリスマスの頃になると、私は一時家に帰ることが許されたが、たった二週間だけだった。夫人が言うには、「だって、ご家族にはつい最近まで会われていたのですから、さほど長くそちらに滞在するおつもりはないと思いましたの」ということだった。

そう思わせておけばいいと思った。夫人は知る由もないだろう。家に帰らずにいたこの十四週間が、私にとってどんなに長いものだったのか、どんなに身も心も疲れるものだったか、私がどれほどの熱い思いで休暇を待ち焦がれていたか、その休暇が短縮されたことでどんなにがっかりしたかなど。しかし、このことで夫人を責めるべきではない。私は決して自分の気持ちを言わなかった。それを彼女が穿(うが)って見抜けるはずがない。それに、まだ任期の途中だからまるまる休暇を与えてくれなかったのも、もっともな話だった。

第四章　おばあさま

私が帰郷してどんなに喜んだか、それをわざわざ読者の皆さんに読んでいただくまでもないだろう。家にいる間は幸せだった。懐かしくも見慣れた場所で、私の愛する人たち、また私を愛してくれる人たちに囲まれ、つかの間の休息と自由の時間を楽しんだ。そして、再び長い別れが訪れる。さよならを告げたとき、どんなに悲しかったことか。

しかし、私は意気阻喪することなく仕事に戻った。そう、想像もできないほどあの辛い仕事に。このようなみじめな思いは経験しなければ誰もわからないだろう。腕白どころか狂暴な反逆児の集団の世話と指導を任されたものの、どれほど努力をしてみたところで、彼らにその為すべき義務を一向に負わせることができない。と同時に、彼らの行いについては、自分がすべての責任を、しかも自分より上位にいる人のために負わなければならない。さらに、その者からは容赦のない要求を迫られ、しかもそれは上位の者が持つ強権の発動による助けなしには達成できそうもないことであるのに、その人は単に面倒くさいのか、あるいはその反逆集団に嫌われることを恐れているせいか、あえて何の力も貸そうとしない。これほどまでに悩ましく苦しい状況が他にあるなど、とうてい考えられないのだ。つまり、この場所ではどんなに成功を求めても、どんなに自分の義務をまっとうすべく働いても、すべての努力が水の泡となる。しかも、それは下位の者によって妨害されたものであり、一方で、上の者からは自らの努力を不当なまでに非難され、誤解に満ちた判断まで下されるのである。

私の教え子たちのどうにも腹に据えかねる性格について、まだその半分も取り上げたわけではない。また、自分には荷が重すぎる負担のせいで生じた様々な問題にしても、その半分も取り上げてきていない。しかし、読者の皆さんにはすでにこれまで相当に辛抱していただいたかもしれないので、これ以上ご迷惑をかけたくないと思う。ただ、どうして私がここ数ページのことを書き連ねてきたかと言えば、それはただ楽しんでもらうためではなく、こうしたことに関係がある方々に何らかの利益があるかもしれないと思ってのことである。きっと何の興味もない人たちはここまでの数ページをざっと見ただけで読み飛ばしてしまったことだろうし、おそらく書き手の冗長さに悪口の一つも呟(つぶや)いたことだろう。しかし、この同じページから、もしある親御さんが何らかの有益な心得を手にすることができたとしたら、また、ある不幸な家庭教師(ガヴァネス)がこれによってほんの少しでもためになるものを得ることができたとしたら、私の苦労もそれで充分に報われたと言える。

これまで混乱や問題を引き起こさないように、子どもたちのことは一人一人取り上げた上で、彼らの多様な性格について説明をしてきた。しかし、そうしたからと言って、この三人が一丸となって自分を苦しめているという状況を、きちんと理解してもらえるわけではない。たいていの場合、彼らは三人一緒に「よし、ふざけてやろう、ミス・グレイをいじめて怒らせてやろう」と心に決めていた。

そのようなとき、私はつい、「ああ、あの人たちが今見ていてくれたら」と思ってしまうことがあった。もちろん、「あの人たち」とは故郷の家族のことで、きっと彼らなら可哀想に思ってくれるはずだった。そう思うと、自分がどうにも哀れに思えてきて、とてもではないが涙をこらえることができなくなった。しかし、私をいじめる小さな子どもたちがデザートを食べに階下に行くか、あるいは部屋に寝に行くかして（私が解放される見込みはそのときぐらいしかない）、その場からいなくなるまではなんとか涙をこらえるしかなく、ようやく一人きりになる幸せを味わったところで、どっとこみ上げてくる涙を溢れるままに流すという贅沢を味わった。しかし、こんな弱い感情に溺れているわけにはいかなかった。抱えきれない数の仕事を抱え、暇な時間というものがあまりにも貴重であったので、そのような実りのない嘆きに多くの時間を割く余裕もなかった。

一月に休暇から戻ってきてすぐのことだった。その日のことはよく覚えている。外ではかなりの雪が降っており、午後になって夕食を終えた子どもたちが全員、部屋に上がってきた。その途中から「よし、ふざけてやるぞ」というつもりの大声を上げてやってきた彼らは、実際にその決意を通し、私が喉の筋肉を使い果たして声が枯れるまで言って聞かせてもやめようとしなかった。私はトムを部屋の隅に封じ込め、決められた課題を終えるまではそこから逃げることはできませんと言い聞かせていた。と、その間にファニーが私の裁縫用の袋を手にし始めた。中身をすべてぶちまけ、さらには袋の中に唾を吐き始めたので、すぐに袋を下に置くようにと言ったが、もちろん何の効果もなかった。

「焼いちまえ、ファニー」とトムが叫ぶと、ファニーはこの命令には急いで従った。慌てて暖炉に駆け寄り袋をひっつかむと、その隙にトムは矢のようにドアへ走り去った。

「メアリアン、あの箱だ、あれを窓から投げろ」と、トムが叫んだ。もうすんでのところで、私の大切な書きもの台[*3]が、手紙や書類に少々のお金も貴重品も全部入った台が、三階の窓から投げ落とされそうになった。急いで駆けつけてそれを救い出すと、その間にトムは部屋を抜け出し、猛烈な勢いで階段を走り下りて行った。ファニーもその後を追う。なんとか書きもの台を救出した私は急いで二人を捕まえに走りだし、メアリアンも慌ててあとに続いた。しかし、三人とも捕まらなかった。全員飛び出して庭へ駆けて行くと、雪の中で飛び跳ね回り、歓喜の声を上げて叫びまくった。

一体どうしたらいいのだろう。もし三人のあとを追えば、おそらく一人も捕まえることができないどころか、いっそう調子づけてしまう。が、もしあとを追わなければ、どうやって家の中に連れ帰ることができるだろう。それに親がこれを知ったら、私のことをどう思うだろう。柔らかく降り積もった雪の中を、子どもたちが帽子もかぶらず、手袋もせず、ブーツも履かず、ただ浮かれ騒いでいる。

これは困ったと思いながら、ドアのすぐ外に立っていた。怖い顔をするなり、怒りの言葉を吐くなりして、居丈高に従わせようとしていたそのとき、背後から突き刺すような厳しい声が聞こえた。

「ミス・グレイ、これは何ですか。一体全体、いや、まったくあなたは何を考えているのだ」

「子どもたちを中に入れさせることができないのです」と、私は振り向きざまに言い、ブルームフィールド氏の顔を見た。その髪は逆立ち、青白い目玉が飛び出しそうだった。

「いや、どうにかして中に入れるんだ」氏は叫び、さらに私に近づいてきた。ひどく怒り狂っている。

「それならどうかご自分でお呼びになってください。私の言うことは聞かないでしょうから」私は後ずさりして言った。

「中に入りなさい、お前たち。ほら、中に入るんだ、この汚い悪がきども。全員、馬鞭をくらわせるぞ」怒鳴られた子どもたちは即座に従った。「ほら、最初の一言で中に入ったじゃないか」

「ええ、ご主人様がおっしゃいましたから」

「あなたはこの子たちの面倒をみているというのに、これぐらいの監督しかできないとは実に奇妙なことですな。ほら、戻ってきた。さっさと上に行くんだ、お前たち。汚い雪まみれの足だな。ほら、早く一緒に行って、まともな格好にさせてやりなさい。まったくどうしようもないな」

そのとき、この紳士の母親も家にいた。私が階段を上がって応接間の前を通り過ぎるとき、その老夫人が義理の娘に向かって、ちょうど大声で熱弁をふるうのを耳にすることができた。大まかな内容は次の通りである（というのも、声の高いところの言葉しか聞き取れなかった）。

「まああ、一体なんてこと……こんなこと一度だってね……きっと風邪（かぜ）をひくに違いあり……あの人、あれでちゃんとやっていると言えますか……あなた、わたくしの言うことをお聞きになって……」

それ以上は聞かなかった。それで充分だった。

ブルームフィールド老夫人はこれまで私に対してはとても配慮があり、親切に接してくれていた。だからまさにこのときまで、私は夫人のことを、人がよくて心の優しい、おしゃべり好きなご老人だと思っていたのである。夫人はよく私のところにやって来ては打ち解けた口調で話をした。相槌（あいづち）を打ったり、首を振ってみたり、他にも手や目を使った身振りなど、そういった仕草はある階級の老夫人ならいかにも行いそうなことだった。もっとも、この独特な癖をこれほど多用する人を他には知らなかった。夫人は私が子どもたちのことで悩んでいることに同情までしてくれ、時には、彼らの母親が私の力を制限し、自分の権威を振るわずに私を助けようともしないことを、はっきり言葉にしなくても要所でうなずいてみせたり、わかっていると言わんばかりのウィンクをして、母親の思慮に欠けた振る舞いに理解を示すこともあった。が、私はこのような形で非難を示すやり方があまり好きではなかったので、大概まともには受け取らず、はっきりと口にされた以上のことを勘ぐるようなことはしなかった。老夫人が少なくとも暗に認めているのは、また違った指示でも出されていれば、私の仕事も多少は楽になり、もっと上手に子どもたちを指導したり教えたりすることができるようになるだろうという程度のことで、私としてもそれ以上のことは考えてもみなかった。しかし、ここにきて、重ね重ね慎重にならなくてはならないとわかったのである。この老夫人にそれなりに欠点があるということはもうわかっていたが（例えば自分がいかに申し分のない人間であるかを言いふらす傾向があった）、そんなことはいつも大目に見ていたし、また、夫人自らが公言して憚らなかった美徳の数々についても、当然それがすべて備わっているものと信じ、しかも夫人が口にしない長所もまだまだあるのだろうと想像していた。優しさというものは、長年の間、私にはまるで生活の糧のように存在していた。しかし、ここ最近はほとんど断たれていたに等しかったので、かけらほどの見せかけであっても、私は大喜びで受け入れてしまったのである。この老夫人に対して温かな気持ちを抱いたのも仕方がなかった。そばに寄ってもらえるといつも嬉しくなり、去ってしまうとどうにも寂しく思えた。

　しかしこうなってみると、幸か不幸かほんの通りすがりに聞こえたわずかな言葉によって、老夫人に対する私の考えは一掃された。もはや彼女は私にとって不誠実な偽善者であり、お世辞ばかりの口先だけの人間であり、私の言動を見張るスパイであると、そう思えてきた。もちろん、たとえそうでも、彼女と会うときは前と変わらず明るく笑みを浮かべ、敬意のこもった心ある話し方をするほうが自分の得になっただろうが、しかし私にはどうしてもそれができなかった。私の態度は自分の気持ちに合わせて変化し、冷たく用心深い態度をとるようになり、すると老夫人が気づかないはずがなかった。実際すぐに気づくと、自らの態度を変え始めた。親しみのこもった会釈は堅苦しいお辞儀に取って代わられ、上品に浮かべていた微笑みは消え、ゴルゴン[*4]のような恐ろしい目つきで私を睨むようになった。陽気なおしゃべりの相手も私ではなくなり、「かわいらしい男の子と女の子たち」へと完全に移行し、またその子たちをあの母親以上におだてあげ、信じられないほど甘やかしたのである。

正直、この変化に私は多少とも不安に陥った。老夫人が不愉快な気分になることで及ぶ影響を恐れ、失った信頼を回復させようといくらか努力を試みた。すると、思っていたよりは目に見えた成果が上がり、ある時には単に礼儀をつくすつもりで、咳き込んでいる老夫人の状態を伺ったところ、即座にその憂鬱な顔がほころび、笑みが浮かんだ。そして自分が咳持ちになった経緯やその他の体の悪いところについて、わざわざ詳細な話をしてくれたのである。また、自分がいかに敬虔な気持ちのもとに諦めの境地に達したかという話が、例のなんとも筆舌に尽くしがたい、語気を強めた大仰な調子で続いた。

「でもね、あなた、これにはたった一つの治療法がありましてね。それはね、諦めというものです」（と、頭がぐいと持ち上がる）「つまり、神のご意志を甘んじて受け入れるということです」（両腕が持ち上がり、目も上を向く）「このような心持ちこそが、どんな試練にあったときも、これまでわたくしを支えてきました。これからもそうです」（と、何度もうなずく）「でもね、このようなことは誰にでも言えることではないのですよ」（首を横に振る）「ミス・グレイ、わたくしは敬虔な人間です」（さも意味ありげに頭を振り、そしてまた持ち上げる）「これまでもずっとそうでした」（もう一つうなずく）「天よ、なんとありがたきことでしょう、これこそがわたくしの誉れです」（と、力強く両手を組み、首を横に振る）そして老夫人は聖書から数節を暗唱したが、そのいくつかは間違って引用されたか、あるいは使い方が間違っていた。また何か信仰の言葉を大きな声で言ったが、その内容はともかく、話し方や伝え方にはかなりの滑稽さが滲み出ていたので、それをここで再現することはやめておく。そうしてかなりの上機嫌で（少なくとも自分では満足そうに）その大きな頭をぐいともたげながら去って行った。結局のところ、もしかしたら夫人は意地悪なわけではなく、単に弱っているだけかもしれないという多少の期待が残った。

そして老夫人が次にウェルウッドの邸宅を訪れたとき、私はとてもよくおなりになられたようにお見受けして嬉しく思います、とまで言ってみせた。すると、その効果は魔法のように覿面だった。単に礼儀を示すつもりで発言した言葉が相手を喜ばせる賛辞として受け入れられた。顔がぱっと明るくなり、その瞬間から夫人は心あるままに優しく慇懃な態度をとるようになった。少なくとも外見上はそうだった。こうして私が自分で見たり、子どもたちから聞いたりしてわかったことは、もし老夫人から心ある友情を得たいと思うなら、その都度頃合いのいいときにお世辞の一言を言えばよいということだった。しかし、それは私の主義に反したので、その類は控えていると、この気まぐれな老夫人はまたすぐに私に好意を寄せることをやめ、代わりにずいぶんと私の陰口を叩いていたようだった。

しかし、義理の娘には私の悪口を言ってもさほど影響がなかっただろう。二人はお互いに敬遠し合っていて、それは老夫人が裏で誹謗中傷していたのでよくわかった。義理の娘もまた過剰と言えるほど堅苦しく冷たい態度を崩さず、それが作る氷の壁は、たとえ老夫人が媚びへつらう態度を示したところで、一向に解ける気配はなかった。一方、息子と一緒にいるときは調子がよいもので、氏は自分の言うことを何でも聞いてくれる存在であった。ただし、息子の短気な性格を抑え込むことができればであり、厳しいことを言って苛立たせたりしないようにしていた。どうやら、息子の私に対する偏見のほとんどがこの老夫人によって増幅されていたようだ。私が子どもたちのことを放りっぱなしでけしからんと伝えたのだろう。嫁にしたって本来ならきちんと気にかけるべき子どもたちのことをまったく気にしていない、こうなったら息子が自分で子どもたちの監督をする必要がある、さもなければどの子もみんなおしまいだ、とでも伝えていたのだろう。

そう促された息子はしょっちゅう窓から外を見ることを心がけるようになった。子どもたちが遊んでいるとわざわざ覗き、時には敷地内を散歩するときに後ろから付いてくることもあった。そして、もし子どもたちが近寄ってはいけない水場で水を跳ね上げようものなら、あるいは厩舎(きゅうしゃ)に行って御者(ぎょしゃ)に話しかけたり、その周囲の庭で泥にまみれて遊び呆(ほう)けようものなら、不意に子どもたちの前に現れる、という事態が増えた。そんなとき、私はただ茫然(ぼうぜん)と立ち尽くしていた。それまでに子どもたちをその場から引き離そうと無駄に画策して、すでにエネルギーを使い切っていた。それから、子どもたちが勉強部屋で食事をとっているときに不意に部屋を覗き込まれることもたびたびあった。子どもたちはたいてい、テーブルの上やら身の回りやらに牛乳をこぼしていたり、自分や他人のコップに指を突っ込んでいたり、食べ物の取り合いで口喧嘩(くちげんか)をしていたり、まるで虎の仔たちの有様だった。もしその瞬間、私が静かにしていたとしたら、その乱暴な振る舞いをただ見て見ぬふりをしていたということとになり、もしなんとか収拾をつけようと声を張り上げていたとしたら（こちらのほうが多かったが）、不当な暴力に打って出て、穏やかならぬ言葉と声で女の子たちの悪い手本を示しているとなった。

ある春の日の午後だった。その日は雨のせいで子どもたちは外に出ることができなかった。ところが、何か驚くほどの幸運が舞い込んだのか、その日は全員がレッスンを終えることができたのである。しかも、彼らは両親にちょっかいを出しに、階下に駆け下りて行くようなこともしなかった。このおふざけに私はとても困らされていたが、雨の日であれば、まず子どもたちを止めることなどできなかった。つまり、階下には彼らにとって楽しくて珍しいことがあるわけで、特にお客が来ているときなどはそうだった。母親も、勉強部屋を出てきたと言って子どもたちを叱りつけたりせず、かと言って、わざわざ部屋に送り返すようなこともしなかった。ただ、私には、子どもたちをきちんと勉強部屋に引き留めておくように命じた。しかし今日に限っては、子どもたちも今いる場所で満足しているようで、さらにもっと素晴らしいことに、私に頼ることなく、かと言って互いに口喧嘩することもなく、皆で仲良く遊びたい気持ちになっていたようだ。そのとき子どもたちが取りかかっていたことは少しこちらが戸惑うようなことだった。窓のそばに集まり、床の上に全員あぐらをかいて座り、その周りにはたくさんの壊れたおもちゃと大量の鳥の卵があった。卵と言うよりはその殻と言うべきかもしれない。その中身は幸いにもすべて取り出されていた。この壊れた殻を彼らは粉々にして叩き潰していたのである。一体何のためにこんなことをしているのかまるで見当がつかなかったが、皆でおとなしくしているなら、それに明らかな悪さをしているのでなければ、私は全然構わなかった。珍しく落ち着いた気分で暖炉の前に座り、メアリアンの人形に着せる洋服を手にして仕上げの数針を縫い始めた。これが終わったら母に手紙を書こうと思い始めたその矢先に、突然ドアが開き、ブルームフィールド氏の薄茶けた頭が中を覗き込んだ。

「みんな静かにしているな。何をしているんだ」

「今日のところは問題なさそうね」と、私は心の中でつぶやいた。

ところが、ブルームフィールド氏の考えは違った。窓のそばに近づき、子どもたちがやっていることを見ると、不機嫌そうに怒鳴った。

「お前たち、一体何をしているんだ」

「卵の殻をすりつぶしているんです、お父様」トムが大きな声で言った。

「よくもこんなめちゃめちゃなことをしてくれるな。おい、このちびども、絨毯がひどいことになってるのがわからんのか」（絨毯は粗毛のドラゲット織で、いたって普通の茶色の絨毯である）「ミス・グレイ、あなたはこの子たちが何をしてるのかわかってますか」

「はい、わかっております」

「え、わかっているだと」

「はい」

「わかっている、それであなたはただそこに座っているわけですか。一言も叱らず、そのままにさせているのですか」

「別に害になることはしていないと思いましたから」

「別に害はないだと。じゃ、あれはなんだ。絨毯を見てみなさい。あんな絨毯、いや、まともなクリスチャンの家で、こんなことがありますか。あなたの教室はブタ小屋にも劣るってわけですか。道理であなたの生徒は仔ブタ以下なわけだ。道理であなたの、いや、もう参りましたよ、我慢の限界だ」バタンと大きな音をさせて扉を閉めて出て行ったので、子どもたちが笑い始めた。

「我慢の限界はこっちよ」私はそうつぶやいて立ち上がると、暖炉の火かき棒を手にした。そして、燃えかすになった炭を何度も叩き、めったに出ない力で何度も掘じくり回し、いかにも火を起こすふりをして心を静めた。

このことがあって以来、ブルームフィールド氏は勉強部屋の秩序が保たれているかを見に、絶えず部屋を覗き込むようになった。そして、子どもたちのほうは、絶えず床に物を投げ散らかしていた。それはおもちゃだったり、棒切れや石ころだったり、あるいは木の切り株や葉っぱだったりと、がらくたばかりだったが、どうしても部屋の中に持ち込まれ、かといって、それらを拾って片付けさせることもできなかった。それに使用人たちまでが「後始末をする」ことを拒んだので、私は自分の貴重な時間の多くを費やしてまで床に膝をつき、苦労して部屋を元通りに直した。一度は子どもたちに拾わせようと、絨毯に転がっているものを全部拾い集めるまで夕飯はお預けですと言ったこともあった。ファニーはこれだけの物を拾ったらお夕飯、メアリアンはその二倍くらい集められたらお夕飯、トムはその残り全部をきれいにするように、と伝えたのである。

驚いたことに、女の子たちのするべき役割をきちんと果たした。ところが、トムが猛烈に怒り始めた。テーブルに跳びかかると、パンと牛乳をはたいて床の上にこぼしまくり、妹たちを叩き始め、バケツに入った炭を蹴散らし、挙句の果てに椅子とテーブルを全部ひっくり返そうと、まるであの悪名高きダグラス将軍[*5]が城の貯蔵庫を破壊しつくしたように、部屋にあるものすべてを破壊しようとした。私はトムをつかんで押さえつけ、メアリアンに母親を呼びに行くように言い、その間どんなに蹴られようと殴られようと、大声を上げられようが罵(ののし)られようが、ブルームフィールド夫人がやってくるまでじっと耐えた。

「まあ、どうしたのですか、うちの息子に何があったのですか」と夫人が尋ねた。

事の次第が説明されても、夫人はただ乳母を呼んでくるように言うだけだった。部屋は彼女に片付けさせ、ブルームフィールド坊ちゃんには夕飯を持って来させた。

「ほらな」トムは大きな声を上げた。食事しながら顔を上げ、しゃべれないほど口に一杯食べ物を頬張りつつも、勝利の言葉を口にした。「ほらな、わかっただろう。ミス・グレイがあんなこと言ったって、僕は夕飯を食べられるんだ。僕は何も拾わなかったぞ」

この家の中で本当の意味で私と気持ちを分かち合えるのは乳母だけだった。彼女も同じような悩みを抱えていたが、私ほどではなかったかもしれない。彼女は子どもたちを教えるわけでもなく、彼らの行動に関してたいして責任を持つ必要もなかった。

「ああ、グレイさん、あの子どもたちにはかなり頭を悩ましてるみたいだね」と彼女はよく言っていた。

「ええ、ベティー、その通りよ。どうしてか、あなたならきっとおわかりね」

「もちろん。でもあの子たちのことでそんなにいらいらしないよ。こっちはときどき頬っぺたをピシャリとやってやるからさ。ちっちゃな子たちにもね、うんと鞭で叩いてやることもあるし。よく言うけどさ、それしか効き目がないんだよ、あの子たちには。まあ、だけどね、それであたしはここを追い出される始末さ」

「そうだったの、ベティー。ここを去るとは聞いていたけれど」

「ああ、やれやれ、そうなんですよ。三週間前に奥様から通告を受けたんです。クリスマス前にも言われたんですがね、もう一度でもあの子たちをぶったらどうなるかわかりませんよって。でも手を上げずにはいられなかった。ただ何もしないなんてねえ。グレイさんはどういうおつもりか知らんけど、メアリアンさんときたら、妹たちと比べたってどうしようもなく悪い子だからね」

第五章　叔父さま

この家族には老夫人の他にもう一人の親戚がいた。何度も邸宅を訪れるそのたびに私は大変な不快感を覚えていた。「ロブソン叔父さま」はブルームフィールド夫人の弟で、背が高く、ひどくうぬぼれが強そうで、黒い髪と顔の血色の悪いところは姉に似ていた。鼻はまるで世を嘲るように上を向き、小さな灰色の目もたいてい半分しか開いていなく、その目つきは本物の愚かさと見せかけの気取りが一体となって、周囲のありとあらゆるものに対する軽蔑心を凝縮させていた。体格はよくてずんぐりとしていたが、どうしたわけか腰のあたりを驚くほど細くなるようぎゅっと絞り込む方法を会得していたようで、体つき全体がなんとも不自然に窮屈そうなこととも相まって、このなんとも高潔なるロブソン氏、いかにも男らしく、女性を見下すロブソン氏は、実はコルセットでめかしこまずにはいられない男であると見てとれた。

ロブソン氏が私に目を留めることはほとんどなかった。目に留まったとしても、どこか人を小馬鹿にしたような横柄な態度と雰囲気だったので、私はこの人が紳士ではないと確信するに至った。もっとも、氏としてはその反対の効果を狙っていたに違いない。しかし、ロブソン氏の訪問が不快だったのはこのことが理由ではない。そうではなく、彼が子どもたちに与える悪影響を好まなかった。彼が来ると子どもたちの悪癖のすべてが助長され、また、私が何か月も努力して達成したわずかばかりのよい成果も、ものの数分で壊されて元通りになってしまった。

ファニーと小さなハリエットのことはこれといって気にかけなかったが、メアリアンはちょっとしたお気に入りだったようで、かわいらしい顔をしているなどと言っては彼女をその気にさせ、また、その容姿について（そんなものは知性と礼節を高めることに比べたら、つまらないものだと私は彼女に常々教えていたのだが）、ありとあらゆるうぬぼれた考えをその頭に吹き込んでしまうので、彼女の元から鼻にかけた態度は（その鼻を私はなんとかしてへし折ってやりたかったのだが）ますます煽られてしまうのだった。これほどお世辞に敏感な子どももいなかった。それに、たとえ何か悪いことをしても、それがメアリアンであろうとその兄であろうと、ロブソン氏はただ笑い飛ばした。実際に褒めているわけではないにしろ、笑い飛ばすことでその悪癖はかえって助長される。子どもたちがしでかした過ちも笑い飛ばし、また真の友人がそれはとてもおぞましいことであると苦心して教えたことも楽しく冗談にしてしまう。それで子どもたちにどれほど悪影響があるか、誰もわかっていない。

　ロブソン氏は、常習の酔っ払いではなかったにしろ、普段からかなりの量のワインを飲んだ。時には水割りのブランデーを楽しむこともあり、甥っ子に向かってこんな自分を何としてでも真似るようにと教え込んでいた。酒を飲めば飲むほど、嗜めば嗜むほど男は上がる、男らしい大胆な精神を発揮して妹たちより優位に立つことができると信じ込ませていた。ブルームフィールド氏が特に反対することもなかった。というのも、氏の好きな飲み物がジンの水割りで、毎日ちびちびとすすっては結構な量を飲んでいたからである。浅黒い顔をして性格も怒りっぽいのは、もっぱらそのせいであると私は考えていた。

　トムには弱い動物を苛める性癖があったが、ロブソン氏はこちらもまた助長させた。それも口で言って聞かせるだけでなく、実例も示してみせた。義兄の敷地内で狩りをしたり、撃ちにやってくることが多かったロブソン氏は、お気に入りの犬たちを連れて来て容赦なく扱い、その扱いがあまりにもひどかったので、いつかこの犬たちの一匹が氏に嚙みつく日が来るのではないか、たとえ貧乏でも私はその日が来ることに一ポンド金貨を賭けてもいいと思った。ただし、犬が何の罰も受けなくてよければの話である。また、ご機嫌がとてもいいと、子どもたちと鳥の巣探しに行くこともあった。これがまた非常に苛立ち、ムッとすることの一つだった。というのも、このような娯楽は悪いことだと、私は子どもたちに辛抱強く何度も示してみせ、多少なりともわかってもらったという自負があり、もう少し時間が経てば、彼らも正義とは何か、人道とは何かという一般的な理解に達することができるだろうと期待を持っていた。ところが、ロブソン叔父さまとものの十分も鳥の巣探しをすれば、あるいは、子どもたちがそんな野蛮な行為をしたという話をロブソン叔父さまが笑ってみせるだけで、私が丹念に道理を言って説得した労も一瞬にして無駄になった。しかし幸いなことに、その年の春はただ一回を除き、彼らが獲得できた巣は中が空っぽなものばかり、もしくは卵だけのものだった。雛がかえるまでじっと待つということができなかったのである。ただ一度だけ、トムが叔父と一緒に隣の植林地まで行ったときに、まだ毛も生えそろわない小さな雛たちを両手に抱えながら、喜び勇んで家の庭に走り戻ってきたことがある。

ちょうどメアリアンとファニーを私が外に連れ出したところで、二人は兄の略奪したものを見ようと駆け出した。二人ともそれぞれ一羽ずつ欲しいと兄に懇願したところ、兄は大きな声で言った。

「だめだ、一羽だってだめだ。これは全部僕のものだ。ロブソン叔父さまが僕にくれたんだ。

ほら、これ全部、一、二、三、四、五。どれにも触っちゃだめだ。一羽だって絶対だめだ」トムは気分が高揚しながらそう言うと、地面に巣を置き、両脚を大きく広げてその上に跨った。両手をズボンのポケットに突っ込み、上体を前のめりにすると、喜びの極みでその顔をあらゆる方法で歪め、捻じ曲げてみせた。

「でも、こいつらを僕がとっちめるところは見せてやろう。絶対にこいつらを殴ってやる。これからやってやるぞ。ほうら、珍しく巣にやりがいのあるやつがいたんだ」

「でもトム」私は言った。「あなたがその小鳥たちを痛めつけることは私が許しません。そんなことならすぐにでも殺してあげないと。それか、取って来た場所へ戻してあげるかです。そうすれば親鳥たちが、また続けてえさをあげられます」

「でも、ミス・グレイはどこにあったか知らないじゃないか。それを知っているのは僕とロブソン叔父さまだけだ」

「でも、その場所を教えてくれないのなら、私が自分で手をかけるまでです。そんなことをするのは嫌で仕方ありませんが」

「できっこないよ。絶対にこいつらにさわれないよ。だって、お父さまもお母さまも、それに叔父さまだって、お怒りになるよ。ほうら、どうだい、ミス・グレイ」

「こういうことなら、誰にも相談せずに、自分が正しいと思ったことを私は実行します。もし仮にお父さまとお母さまが良しとしないなら、それはお二人の気持ちを害することになって、申し訳なく思います。でも、ロブソン叔父さまのご意見は、当然、私には関係がありません」

そう告げると、私は気分が悪くなろうが、雇用主の怒りを買おうが、義務感に強く突き動かされて、そこに大きな平たい石を持ってきた。それはネズミ捕り用に庭師が立て掛けておいたものだった。そしてもう一度、この小さな暴君に小鳥たちを元のところに戻すよう強く促した。しかし功を奏さなかったので、この小鳥たちをどうするつもりかと聞くと、彼は悪魔のような熱狂ぶりで小鳥たちをなぶり痛めつける手段をいくつも挙げ始めた。説明に夢中になっている間、私はその犠牲者となる定めの者たちに石を落とした。それらは石の下敷きになり、ぺしゃんこに押しつぶされた。

大きな叫び声が上がり、ひどく罵る声が続いた。この思い切った非道行為がもたらした結果だった。ロブソン叔父が銃を手にして庭の道を歩いてくるところで、立ち止まって犬に一蹴りを与えようとしていたが、そこへトムがさっと走り寄り、ジューノーの代わりに私を蹴ってくれとわめき出した。ロブソン氏は銃にもたれかかりながら、甥っ子のひどく荒れた怒りっぷりをワハハと笑い飛ばし、私に向かってはいくつもの罵声と侮辱の言葉を浴びせた。

「いやあ、お前はたいした子だぞ」彼は大声で言い、ようやく銃を手に取り、家に向かって歩き始めた。「いや驚いたな、こいつはなかなか肝もあるじゃないか。こんなあっぱれな悪ガキもそうはいない。おいおい、もう女たちはこいつの足元には及ばんじゃないか。母親にも、ばあちゃんにも、家庭教師(ガヴァネス)にも、みんなに反抗しているとはな。はっ、はっ、はっ。おい、トム、気にするな。明日他の鳥たちをとってきてやるから」

「ロブソン様、もしそうなさるのなら、また私が手をかけることになりますわ」私は言った。

「ふん」と鼻でせせら笑うと、彼はわざわざ私に向かって無遠慮な眼差(まなざ)しを向けたが、期待に反して私がものともせずにそれをじっと受け止めたので、彼はこれ以上ないほどの侮蔑感を漂わせて顔をそむけ、そのままずかずかと家の中に入って行った。

トムは次に母親に言いつけた。母親はどんな話題でもあまり口を出す人ではなかったが、このあとで私に会うと、その顔つきや態度は以前にも増して暗く、冷たかった。

天候についてしばらくとりとめのない話をしたあと、夫人はこう告げた。

「ミス・グレイ、あなたはブルームフィールドのお坊ちゃんのお楽しみに干渉する必要があるとお考えのようですね。残念ですわ。お坊ちゃんはあなたが鳥を台無しにしてしまったことで、とてもとても心を痛めているようです」

「ブルームフィールド坊ちゃまのお楽しみが、感覚のある生き物を傷つけるという類のものならば、それを止めに入るのが私の務めだと思います」と、私は答えた。

「すべての生き物は私たちの都合のために作られているということをお忘れのようですね」彼女は冷静に言った。

そのような説には多少の疑念を禁じ得なかったが、私はただ次のように答えた。

「もしそうであるとしても、自分たちの楽しみのために生き物を痛めつけるなど、そのような権利は人間にはありません」

「子どもの楽しみを、そもそも魂を持たない獣の営みなどと同等に考えてどうするのですか」

「でも、その子どものためを思うからこそ、あのような楽しみを推奨するべきではないように思います」と、私は柔らかく応えた。これほど粘る自分も珍しく、その埋め合わせにできるだけ穏便にと思った。

「それに、『[6]憐れみ深い人々は、幸いである、その人たちは憐れみを受ける』と言います」

「あら、それはそうですわ。でも、それは私たち人間同士の振る舞いに当てはまることでしょう」

『[7]憐れみ深い人々は家畜に憐れみを与える』とも」と、私は思い切って付け加えた。

「そのご慈悲をご自身もさほどおかけになることはないようですね」と彼女は辛辣（しんらつ）で、きっとした笑みを浮かべた。「あの哀れな小鳥たちを一思いに全部殺してしまうのですから。とてもショックでしたわ。それに、そんな気まぐれで、あの子をあんなに惨めな思いにさせるとは」

　これ以上は何も言わないほうが賢明であると考えた。

　ブルームフィールド夫人とこのような口論になりかけたのは、私がこの邸宅に到着してから初めてのことだった。また、一度にこれほど多くの言葉を交わしたのも初めてだった。

　しかし、ウェルウッドの邸宅を訪れる人々に私が苛々させられたのは、何もロブソン氏とブルームフィールド老夫人に限らなかった。多かれ少なかれ、どんな訪問者も私の気に障った。別に私が彼らから無視されたからではなく（もっとも、その点について言えば、そうした態度は確かに奇妙で、不愉快であるとは感じたが）、客の邪魔をさせないようにと何度言われても、生徒たちを彼らから引き離しておけなかったからである。トムはどうしても話しかけずにはいられず、メアリアンもみなに気にかけてもらわないと気が済まなかった。二人とも少しも恥じらうということを知らず、ごく普通の謙遜の気持ちすら湧かないようだった。大きな声を出しては大人たちの会話を不躾（ぶしつけ）に遮り、無礼もはなはだしい質問をして困らせたりした。また、男の人たちの首に荒っぽくしがみついたり、頼まれてもいないのにその膝によじ登ったり、肩にぶら下がったり、ポケットを探ったりした。それに、ご婦人たちのドレスを引っ張ったり、髪型を乱したり、襟をくしゃくしゃにしたり、ちょっとした装身具の類をしつこくねだったりもした。

　ブルームフィールド夫人はこんな様子にショックを感じたり、困惑するだけの常識はあったが、それらを止めさせようとする常識は持ち合わせていなかった。それを私に期待した。しかし、どうして私にできるのか。上等なドレスを着た客人たちは子どもたちには初めての顔ばかりで、また客人たちもご両親に愛想よく振る舞わなくてはと、子どもたちにずっとお世辞を言い続けて甘やかしている。一方、私は地味な服を着て、彼らには日常の顔で、しかも正直なことしか言えない。こんな私がどうやって彼らを振り向かせることができるだろう。私も全力を尽くした。なんとか楽しいことをさせて自分のほうへ引っ張ろうと試みたり、また、持ち得る限りの権威を振りかざし、どうにか厳格さも保ちながら、客人を悩ませようとする子どもたちを思いとどまらせた。無作法な行動を叱りつけ、恥じ入らせ、二度とこのようなことを繰り返させないように努めた。しかし、彼らは恥というものがわかっていなかった。それに、恐怖に裏打ちされない権限など馬鹿にするだけだった。親切心や愛情といったものについて言えば、まず彼らには心がなかった。あるいは、あったとしても、何か頑丈なものに守られてうまく隠されてしまっているがために、そこにどうやってたどり着くことができるのか、どう頑張っても私にはわからなかった。

しかし、この場所での私の試練もやがて終わりを迎えることになった。思っていたよりも、望んでいたよりも、早かった。五月も終わり頃のある美しい晩、もうすぐ休暇の時期がやってくるという思いで私は気分が浮き立ち、また、生徒たちに少しでも進歩が見られたことに喜ばしい気分でいた（少なくとも学習ということなら、彼らの頭に何かしらの知識を教え込ませたのは確かで、またレッスンを時間内に終わらせることについても、ようやく少しは——ほんの少しではあるが——、理性的に対応してもらえるようになった。一日中何の意味もなく私を苛め、自分たちを苦しめるよりは、そのあとのお休みのために時間を残しておくべきだと理解したのである）。そんなとき、ブルームフィールド夫人からお呼びの声がかかった。そして夫人が私に穏やかに伝えたことは、夏至を過ぎた頃には私の役目も必要なくなるということだった。私の性格も普段の振る舞いもまったく申し分ないそうだが、私がこの家に来て以来、子どもたちがまるで向上していないということだった。そこで、ブルームフィールド氏も夫人も、何か他の教育方法を模索してやらなくてはならないと考えた。子どもたちは才能という面では、同じ年頃の子どもよりも優れているものの、学習知識に関して言えば明らかに後れをとり、行儀作法もまったくなっておらず、その気性といったら手に負えるものではない。夫人はこれをすべて私のせいであると、仕事への決意が充分でなく、根気強く熱心に面倒を見ていないからだと考えた。

私が内心自分に誇りを感じていた資質こそ、揺るがない決意、献身的な努力、不屈の忍耐、怠ることのない仕事への専念というものだった。これが伴っているからこそ、あらゆる困難を克服していき、最後には成功を収められると思っていた。私は自分の弁明のためにも何か言わなければならないと思ったが、しゃべろうとすると声が震えるのがわかったので、ここで感情を露わに、もう目から溢れそうになっている涙を流すくらいなら、ただ黙っていようと思った。そして、自ら罪を認めた罪人のように、沈黙のまますべてに耐えた。

こうして私は解雇され、家に戻ることになった。ああ、皆はどのように思うだろうか。あれだけ偉そうに言っておきながら、この勤め口をたった一年も続けることができなかった。家庭教師（ガヴァネス）といっても相手は三人の小さな子どもたち、しかも叔母が「とてもいい人」と請け合った人が母親だったのに。しかし、このように秤（はかり）にかけられ、それでもの足りないと判断された以上、もう一度雇われるという期待を持てるはずもなかった。とても受け入れがたかった。これまでいく度となく怒り、苦しみ、失望を経てきたとはいえ、また、実家がどんなに大事で愛おしいかわかったとはいえ、私の冒険心はまだ色あせていなかった。まだまだ努力は惜しまずにいたかった。すべての親がブルームフィールド夫妻のような親であるはずはない。すべての子どもたちがブルームフィールド家のような子どもたちではない。次に出会う家族はきっとまた違った家族で、事は好転するに違いない。逆境に鍛えられ、経験から学んだ私が次に望んだこと、それは、何よりもかけがえのない貴重な意見を述べてくれる私の大切な人たちの目から、自分の失われた名誉を取り戻したいということだった。

第六章　再びの牧師館

家に帰ってから数か月の間は平穏に暮らした。自由と休息、そして真の絆(きずな)というものを心穏やかに満喫した。どれをとっても長い間触れることのできなかったものばかりだった。自分の勉強にも真剣に取り組み始めた。ウェルウッドの邸宅にいる間にできなかったことを取り戻すつもりで、それに何か将来の役に立てるように新しく備えておこうと思ったのである。

父の体調はまだまだ芳しくなかったが、最後に会ったときからひどく悪くなったわけでもなかった。帰ってきて父を元気づけられたのは喜ばしい限りで、父の好きな歌をいくつか歌って楽しんだりした。

私の失敗に関しては、それ見たことかと勝ち誇る者もいなければ、やっぱり人の忠告を聞いて、家で静かにしていればよかったのに、などと言う者もいなかった。全員がまた喜んで迎えてくれたばかりか、今までにないほどの優しさを寄せてくれ、これまで私が受けてきた苦しみの埋め合わせをしてくれた。しかし、私が家族のみなと分け合うつもりで頑張って稼ぎ、少しずつ貯(た)めてきたお金は、一シリングたりとも手がつけられなかった。家の借金も、こちらを切り詰め、あちらでかき集め、という方法でなんとかほぼ完済していた。メアリの絵もかなり順調だったが、父としては、こつこつと制作した作品の全部を、メアリだって自分のために取っておくべきだと強く言い続けていた。それに、つつましい衣類の備えや時折ちょっとした出費に用いる分以外は、残りのお金の全部を貯蓄銀行に預けておくようにとも指示していた。お前たちを支えるのにこれしか頼りにならないときがいつ来るかもわからんのだから、と父は言った。父さんもそう長くはない、もし父さんがいなくなったら、お母さんもお前たちも一体どうなってしまうのか、これればかりはわからないよ、と。

ああ、愛するお父さん、自分が死んだら家族がどんなひどい苦しみにあうだろうなんて、そんなに思い悩んだりしなければ、あんな恐ろしい出来事もこう早くは起こらなかったのに。母はできることなら、もう二度と父にこのことでくよくよしてもらいたくはなかった。

「ああ、リチャード」と、あるとき母が叫んだ。「あなたが頭の中からそういった暗いことを消し去ってくれれば、きっと家族の中で誰よりも長生きできるのよ。少なくとも娘たちがお嫁に行くまではね。もしかしたら幸せいっぱいのおじいちゃんになるかもしれないし、そのときは元気いっぱいのおばあちゃんもおそばにいるわ」

母がそう言って笑ったので、父も笑った。しかし、その笑みはすぐに深いため息とともに消えてしまった。

「あの子たちがお嫁に行く。無一文の身でか。一体誰がもらってくれると言うのかね」父は言う。

「そりゃ、ありがたみのわからないような人には誰にだってやりません。あなたが私をもらったとき、私は無一文だったじゃありませんか。でも、そのもらいものに、とても満足されているように見えましたけど、あれはふりだったたってことかしら。でもね、あの子たちが結婚しようがしまいが関係ありません。生計を立てるための真正直な道などいくらでも思いつきますから。それからね、リチャード、自分が死んだら私たちがどんなに貧乏になるだろうかと頭を悩ますぐらいでしたら、あなたを失えば私たちがどんなに惨めで恐ろしい気持ちになるか、それも同じくらいお考えになってほしいです。おわかりでしょうが、そんなことがあったら、あまりの苦しさに、残った私たちはみな飲み込まれてしまいます。そんなことが起こらないように、あなたは何としてでも私たちを守ってくださらないといけません。それには健康でいてくださらないといけません。そのためにも心がまず元気であることが一番なのですよ」

「わかっているよ、アリス。こうして嘆いてばかりいるのはよくないことだとわかっているさ。でもこればかりはどうしようもないんだ。耐えてくれないと」

「耐えることなんてできません。そんな考えは変えてみせますから」母はそう答えた。その言葉の厳しさは、愛情のこもった真剣な声と愛らしい笑顔でどことなく緩み、父も思わずまた笑顔になった。いつもに比べれば、その笑みに宿る悲しさや儚(はかな)さがふっと薄れたようだった。

母と二人きりで話す機会ができたとき、私は次のように切り出した。「お母さん、私の貯めたお金もそれほどではないから、長くはもたないと思うの。もしこれを少しでも増やせたら、お父さんの悩みが少なくとも一つ減るわ。私はメアリみたいに絵が上手ではないでしょ。やっぱり私にできることといったら、もう一度家庭教師(ガヴァネス)の勤め口を探すことだと思うの」

「それでもう一度試してみるつもりなの」

「ええ、そう決めたわ」

「でもアグネス、もう充分懲りたはずじゃなかったの」

「ええ、でも誰もがみなブルームフィールド夫妻のようなわけではないと思っているし」

「もっとひどい人たちだっているのよ」母が遮った。

「でもそんなにはいないのじゃないかしら」私は続ける。「あんな子どもたちは滅多にいないはずだわ。だってメアリも私もあんなにひどくはなかったもの。私たちはいつもお母さんの言う通りにしていたでしょ」

「大体はね。でもね、あなたたちを甘やかしたことはないの。それにね、やっぱり二人とも完璧な天使ちゃんとは言えなかったわ。メアリは結構無口で頑固でした。あなたは怒りっぽいのが少し欠点でした。とはいえ、二人とも大概はとてもお利口さんでいてくれましたけれど」

「時々私がすねていたのは確か。でも、あの子たちだって、たまにすねればよかったのに。そのほうがちゃんとあの子たちを理解できたと思うの。でも、あの子たちはそうならなかった。だって、そもそもムッとしたり、心が傷ついたりすることがなかったから。恥じ入ることだって知らない。激しく怒ってさえいなければ、不幸せになんかならないの」

「まあまあ、もしそうだとしてもね、それは彼らのせいではないでしょう。硬い石に対して、粘土のように柔らかくなってくれとは言えないでしょう」

「ええ、でもあんなになんにも感じない子どもたちと一緒に生活するのは本当に嫌なことよ。全然理解できないのだから。愛情なんか持てないわ。それに、たとえ愛情を注いだとしても、それもぽいっと捨てられるのよ。気持ちを返してくれることなどないし、そもそもありがたくも思ってくれないし、わかろうともしないの。でもね、もう一度あんな家族に遭遇することなんてあり得ないと思うけれど、たとえそうでも私にはこの経験があるのよ。この経験から始められるから、今度はもう少しうまくできるはず。つまりね、前置きが長くなったけど、言いたいことは、もう一度試させてほしいということなの」

「そうねえ、アグネス、あなたがそう簡単にはくじけないということはよくわかりました。ほっとしています。でもね、これだけは言っておかないと。最初に家を出たときと比べると、今のあなたはずいぶんやせてしまったし、顔色も悪いですよ。お金を貯めるために健康が蝕まれるようなことだけはあってはいけません。それはあなたのためにも、残された者のためにもです」

「メアリも私が変わってしまったと言っていたわ。でもそれも当然よ、一日中気持ちをかき乱されて、ずっと悩み事が絶えなかったから。でも今度からは冷静に事態を受け止めるつもりなの」

さらにしばらく話し合った結果、母はもう一度協力してくれると約束した。ただし、もう少し辛抱して待っているようにということだった。そこで、この話を父に切り出すのは母に任せ、それをいつ、どのような形で切り出すかについても、母がここぞと思うときに任せた。母はきっと父の承諾をもらうはずと信じて疑わなかった。

その間、私は強い関心をもって新聞の広告欄を探した。「家庭教師(ガヴァネス)求む」という見出しを見つけては、自分に資格があると思えるものすべてに返事を出しておいた。しかし、その手紙にしろ、受け取った返事にしろ、何もかもきちんと母に見せなければならず、母は母で、この人たちは身分が低いだの、要求が厳しすぎるだの、あるいは給料が低くてけちに違いないだのと言って、どの口もことごとくお断りをするように言うので、私はただ悔しい思いでいた。

「アグネス、あなたの才能はね、そこらの貧乏な牧師の娘が持つ才能とはわけが違うのですよ。だからそれを無駄に捨てるなんてことがあってはいけません。いいこと、我慢すると言ったのですからね。急ぐ必要もないし、時間はたっぷりあるし、まだまだチャンスがあるはずですよ」と、母はこう言うのだった。

とうとう、母が、技能などを示して自分から新聞に広告を出してみたらどうかと私に勧めてきた。

「音楽、声楽、絵画、フランス語、ラテン語、ドイツ語。これだけの才能がある人は、そうそういるものではありませんよ」と母は言う。「一人の教師でこれだけできるのなら、どこの家からも重宝されるでしょう。今度はね、もう少し上流の家庭であなたの運を試してみましょう。本当に一流の紳士のところならば、尊重されてきちんとした待遇を受けられるでしょう。お金持ちをひけらかす商売人や鼻持ちならない成り上がりの家よりよっぽどね。私は上流の人たちを何人か知っていますけど、家庭教師（ガヴァネス）もまるで家族の一員のようでしたよ。もちろん、中にはもう大変に横柄な人たちもいます。無理な要求ばかりしてね。でも、どの階級にもいい人と悪い人がいますから」

広告はすぐさま用意して送られた。返答は二通、そのうち母に言われて指定した必要な給料の五十ポンドの支払いを承諾してくれたのは、たった一通だった。しかしここで、引き受けるのをためらった。子どもたちが大きすぎると思ったからで、私ほどの技能や教養がなくとも、もっと見劣りのしない、もう少し経験のある人間を親御さんは好むのではないかと思った。しかし、母はそのような理由で断るべきではないと言って聞かせた。そんな気後れは無用で、自分にもう少し自信が持てれば、私でも立派にできるはずだと請け合った。私のすべきことは、自分の学力や技能について真実を簡潔に述べ、自分が望む条件をいくつか提示しておくこと、あとは結果を待つばかりだった。

私があえて示した条件はたった一点だった。一年のうち、夏とクリスマスの合わせて二か月の休暇をもらい、家族に会うことを許してもらいたいということだった。返事がよこされた。その見知らぬご婦人の返事には次のように記されていた。条件については何の異論もなく、また私の学力等についてもまったく問題はない。きっと満足の行くものとなるだろう。

しかし、家庭教師の雇用にあたって、それらは二次的なものに過ぎない。宅はO——界隈にあるので、その点に関して補う必要があれば男性教師をすぐにでも用意することができる。それよりも重要かつ最も必要とされる条件は、まず申し分なく品行方正であること、明るくかつ穏やかな気質であること、親切で人の意に応じられること、この三点であると考える、というものだった。

母はこの返事に少しも満足できなかったようで、私がこの口を引き受けようとすると、今度はあれやこれやと反対してきた。姉も熱心に同調したが、これではまた話が進まないと思い、どの意見も退けた。そして、少し前にこの契約のことを聞かされていた父からまずは承諾を得ると、その見知らぬ手紙の相手に宛てて、引き受けたいという旨のとても丁寧な書簡をしたためた。そしてついに契約が結ばれることになった。

私はマリー氏一家の家庭教師として、ホートン・ロッジを新しい職場に、一月末日に仕事を開始することが定められた。場所はO——の近くで、私たちのいる村から約七十マイルも離れていた。この世に生まれてから二十年、家から二十マイル以上離れて暮らすことがなかった私には、それはそれは遠いところに思えた。さらに、その家族の者にしても界隈の住民にしても誰一人として面識がなく、自分はおろか私の知り合いにも、知っている人は皆無だった。しかし、だからこそ私には刺激的なところにも思えた。それまで自分を抑えてきたいわゆる引っ込み思案の気質から、ようやく少しは脱し、見知らぬ地域に足を踏み入れ、知らない人々の中で一人やっていくと考えると心地良い興奮を覚えた。自分はこの世界の何がしかを見ることができるのだと胸を張ってみたりもした。マリー氏の邸宅は大きな町のはずれにあったが、金儲けに従事するばかりの工場地帯にあるのではなかった。また、推測するに、マリー氏はブルームフィールド氏よりも身分が高く、まず間違いなく、母が話していたような正真正銘の一流の紳士階級に属しているように思えた。それならば、家庭教師に対してしかるべき配慮を備えているだろう。家庭教師を上級使用人程度に扱うなどということはせず、教養も品位もある女性として受け入れ、子どもたちの教師であり指導者として認めてくれることだろう。となれば、私が教える生徒たちは年齢が高いだけに、前回に比べれば分別もあり、教えやすいはずで、それほどの問題も起きない。勉強部屋に閉じ込める事態も少なく、絶えず苦労して見張っている必要もないだろう。ついには希望の心に混ざって明るい未来図が見えてきた。そこに描かれた絵は子どもたちの世話や単なる家庭教師の仕事にさほど関係がなかった。これで読者の皆さんには、私が何も娘として、親孝行に身を殉じたと言えるほどでもないとおわかりになるだろう。両親を助けて少しでも楽にさせようと、その蓄えの足しになることだけを目的に、自由と安らぎを犠牲にして一歩を踏み出したわけではない。もちろん、父を元気づけ、母を将来的に支援することが私の考えの大部分を占めていたことは確かだった。五十ポンドははした金とは言えず、ありふれた額にも思えなかった。今後自分の立場に応じてきちんとした服を準備しなければならず、おそらく洗濯も外に出す必要があり、またホートン・ロッジと家の間を一年に四回行き来するための旅費も払わなければならないが、細心の注意を払って倹約を心がければ、きっと二十ポンドか、それを少し上回るぐらいの金額ですべての出費を賄うことができるだろう。となれば、銀行には三十ポンドかそこら残るわけで、家の蓄えの足しとしては充分に価値がある。ああ、何としてでもこの職を死守しなければ、絶対にそうしなければ。家族の一員としての自分の名誉のためだけではない。仕事を継続していればそれだけ堅実な支援を家族にもたらすことができるのだから。

第七章　ホートン・ロッジ

一月三十一日は暴風の大荒れの日となった。北風が強く吹きつけた上に大吹雪となり、雪がひたすら宙を舞い続けては地面に降り積もった。周囲はなんとか私の出発を遅らせようとしたが、私としては、これから仕事を始めるというときに初日から遅れては、雇い主から妙な誤解をされるかもしれないと思い、約束の日を必ず守ろうと考えていた。

読者の皆さんに別れや旅路のくだりを長々と説明するつもりはない。まだ明けやらぬ冬の朝、家族との別れを惜しみつつ家を離れると、O――への果てしなく遠い旅が始まった。行く先々の宿屋で一人寂しく乗合馬車を待ち、また当時は鉄道も何本か走っていて、列車も待った。そしてようやくO――に着くと、迎えに来ていたマリー氏の使用人と落ち合い、そこから軽四輪馬車に乗ってホートン・ロッジに向かったのである。

とにかく猛烈な吹雪が、馬の行く手にしろ、蒸気機関車のそれにしろ、立ちはだかったことだけは言い添えておきたい。そのため目的地にたどり着く数時間前から暗くなり、しかももうすぐ旅も終わりというときになって一段と呆れるほど激しさを増した吹雪が襲ってきたせいで、O——からホートン・ロッジまでのたった数マイルの道のりが、こんなにも長いのかと思うほどに悲惨な旅路となった。私は観念して馬車に座っていた。身を切られるほどの冷たい雪が顔のヴェールの中まで入り込み、膝の上には雪が積もり始め、かつ前方は何も見えなかったので、この不運な馬と御者が一体どうやって前に進んでいるのか不思議でならなかった。現にその足取りはせいぜいよく言ったところで、一歩一歩地を這うほどの進み具合でしかなかったが、それさえよくやっているように思えた。

ようやく馬車が止まった。御者が呼びかけると、パーク[*8]の入口と思しき門の錠前を誰かが抜いて、そのまま蝶番をキーと鳴らしながら後ろに押し開けた。その後、馬車はなだらかになった道を進む。途中、暗闇の中で白っぽく光る何か巨大な塊のようなものをいく度か目にしたが、雪をかぶった木の一部なのだろうと思った。

かなりの時間が経過してから再び馬車が止まった。そこは堂々と張り出した柱廊式の玄関口で、背後の大きな屋敷には地面まで届くほど長く伸びた窓が立ち並んでいた。

覆いかぶさるほど雪が積もった馬車の中で立ち上がるのは、それなりに大変だった。なんとか馬車から降りたときには、これで親切な温かい歓迎を受ければ、一日分の苦労も困難も帳消しになると考えていた。ドアを開けたのは黒服を着た紳士風の男性で、広々とした玄関ホールへ私を通した。天井から吊り下がった琥珀色のランプが照らす中、彼に案内されてホールを通り過ぎ、奥の廊下を進んだ。その先にある部屋のドアを彼は開け、勉強部屋ですと言った。部屋に入ると、若い女性が二人、若い男性が二人待っていたので、生徒たちに違いないと思った。改まった挨拶を交わしたあと、年長の女の子が声をかけてきた。彼女は刺繡用のキャンバス生地とドイツ毛糸の入った籠を前に、あまり気もない様子で手を動かしていたが、上に行ってご自分の部屋を見られますか、と私に尋ねた。

　もちろん、是非とも、と答えた。

「マティルダ、そこにろうそくがあるでしょ。お部屋にご案内して」と、彼女は言った。

　マティルダお嬢様は十四歳ぐらいで、背が高く大柄だった。短めのフロックドレスとズボンを穿き、いかにもおてんばな感じだった。肩をすくめ、かすかに顔をしかめてみせたが、それでもろうそくを手にすると私の前を歩き出した。裏手に回り、長くて急な二つ折の階段を上がって細長い廊下を通り抜けると、小さな部屋にたどり着いた。まずまず快適そうな部屋で、入るとすぐに、紅茶かコーヒーか飲まれますか、と尋ねられた。いいえ結構、と答えるつもりだったが、そう言えば朝の七時から何も口にしていなかったと思い直し、おまけに少しふらふらしている気もしたので、ありがたく紅茶をいただくことにした。「ブラウン」に言っておきますと言って彼女は部屋を出た。ぐっしょり濡れて重くなった外套を脱ぎ、ショールやボンネットの帽子などを脱いでいたところ、一人のすました感じの若い女性が部屋に入ってきて、ご自分のお部屋と勉強部屋のどちらでお茶をお召し上がりになるか、お嬢様たちがお知りになりたがっているのですが、と私に尋ねた。疲れていることを理由に、部屋でいただくと伝えた。彼女はそのまま下がったが、しばらくすると小さなお盆に載せた紅茶のセットを持ってきて、化粧台を兼ねた収納箪笥の上にそれを置いた。私は丁寧に礼を述べたところで、朝は何時に起きたらいいですかと尋ねてみた。

「お嬢様たちも若坊ちゃまたちも八時半にご朝食をお召し上がりになります。お目覚めになるのはもっと早いですが、ご朝食前に勉強されることはほとんどありません。ですから、七時過ぎにお起きになればよろしいかと存じます」と、彼女は答えた。

　それでは翌朝七時に起こして頂けないかとお願いしたところ、そう致しますと答えて彼女は退出した。やっと私は、紅茶と薄切りの小さなバターつきパンで長い間続いた空腹をしのぐことができた。そうして、火も消え入りそうな小さな暖炉の前に座り直すと、思うまま心ゆくまで涙を流した。それがひとしきり終わり、祈りの言葉を唱えると、大いにほっとして、そのまま寝る準備を始めようとした。が、荷物が一つも届いていない。そこでまず呼び鈴がどこにあるのか探し始めたが、部屋中どこを探しても、その都合に見合うものを見つけることができなかった。私はろうそくを手に取ると、荷物を見つけだそうと部屋を出て、長い廊下を戻り、急な階段を下りた。途中で身なりのいい女性に会ったので、だいぶ躊躇しながらも自分の要求を伝えてみた。というのも、私にはその人が上級の使用人であるのか、それともマリー夫人その人であるのかよくわからなかったからである。が、彼女はマリー夫人側近のメイドだった。

　これは格別の厚意であるという気配を見せつけながら、私の荷物を部屋まで届けることを引き受けてくださったので、再び自分の部屋に戻った。そうして待っていたのだが、かなりの時間が経過していった。一体いつ届くのだろうかと思い始め、とうとうあの人は約束のことを忘れてしまったか、あるいは仕事を怠っているのではないかと不安になり、このままここで待ち続けるべきか、それとももう寝るべきか、あるいはもう一度下りていこうかと迷っていたところ、ようやく声が聞こえ、再び期待を取り戻した。笑い声が聞こえ、廊下を歩く重い足音が響き、ほどなくして部屋に荷物が運び込まれてきた。それを運んできたのは、見たところあまり品のよくないメイドと男性で、どちらも私に対する態度は丁重なものとは言えなかった。

二人が帰って行く足音を遮るようにドアを閉めると、荷解き(にほど)きをしていくつかの物を取り出し、ようやく床に就いた。本当にほっとした気分だった。心身ともに疲れ切っていた。

翌朝目覚めたとき、何とも不思議な感覚がした。どうしようもない寂しさを感じると同時に、また新しい環境が始まったことを強く感じた。これから起こる未知のことに、喜びというよりはある種の好奇心がそそられる感覚だった。まるで、目覚めたら魔法によってどこか宙に飛ばされていて、不意に雲の中から見ず知らずの遠い国へと落っこち、これまで見聞きしていたのとまったく違うところに一人ぽつんと立ったよう、いや、あるいはこうも言えるかもしれない。風に遠く飛ばされたアザミの種がどこか見知らぬ辺境の地へと降り立ち、その地で根付き芽生える前に、およそ肌の合わない土壌の上で長いこと身を横たえながらじっとしている、そしてできるものなら、自分には合わないと思える土壌から何とか養分を抽出しようとしている、そんな感じだった。とにかく、そのときの私の気持ちをきちんと伝えることはできない。私のようにどこへも行かずに引きこもった暮らしを送ってきた者でなければ、このときの気持ちがどんなものだったか、きっと想像すらできないだろう。いや、たとえある朝目覚めて、自分がニュージーランドのネルソン提督港にいると知り、自分が知っている人たちと広大な海ほどにかけ離れてしまったことを体験した人であっても、おそらくわからないのではないだろうか。

　私は部屋のブラインドを開け、外の未知なる世界を眺めた。そのときの何とも言えない奇妙な感覚はそう簡単には忘れられない。一面真っ白な荒野が目に入ってきた。それは実に荒涼とした地であった。

　　うねりたる雪の大海原[*9]
　　重みに耐える木々の群れ

　階下の勉強部屋へ下りて行ったとき、これから自分の生徒たちに会いに行くという格別な意気込みはなかったが、これからどのような出会いが待ち受けているのかという好奇心は多少ともあった。それから私には決めていることがあった。もちろん他にも重要なことはあったが、この一点に関しては心に決めていた。生徒たちのことは必ず最初から「お嬢様（ミス）」、「お坊ちゃま（マスター）」と名前に敬称をつけて呼ぶ、ということである。この呼び方は、よそよそしくて不自然で、形式的だと感じていた。家の子どもたちと指導する教師、それも毎日付き合う間柄でそのように呼ぶことは、ウェルウッドの邸宅のように子どもたちがまだ幼い場合では特にそう思えた。ところが、その幼いブルームフィールドの子どもたちであっても、私が名前だけで呼ぶのは勝手で無礼な行為とみなされた。それはあの両親が私に苦心してわからせようとしたことで、私に話しかけるとき、わざわざ気をつけて「ブルームフィールドのお坊ちゃんは」とか、「ブルームフィールドのお嬢様が」などと呼んだ。しかし、当の私はその意味を理解するまでにとても時間がかかった。こんなことは非常に馬鹿げているとしか思えなかったからである。しかし、今の私は賢く務めようと思い、この家族が求めてきそうな礼儀と形式を端から守るということにした。実際、子どもたちといっても年齢がもっと上だったので、それほど気にはならなかった。ただ、このちょっとした言葉遣いのせいで、率直に親しく接したいと思う心は、ものの見事に影をひそめてしまいそうだった。私たちの間に温かい心のようなものがあっても、そのかすかな心の灯火はかき消されてしまうだろう。

私はドグベリー[*10]のように読者の皆さんを長々と退屈させる気はない。だから、その日から翌日にかけて起こったことや気づいたことなどを、逐一全部話すつもりはない。この家族について一人ずつごく簡単な説明をし、それから私がこの家族とともに最初の一、二年をどのように過ごしたのかという全体像を読者の皆さんにお届けすれば、それできっと充分にご満足いただけると思う。

まずは一家の長であるマリー氏であるが、誰もが彼のことをおおいに怒鳴り散らし、おおいに浮かれ騒ぐ地方紳士と認めるだろう。キツネ狩りをこよなく愛し、また騎手としても馬の医者としても技術に優れ、実践的で活動的な農場主であり、かつ食に目のない健啖家でもあった。誰からもそう思われていたことだろう。実際、教会に行く日曜日を除けば、私が一か月の間に主人を見かけることはなかった。たまに玄関ホールや外の敷地内を歩いているときに、背が高く恰幅のいい紳士が頬と鼻の頭を真っ赤にして横を通り過ぎるときがあったが、それがマリー氏だった。声をかけられるほど近くを通ったときにはわざわざご挨拶を賜るのだが、それがたいてい素っ気ない会釈で、「どうも、ミス・グレイ」と言い添えられるか、その類の短い挨拶でしかなかった。私がよく聞いたのは主人の大きな笑い声で、かなり遠くからも聞こえてきた。しかし、それよりもよく聞こえてきたのは主人が怒鳴り散らす声で、従僕や馬丁や御者を、あるいは誰か不運な使用人を口汚く罵っている声だった。

マリー夫人は目を引くような美しい女性で、まだ四十歳だった。その魅力を増すのに紅をさしたり、服に詰め物を入れたりする必要はもちろんなかった。日々の一番の楽しみはパーティーを催すことか、あるいはパーティーに出かけること、そしてまた最先端の流行の装いで着飾ること、それくらいだった。少なくとも私にはそう思えた。

その夫人に初めてお会いしたのは私が到着した翌朝の十一時のことで、わざわざ勉強部屋にお越しいただいたが、それがまるで私の母が新しく使用人の女の子が来たからと台所にやってきたような感じだった。が、それとも同じとは言えないわけで、つまり母であればその子が到着したらすぐに会うだろうし、翌日まで待つことはない。さらに言えば、もっと親切で温かみのある態度で話しかけるだろうし、また仕事についてきっちりとした説明もすれば、安心できる言葉の一つもかけるだろう。しかし、マリー夫人からはそのいずれもなかった。夫人は家政婦長の部屋で食事の指示を出したあと、その帰りがけに勉強部屋に立ち寄り、お早うございますと言って、ほんの二分ほど暖炉のそばに立っていただけだった。天気について二言三言話し、昨日の道中は「なかなか大変でしたね」という一言だけで、あとは末の子をずっと可愛（かわい）がっていた。その子は十歳の男の子で、家政婦長の戸棚から何かつまむものをもらってかぶりつき、母親のドレスにすがって手と口を拭いていた。本当にとてもかわいくていい子なんですよ、と夫人はそれだけ言うと、満足しきった笑みを浮かべてゆっくりと部屋を出て行った。明らかに当座の応対はこれで充分、こうして腰を低くしてまでやってきて申し分ないと思っていた。もちろん子どもたちも同じ考えで、そう考えていないのは私だけだった。

その後は一度か二度、子どもたちがいないときにやってきて、私に仕事の内容が示された。女の子たちについて夫人が唯一気にかけているのは、中身などよりまず外面が魅力的であること、教養や芸事はひけらかすためにあるということで、できる限り子どもたちにはそうした魅力と教養を磨いてもらい、かつ、一切不快な思いや悩みを抱えさせないでもらいたい、ということだった。私もそれに応じて振る舞うよう期待された。つまり、生徒たちをよく見て楽しませ、好きなことをさせ、かつ勉強も教え、教養も深め、洗練させるよう努力する。そして当の本人たちにはできる限り努力をさせず、また私自身は一切の権限を行使しない。二人の男の子たちについてもほとんど同じだった。ただ、女の子のたしなみの代わりに、二人を学校に行かせられるよう、最大限のラテン語文法を教え込むこと、ヴァルピーのラテン語教本を頭に詰め込ませることだった。最大限といっても、子どもたちが困らない程度にである。夫人によると、ジョンの方が「少し活気」があり、チャールズの方が少し「神経質でゆっくりめ」かもしれないとのことだった。

「いずれにせよ、癇癪などは禁物です。ミス・グレイ、あなたにはいつも穏やかで、我慢強くいていただきたいと思いますの。特に末のチャールズには気をつけてくださいね。本当にとても神経質な子で、敏感なんですの。とびきり優しくしないと、まるっきり駄目ですわ。このようなことをあなたに申し上げては失礼だと思いますが、ただ実際のところ、これまでの家庭教師（ガヴァネス）はこの点が全員欠点でしてね。最もよかった人たちでもそうでした。聖書にありますでしょう。マタイでしたか誰だったかが、女性の柔和でしとやかな気立て[*12]について述べていますわね。衣服を着て着飾るよりももっと価値があるものだと。でもこれまでの方には、それがまるっきり欠けていましてね。私が引いたこの一節のことはおわかりでしょう、ミス・グレイは牧師の娘さんでいらっしゃいますから。でも、この点に関してあなたは申し分ないはずです。他のことも問題ないでしょう。それから、覚えておいていただきたいのですが、もし子どもたちの誰かがとてもお行儀の悪いことをしたときは、どんなに説得しても、優しく忠告しても効かなければ、誰か子どもたちの一人を呼んで、私に報告させるようにしてください。どんな時もですよ。私なら子どもたちにはっきり言って聞かせてあげられますからね。あなたがそうすべきだと思ってもです。とにかく、ミス・グレイ、子どもたちをできる限り楽しく満足させてやってくださいあなたならきっとうまくできますわ」

どうやらマリー夫人という人は、自分の子どもたちに慰めや幸せが施されることをひどく気にかけているようで、いつもそのことについて話していた。一方、私には一度もそのような言葉をかけてくれない。が、当の子どもたちは自分の家で家族に囲まれた生活をしているのに、この私は知らない人たちの中で慣れない暮らしをしているのだ。私は世間というものをまだよく知らずに、こうした例外と思える態度に本当にびっくりさせられた。

マリーのお嬢様、つまり長女のロザリー・マリー嬢はこの頃十六歳だった。間違いなく大変に美しい少女だった。さらに二年ほど経って十分に成長し、立ち居振る舞いにも優雅さが伴うようになると、その美しさは決定的だった。しかも、月並みな美しさではなかった。すらりと背が高く、しかし痩せぎすということもなく、その体型は完璧であると言えた。抜けるような肌の白さで、かつ健康的、つやつやと血色もよかった。髪の色はごくごく薄い茶色で、ほぼ金髪に近いとも言え、いくつもの豊かな巻き髪を重ねていた。青い目は少し淡かったが、その輝く透き通るような美しさに、それ以上の濃い色を望む者などいるはずもなかった。目を除けば顔は小造りで、均整がとれているほどでもないが、かといってまったくとれていなくもなかった。とにかく、全体として、彼女がとても美しい少女であることは間違いなかった。彼女の性格や精神についてもそれと同じことが言えればいいのに、と思うこともあった。

とはいえ、ロザリーについて、ここで何か打ち明けるほどのひどい話があるわけではない。

彼女は明るく快活で、本人の意志に逆らわなければとても愛想よく応対した。この屋敷にやって来た頃の私に対する態度は素っ気なく、お高くとまっているように見えた。それが次第に横柄で威圧的になり、ところがしばらくして私をよく知るようになると、段々とその構えた態度が緩み、ついにはとても慕ってくれるまでになった。もちろん、私のような身分と立場の者に親しくできる限りの範囲ではあった。彼女は私が雇われている人間で、貧しい副牧師の娘であるという事実を、たとえ三十分たりとも忘れることはなかった。それでもおおむね、私には自分が意識する以上に敬意を払ってくれていたと思う。この家の中では唯一私だけがきちんと道義的立場を明らかにする人間であった。私は真実を語ることを旨とし、大方の義務に対して素直に従うことを肝に銘じていた。このように述べるのはもちろん自分を褒めるためではない。当分の間勤めることになる奉公先の家庭がいかに嘆かわしい状況にあったかを示すためである。特に道徳心の欠如が非常に残念に思えたのは、この家の中ではマリーお嬢様だけである。別に私のことを気に入ってくれていたからというだけでなく、彼女自身がとても感じのいい魅力的な人間で、欠点はあるにしても、心から彼女に好意を持てたからである。ただ、その欠点があまりにもはっきりしてこちらの怒りを買ったり、気分を逆なでするときはまた別であるが、その欠点も、彼女の性格から来るものではなく、教育のせいだとはっきり確信を持って言えた。彼女は善悪の違いさえ、まともに教わったことがなく、他の兄弟姉妹たちと同様、幼い頃から乳母や家庭教師（ガヴァネス）や使用人たちに対して威圧的に振る舞うのが当たり前で、自分の欲求を少しでも抑えなさいと人から言われたことがなかった。怒りを鎮めたり、意志を抑制したり、誰か他人のために自らの喜びを犠牲にすることを教わらなかったのである。もともと彼女はいい性格の持ち主だったので、かっとなって興奮したり、あるいは落ち込んだりもしなかったが、常に甘やかされて、いらいらしがちになることがままあった。さらに理性というものを絶えず軽蔑していたので、気分がころころと変わったり、いらいらしがちになることがままあった。知性については教養がなかった。よく見積もったところでごく浅い知識しかなかった。彼女自身はとてもはきはきとして、ある程度頭の回転も速く、敏感なところもあり、音楽や語学については多少の才能があった。しかし、十五歳になるまでに何か苦労して身になったものなど一つもなかった。その頃になると、自分をよく見せたいという思いから自らの才能に少しは目覚め、多少は身を入れて学芸に取り組むようになったものの、自分を目立たせるものばかりに専念していたと言える。それは私がこの屋敷に来てからも同じだった。ほとんどの科目をおろそかにし、例外はフランス語、ドイツ語、音楽、声楽、ダンス、刺繍ぐらいだった。少しは絵も描いたが、できるだけ手間をかけず、それでいて最大の見栄えがするような類のものばかり、しかも主要な部分は大方のところ私が手を入れていた。音楽と声楽に関しては、私が時折指導する以外にも、この地方で受けられる最も優秀な男性教師に来てもらってレッスンを受けていた。これら二つとダンスについては、確かに相当のレベルに達し、ピアノは本人があまりにも時間を割いたので、家庭教師（ガヴァネス）といえども、たびたび忠告せずにはいられなかった。しかし、母親の考えは違っていて、もし本人が好きならば、こんなに魅力あるたしなみなのだから、どんなに時間をかけても足りないぐらいであると考えていた。

刺繍に関しては私は何も知らなかったので、自分の生徒のやることを見たり聞いたりするだけだった。しかし、私が少しできるようになると、すぐにありとあらゆる方法で私を利用し始め、自分の仕事の単調な作業はすべて私が担うことになった。例えば、刺繍枠を広げたり、固いキャンバスの生地に針を入れたりするような仕事である。他にも、毛糸と絹糸を仕分けたり、布地を枠にはめ込んだり、目の数を数えたり、間違えた部分を直したり、あるいは彼女が途中で飽きてしまった作品を最後まで仕上げることもあった。

十六歳のマリー嬢はなかなかのおてんば娘ではあるが、その年頃の娘にはごく自然なことで、許容範囲であった。しかし十七歳になると、他の性質もそうなのだが、このおてんばな性格が恋の情熱に流されて、異性の目を引きつけて魅了させたいという圧倒的な力に、やがて完全に飲み込まれてしまう。しかし、彼女のことはまずこれぐらいで充分、次は妹に目を向けてみたいと思う。

マティルダ・マリー嬢こそ本当のおてんば娘だった。たいして述べることもないが、彼女は姉より二歳半ほど年下、顔の造りはやや大きめで、少し色黒だった。ひょっとするとそのうち美人になるかもしれないが、体格が大柄で骨太である上に、優雅さにまったく欠けていたので、美しい少女と呼ぶにはほど遠かった。彼女も今のところ気にしてはいなかった。ロザリーの場合は自分の魅力をすべてわかっているどころか、実際より優れていると思い込み、必要以上に評価していた。今の三倍の魅力があれば、彼女の評価通りと言えただろう。マティルダの場合、これでも充分という感じで、そもそもこうしたことは気にかけなかった。それは知性の面でも同じで、教養を磨くことや、お飾りの芸事の習得にはさらに関心がなかった。学科のレッスン中の勉強態度にしろ、音楽をさらう態度にしろ、まるで仕組まれたように、どんな家庭教師(ガヴァネス)であっても絶望せずにはいられなかった。与えられた課題がごく短く簡単であっても、最後まで終えたところで出来はいたっていいかげん、いつ何時でもそんな調子だった。どうやったにせよ、それでは何の役にも立たないことがほとんどで、私も不満ばかりが残った。さらに、たった三十分間のピアノの練習でも、その弾き方は聴くに堪えなかった。しかも、その練習の間私には手厳しく、間違えを指摘されたから演奏をやめるはめになったとか、間違う前に指摘してもらえなかったから直せなかったとか、理不尽なことを言っては、私に向かって悪態をつき続けるのだった。

そのような理性のない振る舞いをいさめようと、私も一度か二度、本人に真面目に忠告をしてみたことがある。すると毎回決まって母親から、ひどく非難めいたお叱りの言葉をいただくことになった。この仕事を続けたいのなら、マティルダ嬢であっても自分の好きなようにやらせるしかないのだと理解した。

しかし、学科のレッスンさえ終われば、そんな不機嫌もたいていは収まった。とても元気なポニーを飼っていて、それに乗って遊んでいるときはとても楽しそうだった。また、兄弟姉妹や飼い犬たちと跳ね回っているとき、特に大好きな弟のジョンと遊んでいるときはもっと楽しくて仕方ないようだった。

動物としての存在という意味ではマティルダはまことに結構で、本当に生き生きとして、生命力と活動力に溢れていた。しかし、知性のある生き物という意味では、どうしようもなく無知で無教養だった。人の言うことを聞かず、理性的な思考はもとより行動に至っても軽率であったため、その知性を磨き、作法を改善させる役目にあたらなければならない者にとっては当然悩ましい存在となった。姉と違って、芸事でさえも他と同じように嫌っていたので、それを習わせることもまた辛いものだった。母親もそんな彼女の欠点を少しは認めていて、私自身がどのようなことに努めるべきかを何度も話した。どうすれば娘にいい趣味を身に付けさせられるか、どうすればその眠れる虚栄心を目覚めさせ、育ませることができるか。おだてるなどして巧みに取り入ることでまず注意を引く、そうすれば望みの対象に到達させることができるだろうと。しかし、私にそのつもりはなかった。さらに、娘のために私がいかに準備すべきか、学習という道の途上に横たわる障害を取り除いてあげれば、娘は自分で努力しなくても、滑るようにその道のりを進むことができると。しかし、それは私がやろうと思ってもできることではない。学ぶ立場の者が多少の努力もせずに学べることなどなく、意味もなかった。

道徳的主体としては、彼女は無鉄砲なところがある上に強情っぱり、かつ乱暴者で、道理に従うはずもなかった。そんな嘆かわしい彼女の精神を表す一つの証として、彼女には父親に倣って激しく人を罵る癖がついていた。

母親はそのような「レディーらしからぬはしたない行い」にひどくショックを受けていて、「一体どこで覚えたのかしら」と不思議に思っていた。そして私にはこう言った。

「でもミス・グレイならすぐにでもやめさせられるでしょう。癖になっているだけですから。あの子がそんなことをするたびにちょっと優しく注意してあげれば、きっとすぐにやらなくなりますわ」

私はただ「優しく注意」しただけではない。それがどんなにいけないことで、まともな人の耳にどれほど耳障りに聞こえるか、切々と彼女に訴えた。しかし、何を言っても無駄で、ぞんざいに笑われるだけだった。そして、

「あら、ミス・グレイ、そんなにショックを受けたのね。楽しいったらありゃしない」

と言われたり、

「でも、どうしようもないじゃない。お父様が教えてくださったのがいけないのよ。すべてお父様からよ。あと御者からもちょっとは教えてもらったかしら」

という返事が返ってくることもあった。

弟のジョン、つまりマリーのお坊ちゃまは、私がこの屋敷に来たときはまだ十一歳ぐらいだった。体格のいい元気な少年で、健康的で、性格も大体のところ素直でいい子だった。まともな教育を受けていれば、それなりにきちんとした子どもになっていたかもしれない。しかし実際はまるで仔熊のような有様で、乱暴で騒がしく、手に負えないがさつな子どもだった。無節操で、無教養で、手の施しようがなかった。少なくとも、母親の目が光るところで働く家庭教師(ガヴァネス)にとっては手に負えない存在だったと言える。学校で働く男性教師たちならもう少し彼をうまく扱うことができたかもしれない。実際、一年のうちに彼は学校へと送られ

て行き、それで私は胸をなでおろした。ただ、ラテン語に関しては驚き呆れるほど無知な状態で送られて行ったことは確かである。他のこともたいして変わらず、もっと役に立つこともないがしろにされていた。しかし、こうした状況もすべて、間違いなく、彼の教育がある一人の無知な女性教師に託されたせいだとされ、自分がろくにできないことをわざわざ引き受けたりしたからだとされた。ジョンの弟からも、私は丸一年というもの解放されなかった。そしてやはり兄と同じように驚き呆れるほど無知な状態で学校に送られて行った。

その末のチャールズお坊ちゃまは母親の大のお気に入り、かつひと癖ある変わり者だった。兄のジョンと一歳程度しか違わないが、体は兄と比べて一回り小さく、顔色も青白かった。それほど活発な性格でもなく、体も丈夫ではなかった。むしろすねてばかりいるわがままな男の子で、気分もころころと変わり、弱虫の臆病者だった。何か積極的になるとしたら悪さをするときだけ、賢く振る舞うとしたら嘘をつくときだけだった。その嘘もただ自分の欠点を隠そうとしてつくのではなく、何か悪さをしてやろうという単に悪巧みから、人に汚名を着せてけなすのが狙いだった。実際、チャールズお坊ちゃまは私の一番の厄介者だった。彼と仲良く平和にやっていくのは自分の辛抱を試すことだった。監督をすることはもっと大変で、さらに何かを教えるなどもっての外、何か教えるふりをするだけでも不可能に近かった。

十歳という年齢なのに、彼は一番やさしい本の一番簡単な文でさえ正しく読むことができていなかった。それは母親の教育方針に従っていたからで、どんな単語もすべて人に読んでもらうことになっていた。一語一語発音してもらっていたので、わからないと思っても、正しい綴りを確認したりする間も与えられなかった。それに、努力させる刺激に、実は他の男の子たちはもっと先に進んでいるという情報が与えられることもなかった。だから、私が彼の教育担当を引き受けていた二年間、なんの進歩も見せなかったのは、当然といえば当然であった。

例えばラテン語のちょっとした語法も、彼に向かって何度も繰り返して聞かせることになっていた。本人がわかったと言えばそれで終わり、次に自分で繰り返すときもこちらが手助けをして言わせる。算数のちょっとした足し算も、彼が間違えたらすぐに指摘し、その足し算をこちらでやってみせることになっていた。そのため本人が自分で間違いに気づくという能力を発揮することはなく、したがってもちろん間違いをしないための努力をすることもなく、ただ計算など一切せずに適当に数字を書いてみせるということがほとんどだった。

しかし、このような規則にいつも縛られていたわけではない。このままで居続けることは私の良心に反していた。とはいえ、その規則から少しでも外れようとすれば、十中八九、私の小さな生徒の怒りを爆発させる事態が起き、続いて母親の怒りも買った。彼は私の違反行為をいつでも母親に報告し、それもわざと大げさな話にしたり、あるいは自分で尾ひれをつけて話を飾り立てたりした。その結果、私は何度もこの職を失いそうな羽目に陥り、もしくは自ら辞めるという事態に追い込まれた。しかし、故郷の家族のためにも、自分のプライドを押し殺し、こみあげる怒りを抑え込んだのである。そして、彼の父親がこの子の教育はもう家では「全然ダメ」だ、母親はとんでもなく甘やかすし、家庭教師ではまるで手に負えない、とついに宣言し、このいじめっ子が学校に送られるその日まで、どうにかして耐えてやっていた。

ホートン・ロッジについては、その他に私が見聞きしたことやちょっとした出来事などを述べるにとどめ、それでこの地味な記述も終わりとしたい。

お屋敷はとても立派だった。ブルームフィールド邸よりもはるかに立派で、屋敷の古さ、大きさ、壮麗さのすべてについてそう言えた。ただ、屋敷の周囲の庭はそれほど趣味よく造られていなかった。きれいに刈り込まれた芝も、柵で守られた若木も、新しいポプラの木立も、樅（もみ）の木の造林もなかった。しかし、その代わりにパークの緑地は広大で、多くの鹿が群れ、また立派な老木の木々がその風景に美しさと趣きを与えていた。近隣も魅力的な田園地帯で、見渡す限りに肥沃な土地が続き、青々と茂る木々が立ち並んでいた。ひっそりとした緑色の小道が続き、生垣が続く土手にはあちらこちらに野生の花々が咲き、晴れやかな明るさを添えていた。もっとも、――のような岩山の多い丘陵地の中に生まれ、そこで育った者にとっては、この風景は平坦すぎて、少し気が滅入るほどだった。

屋敷は村の教会から二マイルほど離れているところにあり、そのため毎週日曜の朝は決まって家族用の馬車が必要とされた。時にはもっと頻繁に往来することもあった。

マリー夫妻は一日のうち一回教会に出向けばそれで充分であると、大方のところそう考えていた。ところが子どもたちは違った。一日中何もせず屋敷の敷地内をふらふらしているぐらいなら、教会にもう一度行きたがった。

もし生徒の誰かが教会まで歩いて行きたいと言って、私を道連れにするなら、まだしもよかった。そうでないと、私は馬車の中、開いている窓から一番遠い隅っこへ窮屈に追いやられた。馬に背を向けるので、その向きではどうにも気分が悪くて仕方がなかった。教会の礼拝中、実際に退出せざるを得ないまでも、気分の悪さと体のだるさに絶えず悩まされ、これがもっとひどくならないか心配でびくびくしていた。その後も一日中頭痛が付きまとい、気が滅入ってしまうことが多かった。このようなことさえなければ、喜ばしい休息日として、穏やかで神聖なる日を楽しむこともできたはずである。

「馬車に乗るといつも気分が悪くなるなんて変だわ。私なんて一度もないわよ」マティルダ嬢はそう私に話した。

「私もないわ」と姉が言った。「でもミス・グレイがいつも座っていらっしゃるところ、あそこに座ったら、私も気分が悪くなりかねないわ。本当にむさ苦しくて嫌な感じだわ。ミス・グレイ、あそこでどうやって耐えてらっしゃるの」

選択の余地がないから耐えるしかないの、そう答えてもよかった。しかし彼女たちの気持ちを思いやり、ただこう答えた。

「あら、ほんの少しの距離ですから。教会で気分が悪くなるようなことがなければ、特に問題はありません」

一日のスケジュールについて、もし普段の時間割や計画について説明するように求められたとしたら、それは非常に難しい。自分の食事はすべて勉強部屋でとることになっており、生徒たちと一緒に食べた。時間は彼らの気分に合わせ、その時々で変わった。まだ調理が終わってもいないのに、夕食をとりたいと言って彼らがベルを鳴らしてしまうこともあれば、夕食がテーブルの上に準備されているのに、一時間以上もそのまま手を付けられないでいるということもあった。それなのに、じゃがいもが冷たくなっているとか、肉汁の油が固まってぶよぶよしているなどと言って不機嫌になった。また、例えば四時にお茶の時間をとることもあれば、きっちり五時にお茶を持って来なかったと言って使用人が怒鳴りつけられることもよくあった。かと思えば、時間を守るようにしきりに促された使用人たちがその言いつけを守ってみたところで、用意されたお茶や食べ物がそのままテーブルの上に置かれたまま、七時や八時まで放ったらかしにされることもあった。

いつ勉強をするかということもほとんど同じで、私の意見や都合が考慮されることは一度もなかった。時々、マティルダやジョンが「七面倒くさいことは朝食前に全部やってしまえ」と決めてしまうことがあり、そうすると二人は五時半にメイドを私のところに寄こし、何の遠慮もなく詫びの言葉一つもないままに起こされた。あるいは、きっかり六時に準備しているように前もって言われたため、急いで服を着替えて下に行くと、部屋には誰もいないどころか、そのまま長いこと待たされることさえあった。不安に思っていると、彼らの気はとっくに変わっていて、まだベッドで寝ていると知らされるのだった。また、例えば天気のいい夏の朝であると、ブラウンが私のところに来て、お嬢様たちも若坊ちゃまたちも今日はお休みということで外出されました、と伝えることもあった。そのように言われて私はただ朝食を待つしかなかった。気絶寸前になるまで待った。彼らはといえば、出かける前に何か飲むか食べるかしてお腹を満たしていた。

彼らが戸外で学科のレッスンを行いたいと言うこともあった。私はそのこと自体に特に反対するわけではなかったが、ただそのためにしょっちゅう風邪をひくようになった。じめじめとした芝生の上に座らされたり、あるいは夕方になって夜露が降りてきて体が濡れてしまったり、体を蝕む悪い風にさらされたりしたからである。しかし、生徒たちの健康にはなんの差し障りもないようだった。体が丈夫なのはとても立派なことではある。が、さほど体が丈夫でない人たちに対して、ちょっとした思いやりを持つということを教わっていてもよいはずである。しかし、おそらくは私自身が悪いのであり、それで彼らを責めるべきではない。彼らが座りたいところに自分も座る、これに特に反対もしなかった。自分の都合のために生徒たちを困らせるぐらいなら、起こりうる危険に我が身をさらす道を愚かにも選んだのである。

私の生徒たちが時間と場所を選ぶときの気まぐれさも相当に驚くべきものだが、レッスンを受けるときの不躾な態度にもそれに劣らず驚かされた。彼らは私の指示を聞いているときも、勉強したことを復唱しているときも、ソファーの上で寝そべっていたり、床の敷物に寝転がっていたりした。そして手足を伸ばしたり、あくびをしたり、あるいはしゃべったり、窓の外を見たりする。その一方で私はといえば、ちょっと暖炉の火をかき起こしたり、落としたハンカチを拾うのも許されなかった。そんなことをすれば、必ず生徒の一人から集中していないと強く非難され、あるいは「そんなに注意力がないとお母様が嫌がるわよ」とまで言われた。

使用人も、家庭教師(ガヴァネス)がたいして親からも子どもからも尊敬されていないと見てとり、同じような基準で自分たちの振る舞い方を決めていた。

しかし、私は何度もその使用人たちの味方になっていたはずだった。若坊ちゃまたち、あるいはお嬢様ら暴君による不当な仕打ちに対して、自分の身の危険を多少冒してでも、彼らの側に立った。しかも、私自身はできるだけ彼らの迷惑にならないよういつも注意していた。それなのに、彼らは私の親切を完全に無視し、私の頼み事も鼻であしらい、何かを指示してもまじめに取り合わなかった。使用人の全員がそうであったわけではないと思うが、ただ屋敷に仕える者は往々にして学がなく、理性的に考えたり熟考したりする習慣がないものである。したがって、自分より上の身分の者が示す悪い例をすぐに見習ったり、不行き届きな点があってもすぐに感化され、悪い影響をそのまま受けてしまう。そのような人たちはそもそも最良の人たちではなかったのだと思う。

このような生活を送っている自分の品位が貶(おとし)められていると感じるときがあった。これほど多くの屈辱に耐えている自分がただ恥ずかしかった。一方で、この家の人たちのことをこんなに気にするとは、自分もよほど愚かで、悲しくもキリスト教徒[*13]としての謙虚さが欠けていると思い始めるのだった。キリスト教徒の慈愛、すなわち、「忍耐強く情け深い、自分の利益を求めず、いらだたず、すべてを忍び、すべてに耐える」慈愛に欠けているとも思えたのである。

　しかし、時が過ぎ、辛抱を重ねていると、事態は多少ともよくなる兆しを見せ始めた。徐々に徐々に、ほとんど気づかれない程度にではあるが、確かに改善し始めた。まず、男子生徒たちは厄介払いでき（これは些細な違いどころではなく、大きな利点だった）、また女の子たちは、一人について前に触れたように、それほど横柄な態度を示さなくなり、わずかに尊敬の念にも似たものを示し始めた。

　確かにミス・グレイは変わっている。口下手であるし、生徒をあんまり褒めてもくれない。けれども、生徒のことや生徒にかかわることで何か好意的な発言をするときは、必ず心からの発言であるし、自分たちを認めてくれていると確かにわかる。

　たいていはとても親切に接してくれるし、静かで穏やかな人である。けれども、何かあるとかっとなる時もある。もちろんそんなことはたいして気にもしないが、でもその調子は乱さないほうがいい。なぜなら、機嫌がいいといろいろお話ししてくれるし、そうするととても感じがよくて、話していてとても面白いことだってある。もちろん、あくまでも彼女なりにであって、お母様とはまったく違う。けれども、それもたまには結構なこと。ミス・グレイはどんなことでも自分の意見を持っているし、その意見を常に固持する。けれども、何が正しくて何が悪いのかということをいつも考えているから、たいていの意見は退屈でつまらない。そして宗教に関係する問題には何でも敬意を払うのが妙なところで、善良な人々が好きというのもよくわからない。

第八章　社交界「デビュー」

十八歳になったマリー嬢は、日の当たらない静かな勉強部屋から、輝かしくまばゆい社交界にお目見えすることになっていた。とはいえ、場所はロンドンではなかったので、その華やかさは少なくとも地方で随一を誇る程度のものだった。父親は、たとえ二、三週間であろうと、田舎での趣味と楽しみをやめてまで、ロンドンに滞在する気分にはどうしてもなれなかった。

デビューの日は一月三日、盛大な舞踏会を催してのお披露目と決まっていた。母親はこのO——界隈から近隣二十マイルに住む、あらゆる貴族や選ばれし紳士方を招くつもりでいた。もちろん、マリー嬢は興奮してじっとしていられず、喜びの極みで期待に胸を一杯に膨らませて、その日を待ちわびていた。

その何よりも重要な日があと一か月に迫ったある晩、「ねえ、ミス・グレイ」と彼女は私に話しかけてきた。そのとき、私は姉から送られてきた長い手紙を、それも非常に興味深い手紙を読んでいる最中だった。朝のうちにさっと目を通して特に悪い知らせがないか確かめてはいたが、その時までとっておいた。静かな時間を狙って読みたいと思っていたのに、その時間が取れずにいたのである。「ねえ、ミス・グレイ、そんなつまらないお手紙なんかしまって、私の話を聞いてくださらない。私の話のほうがそんなものよりずっと面白いはずよ」

そう言いながら、マリー嬢は私の足もとにあった低い腰掛けに座った。私は怒りでため息が出そうになるのをなんとか抑えながらも、手紙をたたみ始めていた。

「ねえ、あなたの家のその善良なる人たちに言ってあげたほうがいいと思うわ。そんなに長い手紙を書いて退屈させないで、とね。それに、その紙ったらもう。ちゃんとした便箋に書くように言ってさしあげて。そんな品のない紙、大きすぎるし、まるでだめよ。お母様がご友人に宛てて書くときに使うちょっと素敵な便箋、レディー用の小さめのもの、ミス・グレイは見たことがないのかしら」

「私の家の善良なる人たちのことですが、手紙が長ければ長いほど私が喜ぶのだということをちゃんとわかっているのです」私は答えた。「ちょっと素敵なレディー用の便箋など受け取ったとしたら、私は残念でたまりません。それから、マリーお嬢様は本当に立派なレディーですから、そうした〈品のない〉ことはめったに口になさらないと思っていましたが。なのに、大きな紙一枚に手紙を書くことが〈品のない〉だなんて」

「あら、ちょっとからかうために言っただけよ。それより、話は舞踏会のこと。まずね、その日が終わるまで、ミス・グレイの休暇はお預けです。これはお約束ね」

「なぜですか。私は舞踏会に出るわけではありませんが」

「それはそう。でも、たくさんのお部屋がきれいに飾られるのよ。始まる前に見られるわ。それから音楽が聴けるでしょう。それに、これが一番だけれど、この日のために新調したドレス、それを着た私が見られるの。とってもきれいになった私を見て、きっとミス・グレイはこの私を崇拝せずにはいられないわ。ね、だから休暇はお預け」

「そのようなお嬢様のお姿はぜひ拝見したいと思います。でも、同じくらいきれいにめかしたお嬢様を拝見する機会は、他に山ほどあるのではないかと思うのですが。これから数えきれないほど舞踏会やパーティーが予定されてますしね。いずれかの機会に拝見できます。それに、私は家族をがっかりさせるわけにはいかないのです。お休みを延期すると長いこと帰れませんし」

「あら、ご家族のことなんか、気にする必要はないわ。お休みのお許しが出なかったって、そう言えばいいじゃない」

「でも、本当のことを言いますと、私自身ががっかりなのです。私だって家族に会いたいのです。もしかしたら、家族より私のほうが気持ちが強いかもしれません」

「それにしたって、ほんのちょっとの間でしょう」

「私の計算では二週間近くです。それに、そもそもクリスマスなのに家から離れて過ごすなんて、考えるだけでも耐えられません。しかも、姉が結婚するのです」

「まあ、そうなの。それはいつ」

「早くて来月になったらという話です。でも、私としては家にいて、姉の準備をいろいろと助けたいのです。それに、姉が家にいる間はできる限り一緒にいて、その時間を大切にしたいと思います」

「なぜ今まで教えてくれなかったのよ」

「今この手紙でその知らせを知ったのです。つまらない手紙の烙印を押され、お嬢様がどうしても私に読ませてくれなかったこの手紙です」

「どなたと結婚するのかしら」

「隣の教区で教区牧師を勤めていらっしゃるリチャードソン氏という方です」

「裕福な方かしら」

「いいえ、ただ不自由はされていないと思います」

「お美しい方なの」

「いいえ、でも感じのいい方です」

「若い方ね」

「いいえ、まずまずのご年齢です」

「あら、やだ。お気の毒ね。どんな家に住んでいらっしゃるのかしら」

「小さな落ち着いた牧師館です。玄関の張り出し屋根にはツタが覆っていて、それから昔ながらのお庭もあって、それから――」

「ちょっと、やめてちょうだい。そんな話、いやだったらありゃしない。お姉様は一体どうやって耐えるおつもりかしら」

「もちろん姉は耐えられますし、それどころかきっととても幸せになると思います。お嬢様はリチャードソン氏が善良な方であるか、性格がよくて賢明な方であるかとお聞きになりませんでしたが、聞かれていれば、その質問にはすべて、はい、その通りですとお答えできたことでしょう。少なくとも姉のメアリはそう思っています。間違っていたなんて思うことはないはずです」

「でも、あまりにも惨めだわ。どうやって一生をそこで過ごすつもりなの。その年をとった嫌な感じの人と一緒に、そんなところに閉じ込められて。それも、この先、何も変わる見込みはないのよ」

「彼は年をとっているわけではありません。まだ三十六、七です。姉は二十八ですが、でももう五十になっているのではないかと思うほど、落ち着いたところがあります」

「あら、そうなの。それなら少しはましね。お似合いというところだわ。でも、その方、やっぱり〈あのお偉い牧師様〉とかって呼ばれているのかしら」

「それはわかりませんが、でももしそう呼ばれているならば、その形容にそのまま値する方だと思いますよ」

「まあ、いやだわ、ほんとショックな話ね。それから、あなたのお姉様は白いエプロンをつけて、パイやプディングを作ったりするというわけかしら」

「白いエプロンかどうかわかりませんが、時々パイやプディングを作ったりはするでしょうね。でもそれはまったく難儀ではありません。前からやっていることですから」

「それから、やっぱり地味なショールと麦わらの大きなボンネットの帽子をかぶって歩いて回るのかしら。ご主人の教区にいる貧しい人たちに、パンフレットとか骨だしスープを運んで回るというわけなの」

「それはどうだかよくわかりませんが、貧しい人たちがみな、心も体も安らかでいられるように、姉としては最善を尽くすでしょう。私たちの母がそうでしたから、その例に倣うと思いますわ」

第九章　舞踏会

「さあ、ミス・グレイ」と私が勉強部屋に入るなり、マリー嬢は大きな声で私を呼んだ。ちょうど四週間の休暇から戻ってきたところで、私は外套を脱ぐとすぐにその足で勉強部屋に向かった。「さあさあ、ドアを閉めてここに座ってちょうだい。舞踏会のこと、全部お話ししてさしあげますわ」

「だめだめ、絶対にだめだ」と叫んだのはマティルダ嬢だった。「ちょっと黙ってくれない。ミス・グレイには新しくもらったメス馬の話をするんだから。すごく立派なのよ、ミス・グレイ。素晴らしい血統のメス馬で――」

「マティルダこそ少し口を慎んでちょうだい。私のことを先にお話しするわ」

「だめ、ロザリー、だめったら。バカみたいにその話が長いんだから。こっちのほうが先だからね。ちぇっ、そっちが先なんて冗談じゃないよ」

「マティルダ様、そのひどい口癖がまだ直っていないようですね。残念です」

「だから、どうしようもないんだって。でも、ミス・グレイがこれから話を聞いてくれるんだったら、悪い言葉は使わないつもり。ロザリーにちょっと黙れって言ってくれるんだったら」

ロザリーがこれに猛抗議したので、私は二人の間で真っ二つに引き裂かれるのではないかと思った。しかし、結局マティルダ嬢が世にも大きな声を上げたせいで姉もついに折れ、妹が先に話してもいいと譲る格好になった。その結果、私はその立派な牝馬の話を延々と聞く羽目になったのである。話は馬の血統や育種の話にとどまらず、馬の走り方、動き方、元気のよさなどに始まり、自分がその馬をいかに素晴らしく乗りこなせるか、自身の腕前や勇気の話が続き、ついには自分なら五段のゲート柵をあっという間に、「瞬きする間もなく」飛び越えてみせるとまで言ってのけた。なんでもお父様は今度猟犬を集めて狩りをするときには自分も参加していいとおっしゃり、それでお母様が明るい真っ赤な色の狩猟服を注文してくれた、ということであった。

「もう、マティルダったら。それ、一体何の話なのよ」姉が大きな声で言った。

「だって」と妹は少しも恥じらわずに応戦した。「その気になれば、五段のゲート柵なんて飛び越えられるはずだし、お父様は狩りをしていいとおっしゃるはず、お母様もお願いすれば狩猟服を注文してくれるはずよ」

「もう、いい加減にしてちょうだい」マリー嬢は言った。「それからね、マティルダ。お願いですから、もう少しレディーらしくしてちょうだい。ミス・グレイ、あんなひどい恐ろしい言葉を口にしないよう、妹にちゃんと言ってやってください。馬のことを妹はメス馬なんて言い続けるんですもの。もう本当にショックで信じられないわ。それから、馬の説明をするのにあんな嫌な言葉遣いをするなんて。きっと馬丁たちと話していて覚えたのよ。聞いてると卒倒しそうよ」

「バッカじゃないの。お父様から聞いたって言ったでしょ。あと、あの愉快なお仲間たちからもね」そう言いながら、その若い貴婦人はいつも携えている馬の鞭をピシピシと勢いよく鳴らしてみせた。「馬のことならね、誰にも負けないぐらいの目利きなんだから」

「もう、本当にいい加減にしてちょうだい。ひどい子ね。ずっとそんな感じで話し続けるんだったら、本気で私、気絶してしまうわ。さあ、ミス・グレイ。今度は私の番よ。舞踏会のお話をしてさしあげますから、よく聴いてくださいね。このお話、とってもお聞きになりたかったんでしょう。それはそうよね。本当に、本当に素晴らしい舞踏会でした。きっとこれほどのもの、ミス・グレイは今まで見たことも聞いたことも、本で読んだことも、夢にさえ見たこともないはずよ。言葉にはできないくらい素晴らしかったの。どの部屋も飾り付けられていて、ありとあらゆるおもてなしがされて。ディナーも音楽も何もかもが素晴らしかったわ。それから、いらっしゃったお客様たちの素敵だったこと。貴族の方が二人いらしたの。それから准男爵の方が三人、女性では称号付きのレディーが五人もいらしたわ。他にも紳士淑女の方々がたくさん。でも、もちろんご婦人たちはたいしたことないのよ、私にしてみればね。それでもあのご婦人たちのおかげで私はご機嫌でいられたから、その点では意味があるわね。だってほとんどの人たちが見るに堪えなかったの、顔にしても仕草にしても。お母様がおっしゃるにはね、一番まともな人でも、格別の美人と思える人たちでも、この私とは比べものにならなかったんですって。私はね、ああミス・グレイ、もう本当に残念なの、あの時の私の姿を見てもらえなかったなんて。私、とってもきれいだったでしょう、マティルダ」

「まあまあね」

「違うわ、本当にきれいだったのよ。少なくともお母様はそうおっしゃっていたもの。それからブラウンとウィリアムソンもね。ブラウンなんか、どんな紳士だって私を見た瞬間に恋に落ちてしまうだろうって、そう言ったのよ。だから少しくらい鼻高々になってもいいと思うわ。ミス・グレイは私のことをひどくうぬぼれた軽薄な人間と思ってらっしゃるかもしれないけれど、でもね、あれもこれも全部私自身の魅力のおかげなんて、そんなふうに思ったりはしていないの。髪を結ってくれた人のおかげも少しはあるでしょう。それから、とんでもなく美しかったあのドレスもね。ああ、あれは明日絶対に見てくださらないと。ピンク色のサテンドレスよ、肩のところは白くて薄い紗（しゃ）がかかってるの。とっても素敵に作られているのよ。それから、とっても大粒のきれいな真珠のネックレスと腕輪を重ねたの」

「それはさぞお美しかったでしょうね。でも、そんなに嬉しいことなんですか」

「あら、それだけじゃないわ。だって、皆さんにとってもきれいだって褒められたし。そのことならね、私は一晩で大勢の人を虜にしたの。多くの殿方が私の前にひざまずいたの。聞いてびっくり――」

「でもそのことに何の意味があるのですか」

「何の意味ですって。まあ、そんなことを聞いてくる女性がいるかしら」

「いいえ、つまり一人でも殿方の心を虜にしてひざまずかせたなら、それで充分ではないですか。しかも、お互いにひれ伏す関係でなければ、それはただのやり過ぎです」

「ああ、でもほら、こうしたことはあなたと意見が合いませんもの。それより、あっ、そうそう、私を崇拝している例の人たちのことをお話ししなくちゃね。あの夜、特に私の目を引こうとされた方たちのこと。あの夜だけじゃないのよ。あの後もずっと。だって私、あれから二度もパーティーに出かけたのですもの。二人いらした貴族の方、G――卿とF――卿は残念なことに結婚されていました。そうでなければ、お二人には特別に目をかけて、優しく接したと思うのだけれども、そうしませんでした。ところが、奥様がお嫌いなF――卿は、もう明らかに私に見惚(みと)れちゃったの。二回も私をダンスに誘ったわ。それはそうと、その方踊るのが上手でね、素敵だったわ。もちろん私もよ。私がどんなに上手に踊ったか、想像できっこないわ。自分でも驚いたくらいですもの。そのお相手、これがまたとてもお世辞がお上手で。ちょっと過ぎるくらいだったから、私も少しお高くとまって、つっけんどんでいるぐらいがいいと思ったの。でもね、あの不機嫌そうな、嫌な感じの奥様、あの方がねたみと怒りで今にも死にそうなのを見て気分がよかったわ――」

「まあ、マリー様、なんてこと。本当によかったと言うおつもりではないでしょうね。どんなに不機嫌そうな方であろうと――」

「間違ってるのはわかっています。でも、いいの。いつかは私もいい人になるわ、きっと。とにかく今は、お説教だけはしないでちょうだい。ね、とにかくお願い。だって、まだ半分もお話ししていないのよ。ええと、何でしたかしら。あ、そうそう、一目見て私の崇拝者とわかる方々がどれだけいたかお話ししようと思ったの。まずサー・トマス・アシュビー。それからサー・ヒュー・メルタムとサー・ブロードリー・ウィルソン、でも二人ともおじいちゃまだから、お父様やお母様がお相手するのが一番ね。サー・トマスはお若い人よ。それにお金持ちで陽気な方なのだけど、でもどうしようもなく醜い人なの。お母様は、知り合って数か月も経てば、そんなこと気にならなくなるとおっしゃるけれどね。それからハリー・メルタムでしょ。サー・ヒューの二人のご子息のうち弟のほうよ。彼は器量がよくて、ちょっと付き合うにはいい感じの人なの。でも、なにせ弟だから、他に何もないとね。あとは、グリーン氏も若くてお金のある方だったわ。でも家柄が全然だめで、それにとってもおつむが悪いの。田舎の鈍くさい人よ。あとは私たちの教区正牧師でいらっしゃるハットフィールド氏。あの方、自分を慎ましき崇拝者と思うべきなのに、ご自身のキリスト教的美徳の中に、謙虚さを入れるのをお忘れになったのかしら」

「ハットフィールド氏が舞踏会にいらっしゃったのですか」

「もちろん、そうよ。善良な方だから、そんなところにはいらっしゃらないと思ったかしら」

「聖職者として、らしからぬ場所とお考えになったかもしれないと思ったのですが」

「全然そんなことないわよ。ダンスをしたからって聖職を汚したわけじゃあるまいし。でも確かに、少し控えめでいらっしゃるのが難しかったみたい。たった一セットのダンスでもいいから、私の手を取れたらもう死んでもいいというようなお顔をしていたもの。それに、ああ、そうそう、ちょっと思い出したけれど、新しい副牧師の方が雇われたのね。あのけちなお年寄りのブライ氏、とうとう蓄えが貯まって念願の一人立ちができたみたい。ついにいなくなられたわ」

「でも、その新しい方はどんな方ですか」

「それはもう、とんでもなく不器量な人。名前はウェストンと言うのだけれど、彼の説明は言葉三つで足りるわよ。鈍くて、醜くて、あほでわからずや。あら、これじゃ四つね。まあいいわ。彼のことはこれっきり、おしまい」

そして話はまた舞踏会に戻り、その日とその後に出席したパーティーで自分がいかに振舞ったか、サー・トマス・アシュビー、ハリー・メルタム氏、グリーン氏、ハットフィールド氏に関してさらなる詳細と、自分がいかに彼らに忘れがたい印象を与えたかを話し続けた。

「それで、その四人の中でどの方が一番気に入られたのですか」もう三回も四回も出そうになるあくびを押し殺しながら、私は尋ねた。

「みんな大嫌いよ」金髪の巻き毛をさっそうと揺らし、人を明るく侮ったように答えた。

「それはつまり、みんなお好きだったとおっしゃりたいのですね。で、どなたが一番でしたか」

「違うわ、みんな本気で嫌いよ。でも、そうね、ハリー・メルタムが一番格好よくて、一番楽しい方だったわね。ハットフィールドさんは一番頭がよくて、サー・トマスが一番人が悪そうね。一番のおばかさんはもちろんグリーンさん。そうね、でももし結婚するとしたら、どうしても誰かと結婚しなくてはならないとすれば、きっとサー・トマス・アシュビーかしら」

「そんなまさか。お人が悪いのに、それにお嫌いなのでしょう」

「あら、人が悪いことなんか気にならないわ。彼なんか、だからこそいいのよ。まあ確かに彼のことは嫌いだけれど、でも結婚しなければならないとしたら、アシュビー・パークのレディー・アシュビーになること自体はそんなに嫌なことじゃないと思うわ。でも私、このままずっと若くいられるのだったら、本当はずっと一人でいたいわ。そして何もかも楽しみたい。世界中の男性の気を引いて虜にするの。そして、いよいよオールドミスと呼ばれそうになったその瞬間に、そんな不名誉なことはあり得ないから、そう、一万人もの人の心を射止めた後、たった一人を除いて全員を振るの。たった一人のお相手はね、どこかの高貴な家柄の人で、もちろんお金もあって、何でも言うことを聞いてくれる人。それで、何十人もの貴婦人たちが、彼と結婚できたら死んでもいいと思っているの。そんな人と結婚するのよ」

「そうですか。そのようなご計画をお持ちなら、どうかずっとお一人でいらしてください。決してご結婚などするべきではないでしょう。ずっと不名誉なオールドミスでいらし続けたほうがよろしいかと思いますが」

第十章　教会

仕事を再開して最初の日曜日、教会から帰る道でのことである。

「ところで、ミス・グレイ、あの新しい副牧師のこと、どうお思いになって」と、マリー嬢が尋ねてきた。

「さあ、何とも言えません」と私は返事した。「まだ説教すら聴いていませんので」

「あら、でも彼の姿は見たじゃないの」

「ええ、でもお顔をほんのちらっと見ただけで、その人柄を判断できるとは思っていませんから」

「でも、とっても醜い人でしょう」

「特にそのような印象は持ちませんでしたが。あのようなお顔立ちが嫌いなわけではありませんし。でも、特にこれはと思ったのは、あの方の聖書の読み方です。その、なかなかいいと思ったのです。少なくともハットフィールド氏に比べれば優れているのではないでしょうか。日課を読まれる際には、一字一句まで最大限の効果が得られるようとても心を砕いていらっしゃるようでしたし、あれならどんなに無頓着な人でも耳を傾けずにはいられない、どんなに無知な人間でも理解せずにはいられないと、そう思えるほどでした。ご祈禱(きとう)でも読みしました」

上げている感じはなく、ただ本当に心から、真摯に、真面目に祈られているようにお見受け

「ああ、それはそうよね。彼ができることと言ったらそれくらいですもの。ひたすら地道に礼拝を行う能力があることは確かよ。でもそれ以上のことなんて、何一つ考えていないわ」

「どうしてそれがわかるのですか」

「あら、もちろん完璧にわかるわよ。そういったこと、私には申し分ない判断力があるの。だって、あの教会を出て行くときの姿を見たでしょう。ドシドシと歩いて行って、まるでその場には自分以外誰もいないみたいだったわ。右も左も見ないし、ただ教会から出て行くことしか頭になかったはずよ。それか食事をしに家に帰ることぐらいでしょ。あんなにおつむが悪くては、それ以外のことなんて考えてるはずがないわ」

「地主のお父様がいらっしゃる席に、目を向けていただきたかったわけですか」そのむき出しの敵意に思わず笑いながら言った。

「まあ、まさか。もし彼がそんなことをしようものなら、私は怒り狂ったはずだわ」ふてぶてしく頭をぐいと反らしながら答えたが、一瞬考え込んだあと、こう付け加えた。「まあ、でもね、副牧師としては問題ないと思うわ。ただもう、気晴らしのためにあの人を必要とすることがなくて本当によかったと思うだけよ。それより、ハットフィールドさんが私へのお辞儀を失してはならないと急いで出ていらしたのを見たかしら。私たちを馬車に乗せようとして、なんとか間に合ったのよ」

「ええ、見ました」と私は答えたが、心の中ではこうつぶやいていた。「でもあんなに急いで説教壇から飛び出してきたかと思うと、すぐさまご主人様に握手を求め、奥様や娘たちが馬車に乗り込むのに手を貸すのは、牧師様としての威厳に多少とも傷がつくのではないかと思ったりしましたけれど。その上、私はすんでのところで締め出されそうになったのですもの、あの方をお恨みしていますわ」事実、私は彼の目の前に立っていた。馬車の踏み段のすぐ近くにいて乗り込むつもりでいたのに、彼はもうすぐにも踏み段を上げて扉を閉めようとしたので、家族の一人がその手を止めさせ、家庭教師（ガヴァネス）がまだ乗ってきていないと大きく叫んだのだった。すると、一言の謝りもないまま、ご機嫌ようと言ってその場を離れたので、踏み段のことは従僕に任せられた。注意――ハットフィールド氏が私に話しかけることは一度もなかった。サー・ヒュー・メルタムとその奥方も、ご子息のハリー氏にもメルタム嬢にも声をかけられることはなかった。またグリーン氏やその姉妹たちもそうで、教会を訪れる紳士淑女の誰からも私が声をかけられることはなかった。実を言うと、ホートン・ロッジに滞在する客からも、一人として話しかけられることはなかった。

　午後に、マリー嬢は再び自分と妹のために馬車を準備させた。彼女の言い分によると、庭で楽しく過ごすにも気温が低すぎるということで、しかしそれ以外にも、ハリー・メルタムが教会にいるだろうと踏んでのことだった。

「だってね」と、鏡に映る美しい自分の姿にほくそ笑みながら言った。「ここのところ毎週日曜に教会にいらして、とても模範的でいらっしゃるの。本当に敬虔なクリスチャンとミス・グレイだってお思いになるわ。一緒にいらして構わなくてよ、ぜひ彼を見ていただきたいし。あの方ね、外国から戻っていらして格段によくなられたわ。考えられないでしょうけど。そう、それに教会に行けば、あのお美しいウェストン氏にまた会えるわよ。彼の説教を聞く機会もあるでしょうに」

実際に私は彼の説教を聴いた。そして彼の教えに福音の真実が込められていることに極めて満足した。それだけではない。その素朴で飾らない真面目な態度と、明快で力強い話し方も好ましく思った。

特に、前任の副牧師による単調で無味乾燥な話の数々に聞き慣れたあとでは、こうした説教は本当に新鮮に聞こえた。そしてまた、あのハットフィールド氏による仰々しいばかりで一向にためにならない説教を長いこと耳にしたあとでは、なおさらだった。この教区牧師はいつも側廊をさっそうと歩いてきて、というよりまるで一陣の風が吹き抜けるかのように、立派な絹織のガウンを後ろになびかせ、その裾でさっと信徒席の扉に触れながら歩いてきた。そして凱旋車(がいせんしゃ)の踏み段を上る征服者のごとく説教壇へ上がり、非常に注意を払った優美な仕草で、ビロードのクッションの上に深々と座り込んだ。そのまましばらくじっと平伏の姿勢をとり、次に特禱の短い文をつぶやき、次いで主禱文を大声で唱えると、やおら立ち上がり、明るいラベンダー色の手袋の片方を脱いでみせ、その指にきらきらと光るいくつもの指輪の恩恵を信徒たちに授けた。そしてその指を美しい巻き毛の髪にそっと通し、薄手の白いハンカチを取り出してこれみよがしに振りながら、ほんの短い聖書の一節か、あるいはたった一句程度のものを読み上げてそれを説教の始まりの言葉とし、そして最後に祈りの詩が披露された。詩としてはそれ自体結構なものだったかもしれないが、あまりにも念入りに作り込まれているので、私にはさほど好ましく聴こえなかった。説教の命題はきっちりと設定され、議論は論理的に展開されている。それなのに、最初から最後まで黙って聞いているのが苦しいときもあり、不満やもどかしさを多少とも表明せずにはいられなかった。

彼が好んで取り上げた主題は、教派の教え、儀式と祭礼、使徒継承についてである。また、聖職者を崇拝し、服従することが信徒の勤めであるということや、非国教派がいかに極悪非道であるか、また、信心を表すあらゆる形式が遵奉されることが絶対的に必要であり、宗教に関係する問題を自分だけで考えようとする人、聖書を自分なりに解釈することで導かれると信じる人がいかに不遜で、不埒であるか、そしてまた、（彼の裕福な教区民たちを満足させるためだけに）貧しい者も富める者に敬意を払い、服従することが時に必要であると説いたのである。その間ずっと、自身の格言や訓戒については主教の引用を下敷きとし、どうやら十二使徒や福音書記者の言葉よりはるかに通じていたようで、少なくとも主教の重要性は同等であると考えていたようだった。

しかし一方で、異なった種類の説教をすることもあった。それを素晴らしい説教という人もいたかもしれない。が、厳しくて陰気な説教であり、神は慈悲深き父というよりも恐ろしい監督者に喩えられていた。それなのに、聴いていると、この人の話していることにはすべて偽りがないとふと思えてくる。彼は考え方を変えたに違いない、まずもって信仰心に厚い人間、厳格で陰気ではあるが、誠実で敬虔な人間に変わったと思えてくる。しかし、教会の外に一歩出ると、そうした幻想は消えてしまうのが落ちで、たいていはメルタム家やグリーン家の誰かと大変陽気に会話している声が耳に入ってきた。当のマリー家との話し声であったかもしれない。となると、おそらく内心では自分の説教を笑い飛ばし、これならあの悪党たちにも思うところがあるだろうなどと考えていたかもしれない。あのベティー・ホームズばあさん、毎日三十年以上心の慰めにしてきた罪深き煙草の道楽をようやく止めることになるだろうとか、あのジョージ・ヒギンズ、これでもう怯えきって安息日の夕刻に外をほっつき歩くようなことはしなくなるだろうとか、あのトマス・ジャクソンは良心の呵責(かしゃく)にひどく悩まされて、最後の日に歓喜の復活が確かにもたらされる希望が揺らいだことだろうなど、ひょっとしたらそんなことを考えて大喜びしていたかもしれないのである。

というわけで、私はハットフィールド氏のことを次のような人間だと結論せずにはいられなかった。「背負いきれない重荷をまとめ、人の肩に載せるが、自分ではそれを動かすために、指一本貸そうともしない」[*14]者。また、「自分の言い伝えのために神の言葉を無にし、人間の戒めを教えとして教える」[*15]者。私が思うに、新任の副牧師にはどこにも共通点がなかった。それがわかって私は大変満足した。

「それで、ミス・グレイ、今日は彼のことをどう思ったかしら」と、礼拝が終わって馬車に乗り込むとマリー嬢が尋ねてきた。

「別にたいして良くも悪くもありませんが」と私は答えた。

「良くも悪くもないって、それは一体どういうことかしら」と彼女が驚いた。

「つまり、以前と変わらずさほど悪い印象はありません」

「さほど悪くないですって。それはそうに決まってるじゃない。そうじゃなくって、本当に格段によくなられたでしょう」

「ああ、はい、そうですね、確かにそうです」と、それがウェストン氏のことではなく、ハリー・メルタムを指していたことにようやく気づいた。その紳士はといえば、確かに若いレディー二人のところにいそいそとやってきて話しかけたが、もしその場に二人の母親がいたら、そんな思い切った言動は慎んだであろう。彼もまたうやうやしく二人の手を取り、馬車に乗り込むのを手伝った。彼の場合、ハットフィールド氏のように私を締め出すことはしなかった。もちろん、ハットフィールド氏のように私に手を貸すこともなかったが（仮に手を差し出すことがあったとしても、私は断ったであろう）。とはいえ、扉が開いている間はずっと外に立ち、にやにやしながら二人と話し続け、そして去り際に帽子を持ち上げて挨拶をしてから家路についた。しかし、この間私はたいして彼のことを気に留めていたわけではない。ところが、二人の連れはよくよく観察していたようである。馬車で帰る間中ずっと二人は話し合い、それも彼の見た目や言動だけではなく、顔の造作、服装の一つ一つに至るまで話し込んでいた。

「ロザリー、彼を独り占めなんかできないわよ」と、話し込んだ末にマティルダ嬢が言った。

「私は彼のことが好きなの。彼なら私のお相手にぴったり、とっても楽しい人なんだから」

「あら、別にいいのよ。いつでもどうぞ、マティルダ」姉は無関心を装った声で言った。

「それからね」と妹は続ける。「ロザリーだけじゃない、絶対に私のことも崇拝しているんだから。ね、そうでしょう、ミス・グレイ」

「どうでしょうか。あの方のお気持ちに通じているわけではありませんので」

「ひどい、だって絶対にそうじゃない」

「もうマティルダったら。そういうひどく不作法な態度をやめない限り、あなたのことを崇拝する人なんていません」

「あほらしい。ハリー・メルタムはそういうのが好きなんだってば。お父様が連れてくるお友だちだってそうだし」

「そう、ご年配の殿方とか下の息子たちなら、あなたも彼らの心はつかめるでしょうけれど、それ以外の人であなたのことを好きになる人なんて誰もいないはずよ」

「そんなのどうだっていい。ロザリーやお母様みたいに、いつも金ばかり掘り当てようとするわけじゃないし。私の夫となる人は、良馬と良犬を少しでも養えればそれでいいわけ。それで大満足、その他のやつなんて知ったことじゃない」

「まあ、そんなひどい言葉、それでは本物の紳士が寄ってくることなんてあり得ないわね。ミス・グレイ、いい加減これはやめさせてちょうだい」

「マリーお嬢様、どうしたって私には無理でございます」

「それからね、言っておくけど、マティルダ。ハリー・メルタムがあなたを崇拝しているなんて大間違いよ。彼がそんなふうに思うことなんて決してありませんから」

マティルダはかんかんになって応酬しようとした。が、幸運なことに馬車がようやく止まり、従僕が扉を開け、踏み段を降ろしたので、この口喧嘩は不意に終わった。

第十一章　村の人々

そのうち私が普段から定期的に教える生徒はたった一人になった。もっとも、その一人は普通の生徒を三、四人集めたのと同じくらいの手間を私にかけさせようとあがいていたし、その姉にしてもまだドイツ語と絵のレッスンを受けることはあった。しかし、この家庭教師(ガヴァネス)というくびきに自らを繋(つな)いで以来、私はかつてないほどの自由な時間に恵まれるようになっていた。そうした時間はもっぱら家族に手紙を書くことや、自分の読書や勉強、ピアノや歌の練習などに充(あ)てた。屋敷の敷地内を散歩したり、周囲に続く畑や放牧地へと出かけて行くこともあった。生徒たちから一緒に付いて来てほしいと言われることもあれば、そうでないときは自分一人でも出かけて行った。

二人のマリー嬢たちは何か楽しくできる仕事が手近にないと、よく父親の所有地に住む貧しい農民を訪れては気晴らしをしていた。村の人たちからお世辞や敬意を表されるのが嬉しくて、おしゃべり好きのおばあさんたちの昔話やゴシップ話を聴いて楽しんだ。ひょっとしたらもっと純粋な喜びも味わっていたのかもしれない。自分たちがそこにいて明るく接したり、たまに贈るプレゼントが貧しい人々を喜ばせられるという楽しみもあったことだろう。彼女たちのプレゼントはとても気安い贈り物ではあったにしろ、大変な感謝の念で受け止められた。そして時には、私もその訪問に付き合うようにと、二人から、あるいはどちらか一方から声がかけられることもあった。かと思うと、二人がたいして実行する気はないまとりつけてきた約束を果たしに、一人で行ってくるように頼まれることもあった。多少のお金を持って行ったり、病人や読書に熱心な人たちのために本を読みに行くこともあった。こうして私は村の人々と何人か知り合いになり、時には自分の所用で会いに行くようにもなった。

私としては、二人のお嬢様たちのどちらかと行くよりも、一人で訪問するほうがよっぽど満足が得られた。身分の低い者に接する二人の態度は、基本的には教育が至らないがために、私から見ても相当不快に感じるほどだった。二人ともたとえ頭の中であっても、そういった人たちの立場に立とうとする考えは起こさず、したがってその気持ちをおもんぱかることはなかった。ただただ、自分たちとはまったく異なる種類の人間だと考えていた。

二人とも貧しい人たちが食事をしているところを見ては、彼らが口にする食べ物やその食べ方について失礼な発言をしたり、その素朴な意見や田舎っぽい物の言い方を聞くと吹き出してしまったりするものだから、中にはあえて口を閉ざしてしまう者もいた。また、女性であれ男性であれ、とてもまじめなお年寄りたちに面と向かって、老いぼれだの頭がぼけているだのと言い放つこともあった。しかし、どれを取っても、この二人に悪気はなかったのである。

　このような二人の振る舞いが時に相手を傷つけたり、困惑させることがあっても、「お屋敷のお嬢様たち」に対する畏れ多い気持ちから、彼らがその怒りを表明できずにいることは、私にはよくわかっていた。しかし、当の二人はそれに気づかない。二人の考えていることといえば、こうした村の農民たちは貧乏で教養がない、だから粗野で愚かであるに違いない、しかも、身分が上である自分たちが、わざわざへりくだってまで彼らに話しかけようとしているのだから、ましてシリングや半クラウンの銀貨を与えたり、衣服を分け与えたりしているのだから、彼らを多少ともだしにして自分たちが気晴らしに楽しむことがあっても、それは当然の権利であるということだった。そもそも、自分たちは天使の光である、貧しき人々の必要を満たし、つつましき住み家に光をもたらすべく、天上から降りてきた天使として、彼らに崇められるべきだと思っていた。

　このような間違った妄想から私の生徒たちを救い出すべく、私自身、様々な方法で働きかけてはみた。二人の傷つきやすいプライドはいったん火をつけるとなかなか鎮まらないので、そこには触れないようにして働きかけたが、目に見える結果は出なかった。もっとも、二人のうちどちらがより非難されるべきなのかもよくわからなかった。確かにマティルダのほうが不作法で、がさつだったが、ロザリーにしたってもう大人の女性であり、そのレディーのような見かけからしても、もっときちんとすることが望まれていた。その割には、十二歳くらいのどこかの浮ついた子どもかと思うほど、どうしようもなく思慮に欠け、軽はずみな言動が多かった。

二月も終わりの週を迎えたある晴れた日のこと、私は広いパークを散歩していた。マティルダ嬢はすでに日課の乗馬に出かけており、マリー嬢もどこか午前中に訪問するところがあるらしく、母親と一緒に馬車で出かけていた。こうしてたった一人きり、本を携え、素晴らしい天気のもと、この三つの贅沢をかみしめながら歩いていた。ところが、ふと私はこうした自分本位の楽しみは捨てなければならない、パークから外へ出かけなくては、と考え始めた。その時、頭上にはこの上なく見事な青空が広がり、まだ葉のない木々の間を西風が音を立てながら吹き抜けていた。ところどころ窪地に雪が冠状になって残ってはいたが、それも太陽の下で急速に解け始めていて、鹿が湿った草を優雅に食(は)みながら、早くも春の爽やかな空気と青々とした緑を味わっているようだった。私は、ナンシー・ブラウンという村人の家を訪問しようと思い立った。彼女は夫に先立たれており、一人息子は一日中畑に出て働いていた。ここのところ目の病気で苦しみ、そのせいで読書することができずにひどく悲しんでいた。思慮深く、まじめな性格の女性だった。

そこで訪ねて行くと、彼女はいつものように一人で家にいた。小さくて狭い家の中は薄暗く、煙っていて空気もむっとしていた。それでも部屋の中はできる限り小ぎれいに、きちんと片付けられていた。彼女は小さな暖炉（赤くなった炭と木切れがわずかにあるだけだった）のそばに座り、せっせと編み物をしていた。足元には粗布でできた小さなクッションがあり、おとなしいお友だちの猫の寝床に用意されていた。猫はそこに鎮座し、長い尻尾を半分に丸めてその柔らかな足の前に据え、閉じかけた目は夢見心地に暖炉の折れ曲がった低い炉格子を見つめていた。

「ナンシー、ご機嫌いかが」

「まずまずといったところですわ。目のほうは相変わらずです。でも前よりはだいぶ気が楽になりまして」ナンシーはそう答えながら立ち上がり、満足そうな笑みを浮かべて私を歓待してくれた。その姿を見て私は安堵した。というのも、彼女は以前から、宗教に関わる問題でちょっとした鬱状態にあったからである。


気分がよくなって私も喜んでいると告げると、彼女もこれほどのありがたい思し召しに「感謝してもしきれんです」と言い、「もし神様からお許しがあって、また目が見えるようになって、もう一度聖書をこの目で読めたら、こんな幸せなことはないと思います」と続けた。

「きっと大丈夫よ、ナンシー」私は答えた。「それまではね、私が来てさしあげますから。ちょっとでも時間ができたら、時々こちらに伺って読んであげましょう」


嬉しさと感謝の気持ちが混じりあった表情で、私に椅子を差し出そうと一歩踏み出したが、私のほうでその手間は省いてあげた。すると、今度は暖炉の火をせっせと熾(おこ)し、炭を掻き回して消え入りそうな燃え殻に数本の木切れを足した。次に、本棚から使い古した聖書を取り出すと、丁寧にほこりを払ってから私に手渡した。特に読んでもらいたい部分はないかと私が尋ねると、次のように答える。

「そうだね、グレイさんのほうでどれでもいいいって言うんなら、『聖ヨハネの第一の手紙』

の、あの章がいいと思うんですがね。『神は愛です。愛にとどまる人は、神の内にとどまり、神もその人の内にとどまってくださいます』[*16]」

その部分を探してみると、すぐに第四章にあるとわかった。第七節にさしかかったところで彼女は不意に私を遮り、勝手なことを言って申し訳ないとわざわざ私に詫びながら、どうかもっとゆっくり読んでほしいと言った。全部を理解したい、どの言葉も一語一語よく考えたい、失礼は承知しているが、自分は「ほんとに頭が悪い」のでご勘弁をと、そう私に告げた。

「どんなに賢明な人でも、ここは一つ一つの節について一時間以上は考え続けるでしょうね」と私は答えた。「考えれば考えるほどいいのですよ。ですからもちろん、ゆっくり読んでいきましょう」

私は自分が言った通り、必要な限りゆっくりと、同時にできるだけ心も込めながらこの章を読んで行った。聞き手はずっと集中して耳を傾け、読み終わると心から感謝の念を述べた。私は相手がじっくり考えられるようにとそのまま三十秒ほど黙っていたが、不意にウェストン氏のことが好きかと尋ねられ、少なからず驚いた。

「さあ、どうでしょう」不意を突かれた質問に戸惑いながら答えた。「お説教はとてもお上手だと思いますけれど」

「そうそう、説教がお上手でね。それに、うちらともよく話してくださるしね」

「そうなの」

「そうです。ひょっとしてまだお会いしてないですか。あんまりお話ししてないんですか」

「ええ、いつも誰とも話しませんから。お屋敷のお嬢様たちは別ですけど」

「ああ、お嬢様もいい方たちだけど、あの方みたいにはおしゃべりしてくださらないもんでね」

「ここに会いにいらっしゃるということなの、ナンシー」

「そうです。ほんとにありがたいことでね。うちらみたいな貧乏人のところでもしょっちゅう来てくださるんだから。前のブライさんよりよく来てくださるし、教区牧師のハットフィールドさんよりよっぽどだ。ほんとに嬉しいことで。何しろウェストンさんならいつも大歓迎だからね。教区牧師様はいつもそうとはいかんから。中には怖いと言ってる人もいるんですよ。家に来るといつも何か悪いことを見つけなさるって、うちに上がるなり怒りだすらしいですわ。でもね、何が悪いかを話すことがお勤めみたいなもんでしょう。そうお考えになってるんだよ。いつも目的があってね。なんで教会に来ないのかとか、立ったりひざまずいたり、ほかの人たちもちゃんとやってるんだからとか、メソジスト[*17]の教会に行ったんじゃないかとか、そういうことをお叱りに来るんですわ。でも、この私に一番問題があると思ってるのかもわかりません。一、二度こちらに見えたんですが、まだウェストンさんがいらっしゃる前のことで、だいぶこっちの心のほうが弱ってましてね。体もだいぶ悪かったもんで、失礼ながらお呼びだてしたら、すぐにいらしたんです。あのときはね、グレイさん、ほんとに辛いときでね。今はよくなって神様に感謝しておりますけど、あのときは聖書を開いても何の慰めにもならなくてね。さっき読んでもらった章にしたって、他とまるっきりおんなじで、悩んじまうんですよ。『愛することのない者は神を知りません』[*18]、これがね、恐ろしい言葉に聞こえるんです。自分は神も人間も愛することができてないと思いました。そうしなきゃいかんのに、どうしてもできないって。それからその前の章のところで、『神から生まれた人たちは皆、罪を犯しません』[*19]とあるでしょう。それから、他のところに『愛は律法を全うする』[*20]ともね。他にもいっぱいあります。ここで全部言ったら、グレイさんがへとへとになっちまいますがね。でもその全部が自分を責めていると思えたんですわ。お前は正しい道を行っていないと咎められているようでね。どうやって聖書を読めばいいかわからなくなって、それでうちのビルをやって、ハットフィールドさんにお願いしたんです。そのうち、うちに来てもらえやしませんかって。それでいらしたんで、自分が悩んでいることを全部話しました」

「そう、それで牧師様は何とおっしゃったの」

「それがね、ちとバカじゃないかと思ってらしたみたいでね。そりゃ、間違っとったかもしれません。でも、ちょっと口で吹いて、それで顔は少し笑ってるように見えたもんだから。『やれやれ、何てこったい。お前さんもメソジストだったのかい』って言われました。でも自分はメソジストに近寄ったこともないって言いましたよ。そしたら、またこう言いなさった。

『まず、礼拝に出ることだな。きちんと聖書を説明してくれるところに来なくてはいかん。

家に座ってじっと読んでいるようではだめだ』とね。
でも言ったんですよ。体調がよかった時には必ず礼拝に行ってたんだから。でも今年はこう冬が寒くちゃ、足を延ばそうにも無理だって。それにリューマチだって相当悪いんだからって。
でもさ、こう言われてね。『よろよろとでも教会にやってくればいいんだ。それでリューマチもよくなるさ。リューマチにはね、運動が一番いいんだ。だって、お前さん、家の周りは歩けるんだから、教会にでも歩いて来られるだろう。つまりはだね、そうやってだんだんと楽をするようになってはいかんということだ。いくらでも言い訳は思いつくからな。そうして自分のやらなければならないことを怠けるようになるんだから』
でもね、グレイさん、そういうことじゃなかったんですよ。でも牧師さんには、わかりました、教会に行きます、と言ったけどね。それでこうも言ってみたんだ。『でもすみませんがね、牧師様、もし礼拝に行ったとして、私はどれだけよくなるんですか。私は自分の罪を消してもらいたいです。もうこんな嫌な気持ちで思い出すこともなくなればいいのに。この心は神様の愛で満たされたいんです。でも、自分の家で聖書を読んで、それでお祈りも唱えてもだめなら、教会に行ったところで、それで何かいいことがあるんですかい』
『教会はね』と牧師様が言いなさった。『神が自らを崇めるための場所としてお示しになったところだ。だから、できるだけ多く礼拝に行くのが信者の勤めだ。もしお前さんが慰めを得たいと思うなら、その勤めの中で探さないといけないよ』他にもたくさん言われたんですけど、立派な言葉だもんで全部は思い出せんですわ。でもまあ、つまりは、できる限り教会に行きなさいとね。それで祈禱書を持って来て、牧師様にならって答唱を全部読み上げて、ちゃんと立ったり、座ったり、ひざまずいたり、そういうことを全部やりなさいと。毎回聖餐式に出ること、牧師様とブライさんの説教をちゃんと聴くこと、そうしていれば大丈夫だって。自分の勤めをずっと続けていけば、最後には神様の祝福が得られるとね。

でも牧師様はこうも言ったんだ。『しかし、そうやって慰めを得ることができんとしたら、もうおしまいだな』

『そしたら、自分は神様に見捨てられた人間ってことですかい』と聞いたんだ。

するとこう言いなさる。『そりゃ、天国に行こうと思ってできるだけのことをして、それでうまく行かなかったのなら、お前さんはあの「狭い戸口[*21]」から「入ろうとしても入れない」多くの人の一人だということになるだろうな』

そしたら、牧師様は今度はお屋敷のお嬢様たちのことを聞くんだよ。二人のどちらかをこのあたりで朝に見かけなかったかと聞くんで、さっきお見かけしたと教えてあげたんです。モスの小路を行くのを見ましたってね。そしたら、うちの猫を思いっきり蹴飛ばしてさ、それでとっても楽しそうにお二人を探しに行かれたよ。でもね、こっちはもう悲しくて悲しくて、本当に気が滅入ってね。牧師様が最後に言いなさった言葉が心に深く突き刺さったもんでね。それが底まで沈んじまって、その後はずっとそのまま大きな鉛みたいになっちまって。そのままもうだめだ、もう耐えられないってずっと思ったよ。

でもね、牧師様が言いなさったことには従った。よかれと思って言ってくれたんだろうからさ。ちっと変だなあと思ったけど、それがあの牧師様のやり方かもしれんし。まあ、お若い方だし、お金も持ってるからね。そういう人は、こんな貧乏人の年寄り女の考えてることなぞ、全部わかりっこないからさ。でも、それでも言われたことはすべてやった。あ、グレイさん、ちょっとおしゃべりが過ぎたかね、お困りかもしれんね」

「いいえ、大丈夫よ、ナンシー。どうぞ続けて、全部話してください」

「そうかい。まあ、リューマチはだんだんよくなってね。教会に行った、行かないと関係あるかは知らんけど。ただ、霜が降りるほど寒い日曜日があってね、そのとき寒さで目がやられたんだ。すぐに炎症が広がったわけではないけど、少しずつ痛くなってね。ああ、でもこの目のことを話すつもりじゃなかった。それよりこの心の重荷のことだ。まあ、グレイさん、本当のことを言うと、教会に行っても全然楽になったことはないと思うんです。少なくとも話すことのほどはないと思うね。体調はよくなったように思うけど、だからといってこっちの魂のほうがよくなるわけではないしね。牧師様などの説教は何度も何度も聴きましたよ、祈禱書だって何度も目を凝らしました。でもやっぱり『騒がしいどら、やかましいシンバル』[*22]みたいで、お説教の意味もよくわからなかったんだ。祈禱書にしても、自分がどんなに悪い人間かということを言ってるぐらいにしかわからんしね。こんなに素晴らしいお言葉を読みながら、いい人間にはまるでなれないんだってね。善良なクリスチャンなら誰だって、これで神の祝福や恩恵を授けられるんだろうけど、自分にはこれが苦しい勤めでしかなかった。本当に気が重くてね。何をやっても無駄で、真っ暗に思えたんだよ。それに、あの恐ろしい言葉だ。『入ろうとしても入れない人が多いのだ』あの言葉で魂がまったく抜け殻になっちまったようだったよ。

ところがね、ある日曜日にだ、ハットフィールドさんが聖餐式のことをお話しなさったときに、こういうことを言ってるとわかったんだ。『もしあなた方の中で、ご自分の良心を慰めることができず、さらなる慰安や助言を必要とされる方がいるのなら、私のところにいらっしゃい。あるいは、どなたか神に仕える者で、その御言葉によく通じ、思慮深き者のところへといらっしゃい。そしてその悲しみを打ち明けるのです』それでね、その次の週の日曜日、礼拝が始まる前に牧師様の聖具室にちょっと立ち寄って、もう一度お話をしてみたんだよ。そんな勝手なことをするとは自分でも思ってなかったさ、でもこの魂がどうなるかって時に、ごたごたしたことは言ってられないからね。ところがさ、今はお前さんに関わってる暇がないと言われてね。

こうも言われました。『それから、この間伝えたこと以外にお前さんに言うべきことは何もないよ。もちろん、聖餐式は重要だから出席しなさい。とにかく自分の勤めを果たすことだ。それでだめなら、何をしたってだめなんだよ。いいかね、わかったら、いいかげん私に構わないでくれ』

そう言われたから、私も出て行きました。でも、ウェストンさんの声が聞こえてね。あ、ウェストンさんはその日そこにいらしてね、ホートンにいらした最初の日曜日だったからさ。

法衣を着てその部屋にいらしたんだ。牧師様のガウンを着せるのを手伝ってた」

「そうね、わかるわ、ナンシー」

「それで、ハットフィールドさんに、あの人は誰かと聞いてたんですよ。そしたら、『ああ、あれは口先ばっかりの老いぼればあさんだよ』って。

グレイさん、もう本当に傷ついて悲しくてね。でも自分の席のところに行って、前と同じように自分の勤めを果たそうとした。でももう安らぎは得られなかった。聖餐式にまで出たんだよ。でもその間ずっと自分の地獄行きのために食べたり飲んだりしているような気になって、それで心がぼろぼろになりながら家に帰ったんだ。

ところが次の日にだよ、まだ家を片付けてもなかったんだけどね。だってね、そんな気持ちにもなれなかったんだよ。床を掃いたり、片付けたり、鍋を洗ったりなんてさ。だから、汚い中でただ座ってた。そしたら誰かが来たと思って、誰だと思ったら、ウェストンさんじゃないか。もう急いで片付け始めたよ、床も掃いたりしてね。怠けて暮らしてるにちがいないって、それでうちにいらしたんじゃないかと思ってさ。ハットフィールドさんならそうだからさ。ところが、違ったんだよ。すごく丁寧な静かな声で、おはようございますって、それしか言わないんだ。だから、椅子の埃を払ってどうぞと勧めたんだ。ちょっとだけ暖炉も片付けたけどね。でもさ、牧師様の言葉は忘れちゃいないから、こう言ったんだ。

『あの、わざわざお越しくださってどうなさいましたかね。こんなところまで、私みたいな「口先ばかりの老いぼればあさん」に会いにいらしたとは』

これを聞いてウェストンさんは少し驚いたようだった。あのときの牧師様は冗談を言いなさっただけだと、そう熱心に説得し始めたんだ。でもそれではだめだと思ったんだろう、こう言いなさった。

『ナンシーさん、あまり深く考え込んではいけませんよ。ハットフィールドさんはちょうどあのとき、少し不機嫌でいらしてね。私たちはみな、誰もが完璧なわけではないのです。モーゼでさえ、軽率な発言を「唇にのせた」[*23]ことがありますからね。まあ、それより、もし時間がとれるようだったら、ちょっとそこに腰かけてくださいな。それで、あなたの不安や疑念をすべて私に話してみませんか。私もできる限り、取り除いてみせましょう』

そう言われたもんで、真向かいに腰かけたんだ。でもね、グレイさん、まったくの初対面だったしね、それにハットフィールドさんよりお若いだろう。そう見えるしね。顔だって比べたら、さほど愛想のいい人には見えなかったもんだからさ。どちらかと言うと、気難しそうじゃないか。最初はそう思ったよ。でもね、話し方はとっても丁寧なんだ。それからさ、あの子がね、あの猫が膝の上にひょいと跳び乗っちまったんだけど、そしたら、少しにこっとなさってずっと撫でてるんだよ。これはいい印だと思ったね。だってさ、牧師様の膝の上にやっぱり一度乗っちまったことがあったんだけど、その時はパンと叩いて払いのけられちまったんだ。怒ったみたいでさ、こんなやつってあしらうつもりだったかもしれん。かわいそうにね。でもさ、猫に向かってクリスチャンのように振る舞えとは言えないじゃないか。そうだろう、グレイさん」

「ええ、もちろんそうだわ、ナンシー。それで、ウェストンさんは何とおっしゃったのかしら」

「なんにも言わなかったよ。ただ、じっと聴いてくれてね。ほんとに辛抱強く聞いてくださって、それでいてこちらを馬鹿にした感じも全然ないし。だから私もずっと話し続けて、全部お話しした。今グレイさんに話しているみたいにね。いや、もっと話していただろうね。

そうしたらこう言いなさる。『そうですね、ハットフィールドさんがあなたに頑張って勤めを続けなさいとおっしゃったことは正しかったと思いますよ。しかしながら、教会に行きなさい、礼拝に出席してこれこれこうしなさいとあなたにアドバイスしたときに、それがクリスチャンの行うべき勤めのすべてであるとおっしゃったつもりはないのです。礼拝に行けば、まずは自分が今以上に何ができるのか知ることができるだろう、またお勤めを行うことに喜びが持て、それを負担や重荷に感じなくなるだろうと、そうお考えになったのです。それから、あなたをたいそう悩ませているその言葉ですがね、もしあなたがハットフィールドさんに説明してくださいと頼んでいたら、きっとこう答えられたのではないかと思います。「狭い戸口から入ろうとしても入れない人が多いのだ」と言うとき、それを妨げているのは己の罪であると。つまりですね、背中に大きな袋を背負った者が細い戸口を通り抜けようとしても、その袋を下ろさない限り、決して通り抜けることはできませんよね。それと同じです。しかし、ナンシーさん、あなたにそのような罪はないのではありませんか。たとえ捨てられるとわかっていても、その気になれないほどの罪は背負っていないのではありませんか』
『そうです。確かにそうだ、それが真実だ』そう答えたよ。
『それから、最も[*24]重要な第一の掟をご存じですね。これと同じように重要な第二の掟、律法全体と預言者はこれら二つの掟に基づいている、とありますね。あなたは神を愛することができないとおっしゃった。でも私はこう思うのです。神が誰であり、何者であるのかを正しく考えることができれば、神を愛さずにはいられないはずだと。神はあなたにとって父であり、親友でもあります。あらゆる恩恵、善行、楽しみ、役立つものは神から得たものであり、あらゆる悪や、嫌だと思って恐れたり避けたりする理由があるものは、そのすべてがサタンに由来します。神の敵は私たちの敵でもあります。それ故に神は肉において現れ、悪魔の為す仕業を破壊しようとするのです。一言で言えば、神は「愛」なのです。私たちの心に愛があればあるほど、神に近づくことができ、その聖霊をこの身に受けることができるのです』
私はこう答えた。『そうですね、いつもそんなふうに考えていれば、神を愛するようになるのは確かと思いますけど、隣人のことはどう愛せばいいですかねえ。うちらに腹を立てるってこともあるしね。中にはひねくれて悪いやつもいる』
するとこう言いなさった。『隣人を愛することは難しいように思えるかもしれません。悪いところがたくさんある人もいますし、そうした欠点によって私たちの中に留まっている悪が呼び起こされてしまうこともありますしね。でも、そのような人たちも神がお造りになったのです。そして神に愛されています。「生[*25]んでくださった方を愛する人は皆、その方から生まれた者をも愛します」そして、[*26]神が、私たちのためにお命を捨ててくださる独り子をお遣わしになったほど、私たちを愛されたのですから、私たちも互いに愛し合うべきです。でもね、もしあなたのことをよく思っていない人たちに積極的に好意を持てないとしたら、せめて「[*27]人にしてもらいたいと思うことを、人にもしなさい」ということです。彼らの欠点を仕方がないことだと思ったり、気に障る無礼を大目に見たり、努力すればできるでしょう。身近にいる人にできる限りのいいことをしてあげるのです。ナンシーさん、これに慣れてきたら、その努力をしたことで、彼らを多少なりとも愛することができるようになります。もちろん、あなたの親切のおかげで彼らの心に善意も生まれるでしょう。それ以外の善などないかもしれませんがね。神を愛し、お仕えしたいと思うのなら、神のように努めなくてはなりません。神の為されることを行い、神の栄光のために働かなければなりません。それが人間の善行であり、神の国の到来を早める行為であり、それが全世界の平和と幸福であるのです。どんなに私たち自身が無力に思えても、生涯できる限りの善行を積むことによって、最も卑しき者もそこに近づくことができるのです。[*28]愛の内にとどまりましょう。しからば神は私たちの内にとどまり、私たちも神の内にとどまるのです。幸福を与えれば与えるほど、より多くのものを受け取ることができます。現世においてすらそうです。そして、私たちがこの働く手を休めて天に召されるとき、その報酬はさらに実りあるものとなるのです』

　グレイさん、これがウェストンさんが言いなさった通りの言葉だよ。間違いないはずだ、だって、そのあと何度も何度もこのお言葉については考えてみたからね。そのあと、ウェストンさんは聖書を取り上げなさって、いろいろなところから少しずつ読んでくださったんだ。本当にとってもわかりやすく説明もしてくださったよ。そしたらさ、この魂に新しい光が射し込んだみたいでさ、なんだか胸のあたりが熱くなってきたんだ。ああ、ビルもみんなも、なんでここにいないのかねえ、ここにいて全部聞いてもらって一緒に喜びを味わいたかったと、本当にそれだけは思ったよ。

ウェストンさんが帰りなさったあとだけど、ハナ・ロジャーズがうちに来てさ。近所の人なんだけど、洗濯を手伝ってほしいと言うんだよ。うちは食事の準備もまだで、じゃがいもも火にかけてなかったし、なにせ朝食の洗いものだって終わってなかったんだから、今は無理だって言ったんだよ。そしたらさ、暇なくせに意地悪だみたいなことを言い始めたから、こっちも最初はちょっと頭に来てね。でも、自分は悪口なんか一言も言わなかったよ。できるだけ静かな声で、新しい副牧師さんが見えてたんだ、でもできるだけ急いでうちのことをやってから手伝いに行くよって、ただそれだけ伝えたんだ。そしたら向こうも態度が少し柔らかくなってね。それでこっちも何だか温かい気持ちになってさ、それですぐに仲直りできたんだよ。

グレイさん、『柔らかな応答は憤りを静め、傷つける言葉は怒りをあおる』[*29]と言うだろう、その通りだね。怒りってのは話しかける相手にあるんじゃなくって、こっちにあるんだよ」

「その通りね、ナンシー。私たちはそれを常に心に留めておかなくてはならないでしょう」

「そうだ、そうしないとね」

「それで、ウェストンさんはまた会いにいらしたのかしら」

「何度もいらしてくださったよ。目がとても悪くなってからは、ここに座って一緒に聖書を三十分ばかし読んでくださってね。でも、ほら、ウェストンさんだって他の人たちにも会わんといかんし、他にすることもいっぱいあるだろう。ほんとにありがたいことだ。その次の日曜日のことだけど、ウェストンさんの説教がまた素晴らしくてね。読んだのは、『疲れた者、重荷を負う者は、だれでもわたしのもとに来なさい。休ませてあげよう』という節と、[*30]そのあとにあるありがたい二つの節だったよ。グレイさんはお見えではなかったかね。そのときはご家族のところに戻ってらしたんだろう。でも、とにかく本当に幸せな気分になってね。今もそう感じていられるのは、ほんとにありがたい。今は、近所の人のためにちょっとしたことをやるようになって、それがまた嬉しくてね。もちろん、半分も目が見えてないし、この老体にできることなんて限られてるけどさ。でもみんな喜んでくれてるんだよ。ウェストンさんが言った通りなんだ。ほら、グレイさん、これだよ、今靴下を編んでるんだけどさ、これはトマス・ジャクソンのためなんだ。ちょっと変わったじいさんでね、これまで何度も口喧嘩してきて、意見が真っ向からぶつかることもよくあったんだよ。だからさ、じいさんにはあったかい長靴下でも編むぐらいしかできねえって思ってたんだけど、それを編み始めたら、あの哀れなじいさんのことが何だか前よりだいぶ好きになった気がしてさ。ウェストンさんの言った通りになったんだ」

「そうだったの、ナンシー。私もとっても嬉しく思うわ、あなたがそんなに幸せな気分でいられるようになって。それにいろいろと考えて行動なさっているのね。でも、もうそろそろお暇しなくては。お屋敷でご用があるかもしれないわ」私は彼女にさよならと言い、時間ができたらまた訪問すると告げると、なんだか彼女と同じくらい幸せな気分になりながら屋敷へ戻った。

またあるときには、私は貧しい労働者のもとへ聖書を読みに行った。その人は肺病を患い、すでに最後の段階にいた。屋敷のお嬢様たちが見舞ったときに、どういうわけか、この二人に聖書を読んでもらう約束がとりつけられたのだが、実際は二人にはあまりにも面倒な話なので、代わりに行ってほしいと頼み込まれていた。私はもちろん喜んで訪ねて行った。そして、そこでもウェストン氏への高い評価の声を聞いて嬉しかった。病床の本人も彼の妻もウェストン氏のことをよく言い、彼が言うには、新しい副牧師の方が何度か訪ねてくださったおかげで大変な心の安らぎを得ることができ、本当にためになったということだった。たびたび見舞ってくださるので、ハットフィールド氏とは「まるっきり違う人」という話だった。ハットフィールド氏も、ウェストン氏が来る前には時々訪れていたようだったが、彼の場合、来ると必ず家のドアを開けっぱなしにしておくよう言いつけ、それは自分のために新鮮な空気を取り入れてほしいがためで、それがどんなに病人の体に障るかなど考えてもいないようだった。自分の持ってきた祈禱書を開くと、病人のための祈りの部分をささっと読み、読み終えるとまた急いで帰ってしまうのだった。あるいは、少し留まるときには、ひどく悩んでいる妻に向かって何か厳しく叱責の言葉を浴びせたり、もしくは非情とは言わないまでも、何か思慮に欠けた発言をしては、苦しんでいる夫婦の悩みを小さくさせるどころか、さらに増してしまうことをあえてするのだった。

「それだっけど、ウェストンさんはさ」と彼は言った。「全然違うふうにお祈りをしてくれるんだ。こんなに親切に話しかけてくれる人もようおらんぞ。聖書も読んでくれるしな、そばにいてくれると兄弟みたいだな」

「そのとおりだよ」妻が大きな声で言った。「三週間ぐらい前だっけ、あんまり寒くてジムが震えとってな、でもうちの火はお粗末じゃ。そしたら炭の蓄えがつきたんかって聞くんだ。そうです、増える見込みもないって言ったらさ、次の日に炭のたんと入った袋をよこしてくれるじゃないか。言っとくけど、助けてくれるなんて思ってもなかったんだよ。でもそれからずっとあったかくてよ。冬だからほんとにありがたいこってな。でもな、グレイさん、あの人はいつだってそうなんだ。貧しいうちへ行って病人を見たら、何が一番入り用かってわかる人なんだよ。そんでうちらだけじゃすぐに用意できんとわかると、一言もなんも言わねえで、ただ用意してくれるんだ。誰もがこんなことするわけじゃねえ。そんなにお金があるとは思えんのに。だってさ、毎日やってくにも牧師様からもらうものだけだろう。それもほんの少しだって言うじゃないか」

私はそのとき、なんとも勝ち誇ったような気分で、あることを思い出していた。そういえば、あの微笑ましきマリー嬢はウェストン氏のことを恐ろしく品のない人、とよく言っていた。時計は銀製のものだし、ハットフィールド氏のような真新しい服だって着やしないし、とそう言っていたのである。

屋敷に戻る途中、私はとても幸せな気分だった。神に感謝せずにはいられなかった。ようやく自分には考える何かができたのだ、このうんざりするくらい単調な生活からほんの束の間抜け出して、よくよく考えてみたいことができたのである。今の私の生活は、黙々と一人でこなさなければならないことだらけだった。そう、私はいつも一人だった。何か月経っても、何年経っても、休暇で家に帰るほんの少しの間を除けば、誰一人として自分の心を打ち明けられる相手もいなければ、たとえ思ったことを自由に話してみたところで共感してもらえそうな相手も、理解してくれそうな相手もいなかった。ナンシー・ブラウン一人を除けば、本当の意味での社会的な付き合いを、ほんの束の間でも楽しめる相手などいなかった。話をして自分も向上し、より賢く幸せになると思える相手、また、相手も私と話すことでおおいに得られるものがある、そう私が思える人もいなかった。これまでの私の唯一のお相手といったら、無愛想な子どもたちか、無知で頑固な女の子たちだけで、束の間の休息といえば、彼らのうんざりするほどの愚行から解放されて、どれだけ邪魔が入らずに一人でいられるかだった。そんな時間でも心から欲し、とても大切にしていた。しかし、こうした人間関係だけに限られてしまっていることは深刻な障害だった。その直接の影響、さらにその後起こりうる事態を考えてみてもそう思えた。

これまで何か新しい考えや、心を突き動かす思いなどが、外から私に与えられることはなかった。たとえ私の内側から沸き起こったとしても、たいていの場合、それは無残にもすぐに押しつぶされるか、弱々しげに消えゆく運命にあった。なぜなら、それらに光は見えなかったからである。

　普段の人間関係がお互いの心や態度に多大な影響力を及ぼすということはよく知られている。絶えず目の前でその人の行動を見たり、その人の言葉を耳にしたりすると、自然に同じように行動し、話をするようになる。自分の意志とは関係なく、ゆっくりと徐々に、おそらく自分でも気づかないほどにそうなっていく。このような同化現象という不可抗力がどこまで及ぶものか、ここであえて述べるつもりはないが、仮にある一人の文明人が何十年もの間、手に負えない野蛮人の種族の中で暮らさなければならないとしたら、彼らを自らの力で矯正でもしない限り、その何十年かが経ったときには、その人も自ら野蛮人になってしまう可能性がまったくないとは言い切れないように思う。だから、あの若いお嬢様たちを改善させることができない私は、その彼女たちのせいで自分もだめになるかもしれないという大変な危機感があった。感じ方、習慣、能力までもがだんだんと彼女らのレベルへと引き下げられ、一方で彼女たちの快活で陽気な部分の分け前には決して与(あずか)らない。すでに自分の知能が低下しているように感じていた。心も石のように硬くなり、魂が萎縮したように感じていた。このまさに道徳的な認識もそのうち鈍くなり、善悪の違いもわからなくなるかと思うと震える思いだった。このような生活のもとでは、他のきちんとした能力でさえ、その悪しき力の下に沈み込まざるを得ない状況で、すでに嫌な外気が私の周囲に立ち込め、内なる聖域まで迫り来ようとしていた。このような時、ウェストン氏という人物が、ついに私の地平線上に姿を現したのである。まるで明けの明星のように私を真っ暗闇の恐怖から救い出してくれる存在だった。ようやく自分より下でない、何か上にあるものについて考えられる対象ができたのは本当に嬉しかった。ブルームフィールド、マリー、ハットフィールド、アシュビー、こういった家の人たちだけでこの世は成り立っているわけではない。人間的な素晴らしさを目にすることが単なる夢ではない、想像力だけの産物ではないとわかって、私は幸せだった。ある人間の美点を少しだけ聞き、悪いことがまったく耳に入らないと、私たちは得てしてそれ以上のいいことを想像したくなり、それが楽しくなる。つまり、もうこれ以上私の頭の中を分析する必要はないと思うが、ともかく日曜日が私にとってなんとも特別な喜びの日に変わったのである（馬車の後ろの隅っこに座るのもほぼ慣れっこになっていた）。私は彼の説教を聴きたいと思った。その姿を見たいと思った。もちろん彼の外見はハンサムではなかったし、一般的に言って感じのいい顔であるとは言えなかった。でもだからといってひどく醜い顔でもなかった。

ウェストン氏の背丈は中背を多少、ほんの心もち上回る程度だった。完全に左右の均整がとれた体で、胸幅もあり、体格はがっしりとしていた。四角い顔の輪郭は美しいと言うにはあまりにいかつい造りだったが、私にはそれが彼の決断力の現れに思えた。髪の色は茶褐色で、ハットフィールド氏のようにきれいに巻かれてはいなかったが、シンプルに後ろへと撫でつけられ、広くて白い額を際立たせていた。眉のあたりがかなり出っ張っている感じはあるが、その豊かな濃い眉毛の下から覗く目が、何か独特な力を放っていた。茶色の目はそれほど大きくなく、深く引っ込んでいたが、実に驚くほど輝きに満ち、表情豊かだった。口元にも性格が表れ、それは彼がはっきりとした意志を持ち、常にものを考えている人間であることを示していると思えた。そして彼が笑うと——しかしこれはまだ触れないでおこう。まだこの時点では、彼が笑っているところを目にしていなかった。それに実際のところ、全体の印象としては、そのようにくつろいだりする人間には見えなかったし、村人たちが口々に話していた姿にも見えていなかった。私は早くから彼がどのような人間であるかということについて考えを決めてしまっていて、マリー嬢がどんなに手厳しいことを言っても、その考えが揺らぐことはなかった。彼は理知的な人、信念の人、信仰に篤(あつ)い人である。一方で内省的で、厳しいところもある。あとになって彼の美点が他にもあることを知り、中でも真の慈悲の心と穏やかな思いやりが、何にも増した美徳であると知ったとき、それを期待していなかっただけに、私の喜びはいっそう大きかったように思う。

第十二章　雨降り

次にナンシー・ブラウンのもとを訪れることができたのは、ようやく三月も二週目に入ってからだった。日中に手の空く時間はそれなりにあったが、一時間といえども、完全に自分だけの時間がとれなかった。何もかもマティルダ嬢と姉の気分次第で、規則や順序など関係がなかった。何かをしようと思い立っても、二人の関心にかかわることや、とにかく二人のことで実際に忙しく立ち働いてでもいない限り、言ってみれば、「腰帯を締め、靴を履き、杖を手にし」[31]た態勢で身構えていなければならなかった。呼ばれたときにすぐに駆けつけなければ、由々しき無礼であり、言い訳無用とされてしまう。そう思われるのは生徒たちや母親からだけではない。使用人までもがそう思うので、ある時など息もつけないぐらいに急いで私を呼びにきたかと思うと――

「グレイさん、すぐに、すぐに勉強部屋に行ってくださいませ、お嬢様たちが、もうそれはお待ちかねなんですよ」

これぞ恐怖の絶頂とばかりに叫んだ。お嬢様たちのほうが家庭教師を待っているなんて、なんと恐ろしいことか、と。

しかし、この日ばかりは、自分の時間が一、二時間ほど確保できる自信があった。マティルダは馬に乗って遠出をする準備をしていたし、ロザリーもレディー・アシュビーの家に呼ばれていて、ディナー・パーティーに行くために着替えていた。そこでこの機会にと思い、私はナンシーの家を訪れることにしたのである。すると、ナンシーは猫が一日中見当たらないと言って不安がっていたので、私は猫の放浪する性格を思い出せるだけ話してナンシーを元気づけた。

「こっちが心配しているのは、お屋敷の猟場番たちでね」とナンシーは言う。「それだけが気にかかって。もしお坊ちゃまたちがお屋敷にいたのなら、そりゃ、いつもやってるように犬をけしかけたかもしれんと思って、それでまず心配になりますけどね。どうしよう、うちの猫までって。だってお坊ちゃまたちは、このあたりの貧しいところの飼い猫たちをたくさんそんな目にあわせてるからね。とにかく今は、その心配はないわけだから」

ナンシーの目は少しずつよくなっていたが、それでもまだ治ったと言える状態ではなかった。息子のために晴れ着のシャツを作ろうとしていたが、たまにほんの少し手をつけるのがやっとで、息子がどうしても必要としているのに少しも進まないとのことだった。そこで私は、聖書を読んだあとに少しだけお手伝いしようと買って出た。その晩はまだ時間に余裕があり、暗くなるまで屋敷に戻る必要はなかった。ナンシーはこの申し出に大変感謝してくれた。

「そうしたら、グレイさんはちょっと話し相手にもなってくれますかね。うちの猫がいないとやっぱり寂しいんでねえ」

ところが、聖書を読み終えて縫物の最中、ナンシーの大きな真鍮(しんちゅう)の指ぬきを、紙を一巻きにしてなんとか指に嵌(は)めながら半分ほど進めていると、不意にウェストン氏が入ってきた。作業は中断された。両腕にはさっきまで話していた猫が抱えられていた。顔には笑みが見えた。彼も笑うのだ、とても素敵に笑うのだと、そのとき初めてわかった。

「ナンシー、一つあなたのお役に立つことができましたよ」とウェストン氏はまず言った。そして私の方を見ると軽く会釈し、私がそこにいるのを認めた。ハットフィールド氏にも、この界隈のどの紳士にも、私は目に見えない存在のはずだった。ウェストン氏は続ける。

「お宅の猫を、マリー氏の猟場番の手から、というより猟銃の的から救ってあげましたよ」

「まあ、本当にありがとうございます」と、ナンシーは大きな声で感謝の気持ちを述べ、その腕からかわいい子を抱き上げると、嬉しさのあまり泣きそうになった。「ちゃんと気をつけてやらないと。ウサギを放っているところに近づけてはだめです。もう一度この場所で見たら、今度は絶対に撃ち殺すと番人は言ってましたよ。今日だって、撃たれていてもおかしくなかったのです。私が間に合って止めに入ったからよかったようなものです。グレイさん、外は雨が降っているようですが」氏は穏やかな口調で、私を見てそう付け加えた。私は縫物を置き、もう帰り支度を始めていた。「どうかそのまま、お邪魔はしません。もう二分もしたら私は帰りますよ」

「お二人ともいてくださいな。雨が止むまではいてくださらないと」とナンシーは言い、暖炉の火を掻き起こして、そのそばに別の椅子を持ってきた。「あらどうして、三人分ちゃんと場所はありますよ」

「ここのほうがよく見えるのよ、ありがとう、ナンシー」私は縫物を窓際に持って行きながらそう答えた。ナンシーがそこで私を構わずに放っておいてくれたのはありがたかった。彼女はブラシを持ってきて、ウェストン氏のコートについた猫の毛を払ったり、帽子にかかった雨の滴をそっと拭ったり、猫に夕飯をあげたりしながらも、ずっとしゃべりっぱなしで、お友だちの副牧師には感謝してもしきれないと言ったり、どうしてうちの猫がウサギの飼育場を嗅ぎつけたのか不思議でならないとか、でもその場所がわかってこれからどんなことが起きるやもしれないと嘆いてみたりした。ウェストン氏はその間、優しく穏やかな笑みを浮かべながら聴いていた。しきりに勧められたこともあって、とうとう椅子に腰かけることにも応じた。が、長居するつもりはないと繰り返した。

「他に行かなくてはならないところがあるもんでね」と言った。そしてテーブルの上の聖書をちらっと見て、「それに、どうやら私の代わりに誰かが読んでくださっていたようですしね」

「そうなんです、グレイさんがご親切にも一章読んでくださってね。それに、今はうちのビルのシャツも手伝ってくれているんですよ。でも、あそこにいたら寒くありませんかね。グレイさん、こっちの暖炉のそばにいらっしゃいな」

「いいえ、大丈夫。ありがとう、ナンシー。暖かいぐらいだから。それに雨がやんだらすぐに行かないと」

「なんてこった、暗くなるまでいられると言ってたじゃないですか」と、こちらの気も知らずにナンシーが叫ぶ。ウェストン氏は帽子をつかんだ。

「いいや、だめですよ」とナンシーはまた大きな声を出した。「まだ行かないでくださいな。雨足も強いんだから」

「でも、私がいるとお客さんを暖炉から遠ざけてしまうことに気づいたもんでね」

「いいえ、そんなことはないですよ、ウェストンさん」と私は返事したが、まあこんなふうに嘘をついても問題はないはずと思った。

「そりゃそうですよ」とナンシーがまた大声を出す。「何ですか、こんなにいっぱい場所があるのに」

「グレイさん」と少しからかうようにウェストン氏が声をかけた。ちょっと話題を変えなければという感じで、何か言うべきことがあるか探しているようでもあった。「お屋敷のご主人様にお会いするときがあったら、私との仲を取り持っていただけますか。ナンシーの猫を救出したときに横にいらしたんですが、私がしたことにあまり感心されていないようでしたので。というのも、私もつい出過ぎたことを申し上げてしまいましたから。ナンシーが猫の命を救ってやりたいと思うぐらい、あなたこそ、ここのすべてのウサギの命を惜しんでやるべきではないでしょうか、などと言ってしまったものでね。それで、紳士には似つかわしくないお言葉をお見舞いされまして。私も、何でもないことに、ついかっとなって応戦してしまったかもしれません」

「いや、そりゃ大変だ。うちの猫のことで旦那様と喧嘩をおっぱじめなければいいんですがねえ。旦那様は口答えされると我慢ならないお人だから。そうでしょう」

「いや、ナンシー、たいしたことではないよ。実はそれほど気にしてはいない。失礼千万なことを申し上げたわけではないし、それに、マリー氏はかっとなると、普段から割と強い言葉を使っているようだからね」

「ああ、そうなんですよ、本当に残念なことでね」

「では、本当にもう行かなくては。ここから一マイルも離れたところに出向かなくてはならないのです。私に暗い夜道を帰ってもらいたくないでしょう。それに、もう雨もほとんどあがったみたいですね。では今日はこれで、ナンシー。さようなら、グレイさん」

「さようなら、ウェストンさん。でも、あの、期待しないでください。マリー氏との仲を取り持てるかどうか。お会いすることもありませんので。つまり、話しかけたりしませんので」

「そうなんですか。それなら仕方ありませんね」と彼は悲しげに、諦めた感じで答えた。が、少し不思議な笑みのようなものを浮かべて、こう付け加えた。「でもまあ、気にしないでおきましょう。私より彼のほうにもっと謝るべきことがあるように思いますしね」そして去って行った。

私は見えなくなるほど暗くなるまで縫物を続けた。そして、ナンシーがあまりにも大げさに感謝の言葉を繰り返すので、もしこの立場が逆で、彼女が私の立場だったら間違いなくやってくれることをやったまでだからと言い、その気持ちを押しとどめて暇を告げた。私は急いでホートン・ロッジに戻った。勉強部屋に入ってみると、そこではお茶のテーブルが大変なことになっており、お盆の上には紅茶がこぼれてびちゃびちゃになっていた。そして猛烈に不機嫌なマティルダ嬢がいた。

「ミス・グレイ、一体全体どこに行ってたのよ。お茶の時間はもう三十分も前よ。私、自分で作って、それで全部一人で飲まなくちゃならなかったの。なんでもっと早く来てくれなかったのよ」

「ナンシー・ブラウンに会いに行っていたのです。乗馬に出かけられていたので、戻っていらっしゃらないと思っていました」

「あのね、雨が降っているのにどうやって乗馬するのよ、まったく。ちぇっ、急にざっと降りやがって、本当にいらいらするんだから。一番スピードがのってきたときに降って来てさ、それで帰ってきて、お茶にしようと思っても誰もいないんだから。わかってるくせに、私がうまく好きなようにお茶を淹れられないってこと」

「雨のことは考えてもみませんでした」そう私は答えた（実際、雨のせいで彼女が家に帰るはめになるなどすっかり頭から抜け落ちていた）。

「そりゃそうでしょうよ。自分は屋根のあるところにいて、だから人のことなどちっとも考えなかったんでしょうよ」

この荒々しい叱責に、自分でも驚くほど落ち着いて耐えたどころか、愉快な気分でさえいた。彼女に悪いことをした以上のもっといいことを、ナンシー・ブラウンにしてあげたという自覚もあった。それに、おそらく他の思いもあって、それで私自身の気分もよくなっていたのかもしれない。出すぎて冷たくなったお茶には味わいが足され、いつもなら目に余るテーブルも魅力的に映り、さらにあのマティルダ嬢の仏頂面でさえ、思わず口に出して言いかけそうなほど、魅力的に見えた。しかし、その彼女もすぐに厩舎へと出かけて行ってしまったので、残された私はたった一人の食事を静かに心ゆくまで楽しんだ。

第十三章　プリムラの花

マリー嬢はといえば、今では必ず二回礼拝に出席していた。崇拝の的であることがたまらなく好きな彼女にとって、人から注目される機会を一度でも逃してしまうことなど耐えられなかった。しかもたっぷり自信があったので、ハリー・メルタムやグリーン氏がそこにいようがいまいが、自分が現れたところには必ず、自分の素晴らしい魅力に鈍感ではいられない者がいるはずだと考えていた。もちろん、仕事上の立場から、いつもその場に出席せざるを得ないあの教区牧師も含めての話である。

マリー嬢と妹は、天気さえ許せば、たいてい屋敷まで歩いて帰ることにしていた。マティルダは馬車に閉じ込められることがひどく嫌いで、マリー嬢は人目につかない私的な空間が好きではなかった。そこで、教会からグリーン家のパークの外門まで最初の一マイルの道のりを、いつも賑やかにしてくれる友人たちと連れ立って帰った。外門まで来ると、その近くからホートン・ロッジへと通じる私道が始まり、彼らの屋敷が反対側にあった。一方で、公道をそのまま真っ直ぐ、さらに遠くまで進むとサー・ヒュー・メルタムの大邸宅に通じていた。というように、この地点まではいつも誰か一緒に付き添ってもらえる可能性があった。それがハリー・メルタムのこともあればグリーン氏のこともあり、ハリー・メルタムのときは一緒にメルタム嬢がいたりいなかったり、またグリーン氏の場合はおそらく二人の妹が少なくともどちらか一緒にいて、またその他に、彼らのもとを訪れている紳士の方々がいれば、その誰かに付き添ってもらえる可能性があった。

私自身について言えば、二人のお嬢様たちと歩いて帰るか、それとも両親とともに馬車に乗って帰るかは、完全に彼女たちの気まぐれな気分次第だった。二人が私を「連れて行く」と言えば、一緒に歩いて帰り、彼らにしかわからない何かの理由で二人だけで帰ると決めれば、馬車に乗ることになった。私としては歩いて帰りたいと思っていたが、私の存在を好ましく思わない人たちがいるときに、彼らの目に自分がちらつくのは不本意なので、それと似た状況の場合はたいてい消極的だった。ころころと変わる二人の気分の理由がどこにあるのかも問いただそうとは思わなかった。実際、こうするのが一番の方策と言える。相手の願いを聞き入れて従うことこそ家庭教師(ガヴァネス)の役割、自分たちの楽しみを一番に考えることこそ生徒の役割なのだから。とはいっても、実際に一緒に歩いて帰るときがあれば、それはそれで厄介で、最初の半分の道のりが特にそうだった。なぜなら、先に言及した紳士淑女の方々が一切私に目もくれないのに、じっと聞き耳を立て、まるで一員と思われたがっているかのようにそばを歩くのは、決して気分がよくはなかった。しかもその間、彼らは私の上や横を通り過ぎるような格好で会話し、たとえ話しながらふとその目が私に向けられても、それは何だか空を見つめているようで、私のことが見えていないのか、あるいは、見えていないように見せようとしていた。

そうかといって、私が後ろをついて歩くのも気分がいいものではなかった。それは自分が下にいるということを自らわきまえるようなものである。実際は、彼らの最上の人と比べてみても、私自身はさほど遜色がないと思っていたし、本気でそう考えていると知ってもらいたかった。身の程をよくわきまえているから、皆さんのような素晴らしい紳士淑女の方々と並んで歩くようなことはしないただの奉公人でいるつもりはなかった。もっとも、お嬢様たちだって、他にたいした連れが周りにいないとなれば、一緒に歩くお相手に奉公人を選ぶこともあるだろうし、わざわざ話し相手に選ぶこともあるだろう。

このようなわけで、今告白するのも恥ずかしいが、実際こうした努力は相当のものだった。なんとか皆に遅れない程度について行ったとしても、彼らがいるということを少しも意識せず、気にもかけないように見せるのは大変で、自分の考え事に完全に没頭しているようにするとか、周囲の物に気を取られてそちらをずっと見ているようにするとか、それぐらいしかなかった。あるいは、少しだらだらと歩くとなれば、何か鳥や虫、木や花などに目が留まったようにして、それなりの時間をかけて観察すると、また一人でゆっくりと歩きだし、私の生徒たちが他の人と別れて静かに私道に入っていくのを待った。

こうした出来事で特によく覚えているのは、三月も終わりに近づいた、ある美しい午後の日のことである。明るい陽射し(ひざ)と柔らかな風を楽しもうと、グリーン氏と妹たちが空の馬車を先に帰し、彼らを訪ねていた将校たち、どこかの大尉と中尉のきざな二人組であったが、その二人とともに帰路につこうとしていた。この社交にマリー嬢たちがうまく入り込んでいったのはもちろんである。

ロザリーにはこのお仲間たちが楽しくて仕方がないようだったが、私にとっても好みの人たちであるとは思えなかった。しばらくすると私は遅れ始めた。道の脇に続く土手には草木が生い茂り、垣根の花は蕾をつけ始めていた。私は歩きながら植物と昆虫の採集を始めたが、そうこうしているうちに一行はずいぶんと先のほうへ行ってしまった。あたりには清々しく柔らかな風が吹き、暖かい陽射しが注がれ、私の人嫌いも次第に打ち解けていくような気がしていた。ところが、その代わりに子どもの頃の悲しい気持ちを思い出した。過ぎ去りし喜びを呼び覚まし、明るい未来の姿を求めたかった。

私は土手の急な斜面へと目をさまよわせた。一面の草木は青々と茂り、その上の垣根には蕾が顔を覗かせている。どこかになじみの花はないか、故郷の緑深き谷や山を思い起こさせてくれる懐かしい花を、私の心は切に求めた。褐色のヒースの丘など、もちろん期待できるはずもなかったが、もし似たようなものを何か一つでも見つけられたら、涙が溢れ出てしまいそうだった。それでも、今の私にはこれが一番の楽しみだった。

ついに、土手の上のほうに見えたのは、オークの木のもつれ合った根元の部分あたりから顔を覗かせている三本のきれいなプリムラの花だった。隠れた場所からとてもかわいらしく姿を見せているので、私はもう涙がこぼれ落ちそうだった。ちょっと一つ二つ摘んで持ち帰り、しばらくもの想いにふけりたいと思ったが、かなり高いところだったのでそれはできそうもなかった。土手を少しよじ登れば手に届きそうにも思えたが、そのとき背後でふいに足音が聞こえたので思いとどまり、振り向こうとしたその瞬間、「グレイさん、私が摘んでさしあげましょう」という低い声が耳に飛び込んできた。私はびっくりした。あの聞き慣れた生真面目な声だった。

あっという間にプリムラは私の手の中にあった。もちろん、ウェストン氏だった。わざわざ私のためにそこまでしてくれる人が他にいるはずもない。

ありがとうございますと言ったが、心からのお礼に聞こえたか、それともよそよそしく聞こえたかはわからない。いずれにせよ、これでは自分の感謝の気持ちを半分も伝えたことにならないのはわかっていた。これぐらいのことで恩を感じるのは馬鹿げていたかもしれないが、そのときは、彼がどんなにいい人か、この出来事がはっきり示していると思った。お返しできないほどの優しい行為を決して忘れはしまいと思った。私はこうした丁重な扱いを受けることにまったく慣れていないどころか、そんな心づもりもなかった。ホートン・ロッジから五十マイル四方にいる人たちに、誰一人として期待などしていなかったのである。

しかし、そうは思っても、彼がこの場にいることに多少の気づまりを感じずにはいられなかった。そこで、前よりも数段早いペースで生徒の二人を追いかけようと足を速めた。もしこのときウェストン氏が何かを感じて何も言わずに私をやり過ごしたなら、一時間経って私は後悔していたかもしれない。しかし実際はそうならなかった。私が多少足取りを速めたところで、ウェストン氏にとってはそれが普通の歩くペースだった。

「お嬢様たちはあなたを一人にして行ってしまわれたようですね」彼が声をかけた。

「ええ、もっと気の合う方々と一緒にいて、それもご執心ですから」

「では、お二人にわざわざ追いつこうとする必要もないではありませんか」

私は歩調を緩めた。が、次の瞬間、後悔した。彼は一言も話さなかったし、私にも一切話すことはなかった。彼もやはり同じ苦境に立たされているのではないかと不安になったが、しばらくしてついにその沈黙が破られ、穏やかな、しかしいかにも彼らしい急な切り出し方で、お花は好きですか、と私に尋ねた。

「ええ、とても好きです。野に生えている花がとりわけ好きです」と私は答えた。

「私も野生の花が好きです。それ以外にはたいして関心が持てませんね。眺めていても、それにまつわる思い出のようなものが特にありませんから。一つ、二つの例外はありますがね。グレイさんのお好きな花は何ですか」

「プリムラ、ブルーベル、ヒースの花です」

「スミレはどうです」

「いいえ、好きではありません。おっしゃったように、スミレにはそれにまつわる思い出がないのです。故郷のあたりの山や谷にはかわいらしいスミレなどを見かけることがないですから」

少し間があった後、相手は次のように続けた。「グレイさん、故郷があるということが、きっとあなたには大きな慰めなのでしょうね。遠く離れていても、めったに帰ることがなくても、心のよすがとして変わらずあるものなのでしょう」

「故郷は私にとって本当に大事なものです。それがなければ生きていけません」そう私は答えたが、この熱のこもった言い方をすぐに後悔した。実にお馬鹿なように聞こえたに違いない。

「いやいや、そんなことはないです、生きていけますよ」と、彼は優しく微笑みながら言った。「この生の営みに私たちをつなぎとめる絆はあなたが思う以上に強いものです。まさかと思う人もいるでしょうが、そういった人たちが想像する以上に、どんなに乱暴に引っ張っても引きちぎれることはありません。故郷がなければどんなにみじめかわからない、とグレイさんはお思いでしょうが、たとえ故郷がなくてもあなたは生きていけるのです。それもあなたが思うほどみじめな気持ちにもならずにね。人間の心はね、ゴムまりのようなもので、確かにちょっとしたことで膨らみますが、たくさん詰め込んだからといってはち切れることはないのです。『ほんのわずかなもの』に心が乱されても、『ほぼ満杯をもって充分』とするまで壊れません。この体の外側の四肢と同じように、体の中にも内在する生の力はあります。それは外界のいかなる暴力にも対抗してますます強くなるのです。どんなに打たれてよろめいたとしても、次なる打撃に備えてさらに強くなるだけです。日々の労働を続けることで手の皮も分厚くなり、手についた筋肉も衰えるどころかますます強くなるように、たった一日の重労働ぐらいでは、ご婦人の手のひらが擦り切れることはあっても、屈強な農民の手には痛くも痒くもないのです。

私は経験からこのような話をしています。自分の経験も踏まえてです。私もあなたのように考えていたときがありました。少なくとも、あるときは完全に確信していました。家さえあれば、家族の愛情さえあれば、この世は生きるに耐えられるものであるはずだと。そして、こうしたものが失われたら、生きることはそれだけで重荷となり、耐えることはさぞかし辛いだろうと。しかし、今の私には家もありません。ホートンに借りている二つの部屋を、もったいぶって家と呼ぶことでもない限りは。それから、一年経たないほど前のことですが、最愛にして最後の身内を亡くしました。それでも、私は今生きています。希望や慰めがまったくないわけではありません。自分が生きていくためにもです。もちろん、日が暮れかかる頃に、ある農家にお邪魔したりすると、たとえどんなにつつましい小さな家であっても、暖炉を囲んだ一家団欒の様子を見てしまうと、やっぱりそうした家庭的な楽しい雰囲気には羨ましさにも似た感情を覚えずにはいられないですがね」

「でも、この先まだどんな幸せがあるかわからないはずです。まだご自身の旅は始まったばかりと思うのですが」

「一番の幸せはもう手に入れています」と、彼は答えた。「つまり、誰かの役に立つための力と意志をです」

私たちはある小道へと続く踏み越し段[*32]まで近づいていた。その小道の先には農家があった。おそらくウェストン氏はその「誰かの役に立つ」という目的をそこで果たすつもりだったのだろう、そのあと私に別れを告げると踏み越し段を渡り、いつもの軽く、確かな足取りでその道を進んでいった。一人残された私は自分の行く道を進みながら、彼の言葉を考えた。

確か、彼はこちらに来る数か月前に母親を亡くしたということだった。そうであれば、最愛にして最後の身内とは母親のことなのだろう。だから家がないのだ。私は心底気の毒に思った。同情して涙がこぼれそうになった。そうか、だからなのか、まだ若いのによく眉間に暗い影が落ちたように何か考え込んでいるのは。そのせいで、マリー嬢を始めとするあの慈善家一家から、いつも陰気でむっつりしているという評判を得てしまうのは。

「でも」と私は思い始めた。「もし私が同じように周囲の何もかも失ったとしたら、もっとみじめな気持ちになるわ。彼はそれほどでもないはず。現に、活動的な生活を送っているし、役に立とうと努力できる場所はまだまだたくさん目の前にあるし、それに親しい人だってこれからできるはず。その気になれば、家庭を作ることだって。少し経てばもちろんその気になるでしょう。どうかそのお相手が、彼が選ぶのにふさわしい人でありますように。彼のような人にふさわしい、本当に幸せな家庭をもたらしてくれる人でありますように。きっとできなはず、もし――」いや、私が考えることなど別にどうでもいいではないか。

私はこの本を書き始めるに当たって、何事も隠すことなく打ち明けるつもりであると言った。望む方々には人間の心の中を覗き込む楽しみを提供するつもりでいた。しかし、私たち誰もがみな、ある心の領域を抱えている。天上にいる天使なら自由に覗いて構わないが、同胞たる人間たちを迎え入れることはできない、ある心の領域である。たとえ最も善良で優しい人間たちであっても。

もうこの頃にはグリーン一家も彼らの屋敷へと帰り、マリー嬢たちも屋敷に通じる私道を曲がり切っていたので、私は急いで後を追った。すると、二人はまた激しく言い合っていて、二人の将校たちのそれぞれどこがいいかを話し込んでいた。ところがロザリーが私を見かけた途端、ぱっと言いかけた言葉を切り上げ、歓喜と悪意に満ちた声で叫んだ。

「あーら、ミス・グレイ。やっと追いついたじゃない。道理でそんなにぐずぐずしていたはずよね。私がウェストンさんの悪口を言うと、いつもむきになって弁護するのも、なるほどそういうことね、全部わかったわよ」

「まあ、マリーお嬢様、そんなばかばかしいことを」私は努めて愛想よく笑ってみせた。「そんなご冗談をおっしゃったところで、私には何の効果もありませんよ、おわかりでしょう」

しかし、懲りずに相手は聞くに堪えない話をし続け、妹までもとっさにそれらしい作り話などして参戦してきたため、さすがに自分のきちんとした言い分を伝えておかなければならないと思った。

「なんてくだらないのでしょう」私は声を上げた。「ウェストンさんの帰り道と私の帰り道が数ヤードぐらい偶然に重なり、それで通りすがりに彼が私に一言二言声をかけたのです、これが何だと言うのです。何か驚くようなことでしょうか。それに、これまでウェストンさんとはお話ししたこともないのですよ。たった一度きりを除いてね」

「え、どこで。どこなの。それはいつよ」二人そろって熱心に聞いた。

「ナンシーの家です」

「あーら、まあ、そういうこと。会ってたのね。あそこで会ってたわけね」ロザリーは勝ち誇ったように笑いながら、大きな声で続けた。「ねえ、マティルダ、私わかったわよ。なんでミス・グレイがあんなにナンシー・ブラウンの家に行きたがるのか。ウェストンさんに気があるのよ、それで遊びに行ってるんだわ」

「まあ、いい加減になさってください。反論するのもばかばかしいほどです。あそこでは一度きりしかお見かけしていないのです、そう言いましたでしょう。それに、ウェストンさんがそこにいらっしゃるかなんて、どうして私にわかりますか」

この二人のばかばかしいおふざけには本当に腹が立ち、不当なあてこすりにいらいらがつのったが、そうした不愉快な状態もそう長くは続かなかった。彼らは心ゆくまで笑いきると、再びあの大尉と中尉に話を戻し、意見をぶつけて言い争いを始めたので、それを聞いているうちに私の怒りも急速に冷めてしまった。なんで怒っていたのかすぐに忘れ、私の考えはもっと楽しい方向に向かった。

こうして私たちはパークを屋敷まで上り、玄関ホールの中に入った。階段を上り、自分の部屋に向かう頃には、私はたった一つのことだけを考えていた。たった一つのことをひたすら願うあまり、心が溢れんばかりだった。部屋に入りドアを後ろで閉めると、私はひざまずき祈りを捧げた。一心不乱の祈りだったが、それでも衝動に駆られたわけではない。「神の御心(みこころ)が行われますように」と祈りの間唱え続けようとしたが、またすぐに「父なる神よ、[*33]あなたは何でもおできになります。どうかこれが御心に適うことでありますように」と続けてしまう自分がいた。この願いとは、祈りとは、ああ、人々は私を軽蔑してやまないだろう。

「しかし、父なる神よ、あなたは侮られません」そうつぶやいた。これは真実であると感じていた。少なくとも、自分ではない誰か他の人の幸せな生活について、まるで自分のことのように熱心に祈ったと感じていた。いや、これこそが私が心から望む第一の目的であると。もしかしたら、私は自分に嘘をついていたかもしれない。しかし、こう考えることで私は希う勇気を与えられた。また、この祈りが決して無駄ではないと望む力をも与えられた。

あのプリムラについては、そのうち二本をグラスに生けて自分の部屋に置いた。そして、花が完全に枯れきってメイドが捨ててしまうまで長いこと取っておいた。もう一本は、花びらを摘んで聖書の頁に挟み込み、押し花にした。これは今でも手元にある。これからもずっとここにあるだろう。

第十四章　教区牧師

翌日も同じように晴れたいい天気だった。朝食のすぐあとマティルダ嬢はいくつか学科のレッスンを行ったが、大急ぎで終わらせようと失敗ばかりしてなんの実りもなかった。恨みがましくピアノを一時間ほど叩き続けたが、母親がどうしても休みをくれないと言ってひどくご機嫌斜めで、私にもピアノにも当たりまくった。そのあといつものお気に入りの場所の裏庭、厩舎と犬舎へ行ってしまった。一方、マリー嬢は静かな散策を楽しもうと、社交界を描いた新しい小説を携えて外に出ていた。一人勉強部屋に残された私は、その彼女のために、前から手伝うと約束していた水彩画に懸命に取り組んでいた。どうしてもその日のうちに終わらせるようにと言われていたのである。

私の足もとに毛むくじゃらの小さなテリアが寝そべっていた。マティルダ嬢の飼い犬だったが、彼女はこの犬を嫌って、甘やかされすぎていると言いがかりをつけて売り飛ばそうとしていた。同じ種類の中でも極めて立派な犬だったが、彼女に言わせれば、何もできない犬で、自分の主人が誰かさえ理解できていないということだった。

本当はまだほんの小さな仔犬のときに購入され、彼女も最初のうちは誰にも手を触れさせないと言っていたのに、仔犬がか弱くて手がかかるとわかるとすぐに愛想を尽かしてしまったのである。ぜひ私に面倒をみさせてほしいと願い出たら、喜んで聞き入れてくれた。私は幼い頃から成犬になるまで大事に育て上げ、その結果としてもちろん、この小さな生き物の愛情を勝ち得ることができた。これはまたとない報酬で、どんなに手がかかったにせよ、はるかにその手間をしのぐ価値があった。しかし、かわいそうに、このスナップが感謝の気持ちを表せば、その身は危険に晒(さら)された。実の所有者からひどい言葉を浴びせられ、何度も蹴られたりつねられたり、たくさんの意地悪をされる羽目になった。結果的に「始末される」という危険に今は陥り、もしくはどこかの乱暴で冷酷な主人のもとに譲られてしまいそうだった。こんな事態さえなければ、私の受けた報酬はこの上ないものになったはずなのに、ではどうすればよかったのだろう。犬をひどい目にあわせて自分を嫌わせるなど、できるわけがない。かといって、マティルダ嬢は犬に優しくしてご機嫌をとろうというつもりはさらさらなかった。

ところで、私がこうして絵筆をせっせと動かしながら描いていると、マリー夫人が部屋に入ってきた。どこかもったいぶったような、どこかせわしない様子で入ってきて言った。「ミス・グレイ」と呼びかけると、「あらまあ。こんな天気のいい日に、どうしてじっと座って絵なんて描いていられるのでしょう」(私が自分の楽しみのためにやっていると思ったのである)「どうしてボンネットをかぶって娘たちと外に出かけないのかしら」「マリーお嬢様は読書をされているはずです、奥様。それから、マティルダお嬢様は猟犬たちと遊んでいらっしゃいます」

「ミス・グレイ、ご自身でもう少しマティルダを楽しませようと努めてくださらないかしら。そうしたら、今のようにあんなにむきになって犬やら馬やら、それに馬番たちまで一緒になって遊びに行こうなんて思わなくなりますわ。それから、ロザリーともう少し楽しくお話ししていただけたら、あんなにしょっちゅう本を持って原っぱまで出歩いたりしないはずです。まあ、でもね、お気に障ることを言うつもりはないのですよ」夫人がそう付け加えたのは、私の頬が急にほてり、手が震えて苛々し始めたのを見てとったからかもしれない。「まあまあ、どうかそんなにかっかなさらないで。そうでないとお話しできませんわ。それにしても、ロザリーはどこに行ってしまったのかしら。ミス・グレイは行く先をご存じですか。それにどうしてあんなにいつも一人きりでいたがるのでしょうね」

「新しい本を読まれるときには一人でいらしたいとおっしゃっています」

「でもそれなら、屋敷のお庭やパークの中で読めばいいでしょう。なぜ牧草地や小道まで出向かなければならないのでしょう。それに、ハットフィールドさんがしょっちゅうそこにいらして声をかけるなんてこと、どうして起こるのかしら。先週も言っていましたわ。モスの小道、あそこを歩く間ずっとそばにハットフィールドさんがついていらして、馬を歩かせていたのですって。それからついさっきですが、私の化粧部屋の窓から見かけたのは、確かにハットフィールドさんでした。屋敷の外門のそばをとても元気よく通り過ぎていらして、そのまま向こうの牧草地のほうに向かっていらしたわ。ロザリーがしょっちゅう行っている原っぱのほうですよ。ねえ、ちょっとそこまでいらして、ロザリーがいるかどうか見て来てくださらないかしら。そして、ちょっと言ってあげてちょうだい。あなたのように身分もあり、将来もある若い女性が、そんなふうにたった一人で歩き回るものではありませんと。それも優しい言い方でね。そんなことをしていると、話しかけてみようなどと思っている人たちの注目の的になってしまいます。どこかのお金がない家の娘で散歩する土地を持たず、面倒を見る人もいなくて放ったらかしにされている子だとね。どうやらハットフィールドさんとは親しげな感じで話しているようだから心配です。もしそんなふうに一緒にいるところをお父様が知ったら、それはもうかんかんにお怒りになりますよって。ああ、もう、もしあなたがね、いえ、あなたに限りません。もし家庭教師(ガヴァネス)たちがみな、母親と同じように子どもを見守る警戒心を持っていれば、いえ、たった半分でもいいから子どもを気にかける心があれば、こんなことを言わなくても済みますのに。あの子には目を光らせていなければならないことがすぐにわかります。だから自分のそばで楽しくやらせておくのがいいと思うはず――あらまあ、行ってちょうだい、どうぞ早く行っていらして。無駄な時間なんてありませんからね」夫人が叫んだときは、とっくに絵の道具を片付けて玄関に向かい、夫人の演説が終わるのを待っていた。

夫人が予想した通り、マリー嬢はお気に入りの場所、ちょうどパークを出たところの牧草地にいた。残念なことに、一人ではなかった。背の高い、堂々とした体格のハットフィールド氏がゆっくりとそばを歩いていた。

まさに無理難題が私の前に突き付けられた。二人だけで話している状況を中断するのが私の務めであるとしても、一体どうしたらいいのだろう。ハットフィールド氏は、私のような取るに足らぬ者が追い払える相手ではない。かといって、マリー嬢のところに行き、お相手に気づかないふりをして反対側の場所を陣取り、歓迎されてもいないのに割り込んでいくなど、とても失礼なことであり、気が咎める。といって、牧草地に入ったところで上から、マリーお嬢様、ご用でお呼ばれですよ、などと大きな声で呼びかける勇気も持ち合わせていなかった。私が取った方法は中間的なものだった。ゆっくりと、しかし着実に二人に近づくが、それでもお相手が驚いて逃げ出さないのなら、そばを通りすがりにマリー嬢だけに向かって、お母様がお呼びですよ、と声をかけるというものだった。

確かにマリー嬢の姿はとても素敵だった。パークを囲む柵に沿って並ぶマロニエの木が芽吹き、腕一杯に枝を伸ばしていたが、彼女はその下をゆっくりと、おもむろに歩きながら、閉じた本を片手に持ち、もう片方には優美なミルテの小枝を手にして、それをとてもかわいらしいおもちゃのように弄んでいた……小さなボンネットの帽子から輝くような巻き毛がこぼれ落ち、そよ風が吹くとそっと揺れ、また褒められて満足したのか、色白の頬がぽっと赤く染まり、青い目も微笑んでいるようだった。その目はいたずらっぽく賛美者のほうへちらっと向けられたと思うと、また伏し目がちにミルテの小枝に向けられた。と、ここで、私の目の前をスナップが走って行った。ちょうどマリー嬢が何か冗談っぽく、軽くあしらいがちに答えようとしていたところに割り込み、スカートの裾をくわえたかと思うと猛烈な勢いでぐいぐいと引っ張り始めたものだから、ハットフィールド氏が手にしていたステッキをその頭にブンと振り落とした。キャンキャンとスナップが鳴きながら私のところにひき返してくる。その派手な甲高い叫び声をこの牧師様は大いに面白がったようだが、私がそばにいるのに気づくと、ここにいるのはまずいと考え直したのだろう、私が身を屈めて犬を撫でている間、それも氏の厳しい仕打ちを非難する意味を込めて大げさに撫でていると、マリー嬢にこう話しかける声が耳に入った。

「マリー様、今度はいつお会いできるでしょうか」

「教会でしょう、きっと」と相手は答える。「またお仕事があってここにいらっしゃって、ちょうど私が偶然に通りかかることがなければ」

「いつどこに来たらあなたにお会いできるか、それさえきちんとわかっていれば、私はいつでもここへ来るよう都合をつけます」

「でも、そのつもりがあったとしてもお知らせできません。いつも私はいい加減で、前もって決めたりしませんの。明日自分が何をするか、今日のうちにはわかりません」

「では、その手になさっているものをいただきましょう。お会いするまでの間、私の慰めとしますから」冗談のように、しかし半ば真剣にそう言って、ミルテの小枝に手を伸ばした。

「いいえ、だめです、お渡しできませんわ」

「そんな、どうか、どうかお願いです。もし渡してくださらないなら、これほどみじめな男はいないでしょう。すぐに叶えていただけるお願いです、何よりもありがたいものです。許していただけないなど、そんな冷たいお方のはずはありません」まるで自分の命がかかっているかのような熱心さで彼は訴えていた。

私はもう数ヤードと離れていないところまで近づいていた。彼が早く去らないものかと、もどかしい思いで立ち尽くしていた。

「それならどうぞ。ほら、受け取ったら行ってくださいな」ロザリーが答えた。

溢れんばかりの喜びで贈り物を手にしたハットフィールド氏が何かをそっとつぶやいた。ロザリーはぱっと頬を赤くして顔をふいにそむけたが、くすっと笑ったのでその気まずさは完全に見せかけだった。氏は丁寧な別れの挨拶を告げてから退却した。

「まったく、あんな人っているかしら、ミス・グレイ」と、私のほうを振り向くとロザリーは言った。「いらしてくれて本当によかったわ。もう逃げられないんじゃないかと思っていたの。それに、お父様に見られたらどうしようって」

「ずっとそばにいらしたのですか」

「それほど前からではないけれど、でも信じられないくらい厚かましい人よ。いつもこのあたりをうろうろしているの、何か用があるふりをして。牧師の仕事があるからこの界隈を回らなくてはいけないとか何とか言って、本当はいつも私がいないか見張っているのよ。それで、見つけたらいつでもこの哀れな私に飛びかかる勢いなのよ」

「お母様がおっしゃっておりますが、お屋敷のお庭やパークから外を一人で出歩くべきではないとのことです。私のような誰か大人の付き添いが必要です。侵入者には絶対に近づかせない慎重な人がそばにいるべきです。お母様はね、ハットフィールド氏がお屋敷の門の前を急いで通り過ぎるのを、遠くから見ていらしたのです。それですぐに私をここに駆けつけさせました。お嬢様を探し出して、ちゃんと見ておくようにというご指示です。こうも言ってくれと――」

「ああ、お母様ったら、本当にうんざり。まるで私が自分のことは何もできないような言いぶりだわ。前もハットフィールドさんのことでうるさかったの。大丈夫だって言ったのに。どんなにこの上なく素晴らしい人だからって、私が自分の地位や身分のことを忘れるはずがないじゃない。ああ、明日にでも彼が私の前でひざまずいて、どうか私の妻になってくださいと懇願してくれないかしら。そうしたら、お母様も自分がいかに間違っていたか、おわかりになるはずよ。私がね、この私がよ、一体どうして、ああもう、考えるだけでいらいらするわ。一体どうして私が恋に落ちたりするもんですか。そんな馬鹿げたまねをするなんて、なぜ思うのかしら。女性たる者、そんなことで自分の品位を落としたりしません。愛っているう言葉が私は一番大嫌い。これが女性特有のものだと思われているとしたら、これほどの侮辱はないと思うわ。そりゃ、比べたらまあいいぐらいはあると思うけれど、でもそれにしたって、あのハットフィールドさんはあり得ないわ。だって、年収が七百ポンドにも満たない人よ。でも、お話し相手としてはいい人だと思うの。とても頭がいいから、話していて面白いわ。ああ、サー・トマス・アシュビーがその半分でもいいから、いい人なら――そう、それに、私には誰かお遊びする相手が必要でしょう。ちょっとお相手する人がね。なのに、あの人以外は、誰も、ここに来ようなんて考えないわけだから。それに、お母様と一緒にどこかへ出かけたところで、お母様は絶対にサー・トマス以外とは誰ともお付き合いさせてくださらないわけだし。まあ、サー・トマスがそこにいてもいなくても、どっちにしたって私はまったく身動きできないわ。お母様はどこかの誰かが何か大げさな作り話でもするかもしれないというのが怖いわけ。ほら、私が誰かと婚約したとか、婚約するかもしれないとか、サー・トマスに吹き込まれるかもしれないでしょう。それから、もっとあり得そうなのは、あの嫌な感じの彼のお母様よ、彼の年老いたお母様が私の聞き捨てならない行動を見るなり聞くなりでもしたら、うちの立派な息子の嫁にはふさわしくないと決めてかかるかもしれないでしょう。その当の息子はキリスト教界きってのろくでなしで、まともな常識がある女性はみんなもったいないくらいだってことを、まるでご存じないのよ」

「まあ、マリーお嬢様、それは本当ですか。お母様はそのことをご存じなのですか。その上でサー・トマスとのご結婚を考えていらっしゃるのですか」

「もちろんご存じの上よ。私よりももっと彼の悪い所を知っていらっしゃると思うわ。でも、私が気を落としてしまわないように隠していらっしゃるの。そんなこと、私は全然気にしないのに。どうでもいいことじゃない。結婚したら、彼もよくなるでしょう。お母様もそう言っているし。それに、心を入れ替えた放蕩息子は最良の夫になると、みんな言っているじゃない。ただね、あの人、とっても不器量でしょう。あんなに醜くさえなければよかったのに。気になるのはそれだけ。でも、だからといって、この田舎では他に選びようがないもの。お父様は私たちをロンドンに行かせてくれないし——」

「でも、それならハットフィールドさんのほうがはるかにいいと思いますが」

「そうよ、もし彼がアシュビー・パークを所有していたならね。それはもちろんそうだけど、とにかく、相手が誰であろうと、アシュビー・パークがどうしても必要なのよ」

「でも、ハットフィールドさんは、マリーお嬢様がずっと自分のことを好きなのだと思っていらっしゃるのではないですか。自分が間違っているとわかったら、どんなにひどくがっかりされるでしょう。まさか、そのことをお考えになっていないわけではないでしょうね」

「まったく考えてないわよ、そんなこと。彼がずうずうしくもそんなふうに思っているとしたら、いい気味だわ。私が彼を好きになることがあるなんて、よくもそう思えること。いつかその目に真実を見せてやるのが楽しみなくらいよ」

「そうするなら、早ければ早いに越したことはないと思いますが」

「いやよ、だから楽しみたいの。彼とのことは楽しいの。それにね、私に好かれているなんて本気で思ってたりはしないはずよ。私も充分に気をつけていて、そのへんのことはとってもうまくやってるから。彼が私をその気にさせられると思っていたとしたら、そんな思い上がりは当然懲らしめてやらなくちゃ」

「まあ、でも、その思い上がりにあまり根拠を与えないように注意なさらないと。私から言えることはそれぐらいです」私はそう返事した。

しかし結局のところ、私がどんなに忠告をしたところで無駄だった。かえって以前よりも自分の気持ちや考えを私に押し隠そうとするだけだった。私にそれ以上牧師様の話を持ちかけることはなかったが、彼女の心とは言わないまでも、少なくとも頭の中はまだ彼のことで持ち切りで、もう一度会って話ができないものかと画策していることは明らかだった。夫人の言いつけに従い、私は当面散歩の付添役を務めたが、一緒に散歩している最中でさえ、彼女は外の道に一番近いあたりの牧草地や小道を歩くと言って聞かず、私を相手に話していようが、自分が持ってきた本を読んでいようが、ふと頭をもたげては周囲を見渡し、誰か来ていないかと道のほうをいつも眺めていた。そして、誰か早足の馬が駆けて来ようものなら、乗り手がどこの人であろうとお構いなく、これでもかと罵倒し始めたりするので、ああ、嫌がっているのはその人がハットフィールド氏ではなかったからだ、とわかるのだった。

「まあね」と私は心の中で思っていた。「きっとお嬢様も自分が考えているほどには冷たくあしらったりはしないでしょう。人にそう思わせているだけでね。それに、お嬢様がいくら言ってみても、夫人の二人に対する心配にまるで根拠がないわけではないでしょうから」

そのまま三日が過ぎても、ハットフィールド氏が姿を現すことはなかった。四日目の午後、私たちは例の牧草地の柵のそばを散歩していた。二人とも本を用意していた（私に話し相手の役目が求められないこともあり、自分でも何かできることを準備しておかなければならなかった）。私は本を読んでいたが、急にマリー嬢が大きな声を出したので中断された。

「あ、そうだ。ミス・グレイ、ちょっとお願いがありますの。マーク・ウッドのところに行って、この半クラウン銀貨を奥さんに渡していただけないかしら。一週間前には渡すか送るかするつもりだったのに、すっかり忘れていたわ。ほら、これ」と言いながら、財布のポーチを投げてよこすと、急に早口になって続けた。「中身はいいから。お金を出さずに財布ごと持って行って、ミス・グレイのお好きなだけ渡してくれていいわ。一緒に行きたいところだけど、この本を読み終えてしまいたいの。終わったら合流しますから。ほら、早く、ねえ、急いでくださらない。あ、ちょっと待って。ウッドさんには少し本を読んでさしあげたらどう。ちょっと屋敷まで走って、何かいい本でも持って行ってちょうだい。なんでもいいから」

私は望む通りにした。しかし、その慌てた様子と急な頼まれごとを不審に思い、牧草地を出て行くときに少し後ろを見やると、ちょうどハットフィールド氏が下の門から入って来るところだった。彼女は本を理由に私を屋敷に追いやることで、私が下の道で彼に遭遇してしまうことをうまく防いだのだった。

「まあ、いいでしょう」と私は思った。「きっとたいしたことにはならないでしょうから。半クラウン銀貨をもらえればあの可哀想なマークも喜ぶだろうし、聖書を読んでもらっても嬉しいでしょうから。それに、たとえあの牧師様がロザリーお嬢様の心を奪うことに成功しても、お嬢様の鼻っ柱の強さが少し折れるぐらいで、結局お二人が結婚することになれば、それはお嬢様がもっとひどい運命をたどらなくて済むだけのことで、お互い相手に充分、申し分ないくらいだわ」

マーク・ウッドとは、以前にも話した肺病を患った労働者のことで、この頃にはもう急速に弱ってきていた。しかし、マリー嬢はこの贈り物によって、文字通り「死にゆく人」[*34]からの祝福を受けることになった。半クラウン銀貨はその時の彼にはほとんど役立ちそうにもなかったが、やがて夫を失い、父親を失う運命にいる妻と子どもたちのために、彼は心から喜んだのである。

ほんのわずかな時間だったが、彼と悩める妻を慰めようと、また聖書のよりよい理解のためにもと、少しばかり座って聖書を読んだ。読み終えたところで家を後にしたが、まだ五十ヤードも行かないうちに、偶然ウェストン氏に会った。明らかに彼もまたこの家に向かう途中だった。

彼はいつものように気取らず、おだやかに私に声をかけた。少し立ち止まり、病人と家族の状況を質問すると、何気ない感じで、どこか兄弟のように礼儀も気にせずに私の手から聖書を取り上げた。先ほど読み聞かせていた部分のページをめくり、見識あるコメントを一言二言短く述べて私に返すと、彼が今し方訪ねてきた病人のことや、ナンシー・ブラウンのことを少し話した。私の小さな毛むくじゃらのお友だちが彼の足もとで飛び跳ねていた。彼はこのテリアのことにも少し触れると、今日の天気は素晴らしいなどと言ってから、この場を後にした。

私がそのときの実際の言葉をここに細かく記さないでいるのは、それが私にはとても面白いことであっても、読者の皆さんにはさほど興味のあることではないと考えたからで、別に中身を忘れたわけではない。いや、それどころか、彼の言葉は詳細に覚えている。その日、私は何度も何度も繰り返し思い返してみた。彼の深くて澄んだ声の調子も、時折きらりと光る茶色の目も、ほんの一瞬口元をよぎる素敵な微笑みも、一つ一つをそのあと毎日いく度となく思い起こした。このような告白をすると笑われてしまうかもしれないが、構わない。もうここに書いてしまったし、これを読んだからと言って、読者がそれを書いた人間が誰なのか知ることはないだろう。

私は心もうきうきと、目に映る何もかもに満足しながら来た道をひき返していた。すると、マリー嬢が急ぎ足に私を迎えにやってきた。足取りも軽く、紅潮した頰には笑顔がはじけていたので、彼女も彼女なりに幸せな気分でいるとすぐにわかった。走ってくると、腕を絡ませながら息も整えず話し始めた。

「さあ、とっても名誉なことだと思ってくださるわね、ミス・グレイ。まだ誰にも一言も打ち明けていないニュースがあるのよ、それをまずミス・グレイにお知らせしようと思って」

「まあ、何でしょう」

「もうびっくりするようなお話。でもその前にお伝えしなければならないことがあるわ。ミス・グレイがお屋敷にいらっしゃったすぐあとに、ハットフィールドさんが偶然にいらっしゃったの。本当に困っちゃったわ。お父様やお母様に見つかってしまうかもと思って、はらはらしたわよ。でも、ミス・グレイに声をかけようと思っても、もう呼び戻せなかったから、だから——あら、やだ、今はだめ、お話しできないみたい。だってほら、マティルダがあそこにいるの、見えるでしょう。マティルダにも打ち明けなくちゃ。それでね、あの方、今日は信じられないくらいずうずうしくていらして、私のことを褒めちぎるの、もう恥ずかしくて口にできないくらいよ。あんなに優しかったことも、これまでになかったわ。まあ、そうしてなんとか振る舞ってらしたけど、本当はまだまだよ。そもそもあの方らしくないわ。それで彼が何を言ってきたかということについては、全部またあとで話すわ」

「でも、それで一体お嬢様は何とおっしゃったのですか。そちらに興味がありますよ」

「それも、またいつか話してあげるわよ。ただ、そのときはね、たまたま私の気分がとてもよかったみたい。本当に広い心で失礼にならないように振る舞ったつもりだけど、でも絶対に妥協してはだめとも自分に言い聞かせていたの。それなのによ、あのどうしようもない自惚れ屋さん、ちょっと私が愛想よくしただけで、それを自分に都合よく理解しようとしたのね。ついにはね、この私の寛大さにつけこんで、それでね、一体どうしたかおわかりになる。あのね、私に本当に求婚してきたのよ」

「で、何とお答えに――」

「堂々と、背筋をしゃんと伸ばして言ってやったわ。私としてはこのようなことにとても驚いています、とね。できる限り冷静沈着に言いました。私の行いに何か期待を寄せてしまうようなことがあったのでしょうかって。急にあの方の顔色が変わったところ、見せてさし上げたかったわ。もう顔面蒼白。もちろん、尊敬とかそういう気持ちはありますとは伝えたわよ、でも結婚の申し込みには絶対に承諾できません、とね。もし仮に承諾したところで、お父様もお母様も決して同意するおつもりはないでしょうからって」

「そうしたらこう言うの。『しかし、仮にお父様とお母様が承諾されたとして、それでもマリー様からのお返事は望めないということでしょうか』

『その通りよ、ハットフィールドさん』はっきりと冷たく答えてやったわ。だから一挙に望みが断たれたのね、もうこれほどの屈辱はないという顔になったわ。ああ、絶望で立ち直れないくらいに打ちのめされたところ、見ていただきたかったわ。なんだか、私も自分で可哀想に思えたくらいだから。

だけどね、それでも最後の望みにかけてもう一度聞いてきたの。そのあとはかなり長いこと沈黙が訪れました。あの方はなんとかして落ち着こうと苦心していたみたいだけれど、こちらはこちらでその間ずっとまじめなふりをするのが大変だったわ。だってもう吹き出したくて仕方がなかったのですもの。でもそうしてしまったら、全部おしまいでしょう。そしたら、やっと切り出したの。かろうじて口元に笑みを浮かべながらね。

『マリー様、はっきりとおっしゃってください。もし私にサー・ヒュー・メルタムと同じくらいの財産があったら、あるいはその長兄のご子息と同じくらいの将来が見込めたとして、それでも私の申し出をお断りになるでしょうか。ご自身の名誉にかけて本当のことをおっしゃってください』

『ええ、もちろんですわ、そのようなことはまったく関係ありません』

こう言って真っ赤な嘘をついたわけだけれど、何しろご自分は魅力的だとまだ思っていて、相当自信があるようだったから、そのまま石を積み重ねたままではいけないと思ったの。そうしたら正面切って私のことをじっと見るのよ。でも私も何ともない顔をして、上手に平静を装っていたから、まさか私が嘘をついているなんて思いもよらなかったはずだわ。

『それでは、これですべて終わりましたね』と彼は言うの。絶望の果てに思いつめて、その場で死んでしまったほうがましみたいな顔をして。でも絶望だけじゃないわ、怒ってもいたみたい。彼は彼で言葉にできないほど苦しんでいるのに、その主たる原因の私は情けをかけないからよ。相手がどんな顔をしようが、どんな言葉をかけようが、私は難攻不落、ずっと冷静なまま落ち着いていて、プライドも崩さなかったわ。だから、彼もついには怒りを覚えずにはいられなかったのね。妙にとげのある言い方で言ってきたの。

『マリー様、これはまったくもって思いもよらぬことでした。あなたご自身がどのように振る舞われてきたか、一言私から申し上げたいこともあります。そのために私の心の中に、ある期待が育まれてしまったわけですから。しかし、こらえましょう。とはいえ、たった一つ条件が——』

『条件など一切認められません、ハットフィールドさん』あまりの傲慢ぶりに本当に頭に来たから言ってやったの。

『それではたった一つのお願いと思ってお聞きください』とっさに彼も声を落として、少し控えめな調子で言ったわ。黙っていてくだされば、お互いに不愉快な気持ちは一切残らなくて済むでしょう。一切と言っても、もちろん避けられないことはあります。この私の気持ちについて言えば、もし完全に消し去ることができなければ、密かに心の内にとどめておきたいと思います。たとえ苦しみの原因そのものを忘れられなくても、ただそれを許すことに努めたいと思います。マリー様、まさか、ご自身で私をどんなに深く傷つけたかおわかりではありませんでしょうね。私もわかっていただきたいわけではありません。が、私をこれだけ傷つけた上に——お許しください、知ってか知らぬかは別にして、あなたは本当に私をひどく傷つけました。だから、もし、あなたがこの不運な出来事を誰かに知らせたり、少しでも口にして、傷口をさらに押し広げるようなことをしたとすれば、いいですか、私も声を上げます。どんなに私の愛をあざ笑ったにしろ、これ以上軽蔑してはならないことがあるのです。それは私の——』

そこで押し黙ったけど、青くなった唇を噛みながらものすごく凶暴な顔つきになるものだから、もう本当に怖くって。でもね、そんなことで私のプライドが崩れたりはしなかったわ。

見下すように言ってやったの。

『誰かにしゃべるなんて、一体私に何の動機があるとお思いになっているのでしょう。まったくわかりませんわ、ハットフィールドさん。でも、もし私がその気になったとしたら、どんなに脅されても思いとどまったりしませんから。そもそも、紳士たる者、そんな手に出るなんて、それではとうてい紳士とは言えませんわね』

『ご無礼をいたしました。マリー様のことは本当に心からお慕い申し上げてきました。今でも深く愛しております。ですから自ら望んでお気持ちを傷つけようと思ったわけではありません。ですが、これほどまでにあなたを愛し、あなた以上に愛した女性はこれまでも、これからもおりません。そして、これほどのむごい仕打ちを女性から受けたこともないのです。反対に、常々、女性とはまことに思いやりのある存在だと思ってきました。神が造り出されたものの中で最も心優しく親切な存在であると、今の今までそう思っていました』（しかし、よくもまあ、あんな自惚れ屋がここまで言えるわよね）『今日あなたに教えられた教訓はまさに青天の霹靂（へきれき）であり、大変辛いものです。私の人生の幸せはここにしかないというところで失望させられた苦しみは苦痛でしかありません。ですから、多少語気が荒くなってしまったとしてもご容赦願います。あの、マリー様、もし私の存在を疎ましくお感じでしたら――』と続けたのは、多分私が周囲ばかり見ていたからだわ。彼のことなんて全然好きでも何でもないという態度をはっきりさせようと思っていたから、きっともう飽き飽きしているように見えたのね。『マリー様、もし私の存在を疎ましくお感じでしたら、先ほどの願いを聞き入れることさえ約束していただければ、すぐにでもこの場から去り、もう煩わすことはいたしません。よろしいですか、あなたがあざ笑い、その足で踏みにじったものを、心から喜んで受け入れてくださるご婦人方はいくらでもいるのです。この教区の中にも何人かいます。そういう方たちからこの私の心を完全に引き離す類まれな美貌の持ち主がいたと知れば、そのせいでご自分たちの魅力が私の目に映らないとすれば、当然その人のことを憎まずにはいられないでしょう。そんなとき、事の真実を私から少しでもほのめかしたとしましょう。そうしたら、何かあなたにとってご都合のよろしくない話が持ち上がる可能性は充分にあるでしょうね。あなたの将来がひどく傷つき、もしかしたらお母様やあなたが巻き込むつもりでいる誰か他のお相手の紳士とさえ、うまく行くチャンスは減ってしまうでしょう』

『一体何をおっしゃりたいのですか』もういい加減怒りが収まらなくて、今にも足を踏み鳴らしそうだったわ。

『つまり、もしかしたらこの一件が実は初めから終わりまで、とんでもない、まあどう考えても、馬鹿げたお遊びではなかったのか、ということです。もしそうなら、世間に知れ渡るとあなたは大変困った立場になるでしょう。特にあなたのライバルでもあるご婦人たちが、何か誇張なり尾ひれをつけて言い触らしでもすればなおさらのことです。しかも、私がそのきっかけを与えさえすれば、ご婦人たちはまず喜んでこの件を世に公表するでしょう。ただし、紳士たる者、この信頼を損なうことはいたしません。お約束しましょう、マリー様の不利益につながるようなことは一言も黙して語らぬことといたします。もし、あなたさえ――』

『ええ、ですから、しゃべりませんわ。それが少しでもあなたの慰めになるのでしたら、口外などしません。信じてくださって大丈夫です』

『本当にお約束してくださいますか』

『ええ、します』そう答えたのも、早く追っ払いたかったからだけど。

『それでは、さようなら』とても重たげで悲痛な声だったわ。そう言った顔はプライドが絶望になんとか抗おうともがいている感じで、くるりと振り向いて行ってしまいました。もちろん、ただただ早く家に帰りたいと思っていたのよ。書斎に閉じこもって大泣きするためにね。まあ、その前にわっと泣き出したりでもしなければ、の話だけど」

「でも、マリー様はそのお約束をすでに破ってしまわれたではないですか」私はそう言って、彼女の裏切りに本気でぞっとさせられた。

「あら、でもあなたにしか言ってないわ。それにミス・グレイが誰かに言うはずないでしょう」

「私はもちろん他言しませんが、でも、さっき妹に言わなくてはとおっしゃっていましたよね。それならマティルダ様から弟たちへ知れてしまいますよ、彼らが帰ってきたらすぐにでも。そうすると、たとえご自分で言わなくても、ブラウンにすぐ伝わります。そうしたらブラウンも言い触らすでしょうし、そうでなくとも、ブラウンを通して誰かからこの地域一帯に広まります」

「いいえ、そんなことないわ。ブラウンは言い触らしたりしません。それに、絶対に秘密にすると約束しない限り、彼女に伝えることなんてないわ」

「でも、どうしてブラウンが約束を守ると言い切れるのですか。もっと教養豊かな彼女のご主人様と比べていただきたいところですが」

「もう、わかったわよ、ブラウンの耳には入れませんから」マリー嬢は怒ったように言った。

「でも、もちろんお母様にはおっしゃるつもりなんでしょう。そうしたらお母様からお父様に伝わりますね」と私は続けた。

「もちろんお母様には言うわよ。それが一番重要なことじゃない。私のことをいろいろ心配していたけれど、それがいかに間違っていたか、これでやっとお母様を納得させられるのだから」

「まあ、それが目あてだったのですね。なぜそんなにも喜んでいらっしゃるのか不思議に思っていました」

「そうよ、これが一番よ。でもそれだけではないわ。私、とってもうまいことハットフィールドさんの鼻をへし折ってやったでしょう。それにね――ねえ、私だって女性としての見栄ぐらい少しはあるのよ。それが女性にとって最も本質的なことじゃない。自分にはその性質が全然ありません、なんてふりはしないわよ。あのハットフィールドがどんなに恋焦がれて熱烈な告白をしてきたのか見ていたら、ミス・グレイも認めたはずよ、私が満足したのも当然だって。それだけじゃないわ、求婚にはあれこれの褒め言葉でおだてられたし、断ったときの彼の心の苦しみようと言ったら、どんなに彼がプライドを高く保とうにも決して隠し切れないぐらいだったのだから」

「彼の苦しみが辛ければ辛いほど、マリー様の満足すべき理由は見当たらなくなるはずですが」

「まあ、本当にばかばかしい」とこのお嬢様は叫んで、苛立ちのあまりに体をわなわなと震わせた。「あなたには私の言っていることがわからないのよ、それか、わかろうともしていないんだわ。あなたは器の大きな人だとわかっているけど、そうでなければ、私をただ嫉妬していると思うところよ。でもね、おそらくこういった喜びがなぜ必要か、おわかりのはずよ。だって、これほどの満足感はないの。はっきり言うわ、私は自分がとても慎重に行動していることに大満足、自分自身をこれほどまでに律しているということにね。そうおっしゃりたいなら、確かに血も涙もないけれど、この自分の心のなさに満足してるの。だから、こんなことで私はちっとも驚かない。どうしましょうとか、ちょっと悪かったかしらとか、バカなことをしたかしら、なんて。私は自分がやらなければならないことをやっただけよ。こう答えなければならないと思う通りに答えたまでだわ。最初から最後まで、私は完全に自分を冷静に保ったの。あの方は、確かにとってもハンサムな方よ。ジェイン・グリーンもスーザン・グリーンも見とれるぐらい美しい方と言っていたわ。そう、あの方、自分を受け入れてくれる女性もいるとかってうそぶいていたけど、そのうちの二人はきっと彼女たちのことよ。でもね、とても頭のいい方だし、ウィットに富んでいるから、一緒にいて楽しいことは確か。あ、でもミス・グレイがおっしゃるような賢さではないの。だけど、つとめて明るく振る舞えるなら、それで充分じゃない。それにどこに一緒に行っても恥ずかしくない人だし、全然飽きないし。まあ本当のことを言うと、結構好きだったのよね。ここ最近は、ハリー・メルタムよりも好きだったかもしれないわ。それに、私のことを崇めていたのは明らかだったし。でもね、それでもよ、確かに私は一人でいて、無防備でいたかもしれないわ、けれどもそういうところに急にやってくるなんて、私にだって彼を拒絶するくらいの分別はあるわ。それぐらいのプライドだって、強さだってある。それもできるだけ冷たく、下に見てやるんだから。こんなにちゃんとやっておいて、それで満足できないなんてはずがないわ」

「では、あのような答え方をしたことにもやはり満足していらっしゃるのですか。サー・ヒュー・メルタムと同じくらい裕福であったとしてもなんの関係もないなどと、実際は大ありなのに、そうおっしゃっていましたね。それから、彼にとって不運なこの出来事を誰にも告げるつもりはないとお約束もしましたが、でもどうやらその約束を守るつもりはこれっぽっちもないようですね」

「もちろんそうよ、じゃあ、他にどう答えればよかったというの。一体私にどうしろという——わかりました、ミス・グレイは今あまりご機嫌がよろしくないのね。さあ、マティルダが来たわ。マティルダとお母様がこの一件についてどうおっしゃるか、聞いてみるから」

そう言って、彼女は去って行った。私が共感しないことに相当気を悪くしたようだった。きっと私が嫉妬していると思ったに違いない。しかし、そのようなことはない。それだけははっきりと断言できる。それよりも、彼女が気の毒に思えて仕方がなかった。非情な虚栄心には驚愕し、うんざりもした。美とはなぜ、それを悪用するしか能のない人に大いに与えられてしまうものなのだろうか。自分のためにも人にためにも有効に使える人間に限って、美が与えられないのは不思議でならなかった。

しかし、それは神のみぞ知ることである。私はそう結論を下した。きっと世の中には彼女と同じくらいに虚栄心が強く、利己的で、心の冷たい男性もいるのだろう。だから、そうした男性にちょっとお仕置きをするためにも、このような女性が必要というわけなのかもしれない。

第十五章　散歩道

「嫌になっちゃうわ、ハットフィールドもあせりすぎたわよね、あんなに早まることなかったのに」こう言ったのは翌日のロザリーだった。四時になり、恐ろしいほどの大あくびをしながら梳毛糸（ウーステッド）の編物を膝に置き、窓の外を物憂げに見やった。

「もう外に行きたいと思うようなこともなくなってしまったし、何か楽しみにすることもないし。これからの毎日はきっとうんざりするくらい長いわよ。パーティーでもなければ毎日が地味でやりきれないけど、今週は何もないのよね。知っている限りでは、来週も一つも開かれないわ」

「あの人にあんなひどいことをしておいてお慰みよ」と言ったのはマティルダだった。ロザリーの嘆きの声は彼女に向かって発せられたのである。「もう二度と戻ってこないわよ。でも、どうやら、結局彼のことが好きだったみたいじゃない。どうしてお相手に選ばなかったのよ。彼を選んで、あのハリー様は私に残しておいてくれたらよかったのに」

「ふん、だから、私のお相手になる人はアドニス[*36]のような美青年と決まっているの、マティルダ。目にする者はみな誰もが美しいと褒めそやすような人。一人だけに満足しなきゃいけないのなら、それくらいじゃなきゃね。まあ白状すると、ハットフィールドを失ったのは確かにとても残念よ。でも、次にその代わりを務めてくださる方がいらしたら、その最初の紳士はどなたでも大歓迎。別に、何人いらしても構わないけど。ああ、明日は日曜よね。あの人どんな様子かしら。ちゃんと礼拝を執り行えるのかしら。きっと風邪をひいたとか何とか言って、ウェストンさんに全部やらせるに違いないわ」

「まさかね」マティルダは小馬鹿にするように叫んだ。「おばかさんにしたって、そこまで女々しくないわよ」

　姉は少しむっとしたようだった。しかし、結局のところ、マティルダの方が正しかったのである。失意の恋人は牧師としての勤めを普段通りに行った。ところが、ロザリーは顔色が悪くて元気がなかったと断言して憚らなかった。確かに多少は顔色が悪かったかもしれないが、それでもほとんどわからない程度だった。元気がないといえば、聖具室に響き渡るいつもの笑い声は確かに聞こえてこなかった。あの楽しそうな大きな話し声も聞こえなかった。

ただ、管理人の男をどなりつけるために声を一段と荒らげたときには私の耳にも聞こえ、そこに集まっている人々も一瞬そちらを見つめるほどだった。また、説教壇と聖餐台を行き来するときは、普段よりも妙にものものしく、まじめな感じだった。いつもの、周囲を払いのける威張りくさった、自信に満ちた、あるいは自己満足に浸った不遜な態度は影を潜めた。いつもなら、「あなた方がみな私を敬愛し、崇拝していることは知っている。しかし、もし一人でもそれを否定する者がいたなら、断じてその者をはねのけてやる」とでもいうようだった。

しかし、何よりも顕著な変化は、一度もマリー家の家族席に目を泳がせなかったことである。私たちが外に出るまで教会を出ることさえなかった。

確かにハットフィールド氏は大打撃をくらった。しかし、彼のプライドがなんとしてでもその打撃の影響を隠そうと、あらゆる努力を怠らないように駆り立てた。美しい女性、彼にとっては極めて魅力的な女性を妻に迎えるはずだった。たとえはるかにその魅力が劣っていたとしても、それに劣らない身分と財産が輝かしさを添えてくれる人をもらえるはずだった。そうした淡い望みがあったものだから、彼も失望したのである。それに加えて、ひどく拒絶されたこともやはり痛切な屈辱を感じたに違いない。マリー嬢の行動は、終始一貫して彼を非常に深く傷つけた。

だからマリー嬢がどんなに落胆したのかを、もし彼が知ることになったなら、それは大変な慰めになったことだろう。見たところほとんど動じる気配を見せず、いずれの礼拝の間も、ただの一瞥も自分に向けずに平気でいられると知り、マリー嬢は大変がっかりした。ただ、こんな態度こそ自分のことをいつも考えている証拠だと、でなければ、これがただの偶然の問題であるなら、彼の目がふと自分に向けられてもよかったはずだとも言い放った。とはいえ、もし本当に偶然に視線が注がれたとしたら、それ見たことか、自分に惹かれずにはいられなかったからだと断言するに違いなかった。それから、次のようなことも、彼が少しは満足する理由になったかもしれない。マリー嬢はその週の間は四六時中（とまで言えなくとも、ほとんどの時間は）、至極退屈そうにしていて、ご機嫌斜めだった。いつもの楽しい刺激を求められなかったからで、「彼のこと、使い切ってしまうのが早すぎたわ」などと繰り返しては後悔していた。まるで、子どもがプラムケーキを急いでむしゃむしゃと平らげたあと、指をしゃぶりながらまだまだ食べられるのに、と悲しそうに座り続けているようだった。

それからしばらく経ったある天気のいい日の朝、久しぶりに私は村まで散歩に行くマリー嬢の付き添いを頼まれることになった。表向きの理由としては、ベルリン毛糸の色種をいくつかそろえるために、特に近所のご婦人たちからなかなかいいと評判の店に向かうことになっていた。が、実際に出かけた理由は、買い物に行く道すがら、牧師様ご自身か、もしくは誰か他の崇拝者に会えるかもしれないと思ったからである。と、私が邪推したところで、これが思いやりの心に違反していることにはならないだろう。実際、一緒に歩きながら、「ねえ、もしハットフィールドに会ったら、彼はどうするかしら、何て言うかしら」というようなことを言い続けたと思うと、グリーン家の外門を通り過ぎるときには、「ねえ、うちにいるかしら、あのおつむの悪いおばかさん」と言ったり、レディー・メルタムの馬車が通ったときには、「こんなに天気がいいのに、一体ハリー様は何をしているのかしら」と、そして彼の兄のことまで、「結婚してロンドンに住むなんて本当にばかよね」などと悪口を言い始めたりするのだった。

「あら、ロンドンに住みたいと思っていらしたのでは」私はそう言った。

「そうよ、だってここにいると退屈なんですもの。あの方が行ってしまわれたおかげでさらに退屈だわ。それにね、もしご結婚されなかったら、私はあの方と結婚することになっていたかもしれないのよ。あのいやらしいサー・トマスじゃなくて」

　すると次には、少しぬかるんだ道に残った馬の足跡を観察し始めた。「これってどこかの紳士の方の馬じゃないかしら」とつぶやくと、「ドタドタ走る大きな荷車の馬」の足跡にしては小さすぎるような気がすると言って、結局は紳士の馬に違いないと結論づけた。となると、「どなたが乗っていたのかしら」と思案し始め、その日の午前中に通り過ぎたばかりだから戻ってくるところを見かけるかもしれない、と言い出した。しかし、村に到着すると、身分の低い村の者が数人うろうろしているだけなので、「もう、こののろまたちったら、一歩も家から出ないってわけにはいかないのかしら。だってこんなに醜い顔や下々の汚い服を見たいはずがないでしょ、こんなことのためにわざわざホートンまでやってきたんじゃないのよ」などと言う始末だった。

　実を言うと、その間中ずっと、私自身も密かに誰かと会わないだろうかと思っていた。彼女が思う人とはまた別の誰かを、ちらっとでも見かけたりしないだろうかと思っていた。その人の下宿先の前を通り過ぎるときには、窓際に姿が見えないかとまで考えていた。

店に入ると、マリー嬢は私に戸口に立っていてくれないかと頼んだ。自分が用事を済ませている間にもし誰かが通り過ぎたら、必ず伝えてほしいと。残念ながら目に入ってくるのは村の人たちばかり、唯一の例外はジェインとスーザンのグリーン姉妹で、一つしかない通りの向こうから二人でやってくるのが見えた。散歩の帰り道のようだった。

「おばかな人たち」買い物を終えて出てくるなりそうつぶやいた。「なんであのまぬけな兄さんを連れてこないのよ。まぬけだっていないよりはましなのに」

しかし、彼らに挨拶をするマリー嬢は、いたってにこやかに微笑んでいた。こんなところでお会いできて嬉しいという言い方は、二人にも劣らないほどだった。二人はマリー嬢を間に挟み、まずまず親しい間柄の若いレディーたちが寄り集まればそうするように、三人連れ立って談笑しながら帰って行った。私はといえば、きっとお邪魔だろうからと三人で楽しむに任せ、こうした場合にいつもながら、自分だけ遅れて後ろを付いて行った。特に好んで二人の姉妹と歩きたいはずもなかった。話しかけられることもなければ、こちらから話しかけることもないわけで、一緒にいたところで何も聞こえず、口もきけないに等しかった。

しかし、今回の一人ぼっちの時間はそう長くはなかった。最初、何と奇妙なことが起きたのかと思った。ちょうどウェストン氏のことを考えていたそのときに本人が現れ、声をかけられた。しかし、後でよく考えてみれば当たり前のことで、私に話しかけてきたという事実さえ除けば、こんなに天気がよく、こんなに住まいにも近く、彼がこのあたりを歩いていたのはごく自然なことだった。そのときちょうど私が彼のことを考えていたのも、マリー嬢と二人で村に向かい始めたときからのことで、その後も絶えず考えていたから、これも別に不思議な話ではなかった。

「またお一人ですね、グレイさん」と彼は言った。

「ええ」

「あのご婦人方はグリーン家のご姉妹でいらっしゃいますね。どのような方々ですか」

「さあ、よく存じ上げません」

「それは奇妙ですね。とても近くにお住まいで、しょっちゅうお会いになっていらっしゃるのに」

「ええ、まあ、明るくてお優しい性格だとは思いますが。でも、ウェストンさんのほうがよくご存じでは。私はお二人のどちらとも言葉を交わしたことがありませんから」

「それはそれは。しかし、お二人がそれほど口数の控えめな方だとはお見受けしませんが」

「きっと同じ身分の者に対してはそのようなことはないのでしょう。しかし、私とはまるっきり違う星にでもいると、そう考えていらっしゃるようですから」

彼はこれには答えなかった。しかし、少し間を置いて次のように言った。

「こういったことなのですね、グレイさん。故郷がなくては生きていけないと思っていらっしゃるのは」

「そういうわけでもありませんわ。むしろ、私は人との付き合いを望んでいるほうなので、身内が一人でもそばにいないと満足できないのです。それに、唯一の身内や親友と言える人たちは今、みな故郷にいます。これから友と呼べる人だって、そこにしかいないでしょう。なので、もし故郷が、というより、もしその人たちがいなくなれば、私はもう生きていけない、とまで思わなくとも、そんなひどくわびしいところに生きていたくないと思うでしょう」

「しかし、なぜこれから友と呼べる人もそこにしかいないとおっしゃるのですか。外に友人を作るほど社交的ではないとおっしゃりたいのですか」

「いいえ、そんなことは。でもまだ一人の友人もいないのも事実です。今私が勤める立場では、これからもできそうにありません、普通のお知り合いの方でさえも。非は少しは自分にもあるのでしょうけれど、でもまるっきりそうだとも思いたくありませんわ」

「非の一部はこの社会にあり、おそらくあなたのすぐそばの人たちにもあり、そしてあなたご自身にもあるのでしょう。なぜなら、あなたと同じ立場のご婦人の多くが、まず自分に気づいてもらって、そして認めてもらおうとするでしょうから。しかし、あなたの生徒さんたちは、ある程度はいいお仲間なのではないですか。そういくつも歳が離れているわけではないでしょう」

「ええ、それはもちろん、時にはとてもいいお相手です。でも友人とは言えません。彼女たちだって、まさか私を友人と呼ぶなんて考えてもいないでしょう。ご自分たちの趣味に合ったお相手が他にいらっしゃいます」

「おそらく賢すぎるわけですね、彼女たちのお相手としては。それで、お一人のときは、あなたご自身はどのような趣味をお持ちですか。本を読まれますか」

「読書をして過ごすのが好きです。時間があって、読む本さえあればですが」

彼は読書についてごく一般的な話をすると、特定の本をいくつか挙げながら話をした。その後も次から次へと話題を変えていくので、趣味であれ意見であれ、ものの三十分も経たないうちに様々な事柄について多くのことが語られた。それでも彼は自分の意見ばかり述べてひけらかすようなことはしなかった。自分の考えや好みを伝えることへの関心はさほどなく、それよりも私の考えや好みを知りたがっているのが見てとれた。ただそれにしては、その目的を果たすのに、嘘でも本当でもまず自分について話しておいて、それから私の考えや気持ちを上手に引き出してみるとか、会話をリードして自分が向けたいと思う方向にそれとなく徐々に話題を持っていくとか、そうした類の機知やコツは持ち合わせていなかった。しかし、そうしたことからくる彼のちょっとした唐突さや、まっすぐに単刀直入であるところが、私には全然不快ではなかった。

「だけど、私の人となりや知性などになぜ興味があるのかしら。私の考えや気持ちが彼にとって何だというのかしら」私は自分に尋ねた。

その問いに対する答えに、心臓の鼓動は高鳴った。

しかし、もうその頃には、グリーン姉妹の家にたどり着こうとしていた。パークの外門に差し掛かった三人は、家にちょっと立ち寄るようにとマリー嬢を説得するつもりでそこで立ち話を続けていた。私は内心、もうウェストン氏が行ってくれたらいいのにと考えていた。マリー嬢が振り返ったなら、一緒にいるところを見られてしまうだろう。しかし残念ながらウェストン氏には、あのマーク・ウッドの家をもう一度訪れるという用事があり、そうなると、帰り道の終わり近くまで同じ道を通るしかなかった。

ところが、ロザリーも友人たちと別れ、私がそこに合流するとわかると、彼はそのまま私の横を離れて足早に通り過ぎようとした。実際そのまま行き過ぎるつもりだったのだろう。しかし、ロザリーのそばを通るとき、帽子を持ち上げて軽く挨拶すると、驚くべき事態が起きた。形式ばかりの不愛想なお辞儀で返すのかと思いきや、ロザリーが例のとてもかわいらしい笑顔を作って彼に話しかけてみせたのである。そして隣を一緒に歩き始め、彼女には想像できないほどの愛想のよさと機嫌のよさを振りまきながら、会話を始めた。そのため、私たち三人はそろって歩き始めることになったのである。

話の途中で少し間ができたとき、ウェストン氏が何か私だけに向かって話しかけてきた。それまで私たちが話していたことに関連していたはずだったが、私が答える間もなくマリー嬢がすぐに返事をしてしまい、またその発言にさらに補足をするものだから、ウェストン氏も答えざるを得なくなってしまった。こうして、その時から別れ際の最後まで、彼女は完全に彼を独占した。

私がうかつだったにちがいない。おまけに自信がなく、機転も利かないということもあった。それでもわざと仲間外れにされている気がしてならず、不安で体が震え始めた。あのよどみない、流れるような話し方に耳を傾けていると嫉妬を覚え、時々振り返って彼の顔を見つめるときの、あの輝く微笑みにもやきもきさせられずにはいられなかった。マリー嬢がいつも少しだけ彼の前を歩いていたのは、（私が判断するに）そうすると耳を傾けてもらえるからだけではなかった。その姿を見てもらうためでもあった。

彼女の話す内容が軽くて些細なものであっても、会話は楽しかった。何を話したらいいのかと戸惑いもせず、どう話したらいいかふさわしい言葉が見つからないこともなかった。それに、ハットフィールド氏と一緒に散歩していたときの、あの軽々しさや生意気な態度は今の彼女には微塵もない。その快活な感じはどちらかというとおどけているようで、むしろ優しい感じだった。きっとウェストン氏のような性格や気質の人であれば、こうした態度は際立って好ましく思えるに違いない。

彼が行ってしまうと、彼女は笑い出し、そっとつぶやいた。「思った通りよ、できたじゃない」

「何ができたですって」私は尋ねた。

「あの人を釘づけにさせたの」

「一体どういう意味ですか」

「これから家に帰ったあと、彼は私を夢見るようになるってこと。もう私にぞっこんね」

「どうしてわかりますか」

「間違いないっていう証拠がたくさんあるわ。一番はね、帰るときに私を見たときのあの目よ。無礼な目つきとかじゃなかったわ。そんな見方はもうしないでさしあげましょう。それより、私を尊敬と崇拝のまなざしで優しく見つめていたの。ふふふ、どうやら、思っていたほど『あほのわからずや』ではなかったみたい」

私は返事ができなかった。もう心臓が喉まで上がってきているような、とにかく何かが喉につかえる感じで、一言も話せる気がしなかった。

私は心の中で叫んだ。「おお、神よ、どうかその目が他を向くようお助けください。これは私のためではありません。あの方のためです」

パークを上っていきながら、マリー嬢はどうでもいいようなことを話し続け、私は少しでも気持ちが外に表れないようにしていたものの、言葉少なくただ相槌を打つだけで精一杯だった。

私を苛めるつもりだったのか、それとも自分の楽しみのためだったのか、それはよくわからない。実際、そのようなことはどうでもよかった。私が考えていたのは、あの「貧しい男とその一匹の小羊」と、「豊かな男とそのたくさんの羊の群れ」[*37]についてであった。ウェストン氏に何が起こるかわからないと思うと、ぞっとした。断たれた私の希望などどうでもよかった。

屋敷に戻り、自分の部屋に上がって再び一人になれたときには、ただほっとした。すぐにベッドのそばにあった椅子に崩れ落ちるように座り込み、そのまま枕に頭をもたせると、感情がわっと込み上げてきて、そのままただ泣いてしまいたいという衝動に駆られた。そうやって涙が流れるに任せたくて仕方がなかった、いや、どうしてもそうせずにはいられなかった。それなのに、ああ、やはり自分の感情は抑えて、飲み込むしかない。そう、ベルが鳴った。あの忌まわしいベルの音が。それは勉強部屋でとる夕食の準備ができたことを告げていた。何事もなかったような顔で下りていかなければならない。顔には笑みを浮かべ、いや、笑って会話もしなければならない。それもひたすらくだらないことばかり。そうだ、それから、ものも食べなくてはいけない。できるだけ何でもないという感じで。まるで、とっても楽しい散歩から帰ってきましたわ、とでもいうように。

第十六章　交代役

翌週の日曜日は四月の中でもとりわけ陰鬱な日だった。黒い雲が分厚く垂れこめ、何度か激しい雨が降った。マリー家の中で午後の教会に出席しようという気になった者は誰もいなかった。ただし、ロザリーだけは例外で、いつも通りに教会に行くという強い決意で馬車も用意していた。私は彼女と一緒に行くことになったが、もちろん、私にそれを嫌がる理由はなかった。教会に行けば、何の誹(そし)りや侮蔑をも気にせずに、あの姿と顔を見ていられるかもしれない。それは神が創造したどんな美しいものより私に喜びを与え、その声は私の耳に届くどんな甘美な音楽より魅力的に聞こえた。教会に行けば、何の邪魔もなくその声を耳にし、私が深く関心を寄せるあの魂と交じり合うことができると感じた。その最も純粋なる思考や、最も神聖なる志を吸収できる時間はまさに至福の時で、その幸せは何の混じり気もない純粋なものだった。しかし、ただ一つの点で、密かに良心が咎めないわけではなかった。自分をはぐらかしていないか、創造主たる神よりも創造されたる人間に執心した心でお仕えするとは神を欺いているだろう、という声がしょっちゅう耳元で囁いていた。

実際、その考えが私を時にひどく悩ました。しかし、次のように考えて、思いが沈まるときもあった。

「私が愛するのはその者ではない。その者の善きところを愛するのだ」

「すべて清いこと、すべて愛すべきこと、すべて誠実で評判のよいこと、それを心に留めなさい」[*38]

神はその創造物を通して崇拝するのが賢明である。実際、神の属性の非常に多くのもの、また神の聖霊そのものが大いに輝き得るのは、その忠実なる僕をおいて他にはない。その者を知るが、正しく理解できないとすれば、それは私自身が愚鈍であり、感受性に欠けているからである。そして、それ以外に私の心を捉えるものはない。

礼拝の結びの言葉が終わるや否や、マリー嬢は教会を出て行った。外は雨が降っていたが、馬車はまだ到着していなかったので、私たちは出入口の屋根のあるところで待たなければならなかった。なぜそんなに急いで出ていったのか不思議だった。メルタムの息子もグリーン氏もそこにはいない。が、理由はすぐにわかった。それは外に出てくるウェストン氏と話す時間を確保するためだった。間もなくするとウェストン氏が現れ、私たち二人に会釈してそのまま通り過ぎようとしたところを、マリー嬢が引き留めにかかった。まず、天気がよくないという話を一言二言すると、次に、屋敷の門番小屋に住んでいる老婦人の話を持ち出し、そこのお孫さんに翌日にでも会いに来ていただけないかしら、と尋ねた。その女の子は熱を出していて、彼にとても会いたがっているということだった。彼はそうします、と約束した。

「何時頃いらしていただけそうかしら、ウェストンさん。おばあさんがね、いつあなたがいらっしゃるか知りたがっていますの。ほら、あの人たちって、私たちが思う以上に気にしているでしょう。ちゃんとした方が会いにいらっしゃるときには、家をきちんと片付けておかないと、とね」

思慮に欠けたマリー嬢にしては、素晴らしく思いやりがある言葉だった。

ウェストン氏は午前のある時間を指定し、できるだけその時間に到着できるように努力します、と答えた。そうこうしているうちに馬車の準備が整い、従僕が傘を開いて待っていた。マリー嬢が教会の庭を通り抜ける間、その傘を手にした従僕が付き添って歩いたので、私もその後に付いて歩こうとした。すると、やはり傘を手にしていたウェストン氏が、ひどく雨が降っているからどうぞこちらをと申し出た。

「いえ、結構です、雨は気になりませんから」私はそう言った。

不意をつかれると、私はいつも常識に欠ける発言をしてしまう。

「しかし、雨に打たれていいってことはないでしょう。どちらにしろ、傘は悪いことにはなりませんから」そう答えた彼の顔は微笑み、決して気を悪くしたようではなかった。普通、助けを申し入れてこんなふうに拒絶されては、もっと怒りっぽい人ならば、あるいは、彼ほどの洞察力がなければ、当然気を悪くしてもおかしくはなかった。

彼が言ったことの真実を否定はできず、私は馬車までの道を彼と歩いた。馬車に乗り込むとき手まで貸してくれようとしたので、そのような礼儀は少しも必要ないと思いながら、怒らせてしまってはと、それも受け入れた。手を離した別れ際、彼がちらっとこちらを見た。その一瞬のまなざし、その一瞬の微笑み、それは確かにほんの一瞬だったが、そのとき、私はある何かを読みとった。いや、読みとったような気がした。しかもそれは、今まで私の心に湧き起こったことがないほどに明るく燃え立つ希望の灯火を、この心に焚(た)き付けた。

「ミス・グレイ、従僕ならもう一度戻らせてもよかったのよ。もうちょっと待っていてくださればよかったのに。ウェストンさんの傘を借りる必要はなかったでしょう」そう言ったロザリーの顔には、その美しさにそぐわない世にも険悪な暗雲が立ち込めていた。

「私は傘がなくてもここまで来るつもりでした。でも、ウェストンさんが傘をどうぞと申し出てくださったのです。私などが断ったら失礼になると思ったものですから」私は穏やかに笑みを浮かべて、そう返事をした。心の中に感じていた幸せな気分のおかげで、別の時なら傷ついたかもしれないのに、こんなことでも楽しく思えた。

ようやく馬車が動き始めた。マリー嬢は前のめりに身を乗り出した。そして、馬車がウェストン氏の横を通り過ぎるときに、窓の外をのぞいた。氏は歩道をゆっくりと家に向かって歩いていたが、決して顔をこちらに向けることはなかった。

「大ばか者だわ」マリー嬢は叫び、そのまま後ろの背にどさっともたれかかった。

「こっちを見ないなんて、あの人、自分が何を逃したのか、わかってるのかしら」

「何を逃しましたか」

「私からのご挨拶よ。会釈してさしあげるつもりだったの。そうしたら、天にも昇る心地だったはずなのに」

私は返事をしなかった。彼女がいらいらしていることだけはわかったので、それで密かに満足感を味わった。彼女が怒ったことに満足したわけではなく、どうやら理由があると考えて怒り出したからだった。そうなると、私が抱いた希望もまんざら空想の産物ではない。ただ自分の願いが生み出しただけではないと思った。

「私はね、ハットフィールドさんの代わりに、今度はウェストンさんに目をかけるつもりよ」と、私の連れは少し黙ったあとに、またいつもの元気のよさを少し取り戻して言った。「アシュビー・パークの舞踏会が火曜日に開かれるの、ご存じでしょう。お母様はね、そのときサー・トマスが私にプロポーズされるに違いないっておっしゃるの。そういうことは、たいてい、舞踏会のお部屋の隅っこで行われるのですって。殿方はいとも簡単に誘惑に落ち、ご婦人方はとっても美しく見えるときだから。でも、もし本当に、私がそんなに早く結婚しなくてはならないとしたら、今この時を最大限利用しない手はないと思うの。だから決めました。私の足もとにひざまずき、その心を捧げて、実にもならない贈り物をどうか受け取ってくださいと空しく私にお願いするのは、あのハットフィールドだけではないってこと」

「仮にウェストンさんをあなたの餌食の一人にしようとお考えでしたら」と、私は無関心を装いながら言った。「それなりのお膳立てをされなくてはいけないでしょうから、いざという時にはもう引き返せないということになるかもしれませんね。そんなふうにして期待を募らせたら、ぜひそれを叶えていただきましょう、と申し出てくるでしょうから」

「彼が私に求婚するなんて、そんなこと考えてないわよ。私が望むはずもないじゃない。そんなことがあるとしたら、もう厚かましいにも程があるわ。ただ、彼にはね、私の力を感じてもらわないといけないの。もうすでに感じているはずだけれど。でも、感じるだけじゃないわ、その通りでしたと認めさせないとだめ。だから、どんなに現実離れした夢や期待を持ってもらっても構わないけれど、それらは心に留めておいてもらわないと困るのよ。ただ、その結果として起こることが、私をとっても楽しませてくれるはずよ。でも、それもほんのしばらくの間だけね」

「ああ、あの人の耳に、今この人が言ったことを囁いてくれる親切な精霊がどこかにいてくれたらいいのに」私は心の中で叫んだ。怒りを通り過ぎて声にならず、その発言に何か返事しようという気にもならなかった。その日、これ以上ウェストン氏のことが語られることはなかった。私から話すこともなければ、私の耳に入ることもなかった。しかし、翌朝、朝食が終わるとすぐに、マリー嬢が勉強部屋に入ってきて妹にこう告げた。その時、妹は私と一緒に学科の勉強、というより勉強とは言えないようなものだから、やはりレッスンと言うべきだが、それらに取り組んでいた。

「マティルダ、十一時になったら私と一緒に散歩に出てもらいますからね」

「え、それは無理だよ、ロザリー。新しい馬勒と鞍敷きを注文するのに、指示を出しとかないといけないんだから。それから、ネズミ捕り屋とも話しておかないといけないし、彼の犬のことでね。だから、ミス・グレイに行ってもらってよ」

「いいえ、あなたが一緒に行くの」ロザリーはそう言って妹を窓際に呼びつけ、耳元で何かひそひそと説明した。それを聞いた妹は散歩に行くことを承諾した。

　十一時というのは、確かウェストン氏が門番小屋に来ると言っていた時刻だった。それを思い出し、私はすべてのもくろみを見てとった。

　果たして、夕食時は、ウェストン氏に関する話を長々と拝聴するというもてなしを受けることになった。二人で道を歩いていたら、彼が後ろから追いついてきたということ、それで長いこと三人で散歩しながら話をしたこと、そうやって一緒に歩くと彼は結構感じのいい人で、きっと彼も自分たちと一緒にいて楽しかったに違いないと、何しろ自分たちは驚くほど腰を低くして対応したわけだから、一緒にいて楽しくないわけがない、実際明らかに楽しそうだった、などといったふうに続くのだった。

第十七章　告白

　私は告白するという形で進めてきているわけだから、このあたりで一つ認めてもいいかもしれない。この頃の私は、かつてないほどに自分の身だしなみに気をつけるようになっていた……と言ったところでたいしたことではない、特にその点に関して、私はそれまで少々怠慢だったからである……今現在も、鏡に映る自分の姿を二分もの間じっと眺めていることはよくある。しかし、そんなふうに自分をよく見つめたところで、何の慰めも得られたためしはない。少し目立ち過ぎた目鼻立ちにしろ、青白くこけた頰にしろ、ごく普通の茶褐色の髪にしろ、そこにはひとかけらの美も見当たらない。額には多少の知性が感じられるかもしれない。濃い灰色の目には表情があるだろう。が、それが一体何だと言うのか……ギリシャ風の狭い額、黒くて大きな瞳を持っていたほうが、たとえ感情には欠けるにしても、そちらのほうがよっぽど好ましいものとして尊重されるものである。

美を求めることは愚かな行為である。分別のある人間なら自分に美しさを欲しがったりはしない。人のことも、美しいかどうかなど気にしない。精神さえ高尚であり、また心も優しければ、外見など誰も気に留めない。

子どもの頃、私たちの先生はこんなふうに言っていた。そしてまた、今の子どもたちにも、私たちは同じように伝えるであろう。それは確かに賢明であり、適切であるに違いない。が、このような主張には、果たして現実の経験が伴われているのだろうか。

私たちは自らに喜びを与えてくれるものを自然と愛する。であれば、美しい顔以上に喜びを与えるものがあるだろうか……少なくとも美の持ち主に害がないとわかっていれば、そうではないか。少女は小鳥が好き……それはなぜか。それは、その鳥が生きていて、感じていヒキガエルも同様である。ヒキガエルも生き、感じ、そしてまた、か弱く、害のない存在であるからだ。それなら、ヒキガエルも同様である。少女はあえてヒキガエルを傷つけようとはしまいが、それを小鳥と同じようには愛せない。しかし、鳥の姿は優美である。その羽は柔らかく、その目は明るさに満ち、生き生きとものを語る。仮に、ある女性が美しく、かつその性格もよかったとしよう。その人は両方の性質において賞賛されるが、大多数の人間がことさら賞賛するのは前者である。一方で、容姿も性格も好ましくなかったとしよう。すると、その不器量さは、まるで大罪であるかのように非難の対象となるのが普通である。なぜなら、一般的な観察者にとっては、それが最も不快なものに映るからである。それでは、不器量ではあるが、性格がよかったとしよう。その人が引っ込み思案で、世間と交わらない生活を送っていたとするならば、誰もその性格のよさに気づくことはない。気づくとしたら、彼女のごく身近にいる人たちぐらいのもので、周囲にいない人たちはそれに気づくどころか、彼女の気質や精神について否定的な意見を持つことになるだろう。それはただ、自然が味方しない者に対して本能的な嫌悪感があることを取り繕うためだけであるとしても。そしてまた、両者の反対は逆の結果となる。つまり、天使のような姿があれば、それはよこしまな心を隠してしまう。また、別の姿であれば我慢できないほどの欠点や短所であっても、何やら人を惑わせ、誤らせる魅力がそれらを覆い隠してしまうのである。

美を備えた者は、ただそのことに感謝すればいい。そして、他の才能と同じように、それをうまく利用すればいい。美を備えていない者は、自分を慰めてやればいい。美がなければないなりに、最善を尽くせばいいのである。美というものは過大評価される傾向があることは否めないが、もちろんそれは神からの贈り物であり、軽んじられることがあってはならない。自分は人を愛せると信じ、またもう一度愛される価値があると心から思っている人々の多くに、いつかこのように感じられる日が訪れるだろう。ところが、自分は幸せを感じ、分け与えることができる者として存在しているように思えても、こうしたちょっとしたつまらないことが自分に欠けているからと、その幸せを与えたり受け取ったりしてはならないと思ってしまうものである。地味なメスのツチボタルがこうした光を放つ力を軽蔑するのも無理はない。しかし、そうした光がなければ、飛び回るオスのホタルは何度も彼女のそばを行ったり来たりするだけで、決して彼女の横に止まることはない。愛しい相手が自分の真上や周囲を飛び、その羽がブーンと音を立てているのを耳にすることがあるだろう。彼は彼女を空しく求め、彼女は見つけてもらいたいと切に願う。しかし、自分がここにいると知らせる力がなければ、彼に呼びかける声を持たなければ、彼が飛んでいくあとを追う羽がなければ……そう、羽のあるオスは他の相手を探しに行かなければならない。そして、メスのホタルはそのまま一人生き続け、死んでいくのである。

当時、私が考えていたのはこうしたことだった。これ以上、さらに書き続けることもできるし、もっと深く掘り下げることもできる。その他に考えたことを打ち明けても構わない。読者の皆さんが答えに窮するような問いかけを投げかけることもできるし、皆さんがあらかじめ持っている価値観では驚いてしまうような議論を導くこともできる。皆さんは意味がわからないと言って、ばかばかしいという気になるかもしれない。いずれにせよ、ここでは控えておく。

そこで、今はマリー嬢に話を戻そう。火曜日の舞踏会に、彼女は母親と一緒に出かけて行った。もちろん素晴らしいドレスを着て、自分の美しさとこれからの期待に胸を膨らませながら出かけて行った。アシュビー・パークはホートン・ロッジから十マイル近く離れたところにあったので、二人はかなり朝早くに出発しなければならず、私としては午後以降、もう長いこと会っていないナンシー・ブラウンの家で過ごそうというつもりでいた。ところが、私の生徒がご親切にもずいぶんと取り計らってくれ、ナンシーの家はおろか、勉強部屋を一歩たりとも離れたりすることがないようにと、一曲の楽譜を書き写すように手渡してくれ、実際、寝る時間までこれにみっちりと取り組むことになった。

翌朝十一時頃になると、彼女はすぐさま自分の部屋を出て、私のところにニュースを伝えにやってきた。サー・トマスは本当に、舞踏会の場で求婚をしたということだった。この一件によって母親の洞察力に充分箔（はく）がついたようだが、計画の巧みさに関する評判にはつながらなかった。私としてはむしろ、きっと母親は最初に諸々の計画を立て、そのあとにそれらの成功を予測したのではないか、と信じたい。

結婚の申し込みは、もちろんその場で承諾された。そしてこの日、その花婿に選ばれし者がやって来て、マリー氏と諸々の事項を取り決めることになっていた。

ロザリーはアシュビー・パークの奥方になるのだと嬉しそうに、あれやこれやと先のことを考えては意気揚々としていた。まず結婚式、そして式のあとの豪華絢爛なお披露目、その後は海外への新婚旅行、そして帰って来てからも、おそらくロンドンなど各地でパーティーが行われるはずだった。当分の間は、サー・トマス自身に対しても充分に満足しきっているようで、それもそのはず、つい最近会って一緒に踊ったばかりで、彼には褒めそやされていたからだった。ところが彼女も、こんなにすぐさま結婚するという考えには結局のところしり込みしてしまったようで、最低でも数か月は式を遅らせたいと願い出た。私もそう願っていた。このような幸先の見込めない結婚を急いで行うとは恐ろしいことのように思えたし、彼女のような人間がもう後戻りもできない道を今から踏み出すというそのときに、それについて理性的に考える時間が与えられないのは、ただ可哀想に思えた。「子どもを見守り、気にかける母親の心」が自分にあると言いたいわけではない。ただ、マリー夫人の心なさといらか、夫人が子どものために本当にいいことは何かを考えたりしないことに驚き、ぞっとさせられた。だからマリー嬢にはいろいろと注意してみたり、こうすべきではないかと諭したりしたが、結局気に留められる様子もなく、この不吉な事態を改善しようという私の努力も水の泡となった。私がどう言っても、彼女はただ笑った。それから程なくしてわかったことは、彼女がすぐにも結婚したがらないのはただ単に、知り合いの若い紳士方に対して自分の力を思う存分に発揮したいという気持ちが強くあるためで、そんな悪ふざけをする力が奪われてしまう前に、できる限りの実力を試してみたい、それだけだった。だからこそ、婚約したという秘密を私に打ち明ける前に、この件については一言も他言してはならないという約束をわざわざ取りつけてきたのだった。これを知った私は、今まで以上に彼女がむきになり、男性に対する心ないお遊びのために、深みへと飛び込んでいく姿を見ても、もう何の哀れみの心も持たないと決めた。

「何が起ころうと、彼女の自業自得だわ」私は心の中で思った。「トマス様が彼女にふさわしくないとしても、全然だめだということにはならないわね。人をだましたり、傷つけたりするなんて、早いうちにその芽を摘み取ってしまったほうがいいに違いない」

結婚式の日取りは六月一日と決まった。決定的となった舞踏会の日からその日までは約六週間足らずだった。とはいえ、ロザリーの卓越した技術と実行への並々ならぬ決意をもってすれば、たとえそれだけの時間でも、何でもできるかもしれない。特にサー・トマスがその期間ほとんどロンドンで過ごすということであれば、なおさらだった。話によると、ロンドンに向かうのは弁護士と諸々の要件を取り決めるためで、また近づく結婚式のために、その他にも諸々の準備を行うということだった。

サー・トマスは自分が不在となる埋め合わせを、ひたすらに熱烈な恋文を送り続けることで満たそうと努力した。しかし、こうした手紙が近隣の人々の注目を引くことはなかったのである。本人が何回も訪問するのでなければ、彼らが思わずその目を見張るようなことはなかった。そして、老レディー・アシュビーもまた、その気難しく高慢な精神のおかげで無口だったため、彼女がニュースを広めることもしなかった。健康状態もたいして優れず、将来の義理の娘に会いに行きもしなかった。ということで、要するに、この一件は通常の婚約では考えられないほど、周囲に知らされることがなかったのである。

ロザリーは恋人からの手紙をたまに見せてくれることがあった。将来、彼がどんなに優しくて献身的な夫になるか、私を説得しようと思ってのことだった。他の人の手紙も見せてくれた。哀れなグリーン氏からの手紙だったが、彼は、面と向かい自分の一番の目的を相手に説き伏せるだけの勇気を持ち合わせていなかったようだ。彼女の言い方によると、「意気地なし」とのことだった。しかし、こういった人は一回断ったところで納得はしない、きっと何回も書き続けてくるに違いないということだった。

しかし、彼もわかっていれば、手紙など書かなかっただろう。相手の気持ちに心から訴えかけたのに、その崇拝する美しい顔が嫌悪に歪むのを見たとしたら。その人が自分を馬鹿にして高笑いをするのを耳にしたとしたら。自分の耐え忍ぶ力を完膚なきまでに罵倒するその言い草までをも耳にしたとしたら。

「自分は婚約した身ですと、すぐにそうおっしゃったらどうですか」私は尋ねた。

「まあ、だって、彼には絶対そのことを知られたくないもの」彼女はそう答えた。「だって、彼が知ったら、妹たちも、誰もかもが知ることになるわ。そうしたら、一巻の終わりじゃない、私の考えた――あ、エヘン、ええと、それに大体ね、もし彼に言ったら、私の婚約だけが唯一の障害だと思ってしまうかもしれないでしょう。私が晴れて自由の身になれば彼と結婚するつもりなんだ、なんて考えるかもしれないじゃない。そんなの、誰がどう考えようったって、私には耐えられないわ。よりによって、彼だけは考えられないのよ。それに、別に手紙ぐらいだったら構わないし」と、小馬鹿にしたように付け加えた。「好きなだけ書いてくればいいと思うわ。それで、会ったときには好きなだけ阿呆面を下げてくれればいいのよ。それで、この私を存分に楽しませてくれるんだったら」

ちょうどその頃、メルタムの息子がしょっちゅう屋敷を訪れたり、家の前を通り過ぎるようになった。マティルダがさんざん悪態をつき、怒っていたことから判断するに、姉は必要な礼儀を通り越した目配せを彼にしていたようだった。つまり、両親がその場にいても許される程度のお遊びを、彼女は活発に行っていた。

そしてまた彼女はハットフィールド氏をも、もう一度ひざまずかせてみようと何度か試みたようだった。しかし、どれも功を奏さないとわかってからは、氏のつとめてプライドの高い無関心ぶりに、さらにいっそう高慢ちきな侮蔑ぶりで応えることにした。そして、ハットフィールド氏のことを話すときは、かつて彼の副牧師に向けたのと同じ侮蔑と嫌悪をぶつけて話した。

しかし、こうした中でも、彼女は一瞬たりともウェストン氏から目を離すことはなかった。会えるチャンスがあれば決して逃そうとせず、あらゆる策を用いて彼を惹きつけようとした。追いかける執念深さはまるで本当に彼を、彼だけを、愛しているのではないかと思わせるほどで、彼女の生きる幸せは愛情の引き換えなしには考えられないとでも言うかのようだった。こうした行動はまるで私の理解を超えていた。もしこのようなことが小説に書かれていたら、不自然な描写だと思うだろう。人が説明するのを聞いたとしたら、何かの間違いではないか、あるいは大げさな話だ、などと考えたかもしれない。しかし、この目で実際に見てしまうと、しかも私自身、このことで苦しまされてからは、考えられることは一つだけだった。あまりにも虚栄心が強すぎると、それはお酒がまわるように心を鈍くしてしまう。様々な機能にとりつき、諸々の感情を歪めてしまうのだ。犬は喉元までたらふく餌を詰め込んでいても、今はかぶりつけない目の前の餌を嬉しそうに見つめる。そして、ひもじい仲間には一口たりとも与えようとはしないものだ。しかし、これはなにも犬に限ったことではないとわかった。

今の彼女は村の貧乏な人たちに対しても非常に気前のいい慈善家であった。彼女のことを知る人々は広範囲にわたり、彼らの粗末な家々を訪れる回数も距離も、以前に比べて格段に増えた。そのため、とても腰が低くて心の広いお嬢様だという評判が人々の間で立つようになり、そうした褒め言葉は確実にウェストン氏の耳にも繰り返し届けられた。こうして彼女は、村人たちの家のどこかにいるときに、あるいは行ったり来たりする移動中のどこかで、ウェストン氏と出会うチャンスを毎日のように確保していた。さらに、皆とおしゃべりをしながら、ウェストン氏がいつどこに出かける可能性がある、ということまでしょっちゅう聞き出していた。子どもの洗礼があるとか、お年寄りや病人がいるとか、悲しんでいる人がいるとか、死期の迫っている人がいるとか、そうして聞き出した情報に基づいて用意周到に計画を練った。

こうした慈善活動に足を延ばすときは、何らかの方法で説き伏せるか、賄賂を贈るかなどして妹を自分の計画に引き込み、時々一緒に連れて行った。もしくは、一人で出かけて行くか、だった。私を誘うことはもう二度となかった。そのため、私はウェストン氏に会う楽しみを完全に断たれてしまったのである。彼の声を聴く喜びも奪われた。たとえ誰かと話をする話し声でもいいから、その声を耳にすることができれば、どんなに痛みが伴おうと、苦しさで心が詰まろうと、それほどの大きな喜びはなかった。

教会に行っても、彼の姿を目にすることはもうできなかった。なぜなら、私が初めて教会に行ったときから座っていたあの家族席の隅っこを、マリー嬢が何やかやちょっとした口実を設けて、いつも占有してしまうからだった。となると、私はマリー夫妻の間に自分の場所を確保するという厚かましさでも持ち合わせていない限り、説教壇に背を向けて座るしかなく、実際そうした。

そしてまた、私が二人の生徒と一緒に家まで歩いて帰ることもなくなった。お母様のお考えだから、と言っていたが、家族そろって出ていく中、そこから三人が道を外れ、夫妻二人だけで馬車に乗り込んでいくのは体裁が悪いと言うのだった。娘の二人は天気がよければ、断然歩いて帰りたいと言ったので、この私がありがたくも年長者たちのお供をすることになった。

「それによ」と二人は付け加えた。「ミス・グレイは私たちと同じ速さでは歩けないでしょう。いつもゆっくり遅れて、後ろを歩いていらっしゃるじゃない」

これらはすべて嘘であり、彼らの言い訳であるとわかっていた。しかし、私は何の反対の声も上げなかった。そうした言い分に異を唱えることもしなかった。こうしたことを彼らにさせる動機が何であるか、よくわかっていたからである。

そしてまた、あの重大な六週間という期間の中で、午後の時間に私が教会に行くこともなくなった。なぜなら、私が風邪をひこうものなら、あるいは、ほんの少しでも気分が優れないと、彼らはそれを方便になんとか私を屋敷に留まらせようとしたからである。それか、自分たちはその日はもう外出しないと言っておいて、あとで気分が変わったふりをして、何も言わずに二人で出かけてしまう、ということもよくあった。目的の変更を私に知られないようにうまく出発の時間を計画するものだから、私が知ったときにはもう遅い、ということがしょっちゅうだった。

こうした出来事が続く中、ある日二人は家に戻るなり、ウェストン氏と歩きながら何を話したか、その内容をわざわざとても面白そうに聞かせてくれた。

「それでね、ミス・グレイ、あの方はご病気なのですか、とウェストンさんが聞いてきたんだよね」マティルダが言った。「いえ、ミス・グレイはとても元気です、ただ教会にはいらっしゃりたがらなくて、と答えたんだけどさ。だからきっとウェストンさんは、ミス・グレイもうだめなんだと思ってるよ」

平日に偶然に会えるかもしれないという可能性もやはりすべて周到に避けられていた。あのナンシー・ブラウンにも他の誰にも会いに行くことがないように、マリー嬢はいつも慎重に準備をして、私の休みの時間を全部使い切るほどのたくさんの仕事を持って来た。いつも必ず、仕上げなければならない絵が残されているとか、書き写さなければならない楽譜が用意されているとか、とにかく何かすべき仕事が用意され、マリー嬢と妹が他で何をやっていようと、私には屋敷の敷地を少し散歩するぐらいしか自分の時間を持てなかった。

ある朝、二人はウェストン氏を待ち構えようと探しに行き、そのあと大喜びで帰ってきて、彼と会った話を私にしてきた。

「またミス・グレイはお元気ですか、と聞いてきたよ」姉が黙っていなさいと、口には出さずそぶりで必死に伝えているにもかかわらず、マティルダがそう明かした。「なんで私たちと一緒にいることがないのか、不思議に思ってらした。こんなに外に出ていらっしゃらないとは、お体が弱くていらしているのではって」

「そんなこと言ってないでしょ、マティルダ。何てバカなこと言ってるのよ」

「へえ、ロザリーこそ嘘つきじゃない。本当にそう言ってたもん。だって、そしたらロザリーが——ちょっとやめてよ、ちぇっ、そんなにつねらないで。それでね、ミス・グレイ、ロザリーはこう言ったの。とってもお元気だけど、いっつも本に埋もれていらっしゃるから、その他には何の楽しみもないみたいですわ、だって」

「ああ、彼はきっとなんていう人だと思ったに違いない」私は心の中で思ったが、次のように言った。

「それで、あのナンシーおばあさんは、私のことを尋ねてきませんでしたか」

「ええ、聞いてきました。だから、ミス・グレイは本を読んだり絵を描いたりすることに夢中でいらっしゃるから、他には何もできないみたいです、と伝えました」

「でも、それは事実と異なるではありませんか。それより、とても忙しくしているので会いに行くことができない、と伝えてくださっていた方がまだ真実に近かったと思いますが」

「そんなことないと思うわ」マリー嬢は急にかっとしたように答えた。「だって、今はご自分の時間がたくさんあるみたいじゃない。教える時間がほとんどないにも等しいわけでしょう」


これほどわがままで分別に欠けた人たちと、言い争いを始めたところで無駄だった。私はただ黙っていた。もうこの頃の私は、何か耳に障るようなことを言われても黙り続けるということに慣れていた。また、心の中に辛い思いを抱いていたとしても、顔には穏やかな笑みを浮かべることにも慣れ切っていた。同じような経験がある人なら、私が一体どんな気持ちでいたのか、想像できるのではないだろうか。私に向かって説明するのがいかにも楽しくてたまらないという感じで、二人がウェストン氏と会って話した内容をしゃべっている、それを私はただ笑みを浮かべ、無関心を装いながら聞いている。彼はこのような人だと二人が言ってくるのを、ただ黙って聞いている。彼の性格からすると、それは単なる誇張か、もしくは真実を捻じ曲げているとわかっているのに。完全に間違っているというわけではない。しかし、たいていのことで、彼の格は下げられ、彼女たちのほうが持ち上げられていた。特にマリー嬢は自分に相当ひいき目だった。私は心の中では躍起になって、それは違うと反対したい思いに駆られていたし、少なくとも、それはいかがなものかと疑問を提示したい気持ちでいた。しかし、決してそうはしなかった。もし反対の意を表すと、私が関心を持っていることが明らかになるからだった。

中には的を射ているのではないか、事実その通りかもしれないと思えることもあった。それでも、彼に対する不安な気持ちは一切隠しておかなければならなかったし、二人に対して怒っていることがわからないように、特に気にも留めていないふりをしなければならなかった。中にはもっと詳しく知りたいと思うこともあった。こんなことが言われたらしいとか、こんなことをしたらしいという程度のものでしかなかったが、もっと聞いてみたいと思うことがあった。しかし、決して尋ねなかった。

こうして、退屈で嫌な時間ばかりが過ぎて行った。たとえ、「もうすぐ結婚するのだから、そうしたら少しは希望が持てるかもしれない」と口にしてみたところで、もう自分を慰めることすらできなかった。

結婚式が終わると、しばらく休暇が言い渡されるに違いなかった。そのあとで家から屋敷に戻っても、もうその頃にはウェストン氏はいないはずだった。聞くところによると、彼と教区牧師はそりが合わず（もちろんその責めは教区牧師にあるに違いないが）、他の教会に移ろうとしているということだった。

いや、いいのだ――たとえ彼が知ることがないとしても、彼の愛に本当に値すべき人間はロザリー・マリーではなく私である、そう考えることができればそれでよかった。神への希望以外に残された私の慰めはそれだけだった。確かに彼女は素敵で、魅力的な人間かもしれない。でも、私は彼がどんなに素晴らしい人間であるかを理解できる。彼女にはそれがわからない。私なら、彼の幸せのために、幸せになってもらうために、自分の人生を捧げることができる。しかし、彼女であれば、その幸せを破壊してしまうだろう。それもたかが自分の見栄のために、その虚栄心をつかの間満足させるために、である。

「ああ、この違いさえわかってくだされば」私は心の底から叫んだ。「でも、きっとだめ、彼に私の心が見えるわけはないのだから。でも、彼女がどんなに中身が空っぽな人間で、価値もなければ心もない、軽薄な人間であるかさえわかってくれたなら。そうしたら、彼も救われるはず。私もきっと――もうこれでなんとか幸せです、と言えるに違いない。たとえもう二度と彼には会えないとしても」

こうなると、読者の皆さんはほとほと嫌気がさしてしまっているかもしれない。人の愚かさや弱さをこんなにも開けっぴろげに見せつけられてしまっては。しかし、当時の私はこんなふうに打ち明けなかった。姉や母親と一緒に家に暮らしていたとしても、そんなことはしなかっただろう。

少なくともこのことについて、私は自らの意志で口を閉ざし、自分を偽り続けた。祈りも、涙も、希望も、恐れも、嘆きも、すべて自分自身と天のみぞ知ることだった。

私たちはみな、悲しみや不安を抱えて苦しむことがある。何か非常に強い気持ちを長いこと心に秘めなければならないときがある。誰にも言えないその気持ちは、たとえこの地上に生きるどんな者からも共感を得られないとしても、完全に握りつぶせない、いや、そんなつもりもない感情としてある。そんなとき、私たちは自然と、詩に救いを求めることがある。そして実際に、救いが得られることもある。誰か他の人が書いた言葉の中に、現実の自分の場合とぴったり符合しているように感じ、その救いが見出されることもあれば、自らこうした感情や考えを声にしてみようと模索する中で得られることもある。その場合、自分が書いた一節一節はそれほど美しい響きのよさはないかもしれないが、もしかしたら、よりふさわしい言葉で表されているかもしれない。だからこそ、より深く身に染み、より深く感じ入ってしまう。そしてしばらくの間は、その言葉が心を落ち着かせてくれるのである。もしくは、その力でもって、抑えられ続けた溢れんばかりの心が呼び戻され、かつ膨れ上がった心の重荷が解かれていく。

これより以前、ウェルウッドの邸宅でもこの屋敷でも、ホームシックで憂鬱になったときには、二、三回ほどこうした慰めの手段に密かに頼っていた。今、私は再びこれに飛びついた。こんなに貪欲に求めたこともない。これ以外にすがれるものが他にないと思えた。私は今でもこうした過去の経験や苦しみの形見を大切に保管している。それらの遺物は、いくつかの過去の出来事を記録すべく、まるで憂き世の旅路に建てられた一本一本の柱のように、その証として存在している。

すでに足音は消え去り、土地の風景も変化しているだろう。それでも、柱そのものはそこにあり、それが建てられた昔のことをすべて、私に思い起こさせてくれる。

こうした発露の成果を見たいと、読者の皆さんが詮索することがないように、一つ短い例をここに提供させていただこう。どこか熱のない、冷めた詩に思えるかもしれないが、これらの言葉が生まれ出たのは、激しい悲しみのような感情からである。

「ああ、彼らは私から奪いとった
　心に大切にとっていた希望を
彼らはもう聞かせてはくれない
　聞けば喜びで魂も震えるあの声を。

彼らはもう見せてはくれない
　見ればかくも喜ばしいあの顔を
彼らは何もかも、あなたの微笑みまで奪い
　そして私から、あなたの愛も奪った。

さあ、つかめるものはすべてつかみとるがいい
　それでもたった一つの宝はまだ私のもの
それはあなたに想いを寄せ続けるこの心
　あなたがどんなに素晴らしいか感じている」

そうだ、少なくともこれだけは私から奪うことなどできない。私は昼も夜も、彼のことを想い続けることができる。彼ならそれにふさわしい人間だと感じられる。私ほど彼のことをわかっている人はいないし、理解している人もいない。私ほど彼を愛する……愛せるものであるなら、私ほど愛せる者はいない。しかし、ここに問題があり、これは悪いことなのだ。私のことを想ってもくれない、そんな相手のことをそれほど考えたところで、何の意味があるというのか。愚かなこと……間違っているかもしれない。

それでも、彼を想うことにこれほどの深い喜びを感じるならば、それにこうした想いを心に秘めたまま、誰にも迷惑をかけないならば、そのどこに問題があるというのだろう。私は自分に問いかけていた。

こうした論理的な思考はかえって、自分の足かせを断ち切ろうとする充分な努力を怠らせることになった。

しかし、こうした彼への想いが喜びをもたらすものだとしても、それは痛みを伴う悩ましい喜びであり、それはすでに苦悶(くもん)とさえ言えた。それは自分が自覚する以上に私を深く傷つけていたのである。私より賢明で、経験のある人間だったら、このような気持ちにふけるようなことは、まず避けたに違いない。

それはわかっている……しかし、じっと見つめていたいのに、あの輝かしい対象から目をそらさなければならないとは、何とわびしいことだろう。代わりに周囲に見えるのは、一向に冴えない、みじめな、灰色の景色ばかり、それにひたすら目を向けていなくてはならない。

前方に延びる孤独な道をとっても、何の喜びも希望もない。そんなに喜びがなくてもいいのだろうか。そんなに失望ばかり続く道なんて間違っていないか。もちろん、神を友にすればいい。そして神の御意志を、私の人生の喜びとし、勤めとすればいいのだ。しかし、信仰は弱々しいものだった。そのとき、情熱はあまりにも強かった。

ちょうどこうした苦しみに悩んでいた頃、私は他にも二つの悩みの種を抱えていた。一つはたいしたことではないかもしれないが、これでたくさんの涙を流す羽目になった。私の小さなスナップ、顔は毛むくじゃらで口は利けなくとも、その目は充分に輝き、心はとても優しかった。私を愛してくれるその唯一の友が、連れ去られてしまったのである。連れて行かれた先は村のネズミ捕り屋で、犬なんてものには残虐非道な扱いをするというので悪名高い男で、その優しい哀れみにすべてが委ねられるということだった。

もう一つは本当に深刻だった。家族からの手紙によると、父の健康が悪化しているらしかった。何ら不吉な心配はほのめかされていなかったが、その時の私は臆病になっていて、落ち込みがちだったので、家に戻れば何か恐ろしい災難が待ち構えているかもしれないと、不安にならずにはいられなかった。故郷の丘を取り囲むように忍び寄る、いくつもの黒い雲が見えたような気がしていた。家の憩いの場を壊滅させてしまう嵐が今にも姿を見せようと、低い怒りの唸り声を上げているのを耳にしたような気がした。

第十八章　宴と弔い

　ついに六月一日がやってきた。ロザリー・マリーはレディー・アシュビーへと変貌を遂げた。花嫁衣裳(いしょう)を着た姿はこの上なく素晴らしく、美しかった。

　教会での式を終えた彼女は屋敷に戻るとすぐに、勉強部屋に飛び込んできた。興奮のあまり頬を赤く染め、笑い出していた……嬉しくて仕方ないのが半分、もはやどうでもいいという捨てばちな気持ちが半分、というように私には見えた。

「さあ、ミス・グレイ、私はレディー・アシュビーよ」彼女はそう叫んだ。「ついになったわ。私の運命はこれで決まったも同然……もう引き返すことはできないのだわ。ねえ、祝福の言葉をいただきにここへ来たのよ。それから、さよならを言いにね。だって、もう行ってしまうのよ……パリでしょ、ローマにナポリでしょ、それからスイス、それからロンドン……あらまあ、戻ってくるまでにどれだけたくさんのものを見聞きすることになるかしらね。でも、私のことを忘れないでね。私もミス・グレイのことを忘れないわ。これまで悪いことばかりしてたけれど、あなたのことは忘れないわ。ほら、ねえ、お祝いの言葉をおっしゃってちょうだい」

「お祝いの言葉は申し上げられません」私は返事した。「この変化が本当によりよいものへと向かうのか、それがわかるまでは何とも申し上げられません。でも心からそうあってほしいと思っています。真の幸せと最善なる神の御加護をお祈りします」
「そう、ではさようなら。馬車が待っているの。私のこと、呼んでるみたい」
慌ただしく私にキスをして、急いで部屋から出て行った。と、不意に部屋に戻ってきたかと思うと、私にひしと抱きついてきた。彼女もこんなに気持ちを表に出せるのかと思うほど、それは愛情のこもった抱擁だった。そして、目に涙を浮かべながら出て行った。

なんという子だろう、気の毒に思えて仕方なかった。やはり私は彼女のことが好きだった。私は彼女を心から赦すことにした。彼女に傷つけられたことも、また彼女が他の人を傷つけてきたことも。本人はちっともわかっていなかったわけだから。私は神に対しても彼女への赦しを乞うた。

その日、屋敷が宴（うたげ）のあとの悲しみに包まれる中、残りの時間は自分の好きなように使うことを許された。とはいえ、何かきちんとした仕事をするには気持ちが混乱しすぎていたので、何時間かは本を片手にあたりを歩いてみることにした。本を読むというよりは考えごとをするつもりだった。考えたいことがたくさんあったのだ。夕方になると、この自由な時間を利用して、あの懐かしいお友だちのナンシーにもう一度会いに行くことにした。長い間会えずにいたことを謝りたいと思っていた。あまりにつれない、不親切な態度だと思われたに違いない。本当にとても忙しくしていたのだと言うつもりだった。そして、彼女に喜んでもらえるなら、おしゃべりでも、読書でも、作業のお手伝いでも、何でもするつもりだった。今日起きた重要な出来事を知らせることはもちろん、ひょっとすると、そのお知らせの代わりに彼女のほうからも、ちょっとした情報をもらえるのではないか、つまり、ウェストン氏が近々ここを出て行くという件について何か教えてもらえるのではないか、とも思っていた。ところが、この件について、彼女は何も知らないようだった。まったくの誤報であればいいが、と彼女も私も期待するだけだった。

ナンシーは私に会えてとても嬉しいと言ってくれたが、幸いなことに、目がもうほとんど完治したようで、これといって私が何かしてあげる必要もなくなっていた。彼女がとても興味を持ったのは結婚式のことだった。なので、楽しんでもらおうと、今日の婚礼の日に起きた様々なこと、豪華なパーティーや花嫁自身の話などをしていたが、そのうちに時々ため息をついたり首を振ったり、幸せになれるといいのですがと祈ったりするので、どうやら私と同様、この件は彼女にとっても喜ぶべき話題などではなく、むしろ悲しむべきことのようだった。こうして、あれやこれやと、ずいぶんと長い間おしゃべりを続けたのである。しかし、その間、誰かが訪ねてくることはなかった。

白状しよう。私は時折、漠然とした期待を持ってドアのほうを見ていた。そのドアが開き、以前のようにまたウェストン氏が入ってくるのではないかと、どこかで期待していた。帰り道に小道や牧草地を通るときも、たまに立ち止まってあたりを見回してみたり、そんな必要もないのに速度を落として歩いてみたりした。確かにその晩の天気はよかったが、それほど暖かい日でもなかったので、特にゆっくりする理由はなかったのである。そうして、とうとう屋敷にたどり着いてしまうと、結局は、仕事帰りの労働者を数人見かけた以外は誰にも会わないどころか、遠くの人影すら見かけることもなかったので、なんとなく虚しさを感じてがっかりしてしまった。

しかし、日曜は確実に近づいていた。あそこでなら、また彼の姿を見られるはずだった。もうマリー嬢はいなくなったので、あのなじみの隅っこにまた戻れるはずだった。そこでまた彼の顔を見よう。その表情、話しぶり、態度を見なければならない。そして、彼女が結婚したという状況が彼に相当の打撃を与えているのかどうか、判断しなければならない。

嬉しいことに、これまでと何の違いも感じられなかった。二か月前と少しも変わらず、声も顔つきも態度も、何も変わらなかった。彼の説教は同じように洞察力に富み、純然たる真実が込められていた。話しぶりも相変わらず力強く明晰で、彼の言うことと為すことすべてが、変わらず真の誠実さに満ちていた。それは目や耳に訴えるものではなく、聴衆の心に響くものだった。

帰りはマティルダ嬢と一緒に歩いて帰ったが、そのときに彼が一緒になることはなかった。その頃のマティルダには楽しみがなく、途方に暮れて悲しげだった。一緒に遊ぶ相手もいなくて寂しそうにしていた。兄弟たちはまだ学校にいて、結婚した姉は出て行ってしまい、彼女自身はまだ年齢が若くて社交界に受け入れられるには早すぎた。社交界といえば、マティルダもロザリーの例にならい、ようやく少しばかりその方面への嗜みを知るようになっていた。嗜みといっても、ある階層の紳士たちと最低限一緒にお話をしようとすることへの関心ぐらいであったが。もっとも、一年のうちで退屈な時だったからという話もある。狩りも行われず、鳥撃ちすらなく、たとえ自分が参加していなくても、父親や狩猟番が犬ともども出かけて行くのを見ているだけで、彼女にとっては意味があることだった。戻ってきたら戻ってきたで、仕留めてきた様々な種類の鳥について話もできた。しかし、今は、そういった人たちと一緒にいるだけで得られた慰めまでも奪われていた。御者や馬番はもちろん、馬も、グレイハウンドやポインターといった猟犬とも一緒にいることができなかった。母親の真剣な目が、今度は妹に向けられ始めたのである。田舎に生活するという様々な不利益にもかかわらず、自慢の長女を充分に満足できるところに片付けられた今、母親は今度は妹に目を向け、そのあまりにがさつな態度に本気で驚くと、改めるなら今しかないとばかりに立ち上がり、やっとその権威を行使し始めたのである。その結果、裏庭も厩舎も犬舎も馬車倉庫も、すべて立ち入ることが禁じられた。もちろん、母親の言ったことに絶対服従というわけにはいかなかった。しかし、これまで子どもたちを甘やかしていたとはいえ、いったんその気になった母親の気性は決して優しさに溢れたものなどではなく、それは自らが家庭教師(ガヴァネス)に要求したものとはまるっきり違っていた。自分の意志に逆らうようなことがあれば、ただでは済まなかった。こうして母親と娘との間には何度も言い争いが起こり、さらに激しい衝突さえあって目を背けずにはいられないことも多かった。そのようなときは父親の権威が借り出され、母親であれば軽んじられた言いつけも、父親がののしったり脅したりすれば完全な禁止措置になった。かわいい「ティリー」が後々立派な息子にはなれても、若いお嬢様のあるべき姿からほど遠い現状は、父親の目から見ても一目瞭然だった。とうとう、マティルダも了解したようだった。今できる一番簡単なことは、とりあえず禁止された場所には立ち入らないでいることであり、そして、油断ならない母親の様子を窺いながらここぞという時があれば、時々わからないようにこっそり忍び込めばそれでいいということであった。

こうした騒動の中、私がもはや叱責を免れていたとは想像しないでいただきたい。非難はもちろん、何度も非難めいたあてこすりを言われ、それらは面と向かって言われない分、棘(とげ)が一つもなくても、それがかえって深く私を傷つけた。なぜなら、その棘が抜かれているがために、自己弁明をする余地があらかじめ排除されているように感じられたからである。何かもっと別のことでマティルダ嬢を楽しませられないか、母親が言ったこと、禁じたことをちゃんと彼女に思い起こさせてほしい、などと何度も何度も言われ、私としても力を尽くして事に当たったつもりだが、当の本人がやりたくないことをやっても面白いわけもなく、自分の趣味でもないのに楽しめるはずもなかった。私としては、ただ母親の注意を思い起こさせるだけではなく、それ以上のことをしたつもりなのに、私の忠告や助言などでは優しすぎるようでまるで効き目がなかった。

「まあ、本当におかしな話じゃありませんか、ミス・グレイ。たとえご自分の性格ではないとしても、そうせざるを得ないものでしょう。でもどうしてあの子の信用ぐらい得られないのかしら。少なくともあなたと一緒にいると楽しい、という気にならないものかしらねえ。ロバートやジョゼフが一緒にいるときと同じように」

「彼らお二人は、お嬢様が一番興味を持っていらっしゃることをお話ししますから、それができるのです」

「あらまあ、そんなことをおっしゃいますが、おかしな発言ですこと。家庭教師の口からそんなことが白状されるなんて。レディーの嗜好を育成するのは一体誰だとおっしゃるつもりですか。家庭教師以外に誰がそれをするのですか。若い娘の知性と行動における品格と作法、これがその子の世の評判につながります。そしてそれを自分自身の評判とまったく同等と考える家庭教師はいくらでもいるのですよ。そういった方たちは、その子を悪く言うなんて恥ずかしくてできないはずです。それから、少しでも生徒たちが非難されるぐらいなら、自分たちが咎められるほうがよっぽどましだと思うはずです。私としても、それはもっともだと思いますけれど」

「もっともでしょうか、奥様」

「当然ですよ。若い娘たちの技能の養成と品格の育成こそが、家庭教師にとって最も大事なことではありませんか。自分のことよりも重大でしょう。世間もそう認めています。もし家庭教師が自分の仕事で成功したいと思うなら、その勤めに全エネルギーを注ぐべきです。考えることも自分のやりたいことも、その一つの目的を成し遂げることに向けられるべきではありませんか。私たちがある家庭教師の長所について、それが何かを見定めるときは、当然ながら、その人が教えたと言っている当の娘たちをまず見ます。それから判断します。本当に賢明な家庭教師はそのことをご存じのはずです。ご自身は毎日陰に隠れて目につくことはないかもしれませんが、生徒たちの美徳と欠点、これは誰の目にも明らかなものです。ですから、彼女たちの育成に必死になって我を忘れるようでなければ、成功する見込みはありませんわ。ミス・グレイ、おわかりと思いますが、どんな仕事であれ職業であれ、これとまったく同じことなのですよ。成功したい者は自分の身も心もその仕事に捧げなくてはなりません。少しでも怠けたり、自分を甘やかしでもし始めたら、あっという間に、賢明なライバルたちに差をつけられてしまうでしょうね。いいですか、怠慢によって生徒をだめにしてしまう者と、自分が手本となって生徒をだめにしてしまう者に大差はありません。あの、ちょっとしたヒントになると思ったものですから、こうして少しだけお耳に入れましたのよ……申し訳ないけれど、あなたのためを思ったまでですから。他のどこかの奥様だったら、もっと強い口調でお話しすることと思いますわ。わざわざお話もないかもしれませんわね。それでいて何も言わずに他の人を探し始めるのです。もちろん、そうするのが一番簡単な方法でしょうけれど、でもこうした屋敷が、いかにあなたのような立場の人にとって役立つところかわかっているつもりですから。それに、あなたと別れるつもりもありませんしね。こういったことをよく考えてもらって、もう少しだけ力を尽くしてくださったら、うまくやっていただけると思いますの。きっとすぐにでも細やかな気配りができるようになって、それさえできれば、必ず生徒の心にふさわしい影響力をお持ちになれるはずですわ」

その期待には少し誤りがあるのではないかということを夫人に伝えようとしたが、話を終えるとさっと部屋を出て行ってしまった。言いたいことを言ってしまえば、そのあとで私の反応を待つことなど、彼女にとっての務めでも何でもなかった。ただ黙って何も言わずに話を聴く、それこそ私がなすべき務めだった。

しかし、前にも述べたように、マティルダもついには折れたのである。ある程度は母親の権威（もっと前から発揮されていなかったことは残念だったが）に屈し、こうして自分の楽しみの源をほとんど禁じられてしまうと、それで彼女にできることといったら、馬番と一緒に長いこと遠乗りするか、家庭教師（ガヴァネス）と一緒に長いこと散歩するかで、そうしながら父親の地所にある家々や農家を訪問し、そこの住民のお年寄りたちとおしゃべりをしながら暇をつぶすことぐらいだった。

こうした散歩をしているときのこと、一度偶然に、ウェストン氏に会うことがあった。長い間、心から待ち望んでいた瞬間だった。それなのに、いざとなるとその瞬間、彼でも私でもどちらでもいいからこの場からいなくなってほしい、という気持ちになった。心臓が激しく鼓動し、内なる感情が何かの形で少しでも外に現れてしまう、と気が気ではなくなった。ところが、ウェストン氏は私のことをほとんど見てもいないようだった。それで、私もすぐに充分な落ち着きを取り戻せた。彼は私たち二人に簡単な挨拶を述べると、マティルダ嬢に向かって、最近お姉様からの便りはありましたか、と尋ねた。

「はい」彼女は答えた。「パリから手紙をもらいました。とても元気です。とても幸せだと言っていました」

マティルダは最後の部分を強調し、明からさまに勘ぐる視線を送ったが、彼は気づかなかったようで、変わらない口調で、しかしいたって真面目な口ぶりで答えた。

「そのまま幸せであってほしいと願っています」

「そうなるとお思いですか」と、思い切って尋ねたのは私だった。というのも、仔ウサギを追いかけ回す犬の後を追って、マティルダが走って行ってしまったからである。

「どうでしょう、わかりませんが」彼は答えた。「サー・トマスは私が思うよりはいい人なのかもしれません。それにしても、私が見聞きしたことからすると、やはり残念に思いますね。まだまだ若い上に、あんなにも明るくて楽しい人が、そう……とても面白いと言ったらいいのでしょうか、様々なことを一言で言えばそうなりますね……しかしあの思慮に欠けた言動は、彼女の唯一の欠点というか、最大の欠点でしょう……たいしたことではないとは言えませんよ。そういう軽率な人はまたすぐにでも他の欠点に陥りやすいですし、多くの誘惑に自らをさらすことにもなりますからね。しかし、いずれにせよ、あのような男のもとに放り出されてしまったのは残念と言えますね。母上が望まれたことなのでしょう、きっと」

「ええ、そうなのですが、でもご自身が望んだことでもあると思います。私がそれを思いとどまらせようとしても、いつもただ笑っておられましたから」

「思いとどまらせようとしたわけですか。それでは、このあとに何かよくないことが起こったとしても、もうこれでご自身のせいではないと、少なくともそう安心できますね。しかし、マリー夫人は、ご自分のされたことをどのように正当化するおつもりでしょうか。夫人と旧知の仲であったら、尋ねてみたいところですが」

「とても不自然なように思えますわね。でも、富と地位こそが最善であると考える人たちもいます。それさえきちんと確保して、子どもたちに受け継ぐことができれば、それでもう自分の義務も尽くしたと考えているのです」

「確かにそうでしょう。しかし、一度結婚をして、経験もある人たちが、こうして間違った判断をするというのは奇妙なことではありませんか」

ここでマティルダが息を切らせながら戻ってきた。野ウサギの子どもを手にぶら下げていたが、その体は無残にも引き裂かれていた。

「マリー様、そのウサギは仕留めようとされたのですか、それとも助けようとされたのですか」ウェストン氏はこう尋ねたが、マティルダの上機嫌な顔に明らかに困惑しているようだった。

「助けてあげようっていうふりはしました」彼女はいたって正直に答えた。「だって今は禁猟期のまっただ中だから。でも、犬に殺(や)られるところを見られたのはとてもよかった。どうか、お二人は証人になってください。自分にはどうしようもなかったんです。プリンスがあれを捕まえようって、上からつかみかかったかと思うと、もうあっという間に仕留めちゃったの。実に見事な狩りってわけでしょう」

「大変結構な話です。仔ウサギを追いかけるお嬢様にはそうでしょう」

その口調は穏やかであったが皮肉が感じられ、マティルダもそれを感じとった。肩をすくめ、明らかに「フン」と鼻で笑って横を向き、今度は私に向かって実に楽しかったでしょうと聞いた。

どこが楽しいのかわからないと私は答えたが、でも実際どんなふうに事がなされたのか、詳細を見たわけではありませんから、とも言い添えた。

「くるっと回って逃げたところを見なかったの。ほら、大人のウサギみたいに。あと、あの叫び声も聞かなかったわけ」

「聞こえなくてよかったと思いますけど」

「子どもが泣き叫ぶような声で鳴いたの」

「まあ、なんてかわいそうに。それで、その子をどうするおつもりですか」

「ほら、来てよ、最初に立ち寄った家に置いておくんだから。屋敷には持って帰らないわよ、お父様がお怒りになるかもしれないから。今、犬に殺らせちゃだめじゃないかって」

ウェストン氏はどこかに行ってしまい、私たちもそのまま歩いて行った。野ウサギをある農家に引き渡すと、スパイス入りのケーキとクロスグリのお酒をお返しにいただき、それを思う存分に味わってから帰り道についた。ところが、その帰り道、再びウェストン氏に会ったのである。彼も果たすべき使命を終えて、帰るところのようだった。その手には一房の美しいブルーベルの花があった。そして、少し笑みを浮かべながら、この二か月間、あなたにほとんど会いませんでしたが、お好きな花の一つに確かブルーベルがあったと記憶していますす、と言いながら私に差し出してくれた。

これが単に善意で行われたことはわかっていた。お世辞の言葉の一つもあったわけでなく、立派な礼儀作法とともに示されたわけでもなく、「崇拝と尊敬の優しいまなざし」（ロザリー・マリーによる）と受けとれる表情を目にしたわけでもなかった。それでも、私の取るに足らない発言をきちんと覚えていてくれたことは、それだけでもう充分に意味があった。私が誰にも会えなくなった時期のことまで正確に触れてくれたことも、心に留めずにはいられなかった。

「どうやら完全に本の虫になっていたようですね、グレイさん」彼は言った。「勉学に夢中になるあまり、他の楽しみはさっぱり忘れてしまったとか」

「そうだよ、本当にその通りだったんだから」マティルダが叫んだ。

「いいえ、ウェストンさん。どうかそれは信じないでください。恥ずべき誹謗中傷ですわ。お嬢様たちは思いつきの出まかせを言うことが大変お好きで、たとえ友人であってもその対象にしてしまうのです。ですから、あの方たちのお話を聞くときには、充分注意する必要があります」

「まあ、いずれにせよ、今回のその出まかせとやらが、実際に根拠のないものであることを祈りますが」

「なぜでしょう。女性が勉学することに特に反対されているというわけですか」

「いや、そのようなことはありませんが、しかし、女性であれ男性であれ、勉強にすべてを注ぎ込むあまり、その他のことは何も見えなくなってしまうという事態には反対です。何か特殊な状況のもとでもなければ、ひたすら根を詰めて勉強を続けるのは時間の無駄だと考えています。それは体だけでなく、精神にも支障をきたします」
「でも、私にはそのような行き過ぎた行為にふける時間も気持ちもありませんわ」
ここで、私たちは再び別れて帰った。

さあ、この話に何の特筆すべきことがあるというのだろう。なぜこのことを書き留める必要があるのだろうか。読者の皆さん、それはこの一件が私に素敵な一晩を与えてくれたからである。その夜はいくつもの喜ばしい夢を見、朝は幸せに満ちた希望とともに目を覚ました。そんなことは浅はかな喜びに過ぎない、愚かな夢であり、根拠のない期待だと言うかもしれない。私もあえて否定するつもりはない。そういった類の疑念は私の心の中にもしょっちゅう湧き起こっている。しかし、私たちの希望とは火口（ほくち）のようなものではないだろうか。確かに現場では火打石や火打金といった道具さえあれば、いつでも火花を打ち出すことはできるわけだが、その火花はすぐに消えてしまう。しかし、希望という火口にふと触れることがあったとしよう。すると、それはあっという間に火となり、その期待の炎はたちまち燃え上がるのである。

しかし、ああ、何ということだろうか。わずかに揺らめいていた私の希望の炎も、まさにその日の朝、ある手紙が届けられたことにより、その陰鬱さと一緒にかき消されてしまった。それは母からの手紙だった。父の病状がますます悪化しているという報告がただならぬ様子で書かれ、私はもう父が回復する見込みはほとんどない、いやまったくないと感じとった。休暇まであと少しにしても、もう遅いように思い、父の死に目にあえないかもしれないと思うと震える思いだった。その二日後、メアリから父が危篤である、もはや絶望的で刻々と最期の日が近づいている、という手紙を受け取った。そこで、私はすぐに許可を願い出た。休暇を早めて即刻出発したいという許可をもらいに行ったのである。

マリー夫人は私をじっと見つめ、なぜそんな尋常ではない熱意と押しの強い態度で要求を迫ってくるのか不思議に思ったようだ。急ぐ理由など、どこにあるのだろうと。しかし、結局は願いを聞き入れ、許可をもらったが、次のような言葉も添えられた。「このことに関してそんなに興奮する必要がありますか。結局のところ、何でもなかったとなって、間違っているかもしれませんよ。そうでなかったとしても、まあ、世の自然の流れですからね。私たちはみないつか死ぬのですから。自分だけがこの世で苦しんでいるなんて、私ならそうは思いませんよ」そして、O――までは軽四輪馬車で行くようにと締めくくった。

「ミス・グレイ、不平をこぼしたりせずに、今受けている並々ならぬ待遇に感謝すべきですからね。自分が死んだら、それがきっかけで家族もろともあっという間に路頭に迷う、そんな貧しい牧師はそこら中にいます。でもね、ミス・グレイ、あなたの場合はおわかりでしょう。実に有力な友がそばにいるわけですから。引き続き援助の手を差し伸べようとしているのです。あなたにできる限りの気遣いまで示しているのですよ」

私はその「気遣い」とやらに礼を述べると、自分の部屋に飛んで行き、出発の身支度を急いで整えた。すぐにボンネットの帽子をかぶり、ショールを羽織った。一番大きなトランクを引っ張り出し、多少の物を急いで詰め込むと、すぐに階下に下りて行った。しかし、もっと時間をかけてもよかったのである。なぜなら、私以外、誰も急いで出てこなかったし、馬車が来るまでに相当時間がかかった。

ようやく馬車が玄関に到着し、私は屋敷を出発した。しかし、ああ、なんて気の滅入る旅だったことか。これまでの家に帰る道中とは、比べようもないほど異なる気分だった。

――に行く最終の乗合馬車には間に合わなかったので、十マイルほど辻馬車に乗り、その後は貸馬車に乗って、でこぼこ道の丘を上って行った。家に着いたときにはもう十時半を回っていた。家族はみな起きていた。

母も姉も玄関の廊下で私を待っていた。元気がなく、ものも言わず、真っ青な顔をしていた。私はあまりにショックを受け、恐怖に怯えてしまい、一言もしゃべれなかった。ずっと知りたいと思いながら、知るのが怖かったあのことも聞けずにいた。

「アグネス」と、母は何か鬼気迫る感情を必死に抑えようとしながら声をかけた。

「ああ、アグネス」とメアリが叫び、そのままわっと泣き崩れた。

「どうなの」と、私はただもう心から返事を求めて尋ねた。

「逝ってしまったわ」

それは予期していた答えだった。しかし、その衝撃は計り知れないもののように感じられた。

第十九章　手紙

父の遺骸はすでに墓に葬られていた。その日、私たちはつましい朝食の席についていた。そろって沈んだ顔をして、喪服を着て、食べ終わったあともじっと座りつづけ、これからどう過ごしたらいいか、あれこれ策を考えていた。

母の強靭（きょうじん）な精神は、これほどの苦しみにさらされても、決してひるまなかった。その心はぎゅっと握りつぶされていたが、それでもバラバラに崩壊はしなかった。メアリの希望は、私がホートン・ロッジに戻り、母は自分と夫のリチャードソン氏と一緒に牧師館で暮らすというものだった。夫も自分と同じ気持ちでいるし、このようにすれば誰にとってもいいことで、つまり、母の社交性と経験は夫婦二人に大いに有用だろうし、そしてまた、二人もできる限りのことをして母を幸せにすることができると断言した。しかし、どんなに説得しようと懇願しようと、うまくいかなかった。母は娘たちの世話にはならないと心を固めていた。娘の心優しい願いや意向を一瞬たりとも疑ったわけではないが、神の御加護によってまだ自分に健康と強さが残されるなら、その力で自らの生計を立て、誰かのご厄介になるつもりはないと、はっきりと言った。誰かの下で働き始めるとしたら、それが大変な重荷に感じられることもあるだろうが、それは関係ないと言うのだった。娘の牧師館に間借りする余裕があれば、どこよりもその家に住みたいと思うが、今はそのような状況ではないからその屋根の下にご厄介になることはない。もちろん、たまに顔を見せに来るときは別の話で、何か病気になったりとんでもない災難が起きたりして、娘の援助が本当に必要になったり、あるいは、年をとって体が弱くなったために自分自身を養うことができなくなれば、それはまた別の話だと言うのだった。

母は言った。「いいえ、メアリ、あなたとリチャードソンが私に少しでもくれてやるものがあるのだとしたら、それは自分の家族のために取っておきなさい。アグネスと私は、自分の蜜は自分で集めて来なければなりません。幸いなことに、娘たちを自分の手で教育してきたおかげで、学業や芸事の能力はまだあります……ああ、なんてこと、無駄に嘆いてみても始まらないというのに」抑えようとしても、いく筋もの涙が両頰を伝って流れていた。母はその涙をぬぐい去ると、頭をぐいともたげて、きっぱりと続けた。「少し努力して小さな家を探してみるつもりです。どこか人の多いところで、かつ衛生的な地域にね。便利な場所を探して、若いお嬢様たちをそこに住まわせて教育するのです。まあ、数人でも来てくださるのなら、ですが。それから小さな生徒さんたちもね。通いに来てくれる生徒もできるだけ集めましょう。来たら来た分、少なくとも私たちがなんとか教えられる限りはね。お父様の親戚や旧友がきっと、何人か生徒たちをよこしてくれると思いますし、推薦してくださるなどして手を貸してくれるはずです。私の身内には連絡しません。アグネス、あなたはどうかしら。今の勤めを辞めて、こちらをやってみようと思いますか」

「もちろん、やってみたいと思うわ、お母さん。これまで貯めてきたお金もあるし、学校に必要な家具や設備を整えるのに使ってちょうだい。すぐにでも銀行から下ろしてくるわ」
「それは必要になったときでいいわ。まずは家を探さないと。それからいろいろ準備すべきことを先に決めてしまわないと」
メアリも、自分のお金も少しだけでも足しにしてもらいたいと申し出てくれた。しかし、母はできるだけ倹約する方法で始めなければならないと言って、それを断った。母としては、私のお金の全部もしくは一部と、加えて、今の家財道具を売って得られるお金と、それから、愛しいお父様が生前、借金の片が付いてから母のために頑張って貯めたわずかばかりのお金、これらをすべて合わせて、充分クリスマスまで持ちこたえられるだろうという期待を持っていた。またクリスマスの頃になれば、私たち二人の働き具合で、それなりの利益も生じてくるだろうという見込みだった。

ついに、これで決まった。私たちの計画はこれで行こうということになり、諸々の問い合わせや準備にすぐに取り掛かることになった。母がせっせと取り組む間、私は四週目の休暇が終わる頃にホートン・ロッジに戻り、お屋敷を辞めるという知らせを伝えることになった。そして、私たちの学校がすぐにでも始められる準備が整い次第、そのときを最後に、屋敷を出て行くということになった。

こうして話し合われたのは先に述べた日の朝、つまり父が亡くなって約二週間後のことだったが、ちょうどそのとき、一通の手紙が母に送られてきた。それを見た母は顔色を変えた。諸々の気遣いによる不安と言葉にならない悲しみのために、最近はいつも真っ青だった母の顔に、急に血が上ったのである。

「父からだわ」母はそうつぶやき、急いで封筒を破って開けた。

母が最後に身内から便りをもらったのは、もう何年も前のことだった。一体何が書かれているのだろうと当然私も不思議に思い、その手紙を読んでいる母の顔つきをじっと窺った。何とも驚いたことに、母はぎゅっと唇を噛み、眉をひそめ、怒っているような表情になった。読み終えると、どうでもいいという感じでぽいとテーブルの上に放り、軽蔑したような笑みを浮かべて、こう言った。

「おじいさまがね、ご親切にも手紙をよこしてくださったのです。でも、こんなふうに言ってきました。きっとお前は『嘆かわしい結婚』をしたと、長いこと悔やんでいたことだろう。そのことを自分で認めさえするなら、そして父親の忠告を聞かなかった自分は間違っていた、そのせいで確かに苦しんできた、と告白するなら、もう一度お前をレディーの身分に戻してやってもいい。しかし、これほど長い間、卑しい身分に成り下がっていたお前に、それが可能かどうかはわからないが、仮にできるなら、私の遺言にお前の娘たちを入れ、遺産を残すこともできる、と。さあ、アグネス、書きもの台を持ってきてちょうだい。それから、ここにあるもの全部片付けて一人にしてちょうだい。すぐに返事を書くから。でも、その前にまず、どうやらあなたたち二人の遺産を私が取り上げることになるようだから、これから何を書くつもりか、ちょっとあなたたちだけには言っておきますから。

私はこのように書くつもりです。父上は間違っておられます。私が娘たちの誕生を後悔しているとお思いですか（彼女たちは私の生きがいであり、私が年をとったときにはきっと慰めとなってくれるでしょう）。そして私がこの三十年間、最良の友であり、最も愛しい人と一緒に過ごしてきたことを後悔しているとお思いでしょうか。私たちの不運がたとえ今の三倍大きかったとしても（私がそれを招いたのでなければ）、いっそう喜びに満ちた思いで、その不運を娘たちの父親と分かち合おうと思うことでしょう。そして、できる限りの慰めを彼に与えたいと思うでしょう。彼の病の苦しみがたとえ十倍ひどかったとしても、私は何ら後悔することなく、その苦しみを和らげるために彼の世話をし、立ち働き続けるでしょう。仮にあの人が私より裕福な妻をめとっていたとしても、彼には不運と苦難が襲いかかってきたはずです。自惚れ屋もいいところだと思われるかもしれませんが、他の女性では、この苦境の中で彼をこれほど励まし続けることはできなかったと想像できます。私が他の女性たちより優れていたということではありません。ただ、私は彼のために生きるのが定めでした。そして、彼も私のためにそうでした。だから、こうして私たち二人が一緒に過ごしてきた幸せな一時を、いえ、幸せな日々を、年月を、私が後悔することなど決してあり得ません。この幸福な歳月は、互いに互いがいなければ不可能でした。それと同じことで、彼が病にあったとき、私がその付添いとしてそばにいられたこと、彼が苦しみにあったとき、この私がその慰めとなれたこと、それは私の特権であり、後悔するはずもないのです。

　あなたたち、こう書くのでいいかしら。それとも、この三十年間、私たちに起きたことを皆で後悔しています、と書きますか。娘たちは生まれてこなければよかったと思っていると。

でも、これほどの不運を味わったのだから、おじいさまがご親切に私たち娘にくださるものなら、どんなはした金であろうと、ただ感謝して受け取りますと、そう書きますか」

もちろん、私たちは母の決心に拍手を送った。メアリは朝食の後片付けを始め、私は書きもの台を持ってきた。手紙はすぐにしたためられ、すぐに投函された。その日以降、私たちは祖父について知らされることは二度となかった。かなり長い間経って、新聞に祖父の訃報が発表されているのを見ただけだった。彼の所有する財産はそのすべてが、もちろん私たちの知らない裕福な従弟たちのもとに残されていた。

第二十章　別れ

上流階級向けの海岸保養地であるA――に、私たちは一軒の家を学校用として借りることにした。また、学校を始めるにあたって、二、三人の生徒たちを確保できる見込みも立った。私がホートン・ロッジに戻ったのは七月も半ば頃で、一人残った母は、家に関する契約を結んだり、生徒の数をもう少し増やしたり、前の家の家財道具を売り払って新しい家のものをそろえたり、といった作業を進めておくことになった。

貧しい人たちを私たちは憐(あわ)れむことがある。彼らには亡くなった身内を悲しむための暇な時間などなく、どれほど辛い苦しみの中にあっても、必要に迫られて働き続けるしかないからである。ところが、圧倒的な悲しみの心を癒すには、そのようにせっせと励む仕事があることが最良の薬ではないだろうか。そうした絶望に最も効く解毒剤と言えるのではないか。確かに荒療治ではあるかもしれない。日々の楽しみを何も感じられないのに、毎日の辛い仕事に追われるのは、厳しいことに思える。今にも心が張り裂けそうなのに、悩める魂はただ静かに涙を流したいと休息を求めるのに、働くことを強いられるのは、辛いことに思える。しかし、むやみに休息を求めるぐらいなら、労働のほうがまだましなのではないだろうか。日々のささいな苦労でうじうじ悩んでいるほうが、重くのしかかる大きな苦しみにひたすらふけるよりは、まだ害がないのではないか。それに、日々の気苦労や心配事や仕事には、まだしも希望がある。喜びの湧かない仕事であっても、もう少しで終わるという程度の期待は持てるし、ある必要な計画を成し遂げようという気にもなれるし、これをしていれば他の悩みからは解放されると思えたりするからだ。

いずれにせよ、母がこれだけたくさんの仕事を抱えていることに、私はほっとしていた。いずれも、活動好きな母の体を動かす仕事ばかりだった。ご親切な隣人の中には、かつて裕福で身分も高かった母が、この悲しみのときに、こうした非常手段に訴えるほど身を落としてしまったことが嘆かわしいと言う者もいた。しかし、もし母が一人裕福に暮らすことができたとしても、まず間違いなく今の三倍は苦しむことになっただろう。そのまま家にいることを許されても、そこは、かつての幸せとその後の苦しみが思い起こされる場である。何かどうしても必要なことでもなければ、そこで延々と父の死について考え、嘆き続けることになったはずである。

この家を後にしたときの私自身の気持ちを、ここで詳しく述べるつもりはない。古い家、見慣れた庭、村の小さな教会、特に教会はそのときの私にとって、二つの意味を持った大切な場所だった。父は三十年間、この四つの壁に囲まれて、教えを説き、祈りを捧げてきた。そして今は、その敷石の下で眠りについている。外には、木々のない、あの丘が広がっていた。まさにその荒涼たる様子が私に喜びを与えた。狭間にはいくつかの細い谷が見え隠れし、青々とした木々ときらめく川の様子は、ほほえましく映った。そう、ここが私の生まれた家だった。古き懐かしき思い出はすべてここにあった。これまで生きてきた中で私が得た愛情もすべてがここに集中していた。この一切を私は後にして去らなければならない。そしてもう二度と戻ることはないのだ。私はその後、ホートン・ロッジに戻ることになっていた。確かにそこには、諸悪の中に一つだけ喜びの源が残っている。しかし、それは激しい痛みと綯い交ぜになった喜びでもあり、それに、ああ、そこでの滞在も六週間に限られていた。

その貴重な時間でさえ、いつしか一日一日が過ぎて行った。私が彼に会うことはなかった。実際、教会で見かけることを除けば、私が戻ってきてから二週間が経とうとしているのに、彼に会う機会はなかった。本当に長い時間に思えた。私の生徒が散歩するときはほとんど一緒に外出し、もちろん毎回のように期待は募ったが、必ず失望が続いた。だから一人、心の中でつぶやくのだった。「ここに納得すべき証拠があるということだわ。まじめにそれを見ようと思えば見られるはず、ちゃんと素直になって認めないと。彼は別に私のことを好きなわけでもなんでもない。私が彼を想うその半分でもいいから、彼が私のことを想っていたとしたら、何とかして私に会おうとこれまで何度もやってきたはずじゃない。自分の胸と心に手を当てて聞いてみれば、そんなことはすぐにわかるはず。だから、こんなバカみたいな考えは、金輪際これでおしまい。期待してみても始まらないわ。こんな痛々しい想いも、バカみたいな望みも、今すぐに全部きれいさっぱり忘れること。自分の仕事に戻りなさい。目の前のつまらぬ空っぽの現実に目を向けるの。わかっていて当然だったのよ、そんな幸せが自分のためにあるはずがないじゃない」

しかし、ついに会ったのである。彼は不意に私の目の前に現れた。それはナンシー・ブラウンのところに行った帰りに、牧草地を横切っているときだった。その日、マティルダ・マリーは彼女の比類なき良馬に乗りに行ってしまい、私はその機会をとらえて彼女を訪問していたのだった。

私がとても大切な人を失ったことについて、彼は聞いていたに違いない。同情されたわけでも、お悔やみの言葉も言われたわけでもないが、ただ、会ってすぐの言葉が、「母上はどうされていますか」だった。これは当たり前の質問などではなかった。なぜなら、私に母がいることなど話したこともなかったからで、本当に彼が知っていたなら、誰か人から聞いたに違いなかった。それに、その質問の仕方や声の調子には本物の優しさがあるように感じられ、立ち入ろうとはしないが、深く心に届く思いやりのような気持ちが感じられた。

私はそれにふさわしく、丁寧な言葉で感謝の念を述べ、お陰様でなんとか元気でやっていると返事した。

「それで、母上はこれから何をされるおつもりですか」この質問には、きっと多くの人が無礼だと感じ、適当にはぐらかして返答するのかもしれないが、私はそうとは思いも寄らず、母の立てた計画と今後の見込みについてごく短く、簡潔に説明した。

「ということは、間もなくこの地を離れられるのですね」

「ええ、一か月のちに」

彼は少し考え込むようにして、一瞬黙った。再び口を開いたときには、私がいなくなるのは残念だとか、そういったことを言うのではないかと期待したのだが、ただ次のように言った。

「きっと自ら進んでここを去られるのでしょうね」

「ええまあ、それは、やらなければならないことがありますから」

「やらなければならないことがある、ただそれだけですか。ここを去って後悔する理由などないでしょう」

この言葉には戸惑い、少し嫌な気分になった。私が後悔することがあるとしたら、それはたった一つしかない。しかし、それは心の奥底に眠る秘密であって、そのことで彼から悩まされる謂れなどない。

「なぜ、一体どうして、私がこの地を好きではないと思われるのですか」私は尋ねた。

「ご自身でそうおっしゃいました」そうぴしゃりと答えた。「少なくとも友と呼べる人がそばにいなくては満足には暮らせないと、そうおっしゃいました。それから、ここには身内や親友もいないし、これからそのような人もできそうにないと。それに、ここをお好きになるつもりもないようにお見受けしますが」

「でも、正しく思い出していただければ、私が言ったことは、少なくとも言いたかったのは、友と呼べる者がいなければ、この世では満足には暮らせないと思う、ということでした。いつも誰かそうした人が近くにいないとだめなんて、私もそこまで分別がないわけではありません。周囲が全員敵に思えたとしても、喜んでその家に留まりますわ、もし——」いや、その後の言葉は続けてはならない。一瞬止まったが、すぐに言い直した。「それに、二、三年も住み続けた場所を出るとなれば、未練がましい気持ちの一つくらいあるものと思います」

「マリー様とお別れするのは、やはり残念なことなのでしょうか……残っているただ一人の生徒さんでいらっしゃるし、いつも一緒にいるわけですからね」

「多少はそう感じるでしょう。彼女のお姉様と別れたときには、それなりに悲しい気持ちにさせられましたから」

「それはそうでしょうね」

「まあ、マティルダ様もなかなかいい方です、お姉様と比べてみても。ある一点においては、お姉様よりもいい方かもしれません」

「つまり、その一点とは」

「正直な方なのです」

「もう一人はそうでないと」

「不正直とまでは言いませんが、本当のことを言うと、あの方には少しずるいところがありましたから」

「あの方がずるい、そんなことがありますかね。軽はずみなところはあると思っていましたが。プライドも高かったですしね。しかし、そう言われてみると」と、彼はしばらく間を置いてから続けた。「まあ確かにずるいところもあったと考えられなくもないですね。過剰な演技と言えるのかもしれない、だからこそ極めて単純な人だと、無防備で率直極まりない人だと、そんなふうに見えたのかもしれない。そうだ」と、彼は一人考え込むように続けた。「それなら理由がつきますね。些細なことですが、以前、私が多少困惑したことがあったものですから」

その後、彼はもっと一般的な話題へ話を変えた。そして、そのまま私と一緒に歩き、屋敷の外門にほどなく近づきそうになったところで、ようやく別れた。ここまで彼が一緒に付き添うとは、いつもよりちょっと行き過ぎてしまったはずだ。彼はもと来た道を引き返していった。そして、少し前に二人で通り過ぎたモスの小道の入口のところで曲がり、そのまま道をまっすぐ下りて行くと、見えなくなった。この出来事について、私に何か後悔しているこ とがあるかといえば、もちろん何もない。ただ、もし心に悲しみを感じていたとしたら、それは彼がとうとう行ってしまったということ……もう私の横にはいない、楽しく話していた短いひと時が終わった、ただそれだけだった。別に彼が愛の言葉を囁いたわけでもなく、ちょっとした好意の印や愛の兆しを感じていたわけでもないが、それでも私は最高に幸せだった。彼のそばにいられるだけで、彼の声を聞けるだけで……というのも、本当に彼はよく話してくれたから……それだけ私を話し相手として認めてくれた……私には理解力があり、会話もちゃんと楽しめる人だと……もう充分だった。

「エドワード・ウェストン、そうです、たとえ周囲が全員敵に思えたとしても、喜んでその家に留まることはできるのです、もしたった一人の友がいてくれさえするなら。本当に心から私をずっと愛し続けてくれる人、その友があなたであってくれるなら。確かに私たちは遠く離れてしまう……もうお互いのことを耳にすることもなくなり、ましてや会うことなんて二度とないかもしれない……そして相変わらず私の周りには苦しいこと、困ること、悩むことだらけ、それでも……でも、そんな幸せを私が夢見るなんて、そんなことあまりにも出来過ぎた話だわ。でも、何が起こるかなんてわからないから」と、私は屋敷までパークを上って行く道すがら、ずっと考え続けた。「この一か月で何かが起こるかもしれないし、それは誰にもわからないわ。二十三年近く生きてきたけれど、これまでたくさん苦しいことがあった。でも喜びというものを、私はまだほとんど味わったことがない。私の人生、これからこのままずっと暗いことばかり、そんなことがあり得るのかしら。神も私の祈りを聞いてくださり、この憂鬱な影を全部取っ払って、代わりに天上の輝く光を降り注いでくださるのではないかしら。私にだけ、こうした幸せを少しも与えてくださらないなんてことあるかしら。他の人たちにはこんなに自由に与えてくださっているのに。それも自分から求めていない人たちや、幸せを恵まれても、そのことに気づいてもいない人たちに。私も期待を持ち、信じてはいけないかしら」

私は期待を持ち、信じ続けた。しばらくの間は。しかし、ああ、もう残りの時間はほとんどなかった。一週間、また一週間と経ち、その間ちらっと遠くにいるのを見かけたのが一回、ほんの一瞬会ったのが二回、それも言葉はほとんど交わさなかった。マティルダ嬢と一緒に歩いているときも、彼の姿を見かけることはなかった。もちろん教会では見かけていたにしても。

ついに、最後の日曜日、最後の礼拝の時が来た。説教が始まった。彼の説教を聴くのもこれで最後かと思うと……それも本当に誰よりも素晴らしい説教なのに、最後と思うと、もう何度も泣き崩れてしまいそうだった。とうとう終わってしまった……集まった人々も、もう教会を去り始めている、私もその後に続かなくては……ではこれが、彼の姿を見て、声を聞いた、おそらく最後だった。

教会の庭に出ると、マティルダが、駆け寄って来た二人のグリーン嬢につかまっていた。姉のことで聞きたいことがたくさんあったのだろう、それ以外は知る由もない。私としては、ただもうその話が早く終わってくれないかと願うばかりで、とにかく急いでホートン・ロッジに戻りたかった。早く自分の部屋に戻り、引きこもりたかった。別に屋敷の敷地のどこか見えない隅に引っ込むのでもよかった。とにかくそこですべてを委ね、感情をさらけ出したかった。この最後の別れに涙し、なんと虚しい希望を抱き続けてきたのか、偽りの幻想に捕えられてきたか、ただ声を上げて泣きたかった……でも涙もこれが最後、二度と実のない夢なんか見ない……これから見るのは、目の前にある本当の悲しい現実、それだけ考えていればいいのだ。こうして私が意を決したそのとき、横で低い声が私に話しかけてきた。

「今週ご出発ではありませんか、グレイさん」

「はい」あまりのことにびっくりして、もしヒステリックな性質があったとしたら、きっとすぐにそんな状態に追い込まれたに違いない。ありがたいことに私はそうではなかった。

「それでは、さよならを言わせてください……ご出発の前にもう会う機会はないと思いますから」彼は言った。

「さようなら、ウェストンさん」私はそう言った……だが、この一言を平然と発するのがどれだけ苦しかったことか。私は手を差し伸べた。その手はわずかばかり彼の手の中にあった。

彼は続ける。

「もう一度どこかでお会いすることもあるでしょう。その機会があれば、意味があるものと思ってくださるでしょうか」

「はい、もちろんまたぜひお目にかかりたいと思います」

この一言がやっとだった。彼はもう一度温かく私の手を握りしめると、去った。私は再び幸せな気分を味わっていた……が、それ以上に、わっと泣いてしまいそうだった。そのとき何か話すように迫られたなら、きっと代わりに嗚咽（おえつ）ばかり漏らし続けていただろう。実際、もう涙が溢れていた。マリー嬢と並んで歩く間、私はずっと横を向き続けていた。何度か話しかけられたが、それも無視していた。が、とうとう、バカじゃない、ちゃんと聞こえてるのと、怒鳴られたものだから、（平静を取り戻して）一瞬の呆けた状態からふと我に返ったかのように頭をもたげ、何かおっしゃいましたでしょうか、と尋ねた。

第二十一章　学校

私はホートン・ロッジを去った。そして、A――の新居で母に合流した。母は元気そうにしており、事態を甘受し、努めて明るく振る舞っていた。もちろん、明るいといっても、どこか穏やかで冷静だった。私たちが学校を始めるにあたり、寄宿生は三人、通いの生徒は六人しかいなかったが、私たちがきちんと責任を果たして熱心に取り組んでいけば、どちらの生徒の数もじきに増えていくのではないかと期待していた。

こうして新しい生活のもとで始まった仕事を実行するにふさわしい力を、私は奮い立たせようと努力した。それは本当に新しい生活だった。実際、母と一緒に自分たちの学校で働くことと、他人のもとで雇われて働くことでは、相当の違いがあった。しかも、目上も目下も関係なく誰からも軽蔑され、踏みにじられて働いたころに比べれば、まさに雲泥の差だった。それにまた、最初の数週間、私は決して不幸せではなかった。「もう一度どこかでお会いすることもあるでしょう」というあの言葉、「その機会があれば、意味があるものと思ってくださるでしょうか」、これらの言葉がずっと私の耳に鳴り響いていた。それは心に留まり、密かに私を慰め、支えていた。

「きっとまた彼に会えるわ。おそらく会いに来てくださるか、手紙を書いてくださるわ」希望というものが私の耳に囁きかけるとき、それが約束する将来など、どんなに明るく見えようと、またどんなにきらびやかに見えようと、現実はさほどのものではない。だから私はその希望が語りかけてくることの半分も信じようとはしなかったし、笑い飛ばそうとまでした。ところが、自分が思っている以上にはるかに、私は騙されやすい性質らしい。でなければ、正面のドアをノックする音が聞こえ、それを開けた女中が戻ってきてどなたか紳士がお見えになっていますと母に告げたとき、心臓がどきんと飛び上がらんばかりになったことは、どう説明できるだろうか。そして、その紳士が、実際は私たちの学校で働きたいと申し出てきた音楽教師であるとわかると、その日はそれからずっと不機嫌になってしまったのは、一体なぜだろう。そしてまた、郵便屋が手紙を数通持って来たあと、母が「ほら、アグネス、これはあなた宛よ」と言ってその一通を放ってよこしたとき、一瞬息が止まった気がしたのはなぜか。しかも、その宛名が紳士の手によって書かれているとわかると、さっと顔に血が上り、真っ赤になってしまったのは。それに、ああ、一体どうして、あのぞっとするほどの冷たい失望感を味わうことになったのだろう。封筒を開けてみると、なんのことはない、メアリがよこした手紙だった。何の理由だかわからないが、夫が代わりに宛名を書いた、それだけのことだった。

ということはつまり、私は自分のたった一人の姉から届いた手紙に失望させられてしまうのか。姉とは違うどこそこの人がよこした手紙ではない、それで失望してしまうのか。ああ、メアリ、何ということ。本当に親切な気持ちで書いてくれたのに、私が喜ぶに違いないと思って書いてくれたはずなのに。私なんて、この手紙を読むにも値しない人間なのだ。

自分に対する怒りが込み上げてきて、しばらくその手紙は読まずにおこうと考えていたと思う。自分に厳しく、まずは心を整えることが先で、ありがたくその手紙を拝読する気持ちにならなければ、読んではならないと考えていた。しかし、母がそばで見ていて、手紙にどんなことが書かれているのか知りたがっていた。そのため、手紙は読むことにした。読み終わってから母に手渡すと、教室に戻り、生徒たちの面倒を見始めた。しかし、書き取りや計算を見てあげながらも、あるいは、こっちで間違いを直し、またこっちでは怠けている子どもを叱り、と動き回るその合間にも、心の中ではそれよりはるかに痛烈な厳しさで自分自身を叱りつけていた。

「なんて私はバカなんでしょう」私の頭が私の心に向かって、厳しい自分が優しい自分に向かって言った。「こんな私に彼が手紙を書いてよこすなんて、どうしてそんな夢みたいなことを考えられたのかしら。一体どこに根拠があるの、そんなことを期待するなんて。それだけじゃないわ、彼が私に会いに来るかもしれないだとか、わざわざ私のために何かやってくれるかもしれないとか。そもそも、彼が私のことを考えてくれるなんて」

「一体、どこに根拠があるのかしら」すると、「希望」はあの時の最後の短いやりとりを私の前に差し出した。そして、私の思い出の引き出しにそっくり大切にしまわれていたあの言葉を、何度も繰り返して聞かせるのだった。

「それで、それが何だというのかしら。そんな折れそうな小枝に、期待をぶら下げてみようなんて人がいるかしら。その辺の普通の知り合いだって言いそうな言葉じゃない。もちろん、また会う可能性はあるにしても、別にニュージーランドに行く相手にだって言うでしょう。でも、それにしたって、会うつもりがあるという意味が込められていることにはならない。その後の質問にしたって、それぐらいのことを言う人はいるわ。そもそも、それにどう答えたかしらね。それこそ、バカみたいに普通の返事しかしてないじゃない。マリーお坊ちゃんにだってそう返事するでしょうね。それなりに丁寧に挨拶するような間柄だったら、誰にでも言いそうな返事なんかして」

「それでも」と、「希望」はまだ食い下がる。「彼がその言葉を口にしたときの話し方や声の調子がある」

「ああ、そんなこと、なんの意味もないわ。だって、彼はいつも人に印象を与えるような話し方をするじゃない。それに、あのときは、グリーン家の二人もいたし、マティルダ・マリー嬢も目の前にいたし、他の人もたくさん横を通り過ぎていたから、彼としては私のそばに立って、とても低い声で話しかけるしかなかったのよ。自分の話を周囲の耳には入れたくなかったわけで、別に全然たいしたことを話すわけではないにしても、やはりそうせざるを得なかったのよ」

では、それでは、あのとりわけ力強い握手はどう考えればいいのか。その手は優しかったが、しかし何か意味があるように強く握り返されていた。それは何よりも「私を信じていてくださいと言っているように思え、他の意味もたくさん込められているように思えた。ここで繰り返すのも、たとえ自分に向かってでも憚られるほどに、嬉しくて舞い上がりそうなことだった。

「大馬鹿者もいいところです。反論など必要ないぐらいです。それは単に想像力が生み出したもの、恥ずべきことです。そもそも、そのまるっきり冴えない外見からして考えてみなさい。無口で無愛想で、いつもおずおずして、どうしようもない。そんなだから、およそつまらない人間だと思われる。よそよそしくて、変わり者で、きっと性格も気難しいだろうと。そもそも、最初から正しい方向に考えていれば、こんなずうずうしいことをあれこれ考えなかったはず。これでようやく自分の愚かさがわかったなら、どうか悔いて改心してほしい。もうこれで終わり、二度とこんなことがないように」

自分のこの命令にそのまま従ったかどうかは何とも言えないところであるが、時が経つにつれ、こうした理性による働きが次第に効果を発揮してきたことは確かである。その後、ウエストン氏については一切音沙汰がなく、ついには希望を持つことも諦めるようになった。とうとう私の心までもが、期待したところで何の意味もないと悟ったのである。しかしそれでも、私は彼自身のことを考えようとした。彼の姿を心に思い描き、記憶にある限りの言葉、眼差し、仕草をいつくしんだ。彼がどんなに素晴らしい人間で、こんな変わったところもあるなど、実際彼に関することで自分が見たり聞いたり、想像したりしたことを何度も考え続けた。

「アグネス、ここの海の風のせいかしら、ここに転地したことがあなたにはかえってよくなかったみたいね。そんなやつれたあなた、見たことがないわ。でも、それはね、じっと座ってばかりいるからよ。教室のことも心配で、気をもんでしまうのでしょうね。もっと気楽に考えて、もっと元気よく動きまわらないとね。ちょっと体を動かせるときがあったら、いつでも運動をしに行っていいですから。これはもう面倒だと思う仕事があれば、私に任せてちょうだい。そんな仕事はね、私の根気強さを発揮させるのにちょうどいいのよ。もしかしたら短気な性格をちょっと試すのかしら」

このように母が言ってきたのである。イースターの休暇中のことだった。その日の朝、私たちは一緒に座って仕事をしていた。母には仕事を重荷に感じているわけではないと言って安心させようとした。私は元気だし、何かうまくいかないことがあったとしても、この春の大変な時期が終わったらすぐに見通しがよくなるだろうから、と。夏になれば、母が期待する通りの元気のよさと体力も戻ってくるはずだと請け合った。しかし、内心では、母の観察力に驚いていた。自分でも体力が落ちてきていることはわかっていた。食欲はなく、徐々に気力も失せ、ふさぎがちになっていた。実際、もし本当に、彼が私のことを好きではなく、もう彼には二度と会えないなら、そしてもし彼の幸せのために尽くすことが私には禁じられていて、私には愛の喜びを味わうことも、幸せを与え、与えられることも永久に禁じられているならば、人生はとても耐えられるものではないと思えた。もし天の父なる神が私をお呼びになるなら、私は喜んでそのもとに参じ、そこで眠りにつきたいと思わずにはいられなかった。しかしながら、母を残して死ぬなど、そんなことがあってはならないはずだ。一瞬たりとも母のことを忘れるなんて、私はなんと身勝手な、恥ずべき娘なのだろう。母の幸せは、その大部分が私への責任を果たすことで、また、私たちの小さな生徒たちの幸せに尽くすことでもあるのに。目の前に神が差し出してくださった仕事を、私はただそれが気に入らないからと言って尻込みするつもりなのだろうか。私が何をすべきか、どこで働くべきか、それを最もご存じなのは神ではないだろうか。自分の仕事を終える前から神への勤めを放棄し、かつ、それに値するほどの仕事を何もしていないくせに神のもとで眠ることを望むなど、本当にそんなことをするつもりなのか。「いえ、私は神の御加護のもとに立ち上がります。そして、神が定めた勤めにひたすら打ち込むことでしょう。この世の幸せが私に与えられないのならば、私の周りにいる人々の幸福を増すことに力を注ぎます。そうすれば、あの世で必ずや報われるでしょうから」

このように私は心に誓った。それ以降、私の考えはエドワード・ウェストンに思いを巡らせることのみを許した。つまり、少なくとも、たまに彼のことを考えるぐらいなら良しとしたのである。めったにないご褒美にいいだろう。そのうち、本当に夏が近づいてきたからなのか、それとも、こうしてきちんと決意した効果が表れてきたことによるのか、あるいは単に時が過ぎて行ったからか、それともこれらすべてが合わさったことによるのか、次第に心の平静は取り戻された。そうすると、同じように、体調や活力のほうもゆっくりではあるが、確実に回復してくるのだった。

六月に入った頃、私はレディー・アシュビー、つまりかつてのマリー嬢から、一通の手紙を受け取った。これまでにも二、三回ほど、新婚旅行で行った先々から手紙をよこしてきて、その中ではいつも元気そうで、実際にとても幸せにやっていると公言していた。そこまで楽しくて仕方ないのに、また訪れる場所がいくつも変わるというのに、そんな中でよくも私のことを忘れないものだと、手紙が届くたびに私は不思議に思っていた。しかし、ついにその手紙も中断された。そのうち、七か月を過ぎても手紙は届かなかったので、どうやら本当に私のことも忘れてしまったようだった。もちろん、だからと言って、この件で私が悲しみに暮れることはなかったが、それでもたまには、どうしているのだろうと思うことはあった。そんなときにこの手紙がふいに届いたので、私はとても嬉しく思った。

それはアシュビー・パークから書かれた日付になっていた。それまでは大陸とロンドンのどちらかで過ごしていたわけだが、とうとうアシュビー・パークに腰を据えることになったのだ。手紙にはたくさんの謝りの言葉が綴られていた。長いこと御無沙汰して申し訳ない、でも決して忘れていたわけではないし、何度も手紙を書こうと思っていた、等々、しかし結局いつも何かがあって叶わなかった、ということだった。ここのところ、さんざん浪費ばかりしてきたことは認める、だから自分をとても浅はかで悪い人間だと思うかもしれないけれど、それでも結構いろいろなことを考えてきた、中でもとりわけあなたにはとても会いたいと考えていた、というようなことも綴られていた。

「もうここにきて数日が経ちました」と、手紙は書いていた。「これまでのところ、私たちの屋敷には一人の友人も来ません。これでは、どうやらとっても退屈になりそう。私が夫と二人だけ、巣の中のつがいの鳩みたいに一緒に暮らしたいなんて思うわけがないのは、ミス・グレイならきっとおわかりでしょう。たとえ、夫がこの世で毛皮をまとった最も素晴らしい生き物であったとしても。なので、どうか私のことをかわいそうだとお思いになって、こちらに遊びにいらしてくださらないかしら。夏休みは他の皆と同じように、六月に始まるのでしょうから、時間がないという申し開きはききません。いずれにしろ、いらしていただくわけですから。いらしていただかないと本当に困るの。というか、もしいらしていただけないのなら、死んでしまうから。それから、私の友人として来ていただきます。だから長期間泊まってらしてください。前にも伝えた通り、ここにいるのはサー・トマスと老レディー・アシュビーだけで、私の横には他に誰もいません。この二人のことは気にしなくても大丈夫です。一緒にいてもほとんど困らないぐらいでしょうから。ご自身のお部屋も用意させるつもりです。だから、いつでも好きなときに部屋に戻っていただいても結構です。それからたくさん本もありますから、私と一緒にいてもそれほど楽しめないときには、本を読むこともできます。それから、赤ちゃんはお好きでしたかしら。もしそうなら、私の赤ちゃんをお目にかけます。もちろん、この世で一番かわいい子、それも授乳したりして世話を焼く必要がないので、いっそうかわいく思えるのですけれど。とにかく、私はこうしたことで煩わされたりしないと決めましたから。ただ、残念ながら、女の子です。それでサー・トマスは決して私を許してくださいません。それはともかく、ぜひいらしていただいて、それでしゃべり始めたらすぐに彼女の家庭教師(ガヴァネス)になっていただきます。こう育つべきと思うように育ててもらって、その子の母親よりもっと素晴らしい女性にしてくださいな。それから、私のプードルもお目にかけます。パリから輸入した見事な犬で、小さいけれど皆を虜にしています。そして、大変な価値がある素晴らしいイタリア絵画が二枚あるので、そちらもぜひ。画家の名前は忘れました。ご覧になれば、もちろん、どちらの絵ものすごく美しいとお思いになるでしょう。でも、どのあたりが美しいのか指摘してくださらないかしら。私はただ素晴らしいと聞いて、そうだろうと思うだけ。他にも、私がローマなどで購入した素晴らしい骨董品があります。そして、もちろん、私の新しい住まいをぜひご覧になっていただきたいわ。本当に素晴らしいお家とお庭、何もかも、以前夢にまで見て手に入れたいと思っていたもの。ああ、でもやっぱり残念。なぜって、実際に手に入れたときの喜びと比べたら、いつかそれを持てるかもしれないという期待のほうがよっぽど大きかったみたいだから。まあ、お涙ちょうだいだわね。本当に、私も老けたご婦人みたいに、とっても真面目になってしまいました。ねえ、どうか、遊びにいらしてくださいな。この素晴らしい変化を目にしていただくだけでもいいですから。このお手紙を読んだら、折り返しすぐにお返事をください。休暇はいつ始まり、その始まった翌日にこちらにいらして、終わる前日まで滞在すると、そうお手紙ください。私のためを思ってね。

あなたの親愛なる

ロザリー・アシュビーより」

私はこの奇妙な手紙を母に見せ、どうしたらいいものかと相談した。母は行ってみたらと勧めるので、行くことにした。もちろん、レディー・アシュビーを一目見たかったこともある。彼女の赤ん坊も。それに、慰めでも忠告でも何か彼女のためになることがあればやってあげたいと思っていた。どうやら彼女は幸せではない。でなければ、私にこんなふうに頼んでくるはずがなかった。一方で、容易に想像がつくとは思われるが、この招待を受け入れることで私は彼女のために大きな犠牲を払うことになると感じていた。准男爵夫人から友人として訪問してほしいと懇願される、そのような大変な光栄に与ったことで喜ばしい気持ちになるどころか、いろいろな意味で自分の感情が傷つけられるだろうと思った。

しかし、結局は、滞在もせいぜい数日間程度にすればいいと決めた。それに、アシュビー・パークはホートンからそう遠くはないので、ひょっとしたらウェストン氏に会えるかもしれない、少なくとも彼について何か聞けるかもしれないという考えがよぎった。そんな考えに多少の慰めを求めていたことを否定するつもりはない。

第二十二章　訪問

言うまでもなく、アシュビー・パークはとても素晴らしい居住地だった。大きな屋敷の外観は重々しく荘重で、内部は優美で広々としていた。見渡す限りに広がるパークも美しく、その美しさを織りなす主な要因は、威厳に満ちた老木の木々や、堂々とくつろぐ鹿の群れ、大きな池とその遥か向こうまで続く古びた森にあった。景観に変化を与えるはずの土地の起伏が皆無だったので、そうしたうねる山並みに欠ける展望こそが、この景色の魅力を最大限に引き出すものと言えた。

　そしてまた、ここは憧れの地、ロザリー・マリーが心から自分のものと呼びたがっていた場所だった。どんな条件で申し出があろうとも、是が非でもそれを手にしなければならないと思っていた場所だった。ここの奥方と呼ばれるためにどんな代償を支払うことも厭わず、その夫が誰であろうと一向に構わないと。それもすべては、まさにこうした土地を所有する名誉と幸せのためだった。しかし、まあ、もう彼女を非難する気分ではない。

　彼女はとても親切に私を迎え入れてくれた。貧乏な牧師の娘、家庭教師（ガヴァネス）であり学校の教師である私を、嘘偽りのない喜びでもって屋敷に招き入れ、驚いたことに、私がこの屋敷にいても不快な気分にならないようにと、いくらか骨まで折ってくれた。一方で、自分を取り巻くものがどんなに壮麗で素晴らしいか、私に大変な衝撃を受けてもらいたいと期待しているのも明らかだった。正直、そんなに気にしないでと何度も私を安心させようとする態度はむしろ気に障るほどで、どうかこのあまりの立派さに飲み込まれてしまわないようにとか、これから夫と義母に謁見すると思ってそんなに恐れ入る必要はないとか、私のそのつつましい身なりをそんなに恥ずかしく思わなくても大丈夫などと、そうやってあからさまな気遣いを示そうとするのがはた迷惑に感じられた。私は自分の身なりが恥ずかしいなどとは思っていなかった。確かに質素ではあったが、みすぼらしく見えないよう、また卑しく見えたりしないよう、充分配慮した服装をしていた。それに、この女主人がそこまでへりくだって、私を何とかくつろがせようとこれ見よがしの努力さえしなかったら、私もかなりくつろげたはずだった。彼女を取り巻く壮麗な雰囲気とやらについては、目に入るもので何か相当の衝撃を受けたり感動したりするものはなかった。それよりもよっぽど彼女の変わり果てた外見に衝撃を受けたのである。

それが社交場での放蕩三昧によるものか、何か他のよからぬことによるのかはわからないが、十二か月かそこらの時が、もう何年も経ったと思えるほどの効果を及ぼしたようで、彼女の丸みを帯びた体つきも、若さに溢れた明るい顔色も、てきぱきとした活発な動きも、いつも元気一杯の心も、何もかも損なわれていた。

幸せではないのですか、と聞いてみたかった。しかし、詮索など私がすべきことではないようにも思えた。彼女に信頼を寄せてもらうよう努めても、もし結婚生活の苦労や心配事を私に隠しておきたいなら、あえて立ち入った質問などをして困らせたくはなかった。

そう思って最初は、調子はいかが、暮らしぶりはいかが、などごく一般的なことを少し尋ねたり、パークの眺めが美しいとか、赤ちゃんがかわいらしいなど、少々の褒め言葉を口にするだけに留めておいた。男の子と期待されていたその赤ん坊はまだ小さくてか弱く、生後七、八週間かそこらだった。どんなにかわいがる姿が見られるのだろうと期待していたが、その子の母親はこれといった興味も愛情も示していないようだった。

到着して少し落ち着くとメイドが呼び出され、私を部屋に案内するよう言いつけられた。

また、私が必要とするものもそろっているかどうか、確認するよう指示された。通された部屋はさほど見栄えしない小さな部屋だったが、充分快適に過ごせるように思えた。

そこで重苦しい旅行用の服など脱ぎ捨て、レディーたる女主人の気持ちを考えた上できちんと身なりを整えると、再び階下に下りて行った。彼女は私をある部屋に案内したが、そこは私が一人になりたいときに好きに使ってよく、その他にも、彼女が訪問客のお相手に忙しいときや、どうしても義理の母親と一緒にいなくてはならないとか、また彼女が言うには、私と一緒に楽しくやりたくてもできないときに、私がずっといて構わない部屋だった。その落ち着いた小さな居間は小ぎれいに整えられ、こうした隠れた避難場所が提供されるのもそう悪くはないと感じた。

「それからまた別のときに」と彼女は言う。「読書室をご案内しますわ。ちゃんと書棚を見たことはないのですけれど、でもきっと賢そうな本がずらりと並んでいると思いますわ。お好きなときにいつでも入っていただいて、いろいろと探してみてくださいな。それから、今お茶をご用意しますわね。あともうすぐで正餐の時間ですけど、でも、ほら、一時に食事されることに慣れていらっしゃるでしょう。だから、今このぐらいの時間にお茶や何か少しお召し上がりになりたいかしらと思って。お食事を召し上がるのは私たちの昼食のときでよろしいでしょう。それから、ええと、お茶はこの部屋でお飲みになっても構いませんから。そうすれば、レディー・アシュビーやサー・トマスが食事をとられるところにご一緒する手間が省けるでしょう。もしご一緒するとなると、ほら、ちょっと具合が悪い、いえ、具合が悪いのではなくて、少なくとも、何というか、おわかりでしょう、あまりお好きな感じではないかもしれないと思うの。特に、他にも紳士方やレディーの方々がご一緒に食事をされることもたまにはあるものですから」

「おっしゃる通り、お茶を今いただきたいと思います」私は言った。「それから、もしご異存がなければ、毎回どの食事もこちらの部屋でいただきたいと思います」

「え、なぜかしら」

「それは、きっとそのほうがレディー・アシュビーもサー・トマスも好ましくお思いになられるのではないかと」

「まあ、そんなこと、とんでもないわ」

「いずれにしろ、そのほうが私には好ましいです」

かすかに反対のそぶりは示したものの、彼女はすぐに身を引いた。どうやらこの申し出にだいぶ安心したようだった。

「さあ、客間にいらしてちょうだい」彼女は続けた。「今ベルが鳴ったわね、衣装を着替える合図だわ。でも私はまだ行きません。誰もあなたにお会いしないのに、服を着替える必要なんてないでしょう。それに、少しお話もしたいわ」

客間は確かに大そう立派な部屋で、上品な家具が備え付けられていた。しかし、この部屋に入ろうというときに、この若奥様が、素晴らしいでしょうと私の感動を見るために、ちらりと目を向けたものだから、早速、目につくようなものは何一つないとばかり、石のように表情一つ変えないでいようと決めた。ところが、そう心に決めたのも束の間、すぐに良心が私に囁いた。「どうして彼女をがっかりさせてまで自分のプライドを保とうとするのかしら。だめでしょう。むしろ自分のプライドを犠牲にするぐらいでないと。ほんのちょっとした満足感を与えることぐらい、何でもないじゃない」そこで、正直な気持ちであたりを見渡し、この部屋は本当に見事で、家具の趣味も実に上品だと感想を述べた。彼女は何も言わなかったが、確かに喜んでいた。

次に彼女が私に見せたのは飼い犬のフレンチプードルで、まるまると太り、絹のクッションの上で丸まって寝ていた。さらに二枚のイタリア絵画も見せてくれたが、ちゃんと鑑賞する時間もくれないまま、これはまた他の日に観ればいいからと言って、自分がジュネーブで購入した小さな宝石時計のほうを、これは素晴らしいでしょうなどと賛同を求めてきた。そのあとは部屋をぐるりと一周しながら、自分がイタリアから輸入した様々な「骨董美術」の品々を教えてくれた。素敵な小型の時計やら、真っ白い大理石に彫られた美しい置物などで、その置物には半身の胸像もあれば、小さくて美しい人形の置物も、また花瓶もあった。こうした品々を説明するときの彼女は少し興奮気味で、また、私がどれも素晴らしいと感想を述べると、とても嬉しそうな顔で聞いていた。ところが、その笑顔もしばらくするとふいに消えてしまった。一つ大きなため息を漏らし、まるでこんな安ぴか物、いくらあっても物足りないわとでも考えているようだった。こうしたものでは人間の心の幸福など満たされない、その心の要求は飽くことを知らず、悲しいくらいに満たされることはないと。

その後、彼女は長々と寝椅子の上に寝そべり、私には目の前の大きな安楽椅子を指差して、そこに座るように手招いた。安楽椅子は暖炉の前ではなく、大きく開いた窓のそばにあった。思い出していただけば、これは夏の日のことだった。六月も後半の、心地よく暖かな晩だった。私はそのまましばらく黙って座っていた。清々しいそよ風を味わいながら、目の前に開けるパークの素晴らしい眺めを存分に満喫していた。日は少しずつ傾き始め、長く落ちた影が青々とした草木を濃い緑色に変え、あたりを染める日の光をより黄色く浮かび上がらせていた。しかし、このちょっとした時間を利用して、聞かなければならないことがあった。そしてご婦人方が書く手紙の追伸のように、最も重要な事項は一番最後に回さなくてはならない。

そこでまずはマリー夫妻の様子を尋ね、次にマティルダ嬢、次に兄弟たちについて尋ねた。彼女の話では、まずお父様は痛風で大変、ということだった。おかげで横暴ぶりが発揮され、自分が吟味した数々のワインも、たっぷりとした正餐も夕食も絶対に諦めないと強情を張り、また医者からはそんな好き勝手に暮らしている限り、治す薬はないと言われ、あの医者めがよくもそんなことが言えると口論ばかりしていた。お母様や他の皆は元気にしている、マティルダは相変わらずお転婆で向こう見ずなことばかりしているが、今は上流社会でも相当評判のいい家庭教師(ガヴァネス)が付いているとのことで、行儀作法もずいぶんと改善され、あともう少しで社交界にデビューするとのことだった。ジョンとチャールズは休暇中で今は屋敷におり、話をまとめれば、二人とも「健康で、相変わらず図々しくて、いたずらばかりして手に負えない」とのことだった。

「他の方々は元気かしら」と私は尋ねた。「ほら、グリーン家の皆さんとか」

「ああ、そういえばグリーンさんは傷心の日々を送っていらっしゃるでしょうね」物憂げな笑みを浮かべてそう答えた。「失意の思いからまだ立ち直っていないの。これからも立ち直ることはないでしょうけれど。独身男性としてそのまま年老いていく運命よ。妹たちのほうは、なんとか結婚しようとあれこれやっているみたい」

「メルタム家はどうでしょう」

「相変わらずいつも通りじゃないかしら。でもあの一家のことはほとんど知らないの。ただ、ハリーは別だけれど」そう言った彼女はかすかに頬を赤くして、再び笑顔になった。「彼は私たちがロンドンにいるときに何度もお会いしたわ。だって、私たちがそこにいると聞きつけてすぐにやってきたものだから。彼のお兄様を訪問するという口実でね。でも、ずっと私の後を追い回していたのよ。まるで影かなんかみたいに、私が行くところにはどこにでも現れて。それか、まるで鏡みたいに、至る街角でばったり遭遇したり。まあ、そんなにショックを受けた顔をなさらないで、ミス・グレイ。ちゃんと私は慎重に振る舞ってましたから。でも、崇拝の的になってしまったら、それはどうしようもないでしょう。ああ、本当にかわいそうな人だわ。だって彼はね、ただ私を崇拝しているだけじゃなかったのよ。群を抜いて目を引く人だったし、崇拝者たちの中でも一番の熱の上げぶりだったの。それなのにあの嫌なやつ、エヘン、いえ、サー・トマスがね、もう彼に怒ってしまって、それとも私の出費がひどすぎたとかそんなことで、正確にはわからないけど、とにかく即刻私を田舎に連れて帰ってきたの。きっと私、ここで一生、世捨て人の暮らしをさせられることになるわ」

唇をきっと嚙み、かつて喉から手が出るほど所有したがっていた美しい領地に向かって、恨みがましく眉をひそめた。

「それからハットフィールドさん、あの方はどうなりました」私は尋ねた。

またぱっと明るい顔になり、快活に答えた。

「ああ、彼はね、けっこう年のいったオールドミスなんかに近づいちゃって、それで結婚したの。ごく最近の話よ。その人の手にはずっしりと重たい財布があったわけ。その重たい財布と、色あせた女性の魅力と、二つを天秤にかけてみたんでしょう。それできっと、愛という慰めは得られない代わりに、金という慰めが得られることを期待したに違いないのよ、ふふふ」

「そうですか。そうしたら、これで皆さんのことをお聞きしましたわ。いえ、ウェストンさんがいました。あの方はどうされていますか」

「知らないわ、全然。ホートンを出て行ってしまいましたから」

「それはいつのことですか。どちらへ行かれたのでしょう」

「何も知らないのよ、彼のことは」と、彼女はあくびをしながら答えた。「一か月ぐらい前に出て行ったみたいだけれど。でもどこへ行ったかは聞かなかったわ（聖職禄を得たのか、それともただ別の副牧師に就いただけか、私はできることなら聞いてみたいと思ったが、やはりやめておいた）。それで、彼がいなくなって、信徒の皆さんも結構大騒ぎだったのよ」

彼女は続けた。「だからハットフィールドさんはだいぶ不機嫌になってしまってね。だって、ウェストンさんには好意を持っていなかったから。彼は庶民の人たちへの影響力が強すぎるって、それに自分の言う通りにしないから、ちゃんと下で働かせられないって。他にも何か赦しがたい罪だか何かあったみたいだけれど、でも何だか全然知らないわ。さあ、ところで、もうさすがに行って着替えないとだめだわ。二回目のベルがじきに鳴るはずだし、こんな格好で正餐に出たら、レディー・アシュビーから、今後この話を何回聞かされるかわかったものじゃないわ。ああ、自分の屋敷なのにそこの女主人になれないなんてどういうことかしら、本当に奇妙な話。ちょっとベルを鳴らしていただけないかしら。そうしたら私のメイドをこちらに呼ぶから。お茶も持ってくるように言うわね。あの我慢できない人のことを思うと、そりゃもう――」

「誰ですか、メイドのことですか」

「違うわ、お義母（かあ）様よ。それに何てひどい間違いを犯してしまったかと思うの。どこか別の屋敷にでも、いらしたいところに行ってもらえればよかったのよね。結婚するときに自らそう申し出てくださったのに、私ったら、このままこちらにお住みになってくださいって、屋敷のいろいろなことについて私に指南していただけたらと思います、なんて言ってしまったの。本当にバカだったわ。だって、そもそもはね、一年のほとんどはロンドンにいるはずだと思って、もっとあちらで過ごすことになるだろうと思っていたのよ。それにもう一つ、私はまだ若いし、経験もないでしょう。この屋敷のそこら中にいる使用人たちをすべて私が監督しなければならないかと思うと、それにこれから毎日食事を指示したり時々のパーティーを催したり、その他にもたくさんのやるべきことを考えると、もうそれだけでぞっとしちゃったのよ。あの人が横にいたら、経験があって助けていただけると思ったの。それが、まさかね、のっとられることになろうとは夢にも思わなかったわ。強奪者、圧制者、夢の中の悪魔、スパイまがい、もうおぞましいものなら何でも当てはまるわよ。死んでしまうとかして、いなくなってくれたらいいのに」

そう言うと、彼女は振り返って従僕に指示を与えた。ほんの少し前からドアの前に直立不動の姿勢で立っていたのである。この辛辣な非難の後半は聞いていたわけで、もちろん彼も自分なりにあれこれ思ったに違いない。この客間ではそうあるべく完全な無表情を保っていたとしても。

きっと聞かれていたと思いますよと、その後で彼女に注意したが、こう答えるだけだった。

「どうでもいいわよ、そんなこと。従僕のことなんか気にしたりしないわ。彼らは自動人形みたいなものよ。自分たちの主人が何を言おうが、何をしようが、彼らはこれっぽっちも意に介さないし、どこかで人に告げ口しようなんて思うはずもないわ。何か考えているかもしれないというけれど、そもそもあの頭で考えたりすることがあればの話で、そんな頭の中なんて、誰だって気にも留めません。使用人のせいで私たちが自由に口がきけないなんて、そんなひどい話があるかしら」

そう言って、急いで身支度を整えるために、走るように部屋を出て行った。おかげで私はどうやったら居間へ戻れるのか自分で道を探す羽目になったが、たどり着いてしばらくすると紅茶が用意された。その後はそこに座ったまま、レディー・アシュビーの過去と現在の状況についてあれこれ考えた。しかし、ウェストン氏に関してはなんと情報が少なかったことだろう。これ以上彼のことを見聞きするチャンスなどもうないだろう。単調で穏やかな私の生活はずっと続き、しかもこれからの日々は、ひたすら雨ばかり降り続ける日と、どしゃぶりの雨にはならなくても、どんよりと灰色の雲が覆う日の、この二つ以外の選択肢が示されることはないと思った。

しかし、そのうちついに自分の考えごとも嫌になり、女主人が話していた読書室はどこにあるのだろうと気になりだした。それに、寝る時間まで何もせずに、ずっとここにいなければならないのか、とも思い始めた。

私には懐中時計を持つほどのお金がなかったので、どのくらい時間が経ったかは、窓から見える影がだんだんと長く伸びていくのを見守る以外に方法がなかった。そこからはパークを横に眺めることができ、奥まった場所まで見通せた。小さな木立も見え、てっぺんのあたりでは数えきれないほどのミヤマガラスの集団が群れを成し、騒々しく鳴いていた。屋敷の高い塀が連なり、その横にはかなり大きな木製の門が見えていた。パークの向こうからこの門まで馬車用の広い道が続いているのを見ると、その先はおそらく厩舎の裏庭につながっている。ここから見る限り、高い壁が作る影はもうまもなく地面全体を覆い尽くそうとしていた。金色に輝く太陽の光は少しずつ退却を余儀なくされ、ついには木立のてっぺんまで逃げるしかなくなっていた。しかし、とうとうそこにも影は迫っていた。それは遠くの山並みが織り成す影だったのだろう。それとも、この世界そのものの影だったのか。木立のてっぺんを住まいに忙しそうにするカラスたちに、私はつい共感してしまい、ほんの少し前まで神々しい光を浴びていた彼らの住み処が次第に薄暗くなる様が、まるでこの地上の憂き世の色に染まり行くようで、あるいは、私自身の心の色に染まってしまうかのようで、見ていてなんだかもの悲しさを覚えずにはいられなかった。あと少しの間だけ、カラスも他の誰より空高く舞い上がれば、その羽に光をまとうことができる。その漆黒の毛は深紅に染まる金色の輝きを増して光るだろう。が、ついにその光も失われてしまった。夕暮れがそっと近づいていた。カラスたちも少しおとなしくなった。私はさらに気分が滅入り、明日になったら帰りたいと思った。

しまいには完全に暗くなった。ろうそくが入り用だとベルを鳴らし、そろそろ床に就こうかと考えていたところ、私の女主人が現れた。こんなにも長いこと放ったらかしにしてごめんなさいと謝ると、それもこれもあの「意地悪ばあさん」のせいだと自らそう呼び、すべてを義理の母親のせいにしていた。

「客間でサー・トマスがワインをたしなむでしょう、その間、そこでお義母様と一緒に座っていないともう絶対に許してくれないのよ」彼女は言った。「それから、一、二度やってしまったけれど、彼が部屋に入ってきて、その後すぐに私が出て行こうとしたら、それはもう自分の愛しい息子に対する許しがたい侮辱なんですって。自分は夫に対して、そんな不敬なまねなど一切したことがありませんって言うのよ。それから、愛情というものを近頃の奥様方はまるで考えないようにお見受けしますって。でも、時代はもうそのときと全然違うのよ。なのに、まるで、部屋の中でただ座っていれば、それだけで素晴らしいことみたいでしょう。でも同じ部屋にいたところで、彼が不機嫌でもいてごらんなさい。ただぼやくか、がみがみ叱り飛ばすしかしないのよ。機嫌がよくても、もうほんと、くだらないことばかり話しているし。酔っぱらってそれどころじゃないときなんか、ソファーの上で寝てるだけなんだから。最近はそれが一番多いの。ワインでへべれけになるぐらいしかやることがないんじゃないかと思うわ」

「でも、何かもっといいことに関心を持っていただくために、できることがあるのではないですか。そうした習慣を断ち切らせるようになんとかしないと。人を説得する力がおありじゃありませんか。もちろん、殿方を楽しませる素質もご充分にね。どんなレディーもそれと同じ能力が持てたら嬉しいと思うはずです」

「つまり、私が夫を楽しませるために自ら力を尽くすべきだと、そうお考えだということね。いいえ、それは私が考える妻のあり方ではないわ。だってそれは夫の役目じゃない。自分の妻を喜ばせることこそ夫の役割であって、その逆はありません。それに、もし夫が今の妻に満足できないなら、しかも、その人を手にしたことを感謝しないなら、ただ単に夫としてふさわしくないだけ、ただそれだけよ。それから、彼を説得するかどうか、そんなことでわざわざ頭を悩ますつもりはありませんから。彼の今の現状に耐えるだけでもうやっとなんだから、どこか改善させようなんて考える余裕もないわ。それにしても、申し訳ありませんでした、ミス・グレイ。長いことお一人にさせてしまって。何をして時間を過ごしたのかしら」

「もっぱらカラスを見ていました」

「まあ、なんてこと。とっても退屈になさっていたのね。本当に読書室にご案内しないといけないわ。でも、宿屋にいるときのように、必要なことがあったら何でもベルを鳴らしてくださいな。本当にくつろいでいただきたいの。だって、どうしても楽しんでもらいたいと思う理由があるのよ。私のわがままではあるけれど、ミス・グレイにはここに一緒にいてもらいたいの。一日、二日で逃げ帰るとか、そんな恐ろしいことを言い出して実行に移されても困るのよ」

「まあまあ、今晩はここでこれ以上お引き留めはしませんから。とにかく今は疲れましたので、休ませていただきます」

第二十三章　パークにて

翌朝、八時少し前に階下に下りて行った。遠くの時計が知らせたので、その時間がわかったのである。しかし、朝食の気配はなかった。用意ができるまではさらに一時間以上待たされ、私は読書室に行けないものかといまだ虚しく考えるしかなかった。一人寂しく食事を終えたあとも、さらに一時間半ほど待たされ、ひたすら不安で苦痛の時を過ごした。まず何をしたらいいのかもよくわからなかった。

ようやく現れたレディー・アシュビーは、お早ようございますと私に声をかけ、ちょうど朝食を終えたところなの、と言った。いつから起きていたのかと尋ねられたのでその問いに答えると、大変申し訳なかったわ、そのうち必ず読書室に案内するからともう一度念を押すのだった。

それなら今すぐに案内したらいかがですか、もう一度思い出したり忘れたりしてお困りになることもなくなりますから、と伝えると、今読書したいとか、今本のことであれこれ言わなければそうしますと答えた。まずは私を庭に案内したい、そのあとパークを一緒に散歩するつもりだから、暑くなって楽しめなくなる前に、と言うのだが、実際のところ、もう気温は上がり始めていた。が、もちろん私はすぐに了解し、二人で散歩に出かけて行くことにした。

ぶらぶらと歩きながら、彼女が旅行中に体験して見聞きしたことなどを話し合った。その途中、馬に乗った紳士がこちらに近づき、そばを通り過ぎていった。向きを変えながら私の顔をまじまじと見つめたので、私もどんな風貌の人かよく見ることができたが、その人は細身で背が高く、やつれた感じの人で、少し猫背だった。青白い顔にはシミが多く、特に目の周りが赤いのが何か不快感を催した。顔の造りはいたって普通、しかしそれらは表情に乏しく、全体的に無気力さが漂っていた。さらに、意地悪そうな口元と、魂が抜けたようなどんよりとした目が、その雰囲気を際立たせていた。

「あの男が大嫌いなの」ゆっくりと通り過ぎて行ったあと、レディー・アシュビーはそう小声で囁いたが、その語調の強め方は本当に嫌そうだった。

「どちら様ですか」私はそう尋ねた。まさか自分の夫のことをそんなふうに言うはずはないと思ったのである。

「サー・トマス・アシュビー」諦めたように落ち着き払って答えた。

「大嫌い、そうおっしゃいましたか、マリー様」そう言った私は、あまりのショックで彼女の現在の名前を一瞬忘れてしまった。

「言いましたよ、ミス・グレイ。嫌いなだけじゃありません、軽蔑すらしているわ。でも、彼のことを知れば、私を責める気にもならないでしょう」

「でも、ご結婚される前にどんな人物か、すでにご存じだったわけでしょう」

「いいえ、わかっていなかったわ。そういう人なのだろうと頭で考えていただけで、本当のことは全然わかっていなかったの。あなたは反対していたわよね、忠告してくださったもの。その言葉をちゃんと聞いておけばよかったと思うけれど、でも今になって後悔しても遅いわ。それに、お母様のほうが私たちよりもよっぽどわかっていらっしゃったはずなのに、何一つ反対の言葉はおっしゃらなかった。むしろ、その逆だったじゃない。それにね、私も彼が崇拝してくれていると思っていたの。だから私の思い通りにさせてくれるとね。最初は本当にそうだったかもしれない、でも実際はそのふりをしていただけ。だって、今は私のことなんて全然気にもかけてくれないのだから。でも、そんなことはどうだっていいの。彼は好きなようにやればいいと思うし、ただ、それなら私も好きなように楽しくやらせてもらうだけだから。ロンドンに行ってあちらで過ごしたり、こちらではお友だちを何人か呼んだり……でも、あの男は本当に自分の好きなようにやるんだわ。そうしたら私は囚われの身、奴隷も同じよ。だって、彼がいなくても楽しくやっていけるのに、もっと私の価値をわかっている人が他にもいるのに、あの卑劣なわがまま男ときたら、自分でもそれがわかると、途端に私のことを男に媚を売る女だとか、浪費癖が激しいとかなんとか言って、私を非難し始めて、ハリー・メルタムまで口汚く罵るんだから。でも、彼の靴すら磨く価値もないほどの男よ。何としてでも私をこの田舎に連れ帰らせて、修道女の生活を送らせるっていうつもりなの。まるで私がいると自分の名が汚れるし、身の破滅とでもいわんばかりだけど、本当は私なんかより、あらゆる点であの男のほうが十倍も悪い人間なのよ。そのくせに、全然そうじゃないふりなんかして、じゃあ何よ、あの賭け金帳とか、賭博台とか、オペラの踊り子たちとか、なんとか夫人とかレディーなんとかとか、みんなどうなのよ。そうよ、あのワインボトルの数だって何よ、水割りブランデーのグラスだらけで、もう本当に汚らわしい、けだものみたいなやつだわ。ああ、もう一度、マリーお嬢様に戻れたらどんなにいいでしょう。どれだけたくさんの犠牲を払っても構わない。この命と美と健康が、一度も愛でられず、楽しまれることもないまま、ただ無駄に失われていくなんて、とても耐えられない。それもあんな卑劣なけだもののせいでよ」そう叫んだ彼女は、あまりのいらだちと心苦しさにわっと泣き崩れてしまった。

なんてかわいそうなんだろうと、私はもちろん彼女のことを哀れんだ。運命が結びつけたひどい夫のこともさることながら、彼女の間違った幸福についての考え方や、務めというものを無視した態度にもそう感じた。

私は持てるだけの慰めの言葉をかけてやり、今の彼女に一番必要だと思われるアドバイスを授けた。まずはなんとか夫を改善するようにと優しく言い聞かせ、親切な言葉をかけ、例を挙げて説得を試みた。次に、できる限りを尽くしても夫に改善する見込みがないとわかれば、そのときはもう自分の身を引き離すよう努めるしかない、つまり、自分自身の清廉潔白さの中に身を包み、もう夫にはできるだけ関わらないことだと、そう言った。慰めを求めるなら、神と人間に対する自らの務めを果たせばよい、そして天を信じ、かわいい娘の面倒をみて、育てていくことで癒されるだろうと諭(さと)した。その子が少しずつ体力をつけ、賢くなっていく成長を見届けられれば、そしてまた、その子の真の愛を受け取ることができれば、もうそれだけできっと充分な報いを得られるはずだと伝えた。

「でも、子どもだけに自分のすべてを注ぐなんてできっこないわ」彼女は言った。「子どもは死んでしまうかもしれないでしょう。決してあり得ないことではないのだから」

「でも、きちんとした世話をすれば、体の弱い子どもでも、大概は丈夫な人間になっていくのですよ」

「でも、父親みたいにひどい育ち方をする可能性もあるじゃない。そうしたら、私はあの子が嫌いで仕方なくなるわ」

「それは起こらないでしょう、まず女の子なんですから。それに、とても母親似ですからね」

「そんなこと、関係ないわ。男の子だったらもっとかわいいと思ったはずなのに。でも、それも父親が使い切れないほどの遺産を残してくれたらの話だわ。この私が女の子を育てて、何の喜びを得られるのかしら。あの子は私をどんどん越えていくでしょう。私が永久に禁じられた数々の喜びをあの子が楽しむことになるのだから。でもまあ、広い心で一歩譲って、それでも喜びを得られるとしましょう。それでもよ、やっぱりたかだか子どもなのよ。私は自分の希望のすべてを子どもにかけることはできません。そんなこと、犬にすべてを注ぎ込むより少しはまともかもしれないけれど、たいして変わらないじゃない。それから、いろいろと教えてくださった知恵やら美徳やら、もちろんきっとおっしゃる通りで正しいことだとは思うのよ。私も今より二十歳ほど年をとっていたら、その通りにして何かしら実は結んだと思うけれど、でもね、若いうちはまずその若さを満喫しないとだめなのよ。どこかの誰かがそれを許さないとしたら、もうね、それだけでその人を嫌ってやるわ」

「ご自分を楽しむ一番の方法は、まず正しいことを為すべきことにあります。そして誰も憎んではいけません。信仰というものの目的は、いかに死ぬかを私たちに教えるのではなく、いかに生きるかを私たちに問うているのです。知恵と美徳を若いうちに積めば積むほど、それだけ幸せは確実なものとなるのですよ。それからもう一つだけアドバイスがあります、レディー・アシュビー。それは、義理のお母様を敵に回してはならないということです。お義母様にいつも近づかずにいて信頼できないと疑いの目で見てはいけません。お目にかかったことはありませんが、お義母様のことは悪い話も耳にすれば、いい話も聞いています。きっと、いつもお高くとまって冷たい感じの態度をされているでしょうし、その上要求は厳しかったりするでしょうけれど、それでもお義母様の愛情に届きさえすれば、それは強い愛情をもって返してくださると思うのです。それに、息子さんを溺愛されているにしても、きちんとした信条をお持ちの方でしょうし、道理に耳を傾ける力もおありでしょう。ですから、多少ともお義母様に取り入って、そして自ら心を開き、親しみのある態度をとることさえできれば、つまりその、ご自分の苦しみの種を打ち明けても構わないとも思います……ただ、本物の苦しみだけですよ、不満を述べるだけの理由があればです……そうすれば、お義母様もそのうち信頼できる友となるはずです。慰めとなり、支えともなってくれるでしょう。おっしゃったような、夢魔なんかではありません。そう私は堅く信じています」

しかし、どうやら私の忠告も、この不運な若いレディーにはほとんど効果がなかったようだ。私ではほとんど何も役に立たないとわかると、アシュビー・パークにいることが二倍に辛いものとなった。それでも、約束したのだから、翌日までは滞在を続けなければならない。しかし、もっと滞在を延ばしてほしいとどんなに勧められようが、懇願されようが、私は聞くことはできなかった。翌日には帰りますと私は告げた。留守にしている間、母が寂しくしていて、いつ私が戻ってくるか待ちわびているはずですから、とそう言って譲らなかった。

そうはいっても、レディー・アシュビーと別れるときは何とも心が重かった。この豪華絢爛な住まいに彼女を残していかなければならないと思うとかわいそうだった。私にこれほどそばにいてほしいと思い、慰めを得たいと思っている。そもそも一般的な考え方も趣味も何一つ合わないこの私なのに、それでもどうしても一緒にいたいと思うのは、彼女自身が幸せではないという証がまた一つ増えることを充分に表していた。もっとも、一緒にいたいと言っても自分が幸福を手にしていれば忘れ去られ、自分の心の充足が半分も満たされていれば、そばにいても楽しいどころか迷惑だと思われがちなのに。

第二十四章　砂浜

私たちの学校は町の中心地にはなかった。A——の北西側から入ってすぐのところに一本の大きな通りがあり、その白い道の両側に佇まいの立派な家々が立ち並んでいた。家々の前には細長い形の庭地が並び、また、どの窓の内側にもヴェネチアン・ブラインドがかけられ、ドアも真鍮の取手付きの素敵なもので、それぞれ階段を上がって入るようになっていた。この住宅の中で一番大きな家が母と私の住まいであり、知人や一般の人々から預けられた若いお嬢様たちの寄宿舎ともなっていた。そのため海からは遠く離れていた。私たちのいる場所と海との間には、まだまだ複雑に入り組んだ通りや家々の連なりがあった。それでも、私にとって海は喜びの源だった。生徒たちと一緒に、あるいは休暇中のときは母と二人きりでその海岸沿いを散歩するのが楽しみで、しょっちゅう町中を勇んで通り抜けて行った。どんな時のどんな季節の海も、私には喜ばしいものだったが、中でも荒々しい海風がびゅうびゅう吹き荒れているときや、夏の早朝の最も清々しいときの海が好きだった。

アシュビー・パークから戻った三日目、私はまだ朝が早いうちに目が覚めた。ブラインドの隙間からはすでに日の光が差し込んでいた。まだ町中の半分が寝静まる中、この静かな町並みを通り抜け、砂浜を一人ゆっくりと散歩してみたらどんなに気持ちがいいだろうかと、私はふと考えた。出かけようと決心するのに時間はかからず、すぐにも行動に移った。もとより母を起こしたくはなかったので、階段を下りるときは音を立てずにそっと歩き、ドアの鍵も静かに開けた。服を着替えて下に下り、外に出たときには、教会の鐘がちょうど六時十五分前を告げていた。

町並みを歩いているときからもう活力が増し、気分も新たな思いだった。その町並みをようやく抜け出て、一歩私の足が砂地に触れるや否や、そして私の目が大きな明るい湾に向けられると、もうどんな言葉も必要としなかった。深く澄み切った紺碧の空と海、きらきらと輝く朝日の光、これらのもたらす力はまるで言葉にならなかった。半円の壁のように取り囲んだ断崖の岩々に、その上になだらかな起伏となって広がる緑色の丘に、朝日は降り注いでいた。遠浅の滑らかな砂浜の上にも、遠くの海に突き出た低い岩々にも陽は注がれ、海草や藻の服をまとった岩はまるで草深き小さな島のように見えていた。そしてまた、海面が何よりも輝かしくきらきらと光っていた。さらには、きれいに澄んだ空気が、これまた何とも喩えようのないほどに清々しかった。海から吹く風は多少の温かみを含み、それがちょうどよく感じられ、また海へと吹きつける風もほどよく海全体にさざ波を立てていた。海岸まで打ち寄せる波はきらきらと泡立ち、まるであまりの嬉しさに弾け飛ぶかのようだった。しかし、それ以外は何ものも動いていなかった。私以外の生き物がまず見当たらなかった。この完全にまっさらな砂地に最初の跡を残したのも、まぎれもない私の足跡であり、そのときまで誰もこの砂浜に足を踏み入れていなかった。昨日のうちに最も深く刻まれた跡でさえ、夜の潮の流れで完全に消えてなくなり、真っ平らにならされていた。とはいえ、波がひいていくときに、わずかな水の窪みや小さな川をあとに残してその名残を留めていた。

こうして気分も一新し、みなぎる力と喜びを感じて海辺を散策し続けた。心配事などとうに忘れていた。両足に羽が生えたようで、あと少なくとも四十マイルは、何の疲れも感じずに歩いて行けると思えた。まるで、子どもの頃のようなわくわくした感覚を、その時から一度も感じていない高揚感を、今まさに味わっていると感じていた。しかし、六時半にもなると、主人の馬を早朝の空気の中で散歩させようと、馬番が何人か海岸まで下りてきた。最初は一頭、次にまた一頭と下りて、そのうちに十数頭ほどになり、乗り手も五、六人と増えていった。しかし、これで私が困ることはなかった。そのとき私は低い岩が立ち並ぶところに近づきつつあり、こんなに遠くまで彼らが来るはずがなかったからである。その岩場にたどり着くと、私はぬるぬると滑りやすい海草の上を渡って行き（ここで足がもつれると、透明な海水が流れ込んできている数々の岩場の隙間にはまってしまう危険性があった）、見晴らしよく張り出している岩の上に立った。足もとには藻が生え、その周囲では波がパシャパシャとはねていた。そこに立った私は後ろを振り返り、また新たに動いているものが見えないかと見遣った。しかし、先ほどの馬番たちが馬と一緒にいるのが見えるだけで、あとは一匹の犬が小さな黒い点のように走っている姿と、その後ろからついてくる一人の男性、それから町からやってきた一台の採水車が水浴用の水を汲みに来ているのが見えるだけだった。あと数分も待てば、遠くに置いてある更衣車が動き始め、また、散歩が習慣のご年配の紳士方やまじめなクエーカー教徒のご婦人たちがやってきて、健康のために早朝の散歩を開始することになるだろう。しかし、そうした光景を目撃することに興味はあっても、それを待ってなどいられなかった。ちょうどその方向に差し込む太陽と海の光のせいであまりにも目が眩しく、そちらに一瞥するのがやっとだった。そこで私はもう一度前を向き、この岩場に波が押し寄せる光景と、その波が岩に打ちつける音を楽しんだ。といっても、波の力が巨大だったわけではない。絡み合う海草やその下にも見えない岩があるせいで、押し寄せる波の力も弱められてしまうのだった。が、それがなければ水しぶきが立ってあっという間に全身ずぶ濡れになったことだろう。

　しかし、潮が少しずつ満ち始めていた。水位は上がり、岩の割れ目にも穴にも水が溜まり始め、岩場と浜の間がだんだんと広がり始めた。もう少し安全な足場を探す頃合になったので、その場を離れて歩き出し、途中ぴょんと跳んだり、よろめいたりしながら、元の平らな広い砂浜に戻って来た。そのまま崖の方へと歩き続けることにして、切り立った崖のどこか切っ先のところまで行ったら帰ってこようと思い立った。

しばらく歩いていると、後ろから鼻をフンフンと嗅ぐような音が聞こえてきた。と思うと、一匹の犬が現れ、私の足元で跳ね回ったりじゃれついたりしてきた。なんと、それがあのスナップだった。硬くて黒い毛の、あの私の小さなテリアだった。名前を呼ぶと、私の顔のところまで跳び上がり、嬉しさのあまり吠(ほ)え止まなかった。

私もスナップに負けず劣らず嬉しくて仕方なかった。かわいいその子を両腕に抱きかかえ、何度も何度もキスをした。しかし、どうしてここにいるのだろう。空から落ちてきたわけでもあるまいし、たったひとりでここまでずっとやってきたはずもない。彼のご主人、つまりあのネズミ捕り屋が連れてきたのだろうか。もしくは、他の誰かに連れられてきたのだろうか。ありったけの思いで彼を撫で回していた手をふと止め、同時にスナップのことも懸命に抑えながら振り向くと、そこにいたのは、ウェストン氏だった。

「グレイさん、あなたの犬は実によく覚えているようですね」一体自分が何をしているかもわからずに差し出した手だったが、彼は温かく握り返しながらそう言った。

「早起きされたのですか」

「いつもこれほど早くは起きないのですが」この事態のあらゆる状況を考えれば、驚くほどの落ち着きぶりで私は答えた。

「あと、まだどのくらい歩き続けるおつもりなのですか」

「もう帰ろうと思っていたところです。そろそろ時間ではないかと思いますし」

彼は自分の時計を取り出して調べたが、今やそれは金時計だった。まだ七時五分をまわったところだと言った。

「どちらにしろ、もう充分長いこと散歩されていたのは間違いないでしょうから」と、彼は町のほうに向き直って言った。そこで私はもと来た道を引き返すべく、そちらの方角へとゆっくり歩き始めた。彼も私の横を並んで歩いた。

「この町のどの地域にお住まいですか」彼は尋ねた。「全然探し当てられなかったものですから」

全然探し当てられなかった。ということは、探そうとしていたのだろうか。私は彼に住所を伝えた。

私と母の仕事がうまく行っているかどうか尋ねられたので、なんとかうまくやっていると答えた。クリスマスの休暇のあとに生徒数がかなり増えたこと、この夏休みが終わる頃にもさらに増えるのではないかと期待していることなどを伝えた。

「きっともう有能な教師になられたことでしょう」彼はそう言った。

「いいえ、それは母のほうです」私は答えた。「母は何事もうまくこなします。とても精力的に動きますし、頭もよく、それでいて優しいのです」

「母上のことをもっと存じ上げたいものです。お住まいを訪ねたときにでも、いつか紹介していただけるでしょうか」

「ええ、もちろんですわ」

「それから、古くからの友人ということで、その恩恵に浴したいとも思うのですが。つまり、これからは時々お宅に遊びに伺いたいと思うのですが、よろしいでしょうか」

「ええ、でももし――いえ、大丈夫だと思います」

本当に愚かな答え方であったと思うが、ただ実際私が考えていたのは、あれは母の家なのだから、その母が知らないうちに誰かを招いていいわけではなく、「ええ、でももし母が反対しなければ」とでも答えたら、彼のその質問を、私がその言葉以上に理解したように聞こえるかもしれなかった。なので、実際には母が反対することはないだろうとも思っていたので、それで「大丈夫だと思います」と付け加えたのだった。しかし、もっと礼儀正しくて分別のある言い方をすべきだったのはもっともで、それなりの機転が利けばそうしたはずだった。それから少しの間、私たちはただ黙って歩き続けた。が、すぐにウェストン氏が何か話したので、沈黙は解かれた（私にとってはおおいに気持ちも解かれた瞬間であった）。今朝は素晴らしい朝ですねと、彼は朝の光景や入江の美しさについて感想を述べていた。行楽地なら他にも上流社会の人々が訪れる場所はいくつもあるが、A――がそれらに勝る理由をいくつか挙げた。

「私がなぜA――に来たのか、お尋ねになりませんね」彼は言った。「まさか、私が自分の楽しみのためだけにここに来たとは思っていらっしゃらないでしょう。そこまで私が金持ちだとはお思いではないでしょうから」

「ホートンを去られた話は聞いています」

「では、私がF――で牧師になった話を聞いていらっしゃらないのですね」

F――はA――から二マイルほど離れたところにある村だった。

「ええ、聞いていません」私は答えた。「母も私も世間から完全にかけ離れた暮らしをしているものですから。たとえこのような町にいてもです。ですから、『――ガゼット』とか、そういった新聞の類を除けば、どの方面からもニュースはほとんど届きませんの。でも、新しい教区が気に入っていらっしゃるといいですね。そこでの職にお就きになったこと、お祝いを申し上げてもよろしいのでしょうか」

「これから一、二年ほどしたら、もっとあの場所が好きになると思います。今私が取り組みたいと考えているいくつかの改革を実施することになりますから。まあ、少なくとも、そうした事業の達成まで多少なりとも前進しておきたいとは考えているのでね。しかし、お祝いの言葉をいただくのもよろしいかと。なにしろ、一つの教区を自分だけのものとして任せられる、それもなかなかいいものだと思っているところですから。誰からも干渉されることはありません。自分の立てた計画を阻まれたり、努力が踏みにじられることもありません。それに、なかなかのいい場所にそれなりに立派な住まいも持てました。年に三百ポンドの収入もあります。実際、何も不満に思うことはありません。あるとしたら、そこに一人でいるということぐらいです。望むような相手もいないものですから」

と、彼はそう言い切ると私を見た。その黒い目がちらっと光ったように見え、私は思わず顔に火がついたように感じた。それほど動揺したのだが、こんなときにその困惑ぶりを表情に出してしまっては耐えられないと思った。

そこで私はこのまずい事態を収拾しなければと、今の発言が特定の個人を指しているなどとは思ってもいないように、急いで取って付けたような返事をした。もうしばらく待ってみればご近所の間でもよく知られた方になるでしょう、ですからそうした機会がいくらでも増えます、きっとF——やその界隈に住んでいる人たち、あるいは、もう少し選択の幅が広いほうがよければ、A——から訪れてくる人たち、そういったご婦人たちの中から必要が満たされていくでしょう、といった内容だった。しかし、こうした言い方をすると、暗にお世辞として受けとめられることになるとは考えもしなかった。彼の答え方でそれに気づかされたのである。

「そうおっしゃいますが、それはちょっと信じがたいことですね。私もそこまでうぬぼれた人間ではありません」彼は言った。「仮におっしゃる通りだとしても、ただ、私は生涯の伴侶についてはそれなりの考えがあるほうですから、おそらくおっしゃるようなご婦人たちの中で、私に見合う人は見つけられないのではないでしょうか」

「完璧を求めていらっしゃるようであれば、そうかもしれませんね」

「完璧を求めているわけではありません。そもそも完璧を求める資格などはないし、私自身、それに程遠い人間ですから」

採水車がガタゴトと音を立てて私たちの前を通り過ぎて行った。ここで会話はいったん中断された。私たちはずいぶんと賑やかな砂浜までさしかかっていた。それからあとの八分から十分かそこらは、そうした車やら馬やらに挟まれて、他にもロバやら人間やらがひしめく中で、話を続けるなどの余裕はなくなってしまった。その状況は、海を背にし、町中へと通じる険しい急な坂道を上ろうとするときまで続いた。そのとき、私のお相手は、腕を貸そうとしてくれた。申し出は受け入れたが、その腕に寄りかかるつもりはなかった。

「海辺にはあまり出ていらっしゃらないようですね」彼は言った。「あそこは何度も歩いたのですがね。こちらに来てからは、朝も夕方もよく来ていました。でも、今日までお見かけしませんでしたから。それから、町中を抜けて行くときも、何度もあなたの学校を探してみました。しかし、――通りとは思わなかったな。それから、一、二度ですが、誰かに尋ねてみたこともあります。でも、必要な情報は得られませんでした」

上り坂を上がり切ったとき、私は預けていた腕を離そうと少し腕を引いたところ、肘のあたりがぎゅっと締め付けられたので、彼としてはそのつもりはないのだということを暗黙のうちに感じ、それに応じて思いとどまることにした。

いろいろな話をしながら町へと入り、そのままいくつもの町並みを通り過ぎた。私に付き添っているため、彼は自分が帰るべき方角から外れようとしていた。が、彼も帰るまでにはまだ相当の距離を歩かなくてはならない。礼儀とはいえ、そんな理由で迷惑がかかるのも申し訳ないと思い、私は声をかけた。

「ウェストンさん、私のせいで違う道を取られているのではないかと思うのですが。F――

に向かう道は、全然別の方向にありますよね」

「次の通りの終わりまでご一緒したら、あとは帰ります」

「それで、いつ母に会いにいらっしゃいますか」

「明日にでも、それが叶うなら」

次の通りの端まで行けば、もう私の帰り道もほとんど終わりだった。しかし、彼はそこで立ち止まった。挨拶をするとスナップを呼んだ。一瞬、昔の女主人と現在の主人と、どちらの後をついていくべきなのだろうと悩んだように見えたスナップだったが、現在の主人に呼ばれると、すぐに走り去ってしまった。

「この犬はお返しはしませんから、グレイさん」笑いながらウェストン氏は言った。「彼のことは好きなんですよ」

「あら、必要ありませんもの」私は答えた。「いいご主人のそばにいるとわかって、充分に満足です」

「じゃあ、私がいいご主人に違いないと、そう思い込んでいらっしゃるわけですね」

彼と犬は去り、私は家に帰った。これほどの幸福を与えてくれた天に、感謝してもしきれない思いだった。そしてもう二度と私の希望が打ち砕かれないよう、心から祈った。

第二十五章　結び

「ねえ、アグネス、朝食を食べる前にそんなに長いこと散歩に出るのはもうやめなさい」私が何も食べずコーヒーだけをもう一杯おかわりしたのを見て、母はそう言った。外が暑かった上に長いこと歩き続けて疲れたものだから、と私はそんな言い訳をしていた。

もちろん、実際に体がほてっているように感じていたし、疲れていたのも本当のことだった。

「もう、いつも何でも極端なんだから。毎朝の散歩は短くすべきです。それをずっと続けるほうが健康にいいのですよ」

「そうね、お母さん。今度からそうします」

「それにしても、これじゃ、ベッドで寝ているほうがよかったくらいじゃないの。本の上にずっとかがみこんでいるほうがまだましだわ。そんなに歩き続けて、熱でも出たんじゃない」

「もう二度としないわ」

私はウェストン氏のことをどう切り出したらいいものかと、それればかり悶々と考えて頭を悩ませていた。明日彼はやってくるのだから、それを母に知らせないわけにはいかない。しかし、朝食を片付けるまで待つことにした。その頃にはもっと落ち着いて、冷静に話せるようになるだろう。その後、取りかかるつもりの絵を前にして座ったところで、ようやく切り出した。

「お母さん、今日ね、砂浜で昔のお友だちに会ったの」

「昔のお友だちですって。一体どなたかしら」

「それも二人に会ったの。一人目はね、犬よ」私は母にスナップのことを思い出させた。スナップのことは前からいろいろと母に話していた。そのスナップが不意に目の前に現れたこと、私だとわかったときの驚くべき反応など、起こったことを詳しく伝えた。「それからもう一人は」と、さらに私は続ける。「ウェストンさんです。ホートンで副牧師をされていた方よ」

「ウェストンさん。その人の名前は聞いたことがないわね」

「そんなことないわ。何度か話したことがあると思うもの。お母さんが覚えていないだけよ」

「ハットフィールドさんのことを話していたのは覚えているわよ」

「ハットフィールドさんはホートンの教区牧師、それでその副牧師がウェストンさんよ。ハットフィールドさんとは全然タイプの違う方ということで、何度かウェストンさんの話をしたつもりだけれど。牧師としてはもっと有能な方だって話をね。ともかく、そのウェストンさんが今朝、スナップと一緒に砂浜にいらしたのよ。多分、犬はネズミ捕り屋から買い戻してくださったのね。私をスナップと同じようにすぐにわかってくださって、というより、多分スナップを通してわかったのだと思うけれど、それで少しお話をすることになったの。そのお話の中でね、学校のことを尋ねてくださったものだから、お母さんのことを少し話すことになって、経営などがとても上手だという話をしました。そうしたら、ウェストンさんがもっとお母さんのことを知りたいとおっしゃって、私に紹介してもらえないか尋ねていらして、失礼でなければ明日にでもうちにいらしたいという話になったから、結構ですと答えたのよ。これでよかったのかしら」

「もちろん、結構よ。どんな方ですか」

「それはとても立派な方よ。と私は思うのだけれど、いずれにしろ、明日になればわかるわ。今はF――の教区牧師に新しく就いていらっしゃるの。まだそこにいらして数週間ほどだから、おそらくまだお友だちがいらっしゃらなくて、それで少しお話できる人でもいればと思われてるのではないかしら」

翌日になった。不安と期待がどっと押し寄せてきて、私は朝食からお昼までずっと熱に浮かされたように落ち着かなかった。そして、お昼頃に彼がやってきた。

母に彼を紹介したあとは、私は自分の針仕事を持って窓際に座った。そこで二人の話の成り行きを見守ることにしたのである。

二人は一緒に話していて極めて馬が合うようだった。母が彼のことをどう思うか、内心とても不安だった私はこの結果に心からほっとした。このときの訪問はごく短いものだったが、そろそろ帰りますと彼が立ち上がったときに、母が一言、またお会いしましょう、いつでも都合がつくときにまたいらしてくださいと声をかけていた。彼が帰ったあとも次のように話したので、私としてはとても嬉しかった。

「そうね、とても分別のある方じゃないかしら。そう思うわ。でも、アグネス、あなたはなぜあんな後ろのほうにずっと座って、全然しゃべらなかったの」
「だって、お母さんがとても上手にお話ししていたから、私の助けなどお呼びでないと思ったの。それに、ウェストンさんはお母さんに会いにいらしたのよ。私のお客さんではないから」

それ以来、彼はしょっちゅうわが家にやってきた。一週間のうち何度もやってくることもあり、大概、話しかける相手はほとんど母だったが、母は会話が実に上手だったので、それも当然に思えた。母の話しぶりにはよどみがなく、とても積極的でのびのびしていた。一言一言に示される確かな分別など、すべて羨んでしまいそうだったが、実際に羨むわけではなかった。もっとも、たまに彼のために自分の欠点を考えれば嫌にならなくもなかったが、それでも世界で私が一番愛し、尊敬しているこの二人がとても仲良く、それも優れて知的な会話をしていることは、ただ座って聞いているだけにしても、私にはこの上ない喜びに感じられた。

しかし、私もいつも黙っていたわけではないし、別に無視されていたわけでもなかった。自分が望むくらいには私の言うこともきちんと聞いてもらえ、必ず心のこもった言葉などもかけてもらえた。それよりさらに心のこもった眼差しにも囲まれ、そうした繊細な心配りに欠けることはなかった。言葉にならないほど繊細で微妙な気遣いだからこそ、何と言えばいいかわからないが、それを深く心に感じていた。

四角四面の礼儀といったものは、私たちの間ですぐに取り払われ、ウェストン氏は待ち望まれる客として、いつ何時でも快く迎えられた。それでもわが家の倹約が乱されることはなかった。そして、彼は私のことを「アグネス」と呼び始めた。最初は少しためらいがちであったが、誰からも怒られることがなかったものだから、「グレイさん」と呼ぶよりは「アグネス」という呼び方をとても気に入ったようで、私も同じ気持ちだった。

ああ、彼が来ないとなると、なんと退屈で憂鬱に感じられたことだろう。しかし、もう惨めに思うことはなかった。前回に彼が訪問したときの思い出があり、次にやってくるという期待がいつも私を励ましていた。それでも、彼に会わずに二、三日経つと、必ず私は不安に襲われてしまった。もちろん、訳もない理由でばかばかしいとはわかっていた。彼にも自分の仕事があり、自分の教区で果たさなければならない務めもあった。それに、休暇が終わってしまうのを考えるのも怖かった。休暇が終われば私自身の仕事も始まり、時々彼に会えないことも出てくるだろう。それから、母が教室で教えているときなど……そういうときなど、彼と二人だけで過ごさなくてはならない場合も出てくるだろう。そういった状況……家の中でそんなふうになることを、私はちっとも望んでいなかった。家の外で彼に会ったり、一緒に散歩したりすることは決して嫌ではないのに。

ところが、休暇も最後の週を迎えたある夕方、彼が不意にやってきた。不意にというのは、午後中ずっと激しい雷雨が降り続け、それも長引いていたので、その日彼に会えるはずはないものと考えていたからである。しかし、そのときはもう嵐も止み、太陽が明るく輝き始めていた。

「とても美しい夕方ですね、グレイ夫人」彼は家に入りながら、そう言った。「アグネス、ちょっと僕と一緒に散歩に行きませんか。――まで一緒に行きたいと思うのですが」(彼はある海岸沿いの地名を挙げた。陸地側に起伏の激しい丘が続き、海に向かって切り立った崖が連なるところだった。その頂上からはそれは見事な眺めが望めるはずだった)「雨が降ったおかげで、塵も落ち、埃も収まりました。空気もきれいでひんやりしています。これなら素晴らしい眺めが見られるでしょう。行きませんか」

「行ってもいいかしら、お母さん」

「もちろん、いいわよ」

私はすぐに用意をしに行き、数分で下りてきた。もちろん、一人で買い物に出かけて行くよりは、もう少し手間をかけた服装だった。

雷雨の影響は確かにとてもいい効果をもたらし、夕暮れはとても素敵だった。ウェストン氏は自分の腕をどうぞと私に貸してくれたものの、人ごみの多い通りを抜ける間、ほとんど一言も話さなかった。その分、急いで歩いていて、何か深刻そうに考え込んでいるようにも見えた。

何事だろうと私は思った。何かよからぬことが彼の頭を悩ませているのではないかと漠然とした恐怖を感じ、一体それは何だろうかとあれこれ考えていると、私も少なからず滅入り、同じように深刻めいて黙ってしまった。しかし、こうした空想も、町をはずれて静かな場所に出るとすぐに消えてしまった。古く厳かな教会が目に入り、背後に紺碧の海をたずさえた

――の丘のところまで来ると、私の連れも元気を取り戻していた。

「ちょっと君には歩くのが早過ぎたかな、アグネス」彼は言った。「自分が早く町を抜け出たくて仕方がなかったものだから、君の都合をはかることも忘れてしまった。でもここまで来たら、好きなだけゆっくり歩きましょう。きっと素晴らしい日没が見えるはずです。向こうの西の方に明るい雲がいくつも見える。だから、きっと素晴らしい日没が見えるはずです。その光景がまたどんな素晴らしい眺めを海にもたらすのか、僕たちはもうすぐ目にすることができます。ゆっくりめに歩いても、問題なく間に合うはずだから」

丘を半分ほど上ったところで、私たちは再び黙り込んでしまった。しかし、その沈黙を破るのは、いつもながら彼のほうだった。

「グレイさん、僕の家にはまだ誰もいなくて寂しい限りですよ」彼は笑みを浮かべながらそう言った。「今は教区のご婦人方とも全員お近づきになりました。この町にいるご婦人方も何人か知っています。他にも見たり聞いたりした者を含めれば、多くの人を知っています。しかし、誰をも伴侶としてふさわしい人はいないと思うのです……ただ、実を言うと、この世にたった一人だけそのような人がいると思っています。それはあなたです。そして、あなたの決心が知りたいと思っています」

「まあ、本気なのですか、ウェストンさん」

「本気なのですかって、こんなことを僕が冗談で言えると思いますか」

腕にかけていた私の手に、彼はそっと手を重ねた。震えているのがわかっただろう……しかし、もうたいした問題ではなかった。

「あまり唐突過ぎたのでなければいいのですが」彼はまじめな調子で言った。「何かお世辞を言ったり、甘いたわごとなどをつぶやいたりというのは、僕の柄ではないと理解してもらえればと思います。どんなに素晴らしいと感じていても、それを口にするやり方はできないのです。でも、他の男がたいてい口にするような甘ったるい言い回しや、熱っぽい主張などより、僕にとってはたった一言の言葉、たった一つの眼差しにもっと意味があるのです」

私が答えたことは、母のもとを去りたくないということ、母の承諾がなければ何もするつもりはないといったようなことだった。

「グレイ夫人にはすべて話し済みです。君がボンネットをかぶって準備をしているときにね」彼はそう答えた。「お母様はね、もし僕が承諾を得られたら、そのときは自分の承諾も得られると、そうおっしゃってくださったのです。それで、こうもお願いしました。仮に僕がその幸せを得られたとしたら、そのときは一緒に僕たちのところに来てくださいませんか、と。君もそのほうがいいだろうと思ったからね。でもお母様は断られたんだ。今はもう助手を雇うぐらいの余裕はありますからとおっしゃって。それに、どこかの住まいで一生快適に暮らせるだけの充分な年金を手にできるまでは、この学校を続けるつもりです、ともおっしゃっていた。それまでの間は当分、休暇が来たら、僕たちのところとお姉さんのところと交代に回ってご厄介になりますからと。娘が幸せであればそれでもう充分だと。さあ、お母様のために反対する理由は、これで全部僕が押さえてしまったね。他にも何か反対することがありますか」

「いいえ、何も」

「では、僕を愛していると」彼の手が激しく私の手を握った。

「はい」

このあたりで筆を休めよう。私はこれまで自分の日記をもとに、それを編集してここまでの頁を書き連ねてきた。しかし、その日記も残りほとんどわずかである。もちろん、まだ何年も書き続けることはできる。しかし、ただ次のことを書き加えれば、私はそれでもう充分なのだ。あの夏の日の素晴らしい夕暮れの光景を、私は一生忘れることはない。あのごつごつと起伏に富んだ丘、その断崖の際に立ち、二人で眺めたあの見事な日没の光景。二人の足元に広がる大海原、その波打つ水面の上に、沈みゆく太陽が照り返る姿。これらを思い出すとき、私はいつも喜びに溢れる。心は天に対する感謝と、幸せと、愛に満ち、それらはもうほとんど溢れんばかりで、言葉にはならない。

それから数週間が経ち、母が一人の助手を雇うのを待って、私はエドワード・ウェストンの妻となった。後悔する理由など何もなかった。これからもないと確信している。私たちはこれまでいくつかの試練を経てきた。今後もまた何らかの試練を迎えることになるだろう。私たちはしかし、私たちはともにそれに耐えなくてはならない。そして、あの最後の別れ、生き残る者にとって最大の苦しみの時、それに備えるべく私たちはできるだけ自分の心を強く持ち続け、また、互いに互いを励まし続けていかなければならない。それには、かの栄光なる天上の存在をいつも心に留めておくことにしよう。二人はそこで再び出会うことができるのだから。そこではこの世の罪も、悲しみも、すでに知るところのものではない。そのことをいつも心に留めていれば、この試練も必ずや耐えられるものとなるはずである。その時が来るまでに私たちが為すべきことは、神の栄光のために生きることである。私たちの道のりに、これほどの多くの祝福を振りまいてくださった神の栄光のために。

エドワードは大変な力を注ぎ、教区の改革を驚くほど立派に成し遂げてみせた。今は住民たちに尊敬され、愛される存在であり、それに充分値する。彼の人間としての欠点がたとえどんなものであろうと（実際、誰もそうした欠点を免れる者などいない）、一人の牧師、夫、父である彼を咎める、そんな者がこの世にいるはずもない。

私たちの子どもたち、エドワードとアグネス、そして小さなメアリ、三人の将来はみな明るい。彼らの教育については、しばらくの間はもっぱら私に任せられている。そして、子どもを見守る母親の心、その心が育むものならなんでも与えていくだろう。

わが家の収入は実にささやかな程度であるが、私たちが必要とするものを備えるには至極充分である。もっと苦しい時代に身に付けた倹約の方法を実践し、かつ、豊かな隣人たちの真似などを試みたりしなければ、私たちの家族だけで、何一つ不自由のない満足な暮らしを送ることができる。それだけではない。毎年、子どもたちのためにわずかばかりの貯金を残す余裕もあり、必要とする人々がいれば、そうした人々にいくらかの恵みを与えることもできる。
これでもう、私は充分に言い尽くしたものと考える。

(侘美真理＝訳)

「アグネス・グレイ」訳注

1―**教えるとは、～成長させていく**　詩人ジェイムズ・トムソン（James Thomson, 1700-48）の『四季』（*The Seasons*）から、「春」の一部を改変して引用している。トムソンはスコットランド出身の詩人。十九世紀初頭によく読まれた詩人の一人で、特に「四季」は大変有名な詩。古典主義的な理性と人間の関係から、自然そのものへと詩の主題の関心が移っていく、いわゆるロマン主義の時代の到来に影響を及ぼした詩人の一人とされる。第七章でもトムソンの詩を借用している（注9）。

2―**私は押し潰されても、～その痛みは気にしない**　ロマン派詩人バイロン（Lord George Gordon Byron, 1788-1824）の「オーガスタに捧げる詩」（Stanzas to Augusta）の一部を改変して引用している。バイロンが恋人であった異母姉のオーガスタ・リーに捧げた詩はこの詩以外にもいくつかある。ブロンテ姉妹はバイロンの詩が好きで、幼少期の創作物語は特にバイロンの影響を色濃く受けていると言われる。

3―**書きもの台**　原文は'desk'。これは携帯できる小さな箱のような「机」で、蓋を開くと書きもの台として利用でき、またいくつか引き出しや収納が付いていることが多い。ブロンテ姉妹が使ったとされるものはハワースのブロンテ博物館に所蔵されている。作家ジェイン・オースティンのものは有名で、大英図書館に所蔵されている。

4―**ゴルゴン**　ギリシャ神話に登場する三人の怪物姉妹。髪が蛇で、その姿を見る者を石に変える力を持っているとされる。恐ろしく、醜い人という意味で使われることもある。

5―**悪名高きダグラス将軍**　ジェイムズ・ダグラス（Sir James Douglas, c.1286-1330）はスコットランドの武将。スコットランド王ブルース（The Bruce, Robert I）に仕え、イングランドを何度も侵略しては略奪し、「黒ダグラス（The Black Douglas）」として恐れられた。トムが怒り狂っている様子が「ダグラス将軍が城の貯蔵庫を破壊しつくしたよう」と描写されるのは以下の逸話に基づく。イングランド軍によって占拠されていた自らの城にダグラス将軍は奇襲をしかけ、蓄えられていた兵糧をことごとく破壊し、さらに皆殺しにされた捕虜の死体とともに一つに集め、城に火をつけたと言われている。

6―憐れみ深い人々は、幸いである、その人たちは憐れみを受ける　『マタイによる福音書』五章七節。

7―憐れみ深い人々は家畜に憐れみを与える　聖書からの引用としては見当たらないが、『箴言』一二章一〇節に「神に従う人は家畜の求めるものすら知っている(A righteous man regardeth the life of his beast、直訳は「正しき人はその家畜の命を顧みる」)」とある。

8―パーク　貴族やジェントルマンの屋敷に付随した広大な緑地を指す。「大庭園」と訳されることもあるが、森林地や牧草地が広がった私有地である。もとは王侯貴族の所有する「狩猟園」や「鹿園」を表す言葉であったが、次第に装飾的もしくは娯楽的な目的で鹿や牛や羊などを放牧する、広大で囲われた庭を表すようになった。

9―うねりたる雪の大海原／重みに耐える木々の群れ　ジェイムズ・トムソンの『四季』(*The Seasons*)から、「冬」の一部を改変して引用している。トムソンについては注1を参照。

10―ドグベリー　シェイクスピアの喜劇『から騒ぎ』の登場人物。警察官であるが、おしゃべりの気取り屋で、高尚な言葉を使おうとしてよく言い間違えるため、何を言っているかよくわからず、聞き手はいらいらさせられる。

11―ヴァルピーのラテン語教本　学校教師を務めていたリチャード・ヴァルピー(Richard Valpy)の *Delectus Sententiarum et Historiarum* はブロンテ姉妹の時代にラテン語教本として広く使われていた。ブロンテ博物館にはアン・ブロンテによる書き込みがされたこの書物が残っている。アンが家庭教師(ガヴァネス)として働いているときに使ったとされている。

12―柔和でしとやかな気立て　『ペトロの手紙一』三章四節の一部。『マタイによる福音書』からの引用ではない。

13―忍耐強く情け深い、～すべてに耐える　『コリントの信徒への手紙一』一三章四・五・七節の各節より一部を抜き取り、並べている。

14―背負いきれない重荷をまとめ～指一本貸そうともしない　『マタイによる福音書』二三章四節。

15―自分の言い伝えのために～教えとして教える　『マタイによる福音書』一五章六節と九節の一部を合わせている。

16―神は愛です～人の内にとどまってくださいます　『ヨハネの手紙一』四章一六節。

17―メソジスト　メソジスト派は十八世紀前半にジョ

ン・ウェスレー（John Wesley, 1703-91）によって創始されたプロテスタントの一派である。英国国教会の改革運動として始まるが、その後国教会と激しく対立し、分離する。十九世紀には中下層階級に支持される大きな信仰一派となり、十九世紀前半のいわゆる「オックスフォード運動（Oxford Movement）」を起こす一つの契機となったとされる。このオックスフォード運動は国教会の体質改善を図り、使徒継承や典礼重視などカトリックの権威を引き継いだ高教会（High Church）の理想を引き継いだ改革運動であったが、低教会（Low Church）から厳しく批判され、また非国教徒であるメソジストとも対立した。なお、ハットフィールド牧師は高教会派の人物として描かれており、そのためメソジストに対して侮蔑的である。また、ブロンテ姉妹の伯母は厳格なメソジスト派であったとも言われ、アン・ブロンテに宗教的な影響を与えたとも言われる。

18―**愛することのない者は神を知りません**　『ヨハネの手紙一』四章八節。

19―**神から生まれた人たちは皆、罪を犯しません**　『ヨハネの手紙一』三章九節。

20―**愛は律法を全うする**　『ローマの信徒への手紙』一三章一〇節。

21―**「狭い戸口」から「入ろうとしても入れない」**　併せて『ルカによる福音書』一三章二四節の一部。全文は「狭い戸口から入るように努めなさい。言っておくが、入ろうとしても入れない人が多いのだ」。

22―**騒がしいどら、やかましいシンバル**　『コリントの信徒への手紙一』一三章一節の一部。

23―**唇にのせた**　『詩編』一〇六編三三節の一部。

24―**最も重要な第一の掟を～これら二つの掟に基づいている**　『マタイによる福音書』二二章三四～四〇節に書かれている。

25―**生んでくださった方を愛する人は皆～をも愛します**　『ヨハネの手紙一』五章一節。

26―**神が、私たちのためにお命を捨ててくださる～愛し合うべきです**　『ヨハネの手紙一』四章九～一一節に書かれている。

27―**人にしてもらいたいと思うことを、人にもしなさい**　『ルカによる福音書』六章三一節。

28―**愛の内にとどまりましょう～私たちも神の内にとどまるのです**　『ヨハネの手紙一』四章一二・一三節の一部を引用している。

29―**柔らかな応答は憤りを静め、傷つける言葉は怒りをあおる**　『箴言』一五章一節。

30―**疲れた者、重荷を負う者は～休ませてあげよう**　『マタイによる福音書』一一章二八節、その後の二つの節とは、二九節が「わたしは柔和で謙遜な者だから、わたしの軛を負い、わたしに学びなさい。そうすれば、あなたがたは安らぎを得られる」、三〇節が「わたしの軛は負いやすく、わたしの荷は軽いからである」。

31―**腰帯を締め、靴を履き、杖を手にし**　『出エジプト記』一二章一一節の一部。

32―**踏み越し段**　原文は'stile'。これは牧草地の柵や垣根の一部に人が通り抜けられるように設置した踏み台のようなもので、木製の階段が数段つらなっていることも多い。人は越えて行けるが、家畜は通り越せないようにするための仕組み。

33―**「父なる神よ～御心に適うことでありますように」～「しかし、父なる神よ、あなたは侮られません」**　それぞれ『マルコによる福音書』一四章三六節の一部、『詩編』五一編一九節を参考にして引用している。

34―**「死にゆく人」からの祝福を受けることになった**　『ヨブ記』二九章一三節に「死にゆく人さえわたしを祝福し」とある。

35―**そのまま石を積み重ねたままではいけないと思ったの**　『マルコによる福音書』一三章二節に「一つの石もここで崩されずに他の石の上に残ることはない」とある。ロザリーはそれを引用し、石がぺしゃんこになるほどハットフィールド牧師のプライドを崩したいという気持ちを表している。

36―**アドニス**　ギリシャ神話に登場する、女神アプロディテに愛された美少年。アドニスの美しさに魅了されたアプロディテは、赤ん坊のアドニスを箱に入れて女神ペルセポネに与え養育を頼む。ふたを開けてしまったペルセポネもまた、アドニスのあまりの美しさに恋に落ち、アプロディテに返すことを拒んだために両者の間で争いとなり、ゼウスが仲裁する。美少年・美青年の代名詞に用いられる言葉でもある。

37―**私が考えていたのは～についてであった**　ここでアグネスは『サムエル記下』一二章一～四節の話を思い起こしている。「貧しい男は自分で買った一匹の雌の小羊のほかに／何一つ持っていなかった。／彼はその小羊を養い／小羊は彼のもとで育ち、息子たちと一緒にいて／彼の皿から食べ、彼の椀から飲み／彼のふところで眠り、彼にとっては娘のようだった。／ある日、豊かな男に一人の客があった。／彼は訪れて来た旅人をもてなすのに／自分の羊や牛を惜しみ／貧しい男の小羊を取り上げて／自分の客に振る舞った」（『サムエ

ル記下』一二章三・四節）

38——**すべて清いこと、すべて愛すべきこと、すべての誠実で評判のよいこと、それを心に留めなさい**『フィリピの信徒への手紙』四章八節の一部を改変して引用している。

＊聖書からの引用は、日本聖書協会の新共同訳に拠った。

解説——桜庭一樹

今世紀に入って、ブロンテ姉妹の末っ子、アン・ブロンテが急速に再評価されているという。

姉シャーロットの『ジェイン・エア』はサッカレーから絶賛され、発売と同時にベストセラーになった。

つぎの姉エミリによる『嵐が丘』は出版直後は酷評もされたが、二十世紀に入って再評価され、一九五四年に刊行された『世界の十大小説』（サマセット・モーム）では、『カラマーゾフの兄弟』『戦争と平和』『白鯨』『ボヴァリー夫人』などと肩を並べた。

そして二十一世紀、いよいよ末娘アンの再評価の時がきたと言われている。物語性の強い姉たちの作風と比べ、一歩引いたところから社会全体をみつめる〝静かなる傍観者の目〟を持つアンに、改めて注目が集まっているのだ。

とはいえ、日本ではまだ、〝文庫で気楽に読めるアン・ブロンテ〟とはなかなかいかない。

そういうわけで、本書には彼女の代表作『アグネス・グレイ』が収録されている。

姉たちによる『ジェイン・エア』も『嵐が丘』も、読むほどに惹かれるのにますますわからなくなる——作者自身の謎にも絡めとられるような危うい魅力がある。〝ブロンテ姉妹万華鏡〟に心を摑まえられたことがあるものは、シャーロットとエミリの謎を解く鍵としても、アンというキーワードに、いつか辿り着くのだろう。

ブロンテ姉妹の父パトリックは、北アイルランドの貧しい家に生まれた。パトリックとは聖人にちなんでつけられた名前である。読書好きの少年で、働きながらミルトンの『失楽園』などを熱心に読んだ。苦学して牧師になり、詩人として詩集と散文集も発表した。

結婚し、子供が六人生まれた。マリア、エリザベス、シャーロットと女の子が三人続いた後、男の子ブランウェルができて、つぎにまた女の子のエミリとアンが生まれた。

妻が病死し、末っ子のアン以外の女の子四人を、牧師の娘のための寄宿学校カウアン・ブリッジに送った。ここが劣悪な環境で、長女マリアと次女エリザベスは肺結核で死んでしまう。父はあわてて三女シャーロットと四女エミリを家に連れ戻した。

この経験が、後にシャーロットの『ジェイン・エア』に登場する寄宿学校の描写に使われたと言われている。また、寄宿学校でジェイン・エアが出会った親友ヘレン・バーンズの死や、『嵐が丘』におけるキャサリンの死とも関わっているのでは、ともわたしは思っている。

そして末娘アンだけが〝あの陰鬱さ〟を持たないのは、彼女がこの寄宿学校を経験していなかったり、幼くて母や上の姉たちの死の記憶が薄かったからではないか、とも考える。また、『ジェイン・エア』には不思議な力で遠くにいる人の声を聞くシーンが、『嵐が丘』にも幽霊の登場シーンがあるのに、アンの作品にだけスピリチュアルな面がないのも、これが理由ではないか……？

三姉妹とブランウェルは、子供時代、家にある本をよく読んだという。読書好きの父のおかげで、シェイクスピア、ギリシャやローマの古典、『千夜一夜物語』、バイロンの詩集などが豊富にあった。また、父が聖職者会議のおみやげで買ってきてくれたオモチャの村や人形を使って遊んだりもした。そのうちファンタジーの物語を思いつき、シャーロットとブランウェルの合作「アングリア物語」や、エミリとアンの合作「ゴンダル物語」が生まれた。

大人になると、シャーロットは学校の先生になった。のちに家庭教師もやり、あるお屋敷で〝狂女が閉じこめられた言い伝えのある屋根裏部屋〟を見た。この経験も『ジェイン・エア』に生かされている。

エミリのほうは、学校に入っても、先生になっても、生まれ育ったヒースの荒野への郷愁が強く、すぐ帰ってきた。これも『嵐が丘』の舞台と繋がっている。

ブランウェルは飲酒癖などがあり、就職してもうまくいかないことが多かった。

末娘アンも大人になると家庭教師になった。彼女は温厚な性格から生徒たちに好かれた。

このころシャーロットが牧師館に女学校を併設したいという夢を持って行動した。これがおそらく『アグネス・グレイ』の展開に影響したのだろう。

シャーロット、エミリ、アンは、父と同じく詩を書いていた。一八四六年、まず三人で一冊の詩集を出版した。続いて三人とも小説も書いた。

一八四七年にシャーロットの『ジェイン・エア』がカラー・ベル名義で出版された。この売れ行きがよかったため、エミリによる『嵐が丘』とアンの『アグネス・グレイ』も同じ著者の作品と偽って出版された（後に訂正される）。このときの年齢は、シャーロット三十一歳、エミリ二十九歳、アン二十七歳である。

ところが翌一八四八年、まずブランウェルが肺結核で死に、年末にエミリも同じ肺結核で亡くなる。翌々年にはアンまで肺結核でこの世を去った。

立て続けに弟妹三人を失ったシャーロットは、次作『シャーリー』などを執筆。ロンドンに行き、ベストセラー作家としてさまざまな人と会う華やかな生活を約五年間送った。

内向的で激しいエミリ、温厚で引っ込み思案のアンと比べて、シャーロットの持つ明るさと社交性は興味深い。この性格は作品からもうかがい知ることができるように思う。

『ジェイン・エア』の魅力はなんだろう？　ジェインのロマンスの相手役ロチェスターは難しい性格の男性で、どこか『嵐が丘』のヒースクリフと共通イメージがある。モデルとなったのは父パトリックか？　それとも弟ブランウェルか？　それはわからない。だが感じるのは、人としての複雑さ、生命力、怒りや欠落が放つ〝負の魅力〟は、シャーロットの描くロチェスターよりエミリの描くヒースクリフのほうが強い、ということだ。

シャーロットの描く人間の魅力は、女性の生き様と彼女たちが互いに持つ友愛のほうにある、と感じる。女たちの魅力と、その絆（きずな）を描く筆のよさでは、同時代の巨匠ジェイン・オースティンも、ブロンテ姉妹のファンだったというL・M・モンゴメリをも凌（しの）いでいる。たとえば、ジェインが子供時代に出逢（であ）った乳母ベッシー。寄宿学校の親友ヘレン・バーンズとテンプル先生。ソーンフィールドのお屋敷で親しくなるフェアファックス夫人の上品さと、ちいさな生徒アデールの可愛らしさ。従姉たちとの暮らしも楽しいし、ロチェスターの嫁候補としてソーンフィールドに乗りこんでくる近隣のお嬢さまたちの描写までがひどく魅力的である。また〝ロチェスターが語るジェイン像〟も夢のようなうつくしさ。女性一人一人の魂の奥まで見て肯定していくような描写が続くのが『ジェイン・エア』の魅力ではないだろうか。

比べて、謎めいて魔女的とも思えるエミリがどういう人であったかは、詩を読むことでも知ることができるように思う。エミリは生まれ育った荒野で死者や精霊と語りあうのを好み、内向と激しさを併せ持っている。女性にはこういう傾向を隠し持つ人は少なくなく、『嵐が丘』を読むとたちまちエミリの友となるのだろう。

エミリについては二十世紀に入ってからヴァージニア・ウルフが『普通の読者』で〝偉大な詩人なので『嵐が丘』は『ジェイン・エア』より理解が困難である〟と評している。

そしてアンの人となりは『アグネス・グレイ』から。彼女は温厚でおとなしい質だったというが、作品を読むとそれだけではないことがよくわかる。ヒロインは家庭教師という労働者の立場から、時に辛辣に、時に冷静に、雇用主やその家族のあり方、共同体そのもののはらむ問題を描写している。立場的に、沈黙を強いられ、孤立しながらも、俯瞰で社会を見る冷静な目を持っているところが興味深い。教養と信仰を両輪に、自立して生きようとする彼女の姿勢は凛としている。夫となる人とも、ロマンスより、相手によりかかることなく尊敬しあう二人の人間として対峙しようとする。また、もう一冊の長編『ワイルドフェル・ホールの住人』は、対等な立場で添い遂げようとする変わり種の恋人たちのお話である。アンは極めて近代的なタイプの女性であり、いま読むと普遍の価値観と感じられる。再評価の時がきているのもそのためだろう。

——時は巻きもどり、再び十九世紀半ば。妹弟たちをなくして一人生き残ったシャーロットは、そういうわけで、社交的な生活をしながら精力的に執筆を続けた。六年後の一八五四年、副牧師と結婚する。ほどなく妊娠。だが翌年の春、とつぜん体調を崩してこの世を去った。

ブロンテ姉妹の作風は、どれもプロットの構築に無駄がなく、機能美を感じるほどだが、それでいて時折不思議な飛躍を見せる。あちこちにちりばめられた謎も魅力的である。そのせいで想像力が刺激されるのだろうか、昔から二次創作も多いように感じられる。有名なのは『ジェイン・エア』に登場する屋根裏の狂女バーサを主人公にした『サルガッソーの広い海』(ジーン・リース)。『嵐が丘』の家政婦ネリーを主人公に、舞台を日本に移し替えた『本格小説』(水村美苗)。氷室冴子も小説修練時代に『ジェイン・エア』を家政婦フェアファックス夫人の独白小説として書き換えたことがあるという(『シンデレラ迷宮』あとがき)。

ユニークな評論も抜きん出て多い。英国の学者ジョン・サザーランドは、なんと〝ロチェスター青ひげ公説〃や〃ヒースクリフ殺人犯説〃を論じているし(『ジェイン・エアは幸せになれるか?』『ヒースクリフは殺人犯か?』)、我が日本でも小池滋氏が〃ヒースクリフはキャサリンの父親がよそで作った子供。キャサリンとは異母兄妹だから結ばれなかった〃というエキサイティングな仮説をたてておられる(『ゴシック小説をよむ』)。

謎が謎を呼び、二次創作や評論にも活気がある〃ブロンテ姉妹万華鏡〃。ここに、二十一世紀に入って、近代的かつ温厚な末娘アンという新たな謎が仲間入りすることは、一読者としてとても喜ばしい。

本書がこうして気楽に手に取れる文庫の形で出版されることで、多くの人に楽しんでもらえたら、わたしもうれしいです。

作品解題

「エミリ・ブロンテ　詩選集」

初出：「信念と失意」"Faith and Despondency"、「星」"Stars"、「追憶」"Remembrance"、「囚人（断章）」"The Prisoner (A Fragment)"、「白昼夢」"A Day Dream"、「老克己主義者」"The Old Stoic"は *Poems by Currer, Ellis, and Acton Bell*, London: Aylott & Jones, 1846.「詩連」"Stanzas"のみ Currer Bell (ed.), *Wuthering Heights and Agnes Grey*, London: Smith, Elder & Co., 1850.

底本：Janet Gezari (ed.), *The Complete Poems*, London: Penguin Books, 1992.

一八四五年十月、エミリ・ブロンテが小机の中で保管していた詩の創作ノートを、姉シャーロットが偶然「発見」した。それを知ったエミリは憤慨するが、妹の詩才を見抜いたシャーロットは説得に出て、三姉妹（シャーロット、エミリ、アン）合同で詩集を自費出版することを提案する。結果、翌年五月『カラー、エリス、アクトン・ベル詩集』が世に出た。女たちの筆すさびだとして軽んじられないよう、男女どちらにもとることができる筆名でカモフラージュした上で、である。発行部数は千部で、売れたのはわずか二冊にすぎないが、エリス・ベルことエミリ・ブロンテが生涯でただ一度発表した詩二十一篇が収められているという意味で、記念すべき詩集だといってよい。

本詩選集に載せたエミリの詩七篇のうち六篇（「信念と失意」「星」「追憶」「囚人（断章）」「白昼

夢」「老克己主義者」）は、この姉妹詩集から精選したものである。残りの一篇（「詩連」）のみ、エミリの死後にシャーロットが編集出版した『嵐が丘およびアグネス・グレイ』（一八五〇年）から採った（ただし、シャーロットがかなり手を入れているため、ここではエミリの創作ノートに立ち返り、元のかたちで掲載している）。

いまに残るエミリの詩は百九十三篇。そのうち彼女の了承のもとで公表されたのは二十一篇で、ここで取り上げた七篇のうち六篇までもがそこから収録されているのだから、おおかたエミリの意図に忠実な詩選集になっているといえよう。もっとも、忠実さばかりを目指すのが本意ではない。エミリが発表にあたり隠蔽したもの――「ゴンダル」の存在――について触れておく必要があるだろう。

ゴンダルとは、エミリとアンの共同作業から生まれた想像上の王国である。シャーロットとブランウェルによるアングリア（西アフリカの架空の植民地）を舞台とする物語に対抗すべく創造された北太平洋の島国だ。本詩選集では、「信念と失意」「追憶」「囚人（断片）」の三篇がゴンダル詩にあたり、アイアーニや囚人（A・G・ロウシェル）はその登場人物である。エミリは姉妹詩集出版にあたり、これらの作品からゴンダル色を弱めている。兄弟姉妹間で物語を共有、発展させるという遊びが彼女らの創作力を鍛えたことに疑いはないが、見ようによってはたわいもない児戯のようでもあるから過敏に防衛本能を働かせたのだろう。特に「囚人（断片）」は大幅に改稿されている。幸い、ゴンダル詩群を収めたエミリの創作ノート「ゴンダル・ノートブック」が残されているので、関心のある向きは改稿前の作品（「ジュリアン・MとA・G・ロウシェル」）を一読していただきたい。それ以外の詩（「星」「白昼夢」「老克己主義者」「詩連」）は別の創作ノート（ホンレスフェルド手稿）に書き貯められていたもので、ゴンダル物語の構えを借りずに、エミリがより直接的に内面を吐露した作品群である。

　エミリの詩を読みたどっていくと、夜と死の世界に惹かれ（「星」「追憶」）、故郷の荒野を愛し（「詩連」）、肉体という牢獄からの解放を求めつつ（「囚人（断章）」）、苦悩に耐えることをひとり果敢に引き受ける（「信念と失意」「老克己主義者」）幻視者（「白昼夢」）といった人物像が浮かび上がってくる。これはエミリ畢生の大作『嵐が丘』のキャサリンやヒースクリフにも通じる特徴である。詩を読み慣れない読者の方々には、ぜひ『嵐が丘』の世界と重ね合わせつつこれら七篇に触れていただきたい。詩を経由することで、小説により深く入り込めるに違いない。例えば、「星」においてエミリは、太陽の強烈な光線を嫌悪しつつ、星の「光り輝く（glorious）眼」から発せられる穏やかな光を浴びる喜びを表現する。これを念頭に置いて、「［肉体を離れて］あの輝かしい（glorious）世界へと逃げたいの」と語る病床のキャサリンの言葉に耳を傾けると、彼女が想像する天上界とは太陽が輝く場所ではなく、星が燦めく静かな土地のようにも思われてくるではないか。また、エミリが離れた場所から故郷の荒野を恋い慕う「詩連」の主題は、スラッシュクロス屋敷から荒野に思い焦がれ、「あの丘のヒースのなかにいけば、きっとわたし自身に戻れるのに」というキャサリンの切実な思いに通じるものがある。

　とはいえ、『嵐が丘』の作者による詩というように、小説を主、詩を従と見るわけにはいかない。どちらもエミリの想像力を高く飛翔させるのに等しく不可欠なものであった。詩としての完成度も、決して小説家の余技とはいえないものがある（もちろん、シャーロット、アンの比ではない）。あるいは逆に、『嵐が丘』を他に類例のない小説として屹立させるのに一役買ったのは、エミリの詩的精神だったと主張してもよいのかもしれない。シェイクスピア、ミルトン、バイロンといった過去の詩人たちから影響を受けつつ、独特な詩的世界――「荒野の抒情（じょじょう）」とでもいうべきもの――を構築した彼女の功績は大きい。ちなみに、エミリの詩を高く評価した女性詩人のひとりに、マサチューセッツ州アマストの「隠者」エミリ・ディキンスンがいた。遥か大西洋を越えて、孤独な魂が孤独な魂を静かに受け止めたことを思うと、感慨深いものがある。

（田代尚路）

『ジェイン・エア（*Jane Eyre*, 1847）』

テキストは基本的に *Jane Eyre*（Charlotte Brontë, Penguin Classics）を使用したが、Oxford 版（Oxford World's Classics）も適宜参照した

『ジェイン・エア』は一八四七年にスミス・エルダー社より出版された、シャーロット・ブロンテの代表作である。シャーロットはこの『ジェイン・エア』をもって念願の小説家としてのデビューを果たし、また世間によく知られた女流作家となった。『ジェイン・エア』を世に送り出すまでの困難な道のりはよく知られた話であり、年譜にも詳しいが、ここで二人の妹の作品にも触れながらごく簡単にまとめておきたい。

いわゆる「ブロンテ三姉妹」として名高い三人の小説家は、文学的野心が一番強かった長女のシャーロットの求心力のもと、三者三様の個性と素質を備えた作品をほぼ同時期に出版することに成功した。まず、「三姉妹」が世に出る契機は、シャーロットが妹エミリの詩の原稿を読み、その才能に目を留めたことに始まるとされる（シャーロットが書いた「エリス、アクトン・ベルについて

の伝記的覚書」にその逸話が述べられている)。末の妹のアンの詩も加え、詩集を出版しようと考えたシャーロットは、気乗りしないエミリを幾度となく説得し、出版社を見つけて交渉に当たる。その結果、一八四六年五月、自費出版ではあるが、カラー、エリス、アクトン・ベルによる『詩集』を世に出すことになった。つまり、カラーはシャーロット、エリスはエミリ、アクトンはアンを指し、男性的なペンネームをつけての出版としたのである(それぞれの名前と名字の頭文字が一致している)。とは言え、たった二冊しか売れなかったと言われている。

ところが、シャーロットはさらに文学的野心を燃やし、引き続き三人の小説を出版しようと試みた。シャーロットは『教授』、エミリは『嵐が丘』、アンは『アグネス・グレイ』を引っ提げて出版社探しを始めたが、唯一出版を承諾したトマス・コートリー・ニュービー社は、『嵐が丘』と『アグネス・グレイ』のみを認め、『教授』の出版を拒んだ。その結果、後に『嵐が丘』と『アグネス・グレイ』は二作品そろっての三巻本として出版されることになる(当時、ヴィクトリア朝では「三巻本」は通常の出版形態であり、むしろ出版社としては「三巻本」として売り出すことが望まれた)。ニュービー社に拒まれたシャーロットは引き続き、『教授』を売り出してくれる出版社を懸命に探したが、結局見つからずにいた。ところが、スミス・エルダー社のジョージ・スミス氏の提案により、シャーロットは既に書き始めていた『ジェイン・エア』を急いで三巻本に仕上げると、これがすぐに認められた。そして、まずシャーロットが「カラー・ベル」の名で『ジェイン・エア』をスミス・エルダー社より出版することになった。『ジェイン・エア』はあっという間にベストセラーとなる。実はまだ『嵐が丘』と『アグネス・グレイ』の出版に漕ぎつけていなかったニュービー社は、この成功によって急いで両作品をまとめて出版した。従って、この『嵐が丘』と『アグネス・グレイ』が世に出たのは、姉の『ジェイン・エア』の圧倒的な人気のおかげでもあった。『ジェイン・エア』がなぜそれほどの人気を誇ったのか。一つは「家庭的ロマンス」としての筋書きの面白さであり、一人の女性が孤児として育ち、紆余曲折を経ながら最後には上流階級の紳士と結ばれるまでのサクセス・ストーリーは、基本的に現代でも同じ感覚を持って楽しむことができる大きな要素である。一人称の文体で「自伝」という形式で書かれた物語は、その形式自体は目新しいものではなかったにしろ、女性が自らの言葉で愛や思想を語り、かつ厳然として目の前にある階級社会をものともせず、自らの意志と知力でその障害を乗り越えようとする主人公のあり方は特異であり、またそれを「リアル」に映し出す詳細な記述や繊細な文体が当時の読者には新鮮なものだった。語り手としてのジェインの文体は抒情に満ち詩的であるが、その文体こそがありがちな「ロマンス」の物語を現実的なものとして支えている。実際、「カラー・ベル」なる作家は男性か女性かを問う事態が起こり、作家の性別は当時大問題となった。それほど女性としてのジェインの「声」はセンセーショナルであった。

一八四七年の出版当時から、『ジェイン・エア』の人気と評価は現代に至るまでほぼ変わらずに続く。妹の作である『アグネス・グレイ』の主人公アグネスが、ジェイン・エアの陰に隠れて忘れ去られるヒロインになった一方で、このジェイン・エアというヒロインは多くの読者を魅了し続け、イギリス小説、特にヴィクトリア朝小説の登場人物として忘れられない存在となっている。『ジェイン・エア』が幾度も映画化され続けていることはその一つの現れである（映画作品の詳細については文献案内を参照されたい）。ジェインという「貧乏で、無名で、不器量で、小さい」ヒロインは、上流階級の花形でもなければ、社会の底辺に生きる哀れな孤児というわけでもない。小説のヒロイン像としてはどこかぱっとしないとも言えるが、心に秘められた野心と自立心が言葉や行動に表れるときの力強さと説得力は何よりも読者を魅了する。数々の試練を乗り越え、自立と幸せを自らの力で手に入れる姿は、当時の多くの女性に共感をもたらした。一方で、その力強さは怒りや反抗心やコンプレックス（身分や容姿などに対する劣等感）などにも支えられており、当時の保守層からは反感も買った。上流の娘が読むべき小説ではないと批判の声も上がり、例えばマーガレット・オリファントなど当時著名な女性作家は、こうした反抗的精神を持つヒロイン像が他の女性作家の創作に与える影響について、特にその大胆で官能的な面が助長されるのではないかと不安視し、『ジェイン・エア』の道徳性における過激な面を批判している。

このように否定的な意見も決して免れなかったわけではないが、多くの女性読者がジェイン・エアに憧れ、またその作者であるシャーロット・ブロンテに大きな関心を寄せた。『ジェイン・エア』の出版後にシャーロットと交流を始めた作家エリザベス・ギャスケルが、シャーロットの死後に『シャーロット・ブロンテの生涯』を出版すると、シャーロットへの、またブロンテ姉妹に対する伝記的な関心は決定的なものになり、ハワースに育った天才的三姉妹というある種の伝説化が始まることになる。『ジェイン・エア』とエミリの『嵐が丘』はそうした三姉妹にまつわる伝説と、その後の文学的評価の高まりを経て、現在も古典的名著として読みつがれている。

さて、抄訳は第十一章から第二十三章まで、ジェインが家庭教師（ガヴァネス）としてロチェスター家に勤める期間が描かれている。これは小説の約三分の一の量に相当し、第二十三章は物語のちょうど半分を少し過ぎたところである。第二十三章でジェインとロチェスターは互いに愛を打ち明けるが、その後二人がそう簡単に結ばれるはずもない。本当の試練はこの後に待ち受けており、ジェインの真価が問われる出来事が次々に起こる。そのあらすじについて簡単にまとめておく。

ジェインとロチェスター氏は結婚式当日を迎える。教会で誓いの言葉を述べようとした瞬間、この結婚は不法であり、認められないと異議を唱える一人の男が現れる。実はロチェスター氏はすでに結婚していたのだった。妻はまだ生きていると弁護士のその男は主張し、証人として出てきたのがメイスン氏（第十八章～第二十章に登場）で、彼はロチェスター氏の妻の兄である。妻の名はバーサと言った。ロチェスター氏は若き頃、父親の策略とバーサの美しさに騙されて政略結婚をさせられていた。しかし、妻の一家は心を病んだ家系で、結婚するとバーサも次第にその徴候が現れたため、ロチェスター氏は彼女を屋根裏の部屋に閉じ込め、グレイス・プール（第十一章から登場）を世話役に雇って監視させていた。結婚間際にすべてを知ったジェインはソーンフィールドの館を出て行くことを決意した。

ジェインは未明のうちに館を抜け出し、持ち合わせの金で馬車に乗ると逃げるようにソーンフィールドから離れていく。そのあとはひたすら歩き続け、物乞いをしながら命をつないだ。そしてある光に導かれてようやくたどり着いた場所が、ムーア牧師館であった。助けてもらったセントジョン・リヴァーズと、彼の二人の妹ダイアナとメアリと一緒に、ジェインはそこで新たな生活を始める。一家と仲が良くなり、元気を取り戻したジェインは、セントジョンの計らいでモートンの小学校で先生となる。そんなある日、ジェインの叔父が亡くなったという知らせが届き、ジェインは二万ポンドもの多額の遺産を受け取ることになる。さらに、実はリヴァーズ一家とは血縁関係があり、従兄妹同士であることも判明した。ある日、セントジョンがジェインに妻になってほしいと伝える。宣教師としてインドに渡る自分に同行し、伴侶として仕事を支えてほしい、あなたには宣教師としての資質があるなどと伝える。しかし、ジェインは従妹として仕事を助けることはできても、妻にはなれないとはっきり断った。

しかし、そんなジェインも心は揺れる。そんなとき、どこからともなく「ジェイン、ジェイン、ジェイン」という声が聞こえてくる。それはロチェスター氏の声だった。翌朝ジェインはすぐにソーンフィールドの館に向かうが、あの大きな屋敷はすでに焼け落ちて廃墟になっていた。バーサが屋敷に火をつけ、屋根から飛び降りたこと、ロチェスター氏が失明し、片腕を失った話を聞く。ジェインはロチェスター氏が住むファーンディーンの屋敷へと向かい、そこで彼と再会を果たした。最後の章は「読者の皆さん、私は彼と結婚した」という一言に始まり、その後に送った幸福な日々と、最後はインドに渡ったセントジョンのその後について報告がされて、完結する。

『ジェイン・エア』についての解説や入門書は実に多くあり、文献案内にも詳しいので、ここでは『ジェイン・エア』に関する読み方や批評がどのように変わり、またどのように多岐にわたる読み方がされているのか、その概略を示しておく。また、抄訳の第十一章から第二十三章までのジェインの家庭教師時代の描写に特に顕著である、いわゆるゴシック的要素とその役割についても説明を付しておく。

『ジェイン・エア』は十九世紀後半を通じて注目を浴びてきたが、二十世紀に入ると、『嵐が丘』とエミリ・ブロンテに対する評価が高まる。緻密な構造を持ち、哲学的世界を展開する『嵐が丘』の文学作品としての評価が高まると、『ジェイン・エア』に対する関心は一時的に低くなる。ところが、二十世紀も後半に入ったところで再び復活し、特に一人称の語りなど技巧に関する注目（過去時制と現在時制の巧みな織り交ぜ方、火と水などイメージの対照的な使い方など）や、家庭教師や階級といった社会問題と小説の構造の関わりを明らかにする視点、さらにはフェミニズム批評やポストコロニアル批評といった、言ってみればジェイン・エアというヒロインの「裏」や「闇」の面を暴く読み方が提示されるようになった。また、それは『ジェイン・エア』という小説自体の「裏」を見て「深層」を掘り起こそうとする画期的な読み方でもある。

その鍵となる登場人物がロチェスター氏の妻のバーサである。ジェインが家庭教師(ガヴァネス)として勤め始めた屋敷は、最初からある「秘密」を抱えているが、読者にはすぐに明かされない。ジェインの結婚式の日に初めて「屋根裏の狂女」がいるという驚きの事実が明かされることになる。そのとき「狂女」バーサは初めて皆の前に姿を現すが、その後はジェインがソーンフィールドの館を離れるために、二度と読者の前に現れることはない。引き続き監禁され、最後には投身自殺をしたことが報告されるのみである。バーサは言ってみれば小説の「道具」の一つであり、ソーンフィールドの謎解きの種としてあり、勧善懲悪の筋書きのように滅びる「悪」の要素としてある、と思われがちであるが、このほとんど一言もしゃべらずに消えていくバーサを、ジェインの「分身」として見る読み方がされるようになった。そして、ジェインが自らの力で成し遂げたと見える自立への道のりが、実はこのバーサというもう一人の女性の犠牲のもとにあり、それはこの小説が、植民地に犠牲を強いるイギリス帝国主義、もしくは白人男性を中心とする西洋中心主義の中で描かれ、その枠組を取り込んだ小説であるからだということが指摘されるようになった。

こうした見方を早くから示したのが、S・ギルバートとS・グーバーによって書かれた、その名も『屋根裏の狂女』というタイトルの著書であり、十九世紀イギリスの家父長制が女性作家に及ぼした影響について論じている。確かにバーサは奇妙な声と姿でジェインの前に現れる。ジェインがその顔を初めて見たのは結婚式の直前の夜、寝室に侵入したバーサが婚礼衣装のヴェールをひっかぶり、鏡を向いたときである（第二十五章）。これは夢だと思ったジェインだが、「鏡」を通してバーサと「対峙（たいじ）」していることから、ジェインが抱える何らかの不安や抑圧された感情がバーサの姿に表れていると見ることができる。また、そんなジェイン自身も幼い頃は「赤い部屋」に「監禁」され、「発作」を起こして気を失った経験があり、しかもその理由は、ジェインが子どもらしくない言葉づかいや感情表現をすることをリード夫人が忌み嫌い、それを危険因子と捉えたからだった。ここにもバーサをジェインの「分身」と見なす根拠がある。しかし、ソーンフィールドにいるジェインはすでに中産階級の体面（リスペクタビリティ）を堅固に保持することをわきまえ、家父長制というシステムのもとで言葉にならない、もしくは言葉にできない抑圧された不安なるものを痛感したところで、それからはただ逃げるしかない。しかし、その不安要素もバーサが死ぬことで解消され、最終的にジェインはロチェスター氏と幸福な結婚をしたと宣言して自らの「物語」を語り終えるのである。

さらに、この小説は、そのような危険な不安要素を「外国」、特に「植民地」の劣った隷属的なイメージに重ねている。バーサは西インド諸島のジャマイカ出身とされ、バーサの悪と誘惑の根源はその風土に由来するかのようにロチェスターは説明している。また、セントジョンが宣教師として赴くインドの気候が体に害を及ぼすと言って、ジェインは恐怖を感じるなど、抑圧し、征服すべきものが「他者なるもの」の表象に委ねられている。一方で、ロチェスター氏はバーサと結婚することで三万ポンドを手にし、またジェインの遺産もマデイラでひと稼ぎした叔父から相続したものである。ロチェスター家の存続はこうした過程に支えられ、また「物語」の筋書きを考えれば、ジェインの自立もこのようなイギリスや西洋の植民地政策と、それによる搾取の犠牲の上に成り立っているという見方もできなくはないのである。

このように『ジェイン・エア』という小説は一つの大きな矛盾を抱えていると考えることもできる。実際、こうした視点は現在『ジェイン・エア』を読み解く上で欠かせないものであり、情熱的なロマンス、シンデレラ・ストーリーと読まれがちなジェインの物語が、実に多くの社会的言説の上に成り立っていることを示している。

『ジェイン・エア』はジェインが子どもから大人に成長するまでの物語であるが、中でも家庭教師(ガヴァネス)としてのジェインは印象深い。ジェインは『アグネス・グレイ』の家庭教師(ガヴァネス)の主人公と同じような疎外感を感じ、特にソーンフィールドを訪れる客人たちから侮蔑的な態度を示されることに怒りと反発を覚え、ジェインの子どもの頃からの反抗心は特にイングラム嬢を目にすると階級への対抗意識として現れる。ジェインはまた、じっと周囲を観察し、目立たない傍観者の立場に徹してもいる。さらに、観察眼を駆使するだけではなく、五感すべてを使って新しい世界を見聞きし、見知らぬ人たちと交流を持ち、真実を見極めようとしている。とりわけジェインの聴覚は異常に研ぎすまされている。例えば、ロチェスター氏との出会いは、ジェインが遠くの小川のせせらぎや風のざわめきに耳を傾けているときに起こる。その自然の音をかき消す人工的な金属音が耳に鳴り響いてロチェスター氏が登場している。また、上流階級の客人たちが屋敷を訪れているとき、許しがなければ客の前に出られないジェインは、多くの声の中からロチェスター氏の声を聞き分けようとし、姿は見えなくとも、声から彼の容貌や行動を思い描こうとしている。また、ロチェスター氏が何か大事なことを言おうとするときに、小鳥の鳴き声や風のざわめきが気になり、いらいらすることもある。こうした音や声に対する鋭敏な感覚や、自然の音と人間の声を聞き分けようとする意志は、あの最後の「ジェイン、ジェイン、ジェイン」という不思議な声を聞きとる能力にも直結し、ジェインが音や声といった見えないものに対して、見える事物以上に大きな信頼を寄せていることがうかがわれる。

こうした感覚はロマン主義的な影響と、さらに言えばゴシック的なある種の過剰な感受性が表現されているとも言える。中でもバーサの異質な声はジェインを悩まし続ける。「ゴシック」とは超自然と恐怖を題材にしたゴシック・ロマンスと呼ばれる一連の物語の影響を指しており、そのような物語には異国の城で女性が幽閉されるという筋書きが多い。バーサの監禁と恐ろしい声はまさにそうしたゴシックの系譜を引き継いでいる。また、バーサの顔は「吸血鬼」に喩(たと)えられ、紫色の顔に腫れあがった唇と血走った目を持つと描写され、リアリズムの語りの中にこのようなゴシック的な描写や誇張された表現が介入することで、ジェインの不安や恐怖はいっそう際立ち、また読者にとっても謎はさらにサスペンスの要素を帯びてくる。こうしてリアリズムと超自然のゴシックの語りが入り交じることで、ジェイン自身にもどこか現実と空想、現(うつつ)と幻を行き来するような微妙な感覚があることが理解され、さらに、子どものように繊細かつ直情的な感情と、大人の理性と論理的な思考を行き来する、ジェイン特有の感受性は「不安」や「恐怖」などの深層心理に結びつけられると、精神分析の視点から探ることもできる。

このような知覚や身体的な感覚は彼女にとっての真実のものさしであるとも言えるだろう。それは何ものでもない一個人が数々の障害を乗り越えて行動し、生きるために必要な感覚でもある。孤児として育った孤独な家庭教師(ガヴァネス)が階級や因習など既存の社会的規範に抗(あらが)いながら、最終的に自らの行動の正しさを導くための、真実の手段として必要であったのかもしれない。

なお、ソーンフィールドの館には幾つかモデルがあったとされるが、その一つにノートン・コンヤーズという邸宅があり、シャーロット・ブロンテがシジウィック家で家庭教師（ガヴァネス）を勤めていたときに実際に訪れたとされている。シャーロットはこの邸宅にかつて監禁されていたという「屋根裏の狂女」の話を聞き、それをロチェスター家の「狂女」のモデルにしたとも言われている。また、ブロンテ三姉妹の伯母エリザベス・ブランウェルはゴシック・ロマンスを好み、姉妹によく読ませていたとも言われ、その中にもヒントはあったのかもしれない。幼い頃から物書きを始めていた三姉妹が「アングリア物語」と「ゴンダル物語」という幻想的な創作物語を日々綴（つづ）っていたことはよく知られている。彼らがそうした世界を卒業して次の段階を目指したとき、とりわけシャーロットはリアリズムを志向し、小説家としての野心に燃えていたと言われるが、しかし、彼女のデビューを飾った『ジェイン・エア』の「創作」には、幼い頃から培った幻想やファンタジーの魅力が巧みに取り込まれていることは注目に値する。

（侘美真理）

『アグネス・グレイ（*Agnes Grey*, 1847）**』**

テキストは基本的に *Agnes Grey*（Anne Brontë, Penguin Classics）を使用したが、Oxford版（Oxford World's Classics）も適宜参照した。

『アグネス・グレイ』は一八四七年十二月、エミリ・ブロンテの『嵐が丘』と合わせた三巻本（第一巻・第二巻『嵐が丘』、第三巻『アグネス・グレイ』）として出版された。姉妹の二作品が合わせて出版されたことは、そこに至るまでの経緯を考えれば必然であったと言えるかもしれないが、二つの作品は主題も性格もまったく異なっている。『アグネス・グレイ』が表す世界はごく平凡な日常生活であり、鋭い観察眼によって人間社会の現実や風俗が描き出される手法は言わばジェイン・オースティンのそれに近い。一方、姉のエミリが描いた『嵐が丘』は非日常的な、もしくは観念的な世界であり、その壮絶な愛と復讐の物語には独特の暗さが漂う。そのインパクトに加え、物語そのものは緻密な構成のもとに作られ、内容も手法もスケールの大きい姉の作品を前に、素朴で荒削りな妹の作品はどうしても陰に隠れてしまいがちである。しかし、『アグネス・グレイ』という作品は、伝統的な文学形式や文学趣味を継承しているという意味でもヴィクトリア朝を「代表」する、少なくとも十九世紀の初めからヴィクトリア朝にかけての一つの典型的な小説のタイプに属することは間違いなく、また、小説がその後隆盛の時期を迎え、拡大化し、大衆化していく時代の中で、ある過渡期に作られた作品でもある。こうした意味でも、現在まで評価される文学作品である。

『嵐が丘』と『アグネス・グレイ』がトマス・コートリー・ニュービー社から出版された背景には、姉の書いた『ジェイン・エア』の大成功があったことについては、前述した通りである。『ジェイン・エア』に対する出版時の様々な評価について(特にジェイン像に対する賛否両論の意見については前述を参考にされたいが、『ジェイン・エア』は概して好意的に、かつ熱狂的に受け止められており、シャーロット・ブロンテの作家としての能力は三姉妹の中で最も高く評価された。当時の批評家・小説家であったG・H・ルイスは、主人公ジェインのことを「変わっているが実に魅力的な女性」として、誰もが愛さずにはいられないと述べている。リアリティがあるだけではなく、その独特で風変わりな性格も魅力の一つだった。

一方、『嵐が丘』はと言えば、発表当時の注目度は『ジェイン・エア』と同じように極めて高かったが、物語の内容があまりに異様で強烈であると、エミリの個性は否定的に受け止められた。一つの有名な批評によれば、「『嵐が丘』の読者は残忍さ、非人間性、おぞましき憎悪と復讐の詳細にショックを受け、嫌悪感と吐き気を覚える。（中略）珍しもの好きな読者はぜひこの作品を手に取るといいだろう。こんな作品は読んだことがないはずだ。人を大変困惑させるが、とても面白い本である」としている。つまり、不快で異様ではあるが、引きつけられずにはいられない独創性や迫力があるというもので、この後者の特徴が二十世紀に入ると肯定的に受け止められ、かつ物語の緻密な構造への関心と評価が高まり、『嵐が丘』は文学史上不動の位置を占めるようになる。

『ジェイン・エア』も『嵐が丘』も当時の文学的潮流の中では「異端児」のように取り扱われたと言ってよいが、それは一種の現代性を帯びていた証であるとも言えるだろう。一方、『アグネス・グレイ』出版時の反応は、評価が低いと言うより、ほとんど注目されなかった。二人の姉の作品と比較された上で「劣る」とされるか、あるいはごく穏やかに受け止められ、例えば、「これは、最終的な勝利を保証し、温和さを伴って生まれた、家庭教師の体験と愛の試練についての単純な物語である……読者は蔑みと苦悶のあとに訪れる愛と幸福感で心が満たされ、崇高な知恵と慈愛に全幅の信頼を置くように教えられる」と批評される程度である。「家庭的ロマンス」として受け止められ、しかも『ジェイン・エア』のようなハラハラドキドキする要素はなく、「最終的な勝利を保証する温和さ」が取り柄であり、階級枠を乱さない結婚までの堅実な道のりが、読者に安心と幸福感をもたらすとされた。主人公アグネスの「善良」な性質と道徳性は現代の読者にはどこか空々しくて退屈と思えるが、アグネスにとって、またアン・ブロンテにとって、「道徳性」は重要な問題であり、小説の第一の特徴でもある。第二の特徴は、この小説が家庭教師による真実の記録として構成されていることであると言える。

『ジェイン・エア』による家庭教師像がよりロマンスに傾く一方で、アグネスは地道に教師として家族の教育に関わりながら、あくまでも外部の人間として、じっと家族の様子を観察する。手に負えない生徒たちを相手に孤軍奮闘する様子は、アン・ブロンテ自身の家庭教師の体験から描かれたとされる。しかし、それ以上に興味深いのは、アグネスが語り手として中立的な立場を崩さないよう努力し、またそのアイデンティティこそが当時の家庭教師の中立的な立場を物語っていることである。それは文体にも表れている。抒情的な言葉をできる限り排し、飾り気のない単純な短い言葉で現実を切り取ろうとする文体は、かつて小説家ジョージ・ムアが「散文物語として優れている」と評価した所以と言える。しかし、この自らを律する散文的な文体は押し隠した感情をかえって感じさせ、アグネスという人物造型をより深みのあるものにする。こうした特徴について、当時の文学的環境や小説としての構造、さらにアン・ブロンテの伝記的事実や人となりにも触れながら、さらに詳細にひも解いてみる。

『アグネス・グレイ』の冒頭の一文は「真実が語られる記録には必ず学ぶことがある (All true histories contain instruction)」である。また、小説の最後で、自分が書いた日記 (diary) をもとに綴られたことも明らかになる。冒頭の'history'という英語は、辞書をひけば「歴史」や「史書」の意味のほかに、「経歴」「由来」「伝記的記述」などの意味が見出されるが、概念としては「ある特定の場所における重要な出来事や、ある人間の生涯についての時系列的な記録」(OED) という意味である。事の始まりから終わりまで何らかの秩序をもって語られる記述を指し、年代史というよりは何らかの枠組、目的、道徳律のもとで語られた記述を指す。冒頭の'instruction'は「教え」や

「教訓」を意味し、アグネスの手記とされる'history'には「真実」と「教訓」が含まれていることになる。そもそも「小説」というジャンル自体、英国ではそれが誕生した十八世紀当初から'true history'を伝えるものとしてあり、ある一人の個人を主人公に設定した生い立ちや身の上話がロマンスや冒険を通して語られ、その途中で共同体や社会の真実なりが明かされていく。従って、語り手としてのアグネスがこのような重々しい一文から始めるのはこうした伝統的な概念に基づくもので、一八四〇年代としては少し古めかしいお約束かもしれないが、当時の読者は自伝風の語りを想定し、かつ女性の物語として、美徳や貞節、ロマンスや結婚、教育や教養といった主題の展開を想定したと言える。

実際に、一人の女性が様々な人間と交流しながら、美徳を高めて自立を果たしていく過程が描かれる。しかし、アグネスの出会いは限られており、新興地主のブルームフィールド家、旧家である地方地主のマリー家、儀式を重んずる高教会派に属するハットフィールド牧師、優しくて寛容な副牧師のウェストン氏、ナンシーなど村の農民たちと、描かれている人間の数は少ない。しかも、その中で自分と「対等」であり、真の意味で尊敬に値するのはウェストン氏だけと考えている。牧師の娘として育ったアグネスは、エドワード・ウェストンと身分においてほぼ対等なだけでなく、道徳的価値観や宗教的価値観、人間としての自然な行動や心の持ち方、つまり「人間性」という意味でもお互いに共通点があると考えている。上流階級のブルームフィールド家とマリー家は、表向きは上品で儀礼的で尊敬に値するも、本質は低俗で野蛮、知性や教養に欠け、内面的な情熱に乏しい。アグネスはこうした共同体から抜け出し、一人の人間としての「自己実現」を果たすべく、まずは家庭教師(ガヴァネス)という雇われの身から学校教師への社会的独立を達成すると、次に愛するウェストンと結婚して自らの内的欲望を満たし、真に理性的で人間性に満ちた共同体をともに築き上げようとするようでもある。そして、社会的にも精神的にも充足した形で自らの記録を語り終える。

　こうした流れは、小説の筋書きとして『ジェイン・エア』の「自己実現」や「内的充足」とほぼ同じ形であると言えるかもしれない。しかし、それを成立させるための物語の構造は異なっていると言える。ジェインの物語は「赤い部屋」の体験に象徴される、怒りと不満をくすぶらせた孤独な少女時代から始まり、その後次々と場所を移動しながら階級も育ちも信仰も異なる様々な人間に出会い、学びと反省を繰り返し、自立した大人の女性として成長する。そのため、ジェインが訪れる一つ一つの場所は、振り返ってみれば彼女の「人生」の各フェーズとして見ることができるだろう（なお、このたびの『ジェイン・エア』の抄訳は「家庭教師（ガヴァネス）時代」という一つのフェーズのみを切り取っている）。つまり、『ジェイン・エア』の語りは、言わば「巡礼」のように次から次へと場所の移動を描き、その途中で個人が様々な苦難に遭い問題を克服しながら、最終的には神の摂理という大きな原理に受け入れられた上で個人としての自己が成立する。ジェイン個人の意志や欲望は何かはるかなる大義と合致する。

　一方、アグネスも同じように場所を移動して異なる人間に出会い、成長しているように思えるが、そうした場所の移動はすべてアグネス自身の個人的な意志の働きかけによるもので、彼女の選択と道筋に社会的な正義や宗教的な大義が問われることはない。またアグネスの場合、どこに行っても目立たない控えめな観察者の立場を崩さない。そのため、観察する相手の行動の描写が際立ち、その物語は自己の成長物語というより、一連の観察報告のような趣がある。しかし、その注意深い観察眼こそがアグネスの人となりを理解するための糸口であり、また、その観察力が語りの中でおのずとアグネス自身にも働きかけることで、意志や欲望から一つ距離を置いた客観的な自己のあり方が明らかにされていく。具体的に言えば、「見る者」と「見られる者」の二項対立を軸に、まずは、アグネスは自分が観察する相手側のモラルの低下や愛情の欠如を指摘することで、自己の立場を積極的に表明せずとも、己の「道徳」や「愛」が何かを言わんとする。

　アグネスの意図は「真実」を報告することであり、批判精神はあっても、上流家庭をあからさまに誹謗（ひぼう）したり、階級制度を糾弾することが目的ではない。例としては、マリー家の長女ロザリーとアグネスはある程度心を許し合う関係で、時に恋のライバル同士になるなど、お嬢様と家庭教師（ガヴァネス）という身分の相違を越えた関係に一歩踏み込んでいる。ロザリーは、アグネスが「雇われている人間で、貧しい副牧師の娘であるという事実を、たとえ三十分たりとも忘れることはなかった」（第七章）とあるように、階級意識は変わらずあるが、お互いの立場を尊重し、理解しようと努める。アグネスが牧師の娘であるため、道徳心が強く、信仰に篤（あつ）いという立場をロザリーは理解する。一方、アグネスは、ロザリーの様々な不道徳は専ら家族の教育方針のせいであると弁明する。二人はお互いに観察し合い、相手の領域に踏み込まずに立場の違いを明確にし、また相手を認めながらも自己の立場を正当化している。ロザリーとアグネスの不思議な友好関係は、主に中産階級に属する家庭教師（ガヴァネス）と、その雇い主の教え子との関係をめぐる、一つの理想のあり方だったのかもしれない。

　さらに、ロザリーとアグネスがウェストンをめぐって陥る三角関係は「愛」についての立場の相違を明らかにする。ロザリーには真の「愛情」がない。自分の美しさを利用して多くの男性を引きつけるが、「みんな大嫌いよ」（第九章）と公言する。しきたりやマナー、あるいは作法や形式が重要視される上流家庭の女性にとっては、相応の時期に社交界にデビューし、舞踏会やパーティーを通して男性と知り合い、ある相応の場所と時期に求婚されることが最も重要なことであり、そこに「愛」や「心」が伴う必要はなかった。一方、アグネスは愛情もないまま男性を虜（とりこ）にしようとするロザリーの道徳心の欠如と思いやりのなさを突き、より自然な形で、自発的な「愛」が育まれることこそ、世の「真実」であると説いているかのようである。こうした道徳や愛情の問題については、アグネスとウェストンの福音主義の立場が関わっているとも考えられる。福音主義はヴィクトリア朝を代表する宗教の一派であり、信仰の主要な形態の一つであったが、それは形式や儀式を中心とする旧来の国教会に異議を唱える立場にあり、信仰を実践するときにも情熱や心が必要であるとし、個人の内面を重視した。中産階級にとどまらず多くの人々に支持されたこの動きは社会運動とも関わり、他の宗派と共に十八世紀から続く博愛精神や共感（シンパシー）の浸透に貢献している。

　心の宗教とも言われる福音主義の影響以外にも、文学的な文脈としてロマン主義的な情熱をアグネスの中に見ることもできる。子どもや動物に対する自然な愛、孤独な魂の発露など、言わば機械的な理性の世界を離れ、魂と自然との調和的な関係を理想とするロマン主義は、ブロンテ姉妹のどの作品にも少なからず影響を与えている。寡黙なアグネスが自身の語りの中で、何度か読者に「告白」をする場面がある。自作の詩を持ち出し、ウェストンに対する恋慕の感情を吐露する場面には、抑制できない心の苦しみと葛藤が表現されている。

　このようにアグネスは愛情もない、道徳性もない上流家庭の「真実」を指摘しながら、自らの理想とする立場を明らかにしていく。しかし、語り手アグネスの戦略としてはその通りであるかもしれないが、アグネスの語りという形式をとった、この小説全体を読み終えたときの読者は、確かにそうした「真実」が描きだされることに魅力を感じる一方で、その「真実」が社会や階級によって異なることもまた「真実」であり、そもそもこの世界に登場する人物は、階級の違いや経済的な格差はあるにしても、全員が同じ人間であり、皆がそれなりの人間らしさに満ち、喜怒哀楽の源泉は時や場所を超えて同じものと感じるかもしれない。これもまた、アグネスが、あるいはアン・ブロンテが目指す「人間性」のあり方の一つと言えるだろう。

アン・ブロンテは、アグネスと同じく牧師の娘である。そのため、当時の読者も、現代の読者も、『アグネス・グレイ』はアン・ブロンテの伝記的作品であると、少なくともアンが体験したことが克明に綴られ、アンの思想や人となりが明らかにされるだろうと推測する。前述したように、一人称で書かれているからと言ってアグネスの語りの戦略通りに読めるわけでもなく、アンの体験を超えた想像力がこの小説を生み出していることは確かであるが、二十九歳という短い生涯を終えたアンの経験が、この小説の細部に寄与していると言われる点を幾つか拾い上げ、特にヴィクトリア朝の家庭教師（ガヴァネス）に関する説明を加えておきたい。

アン・ブロンテはブロンテ家の末っ子として一八二〇年に生まれた。その一年半後に母を亡くし、また二人の姉（マリアとエリザベス）を五歳で亡くし、その後はシャーロット、兄のブランウェル、エミリの四人きょうだいとして過ごす。四人は父親のパトリック、母の姉であるエリザベス・ブランウェルと共に、ハワースの牧師館で暮らした。『シャーロット・ブロンテの生涯』を書いたギャスケル夫人によると、末っ子のアンは「ペットのように可愛（かわい）がられ、庇護（ひご）され」、まさに第一章に描かれるアグネスのような存在であり、幼い頃は受動的で、内気であったようだ。また、他のきょうだいと異なりアンには母親の記憶がなく、その分誰よりもブランウェル伯母を母と慕い、伯母の少し古くさい文学趣味の影響を受けたと言われている。また、ブランウェル伯母は姉妹の文学素養の下地を作っただけでなく、父親パトリックと共に教育にも積極的で、読み書きのレッスンや、刺繡（ししゅう）や縫物を教え込んだということである。小説の中でアグネスの母親が姉妹の教育を引き受けたり、アグネスの針仕事に対するコンプレックスの逸話が挿入されるのも、こうした背景にモデルがあるのかもしれない。また、ブランウェル伯母は宗教心に篤く、メソジストであったと言われている。福音主義とも重なり合うメソジスト派は、より個人の信仰への熱意が強く、また来世への関心が高く、万人救済説を支持した。伯母から聖書の読み方を教わっていたアンはその教えに最も影響を受けたとも言われている。アンは二歳違いのエミリととても仲が良く、「ゴンダル」の物語を一緒に創作したことがよく知られている。一方、母親代わりも務めていたであろうシャーロットに対しては、よく心配されるあまり、それほど心を打ち明けなかったとも言われている。

アンの生涯に関する資料はエミリと同様に少ないが、一つの家族に家庭教師（ガヴァネス）として務めた経験が、姉妹の中で誰よりも長いことが知られている。「ガヴァネス」とは、お屋敷に住み込みで働く女性の家庭教師で、語学や文学などの学科を教えるほか、絵画や音楽の指導もし、かつブルームフィールド家の描写にあるように、教師でありながら幼い子どもの子守役という役目も負わされていた。基本的には女性の生徒を受け持つが、子どもであれば男子にも付き、読み書きと算数などを教えた。ガヴァネスの採用には教養と学識のほか、生徒を指導し、監督する能力が求められた一方で、一歩家に入れば生徒に従い、ときには乳母のような役割を持つことから使用人扱いされることも多かった。

そうした環境の中でも、ヴィクトリア朝の中産階級の女性の多くはガヴァネスの職に就こうとした。その理由は、一つに、中産階級の女性が外で働く場合の唯一まともな職とされ、つまり中産階級らしい体面（リスペクタビリティ）を保てる職と認められていたからである。また、生活のために働かないのがレディーのお約束であるとしても、人口増加に伴い、社会には未婚女性が世に溢（あふ）れて余るという現実があり、自ら生計を立てる必要のある女性が増えていた。『アグネス・グレイ』が書かれた一八四〇年代にはガヴァネスの志願者は二万人を超えていたとされる。四一年には「ガヴェネス互恵協会」というガヴァネス支援機関及び養成機関が設立される。これによってガヴァネスの貧困と窮状が度々報告され、社会的にも同情の念を引き起こし、協会は資金援助や職業紹介を積極的に行うようになった。

このような中でガヴァネスが小説に取り上げられ、また主人公として登場する小説が増えていくのは自然な流れであり、『アグネス・グレイ』もそうしたいわゆる「ガヴァネス文学」の一つと捉えられ、分類されることが多い。アン・ブロンテは生涯二つの家庭でガヴァネスとして働いた。一八三九年から約一年間、マーフィールド近くのブレイク・ホールに住むインガム家に勤め、この家族がまずブルームフィールド家のモデルと考えられている。六歳の男の子を筆頭に、五歳、三歳、二歳、赤ん坊の女の子たちがいて、アンは上の二人の子どものガヴァネスとなった。ブルームフィールド家と似た状況であり、そこでアンが子どもたちのしつけに相当苦労したことは、姉のシャーロットの手紙によって裏付けられている。ちなみに、自身もガヴァネスを経験したシャーロットはガヴァネスとして働くことの多くの不満を手紙に書き残している。アンの二番目の勤め先は一八四〇年、ヨーク近郊のソープ・グリーンに住むロビンソン家である。聖職者であり地主でもあったエドマンド・ロビンソンは自身の受け継いだ地所を持ち、妻も名家の生まれだった。十四歳、十三歳、十二歳の女の子と八歳の男の子がおり、この家族もまたマリー家のモデルとされている。八歳の男ている。そ の子については、アンが二年間教えたあと、兄のブランウェルが家庭教師(チューター)として雇われの後ブランウェルとロビンソン夫人との不倫関係が取りざたされるなど幾つか大きな問題があったが、アン自身は実直に一八四五年までこの家族のもとに勤めている。ロビンソン家の娘たちとはその後も文通を続けたとされている。

こうした伝記的事実に小説の細部がよっていることは確かであるが、すべてが体験通りであるとは考えにくい。ロザリー、マティルダとアグネスの関係はある程度コミカルに描かれており、現実の厳しさとは異なる理想図も含まれていると考えられる。また、ブルームフィールド家とマリー家に格式の違いを設けたところは、アンの現実の体験と異なるであろう(ブルームフィールド家のモデルとされるインガム家は古くからの地主階級であったようだ)。ブルームフィールド家は新しく土地を購入したブルジョワの新興地主、マリー家はジェントリ階級に属する古くからの大地主と設定され、伝統や格式の面で両家に違いがあり、屋敷の広さや使用人の数も異なっている。マリー家はパークといわれる広大な庭および緑地を有し、その私有地の外もしくは境界付近がロザリーの社交に重要な役割を果たしている。ブルームフィールド家のウェルウッドの邸宅にも庭はあるが、いかにも新しく造園されたように描かれている。トムとメアリアンが自分の花壇を持ち、バラの接ぎ木などを植えて自慢する様子には人工的な草木の育成に対する関心が見てとれる。また、トムの「趣味」として鳥の巣探しが描かれているが、鳥の巣探しや卵を使った遊びは男の子の遊びとして以前からあり、当時は自然を学ぶために健全な遊びとされていた。『嵐が丘』でもキャサリンとヒースクリフは鳥の巣探しをして遊んでいる。ヒナが入った巣の上にアグネスが石を落とす場面は小説の中でも有名であるが、これが現実に起きたかどうかは定かでなく、ただ、この場面についてシャーロットが一言、「ガヴァネスの職にいたものでなければ『立派な』人間の性質にも暗い部分があることを理解できないだろう」と述べている。

ブルームフィールド家とマリー家の違いは他にもあるが、その相違がガヴァネスの言わば中立的なアイデンティティに関わってくる事項を二つ取り上げたい。ガヴァネスは家族の一員でもなければ使用人でもなく、その曖昧な身分と矛盾をはらんだ存在は常に問題となった。どちらの階級にも属さないガヴァネスは孤独な存在であり、食事も一人でとることが多かったと言われる。アグネスの場合、生徒の教育に関わりながらも自分の意見をまったく表明せず、どこか傍観者としての立場を維持することが、その微妙な立場の反映である。そうした板挟みの状態のアグネスをさらに悩ませるのが、両家の時間感覚と家族の視線である。ブルームフィールド家は時間に厳しく、メアリアンの準備を朝食に間に合わせられないアグネスを主人は批判する。昼食や夕食の時間も厳しく定められ、主人がいない場合に夫人がいつどのように食事をとるかも決まっている。アグネスの苦労の一つは時間内にレッスンや散策を終えることであり、家庭内に流れる時間に合わせて働くことが重要事項の一つであった。それに比べて、より貴族的なマリー家の子どもたちの時間感覚は明らかに緩く、朝食も勉強時間も子どもたち次第で、アグネスはこれにも毎日振り回されている。一つの屋敷の中に主人と使用人の二つの階級が同居すれば、そこには当然二つの時間が流れている。メイドなどの使用人は基本的に主人の目に入らず、主人の時間の「裏」で働くが、使用人でないガヴァネスは主に家族と時間を共有する。アグネスの問題の一つが、その中で自分自身の時間をいかに確保するかであった。

これはガヴァネスとしての微妙な「居場所」探しにもつながってくる。そこに視線の問題がさらにガヴァネスの身体的な問題を浮かび上がらせる。ブルームフィールド家において、アグネスは常に主人側の誰かに見られ、監督されている。監視の目を気にするアグネスは自由に動くことができず、家族の中でどう振る舞えばいいか困惑する。一方、マリー家に監視の目はなく、アグネスは比較的自由に、自分の意志で行動するが、ここでの問題は逆に無視されることである。マリー家をとりまく人物たちから言葉をかけてもらえないどころか、彼らの視線にも入らず、アグネスは「見られない」存在としてそこに存在しなければならない、という矛盾を抱える。家族と一緒に居る自分を認められないのはもちろん屈辱的である。しかし、ヴィクトリア朝のガヴァネスの多くがこのように自分の「居場所」を求めたのであり、また、このような矛盾に満ちた存在はガヴァネスの社会的な問題として取り上げられることになる。

『アグネス・グレイ』の現実性は出来事の細部にあるだけでなく、こうしたガヴァネスの微妙で不安定な立場を示すことにもある。アン・ブロンテはそうしたガヴァネスの存在や「身体性」の問題を現実的に、かつ、ある意味象徴的に描いた。アンの世界には、いわゆる社会小説に見られる社会と個人の闘いは描かれない。しかし、アン自身の体験に基づいたこの小説の価値は、社会の中に「居場所」を探し続ける個人がどう生き抜いたらいいか、そのささやかな知恵が描かれていることにある。たとえ筋書きの面白さは二人の姉に及ばないとしても、『アグネス・グレイ』の関心は現代にも通じる。

アンは『アグネス・グレイ』を出版してからわずか半年後に『ワイルドフェル・ホールの住人』という三巻本を出版する。手紙と入れ子構造というスタイルをとるこの小説は『アグネス・グレイ』より筋も人物造型も複雑であり、小説としてより発展した形を提供したと評価されている。しかし、『アグネス・グレイ』に対する評価も近年は高まっており、ヴィクトリア朝的な道徳心や家庭教師(ガヴァネス)の問題だけではなく、フェミニスト的関心に始まり、アンの反抗心や反逆性などのラディカルな一面に光が当てられることも多く、またヴィクトリア朝の動物と子ども、ヴィクトリア朝の女性像やセクシュアリティという観点からも注目されている。

（侘美真理）

ブロンテ姉妹　著作目録

〈著作〉

【小説】

- *The Clarendon Edition of the Novels of the Brontës*. General editor: Ian Jack. Oxford: Clarendon Press.
  詳細な注釈の付いたブロンテ全集だが、現在では入手困難なものがあるので、付録のみ目次を付記する。各巻の出版情報は次のとおり。

Anne Brontë

- *Agnes Grey*. Hilda Marsden and Robert Inglesfield eds. 1988.
  Descriptive List of Editions. 一八四七年から一八五八年までに出版された版の書誌情報を記載。
  Appendix. Selected Textual Variants in the 1850 Edition of *Agnes Grey*. 一八四七年の初版本との相違点を記載。
- *The Tenant of Wildfell Hall*. Herbert Rosengarten ed. 1992.
  Discriptive List of Editions. 一八四八年に出版された三つの版の書誌情報を記載。
  Appendices [*sic*] として以下を収録。
  Ⅰ Variants in the ‘Second Edition’.
  Ⅱ Substantive Variants in the American Edition.
  Ⅲ Anne Brontë’s Views on Universal Salvation.

Charlotte Brontë

- *Jane Eyre*. Jane Jack and Margaret Smith eds. 1969.

Descriptive List of Editions. 一八四七年から一八五〇年までに出版された版の書誌情報を記載。
Appendixes として以下を収録。
Ⅰ The Chronology of *Jane Eyre*.
Ⅱ Lowood School, and the Rev. Mr. Brocklehurst.
Ⅲ St. John Rivers and his Proposal.
St. John Rivers からジェインへの結婚のプロポーズは、シャーロット自身が初めて受けたプロポーズに由来することを示唆する手紙（一八三九年三月）を引用。
Ⅳ Charlotte Brontë's Spelling in the Manuscript of *Jane Eyre*.
Ⅴ Opinions of the Press (as printed at the end of the Third Edition).

- *The Professor*. Margaret Smith and Herbert Rosengarten eds. 1987.

Descriptive Note. 一八五七年に出版された初版本の書誌情報を掲載。
Appendixes として以下を収録。
Ⅰ Substantive Variants between the Manuscript and the First Edition of *The Professor*.
Ⅱ Fragments and Calculations Following the Pierpont Morgan Draft Preface.
Ⅲ *The Professor*: Earlier Sketch of a Preface.
Ⅳ 'At first I did attention give': The Berg Manuscript.
Ⅴ *The Professor* Manuscript: Draft of Page 8.
Ⅵ 'Emma'
Ⅶ Indexes of Quotations and Literary Allusions in the Novels of Charlotte Brontë.
Clarendon 版の *Jane Eyre*（1969）, *Shirley*（1979）, *Villette*（1984）, *The Professor*（1987）について、聖書や他の文学作品の allusions を記載。

Additions and Corrections to the Clarendon Edition of the Novels of Charlotte and Emily Brontë.

- *Shirley*. Herbert Rosengarten and Margaret Smith eds. 1979.

  Descriptive List of Editions. 一八四九年から一八五七年までに出版された版の書誌情報を記載。

  Appendixes として以下を収録。

  A. Excerpts from the *Leeds Mercury*, 1812.

  B. Excerpts from '*Vanity Fair* — and *Jane Eyre*', *Quarterly Review*, lxxxiv (December 1848), 153-85.

  C. Charlotte Brontë's 'A Word to the "Quarterly"', intended as a Preface to *Shirley* but not published.

  D. The Text of '*John Henry*'.

- *Villette*. Herbert Rosengarten and Margaret Smith eds. 1984.

  Descriptive List of Editions. 一八五三年から一八五七年までに出版された版の書誌情報を記載。

  Appendixes として以下を収録。

  I Fragments Connected with *Villette*.

  II Substantive Emendations in the Text.

Emily Brontë

- *Wuthering Heights*. Hilda Marsden and Ian Jack eds. 1976.

  Descriptive List of Editions. 一八四七年から一八五八年までに出版された版の書誌情報を記載。

  Appendixes として以下を収録。

  I 'Biographical Notice of Ellis and Acton Bell', 'Editor's Preface to the New Edition of *Wuthering Heights*', and Extract from the Prefatory Note to 'Selections from Poems by Ellis Bell'.

  II Selected Textual Variants from the Second Edition.

  III Marginal Alterations in the Clement K. Shorter Copy of *Wuthering Heights*.

Ⅳ *Wuthering Heights* and Gondal.
Ⅴ The Chronology of *Wuthering Heights*.
Ⅵ Land Law and Inheritance in *Wuthering Heights*.
Ⅶ The Dialect Speech in *Wuthering Heights*.

Oxford World's Classics

主に右記 Clarendon 版に準拠したテクストを使用し、信頼度も有用性も高いシリーズ。ペーパーバック版なので一般読者にも入手しやすく、ブロンテ研究第一人者による「序論」は研究者にも役立つ。

Anne Brontë

- *Agnes Grey*. Robert Inglesfield and Hilda Marsden eds. "Introduction" by Sally Shuttleworth. Oxford: Oxford University Press, 2010.
- *The Tenant of Wildfell Hall*. Herbert Rosengarten ed. "Introduction" by Josephine McDonagh. Oxford: Oxford University Press, 2008.

Charlotte Brontë

- *Jane Eyre*. Margaret Smith ed. "Introduction" by Sally Shuttleworth. Oxford: Oxford University Press, 2008.
- *The Professor*. Margaret Smith and Herbert Rosengarten eds. "Introduction" by Margaret Smith. Oxford: Oxford University Press, 2008. シャーロットの絶筆となった"Emma"も収録されている。
- *Shirley*. Herbert Rosengarten and Margaret Smith eds. "Introduction" by Janet Gezari. Oxford: Oxford University Press, 2008.
- *Villette*. Margaret Smith and Herbert Rosengarten eds. "Introduction" by Tim Dolin. Oxford: Oxford University Press, 2008.

Emily Brontë

- *Wuthering Heights*. Ian Jack ed. "Introduction" by Helen Small. Oxford: Oxford University Press, 2009.

右記のコレクションのほか、ペーパーバックで入手できるものにペンギン・クラシックス版（Penguin, London）があり、研究者による解説が付されている。またノートン・クリティカル・エディション（W.W. Norton & Company Inc., New York）から*Jane Eyre*と*Wuthering Heights*が出版されており、小説テクストに加えて出版当時の書評や、二十世紀の代表的な研究論文などが収録されている。

【詩】

Anne Brontë

- Chitham, Edward ed. *The Poems of Anne Brontë: A New Text and Commentary*. Basingstoke, Hampshire: Macmillan Press, 1979.

Patrick Branwell Brontë

- Winnifrith, Tom ed. *The Poems of Patrick Branwell Brontë: A New Annotated and Enlarged Edition of the Shakespeare Head Brontë*. Oxford: Published for the Shakespeare Head Press by Basil Blackwell, 1983.
- Neufeldt, Victor A. ed. *The Poems of Patrick Branwell Brontë: A New Text and Commentary*. New York: Garland Pub., 1990.

※邦訳は、『ブランウェル・ブロンテ全詩集』全二巻（中岡洋訳、彩流社、二〇一三年）。

Charlotte Brontë

- Winnifrith, Tom ed. *The Poems of Charlotte Brontë*. Oxford; New York: Published for the Shakespeare Head Press by Basil Blackwell, 1984.

- Neufeldt, Victor A. ed. *The Poems of Charlotte Brontë: A New Text and Commentary*. New York: Garland Pub., 1985.
  ※邦訳は、『シャーロット・ブロンテ全詩集』全二巻（中岡洋訳、彩流社、二〇一四年）。

Emily Brontë

- Gezari, Janet ed. *The Complete Poems*. London: Penguin, 1992.
- Hatfield, C.W. ed. *The Complete Poems of Emily Jane Brontë*. New York: Columbia University Press, 1941.
- Roper, Derek and Edward Chitham eds. *The Poems of Emily Brontë*. Oxford: Clarendon Press, 1995.

【エッセイ】

- Lonoff, Sue ed. and trans. *The Belgian Essays: Charlotte Brontë and Emily Brontë: A Critical Edition*. New Haven; London: Yale University Press, 1996.
  ※邦訳は、『ブロンテ姉妹エッセイ全集　ベルジャン・エッセイズ』（中岡洋／芦澤久江訳、彩流社、二〇一六年）。

【書簡】

- Smith, Margaret ed. *The Letters of Charlotte Brontë: With a Selection of Letters by Family and Friends*. 3 vols. Oxford: Clarendon Press, 1995-2004.
  ※邦訳は、『シャーロット・ブロンテ書簡全集　註解』全三巻（中岡洋／芦澤久江訳、彩流社、二〇〇九年）。

【初期作品】

- Alexander, Christine ed. *An Edition of the Early Writings of Charlotte Brontë*. 2 vols. Oxford; New York: Published for the Shakespeare Head Press by Basil Blackwell, 1987-1991.

Volume 1: The Glass Town Saga: 1826-1832.
Volume 2: The Rise of Angria: Part 1: 1833-1834.
Volume 2: The Rise of Angria: Part 2: 1834-1835.

※邦訳は、『秘密・呪い　シャーロット・ブロンテ初期作品集1』（岩上はる子監訳、清水明／市川薫／高倉章男訳、都留信夫解説、鷹書房弓プレス、一九九九年）、『未だ開かれざる書物の一葉　シャーロット・ブロンテ初期作品集2』（岩上はる子監訳、津久井良充／谷田恵司／向井秀忠訳、都留信夫解説、鷹書房弓プレス、二〇〇一年）。

【絵画・デッサン】

- Alexander, Christine and Jane Sellars. *The Art of the Brontës*. Cambridge; New York: Cambridge University Press, 1995.

〈翻訳〉

- 『ブロンテ全集』みすず書房、一九九五―九七年。
  第1巻『教授』海老根宏他訳
  第2巻『ジェイン・エア』小池滋訳
  第3巻『シャーリー（上）』都留信夫訳
  第4巻『シャーリー（下）』都留信夫訳
  第5巻『ヴィレット（上）』青山誠子訳
  第6巻『ヴィレット（下）』青山誠子訳
  第7巻『嵐が丘』中岡洋訳
  第8巻『アグネス・グレイ』鮎澤乗光訳

第9巻『ワイルドフェル・ホールの住人』山口弘恵訳
第10巻『詩集（1・2）』鳥海久義他訳
第11巻『アングリア物語』都留信夫他訳
第12巻　エリザベス・ギャスケル『シャーロット・ブロンテの生涯』中岡洋訳

Jane Eyre (1847)

『ジェイン・エア』の翻訳は、昭和五年（一九三〇年）に遠藤寿子訳で『ヂェイン・エア』が改造社の『世界大衆文学全集　第61・62巻』に掲載されて以来途切れることなく出版され、現在までに十八種類の翻訳が数えられるというが、ここでは現在容易に入手可能な文庫本のみを挙げる（翻訳の種類数については、岩上はる子「ブロンテ姉妹はいかに読まれたか――日本におけるブロンテ受容」〔日本ブロンテ協会編『ブロンテと19世紀イギリス――日本ブロンテ協会設立30周年記念論集』〕を参照した）。

- 『ジェーン・エア』全二巻、大久保康雄訳、新潮文庫、一九五三―五四年。
- 『ジェイン・エア』全二巻、河島弘美訳、岩波文庫、二〇一三年。
- 『ジェイン・エア』全二巻、小尾芙佐訳、光文社古典新訳文庫、二〇〇六年。

Wuthering Heights (1847)

『嵐が丘』の翻訳は、昭和七年（一九三二年）に大和資雄訳で春陽堂の『世界名作文庫　第13・14巻』として出版されて以来途切れることなく出版され、現在までに二五種類の翻訳が数えられるというが、ここでは現在容易に入手可能な文庫本のみを挙げる（翻訳の種類数については、岩上はる子「ブロンテ姉妹はいかに読まれたか――日本におけるブロンテ受容」〔前掲〕を参照した）。

- 『嵐が丘』全二巻、小野寺健訳、光文社古典新訳文庫、二〇一〇年。

・『嵐が丘』全二巻、河島弘美訳、岩波文庫、二〇〇四年。
・『嵐が丘』鴻巣友季子訳、新潮文庫、二〇〇三年。
・『嵐が丘』全二巻、田中西二郎訳、新潮文庫、一九五三年。

（皆本智美＝編）

ブロンテ姉妹　主要文献案内

〈事典・年代記〉

• Chitham, Edward. *A Brontë Family Chronology*. Basingstoke; New York: Palgrave Macmillan. 2003.
一七六八年から一九一五年までのブロンテ家に関係する出来事を年代順に記載。

• Paddock, Lisa and Carl Rollyson. *The Brontës A to Z: The Essential Reference to Their Lives and Work*. New York: Checkmark Books, 2003.
ブロンテ家やブロンテ作品に関わる人物・事物・出来事の項目をアルファベット順に配列した事典。各項目の説明は簡潔であり、作品については数章ごとに要約されていて、一般読者にもわかりやすい。

• Alexander, Christine and Margaret Smith eds. *The Oxford Companion to the Brontës*. Oxford: Oxford University Press, 2003.
ブロンテ家やブロンテ作品に関わる人物・事物・出来事や主な研究書・論文等を網羅し、項目をアルファベット順に配列している。収録項目は歴史・社会・文化など多岐にわたり、一般読者も研究者もブロンテに関わる事柄を調べる際に不可欠の一冊。

〈伝記・評伝〉

『ジェイン・エア』の出版以来、作品とともにブロンテ家の人々に対する関心はつねに高く、ブロンテに関する伝記・評伝は途切れることなく世に出され続けてきた。ここでは主要な伝記・評伝のみを挙げる。

• Adamson, Alan H. *Mr. Charlotte Brontë: The Life of Arthur Bell Nicholls*. Montreal: McGill-Queen's University Press,

2008.
※邦訳は、『ミスター・シャーロット・ブロンテ――アーサー・ベル・ニコルズの生涯』（樋口陽子訳、彩流社、二〇一五年）。
シャーロットの夫アーサー・ベル・ニコルズに焦点を当てた珍しい伝記。シャーロットの夫をそれまでの伝記にあった悪評から救い出し、いかにして彼がシャーロットの父パトリックからの信任を得、シャーロットに「わたしのいとしいあなた（my dear boy）」と言わしめるにいたったのかを描く。

• Barker, Juliet. *The Brontës*. London: Weidenfeld and Nicolson, 1994.
※邦訳は、『ブロンテ家の人々』全二巻（中岡洋／内田能嗣監訳、彩流社、二〇〇六年）。
ハワースにあるブロンテ博物館のキュレーターを務めた著者が一次資料を渉猟してまとめ上げた、ブロンテ家に関する伝記の決定版。父親パトリックの出自からシャーロット死後の混乱までを扱う。地方新聞やディレクトリの調査結果まで網羅されている。改題改訂増補版として、同著者による *The Brontës: Wild Genius on the Moors: The Story of a Literary Family*. New York: Pegasus Books, 2012 がある。

• Chitham, Edward. *A Life of Anne Brontë*. Oxford: Blackwell, 1993.
不確実な情報に基づいている部分が含まれる Gérin の伝記を修正するため、アンの詩集を編んだ後に著者が取り組んだ伝記。

• Chitham, Edward. *A Life of Emily Brontë*. Oxford; New York: Basil Blackwell, 1987.
エミリが家族の構成員や家族以外の人々とどのような関係にあったのか、特に子供の頃に焦点を当てながら、Gérin の伝記を補いつつ論じている。

• Du Maurier, Daphne. *The Infernal World of Branwell Brontë*. 2 vols. London: Victor Gollancz Ltd., 1960.
『レベッカ』等の小説で知られる作家デュ・モーリアが、ブランウェルの破滅への軌跡について独自に解釈した伝記。

- Gaskell, Elizabeth Cleghorn. *The Life of Charlotte Brontë*. London: Smith, Elder and Co., 1857.

ブロンテ家についての「伝記文学」の原点とも言える作品。ジェイムズ・ボズウェルの『サミュエル・ジョンソンの生涯』、ジョン・ギブソン・ロックハートの『サー・ウォルター・スコットの生涯』と並んで伝記文学の傑作と称えられたが、近年の研究によって、作家ギャスケルの主観的憶測や偏向等が次々に指摘され、多くの問題を含んでいる。他方、ブロンテ姉妹の父親パトリックからの正式な依頼に基づいて執筆された伝記として、姉妹を直接的に知る人々の声を伝えているという面も有する。みすず書房『ブロンテ全集』第12巻に翻訳がある。

- Gérin, Winifred. *Branwell Brontë*. London: Thomas Nelson and Sons Ltd., 1961.

本書の出版時点までは未出版だったブランウェルの多くの手稿を収録し、たとえばブランウェルの詩「キャロライン」と姉マライアの死との関連についての解釈等を提供している。

- Gérin, Winifred. *Charlotte Brontë: The Evolution of Genius*. Oxford: Clarendon Press, 1967.

ギャスケルの伝記の後に続くシャーロットの人生全体を論じた研究書の不在を指摘しているものの、シャーロットの最初期の人生は扱わずに、最初の章はカウアン・ブリッジの学校から始まる。初期作品の読解やブリュッセル留学時代の分析を含む。終章はシャーロットの夫アーサー・ニコルズの死までを扱い、付録としてシャーロットの性格の骨相学的分析等が付いている。

- Miller, Lucasta. *The Brontë Myth*. London: Jonathan Cape, 2001.

ブロンテについて書かれた伝記の歴史を検証することによって、エミリやシャーロットの人生がいかに神話化されてきたのかを考察する一種のメタ・バイオグラフィー。

- Winnifrith, Tom and Edward Chitham. *Charlotte and Emily Brontë: Literary Lives*. Basingstoke: Macmillan, 1989.

※邦訳は、『ブロンテ姉妹の作家としての生涯——シャーロットとエミリを中心に』（内田能嗣／早瀬和栄／宮川和子訳、英宝社、二〇〇九年）。

ブロンテに関する伝記をすでに個別に発表している著者二名が、過去の伝記の誤りを正しつつ、一般のブロンテ愛好者を対象として共同で執筆したハンディな伝記。

- Sellars, Jane. *Charlotte Brontë*. London: The British Library, 1997.

※邦訳は、『図説　シャーロット・ブロンテ』（川成洋監訳、中野里美／瀬戸美菜子訳、ミュージアム図書、二〇〇〇年）。

豊富な図版を収録し、視覚的にシャーロットの人生と世界観を伝えてくれる手引書。ハワースの風景やシャーロットの自筆原稿、遺物（ウェディング・ヴェールとボンネットやシャーロットの髪の毛等）の写真のほか、シャーロットに関わる十九世紀の社会を伝える図版を多く収録。同シリーズからエミリの伝記も出版されている。

- Spark, Muriel. *The Essence of the Brontës*: A Compilation with Essays. Manchester: Carcanet Press, 2014.

作家の手による伝記とも言えるが、むしろ著者が一九五〇年代から手がけてきたブロンテに関する論考とブロンテの詩や手紙の選集であり、自身が作家でもある著者スパーク独自の見解が散見する。

〈研究・論考〉

ブロンテ姉妹を論じた研究・論考は多いので、ここでは近年出版されたものや代表的な文献のみを扱う。複数の区分を横断する文献もあるが、便宜上、文献のテーマや形式によって区分した。英文の文献の後に日本語の文献を挙げる。

【概説書・研究入門書】

- Brinton, Ian. *Brontë's Wuthering Heights*: A Reader's Guide. London: Continuum, 2010.

一章「コンテクスト」、二章「言語、様式と形式」、三章「『嵐が丘』を読む」、四章「批評と出版史」、五章「翻案、解釈と影響」、六章「書誌」に分けられ、各章末には卒業論文や修士論文等のテーマを選ぶ際に参考となるような研究課題が付いている。同シリーズに Zoe Brennan によるシャーロットの『ジェイン・エア』もある。

• Lodge, Sara. Consultant editor: Nicolas Tredell. *Charlotte Brontë: Jane Eyre: A Reader's Guide to Essential Criticism*. Basingstoke: Palgrave Macmillan, 2009.
『ジェイン・エア』の出版直後から二十一世紀に至るまでの批評の流れを概説したガイドブック。同シリーズにPatsy Stonemanによるエミリの『嵐が丘』もある。

• Pinion, F.B. *A Brontë Companion: Literary Assessment, Background, and Reference*. London: Macmillan, 1975.
出版されてから長年経過しているものの、ブロンテ三姉妹の研究に必要な知識を一冊にまとめている。ゴンダル物語の概要やシャーロットが読んだ本のリスト等も収録されている。

• Thaden, Barbara Z. *Student Companion to Charlotte & Emily Brontë*. Westport, Connecticut: Greenwood Press, 2001.
「前書き」に書かれているとおり、ブロンテの小説について体系的に知るための概説書。ブロンテ家の家族背景から小説各論までを平易な語り口で解説している。

• Teachman, Debra. *Understanding Jane Eyre: A Student Casebook to Issues, Sources, and Historical Documents*. Westport, Connecticut: Greenwood Press, 2001.
最初に『ジェイン・エア』を分析するためのテーマを列挙し、続く各章で、当時の少女教育やガヴァネス、「狂気」と医療、相続や結婚に関わる法律等の歴史的資料を提供している。

【論集】

• Allott, Miriam ed. *The Brontës: the Critical Heritage*. London; Boston: Routledge and Kegan Paul, 1974.
主に出版当時の定期刊行物に掲載された初期の書評等十九世紀の批評を収録。

• McNees, Eleanor ed. *The Brontë Sisters: Critical Assessments*. 4 vols. Mountfield: Helm Informaion, 1996.
全四巻からなり、主に二十世紀の主要論文や批評を収録。

• Newman, Beth ed. *Charlotte Brontë: Jane Eyre: Complete, Authoritative Text with Biographical and Historical Contexts,*

Critical History, and Essays from Five Contemporary Critical Perspectives. Case Studies in Contemporary Criticism. Boston: Bedford Books of St. Martin's Press, 1996.
副題のとおり、小説テクストのほか、伝記的・歴史的文脈や、批評史と現代文学理論の説明に加えて、各文学理論の実践例が収録されている。フェミニスト批評として Gilbert, Sandra M. "Plain Jane's Progress"、精神分析的批評として Sadoff, Dianne F. "The Father, Castration, and Female Fantasy in *Jane Eyre*"、脱構築的批評として Schwartz, Nina. "No Place Like Home: The Logic of the Supplement in *Jane Eyre*"、文化批評（カルチュラル・クリティシズム）として Michie, Elsie. "White Chimpanzees and Oriental Despots: Racial Stereotyping and Edward Rochester"、マルクス主義批評として Fraiman, Susan. "*Jane Eyre's* Fall from Grace" が収録されている。

- Peterson, Linda H. ed. *Wuthering Heights: Complete, Authoritative Text with Biographical, Historical and Cultural Contexts, Critical History, and Essays from Contemporary Critical Perspectives: Emily Brontë: Case Studies in Contemporary Criticism*. Second Edition. Boston: Bedford Books of St. Martin's Press, 2003.
右記 Newman 編集の『ジェイン・エア』と同シリーズ。二部構成になっており、第一部では小説テクストのほか、当時の社会・文化事情を知るための資料として十九世紀の文書や画像が収録されている。第二部には批評史と現代文学理論の説明に加えて、各文学理論の実践例が収録されており、精神分析批評として Philip K. Wion "The Absent Mother in *Wuthering Heights*"、マルクス主義批評として Eagleton, Terry. "Myths of Power: A Marxist Study on *Wuthering Heights*"、文化批評（カルチュラル・クリティシズム）として Armstrong, Nancy "Imperialist Nostalgia and *Wuthering Heights*"、フェミニスト批評として Pykett, Lyn. "Changing the Names: The Two Catherines"、複数の理論が組み合わされた批評として Meyer, Susan. "'Your Father Was Emperor of China, and Your Mother an Indian Queen': Reverse Imperialism in *Wuthering Heights*" が収録されている。
- Glen, Heather ed. *The Cambridge Companion to the Brontës*. Cambridge; New York: Cambridge University Press, 2002.
詩や習作を含む各章のトピックにふさわしい論者による書き下ろしの論集。

• Michie, Elsie B. ed. *Charlotte Brontë's Jane Eyre: A Casebook.* Oxford; New York: Oxford University Press, 2006.
主に二十世紀末から二十一世紀初頭にかけての主要論文を収録。

右記の論集のほか、マクミラン社のニュー・ケースブックス・シリーズ（New Casebooks）に *Jane Eyre* と *Villette* と *Wuthering Heights* の論集がある。

【ブロンテの初期作品】

• Alexander, Christine. *The Early Writings of Charlotte Brontë.* Oxford: Blackwell, 1983.
※邦訳は、『シャーロット・ブロンテ初期作品研究』（岩上はる子訳、ありえす書房、一九九〇年）。
「習作」とも呼ばれる初期作品全体を分析したもの。グラスタウン物語からアングリア物語まで登場人物やストーリーの流れ、各物語のテーマ等を第一部から第三部までで考察し、最後の第四部ではシャーロットが成人した後に執筆した小説と初期作品とを関連づけている。

【ブロンテと語り・間テクスト性】

• Bock, Carol. *Charlotte Brontë and the Storyteller's Audience.* Iowa City: University of Iowa Press, 1992.
ジェラール・ジュネットのナラティヴ論を援用し、小説のナラティヴにおける語り手の介入や、語り手の読者への呼びかけ等を分析するとともに、特に読者の役割に注目する。

• Beaty, Jerome. *Misreading Jane Eyre: A Postformalist Paradigm.* Columbus: Ohio State University Press, 1996.
バフチンやイーザーの読者反応理論に依拠しつつ、『ジェイン・エア』と同時代の他のフィクションとの間テクスト性（intertextuality）を探る。本書で『ジェイン・エア』との間テクスト性が検討されるジャンルには、自伝的フィクション、孤児物語、ガヴァネス物語等が含まれる。

- Elfenbein, Andrew. *Byron and the Victorians*. Cambridge; New York: Cambridge University Press, 1995.
姉妹とブランウェルがロマン派詩人バイロンから受けた影響の可能性を、初期作品、詩、『教授』、『嵐が丘』について論じている。ブランウェルとシャーロットは当時のメディアが「バイロン的」とした特徴を自作品で強調しているが、エミリはその特徴を独自に発展させていると論じる。

【ブロンテと詩】

- Birch, Dinah. 'Emily Brontë' *The Cambridge Companion to English Poets*. Claude Rawson ed. Cambridge; New York: Cambridge University Press, 2011.
二十九人の歴代英国詩人が章ごとに論じられた論集の中の一章。'The Prisoner: A Fragment' または 'The Visionary' と呼ばれるエミリの詩等を取り上げ、ロマン派の詩人からの影響を指摘する。
- Gezari, Janet. *Last Things: Emily Brontë's Poems*. Oxford; New York: Oxford University Press, 2007.
一冊すべてエミリ・ブロンテの詩を扱っている研究書。詩の韻律を丁寧に分析することによって、エミリの信条を解明する。
- Homans, Margaret. *Women Writers and Poetic Identity: Dorothy Wordsworth, Emily Brontë, and Emily Dickinson*. Princeton, New Jersey: Princeton University Press, 1980.
十九世紀を代表する三人の女性詩人の一人にエミリを挙げ、男性中心的だった当時の文学、特に詩の伝統における女性詩人のアイデンティティの問題を論じる。エミリの創作と「幻視の訪れ（visionary visitants）」や「自然」との関わりについて論じている。

【ブロンテと芸術】

- Hagan, Sandra and Juliette Wells, eds. *The Brontës in the World of the Arts*. Aldershot: Ashgate, 2008.

ブロンテの絵画・デッサン集が出版されて以来注目されてきた絵画についての論考だけでなく、音楽や演劇、ファッションに関する論考も収録する。

- Higuchi, Akiko. *The Brontës and Music*. 2 vols. Tokyo: Yushodo Press, 2008.
第一巻にはアンが讃美歌や歌曲を写譜したものと、ブランウェルが残した楽譜帳にある楽曲を収録。第二巻では十九世紀当時の英国音楽事情、ブロンテ家と音楽との関わりや、姉妹の小説と音楽について分析する。

【ブロンテと風景】

- Henson, Eithne. *Landscape and Gender in the Novels of Charlotte Brontë, Geroge Eliot, and Thomas Hardy: The Body of Nature*. Farnham, Surrey: Ashgate, 2011.
シャーロットの絵画の素養を指摘し、ジェンダーやナショナリティを含む多様な視点から、『ジェイン・エア』と『シャーリー』における風景や自然の表象を読み解く。
- Wilks, Brian. "Introduction" by Victoria Glendinning. *The Illustrated Brontës of Haworth: Scenes and Characters from the Lives and Writings of the Brontë Sisters*. London: Collins, 1986.
豊富な写真や図版を収録し、ブロンテゆかりの土地の風景を視覚的に伝える。

【ブロンテと外国・異国、アイルランド、ポスト・コロニアリズム】

- Chitham, Edward. *The Brontës' Irish Background*. Basingstoke; London: The Macmillan Press Ltd., 1986.
ブロンテ家のアイルランドとの関わりを論じた草分け。一家がアイルランドから継承したとされる気質や文化的背景をたどるため、姉妹の父親パトリックの故郷にまで遡って調査した結果をまとめ、アイルランドの民間伝承が『嵐が丘』に着想を与えた可能性を示唆する。
- Duthie, Enid L. *The Foreign Vision of Charlotte Brontë*. London: The Macmillan Press Ltd., 1975.

ブリュッセル留学体験を重視し、シャーロットの小説におけるヨーロッパ大陸への言及に注目する。ヨーロッパ大陸に関係する舞台設定や登場人物を論じ、小説中におけるフランス語の使用法を分析する。

- Meyer, Susan. *Imperialism at Home: Race and Victorian Women's Fiction*. Ithaca; London: Cornell University Press, 1996.
『ジェイン・エア』には「虐げられる者への共感」と「白色人種の優位性意識」の葛藤があると主張する。『嵐が丘』に関しては、ヒースクリフの復讐を「帝国主義の逆襲（reverse Imperialism）」と読み解き、植民地における奴隷反乱との関連性も指摘する。
- Spivak, Gayatri Chakravorty. "Three Women's Texts and a Critique of Imperialism" *Critical Inquiry* 12 (Autumn 1985), pp.243-61.
『ジェイン・エア』で女性が達成する個人主義の物語は、バーサという植民地女性の消去によって成り立っており、帝国主義の再生産へつながっていることを指摘したポスト・コロニアル批評の祖と位置づけられるもの。

【ブロンテとマルクス主義】

- Eagleton, Terry. *Myths of Power: A Marxist Study of the Brontës*. London: The Macmillan Press Ltd., 1975.
※邦訳は、『テリー・イーグルトンのブロンテ三姉妹』（大橋洋一訳、晶文社、一九九〇年）。
ハワースの寒村で名作を遺した姉妹として一九七〇年代にはまだ神話化された存在だった姉妹とその作品を歴史的文脈に置いて、マルクス主義的見地から再読したもの。シャーロットの出版された四つの小説とエミリの『嵐が丘』について一章ずつ、さらにシャーロットのフィクションの構造について一章、アンについて一章の考察から成る。
- Eagleton, Terry. *Heathcliff and the Great Hunger: Studies in Irish Culture*. London; New York: Verso, 1996.
※邦訳は、『表象のアイルランド』（鈴木聡訳、紀伊國屋書店、一九九七年）。

アイルランドの歴史と文学史の中に『嵐が丘』を位置づけ、一八四〇年代後半にアイルランドを襲った大飢饉と関連付ける。

【ブロンテとフェミニズム】

- Showalter, Elaine. *A Literature of Their Own: British Women Novelists from Brontë to Lessing*. Princeton, New Jersey: Princeton University Press, 1977.
※邦訳は、『女性自身の文学——ブロンテからレッシングまで』(川本静子／岡村直美／鷲見八重子／窪田憲子訳、みすず書房、一九九三年)。
『ジェイン・エア』を「古典的」で「女性的」な小説に分類しながらも、「驚くほど広範囲にわたる女性の肉体的・社会的経験をリアリスティックに」描いていると評価する。翻訳の「あとがき」にあるとおり、「女性文学の大陸を浮上させ」、英国における「女性作家の全体像をつかむ上において欠くべからざる貴重な資料」である。
- Gilbert, Sandra M. and Susan Gubar. *The Madwoman in the Attic: The Woman Writer and the Nineteenth-Century Literary Imagination*. New Haven: Yale University Press, 1979.
※邦訳は、『屋根裏の狂女——ブロンテと共に』(山田晴子／薗田美和子訳、朝日出版社、一九八六年)。
『ジェイン・エア』中の登場人物バーサに焦点を当て、バーサをジェインの「ダブル」(Bertha, in other words, is Jane's truest and darkest double) と喝破し、ブロンテに関してだけでなくフェミニズム批評の地平を切り開いた名著。

【ブロンテと科学】

- Shuttleworth, Sally. *Charlotte Brontë and Victorian Psychology*. Cambridge; New York: Cambridge University Press, 1996.
ヴィクトリア朝の心理学的言説とシャーロット作品との関係を扱う。フロイトやフーコーの理論をふまえて、

「性」や「狂気」とそれらの「監視」をめぐる当時の言説を分析する。

【ブロンテと法】

• Ward, Ian. *Law and the Brontës*. Basingstoke: Palgrave Macmillan, 2012.
法学を専門とする研究者がブロンテ作品中の法律問題を分析したユニークな研究書。『ワイルドフェル・ホールの住人』、『嵐が丘』のヒースクリフ、『ジェイン・エア』の重婚問題、『シャーリー』、『ヴィレット』を扱っている。

【ブロンテと宗教】

• Thormählen, Marianne. *The Brontës and Religion*. Cambridge: Cambridge University Press, 1999.
十九世紀英国社会における宗教をめぐる状況を福音主義、メソディズム、国教会、非国教会派、カトリック等の観点から読み解き、教会制度とともに信仰と救済、現世と来世、赦しと復讐等の概念についてもブロンテとの関連を分析する。

【ブロンテと教育】

• Thormählen, Marianne. *The Brontës and Education*. Cambridge: Cambridge University Press, 2007.
姉妹全員に加えてブランウェルも教師という職業の経験があり、姉妹の出版された七つの小説すべてが教育に関わっていることを指摘しながら、十九世紀当時の学校・教育現場をめぐる言説の中に姉妹とその作品を置き、さらに教育に関する諸概念をめぐって議論を展開する。

【ブロンテと時代】

• Glen, Heather. *Charlotte Brontë: The Imagination in History*. Oxford: Oxford University Press, 2002.
十九世紀英国の言説とシャーロット作品を関連付けており、他の項目に分類することが可能な部分はあるが、シャーロットを同時代の文脈に置き直す姿勢が濃厚なため本項目に分類した。『ジェイン・エア』論では当時の初等教育におけるカルヴィニズムの浸透や、当時の女性に人気を博したリテラリー・アニュアルの影響を指摘し、『ヴィレット』論では一八五一年にロンドンで開催された万国博覧会とブルジョワ社会の勃興によるモノの横溢等を論じる。

• Ingham, Patricia. *The Brontës*. Oxford: Oxford University Press, 2006.
※邦訳は、『ブロンテ姉妹』（白井義昭訳、彩流社、二〇一〇年）。
他の伝記と同様、ブロンテ姉妹の家族・交友関係も扱うが、当時の社会における諸問題（階級、ジェンダー、人種、医学、宗教等）がテクストを織りなす「織地」であるとして、それらの問題と三姉妹の創作活動との関連を主に論じる。さらに作品受容のあらましまでを扱う。

• Thormählen, Marianne ed. *The Brontës in Context*. Cambridge: Cambridge University Press, 2012.
第一部「場所・人・出版」、第二部「学術研究・批評・翻案と翻訳」、第三部「歴史・文化的コンテクスト」に分け、四十二編の論文を収録しているという意味では【論集】に区分され得るが、同時代のコンテクストから姉妹の作品を読み解く編集方針が明確なため本項目に分類する。当時の「農業」や「交通」に注目した論も所収。

【ブロンテと翻案】

［翻案作品］

ブロンテの作品から着想を得た文学・映画・ドラマ等の翻案作品は数多いが、ここでは特に影響の大きかったものや近年のもの、日本における翻案作品等の中から代表的な翻案小説と翻案映像作品だけを挙げる。そのほかの翻案作品については、［翻案作品に関する研究］で挙げた研究書を参照のこと。

〔小説〕

- Rhys, Jean. *Wide Sargasso Sea*. London: Deutsch, 1966.

  ※邦訳は、『サルガッソーの広い海』（小沢瑞穂訳、みすず書房、一九九八年）。

- 水村美苗『本格小説』全二巻　新潮社、二〇〇二年。

〔映像作品〕

『ジェイン・エア』

- Fukunaga, Cary Joji. dir. (2011) *Jane Eyre*, starring Mia Wasikowska and Michael Fassbender.
- Stevenson, Robert. dir. (1943) *Jane Eyre*, starring Joan Fontaine and Orson Wells.
- Zeffirelli, Franco. dir. (1996) *Jane Eyre*, starring Charlotte Gainsbourg and William Hurt.

『嵐が丘』

- Giedroyc, Coky. dir. (2009) *Wuthering Heights*, starring Tom Hardy and Charlotte Riley.
- Kosminsky, Peter. dir. (1992) *Emily Brontë's Wuthering Heights*, starring Ralph Fiennes and Juliette Binoche.
- Wyler, William. dir. (1939) *Wuthering Heights*, starring Laurence Olivier and Merle Oberon.
- 吉田喜重監督『嵐が丘』松田優作・田中裕子主演、一九八八年。

〔翻案作品に関する研究〕

- Stoneman, Patsy. *Brontë Transformations: The Cultural Dissemination of Jane Eyre and Wuthering Heights*. London; New York: Prentice Hall/Harvester Wheatsheaf, 1996.

  人がテクストを変容させる様相のほかに、テクスト自体の変容を探るという目的のため、十九世紀からの『ジェイン・エア』と『嵐が丘』の変容の軌跡を追いながら分析する。巻末には翻案作品の年表が付けられており、ブロンテ作品の翻案研究に欠かせない資料を提供する。

【その他】

• Cecil, David. *Early Victorian Novelists: Essays in Revaluation.* London: Constable and Company Ltd., 1934.

※邦訳は、『イギリス小説鑑賞——ヴィクトリア朝初期の作家たち』（鮎沢乗光／都留信夫／冨士川和男訳、開文社出版、一九八三年）。

ヴィクトリア朝初期の小説家を扱う中で、シャーロットは人間の内面を描く作家であり、その内面とは作家シャーロット自身の内面であると論じる。また『嵐が丘』はヴィクトリア朝小説の正統を目指したものでなく、イングランドのヨークシャー土着の風土からしか生まれ得ないもので、他の人間や社会との関係性ではなく宇宙的原理（cosmic scheme）の中に位置づけられる人間を描いていると論じる。

• Leavis, Frank Raymond. *The Great Tradition: George Eliot, Henry James, Joseph Conrad.* London: Chatto & Windus, 1948.

※邦訳は、『偉大な伝統——ジョージ・エリオット、ヘンリー・ジェイムズ、ジョウゼフ・コンラッド』（長岩寛／田中純蔵訳、英潮社、一九七二年）。

イギリスの偉大な小説家とは、ジェイン・オースティン、ジョージ・エリオット、ヘンリー・ジェイムズ、ジョウゼフ・コンラッドであるとしながら、ブロンテ姉妹を「付記」に挙げている。「シャーロットは英国小説の偉大な系列の中に位置を占める作家ではない」とする一方、エミリを天才と呼び、『嵐が丘』は一種の突然変異（"a kind of sport"）に見えるという。

• Lodge, David. *Language of Fiction: Essays in Criticism and Verbal Analysis of the English Novel.* London: Routledge & Kegan Paul, 1984.

※邦訳は、『フィクションの言語——イギリス小説の言語分析批評』（笹江修他訳、松柏社、一九九九年）。

「ファイアとエア——シャーロット・ブロンテの自然の力の戦い」と題された章において、『ジェイン・エア』の中で反復される対立要素に着目し、象徴とイメジャリーを分析することによって作品を読み解く。

• Miller, J. Hillis. *Fiction and Repetition.* Cambridge, Massachusetts.: Harvard University Press, 1982.

※邦訳は、『小説と反復――七つのイギリス小説』（玉井暲他訳、英宝社、一九九一年）。
脱構築（deconstruction）派の批評の立場から『嵐が丘』を論じる。ロックウッドを読者の代理人として、読者は「解釈を誘うあり余るほどの素材を提供」されるが、テクスト内部にその素材が指し示す「意味」は見出すことができないと説く。

• Sutherland, John. *Is Heathcliff a Murderer?: Great Puzzles in Nineteenth-Century Literature.* Oxford: Oxford University Press, 1996.

※邦訳は、『ヒースクリフは殺人犯か？――19世紀小説の34の謎』（川口喬一訳、みすず書房、一九九八年）。
一般読者が抱く素朴な疑問を出発点に、小説の精読を通して得られる論理的解釈による回答を提示する。娯楽性と学術性を兼ね備えた書。ブロンテに関連する章としては、表題のほかに「ヴィレットの二重の結末」が収録されている。

• Sutherland, John. *Can Jane Eyre Be Happy?: More Puzzles in Classic Fiction.* Oxford: Oxford University Press, 1997.

※邦訳は、『ジェイン・エアは幸せになれるか？――名作小説のさらなる謎』（青山誠子／朝日千尺／山口弘恵訳、みすず書房、一九九九年）。
同著者による右記文献の続編。ブロンテに関連する章としては、表題のほかに「ヒースクリフの遺言で誰が何を得るのか？」という『嵐が丘』論と、「いったい彼女は戻って来るのだろうか？」という『シャーリー』論が収録されている。

【邦文文献】

• 岩上はる子、惣谷美智子編著『ブロンテ姉妹と15人の男たちの肖像――作家をめぐる人間ドラマ』ミネルヴァ書房、二〇一五年。
ブロンテ家の男性に加え、姉妹の作品中の男性登場人物や、当時の文壇の男性と姉妹との関係等を論じた全十五章からなる論集。ブロンテ姉妹の作品は「女性」の視点から論じられることが多いが、本書は逆に男性に焦点を当てることにより姉妹を照射したもの。

• 内田能嗣編著『ブロンテ姉妹の世界』ミネルヴァ書房、二〇一〇年。
作家・作品論に加えて、ジェイン・オースティンやエリザベス・ギャスケルとの比較を含み、入門から研究へと導く。

• 大田美和『アン・ブロンテ――二十一世紀の再評価』中央大学出版部、二〇〇七年。
アンの小説と詩の分析のほか、『ワイルドフェル・ホールの住人』と『嵐が丘』の比較論やアンの手紙の分析を含む。

• 川口喬一『「嵐が丘」を読む――ポストコロニアル批評から「鬼丸物語」まで』みすず書房、二〇〇七年。
『小説の解釈戦略――「嵐が丘」を読む』（福武書店、一九八九年）の改題改訂増補版。『嵐が丘』論の変遷をたどることにより、ロマン主義批評からポスト構造主義までの概説書となっている。

• 川崎明子『ブロンテ小説における病いと看護』春風社、二〇一五年。
「病い」が姉妹の創作行為において最大かつ最高の想像力の源泉となっているとして、姉妹の小説を「芸術的闘病記」と捉え、三姉妹の「病い」の扱い方を分析しながら、出版された七つの小説等を読み解く。

• 川本静子『ガヴァネス――ヴィクトリア時代の〈余った女〉たち』みすず書房、二〇〇七年。
十九世紀英国社会において、家庭に住み込みで働くが、家族でもなく使用人でもないという特異な存在であった「ガヴァネス（女家庭教師）」を軸に、実人生でガヴァネスを体験したシャーロットと、ガヴァネスが主人公である小説『ジェイン・エア』を論じる。『ガヴァネス（女家庭教師）――ヴィクトリア時代の〈余った女〉たち』（中公新書、一九九四年）の改題改訂増補版。

• 河野多恵子他著『図説「ジェイン・エア」と「嵐が丘」――ブロンテ姉妹の世界』河出書房新社、一九九六年。
ブロンテ文学の故郷や原風景等を視覚的に紹介するための図版を三百点所収。タイトルにある二作品のあらすじを紹介するだけでなく、高山宏氏による「十九世紀美術史を映しだす鏡――ブロンテ姉妹と『絵』」や、植松みどり氏による「遠くから、近くから――ブロンテ姉妹と大英帝国」、小野寺健氏による「ブロンテ姉妹とイギリス小説の伝統」などを収録し、多角的な入門・概説書となっている。

- 白井義昭『(増補版)シャーロット・ブロンテの世界――父権制からの脱却』彩流社、二〇〇七年。
初期作品から『ヴィレット』までのシャーロットの作品に父権制の影響を読み取りつつ、象徴やイメジャリーを分析しながら、自立を求める女性の姿勢をたどる。一九九二年に同出版社から発表された初版に新たに三つの論文が加えられ、特にシャーロットの作品における結末の豊かさを示している。
- 白井義昭編『シャーロット・ブロンテ150年後の「ヴィレット」』彩流社、二〇〇五年。
『ヴィレット』に関する論考のみを収録しているという点で、邦文文献としては希少。『ヴィレット』出版から百五十年に当たる二〇〇三年に日本ブロンテ協会全国大会で催されたシンポジウム「百五十年後の『ヴィレット』」で発表された泉忠司氏、大野龍浩氏、鈴木美津子氏、白井義昭氏による論考を収録している。
- 惣谷美智子『虚構を織る　イギリス女性文学――ラドクリフ、オースティン、C・ブロンテ』英宝社、二〇〇二年。
ジェイン・オースティンとの比較考察からシャーロット像を浮かび上がらせ、さらにゴシックの系譜にシャーロットを位置づける。
- 中岡洋『「ジェーン・エア」の作者って、どんな人?――シャーロット・ブロンテの素顔』彩流社、二〇一一年。
シャーロットの全体像を把握できるように、わかりやすく工夫された入門書。同著者は開文社から出版されているシャーロット、アンに関する各論集の編者でもある。
- 中岡洋/内田能嗣編『ブロンテ姉妹を学ぶ人のために』世界思想社、二〇〇五年。
姉妹の生い立ちから作品論まで、多数の論者が幅広い視点から解説した概説書であるが、研究への指南書ともなる。

・長瀬久子『エリザベス・ギャスケルとシャーロット・ブロンテ——その交友の軌跡と成果』英宝社、二〇一一年。
二人の作家の交友実態を論じるとともに、エリザベス・ギャスケルによる『シャーロット・ブロンテの生涯』の評価の変遷をたどり、同書を一つの文学作品と捉え、その手法を分析する。

・廣野由美子『謎解き「嵐が丘」——The Anatomy of Wuthering Heights』松籟社、二〇一五年。
『嵐が丘』内の詳細な年代記を作成した著者が、同作品の汲み尽くすことのできない謎を追いかける。その謎解きの試みは、これまでの『嵐が丘』論の集成ともなっている。本書は『「嵐が丘」の謎を解く』(創元社、二〇〇一年)の改題改訂増補版であるが、新たな知見が加えられ、『嵐が丘』研究の見取り図を示している。

・日本ブロンテ協会編『ブロンテと19世紀イギリス——日本ブロンテ協会設立30周年記念論集』大阪教育図書、二〇一五年。
日本ブロンテ協会三十周年を記念して編まれた論集。第一部「ブロンテと時代」、第二部「ブロンテと社会」、第三部「ブロンテと文化」に分かれ、二四の論考と、内田能嗣氏によるブロンテ・ツアーの概要が収録されている。

〈雑誌特集号〉

・《ユリイカ》(特集:ブロンテ姉妹 荒野の文学)青土社、二〇〇二年九月号。
小谷野敦氏や本橋哲也氏の『ジェイン・エア』に関する論考、二〇〇二年に舞台で『嵐が丘』のキャサリンを演じた松たか子氏や同舞台の脚本・演出を担当した岩松了氏によるエッセイ、文芸評論家である内藤千珠子氏による、『本格小説』の作者である水村美苗氏へのインタビュー等、硬軟併せ持つ特集号。

〈専門誌〉

・*Brontë Studies: The Journal of the Brontë Society*, Brontë Society, 2002 (1895) —

英国Brontë Societyが発行する専門誌で、現在は年四回発行の季刊となっている。一八九五年に*Brontë Society Transactions*として発刊されて以来、百二十年余りの歴史を有するが、二〇〇二年に*Brontë Studies: The Journal of the Brontë Society*と改題。二〇一六年の最新刊は四十一巻目となるが、各巻には複数の号が含まれる。ブロンテに関わる最新の研究成果のほか、書評を掲載し、長い歴史の中でつねにブロンテ研究の「今」を伝えてきた。発行者である英国ブロンテ協会と同協会が運営するブロンテ博物館のホームページは以下のとおり。https://www.bronte.org.uk/

- 『ブロンテ・スタディーズ』日本ブロンテ協会発行、一九八六年—

日本ブロンテ協会が発行する年刊誌で、国立国会図書館データによると、一九八六年創刊。二〇一五年に第六巻第一号(最新刊)発行。投稿論文のほか、書評や、日本ブロンテ協会主催の大会・講座の講演録等も収録。発行者である日本ブロンテ協会のホームページは以下のとおり。http://brontesociety.jp/

(皆本智美=編)

ブロンテ姉妹　年譜

年号の後の（　）内の年齢は、三姉妹に加えて、彼女たちの創作活動に影響を与え、それぞれの生涯を語るうえで、外すことのできないブランウェルも含めて記載した。

一七七七年　三月十七日、父パトリック・ブロンテ、アイルランドのダウン州エムデイルにて、貧しい農夫の家に生まれる。

一七八三年　四月十五日、母マリア・ブランウェル、イングランド南西部コーンウォールのペンザンスの裕福な商人の家に生まれる。

一八〇二年　パトリック（二十五歳）、ケンブリッジ大学セント・ジョンズ・カレッジに給費生として入学。この時、それまでBrunty（ブランティ）やBruntee（ブランティー）などさまざまに綴られていた姓をBronte（ブロンテ）に決める（のちにBrontëとする）。大学卒業後、イギリス国教会の牧師になる。

一八一二年　イギリス北部ヨークシャーのハーツヘッドの牧師だったパトリック（三十五歳）は、マリア・ブランウェル（二十九歳）と出会う。マリアは、この年ペンザンスからヨークシャーに来て、新たに開校したロードンの寄宿学校の寮母をしていた叔母を手伝っていた。マリアはパトリックから求婚され、十二月二十九日、二人はガイズリーの教会で結婚。

一八一四年　長女マリア・ブロンテ誕生（正確な誕生日は不明。四月二十三日に洗礼を受ける）。

一八一五年　二月八日、次女エリザベス・ブロンテ誕生。パトリックが、ソーントンの牧師職を引き受けたことから、五月に一家は、ソーントンへ転居。

一八一六年　四月二十一日、三女として**シャーロット・ブロンテ誕生**。

一八一七年　六月二十六日、長男**パトリック・ブランウェル・ブロンテ誕生**。父パトリックと、母の旧姓ブランウェルの名をとって命名された。

一八一八年　七月三十日、四女**エミリ・ジェイン・ブロンテ誕生**。

一八二〇年　一月十七日、五女**アン・ブロンテ誕生**。パトリックはハワースの牧師に任命され、四月に、ブロンテ一家はソーントンからハワースの牧師館に転居。

一八二一年（C＝シャーロット五歳　B＝ブランウェル四歳　E＝エミリ三歳　A＝アン一歳）

一月、母マリアが癌に冒され危篤状態になる。マリアの姉、エリザベス・ブランウェル（以下、ブランウェル伯母）がペンザンスから来て看病にあたる。九月十五日、マリア死去（享年三十八）。ブランウェル伯母はペンザンスの温暖な気候を懐かしみながらも、以後ハワースに留まり、子供たちの世話と家事を司る。妻の死後、パトリックは再婚しようと三人の女性にプロポーズするが、いずれも拒絶される。ミセス・エリザベス・ギャスケルは、『シャーロット・ブロンテの生涯』の中で、人間嫌いで、子供たちとかかわろうという意思も希薄だったパトリック像を描き出した。しかしパトリックについてミセス・ギャスケルが収集した情報は虚偽が多く混ざり、実際のところパトリックは、子供たちを気遣い、彼らの成長に深い関心を寄せる愛情深い父親だったと言われている。パトリックはこれまでに、『草屋詩集』（一八一一年）、『田園吟遊詩人』（一八一三年）といった詩集や、散文と詩からなる『森の草屋　あるいは金持ちに、幸福になる技』（一八一五年）、短篇物語『キラーニーの乙女　あるいはアルビオンとフローラ』（一八一八年）を出版している。

一八二四年（C八歳　B七歳　E六歳　A四歳）

七月、マリア（十歳）とエリザベス（九歳）、カウアン・ブリッジのクラージー・ドーターズ・スクールに入学。八月には**シャーロット**が、十一月には、**エミリ**が同校に入学する。この頃、パトリックは、ハワース出身の年配の未亡人、タビサ（タビー）・アクロイドを牧師館の使用人として雇う。彼女は死ぬまで約三十年間、忠実に働き、一家に愛される。

一八二五年（C九歳　B八歳　E七歳　A五歳）

二月、父パトリックは、マリアが病気であることを知らされ、クラージー・ドーターズ・スクールから直ちに家に連れ戻す。五月六日、マリア、肺結核のため死去（享年十一）。五月末、エリザベスが病気のため家に戻される。パトリックはエリザベスに肺結核の兆候を認め、すぐに**シャーロット**と**エミリ**を家に連れ戻した。六月十五日、エリザベス、肺結核のため死去（享年十）。クラージー・ドーターズ・スクールは、『ジェイン・エア』のローウッドのモデルとして一躍脚光を浴び、物議を醸した。ヘレン・バーンズのモデルはマリア・ブロンテだったことを、**シャーロット**は示唆している。小説の中の粗末な食べ物の描写は、**シャーロット**の実体験に基づいており、生徒たちは実際に、不衛生な管理のもとで調理されたひどい食べ物のために、辛くひもじい思いをした。しかし、生徒に課せられた規律や罰則などについては、当時の他の学校と比べて標準的なレベルだったようである。**シャーロット**と**エミリ**は学校へ戻らず、今後約五年半にわたり子供たちは皆一緒に家で過ごし、父パトリックとブランウェル伯母から教育を受け、読書や遊びに興じるという生活をおくる。子供たちの読書の範囲は幅広く、その中でも特に、政治や文学についての論評など多彩な読み物が満載の《ブラックウッズ・マガジン》は、子供たちに愛読され、知的刺激を与えた。

一八二六年（C十歳　B九歳　E八歳　A六歳）

六月、パトリックはリーズに行った際、**ブランウェル**へのお土産に兵隊人形を買って帰る。四人の子供たちは、一体ずつ気に入った人形を自分のものにして名前をつけ、この人形をもとに『若者たち』という劇を作る。これがきっかけで、子供たちは想像力を駆使した創作の世界に入っていき、それはグラスタウン物語へと続き、さらに、**シャーロット**と**ブラ**

ン**ウェル**によるアングリア物語と、**エミリ**と**アン**によるゴンダル物語へと発展していく。

一八三〇年（C十四歳　B十三歳　E十二歳　A十歳）

六月、パトリック（五十三歳）は重病に陥り、三週間寝込む。回復はしたものの、子供たちの将来を憂慮するようになり、彼らが自活できるよう、学校へ行かせることを決意する。

一八三一年（C十五歳　B十四歳　E十三歳　A十一歳）

一月、**シャーロット**は、マーフィールド郊外のマーガレット・ウラー経営のロウ・ヘッド・スクールに入学。生涯の友となる、エレン・ナッシー、メアリ・テイラーと知り合う。温和で因習的なエレンは、**シャーロット**が信頼できる友として、精神的な支えとなる。一方、独立心があり、知的好奇心旺盛なメアリは、**シャーロット**と政治、芸術などについて議論することのできる好敵手となる。**シャーロット**はロウ・ヘッドで幸せな学校生活をおくり、勉学で著しい進歩をとげる。

一八三二年（C十六歳　B十五歳　E十四歳　A十二歳）

六月、**シャーロット**は、ロウ・ヘッドでの学業を成績優秀で終えて家に戻る。帰宅後は、父に代わって妹たちの勉強をみたり、創作をして過ごす。

一八三三年（C十七歳　B十六歳　E十五歳　A十三歳）

七月、エレン・ナッシー、ハワースのブロンテ家を初めて訪問。エレンは、**エミリ**の印象について、あまり相手を見なくて、口数が少なかった、と述べ、**アン**については、親愛なる優しい**アン**と描写し、**エミリ**と**アン**は双子のように、共感し合っていたと述べている。**エミリ**は、一家の中では父親に次いで背が高かった。エレンの訪問後に、**エミリ**が丹毒にかかり衰弱するという出来事が起こる。動物への愛情が強かった**エミリ**は、舌をだらりと垂らした犬を見かけ、水を与えようとして嚙まれてしまう。狂犬病を恐れて、直ちに自分で傷口に焼き鏝をあてて焼灼したが、患部は炎症を起こし、結局切開することになる。

一八三五年（C十九歳　B十八歳　E十七歳　A十五歳）

七月、**シャーロット**は、ロウ・ヘッド・スクールの教師として赴任。**エミリ**、同校に入学。夏頃、**ブランウェル**はロイヤル・アカデミーに入るためにロンドンに行ったが、素晴らしい作品を見て劣等感に襲われ、酒を飲んで所持金を使い果たして帰宅し、父親には金は盗まれたと説明した、ということがブロンテ神話となっている。しかし、これは事実ではなかったようで、**ブランウェル**をロイヤル・アカデミーに送り出す計画はあったものの頓挫した可能性が高い。十月、**エミリ**は、激しいホームシックのため体調を崩し、退学する。入れ替わりに**アン**が入学する。**ブランウェル**は《ブラックウッズ・マガジン》の寄稿者として採用してもらいたいという手紙を、編集長宛にしばしば送付するが、返事はもらえなかった。

一八三六年（C二十歳　B十九歳　E十八歳　A十六歳）

シャーロットが、年長者として一家の生活を助けなければならないという義務感から就いた教師の職務に忙殺されてフラストレーションをつのらせる中、**ブランウェル**がアングリア物語を主導する。家に残った**エミリ**はゴンダル物語の創作に取り組む。**エミリ**と**アン**の日付がついた現存する最も古い詩は、それぞれこの年の七月と十二月に書かれ、ともにゴンダルの世界を詠んでいる。

一八三七年（C二十一歳　B二十歳　E十九歳　A十七歳）

この頃、**シャーロット**と**ブランウェル**は文筆で身を立てることをめざし、この道の大家に助言を仰ぐことにする。一月、**ブランウェル**は、ウィリアム・ワーズワースに、自作の詩を同封し意見を求める手紙を出すが、返事はもらえなかった。一方、**シャーロット**は、前年末に桂冠詩人ロバート・サウジーに、詩を添えて手紙を出していたが、三月に返事を受け取る。サウジーは**シャーロット**の詩才を認めながらも、「文学は、女性の一生の仕事にはなりえないし、そうであってはならない……詩は、詩自体のために書きなさい。競争心からでも、名声を得るためでもなく」と伝え、**シャーロット**は、忠告に対する感謝の意を返信した。**アン**が休暇以外は学校にいたために、ゴンダルは**エミリ**が主導し、**アン**は時折、詩を提供した。十二月、**アン**は体調を崩し、カルヴァン主義の影響とみられる信仰上の危機に陥り、病状が悪化したため、退学。

一八三八年(C二十二歳　B二十一歳　E二十歳　A十八歳)

三月、**エミリ**は古典の勉強に熱中して、ウェルギリウスの叙事詩『アイネーイス』の一部を翻訳し、ギリシャ悲劇についての覚書を書く。四月に、**エミリ**は愛犬キーパーの水彩画を描く。**エミリ**とキーパーのエピソードとして、キーパーが清潔なベッドカバーの上に寝転がっていると、タビーから訴えられた**エミリ**は、キーパーをベッドから引きずり下ろし、拳骨で犬の眼を打って懲らしめ、その後、腫れ上がった眼に湿布をして看病をしたということが伝えられている。**シャーロット**が勤めていた学校は、デューズベリ・ムアに移転していたが、五月、**シャーロット**は心気症(ヒポコンドリア)のため体調を崩し、一時的に家に帰るが、八月に学校に戻る。**ブランウェル**は七月末までには、ブラッドフォードにアトリエを開き、肖像画家として身を立てようとする。九月、**エミリ**はハリファックス郊外サザラムの女学校、ロウ・ヒルの教師になる。**エミリ**の仕事は朝六時から夜十一時までの重労働で、**シャーロット**が「奴隷の境遇」と呼んだものであったが、**エミリ**は時間を捻出して「外では　秋の終わりの空かけて／風が轟きわたっていた」で始まる詩、「しばらくの間　しばらくの間」で始まる詩、「釣鐘草」などの詩を書いた。ある生徒は、**エミリ**が学校の番犬に愛情を傾けていて、クラスの生徒たちに向かって、あなたたちの誰よりもあの犬の方が愛おしいと言ったことを回想している。十二月、**シャーロット**はデューズベリ・ムアの学校を退職して家に戻る。

一八三九年（C二十三歳　B二十二歳　E二十一歳　A十九歳）

ブランウェルは、おそらく二月下旬までには肖像画家になる道をあきらめ、ブラッドフォードのアトリエを閉じて家に戻る。三月、**シャーロット**は、エレンの兄でドニントンの副牧師ヘンリ・ナッシーに求婚されるが拒絶する。三―四月初旬頃、**エミリ**は健康を害し、教師を辞める。四月、**アン**はマーフィールド近くのブレイク・ホールのインガム家の家庭教師になり、甘やかされて手に負えない、六歳と五歳の二人の子供を任され、孤軍奮闘する。インガム家での経験は、アグネス・グレイがブルームフィールド家で直面する試練の描写に生かされる。五月、**シャーロット**は、ロザーズデールのストウンギャップのシジウィック家の臨時の家庭教師になる。任された子供たちに手を焼き、また、家庭教師が召使のように扱われることに憤慨する。七月、家庭教師の雇用期間が終わったので、**シャーロット**は家に戻る。八月上旬、アイルランド人の副牧師、デイヴィッド・プライスが**シャーロット**に一目ぼれし、求婚する。**シャーロット**は、エレンにこの出来事を手紙で伝え、どう返事したかはあなたの想像に任せます、と記す。八月中旬、ハワースの副牧師として、ウィリアム・ウェイトマン（二十五歳）着任。**アン**はウェイトマンに恋していたと伝記作家によって伝えられているが、**シャーロット**からエレンへの手紙にもウェイトマンの名前が頻繁に登場し、快活で魅力的なウェイトマンは多くの女性の関心の的となったようだ。十二月、**アン**は、子供たちに向上が見られないという理由で、インガム家の家庭教師を解雇される。

一八四〇年（C二十四歳　B二十三歳　E二十二歳　A二十歳）

一月、**ブランウェル**は、湖水地方近郊のブロートン・イン・ファーネスのポスルスウェイト家の家庭教師になる。四月、**ブランウェル**は、ライダル・ウォーター湖畔に住むハートレー・コールリッジ（サミュエル・テイラー・コールリッジの息子）に自作の詩とホラティウスの『歌章』の二篇の翻訳を送ったところ、彼の住居ナブ・コテッジへ招待され、五月初めに訪問。五月、**アン**はヨーク近郊、ソープ・グリーンのロビンソン家の家庭教師になり、十四歳から八歳の、四人の子供たちを任される。アグネス・グレイの二番目の勤め先、ホートン・ロッジの描写は、ソープ・グリーンでの経験が基になっていると言われている。また、エドワード・ウェストンは、宗教上の見解や、貧しい人々への親切なふるまいが、ウェイトマンと似ているという指摘もある。六月、**ブランウェル**は、ポスルスウェイト家の家庭教師を解雇される。解雇理由は不明で、詩作に熱中しすぎて、教える方をおろそかにしたことで雇い主の不興をかったから、というものから、近隣の娘か使用人との間に私生児をもうけたから、まで諸説ある。八月末、**ブランウェル**は、リーズ・アンド・マンチェスター鉄道のサウアビー・ブリッジの新駅の事務員に任命され、十月の鉄道開通に間に合わせて職に就く。

一八四一年（C二十五歳　B二十四歳　E二十三歳　A二十一歳）

三月、**シャーロット**は、ロードンのアッパーウッド・ハウスのホワイト家の家庭教師になる。任された八歳と六歳の子供たちは、シジウィック家の子供たちほどでないにしても、手に負えないことがあることや、ミセス・ホワイトの「とても下品でレディらしからぬ態度」に不満を抱く。四月、**ブランウェル**は、ラデンデン・フット駅に異動になり、主任事務員に昇進する。六月、**ブランウェル**の詩「天と地」が《ハリファックス・ガーディアン》に掲載される。これは、ブロンテ家の子供たちの中で、最初に活字として発表された作品となった。さらに八月にも、もう一篇が同紙に掲載される。七月、ブロンテ三姉妹は、自分たちの学校設立について検討する。その後思いがけなく、マーガレット・ウラーより、デューズベリ・ムアの学校経営を、**シャーロット**に引き継いでもらえないかという申し出があるが、**シャーロット**は、ヨーロッパ大陸旅行中のメアリ・テイラーから、美しい絵画や大聖堂について語った手紙を受け取ったことで、大陸へ行きたい気持ちに火がつく。**シャーロット**はブランウェル伯母に手紙を書き、ホワイト夫妻ら友人から、学校経営を有利に行うために、学校設立前に大陸に留学することを勧められたと述べ、ブリュッセルに**エミリ**と一緒に留学するための金銭的援助を依頼する。伯母は援助することに同意する。**シャーロット**はデューズベリ・ムアの学校引き継ぎの提案は断り、十二月に留学のためホワイト家の家庭教師を辞職する。この年に**エミリ**が書いた詩は、「大地はもうあなたに 霊感を与えることはないのでしょうか」で始まる詩や「老克己主義者」など十篇が残っている。

一八四二年(C二十六歳　B二十五歳　E二十四歳　A二十二歳)

二月、**シャーロット**と**エミリ**は、パトリック、メアリ・テイラーらに伴われ、ブリュッセルに向けて出発。ロンドン経由でブリュッセルに到着し、エジェ寄宿学校に入学する。校長はマダム・エジェ(三十八歳)で、夫のムッシュ・エジェ(三十三歳)は文学の授業を担当していた。**シャーロット**と**エミリ**は、まだフランス語をマスターしていなかったにもかかわらず、授業はフランス語で行われたことや、彼女たち以外は、ほとんどがカトリックであったことなどで、疎外感を味わうが、学業に専心してめざましい成果をあげる。**エミリ**は、**シャーロット**はムッシュ・エジェの文学のレッスンにより、文体に磨きがかかる。

フランス語、ドイツ語、音楽、絵画の能力が著しく向上する。ムッシュ・エジェは**エミリ**の天才の方を**シャーロット**の天才より高く評価していたようで、のちにミセス・ギャスケルに、**エミリ**は「男性にも珍しく、女性ではいっそうまれな、論理に対する頭脳と議論の能力を持っていた。この天賦の才の力を損なっていたのが、頑強で不屈な意志だった」と語り、「彼女は男性であればよかった——偉大な航海者になっていただろう」と述べた。八月からは**シャーロット**と**エミリ**はそれぞれ、英語と音楽の教師をすることと引き換えに寮費を免除してもらい、フランス語とドイツ語の勉強を続ける。**エミリ**は自己中心的に行動し、自分が受ける授業時間が削られないように、生徒たちの遊び時間に音楽を教えたため、生徒たちから嫌われることになる。**エミリ**は社交的でなかったが、十六歳のベルギー人の友達が一人できて、彼女にサイン入りの絵をプレゼントしている。一方**ブランウェル**は、三月に発覚した会計上の不備の責任を問われ、リーズ・アンド・マンチェスター鉄道を解雇される。**ブランウェル**は、文学的キャリアの面では順調で、九篇の詩が《ブラッドフォード・ヘラルド》《ハリファックス・ガーディアン》《リーズ・インテリジェンサー》に次々と掲載される。九月、ハワースで三年間副牧師を務めたウィリアム・ウェイトマンがコレラで死去（享年二十八）。**アン**が十二月に書いた「愛しき人よ、私はあなたを嘆きはしまい」で始まる詩は、ウェイトマンのことを詠んだ詩と言われている。十月下旬、ブランウェル伯母が死去し（享年六十六）、十一月に**シャーロット**と**エミリ**は帰国する。

一八四三年（C二十七歳　B二十六歳　E二十五歳　A二十三歳）

一月、**ブランウェル**は、**アン**の推薦で、ロビンソン家の息子エドマンドの家庭教師になる。

一月下旬、**シャーロット**は、単身、エジェ寄宿学校に戻り、英語の教師をしながら、ドイツ語とフランス語のレッスンを受ける。**エミリ**はブリュッセルへ戻ることを望まず、家に残り家事に携わる。二度目のブリュッセル滞在中、**シャーロット**は一方的に恋情を募らせていくとともに、マダム・エジェに嫌悪感を抱くようになり、異国の地で孤独感を深めていく。九月、**シャーロット**は、サン・ギュデュール大聖堂で懺悔する。この行為は、のちに『ヴィレット』のルーシー・スノウによって再現される。

一八四四年（C二十八歳　B二十七歳　E二十六歳　A二十四歳）

一月、**シャーロット**は、教授能力を証明する免状を携えブリュッセルより帰国。帰国後も、たびたびムッシュ・エジェへ手紙を出す。パトリックは健康が衰え、視力が弱ってくる。二月、**エミリ**は、これまでに書いた詩を二冊のノートにまとめる。そのうちの一冊は、散文の物語の中から詩を抜き出したもので、「ゴンダル詩」というタイトルがつけられ、もう一冊は無題である。夏に、**シャーロット**、**エミリ**、**アン**は、牧師館で学校を開く計画をたて、学校案内を印刷して宣伝するが、生徒が一人も集まらず、十月までにこの計画は断念される。

一八四五年（C二十九歳　B二十八歳　E二十七歳　A二十五歳）

五月、アイルランド出身のアーサー・ベル・ニコルズ（二十六歳）、ハワース教会の副牧師に着任。五月から六月にかけて、**ブランウェル**の四篇の詩が《ヨークシャー・ガゼット》に掲載される。六月、**アン**は五年間勤めたロビンソン家の家庭教師を自主的に辞職。六月末から**アン**と**エミリ**は初めて二人だけで、三日間のヨーク旅行をする。旅行中二人はゴンダルの登場人物に扮するなどして楽しんだと**エミリ**は七月の日誌に記す。七月上旬、**シャーロット**は、エレンの招きで、エレンの兄、ヘンリ・ナッシーの住むハザセジの牧師館を訪問。この地に滞在中、『ジェイン・エア』の題材を得る。同月、**ブランウェル**は、ロビンソン家の家庭教師を解雇される。**ブランウェル**と十七歳年上のミセス・ロビンソンとの情事を知った、ミスター・ロビンソンから、即刻解雇の通知が届いたもの。ロビンソン家の庭師が、二人が船小屋で密会しているのを目撃し、雇用主に知らせたらしい。解雇通知を受け取った**ブランウェル**の嘆きは激しく、家族は心が休まらなかった。自分も既婚者への恋慕に苦しみつつも、密かに耐え抜いた**シャーロット**は、自制心が欠如した**ブランウェル**に対して苛立ちをおぼえる。**ブランウェル**は創作に向かうことで慰めを見出し、小説がよく売れる商品であることから、八月から九月にかけて三巻本の小説の執筆に取り組む(未完に終わる)。十月、**シャーロット**は、**エミリ**の詩稿を偶然発見。詩を無断で読まれたことに**エミリ**は激怒するが、**シャーロット**は詩を出版するよう説得し、**アン**を含めた三姉妹の詩集の出版を計画する。**エミリ**と**アン**が匿名での出版を希望したため、「カラー、エリス、アクトン・ベル」というペンネームの使用を決める。三姉妹は詩を選定し、**シャーロット**は十九篇、**エミリ**は二十一篇、**アン**も二十一篇を寄稿する。「哲学者」「囚人(断章)」など**エミリ**の選んだ詩の多くはこの二年間に書かれたもので、この時期、**エミリ**の詩才は最高の域に達していたと言える。十一月から十二月に、**ブランウェル**は、《ハリファックス・ガーディアン》に、ミセス・ロビンソンとの関係から着想を得た詩二篇を発表する。

一八四六年(C三十歳　B二十九歳　E二十八歳　A二十六歳)

一月、**シャーロット**は、ロンドンの出版社、エイロット・アンド・ジョーンズに詩集の出版について問い合わせ、自費出版での承諾を得て、二月に詩稿を郵送する。一月に**エミリ**が書いた詩「わたしの魂は怯懦(きょうだ)ではない」は、有名な作品の一つである。この詩を書いた後、**エミリ**の執筆は主として散文に向かうことになる。四月、**ブランウェル**の詩が《ハリファックス・ガーディアン》に掲載される。この頃、三姉妹は、小説の出版をめざして準備を進める。五月に、カラー、エリス、アクトン・ベルによる『詩集』が出版される。しかし、一年たっても二部しか売れなかった。同月、ソープ・グリーンのミスター・ロビンソン死去。彼の死は**ブランウェル**に、ミセス・ロビンソンとの結婚の希望を抱かせるが、ミスター・ロビンソンが死ぬ前に遺言書を書き換え、妻と**ブランウェル**が連絡をとりあうことがあれば、妻は財産を一切受け取ることができないことが明記されたと知らされ、**ブランウェル**は絶望して酒に溺れ、自暴自棄に陥っていく。実際のところ、遺言書の書き換えは、駆け落ち結婚した長女リディアを財産分与の対象からはずすだけの変更であり、ミセス・ロビンソンが**ブランウェル**を遠ざけるための口実として、遺言書を利用した可能性がある。七月に**シャーロット**は、ロンドンの出版業者ヘンリ・コルバーンに、三姉妹がそれぞれ執筆してきた小説、『教授』『嵐が丘』『アグネス・グレイ』の出版をもちかけるが不首尾に終わり、その後もいろいろな出版社に原稿を送付し続ける。八月、パトリック(六十九歳)は**シャーロット**に伴われ、マンチェスターに行き、白内障の手術を受ける。**シャーロット**は付き添いながら、『ジェイン・エア』の執筆を開始。十二月、**ブランウェル**のもとに州長官の役人が訪れ、借金の返済をしないと、負債者監獄へ行くことになると通告し、借金は直ちに返済される。**ブランウェル**は、アルコールとアヘンに依存し、精神的にも肉体的にも病んでいく。

一八四七年(C三十一歳　B三十歳　E二十九歳　A二十七歳)

六月、**ブランウェル**の詩「すべての終わり」が《ハリファックス・ガーディアン》に掲載される。これは**ブランウェル**の印刷された作品としては最後のものとなる。七月、トマス・コートリー・ニュービー社が、『嵐が丘』と『アグネス・グレイ』の出版を引き受ける。七月中旬、**シャーロット**は『教授』を、七社目となるロンドンのスミス・エルダー社に送付する。八月上旬、**シャーロット**は、スミス・エルダー社から、『教授』の出版はできないが、三巻本の作品なら検討するという手紙を受け取る。**シャーロット**は急いで『ジェイン・エア』を完成させ、八月下旬に原稿を郵送する。社主のジョージ・スミスは、『ジェイン・エア』の原稿を読み始めると、直ちに物語の虜になり、食事もそこそこに一気に読み終え、その翌日には出版を承諾したと、のちに語る。スミス・エルダー社はタイトルに副題として「自叙伝」を付加することを提案し、**シャーロット**は同意する。十月、『ジェイン・エア』が三巻本にて出版。たちまちベストセラーになり、三か月以内に売り切れとなる。ウィリアム・メイクピース・サッカレーは、出版前の本を送られて読み、絶賛する。十二月、トマス・コートリー・ニュービー社より、『嵐が丘』と『アグネス・グレイ』が合わせて三巻本として出版される。出版が承諾されてから実際に出版されるまで長い時間がかかったうえ、校正で訂正した誤りのほとんどが修正されないままで、ニュービー社の杜撰さが露呈したかたちだった。『嵐が丘』は、残忍で暴力的な場面や、道徳の欠如などで批評家たちに不快感を抱かせながらも、力強さや独創性が認められ、強い関心を集めたが、『アグネス・グレイ』はほとんど注目されなかった。**アン**は既に二作目の小説『ワイルドフェル・ホールの住人』にとりかかっており、**エミリ**が二作目を書いていた可能性もある。

一八四八年（C三十二歳　B三十一歳　E三十歳　A二十八歳）

一月、『ジェイン・エア』第二版発行。第二版に付加した序文に記したサッカレーへの献辞は、精神に異常をきたした妻を持つサッカレーとロチェスターとの共通点から、「カラー・ベル」はサッカレー家の家庭教師だったのではないかとの風評に拍車をかけることになる。四月、『ジェイン・エア』第三版出版。ベルたちは同一人物なのではないかという批評家たちの疑いを払拭するために、二つ目の序文が付加されるが、疑念を完全に取り除くには至らなかった。この頃、**シャーロット**は『シャーリー』を執筆している。六月、『ワイルドフェル・ホールの住人』が、トマス・コートリー・ニュービー社から出版。ニュービー社は、この作品をカラー・ベルの最新作として、アメリカの出版社に売りつけたため、カラー・ベルの次作の権利を有していたスミス・エルダー社は**シャーロット**に説明を求めた。**シャーロット**と**アン**は七月、ロンドンのスミス・エルダー社を訪ね、ベルの正体を明かす。二人はまた、ニュービー社も訪問する。しかし、身元の暴露はあくまで二つの出版社に限るという**エミリ**との約束があったため、世間に対しては依然ベルの正体は明らかにされなかった。スミス・エルダー社の二十四歳の若き社主ジョージ・スミスは、**シャーロット**と**アン**をオペラや食事に招待するなどして歓待する。**アン**は、『ワイルドフェル・ホールの住人』執筆にあたり、キースリーの元副牧師、ミスター・コリンズの妻ミセス・コリンズが、約一年前にブロンテ家を訪れて語った、飲酒と放蕩にふける夫のせいで不幸な結婚生活をおくったという身の上話から着想を得た可能性がある。『ワイルドフェル・ホールの住人』は、作者に粗野なものに対する病的な偏愛がみられると批判されたが、よく売れて、八月に第二版出版。**アン**は批判に触発されて序文を付し、一部の批評家の厳しさを「公正というより辛辣」と表し、若者を罪や不幸に陥らせないためには、悪徳を上品に覆い隠すのではなくあるがままに描く方が良いと主張する。同月、**アン**の詩「三人の案内者」が、《フレイザーズ・マガジン》に掲載される。一方、**ブランウェル**は以前にも増して手に負えなくなり、家族にとって厄介な存在となっていた。泥酔して寝具に火をつけたこともあり、**アン**がたまたま部屋の前を通って気がつき、**ブランウェル**を起こそうとするも、無理だとわかると**エミリ**を呼び、**エミリ**は**ブランウェル**をベッドから引きずり出して、火を消し止めた。**ブランウェル**は酒とアヘンで身体が蝕まれたうえに結核に冒されて、**九月二十四日に死去**する。弟の死に立ち会った**シャーロット**は頭痛と吐き気を伴う体調不良で一週間寝込み、**エミリ**と**アン**が葬儀の準備に携わる。この頃までに**シャーロット**は、『シャーリー』のおよそ三分の二を書き上げていたが、当分の間、執筆は中断される。十一月、『詩集』が、スミス・エルダー社より再出版されるが売れ行きは鈍かった。**ブランウェル**の葬式後に、風邪と咳の症状を示すようになった**エミリ**は目に見えて衰弱していくが、医者の診察を断固として拒み、頑なにいつも通り家事を続けようとし、肺病の末期症状を呈する。死の前日の夕方、よろめきながらも**エミリ**はいつも通り飼い犬たちに餌を与える。死亡する十二月十九日の朝も、普段通りに起床すると言い張り髪を梳かすが、櫛が指から滑り落ち、暖炉の中に落ちても、あまりにも弱っていたため拾うことができなかった。正午までに病状が悪化し、「お医者さまを呼ぶなら、今なら会うわ」と言い、医者が呼ばれるが、**午後二時頃死去**。**エミリ**の愛犬キーパーは、葬列と一緒に歩き、幾晩も**エミリ**の部屋の入口で悲しげにうなり続けた。トマス・コートリー・ニュービー社は、エリスとアクトン・ベルの別の作品を出版予定と、十二月初めに発表していたので、**エミリ**が二作目を執筆していた可能性があるが、原稿は残っていない。**シャーロット**が、**エミリ**の名声を高める作品ではないと判断して破棄した可能性がある。十二月、**アン**の詩「狭き道」が《フレイザーズ・マガジン》に掲載される。

一八四九年（C三十三歳　A二十九歳）

体調を崩していた**アン**は、一月に医師の診察を受け、肺結核と診断される。**エミリ**が医師の治療を拒否したことで家族が苦しむさまを見てきた**アン**は、医師の治療に素直に応じる。

五月二十四日、**アン**は、**シャーロット**とエレン・ナッシーに付き添われて、以前ロビンソン一家と夏の休暇を過ごしたスカーバラに療養のため向かう。スカーバラの海辺でロバの馬車に乗った時、動物への愛情が深かった**アン**は、御者の少年にロバを優しく扱うように諭す。死が近づいた**アン**はエレンに、自分の代わりに**シャーロット**の妹になってほしいと頼み、嘆きを抑えられない**シャーロット**には、「勇気を出して、シャーロット、勇気を」と言う。**五月二十八日午後二時頃、アン死去。**スカーバラのセント・メアリ教会に埋葬される。三人の弟妹を続けざまに失い、深い悲しみと孤独感に襲われる中、**シャーロット**は執筆によって立ち直ろうとする。再開された『シャーリー』は、第三巻第一章に「死の影の谷」という題がつけられ、八月末までには完成する。**シャーロット**はのちに、健康で順境に置かれていた場合の**エミリ**像をシャーリー・キールダーの中に描こうとし、敷物の上に座り込んで犬の首に腕を回して読書する仕方、狂犬病とおぼしき犬に嚙まれたことなど、**エミリ**の特質の多くを、シャーリーに付与したと、ミセス・ギャスケルに語った。十月、カラー・ベルによる『シャーリー』が三巻本でスミス・エルダー社より出版。再び批評家たちの間に、カラー・ベルの性別、正体についての憶測を招く。作品自体については、独創性や統一性の欠如といった欠点がみられ、今まで以上に作者の名声を高めるものではないという論調であった。十一月、**シャーロット**は、ロンドンのジョージ・スミス宅に招待され、サッカレーや、主要紙の文芸批評家たちに会う。

一八五〇年（C三十四歳）

シャーロットがカラー・ベルであることがハワースで知られるようになってくる。五月末から六月にかけて、**シャーロット**はロンドンのジョージ・スミス家に滞在するが、二人の間には親密さが増し、**シャーロット**が彼に恋をしていた可能性も指摘されている。八月、

シャーロットはミセス・ギャスケルと初めて会い、親交を結ぶ。十二月、**シャーロット**による、「エリス、アクトン・ベルの伝記的覚書」が付けられた『嵐が丘』と『アグネス・グレイ』第二版が、スミス・エルダー社より出版。**アン**の詩七篇と**エミリ**の詩十八篇も付加された。伝記的覚書は、エリスとアクトンは、粗野で残酷なものを好むという批評家たちの批判から、妹たちを弁護するために書かれた。『嵐が丘』にはさらに**シャーロット**による序文が付され、その後の作品批評に影響を与える。

一八五一年（C三十五歳）

二月、**シャーロット**は、次作をどうするかの重圧を感じ、スミス・エルダー社に、『教授』の修正版を出版することを提案するが、拒絶される。四月、ボンベイに赴任予定のスミス・エルダー社の主任ジェイムズ・テイラーがハワースを訪れ、**シャーロット**に結婚の申し込みをするが断られる。五月末から六月末にかけて、**シャーロット**はロンドンのジョージ・スミス家に滞在し、帰りにマンチェスターのミセス・ギャスケル宅を訪問し、親交を深める。十一月頃、**シャーロット**は、少しずつ次作『ヴィレット』を書き進める。

一八五二年（C三十六歳）

十一月、**シャーロット**は『ヴィレット』を書き終え、スミス・エルダー社に送付。十二月、アーサー・ベル・ニコルズ、**シャーロット**に求婚し、断られる。平凡で低収入である自分の副牧師が、成功を遂げて今や有名人となった**シャーロット**に求婚した厚かましさに、パトリックは激怒し、以後ニコルズに敵意を示す。

一八五三年（C三十七歳）

一月、『ヴィレット』がスミス・エルダー社より出版。批評はおおむね好意的であった。五月、アーサー・ベル・ニコルズはハワースを去るが、**シャーロット**とニコルズは父親には秘密で文通し、何度か会う。ニコルズに対するパトリックの侮蔑に満ちた態度は、**シャーロット**の正義感を刺激することになる。**シャーロット**は、ニコルズが不当な扱いを受けたと感じ、父と娘の間に緊張状態が生まれる。五月から六月、**シャーロット**は心の慰めを執筆に求めて、新しい小説『ウィリー・エリン』を書き始めるが、途中で放棄する。エレン・ナッシーは、ニコルズと**シャーロット**の接近には反対の立場をとったことで、**シャーロット**との友情にひびが入り、七月以降、翌年二月まで文通は途絶える。父と娘の関係がぎくしゃくする中、九月に、ミセス・ギャスケルがハワース牧師館を訪問し、四日間滞在。パトリックに対し、家庭の暴君という印象を抱く。十一月、**シャーロット**は、ジョージ・スミスの婚約を知る。この後、スミス・エルダー社に対する**シャーロット**の態度は冷ややかなものになる。同月、**シャーロット**は、『ウィリー・エリン』を『エマ』という新たな作品に書き替えるが、未完に終わる。

一八五四年(C三十八歳)

一月、パトリックはアーサー・ベル・ニコルズから**シャーロット**への手紙と訪問を、渋々ながら認め、四月に**シャーロット**との結婚を許可する。六月、**シャーロット**とニコルズ(三十五歳)、ハワース教会にて結婚。九月、ニコルズは、ハワース教会副牧師に再任。

一八五五年

一月、**シャーロット**は、妊娠による悪阻(つわり)とみられる、吐き気や食欲減退で苦しみ、衰弱すると記す。二月十七日、**シャーロット**は遺言を作成し、すべてをアーサー・ベル・ニコルズに譲る。同日、タビサ・アクロイドが八十四歳で死去。**三月三十一日、シャーロット死去**。死因は肺結核と診断される。この後、**シャーロット**の私生活について虚実の混じった記事が、新聞、雑誌に掲載されるようになり、パトリックは六月に、ミセス・ギャスケルに**シャーロット**の伝記の執筆を依頼する。

一八五七年　三月、ミセス・ギャスケルの『シャーロット・ブロンテの生涯』がスミス・エルダー社より出版され、大きな反響を呼ぶ。六月、カラー・ベルの『教授』がスミス・エルダー社より死後出版される。作品の評価は高くはなく、**シャーロット**の文学的技量がどのように発展していくかを示す作品として価値があるという論調であった。

一八六〇年　三月、スミス・エルダー社の新しい定期刊行誌《コーンヒル・マガジン》に、**シャーロット**の最後の未完の小説『エマ』が掲載される。その後、**シャーロット**の詩二篇と**エミリ**の詩一篇も同誌に掲載される。

一八六一年　六月七日、パトリック・ブロンテ、八十四歳で死去。**シャーロット**の死後、ハワース牧師館に残り、パトリックを助けていたアーサー・ベル・ニコルズは、パトリックの後任の牧師に任命されず、アイルランドに戻り農夫になる。ニコルズは**シャーロット**の死の九年後、従妹メアリ・ベルと再婚し、一九〇六年十二月、八十七歳で死去。

※年譜作成にあたり主に左記の文献を参考にした。

Barker, Juliet. *The Brontës*. 2nd ed. London: Abacus, 2010.
（ジュリエット・バーカー『ブロンテ家の人々（上・下）』中岡洋／内田能嗣監訳、彩流社、二〇〇六年）
Gaskell, Elizabeth. *The Life of Charlotte Brontë*. 1857. Ed. Angus Easson. Oxford: Oxford UP, 2001.
（エリザベス・ギャスケル『ブロンテ全集12　シャーロット・ブロンテの生涯』中岡洋訳、みすず書房、一九九五年）

（平田佳子＝編）

執筆者紹介

桜庭一樹

（さくらば・かずき）小説家。1999年に「夜空に、満天の星」（『AD2015隔離都市　ロンリネス・ガーディアン』と改題）で第1回ファミ通エンタテインメント大賞に佳作入選。〈GOSICK〉シリーズ、『推定少女』『砂糖菓子の弾丸は撃ちぬけない』などが高く評価され、注目を集める。2007年『赤朽葉家の伝説』で第60回日本推理作家協会賞、08年『私の男』で第138回直木賞を受賞。近著に『ファミリーポートレイト』『製鉄天使』『道徳という名の少年』『伏　贋作・里見八犬伝』『ばらばら死体の夜』『ほんとうの花を見せにきた』『このたびはとんだことで　桜庭一樹奇譚集』などがある。

侘美真理

（たくみ・まり）1976年東京都生まれ。東京大学大学院人文社会系研究科博士課程単位取得満期退学。現在、東京藝術大学音楽学部言語芸術講座准教授。専門はヴィクトリア朝小説、1840–80年代に書かれた幽霊を主題とする小説及び短編の研究など。共著書に『ブロンテと19世紀イギリス』（大阪教育図書）、『村上春樹「かえるくん、東京を救う」英訳完全読解』（NHK出版）など、共訳書にピーター・バリー『文学理論講義――新しいスタンダード』（ミネルヴァ書房）がある。

田代尚路

（たしろ・なおみち）1979年静岡県生まれ。東京大学大学院人文社会系研究科博士課程満期退学。専門は19世紀英詩。現在、大妻女子大学文学部英文学科専任講師。共訳書にピーター・バリー『文学理論講義――新しいスタンダード』（ミネルヴァ書房）。

皆本智美

（みなもと・ともみ）神奈川県生まれ。京都大学大学院人間・環境学研究科博士後期課程単位取得退学。現在、摂南大学外国語学部准教授。専門はイギリス19世紀文学(主にジェイン・オースティン、ブロンテ姉妹)研究。共著書に『子どもが描く世界――オースティンからウルフまで』(彩流社)、『ブロンテ姉妹の世界』（ミネルヴァ書房)、『あらすじで読むジェイン・オースティンの小説』（大阪教育図書)など。

平田佳子

（ひらた・けいこ）東京都生まれ。東京大学大学院人文社会系研究科修士課程修了。現在、同大学院博士課程在籍。専門は18–19世紀イギリス文学。

読者のみなさまへ

『ポケットマスターピース』シリーズの一部の収録作品においては、身体的なハンディキャップや疾病、人種、民族、身分、職業などに関して、今日の人権意識に照らせば不適切と思われる表現や差別的な用語が散見されます。これらについては、著者が故人であるという制約もさることながら、作品の歴史性および文学的な価値を重視し、あえて発表時の原文に忠実な訳を心がけました。

偏見や差別は、常にその社会や時代を反映し、現在においてもいまだ存在しています。あらゆる文学作品も、書かれた時代の制約から自由ではありません。現代の人々が享受する平等の信念は、過去の多くの人々の尽力によって築きあげられてきたものであることを心に留めながら、作品が描かれた当時に差別があった時代背景を正しく知り、深く考えることが、古典的作品を読む意義のひとつであると私たちは考えます。ご理解くださいますようお願い申し上げます。

（編集部）

ブックデザイン／鈴木成一デザイン室

集英社文庫ヘリテージシリーズ

04 トルストイ

加賀乙彦＝編

「戦争と平和（ダイジェストと抄訳）」「セルギー神父」「ハジ・ムラート」ほか

05 ディケンズ

辻原 登＝編

「デイヴィッド・コッパフィールド（抄）」「骨董屋（抄）」「我らが共通の友（抄）」

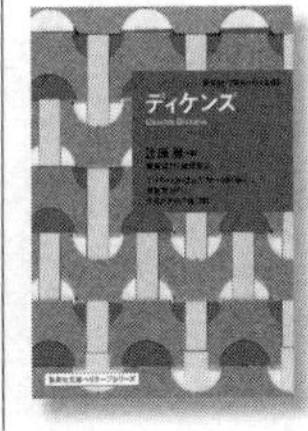

06 マーク・トウェイン

柴田元幸＝編

「トム・ソーヤーの冒険」「ハックルベリー・フィンの冒険（抄）」「戦争の祈り」ほか

集英社文庫ヘリテージシリーズ

10 ドストエフスキー

沼野充義＝編

「白夜」「未成年（縮約版）」「四大長篇読みどころ『罪と罰』『白痴』『悪霊』『カラマーゾフの兄弟』」ほか

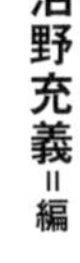

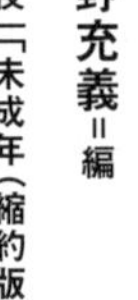

11 ルイス・キャロル

鴻巣友季子＝編

「不思議の国のアリス」「鏡の国のアリス」「子ども部屋のアリス」「シルヴィーとブルーノ 正・続（抄）」ほか

12 ブロンテ姉妹

桜庭一樹＝編

「詩選集」（エミリ）
「ジェイン・エア（抄）」（シャーロット）
「アグネス・グレイ」（アン）

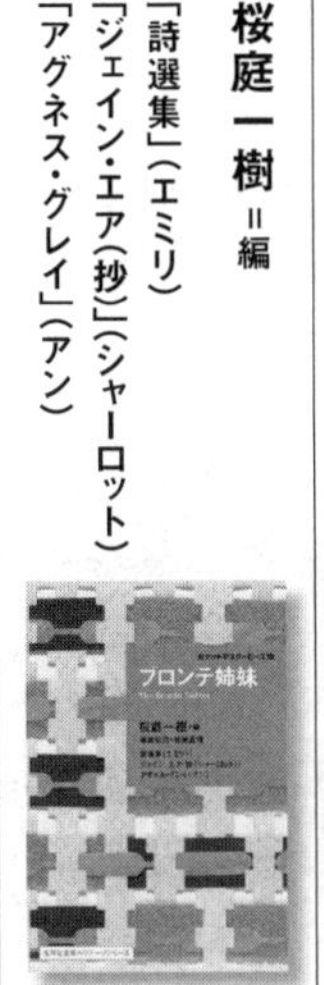

以降続刊

13 セルバンテス

野谷文昭＝編

「ドン・キホーテ（抄）」「ビードロ学士」「美しいヒターノの娘」ほか

※内容は変更になる場合があります。

集英社文庫ヘリテージシリーズ

ポケットマスターピース12
ブロンテ姉妹(しまい)

2016年11月25日　第1刷　　定価はカバーに表示してあります。

編　者　桜庭一樹(さくらばかずき)
発行者　村田登志江
発行所　株式会社 集英社
東京都千代田区一ツ橋2-5-10　〒101-8050
電話　【編集部】03-3230-6094
【読者係】03-3230-6080
【販売部】03-3230-6393(書店専用)
印　刷　凸版印刷株式会社
製　本　凸版印刷株式会社

フォーマットデザイン　アリヤマデザインストア　　マークデザイン　居山浩二

Printed in Japan
ISBN978-4-08-761045-1 C0197